曙色苍茫

赵政坤★著

中国出版集团
现代出版社

图书在版编目（CIP）数据

曙色苍茫 / 赵政坤著. -- 北京 : 现代出版社，2015.7
ISBN 978-7-5143-3875-1

Ⅰ. ①曙… Ⅱ. ①赵… Ⅲ. ①长篇小说－中国－当代
Ⅳ. ①I247.5

中国版本图书馆CIP数据核字（2015）第157711号

曙色苍茫

作　　者　赵政坤
责任编辑　陈世忠
出版发行　现代出版社
地　　址　北京市安定门外安华里504号
邮政编码　100011
电　　话　010-64267325　010-64245264（兼传真）
网　　址　www.1980xd.com
电子信箱　xiandai@vip.sina.com
印　　刷　三河市金泰源印务有限公司
开　　本　710×1000　1/16
印　　张　24.625
字　　数　551千字
版　　次　2016年1月第1版　2016年1月第1次印刷
印　　数　1—20000册
书　　号　ISBN 978-7-5143-3875-1
定　　价　78.00元

目录

CONTENTS

目录

CONTENTS

目录

CONTENTS

目录

CONTENTS

楔　子

浮戏山峰险谷深，怪石嵯峨，层峦叠嶂，林木丛郁，洞穴随处可见，泉水遍地喷涌。宋、元两代，人民在浮戏山结寨自卫，抗金抗元，留下几十座古城寨堡。

在中华人民共和国的版图上，有一个非常美丽的地方，既有北部风光的粗犷雄奇，又具南国山水的温润娟秀，它就是日寇入侵前闻名华夏大地的自然风景区——浮戏山。

浮戏山位于河南省巩义市（原巩县），是中华民族有史以来的著名风景区，中国第一个朝代——夏朝就建都于此。夏、商、西周称其为“阳城山”、“童戏山”、“越戏山”，秦朝称其为“老庙山”，《山海经》里记述为“浮戏山”，据不完全统计，有记载的名称就有十余种。

浮戏山属中国北方少有的典型的喀斯特地貌，融山、水、洞、岩、林于一体，集险、奇、灵、秀、古于一身，有108座山峰、72处水系、100多条溶洞、200多座庙宇、近千种植物。历代帝王将相、文人侠客畅游于此，留下了许多遗址和轶事。伏羲、神农、黄帝、尧、舜、禹、汤等都曾长期在此活动，创造了为人称道的尧天舜日式的稳定与繁荣。老子、张道陵在此修炼，使之成为我国道教的主要发祥地。寇谦之在此修炼、著书、讲道56年，创建了我国新天师道，所以浮戏山又成了新天师道的发祥地。玉仙圣母庙建于什么年代，无从考证，有记载的全是修缮，据说它是我国最早的一座庙宇，人们称之为“老庙”。从夏朝开始，浮戏山就香客不断，游人如织，特别是每年农历三月初一至十五的庙会，都安排三百六十六道社火，山东、山西、河北、湖北、陕西等省的老百姓都来参加，满山遍野人头积攒、香雾缭绕、锣鼓喧天，热闹非凡。原来玉仙圣母有三百六十六个女儿，分布在天下三百六十六方，农历三月十一是玉仙圣母的诞辰，女儿们都要回来庆祝，那三百六十六道社火，象征着每一个女儿率领一方民众朝拜圣母。

浮戏山峰险谷深，怪石嵯峨，层峦叠嶂，林木丛郁，洞穴随处可见，泉水遍地喷涌。所以，战乱时期，被人们作为避难的世外桃源。宋、元两代，人民在浮戏山结寨自卫，抗金抗元，留下几十座寨堡。后经农民起义军和官兵不断修缮，用于战斗的堡垒、城墙、烽火台布满了山峦，构成了我国最为壮观的古城寨堡。

抗日战争爆发后，国民党军队采取不抵抗政策，节节撤退，使日本侵略者的铁蹄踏入河南，一部国民党军队窜进浮戏山，盘踞山寨作威作福。

1944 年初，皮定钧、徐子荣将军按照中共中央向河南进军的具体部署，率领八路军太行部队两个团组成的豫西抗日独立支队，渡过黄河，进入豫西地区与敌人浴血奋战，建立敌后根据地。1944 年 4 月 29 日，皮定钧司令员率领独立支队攻打皇姑寨，打跑了盘踞在浮戏山里的国民党部队，决定把浮戏山作为豫西抗日根据地的中心。在这里设了司令部、政治处、专员公署、区政府、公安局、电话局、电台、野战医院、后方医院、军鞋厂、电池厂、印刷厂、被服厂、制弹厂、修械厂、河南建设银行、供销社、作坊、仓库、拘留所等二十多个机构，建立起河南抗日战场的大本营。

1945 年 8 月 15 日，日本政府宣布无条件投降。蒋介石为攫取胜利果实，一方面命令八路军“就原地驻防待命”，另一方面命令数百万国民党军队以收缴日伪枪械为借口大举向我解放区进攻，内战的乌云滚滚而来。9 月 25 日，八路军河南军区接到党中央的指示：为避免内战，争取和平，部队要撤出豫西解放区。

皮定钧司令员和徐子荣政委奉命带领部队撤离浮戏山。将士们依依不舍地告别了山中的父老乡亲，挥泪南下。国民党反动派卷土重来，伪乡长王雨霖带领还乡团越过荥阳县界向米河开进，扬言要血洗革命根据地，浮戏山又笼罩在白色恐怖之中。

第 一 章

只见马车上齐刷刷地站着四个个头儿几乎一样高的女人，满脸杀气地将枪口对准了他和刘大奎。

“叭，叭，……”清脆的枪声打破了巩县抗日第一区政府所在地亚沟村的宁静。

这是八路军撤离后根据地听到的第一次枪响，失去“避护神”的老百姓立刻紧张起来，大呼小叫，奔跑着，相互照应着，锁门闭户，四处躲藏。

在村口土岗上担任警戒任务的区干队队员李二虎急忙举起望远镜，朝着东面响枪的方位瞭望。他身高五尺，背阔腰圆，在夕阳的照射下俨如一堵不可逾越的屏障。

“咋了？”区干队队员刘大奎抱着一挺“花机关枪”跑过来问。这“花机关枪”其实就是一支冲锋枪，是巩县兵工厂模仿 MP18 冲锋枪制造的，用的是毛瑟手枪子弹，火力就像机关枪，所以人们称它为“花机关枪”。

“看不清。”

“俺看看。”大奎说着去抢二虎手中的望远镜。

“看啥呀？！”二虎死死地抓住望远镜不耐烦地向旁一摆挣脱大奎，一边望一边说：“肯定是敌人来了！”

“敌人？开枪也忒早了吧？！”大奎不屑一顾地抢白二虎说。

这二人，一见面就掐，嘴上谁都不服谁，打仗却是好搭档。二虎浓眉大眼，强壮彪悍，练就一身硬气功，头能开石，掌能劈树，两颗手榴弹绑在一起一甩就是四五十米。大奎比二虎矮一头，瘦两圈，眉目清秀，小尖脸，一身轻功，攀沿如猿，行走如飞。

“早个屁！”二虎一边望一边冲大奎喊，“快去报告队长，敌人的骑兵来了！”他望见伸向米河镇的河滩大路上，尘土飞扬，似有千军万马向根据地压来。从那尘土延伸的速度看，他断定是一队骑兵。

“我来了。”随着声音插到二虎和大奎中间一个人。这人个头和二虎一样高，身体比大奎壮一点，脸形方正，颧骨发达，额宽鼻长，唇薄口大，浓眉大眼，眼窝深陷，眉宇间隐约可见一个“川”字，透着一身的机智和敏锐。他就是区干队队长李铁柱。

李铁柱原本是巩县兵工厂遗爱学校的武术教练，经常只身行动刺杀鬼子汉奸。在年初日伪军偷袭巩县抗日第五区政府所在地石榴院时，他挺身而出，救下了三个女八路。并历尽艰险，将机要员送到了浮戏山抗日根据地。参加八路军后，他屡立战功，是人们心目中的抗日英雄。这次部队撤离南下，他被任命为巩县抗日第一区政府区干队队长，留下坚持斗争。

李铁柱接过二虎手中的望远镜对着河滩大道观望。他渐渐地看清了一辆马车迎着夕阳急速地向这边奔驰，像旋风一般卷起的尘土在车后扬起了一道黄烟。滚滚黄烟中，一队人马喊叫着紧紧追赶着马车。在追赶的马队中，他突然看到了一个熟悉的身影，只见那人穿着一件蓝布衫，敞胸露怀，剃着光头，满脸横肉，骑在一匹枣红马上，挥舞着手枪，指挥着马队追赶马车。

“马进财。”李铁柱情不自禁地叫出声来。

“马进财？王雨霖回来了？”李二虎像是问李铁柱又像是自言自语。他知道，马进财是伪乡长王雨霖的铁杆狗腿，是还乡团马队的队长。

“咋镇[①]快哩？”刘大奎轻轻嘀咕一句，抱紧了机枪。

李铁柱放下望远镜不慌不忙地说：“就幺儿[②]马队，没几儿[③]人。”

“俺看看！”大奎急忙抓过望远镜。他望了一会儿，像是自言自语又像是对大家说：“马车上是咱哩[④]人。”

“啥？咱哩人？”二虎虎头虎脑地问。

“马进财在追咱哩人。”李铁柱淡淡地接了一句。他就是这样，既不会轻功也不会硬气功，但是遇事非常冷静，处理得也恰到好处，在区干队非常有威望，被誉为“及时雨”宋江。

“叫我看！”二虎说着伸手去抓望远镜。

“别看了。”李铁柱冲二虎和大奎把手一挥说，“准备战斗！”然后，一个箭步跃下土岗，一边拔枪一边向与大路交汇的河堤跑去。

这条堤前的河道是抗战时期国民党军队和八路军的驻防分界线，也就是说，河堤以西包括河堤是八路军的防区。

马进财眼看着前面的马车越跑离河堤越近，急得他眼珠子都快瞪出来了。他一边举

---

① 这幺。
② 念yò，一个
③ 念jé，几个。
④ 的。

枪向马车射击，一边扯着他那副像被卡着喉咙似的鸡嗓子冲马队大喊："打，打死他们，白[①]叫[②]他们跑到八路那边了！"

还乡团的乡丁们听到队长喊叫，拉开队形，一边追赶一边向马车开枪。

李铁柱三人在路口河堤后刚刚埋伏好，那辆马车就冲到了眼前。

"驾，驾！"赶车的男人坐在车前使劲地抽着马鞭，高声地叫着，子弹从他身边"嗖嗖"地飞过打在河堤上。

"趴好了！"随着赶车人的喊声，马车越过了河堤那马鞍形的路基，两个车轮腾空而起，又重重跌落在地上。

"啊——！"

车上传出几声女人的尖叫。

赶车的男人被马车抛起，重重地摔落在马车上。

"打！"李铁柱放过马车，不等后边的追兵近前，就大喊一声，抬手冲着黄烟中的黑影"叭叭"开了两枪。

"狗日的来吧！"刘大奎听到命令端起花机关枪冲着黄色的烟道就是一阵横扫。

"来吧！"李二虎也奋力向前摔出了一颗手榴弹。

"轰。"手榴弹在黄烟中炸响，腾起一片黑云。

"吁[③]——！"

"有埋伏！"

"吁——！"

还乡团的马队一下子乱了，大呼小叫，勒转马头就往回跑。

"回来！回来！"马进财在滚滚黄烟中大叫着，"都他妈给我回来！图，藏宝图！谁抢到赏十块大洋，不，一百块！"

还乡团本来就是一群欺软怕硬的乌合之众，听到机枪的吼叫和手榴弹的炸响，早就吓破了胆，都怕自己跑得慢了被打死，哪还能听进去马进财的喊叫。

马进财被裹在滚滚黄尘中，不但看不清堤上的情况，自己带的乡丁也跑光了，心里发虚，对着河堤胡乱开了几枪，打马往回跑去。

李铁柱站在土岗上，看着还乡团的马队拖着黄烟跑远，对二虎说："加强警戒！"然后，带着大奎大步流星地顺着马车跑过的大道向前奔去。

马车上的四个女人经过了失重的颠簸，惊魂失措。忽然听到身后响起了激烈的枪声和手榴弹的爆炸声，惊喜地叫道："是我们的人。"

"我们已经到八路军的管区了。"

---

① 别。

② 让。

③ 念 yū，象声词，吆喝牲口的声音。

“停车！”

“停车，快停车！”

无人驾驭的马车还是一个劲儿地向前狂奔。四个女人这才发现赶车的男人躺在马车上，身下浸着殷红的鲜血，不由得惊叫起来：

“老王！”

“老王！”

“老王！”

“到，解放区了，我们，安全了。”姓王的男人睁开眼睛，看着面前焦急的女人，微笑着吃力地说。

“快，止血带。”一个女人一边为老王解衣扣一边对同伴说。

“别，别忙活了。我，不——行了。”老王一边说一边吃力地把伸进怀里的右手掏出来，抖抖地将一卷儿紫红色的绸缎交给那个要给他包扎的女人，有气无力地说：“你们，一定要，交——给皮——司令。”他见四个女人盯着那卷儿绸缎发愣儿，就闭上了眼睛。少顷，他睁开眼，强打起精神，断断续续地接着说：“当年，太平——军，在——浮戏山，藏了——好多——金银——财宝，这，这就是——藏宝——图。它，它比——我们——的命——都——金贵。一定，交——给——皮——司——令。”

“老王！”

“老王！”

“老王——”

四位女人喊叫着失声恸哭起来，可老王再也听不到她们的哭喊了，带着太平军鲜为人知的故事撒手而去。

1853 年 3 月，太平军攻克南京后，建立了太平天国。天王洪秀全想乘清朝统治者手忙脚乱之机，迅速北上，直捣北京，彻底摧毁清王朝的统治。遂命大将林凤祥、李开芳、吉文元等率军两万人，于 5 月从扬州出发进行北伐。

北伐军一路所向披靡，很快由江苏、安徽攻入河南，可是滚滚黄河挡住了大军北上之路。清兵为阻止太平军渡河，把大小船只全部收泊在北岸，并派重兵把守各个渡口。太平军攻城拔寨，于 6 月 26 日智取了被兵家称之为巩固而不拔的巩县，东据虎牢关，堵截身后尾追清兵；西守黑石关，阻挡洛阳增援之敌；在洛水汇入黄河的入口处——洛口强渡黄河。

太平军渡过黄河占领温县的消息传到了北京，朝廷上下一片恐慌，忙将驻扎在河南的托明阿、西凌阿、善禄等部作了调整，又将绥远、陕、甘以及黑龙江等省调来的马队集中在一起，由托明阿、西凌阿统带，先行出发，其余步兵由善禄率队，紧跟其后，浩浩荡荡地向巩县压来。

1853 年 7 月 1 日清军攻克虎牢关，疯狂地向洛口进攻。从 1 日到 4 日，太平军一面抗击数倍于己的敌军进攻，一面继续抢渡黄河。但因船少人多，还有三四千人留在南岸。这时天空突降大雨，河水上涨，太平军为保存实力，遂决定未渡黄河的将士突围回南方与西征大军会师。7 月 6 日晚，巩县的太平军从洛口出发，经站街顺黄冶河而上，走罗口、坞罗、涉村，翻越五指岭，于 7 月 8 日冲出了清军的包围圈。突围时，太平军将辎重珍宝转移到了浮戏山，留守人员精心绘制了一幅浮戏山风景画，绣在一方紫红色的缎面上，将藏宝的地方蕴含其中，成了后人广为流传、争相寻找的藏宝图。

九十多年过去了，见过这幅藏宝图的人寥寥无几，可为这幅藏宝图死伤的人不计其数。今天，这幅藏宝图破天荒地传到了这四位弱女子手中，让她们感觉到周围空气的凝重。

李铁柱和刘大奎追到马车前。

“站住！把枪放下！”马车上突然响起一声女人的断喝。

李铁柱一怔，提着手枪一动不动地站在那里，两只眼睛警觉地注视着马车。只见马车上齐刷刷地站着四个个头儿几乎一样高的女人，满脸杀气地将枪口对准了他和刘大奎。刘大奎听到喝声打了个激灵，后撤一步，将花机关枪[①]一横，对着马车声嘶力竭地喊道：“您[②]把枪放下！”

双方用黑洞洞的枪口对峙着。

李铁柱万万没有想到，马车上的人会拿枪对准他们。在他的眼里，马车上的人一定是自己人，要不然，还乡团不会那么玩命地追！现在，他在心里骂自己，骂自己太大意了。他想，这要是敌人的一个计谋，他和大奎就完了，根据地的损失就大了！好在跑过来的只是四个女人，不管她们是不是自己人，都说明敌人还不知道八路军都撤走了，还没有摸清根据地的底细。要是敌人知道根据地只留他们几个区干队队员，冲进来就麻烦了。想到这，他抖擞精神，盯着马车上的四个女人，大义凛然地说：“这里是豫西抗日根据地，你们是从哪里来的？”

李铁柱之所以这么做是要告诉对方，根据地力量强大，别说是面对你们四个女人，就是千军万马他也不害怕。

“是自己人，是自己人。”身材偏瘦扎着两根小辫的女人柔声细气地说。

“别动！”剪着齐肩短发的女人冲小辫子低吼一声，然后大声向李铁柱和刘大奎问道：“你们是干什么的？”

“巩县抗日第一区政府区干队队长李铁柱！”李铁柱高声喊道。他用这么大声，是想给对方以震慑。他这么自报家门，既是让马车上的人听的，也是让周围能听到的人听的。方圆几十里谁不知道他李铁柱是战斗英雄，他曾用这一嗓子，抓获皇协军一个班呢！

---

① 民国巩县兵工厂制造的冲锋枪，一个弹匣 40 发子弹，可连发也可单发。

② 你们。

“皮司令在哪儿？能带我们去见皮司令吗？”齐肩发冲李铁柱喊，听得出她已经缓和了语气。

“这个——”李铁柱略一迟顿，马上回答说：“我们只能逐级报告。”

“这——”齐肩发不说话了，用疑惑的眼光打量着李铁柱和刘大奎，其他三个女人面面相觑。

这时，隐蔽起来的群众见枪声平息了，纷纷走了出来。地下党员水仙看见这一幕，冲李铁柱扯着嗓子喊：“李队长，咋啦？”她想用喊声告诉马车上的人：根据地全民皆兵。

“不咋，没事儿了。”李铁柱装作若无其事的样子冲水仙说。

马车上的四个女人看到了村头的老百姓，又见李铁柱与一年轻女子这般对话，相互看了一下，遂收起了枪。齐肩发跳下马车向李铁柱走去，一边走一边说：“我们是来找八路军的。”

“好啊。先跟我们到区政府吧。”李铁柱把手枪插进腰间，一边说一边迎上去。他一直走到马车前，看到马车上躺着的老王，先是一怔，然后把手伸向老王的鼻子。

“他已经牺牲了。”小辫子柔声细气地带着哭腔说。

李铁柱也不说话，拨正马头，喊一声“驾！”，赶着马车向前走去。

李铁柱将马车赶到浮戏山北麓亚沟村，赶进巩县抗日第一区政府大院。

四个女人看到了沿途萧条的村庄和冷冷清清的区政府大院，满腹狐疑。小辫子怯怯地柔声细气地问李铁柱：“同志，这里是豫西抗日根据地吗？”

“嗯。”李铁柱低头哼了一声。

“怎么没见八路军呢？”稍胖一点儿将头发盘在头顶的女人问。

“都走了，撤走了。”刘大奎满脸不悦地插嘴说。

“走了？为什么？什么时候走的？”齐肩发惊讶地一连问了三句，其他女人也都惊得目瞪口呆。

“夜儿个[①]，夜儿饭伺[②]。”刘大奎沉着脸回答。

四个女人都不说话了。

李铁柱见四个女人满脸疑惑，不知道是她们没有听懂刘大奎的话，还是不相信八路军走了，就转过头，不紧不慢地补充说：“是中央命令撤的，好多人都想不通。”

“那，医院呢？”身材匀称高挑剪着齐耳短发的女人急切地问。

“也撤了，全撤了。”李铁柱低沉地回答。他一边回答一边循声瞥了齐耳短发一眼。这一瞥，使他的眼睛一亮，脑海里闪过一个强烈的信号，这个头发最短身材最好的女人最漂亮。他随即打起精神，大声地补了一句：“皮司令说，人民的果实决不能给国民党还乡团留下！”

---

① 昨天。

② 昨天上午。饭伺，即上午。

“一个八路军都没有留？”齐肩发接过李铁柱的话问。

李铁柱警惕地扫了一眼四个女人，重重地点了下头，“嗯”了一声。

“那党组织呢？有党组织吗？”

“有，除了我们都转入地下了。”李铁柱又看了一眼四个女人坚定地说。

“你们？有多少人？”齐肩发扫了一眼区政府大院，皱起眉头问。

“哦，很多。”李铁柱斜了齐肩发一眼，反问道：“你们，来根据地干什么？”

“啊，我们嘛。”齐肩发说，“路过，想找八路军，拜访一下皮司令。”

“你们是——八路军？”

“啊，我们——我们的男人是八路军，我们是来找他们的。”齐肩发说。

李铁柱惊异地将四个女人扫视一遍，目光落在老王的尸体上。他指着老王的尸体问。“这位是——”

“他是八路军的交通员，姓王，我们也不知道他叫什么，是送我们的。”

“哦，是这样。”李铁柱沉思了片刻说，“八路军走了，还乡团扬言要血洗革命根据地，这里不能久留你们。你们先休息一下，下步到哪儿去，我派人护送。”说到这，李铁柱又转向刘大奎说：“去给她们弄点儿吃的，再给赵石头捎个信儿，叫他来我这儿一趟。”

“是！”刘大奎在四个女人面前刻意学着八路军的样子给李铁柱打了个敬礼，转身昂首挺胸地走出区政府大院。

李铁柱把四个女人安排在区政府后院有床铺的两间屋里休息，自己到村子里找人准备埋葬交通员老王。

李铁柱刚走出区政府大院，四个女人就聚到了一间屋里。

“秀娟姐，你说这是豫西抗日根据地吗？”小辫子柔声细气地问齐肩发说。齐肩发名叫李秀娟，是这四个女人的核心。

“是。”李秀娟点了下头说，“你们没看见沿途墙上和石头上那么多标语？”

“我看清了，这院门上还挂着‘巩县抗日第一区政府’的牌子呢。”最漂亮的短头发说。

“这区政府大院怎么一个人也没有？”胖一点儿的女人说。

李秀娟看了一眼胖女人说：“你没听他说，除了他们都转入地下了。”

“秀娟姐，你怎么说我们是八路军的女人呢？”小辫子又柔声细气地问，语气里带着几分不满。

“现在情况不明，不能暴露身份。”胖一点儿的女人抢过话茬儿说。

“淑珍说得对。”李秀娟说，“现在情况不明，我们不能暴露身份。他不是问我们下步到哪儿去吗？我想，我们就告诉他上延安。”

“上延安？”小辫子瞪大了眼睛声音更细了。

“我是这么想的。”李秀娟说，“皮司令带部队已经走了两天了，他们行军打仗，来无影去无踪。我们能找到他，把藏宝图交给他，就完成了老王的遗愿。若找不到他们，我们就上延安交给党中央、毛主席。”

“交给这里的党组织不就得了。”名叫淑珍的胖女人看了一眼李秀娟说。她姓张，性格外向，为人耿直，说话直来直去。

“不行。”李秀娟果断地说，“这里马上就成敌战区了，万一这里的党组织遭到破坏，图落在国民党手里怎么办？你没听老王说，这幅图比我们的命都重要。”

“我同意秀娟姐的意见。”最漂亮的短头发说。

“那，我们带着也不安全啊！”张淑珍喃喃地说。

“这图多一个人知道，就多一分危险。”李秀娟说，“老王为什么要让我们交给皮司令？就说明这幅图的重要性，我们不能亲手交给皮司令，就要亲手交给党中央。”

“这里到延安多远啊，我们把图丢了怎么办？”小辫子又柔声细气地说。

“他不是说派人送我们吗！”李秀娟说。

“那也不安全。”张淑珍沉着脸说。

“这样办。”李秀娟把三个女伴儿拢在一起，压低声音说：“我想把图一分四份，我们每人拿一份，就像一块小手帕，不会被人怀疑。”

李秀娟从她那个蓝底碎花的包袱中掏出交通员老王临终前交给她的那卷儿紫红色绸缎，轻轻地展开在床铺上，一幅美丽的山水画立刻映入四个女人的眼帘。画中群山连绵，峰壑突显；远山近水，层次分明；寺庙点点，隐现于山峦之间；松竹花草，人畜鸟兽，活灵活现。山水画的题名为“寨寺擎龙”，落款为“覃溪洞于咸丰三年”。

马进财跑回米河镇向王雨霖报告，王雨霖一听，火冒三丈，歇斯底里地骂道：“狗屁！笨蛋！全他妈笨蛋！我养他妈你们弄啥哩①？！这到嘴的肥肉——，我的宝贝啊……”王雨霖抱首顿足号哭起来。

马进财见状不知所措，捏着他那鸡嗓子喃喃地解释道：“就差一揸②远儿就追上了，要不是有八路……”

“狗屁！你他妈一揸能揸出二里地？啥狗屁八路？八路都他妈走了！就他妈几个区干队——”王雨霖带着哭腔气乎乎地冲马进财喊，“你——就那点儿成色儿③，你要活活气死我呀你！……”

“乡长甭生气，乡长甭生气。”王雨霖的狗头军师常光耀急忙上前打圆场说，“八路都撤走了，我也是僵僵④得到这个情报，马队长不着⑤，马队长不着。”

① 干什么。
② 揸 zhā，当地念 zā，把手指伸张开，拇指尖到食指或中指尖的最大距离。
③ 能力，能耐。
④ 刚刚。
⑤ 念 zháo，知道。

“狗屁，他不着那八路手中有藏宝图？！”王雨霖瞪了常光耀一眼，愤愤地说。

“着，着。”常光耀凑上前陪着笑脸说，“您说，八路哩大部队都走了，他那藏宝图还能交给谁？区干队？就那几个屌人，咱哩大队人马一到，还不得乖乖地交出来——”

“狗屁，交个狗屁。等咱哩大队人马开过去，黄花菜都凉了！”王雨霖又瞪了常光耀一眼，没好气地说。

“乡长放心，消消气儿，歇一会儿。”常光耀仍陪着笑脸，扶着王雨霖点头哈腰地说：“您看，是不是咱今儿黑[①]就开过去，打他个措手不及。”

马进财急忙抢过话茬儿附和道：“对，常队长说得对，打他个措手不及。”进而，他又咬着牙向王雨霖表决心说：“俺再没道[②]儿哩，挖地三尺也要给您找到那幅藏宝图！”

“狗屁！张口他妈的藏宝图，合口他妈的藏宝图，吆喝[③]得全天下都着了，我他妈还能弄住[④]吗？！”王雨霖瞪着马进财骂道。

“不吆喝，不吆喝。”常光耀一边冲王雨霖点头哈腰地说，一边伸手去拉马进财的胳膊。他拉着马进财对王雨霖笑着说：“乡长有了马进财，就少不了财路，‘马进财’‘马进财’，马上就要进财了。”

“狗屁。我要哩是藏宝图，是他妈太平军藏在浮戏山哩金银财宝。”王雨霖瞥了一眼常光耀，把“藏宝图”和“金银财宝”说得很重。他的气显然消了许多，可眼睛里那种贪婪的光一点儿也没减少。

“我说的就是那宝贝儿。”常光耀笑着合手成作揖状，冲王雨霖一边摇一边说：“乡长，您就等好吧。咱今儿黑将八路军的根据地翻个底儿朝天，就不信找不到那藏宝图！您想，他们是外地人，能藏哪儿？”

王雨霖听了，撇着嘴微微一笑，不屑一顾地说：“狗屁，找他妈几儿[⑤]外地人，容易。”

“就是，我说乡长有了‘马进财’，马上就进财吧。”常光耀一脸虔诚地恭维王雨霖，同时也不忘讨好似的看上马进财一眼。

马进财看着常光耀，眼睛里流露出感激的光。

“狗屁。”王雨霖笑着说，“那我他妈有了你，‘常光耀’，就他妈的经常光宗耀祖了？”

“乡长说的极是。”常光耀哈着腰冲王雨霖笑着说，“乡长英明，所以选了俺俩做您的左膀右臂，既能招财进宝，又能光宗耀祖。”

马进财觉得常光耀很会说话，也学着他的样子奉承王雨霖道：“乡长英明，乡长英明。”

“狗屁，我他妈英明个狗屁，”王雨霖拉下了脸，装出一本正经的样子，把手一挥说：“快他妈去准备吧，今儿黑把他妈八路的老窝给我端了。”

---

① 今天晚上。

② 念 mū qiú，没能力，没能耐。

③ 大声喊叫。

④ 弄到手，得到。

⑤ 念 jé，几个。

第二章

赵石头拉着她跑进一个巷子，正遇上几个鬼子，一愣神儿的工夫，赵石头的飞镖就出去了……

傍晚时分，巩县抗日第一区政府大院门口，急匆匆走来一个人。他二十来岁，中等个子，长得虎背熊腰，上穿一件黑布衣，下着一条黑布裤，脚蹬一双黑布鞋，腰系一根黑龙带，别着两支黑手枪，半挽衣袖半握拳，虎步生风，彰显着魁梧和强壮，洋溢着精干和机灵。他就是区干队的小队长赵石头。

赵石头阔步走进区政府大院，径直走向区干队队部。

“队长，您找我？”赵石头一边进屋一边问。

“嗯。”李铁柱正在屋内踱步，见赵石头进来就“嗯”了一声停住脚步，站在原地用凝重的眼神注视着赵石头。

赵石头真是人如其名，身体就像石头一样结实。他理的是光头，生出的黑发硬茬茬地直立着，就像麦地里那齐刷刷的麦茬。光光的亮亮的脑门酷似压得精光的麦场，很宽，一直倾斜到两边的耳朵旁。一对大耳朵有烙饼那么厚，就像两韧绝壁垂向双肩。鼻子又高又大，圆圆的鼻孔足能伸进一个大拇指。那张大嘴的上唇微微翘起，给人一种始终微笑的感觉。眼睛与这大号的耳朵、鼻子和嘴搭配在一起，就谈不上大了，可它就像黑夜里的两盏探照灯向外发射着咄咄逼人的光。两道眉毛很浓，跟头发似地硬茬茬地支着。整体组合，谈不上英俊，也说不上难看，给人更多的是坚毅、刚强和力量。总之，赵石头往你面前一站，你就会感到他浑身有用不完的劲儿，有一种“泰山压顶不弯腰”的气势。

李铁柱看了赵石头足足有一袋烟的工夫，然后，深深地吸上一口气，向前跨一步，举起双手重重地摁在赵石头的双肩上，又用他那双大眼睛近距离盯着赵石头的小眼睛看了一会儿，把双手用力地向下一按，摇了摇头，心事重重地说："我真有点儿舍不得你啊！"

李铁柱说完收回双手，又慢慢地踱起步来。

赵石头被李铁柱弄得一头雾水，静静地站在原地用他那双小而有神的眼睛看着李铁柱。

李铁柱转了几圈，走到赵石头面前停下来，用双手又在他的肩膀上摁了摁，然后爱惜地抚摸他腰间的两把盒子枪。赵石头依旧静静地站着，不以为然地看着四周。

李铁柱突然拔出赵石头的手枪，向后跳出两步。

赵石头心里一紧，身体微微动了一下，又站定了，像没事似的把眼睛转向桌子，用余光瞥视着李铁柱。

李铁柱用他那双大眼睛瞪视着赵石头。瞪了一会儿，他将两把手枪的枪头朝下并在一起，笑了笑说："是不是我的枪口一抬你的飞镖就到了？"

赵石头没有说话，转了转他那双探照灯似的小眼睛，把目光聚焦在李铁柱身旁的子弹箱上。

李铁柱感到了对方对他的极大蔑视。

"好，我就待见[①]你这一点儿，遇事不惊。"李铁柱说着把枪口朝向自己，双手送向赵石头。

赵石头接过手枪，一声不响地把它们插回原位。

李铁柱从赵石头的眼睛里又看到了信任和忠诚。他迎着那坚毅的目光掷地有声地说："石头，我找你，是有一个非常非常重要的事。"

赵石头没有说话，正视着李铁柱那双大眼睛重重地点了点头。

李铁柱一脸凝重地看着赵石头，咽了口唾沫接着说："有四儿[②]去延安的女同志被还乡团追到了咱这儿，护送她们的交通员牺牲了。我想让你把她们送到洛阳，由洛阳的同志安排她们上延安。"

赵石头冲李铁柱微微点了下头，腰板挺得更直了。

"要是跟洛阳的同志联系不上，你就直接把她们送到延安。"李铁柱说到这里停下来，看了看赵石头，见赵石头没有什么反应，接着说："这四儿女哩是从北平来的，都是知识分子。咱队里你读书最多，武功最高，又使得双枪，所以，我琢磨着派你去最合适，一来跟她们好交流；二来要是真去了延安，能多学点儿东西，把党中央、毛主席的指示多带点儿回来。"

赵石头圆睁双目冲李铁柱轻轻地点了点头。

---

① 喜欢。

② 念 sè，四个。

“这个任务很重要，是不是叫[①]二虎和大奎谁跟你一块儿去？”

“去恁[②]多人弄啥哩？！”赵石头把浓眉一扬，看着李铁柱那双大眼睛说：“就剩四儿人，俺仨都走了，你咋弄哩[③]？再说，去人多了，忒扎眼，容易暴露。”

“这个任务太重要了。”李铁柱重重地说。

“你不相信俺？”

“不是。”李铁柱冲赵石头摇了摇头，低沉地说：“从这里到洛阳，铁路上的联系中断了，大路上国民党、还乡团到处设卡，盘查很严，只能走山路。恁远，路上不着[④]会出啥事儿哩，我怕——，弄不好还得去延安。”

“没事儿，俺又不是头一回单独执行任务。再说，俺还真想去延安哩，去见见毛主席、朱总司令。”赵石头笑着说。

“美哩你！不是叫你去耍哩！”李铁柱脸色凝重，话语中带着急躁：“你着不着，这四儿女哩有多重要。”

“她们是弄啥哩？”赵石头为缓和气氛睁大眼睛摇着头笑着问。

李铁柱沉着脸摇了摇头。

“是大官儿？”

李铁柱又摇了摇头。

“是大官儿的秀子[⑤]？”

李铁柱还是摇头。

“那，那有啥重要的？”赵石头一边思索一边说，“镇些[⑥]人，肯定不是送啥重要情报的。”

“她们说，是到延安找她们的男人哩。”

“这就对了。”赵石头把手一挥，脸上又堆起了笑容，指着李铁柱说：“我说是大官儿的秀子吧，你还摇头。”

“我又没问伲儿[⑦]是不是大官儿的秀子。”李铁柱瞥了一眼赵石头说。

“肯定是。你想想，在延安还能有小官儿？”赵石头冲李铁柱摆下手说完，学着皮定钧司令员的样子，左手背在身后，一边踱步一边用右手上下摆着说。“这，一个人可顶百十条枪啊。”

“对。”李铁柱重重地点了下头，接着说：“所以，一定要保证她们的安全，宁死也不

---

① 让。
② 那么。
③ 怎么办。
④ 念 zháo，知道。
⑤ 妻子；老婆。
⑥ 这么多，形容多。
⑦ 念 nìr，人家。

能叫[1]她们落到敌人手中。”

“这个，我着[2]。”赵石头一扬头笑着说。

“天凉了，多带点儿衣服。”李铁柱拉了一下赵石头的衣袖关切地说，“再多带点儿吃的，多带点儿子弹。”他又看了看赵石头的脸，深深地吸了口气，轻轻地说：“你看着办吧，能带多少带多少，不着要走多少天哩？”

“没事儿，有这个，啥都有了。”赵石头拍了拍腰间的盒子枪，笑笑，满不在乎地说。

“咱又不是土匪。”

“找敌人要啊。”赵石头浓眉一扬自豪地说，“俺哪回出去不是满载而归！”

李铁柱长长地出一口气，用右手理了下自己的小平头说：“你这回的主要任务是送人。最好躲着敌人走，不能恋战，保证安全。”

“嗯。”赵石头冲李铁柱轻轻地点了下头。

“你回家拾掇[3]一下，明儿清儿[4]早点儿走。”

“中。”赵石头坚定地点了下头。

“真不叫二虎、大奎去？”

“不用。”

“中。”李铁柱拍了一下赵石头的臂膀说，“就你幺儿[5]人去。我着，你幺儿人中。”

“那我回去拾掇了啊？”

“去吧。”李铁柱照着赵石头的后背轻轻地拍了一下，随着赵石头走向门外。

“甭送了。”赵石头转身向屋里推李铁柱。

“中，不送了。”李铁柱笑了笑说，“快点儿回去吧。今儿黑[6]好好跟秀子[7]亲热亲热，明儿个[8]早点儿上路。”

“去你的。”赵石头也笑了。他突然转过身对李铁柱说：“咋不走哩？赶早不赶晚。”

“就是叫你今儿黑跟秀子弄够了，省哩路上瞎想。”

“去你的。”赵石头笑着打了李铁柱一下，然后又拉住对李铁柱嘻笑着说：“要是真哩去延安，一路上我让她们幺儿人给我生幺儿。”

“那我就崩了你！”李铁柱假装正色用手去摸腰中的手枪。

“不用你崩。”赵石头笑着按住李铁柱的手，一本正经地说：“你想想，要真那个了，延安的首长能饶我吗？”

---

① 让。
② 知道。
③ 收拾；准备。
④ 明天早晨。清儿，念 qiè。
⑤ 念 yò，一个。
⑥ 今天晚上，或今天夜里。
⑦ 老婆，或妻子。
⑧ 明天。

“你小子。”李铁柱“扑哧”一声笑了，朝赵石头的背上打了一拳说：“那也不能就咗[①]想。”

“我想了，你管得着吗？”

“管得着，想都不能想。”李铁柱正色道。

“中，中，中，不想，不想。”赵石头一边说一边走，走出两步回过头朝李铁柱使了个鬼脸，嘻笑着说：“我就想了，不说出来，你着吗？”

“你——！”

“哈哈哈……”

“老实点儿！”李铁柱冲赵石头的身后喊了一声。

“放心吧，开玩笑哩！”赵石头喊完，自言自语道：“想都不能想？不能想啊——”后半句他竟唱了起来。唱罢，又接着哼道：“管天管地管不住屙屎放屁，你就是管住俺屙屎和放屁，也管不住俺想入非非，想入非非。”

“我回来了。”赵石头走进一个大敞院对窑内喊。

这是一座依山而建的院落，院内长着一棵大柿树，树干像赵石头的腰那么粗，树上挂满了黄橙橙的柿子，远远望去就像挂了满满一树红灯笼。柿树遮掩了大半个院子，也几乎遮掩住了两孔用青石头裱山的窑洞。

“回来了？”两孔窑洞内同时传出两声问候，一个清脆的女高音，一个沙哑的女低音。这声音，赵石头再熟悉不过了，高音是老婆，低音是老娘。他向传出高音的窑洞看了看，径直向老娘住的窑洞走去，他还没有走到门前，老太太就已站在了窑门口。

“妈。”赵石头急忙走过去，拉着老太太的手，扶老人到桌前坐下，自己拉把小凳子坐在了老人身边。

“石头，有啥动静没有？”老太太看着赵石头急切地问。

“没有。有俺区干队在，没事儿。”

“您区干队才留几儿[②]人呀！”老太太抚摸着儿子的额头颤着声音说：“听说王雨霖到米河了？”

“嗯。”赵石头轻轻地点了下头，低沉地说，“他组织了个还乡团，搞啥地毯式搜查，到处抓八路军和共产党哩。”

“还有您这些区干队、农会干部。”老太太疼爱地抚摸着儿子的头，嘱咐道：“在外头[③]跑，小心点儿。”

“您放心，没事儿。家里都弄好了吧？”

“弄好了。照你说的，东西都搬进地窖了，就剩些吃饭、睡觉用的，到时候拿到地窖

---

① 这么。
② 念 jé，几个。
③ 外面。

里就中了。”老人抬起抚摸儿子的手，指着窑洞激动地说：“叫[①]他们来抢吧，烧吧，咱这窑越烧越结实。”

“俺，不会叫他们胡来的。”赵石头咬着牙说，眼睛中流露出一种迷茫的光。

“你有啥心事儿？”老太太看着儿子的脸问，“是不是王雨霖要回来了，叫您[②]这些公开露面的人撤哩？”

真是“知子莫如母”啊，自己稍微有一点儿异样就让老娘看出来了。赵石头急忙掩盖说：“没，没有。小日本俺都不怕，还怕他王雨霖？”

“吃饭，吃饭了。”赵石头的妻子水仙端着两个大碗走进来，一个碗里盛的玉米面汤，一个碗里盛着炒菠菜，菜上放着两个用麦子、红薯、玉米混合面儿做的黑灰色发面馒头。她把汤碗放到老太太面前，把手里夹着的筷子递向老太太说：“妈，给。”

“叫石头先喝。”老太太扬了扬手说。

“他先吃馍，俺这就去给他盛汤。”水仙把筷子塞给老太太说。

“俺自个儿来。”赵石头说着站起来向门外走去。

“今儿个咋了？镇[③]勤哩，从芹菜地里钻出来了？”水仙从窑中跟出来笑着问。

赵石头也不搭话，低着头走进另一个窑洞，走到锅台前把汤锅打开。

“我来。”水仙已经拿起了碗。赵石头也不说话，向旁边闪开一步看着水仙盛汤。

水仙穿着一件蓝底白花对襟上衣，长长的辫子挽在脑后盘成一个包菜髻。虽然没有生育，但一看那脑后的发髻就知道是位少妇。她盛满一大碗汤，发现赵石头歪着脑袋一个劲儿地看她，就忽闪着大眼睛笑着问：“咋了？不认识俺了？”

“有点儿。”赵石头笑着说：“俺看你长得又俊了。”

“去你的，端住。”水仙将左手中盛满汤的碗递给赵石头，笑着问：“是不是又想了？馋猫。”说着，剜了赵石头一眼，回手抓起一只碗继续盛汤。

“不，不是。”赵石头不好意思地说，“俺，俺要去执行任务了。”

“你哪一天不执行任务？一天到晚着[④]过家吗？”水仙回头又剜了赵石头一眼。她知道，赵石头这个时候回来，今晚肯定是没什么任务，十拿九稳要在家里过夜了。

“队长叫俺去洛阳一趟。”

“洛阳你又不是头回去？走，吃饭去。”水仙说着放下手中的勺子，端起盛馒头的小筐就走。

赵石头张张嘴想说什么，没有说，端着汤碗跟在水仙身后走到了母亲住的窑洞。

一家三口一人一边围着八仙桌子吃饭。

水仙把嘴中的馒头咽了，又喝一口汤说：“妈，石头去——”她发觉赵石头在桌下踢

① 让。
② 你们。
③ 这么。
④ 念 zhuò，在。

自己时已经来不及了，就接着说下去："去洛阳哩。您老想要啥，让他给您带。"说完抬头看了一眼赵石头。

赵石头狠狠地瞪了水仙一眼，接着水仙的话笑着问老太太说："妈，您，您要点儿啥？"

"兵荒马乱的，我要啥？就要你平平安安地回来。"老太太说着把筷子放在桌上，把"回来"两字的音挑得老高。

"您就把心放在肚子里吧。"赵石头掰下一块馒头冲老太太扬了扬笑着说。他把那块馒头塞进嘴里，摆出一副满不在乎的样子，轻蔑地说："小日本的司令部俺都趟了，国民党兵还能把咱咋样？"

"就是，小孩子放个炮，喊一声'赵石头来了'，那伪军就吓得把枪扔了。"水仙为了安慰老太太恭维着丈夫说。她说的也是实情，有一回她到县城执行任务，几个伪军追她，正好赵石头赶到，一枪撂倒一个伪军，接着大喊一声"赵石头来也"，吓得伪军扔下枪就跑。赵石头拉着她跑进一个巷子，正遇上几个鬼子，一愣神的工夫，赵石头的飞镖就出去了，几个鬼子相继倒地，他们安全脱险。也就是那一次，她开始爱上了赵石头。

"还是小心点儿好。"老太太说，"紧着区里的事儿干，我啥都不要。"

"嗯。"赵石头咬了一口馒头，一边嚼一边点头。

"这回去弄啥哩[①]？"老太太拿起筷子试探着问赵石头。

赵石头看了一眼窑洞，岔开话说："水仙，该点灯了。"

水仙站起来，擦着火柴，点上煤油灯，窑里顿时亮了起来。她把灯端过来，放在桌上，深情地看着赵石头那张被映得油光发亮的脸，甜甜地问："石头，妈不是问你哩，这回去洛阳弄啥哩？"她说话的神情和语气，有一点儿向赵石头撒娇也有一点儿向老太太讨好。

赵石头本不想跟母亲多说，好不容易把话岔开了，水仙又给找了回来，弄得他哭笑不得，只得硬着头皮说："送，送信。"

"那，最要紧的是送信，别为杀幺俩[②]敌人耽误事儿。"老太太用筷子点着赵石头说。她知道自己的儿子，一身武功，争强好胜，爱打抱不平，特别是见了敌人，能顺手干掉的决不落空。她之所以这么说，也是担心儿子的安危。

"嗯。"

"就着[③]'嗯'。"水仙又爱怜地剜了赵石头一眼说。

赵石头不想说这个话题，就瞥了水仙一眼，三口并作两口喝完了碗里的汤。水仙习惯性地把手伸过去接碗，要去给赵石头盛汤。

---

① 干什么。
② 一个或两个，代指几个。
③ 念 zháo，知道。

“俺自个儿[①]盛。”赵石头说着站起来，看了一眼母亲和水仙，一边往窑外走一边唱：“傻乎乎的媳妇精明的娘。”

“妈，您瞅瞅[②]，没正经。”水仙冲着赵石头的背影笑着说。

吃过饭，水仙一边刷碗一边问：“哎，你这回到底是去洛阳弄啥哩？”

“军事机密。”赵石头瞥了一眼水仙淡淡地说。

“啥军事机密？对俺还保密？”

“保密。”赵石头看着水仙一本正经地说。

“好，你保密吧，今儿黑[③]别求我。”水仙说着回头剜了赵石头一眼，发现赵石头正专注地看自己，就把擦碗的抹布往碗上一摔，笑着说：“你今儿个[④]咋了？老这么怪怪地看着俺？”

“哎，俺给你说。”赵石头压低嗓门，装出一副很神秘的样子对水仙说，“俺这回不是去送信，是送人，送女人，四儿[⑤]女哩。”他说着把右手伸出来，卷收起拇指冲水仙摆了摆。

“啥？四儿女哩？”水仙睁大了眼睛。

“嗯，四儿女哩。”赵石头冲水仙点了点头说，“所以，俺得好好瞅瞅你，给她们比一比，看看是她们好看还是俺秀子好看。”

“去你的。”水仙回手照赵石头的肩头打了一下，然后笑着问：“她们是弄啥哩[⑥]？长哩俊不俊？”

“听队长说，是从北平来的。你想想，大城市的闺女，能不俊吗？”

“真哩可俊？”水仙瞪大眼睛问。

“俺没见着人，只是想象。”赵石头摇了摇头说。

“你没见着人？诓谁呢你？”

“俺真没见着人。队长把俺喊去，就是给俺交任务，叫俺回来拾掇[⑦]一下，明儿清儿[⑧]早点儿走。连根儿长头发都没见着。”赵石头一本正经地说。

“你没见着人，俺可见着了。”水仙神气地把头一甩说。

“你见着了？在哪儿？”赵石头用疑问的眼神看着水仙说。

“老龙窝。”水仙头也不回，一边刷碗一边说：“今儿后晌枪声停了以后，俺看见她们

---

① 自己。
② 瞧瞧，或看看。
③ 今天晚上。
④ 今天。
⑤ 念 sè，四个。
⑥ 干什么的。
⑦ 收拾；准备。
⑧ 明天早晨。清儿，念 qiè。

四儿人站在马车上用手枪对着铁柱哥，大奎端着机关枪对着她们。我以为要开打，想吓她们，就喊铁柱哥，问他咋啦，他说没事儿。后来，就都收了枪，去区政府了。”

“真的？”

“悫[①]儿你哩。”水仙沉下脸没好气地说。

“那，你见了，俊不俊？”赵石头上前扒着水仙的肩膀笑着问。

“太远了，俺没看清。”水仙扭了两下肩膀，挣脱了赵石头的手，把手中的碗重重地放在案板上，沉着脸气哼哼地说：“你不说，俺还不知道是女哩[②]哩。”

“大城市哩女人，肯定好看。”赵石头将两手一合，嬉皮笑脸地故意气水仙说。

“那也不一定。”

“你咋知道？”

“这年头，长哩好看哩都叫那些有钱有势的人给弄去享福了，谁还出来东奔西跑地吃这份苦？”

赵石头听了水仙的话，收起笑，一把将水仙扭转过身，双手压在她的肩头，两眼怔怔地凝视着她的脸。

“弄啥哩你？”水仙被赵石头看得不知所措，推开赵石头的手茫然地说。

赵石头又抬起双手捧住水仙的脸，凝视着，一本正经地说：“我看着不丑啊！”

“放屁——”水仙“扑哧”一声笑了，抬手打了赵石头一下。表面上挣脱了赵石头的手，心里却像是吃了蜜似的甜。

“我不就咤[③]，你咋笑哩。”赵石头咧着大嘴笑起来，“俺秀子就掉进醋缸了，我得捞啊。”

“你真坏。”水仙扑进赵石头的怀里用粉拳擂赵石头的胸脯。

“男人不坏，女人不爱。”

“我就不爱！”

“中了中了，快点儿给俺收拾东西，收拾完了早点儿睡，明儿了[④]还得赶路哩。”赵石头推开水仙说。

“收拾啥哩？带好你的枪和飞镖不就中了。”

“不中。队长说了，到洛阳要是联系不上，叫俺直接送到延安。”

“直接送到延安？那得多远啊。”

“不着[⑤]。队长说了，无论如何也得送到，时间不限，必须保证安全。”

“十天足够了吧？”

---

① 念 què，当地念 qò，哄；骗；诓。

② 的。

③ 就这么做。

④ 明天。

⑤ 念 zháo，知道。

赵石头摇摇头。

“半个月？”

赵石头又摇了摇头。

“二十天？”

“不着。”赵石头一边说一边使劲儿地摇头。

“不着，不着，你着啥呀？”水仙叶大噘起小嘴有点儿生气说。

“我要着能不跟你说吗？小日本儿来的时候，咱这里的人都往西安跑，二叔回来说，他走了四个多月。那延安比西安还远哩，谁着得走多少天？”

“你不就是想跟那四儿[①]女哩多腻歪几天吗？！说恁[②]长时间弄啥哩[③]？你不回来也中。只要人家要你，我才不稀罕你哩！”水仙一边说一边把小筐里的馒头往一个小布袋里装。

“你瞎说啥哩？人家都是上级领导的女人，名花有主了，我敢跟人家腻歪吗？”赵石头上前搂住了水仙的后腰，把头俯在水仙的肩膀上，一边蹭一边说：“别吃醋了，快去地窖里给我拿衣裳吧，队长说天凉了，叫我多带点儿衣裳。”

“我不去。”水仙噘着小嘴一甩肩膀挣脱了赵石头。

“去吧，去吧，待会儿我好好犒劳犒劳你。”赵石头又抱住水仙的肩膀摇晃着嘻笑着说。

“去你的。”水仙一把推开赵石头，虎着脸说：“谁犒劳谁呀？”说完，剜了赵石头一眼，一抿嘴儿笑着跑出了窑洞。

赵石头喊一声：“睡觉喽！”一下子跃到了床上。

---

① 念 sè，四个。

② 那么。

③ 干什么。

第三章

赵石头往外跨一步，想让孟春桃走过去，谁知他侧身一看，倒吸了一口冷气。

五更时分，天地一片昏暗。一弯瘦月挂在浮戏山山顶，稀疏的星星散布在天空，眨巴着眼睛看着大地，亚沟村静得出奇。突然，一个黑影跑进了区政府大院。不一会儿，几个黑影急匆匆地走出大院，分头向村里跑去。

一个黑影跑到赵石头家里，拍起了赵石头的门板。

“谁？”赵石头一骨碌儿爬起，一把抓住枕头下的手枪，冲门口低声问道。

“我，二虎。”门外的黑影对着门缝说，“石头哥，还乡团要来了，队长叫你带好东西快点儿去。嫂子，按一号方案行动啊。”

“听见了。”水仙冲门外喊了一声，跳下床一边穿着衣服向外走一边对赵石头说：“俺去帮妈下地窖，你快去快回噢。”

赵石头摸黑穿好衣服，提起小包袱来到母亲住的窑前，看着油灯前母亲穿衣的身影说：“妈，我走了，您多保重啊。”

“小心点儿。”老太太用沙哑的声音嘱咐道。

“欸，我走了。”

“快去快回噢。”水仙在窑内冲外喊。

“知道了。”赵石头一边答一边走，顷刻间消失在夜幕中。

赵石头背着包袱来到区政府大院，李铁柱正在从一个木箱中拿出子弹往小布袋里装呢。

“队长。”赵石头冲着李铁柱的背影叫道。

“啊，来了，她们都准备好了。”李铁柱一边说一边提起那个小布袋交给赵石头说，

“子弹，带上。”

“这王雨霖咋半夜摸来了哩？”赵石头接过小布袋说。

“看样子是冲这几儿[①]女哩[②]哩[③]。”李铁柱拍了拍手，像是要拍掉手上沾染的灰尘。拍了，看看，自认为干净了，就拍着赵石头的肩膀说：“你带她们先走，我跟二虎、大奎打他一个伏击，让王雨霖也看看，八路军走了，咱哩武装还在。”

“对，打他一个伏击。”赵石头说，“俺打了这一仗再走。”

“不中，你必须先走。”

“俺咋能在这个节骨眼儿上走哩？多幺儿[④]人就多份力量！”

“你忘了这几儿女人的身份了？！”李铁柱严肃地说，“不能有一点儿闪失。咱只能教训一下王雨霖，硬打不中。今儿个打了这一仗，就得转移了。”

赵石头见李铁柱的脸色凝重，说话的声音也低了，就安慰他说：“队长，你可得挺住。皮司令不是说了，八路军会回来的，要咱坚持，保持，保持革命乐观主义精神。”

“嗯，俺对革命有信心。”李铁柱重重地点了下头，坚定地说：“这回一定要好好教训一下王雨霖！”

“替俺狠狠地打！”赵石头握紧拳头恨恨地说，“尻他娘，老子出远门也不让睡个安稳觉儿。”

“坏了你哩好事了吧？”李铁柱为了缓和气氛，笑着推了一把赵石头说。

“去你的。”赵石头扬起手中的小布袋佯装着要打李铁柱。

李铁柱一把抓住赵石头的胳膊笑着问：“老实说，大战几儿回合？”

“谁像你？就那点儿出息。”赵石头甩开李铁柱的手回敬一句。

“你有出息就好。”李铁柱收起笑脸，正视着赵石头说：“你夜儿个[⑤]跟我说开玩笑，弄哩我一黄昏[⑥]没睡着。我就担心你在这方面出问题。”

“那你自己去送吧。”

“你将我[⑦]？”李铁柱指着赵石头说，“我还真想过。”

“瞧，是自个儿[⑧]心里有鬼吧。”赵石头指着李铁柱笑着说，“以小人之心度君子之腹。”

“嘿，在这儿等我哩啊。”李铁柱笑着朝赵石头肩膀拍了一巴掌说。

“嘿嘿。”赵石头憨厚地笑了。

---

① 念 jé，几个。
② 的。
③ 语气助词。
④ 念 yuò，一个。
⑤ 昨天。
⑥ 晚上或夜里。
⑦ 象棋用语，将军。
⑧ 自己。

李铁柱收起笑，用右手扶着赵石头的后背说："好，说正经的。你们到了洛阳，由一个人到火车站前的徐记饭店联系。联系暗号是：

"'掌柜的，来一碗烩面。'

"'吃辣子[①]吗？'

"'不吃。多放点儿姜。'

"'吃不吃芫荽[②]？'

"'少放一点儿。'

"如果联系不上，到饭店斜对面的杂货店，联系暗号是——"

"是啥？"赵石头见李铁柱话到嘴边不说了，情不自禁地问了一句。

李铁柱看了看门外，见是大奎从院子里走过，润了润喉咙说："联系暗号是'有桃木梳子吗？'

"'有，你要红胡桃还是黑胡桃？'

"'有水磨桃的吗？水磨桃光溜儿，有花纹。'记住了吗？"

"记住了。"赵石头冲李铁柱重重地点了下头说。

"你给我说一遍。"李铁柱沉着脸说。

赵石头把两个接头暗号向李铁柱复述一遍。

李铁柱又充当接头人，让赵石头模拟了两遍，然后对赵石头说："对，记清楚，别忘了，最好你去联系。"

"嗯。"

"走，我带你见她们去。"

四个女人聚集在区政府后院的一间小屋里。

李秀娟说："大家的意见是一致的，都不同意将图交给他们。那就都藏好了，人在图在。"

"人在图在！"四个女人将手紧紧地团握在一起。

"我就担心走散了。"小辫子柔声细气地说。

"我担心的是我死了！"张淑珍瞪了小辫子一眼，冷冷地说。

"我们不能死！为了图，无论发生什么事，都要坚持活下来。活下来，我们就有相见那一天。"李秀娟张开双臂又将大家搂抱在一起。

"为了图，我们决不分离！"最漂亮的女人坚定地说。

"决不分离！"

"如有泄密者，天打雷轰！"张淑珍昂起头诅咒说。

---

① 辣椒。

② 香菜。

“天打雷轰！”小辫子柔声细气地附和道。

李秀娟和最漂亮的女人没有说话。李秀娟看了看那位最漂亮的女人，又看了看张淑珍和小辫子，严肃地说：“我们都是经过考验的八路军战士，都是共产党员，让图落入敌人的手中，就意味着背叛！”

四个女人对视着，久久不说一句话。门外响起了脚步声，她们见李铁柱领着赵石头走来，默默地站成了一排。

赵石头把四个女人扫视一遍，除第二个体形稍胖点外，个头相差无几，齐刷刷地站在一起，在昏暗的灯光下，就像四个孪生姐妹，很难分辨。

“我给您介绍一下，”李铁柱冲四个女人说，“这位是俺区干队一小队的小队长，叫赵石头。”说着，他把赵石头拉到四位女人面前，接着说：“您都看见了，双枪，使双枪，百步穿杨，神枪手啊。还有，他会武功，扔飞刀，比子弹还快哩。”

“瞎吹啥呀你？”赵石头不好意思地拉了一把李铁柱。

“不是瞎吹，是真哩。”李铁柱笑着对四个女人说。接着，他又拉过赵石头，指着四个女人说：“您先熟悉熟悉，这位叫，叫——”

“我叫李秀娟。”李秀娟自我介绍说。赵石头看了李秀娟一眼，齐肩发，大脸盘，身材比其他三位女人略高一点儿，说话的语调让人感到踏实和沉稳。

“李秀娟，李秀娟同志。这位叫——”李铁柱专门背下了四位女人的名字，就是没有对上号，涨红着脸叫不上来。

“张淑珍。”第二位体形稍胖盘着头发的女人爽快地答道，那声调活像一个豪放的男人，一点儿都不打怵。

“张淑珍，张淑珍同志。”李铁柱一边冲女人们笑着点头，一边看赵石头。与张淑珍相比，李铁柱倒像是一个女人。

赵石头用他那犀利的目光又将四位女人扫视一遍，最后落在第三位最漂亮的女人身上。他等着李铁柱介绍，却发现李铁柱怔怔地看着人家不说话，就摆摆手说：“算了，一下子也记不住，俺边走边熟悉吧。”

“中，中，边走——边熟悉。”李铁柱笑着应和道。

“你咋了？”赵石头用疑惑的眼神看了李铁柱一眼问。他本来想说：“你咋了？今儿个[①]咋不会说话了？”但是，当着四位女人的面，他没有再说下去。

“哦，哦，不咋。”李铁柱干咳了一声，拉开腔一本正经地说：“同志们，蒋匪军真的向我们开战了，我代表浮戏山的人民来送你们。希望你们早日到达延安，向党中央、毛主席汇报一下俺这儿的情况，等仗打完了，再接你们回来。不，我到延安，看你们。”

“大队长，让我们也参加战斗吧。”李秀娟把搭在肩前的头发向后一捋，非常诚恳地对李铁柱说。

---

① 今天。

“是啊，让我们参加战斗吧。”

“让我们打完这一仗再走。”众姐妹一起嚷着请起战来。

“队长，就让俺打了这一仗再走吧。”赵石头听到女人们请战，自己的手也痒了，他想狠狠地打一下王雨霖的还乡团。

“不中，出发。”李铁柱坚定地说。

“队长——”

“出发。”李铁柱打断了张淑珍的话，把大手一挥，斩钉截铁地说完，自己先走出了窑洞。

赵石头和四个女人都不说话了，默默地跟着走了出去。

“石头。”李铁柱看着五个人都走出区政府大院上了路，又叫住了赵石头。他拉着赵石头的手，喉咙蠕动了半天才说出一句话：“去吧，快去快回。”

“嗯。”赵石头冲李铁柱重重地点了下头，转身追上四位女人。

李铁柱紧跑几步，追上赵石头说：“石头，我会照顾您娘的。”

“谢谢，你回吧。”

“您娘就是俺娘。”李铁柱冲着赵石头的身影轻轻地喊了一声。但是，这一声，在赵石头的耳畔不停地回响着，像滚滚震雷。

阴霾的夜晚，天空没有月亮，大地一片漆黑，四周显得出奇的静，小河里涓涓的流水声像是送行人止不住的哭泣。五个人摸黑走在山间小路上，听着趿趿拉拉的脚步声和衣服摩擦的“嚓嚓”声，单调极了。走了一阵子，张淑珍觉得有些沉闷，想活跃一下气氛，就回过头问：“赵石头同志，你还没有结婚吧？”

“嗯。”赵石头心不在焉地应了一声。

“你尽问废话，要有媳妇那李队长就不会那么说了。”最漂亮的女人抢过话茬儿说。

“那会怎么说？”

“赵石头同志，你放心去吧，我会照顾好您娘和您媳妇的。”最漂亮的女人学着李铁柱的口气说。

“不，不，不。应该是——请把媳妇交给我吧！”走在最后面的小辫子抢着说。她的声音本来就柔声细气，这时又变成了嗲声嗲气，活像个没成年的女孩儿翘着舌头讲话。她说着自己先“咯咯咯”地笑了起来。

“那，李队长最后就该这么喊了。”张淑珍接过话茬儿，学着李铁柱的口气压低声音喊道：“你媳妇就是我媳妇！”

“哈哈哈……”四个女人都笑了起来。

“别说话。”赵石头低吼一声。心想，人们说“三个女人一台戏”，这四儿[①]女人，够唱连台戏了！还不认识哩就这么挤兑我，这一路上不知道要被她们捉弄成啥哩。转而又

① 念sè，四个。

想，人家女孩子为了革命，背井离乡，连命都不惜，挤兑你两句，拿你开开心又有什么。还是个男人哩，这点儿肚量都没有。想到这儿，他看了看低头走路默不作声的女人们，低声说："小心点儿，道儿黑，石头多，有水。"

赵石头见没有人理他，全一个劲儿低着头走路，也觉得没趣，就紧走几步走到最前面带路。他一边走一边琢磨，这大城市的女人走山路咋跟乡下人似的，一点儿也不含糊。他心里这么想着，嘴里就说了出来："你们真行，城里人还能走这山路。"

"你以为我们是资产阶级小姐呢？！我们姐儿几个都是穷苦出身。"张淑珍从后面抛出一句。

赵石头朝后看了看，想了想，说："我叫赵石头，你们都知道了，家里有个老娘。"赵石头说到这儿停住了，本想说还有媳妇水仙，想到刚才人家问他"还没有结婚吧"，他"嗯"一声，那就是说没有。再说，跟人家女人讲自己媳妇，也不好意思，显得没有出息，这一路上还不得叫她们几个说他想媳妇怎么着的，授人话柄。他见没人应声，就接着说："今年二十五岁。队长让我护送你们，我豁出命来也要保证你们的安全。"他告诉自己尽量不说土话，怕四位女人听不懂。他看众人还不说话，就说："我还不认得你们哩，这样吧，一个一个来，自我介绍一下。"他说着向旁边跨一步，让过李秀娟说："李同志，你先说。"

"不是告诉你了吗？李秀娟。"李秀娟不情愿地说。

"能不能详细一点儿？我想多了解你们一些情况。这样，咱们了解的多了，就有共同语言，这一路上也好交流。"赵石头的话里能让人听到真诚和微笑，他是区干队读书最多的人，官虽不大，但说话的语气有一种让人不可抗拒的力量。

李秀娟回过头看了看赵石头，心想：这人名字不雅，长得也像个粗人，没想到说起话来还文绉绉的挺有水平；他虽有口音，但没啥土话，是不是当地人呢？好奇心打开了她的话匣子："赵石头同志，你是本地人吗？"

"嗯。"

"你在外面上过学？"

"没有。"

"那你读过书吧？"

"嗯。"

"在哪里？"

"慈云寺，师傅教的。"

"噢——"李秀娟找到了答案，在黑暗中若有所思地点了点头。她们四个人都是太行部队医院的，领导派她们到浮戏山抗日根据地医院工作。在她离开太行部队医院前，有人告诉她，浮戏山一带风景非常美丽，有一个比洛阳白马寺还早的慈云寺。她虽然不知道慈云寺在什么地方，但她知道，寺庙里的师傅都是学问高深的人。她本想到浮戏山后，好好看看根据地的风景，考证一下慈云寺是不是中国最早的佛教寺庙，没想到国民党这么快就撕破了脸皮，她们还没有走到浮戏山，部队就已经撤离了。

“那你的武功也是在慈云寺练的吧？”最漂亮的女人接着李秀娟的话茬儿问赵石头。

“嗯。”赵石头又回过头看了看她，虽然看不清人，也叫不上名字，但他知道这个女人最漂亮。这位最漂亮的女人点燃了赵石头的男人气概，他心想，我让你们自己介绍，反而成了你们审我，真是城里人——精明。他眼珠一转，接着说：“言归正传。李同志，你说吧，简单介绍一下，让我先抓住特点记住名字，详细情况，咱们边走边聊，路远着哩，有的是时间。”

赵石头看李秀娟没有接话，就装糊涂地问：“您是叫——李什么娟。”

赵石头的问话打断了李秀娟的思绪。她回头看了赵石头一眼，一甩头，一边向前走一边说：“李秀娟。正定人，太行部队医院医生。”

赵石头看着李秀娟的齐肩发，在心里默记，齐肩发，大脸盘，个最高，李秀娟。他在心里默念了几遍李秀娟的名字，也没听到李秀娟下面的话。就问：“是‘娟秀’那两个字吗？”

“我不知道，没文化。”李秀娟冷冷地回答。

“哎，赵石头，没想到，你还挺会贫嘴的啊。”张淑珍接过话笑着说。

“啊，啊，俺不是有意的，不是有意的。”赵石头也意识到了自己是把人家李秀娟的名字倒着问了，就真诚地说：“对不起，李秀娟同志，俺是想记得真一点儿。”赵石头一着急，河南话又出来了。

“是想亲切一点吧？”最漂亮的女人笑着说。

“刘红云，瞎说什么呀？”李秀娟回过头向后边丢了一句，然后冲赵石头重重地说：“就是那两个字，还问什么？”

赵石头的脸“刷”地一下红了，结结巴巴地说：“没，没，没啥。”说着，他向一侧跨一步，让过张淑珍，轻轻地说：“你。”就插到了张淑珍的身后，并顺势看了一眼后边那位最漂亮的女人，在心中念：“刘红云”。

张淑珍与赵石头擦肩而过，爽快地自我介绍说：“张淑珍，弓长张，窈窕淑女的淑，珍宝的珍。石家庄人，太行部队医院护士长。”

“就你还窈窕淑女呢？不如说是张飞的妹妹。”走在最后的小辫子又柔声细气地笑着接上了。

赵石头又情不自禁地回头看了看身后的两个女人，笑笑，又看前面的李秀娟和张淑珍，在心里记：齐肩发李秀娟，盘头发张淑珍，张淑珍最胖、最壮、最直爽。他又在心里默记了两遍，见张淑珍没有了下文，正想要问，突然听到刘红云说：“你们听，什么声音？”

“水声。”

“流水声。”

“嗬，这么大声，那水该多大啊。”

“可大了。”赵石头介绍说，“这股水有两丈来宽，从山半腰的石缝里钻出来，蹿出石壁没有一丈远也有八尺，直落到山下的石庵儿上，溅起的水花把河道都盖严实了。”

“啊，那一定很美。”走在赵石头身后的刘红云感叹道。

“白天看可美了。”赵石头接着介绍说，“在阳光下，从不同的角度，能看到不同的彩虹。”

“是吗？”李秀娟接着说，“我最喜欢有山有水的地方了。”

“仁者爱水，智者爱山，您是仁智之人。”张淑珍带着讽刺的口吻回应道。

“有‘疑似银河落九天’的感觉吗？”李秀娟并不计较张淑珍的话，兴奋地问赵石头。

“有，还真有点儿那味道。从远处看，就跟山半腰挂着一条白飘带一样。”

“你倒挺会形容的啊。”刘红云接过赵石头的话茬儿说。

“不是俺会形容，好多人都这么说。还给它起名叫‘百丈瀑’哩。”

“百丈瀑？好名字。”张淑珍赞叹道。

“有一百丈长吗？”李秀娟问。

“差不多。”赵石头答道。

“我们北方还有这么大的山水，真是奇迹。”刘红云像是自言自语的感慨又像是对大伙儿说。

“还有比这儿更大的哩。”赵石头接着说，“石寨门瀑布有十几丈宽，可壮观了。百丈瀑跟它比，也只能算‘飞流直下三千尺’，石寨门瀑布才真叫‘疑似银河落九天’哩！”

“有这么大的水，这座山一定很美。”张淑珍回头看了一眼赵石头说。

“那当然了。”赵石头接着说，“这座山的名气可大了。古时候就是风景区，历史上有好多名人来过这儿，都形成了，形成了浮戏山文化了。”

“浮戏山文化？都包括啥？”刘红云紧跟一步问。

“可多了。光这座山的名字就有一大堆，什么浮戏山、童戏山、阳城山、石城山、玉仙山、方山、老庙山。”赵石头掰着指头说到这，停了停，见没人应话，就接着说：“每个名字都有出处。浮戏山是《山海经》里记的，起初用的是‘凫水’的‘凫’，不是‘漂浮’的‘浮’。阳城山是《左传》里写的，不着[①]是人们爱联想，还是看《山海经》的人多，浮戏山这个名字叫得最响。这浮戏山不仅是风景名胜区，还是历代兵家必争之地，被称作‘九州天险’、‘洛阳屏障’，从古到今，光山寨就修了几十座。”

“还有山寨呢？”刘红云又接着说，“光听说占山为王，安营扎寨，还真没见过山寨是什么样子呢？”

“就是住人住兵，防别人进攻的石头城。”赵石头接着说，“每个寨子都不一样，全依山而建，五花八门。”

---

① 念 zháo，知道。

“那这几十座山寨也成一道风景线了。”刘红云又感叹道。

“嗯，还真是一大景观哩。”赵石头一边想一边说。他回头看了一眼刘红云，心想，这女人不但漂亮，还挺有思想。想完，笑笑，接着说：“惯许[①]是俺这里的人看惯了，也惯许是浮戏山的景致太多了，都没把山寨当回事儿。”

“都有啥景致？”张淑珍学着河南话问。

“景致可多了，有个民谣是自咤[②]唱的。”赵石头润了润喉咙，小声唱道：“‘浮戏山神仙管，神有108位，峰有108座，洞有108条，庙有108个，泉有108眼，树有108种，鸟有108……’”

“都是108啊。”张淑珍不等赵石头唱完就笑着插话问。

“民谣是这么唱的，谁也没考证。”赵石头回答说，“不过，皮司令在这建根据地时，考察地形，数过这山峰，还真是108座。那庙啊，可就多了，有二百多个呢。”

“这里一定是个风水宝地。”李秀娟接过话茬儿说，“和尚道士选址建庙很讲究的。我真想在这里多待几天再走。”

“留点儿遗憾吧。”赵石头笑着说，“等仗打完了，我给你们当向导，这里的寺庙我几乎都去过。”

“到那时，我就住在这里不走了。”张淑珍接着说。

“你也想当神仙啊？”刘红云接过张淑珍的话茬儿说。

“是啊，等仗打完了，我就住在这里，当第109个神仙，逍遥逍遥。”张淑珍说。

“你呀，当尼姑还差不多。”李秀娟也找到了挖苦张淑珍的机会，笑着说。

“不管是当神仙还是当尼姑，我呀，是非回来看看不可。这次看不上太遗憾了。”张淑珍说。看来，她对李秀娟的反唇相讥并不在意。

“听，水声多大啊，像敲鼓似的。”刘红云说，“我们路过瀑布吗？”

“不路过，瀑布在山那边哩。”赵石头回过头冲刘红云指了指山体说。

“在山那边都这么大声啊！”刘红云感叹道。

“是从那个山口传来的。”赵石头指着山沟对面黑乎乎的山口说。

“看不见太遗憾了！唉——”李秀娟叹了口气不说话了。

众人都不作声了。他们默默地向前走，那瀑布的水声慢慢地小了，最后只剩下了山涧小河的流水声，“哗哗啦啦”“叮咚叮咚”变换着。赵石头听着几位女人的脚步声和衣服摩擦的“哧啦”声也感觉到了压抑，就先咳了一声，然后说：“其实啊，咱们走这边的风景也很好。”他看了看大家，没一个人接话，就继续说：“区政府那地方叫亚沟，你们都看到了，就像小江南似的。可以说是北方的水乡吧？村里的人家家都养鸭子，卖鸭娃儿，所以，人们也称亚沟叫鸭娃儿沟。亚沟的地形又像把罗圈椅，所以人们又叫它椅子圈。

① 可能；大概。

② 这样。

“刚才，我们听到瀑布声的那个山口，叫楝树口，那棵大楝树传说有一万多年了，五个人都抱不住。晚上看不清，白天看，大楝树的树枝都把整个山口遮住了，麻利[①]点儿的人爬到树上，能从山这边爬到山那边。大楝树下还有个大石头，就像一只青蛙扬着头要向前边跳一样，所以人们叫它蛤蟆石。

“我们前边这个村叫杨树沟，原名叫养驿沟，是当年乾隆皇帝在这养驿马的地方。杨树沟右边那个山凹叫皇姑峪，是当年皇姑住的地方。咱们下边这条河叫响泉河，你们仔细听听，前面有没有流水的叮咚声。”

赵石头停住了说话，也认真地听了会儿那流水的“叮咚”声，见大家都不说话，就又干咳一声，说：“听见了吧？那是鸽子窑和牙猪泉的泉水从山缝里流出来的声音，所以人们就把这两股泉水汇成的河叫作响泉河了。这河对面那座山，叫猴驼腰，山腰的山洞里住着很多猴子。还有十八盘，上山得绕十八个弯，也叫十八扭、十八板，山坡虽然陡，风景可好了。”

“别说了，再说，我真不想走了。”张淑珍说。

“不想走你就留下，找个好男人嫁了。”刘红云笑着说。

“我是真不想走了。”张淑珍叹了口气说，“太美了。别说找个好男人嫁了，就是死到这儿也心满意足了。”

“乌鸦嘴。”李秀娟回头冲张淑珍丢了一句。

“好了，都不说了，咱们接着认识。”赵石头见她们又要“搭台唱戏”，就急忙岔开话题说：“第一位叫李秀娟，正定人，太行部队医院的医生。第二位，张淑珍，石家庄的，太行部队医院的护士长。对吧？”

赵石头见没人理他，就向一侧跨一步，让过刘红云说：“您，第三位，我看您挺有思想的，介绍一下吧。”

“是挺漂亮的吧？”张淑珍回过头来与赵石头开玩笑说。赵石头没搭话，刘红云正好走上前推了张淑珍一把说：“去你的！”

张淑珍打了个趔趄。赵石头看在眼里，急忙说：“路不好，别打闹。”接着，又缓和口气说：“刘红云，你介绍吧。”

“哎，你咋知道她叫刘红云了？”张淑珍又回过头来疑惑地问赵石头。

“刚才，李秀娟，李医生说的。”赵石头有点儿不好意思地说。

刘红云也回头看了赵石头一眼，心想，这男人还挺有心的，要不然，别说是在寺庙里学了几年，即使在寺庙当一辈子和尚，也不会满腹经纶。想到这，她想给赵石头更深的印象，就学着河南腔介绍自己说，“俺是白洋淀人，游击队队员，来学卫生员的。”

赵石头在李秀娟说刘红云的时候就记住了刘红云的名字，刚才刘红云的一系列问话也给赵石头留下了深刻的印象，再加上她这咬文嚼字的河南腔和游击队队员的身份，给

---

① 利索。

赵石头的印象就更深了。赵石头看了看刘红云那剪得齐耳朵的秀发，兴奋地笑着问："是红色的红，云彩的云吗？"

"对，红色的云彩。"刘红云用一副河南腔答道。

"你猪嘴上插大葱装什么象啊？"张淑珍被刘红云那河南腔逗笑了，回过话头笑着打了刘红云一下说："你是不是想'留下彩云一片'呀？"

"你才是狗嘴吐不出象牙呢。"刘红云上前一步又推了张淑珍一把，因为张淑珍说的后一句话是一位伤员给刘红云的情书里写的。

"我们红云呀，可是我们医院里的大美人，男伤员看着她，'做手术都不用打麻药了'。"张淑珍也不理会刘红云的推打，头也不回，一边紧步向前走一边笑着说。她又说出了那伤员说的一句话，在她的意识里，赵石头的兴奋，是因为赵石头看上了刘红云的美貌。

"去你的。"刘红云又上前推了张淑珍一把。

"这是你的光荣啊！"张淑珍笑着向一旁闪开，回过头对刘红云说完，又冲赵石头说："在医院，伤员都围着我们红云转，屁股后边有一大串男人追呢。"

"你这张嘴呀。"李秀娟回过头轻轻地打了一下张淑珍，笑着说："好了，好了，别瞎说了！"

"谁瞎说了，事实就是这样嘛！"张淑珍一本正经地说，"那个大胡子团长说，说什么来着？"她停顿一下，学着大胡子团长那宽厚的男中音说："只要刘红云往阵前一站，能顶几十条枪啊。"

赵石头听到这儿，心里一乐，怎么领导都这么说呀？他又想起了皮定钧司令员说过的话——要保护好女同志，她们一人能顶几十条枪呢。

"人家说的也包括你。"李秀娟笑着说，"还贤淑的淑呢，我看你呀贤淑不到哪里去，谁娶你谁受气。"李秀娟是这四个女人里的老大姐，她之所以这么说张淑珍，是怕刘红云与她争吵。

"秀娟姐，您这可说错了，就有个伤员求我给他们说和呢。"刘红云笑着说，"张淑珍，我没瞎说吧？"

"求我给你说和的更多，有的情书还是我帮着写的呢。"张淑珍笑着说。

"好了，好了，你们俩呀，别打嘴仗了。"李秀娟在中间说和。

"你们不是北平来的呀？"赵石头急忙插上他早就想问的话。李铁柱明明告诉他说这四个女人是北平来的，看她们几个走山路那么溜儿，他就怀疑她们不是城里人，听她们这么一介绍，就更忍不住要问了。

"我们，啊——，是北平派往延安的。"张淑珍迟疑了一下笑着说，"不过，我们的孟春桃是北平人。春桃，你是北平什么地方的？"

"春桃——"赵石头想，肯定是走在最后边那个瘦小的扎着小辫的说话柔声细气的那位女人。他往外跨一步，想让孟春桃走过去，谁知他侧身一看，倒吸了一口冷气。他向远处看看，四周如铁筒合围一样黑。又向前看了看几个女人，在心里默数“一、二、三。”还是少一个，少一个女人。他下意识地拔出手枪压低声音说：“注意，有情况。”

“怎么了？”众女士向四周看了看，异口同声地问。

“少了一人。”赵石头轻轻地说。

“春桃！”

“春桃呢？”

三位女人停住脚步，确认走在最后的孟春桃不见了。

“春桃。”

“春桃——”

“春——桃——。”

“孟——春——桃——”三个女人不约而同地喊了起来。

“别喊了。”赵石头低吼了一声，三个女人立刻停住了呼喊。赵石头接着说：“想必是被山寨里的土匪摸去了。”

“这可怎么办呢？”张淑珍焦急地问。

“我有——”赵石头的“办法”二字还没有出口，山口就传来了激烈的枪声和手榴弹、地雷的爆炸声，惊天动地。

“别怕，是我们区干队在伏击敌人。”赵石头看着山前的火光说。

“我们回去。”刘红云拔出手枪说，“先帮李队长他们打敌人，再找孟春桃。”别看刘红云漂亮，像个大家闺秀，其实她是个听见枪响就兴奋的人。在白洋淀里跟鬼子伪军打游击，大仗小仗几乎天天打。到太行部队医院后，连枪都没摸上。来根据地的路上，眼看着还乡团追上来了，还没有开打，就遇到李铁柱他们了。

“对，我们回去。”张淑珍也拔出手枪说。

“不中。”赵石头一步跨到了路中央挡住了三个急于返回的女人。

“那，孟春桃怎么办？”刘红云急切地问。

“我想办法。”赵石头坚定地说，“队里派我护送你们，你们就得听我的。”赵石头扫了一眼面前的女人说，“你们谁是党员？”

“我是。”

“我是。”

“我也是。”

赵石头本想找出个党员协助自己工作，没想到三位女人都是党员。他为自己刚才说出的话而脸红，因为他自己还不是党员呢。他眼珠一转说：“我知道你们都是党员，是党员嘛，就要，就要以党的事业为重，不能因小失大。”

赵石头见他的话把几个女人震住了，就缓和了口气说：“这儿你们不熟，先寻①个地

---

① 找。

儿躲躲，我回去寻她。”他见几个女人都不作声，就说：“刘红云断后，跟上。”说着朝路边山坡上走去。

走到一个山洞旁，赵石头示意大家隐蔽。他抓起一颗石头扔进山洞，里面扑楞楞地响了一阵。他说：“鸟。”接着又扔进一颗、二颗、三颗，几只小鸟扑扑楞楞地飞出山洞没入昏暗的山中。赵石头说：“我进去看看。”说完，他一个箭步跃跳到了洞口。

赵石头走进洞内。洞内一片漆黑，伸手不见五指。他用手在洞壁上摸着走了两步，摸到一个石坎，向前探了探，很深，就摸着走了进去。他走了三四步停下来，划着一根火柴，洞内顿时亮了起来。他抓了一把洞中的干草点燃，又捡了一根又长又粗的干草根点着，插在石缝中。他看清了，这个小坎，一人多高，二米来深，宽窄不等，能藏十几个人。他退到主洞，借着昏暗的火光，发现这个洞高宽相当，约三米左右，深四五米，洞内只有这么一个小坎。

赵石头走出山洞，招呼三位女人进去，又捡起一根长干草根对着那根即将燃尽的草杆点燃，冲几位女人说：“你们就藏在这里，若害怕，就点这个。”他看了看地，接着说：“记住，只能在坎里点，外面看不见。若在洞内点，外面就看见光了。”

赵石头看了看三个女人，咽了口唾沫说：“刘红云警戒，我回去找人。若有人来，先喊话，不听就开枪打，我听到枪声就回来。”

小坎里的草杆燃尽了，洞里又是漆黑一片，四个人谁也看不见谁，但彼此都能感觉到对方的呼吸。赵石头深深地吸一口气说：“我回来之前，没有特殊情况不能出洞。对了，你们谁来负责。”

“就让刘红云负责吧。”李秀娟说。

“不，还是秀娟姐负责。”刘红云急忙说。她们一行四人，一直是由李秀娟这位大姐大挑头的，只是赵石头感觉刘红云比她们几个强，才点了刘红云的将。

“中，就秀娟姐负责吧。”赵石头也没来得及多想，跟着叫了一声“秀娟姐”，他接着说：“这山上有很多这样的洞，是古代挖银矿留下的，都叫它‘银峒洞’。有些洞是连着的，可以打游击。天亮我要是回不来，你们就依据银峒洞坚守，等咱们的人接应。”赵石头说完把背着的包袱放在洞中，走向洞口，一边走一边问：“是叫孟春桃吧？”

“是，孔孟之道的孟，春天的春，桃花的桃。”张淑珍答道。

“记住了。”赵石头一边搭话一边向洞外走。

“注意安全。”李秀娟冲赵石头说。

“嗯。”赵石头回过头，迟疑一下，对洞里说：“加强警戒，我去了。”说完，转身隐没在黑夜里。

三个女人站在洞口看着赵石头身影消失的方向，听着他远去的脚步声。

赵石头走路很轻，他的脚步声很快就消失了。李秀娟看了看黑幽幽的山谷说：“刘红云警戒，咱俩儿到小洞里坐会儿。”她说着，自己情不自禁地“哧哧”笑了起来。

“你笑什么？”张淑珍推了李秀娟一把说。

“我说，要我安排呀，肯定安排你警戒。”李秀娟拍了一下张淑珍说，“可是人家赵队长看上的是刘红云，咱得重用一下不是。”

“哎，你这一说我倒想起来了，那赵石头好像对咱红云还真有点儿意思。”张淑珍笑着说。

“瞎扯。我看你们呀——”刘红云接过话茬儿说，“都什么时候了，还瞎扯。”

“怎么了？我们这叫——苦中作乐。”李秀娟回敬刘红云一句。

“别说话。”刘红云冲洞内低吼一声，接着说：“你们听。”

三个女人都听到了脚步声，由远及近。

“谁？”刘红云将枪口对向那人影低声喝道。

“我，赵石头。”赵石头轻轻地应了一声。

“你怎么又回来了？”李秀娟急切地问。

“我弄了点儿蒿子杆，你们点亮用。”赵石头走到洞口，把一捆长蒿杆交给李秀娟说。

“哎呀，你快去找孟春桃吧，还弄这些干什么！”李秀娟接过蒿子杆埋怨赵石头道。

“洞内有点儿亮好。”赵石头说完，转身三步并作两步又隐没在黑黝黝的山林中。

这浮戏山集石英岩、溶岩、黄土丘陵三种地貌于一体，山峰险峻，怪石嵯峨，层峦叠嶂，风物诡谲。山中林木丛郁，溪水淙淙，有大小几十个山寨。这些山寨大都修建在悬崖峭壁之上，有宋元时期抗金抗元修建的，亦有明清时期官府为抵御起义军和起义军为攻打官军修建的，现在却成了人们躲避战乱的堡垒。他们结寨自卫，抢官劫富，开荒耕种，育林狩猎，过着占山为王的生活。说他们不是土匪吧，他们隔三差五地下山抢上一通；说他们是土匪吧，他们很少祸害山下的老百姓，一些生活不下去的人还都上山投奔他们哩。八路军、区干队多次进寨争取他们抗日，他们都明哲保身，以不问世事婉言拒绝。赵石头曾与其他同志一起进过寨子，也曾一个人进过寨子，有十几个寨主他都认识。那些挎着枪到处抢的小喽罗都知道赵石头的枪法准、飞刀快、武功高，见了赵石头都点头哈腰，没有人敢拿小命儿与他赵石头叫板儿的。所以，赵石头一边往回找，一边喊：

“我是赵石头，哪个寨子的兄弟误把俺表妹接去了，请赶快给送回来，省哩[①]俺娘着急。”

“孟春桃，孟春桃。”

“我是赵石头，俺表妹孟春桃走失了，谁见到了，赶快叫她回来，俺娘在家都急哭喽。”

“我是赵石头，哪个寨子的兄弟误把俺表妹接去了，赶快给送回来，不然，俺没法给亲戚交代。”

“我是赵石头，谁见俺表妹孟春桃了，赶快叫她回来，要不，俺没法向亲戚交代。”

① 免得。

“我是赵石头，哪个寨子的兄弟误把俺表妹接去了，赶快叫她回来，俺家亲戚等着她回家哩。”

赵石头一边走一边喊，走到楝树口的大楝树下停住了。他清楚地记得，就是走到这里，四个女人开始拿他开心了，当时他走在最后面，孟春桃就走在他的前面，孟春桃还开“你媳妇就是我媳妇”的玩笑了。

赵石头站在大楝树下又喊一阵儿，见没有动静，就坐在了树下方的蛤蟆石上。他想等一等。他断定孟春桃是被土匪劫去了，土匪听到喊声没有马上作出反应，是在商量对策，说白了，就是在琢磨是否将孟春桃送回来。

赵石头坐在蛤蟆石上，听着山外的枪声息了，他的心像刀绞一般。他不知道队长和二虎、大奎他们怎么样了，还有娘和水仙。他后悔自己太大意了，只想着这时候山上没有国民党军队和王雨霖的还乡团，没料到山寨里的土匪会在他背后来这么一下子。娘娘的，好好的一个大活人在自己眼皮底下让人给劫去了，能不生气吗！他一边生闷气，一边想办法。人不知道上哪儿去了，想的办法也就没有什么实质性内容。他越想越气，把手中的石头狠狠地往地上一摔，站起来向李秀娟她们藏身的方向走去。他不能回亚沟村，一是担心银峒洞里的三个女人，生怕她们再出什么乱子；二是李铁柱已明确告诉他，他们打了这一仗就撤走，究竟撤到什么地方了，他不知道。党组织活动转入地下，怎么联系，他也不知道。他完成任务后，要听从那边党组织的安排。

赵石头一边走一边想，今晚土匪若不把孟春桃送回来，天一亮他就去将军寨，找将军寨的寨主牛半山要人。将军寨是浮戏山中最大的一个寨子，也是十几个寨子的盟主，只要将军寨一声号令，其他寨子都得听从。总之，找到牛半山，准能找到孟春桃。孟春桃不可能是让狼叼去了，如果是，准有响声，他们几个人早就发现了。孟春桃肯定是让人给劫去了，这里没有国民党、还乡团，那只能是山寨里的土匪，究竟是哪个寨子里的人干的，就请牛半山给查找了。

赵石头拿定主意，一路叫着往回赶。刚走了不到一半儿路，就听见三个女人藏身的方向传来“啪啪”两声枪响。

“不好，出事儿了。妈的！”他在心里骂了一声，拔腿朝响枪的地方跑去。

第四章

张三旺看着孟春桃，想着另外三个女人，想到那三个女人中居然还有比眼前这个美人更美的人，就拿定主意要把孟春桃送给牛半山。

原来，凤屏寨的土匪看八路军全部撤走了，没有了约束，趁机进城抢了一些东西，二寨主王长贵带人给他的情人送了一些。王长贵的情人就是王雨霖的三姨太马红英。八路军进驻豫西时，认贼为父、为非作歹的王雨霖悄悄逃跑了，不甘寂寞的马红英就和王长贵鬼混了起来。豫西是武术之乡，王长贵专门拜师练过几年，他身强力壮，不仅能把寨子里的石磙举起来，还会轻功、点穴，在凤屏寨里无人能敌。他带领四个小喽罗把东西送到王家，受到了马红英的热情招待，小喽罗喝多了，王长贵睡够了，半夜爬起来往山寨走。他们歪歪斜斜地走到小龙池，到温泉里美美地泡了个澡，又懒洋洋地绕到了白亮峪。

当地人都知道，1942 年 4 月的一个夜晚，白亮峪内突然爆发了明亮的光，把整个峡谷照得像白天一样。白光整整亮了半个多小时，胆大的人结伴跑去，却找不到发光的物体，有人说是潭里的珍珠在发光，有人说是浮戏山的佛光普照，阴阳先生说是群仙在斗宝。自那以后，好多人夜晚到白亮峪蹲守，以求得到珍宝，山寨里的土匪更是不甘落后，派兵把守。几年过去了，虽然一无所获，但是让贪财者久久难忘。今晚，王长贵一行取道白亮峪，也有顺路掠宝之意。他们虽然没有发现什么宝物，却发现了楝树口有人向白亮峪运动，而且听到了女人的说话声。对于这帮土匪来说，听到女人的声音，比得到金银财宝都来精神。

王长贵示意手下躲在路旁看个究竟。

赵石头带着四个女人说说笑笑一路走来。孟春桃走在最后，当她走过几个土匪的藏身地点后，王长贵蹑手蹑脚地跟了上去，“啪啪”几下点中了她的穴位，她不仅动弹不了而且也喊不出声来，眼睁睁地看着战友们消失在黑夜中，她被王长贵抱着跑上了另一条山道。

不一会儿，王长贵带的几个人追上来。二蛋嬉笑着对王长贵说：“大哥，真抢了！”

“咋了？”王长贵放下孟春桃，冲二蛋瞪起眼睛问。

“寨子里不是规定不叫抢占女人吗？”

“我这是抢。尻他娘，只要我不要，就不是抢占！”王长贵的眼睛瞪得更大了。

“那寨规也不允许啊。”二蛋一边嘀咕着一边凑上去看孟春桃的脸。

“你懂个球。”王长贵搬着二蛋的脖子把二蛋的头转到一边，对二蛋也是对另外三个土匪说：“寨子规定不许抢占女人，是指不许抢占咱当地的女人。都是乡里乡亲的，寨主有顾忌，怕落骂名，更怕激起民愤，寨子无法生存。知道吗？”

王长贵见众人不吱声，接着说：“尻他娘，我抢这个是外乡人，谁敢龇龇牙。再说了，我也不要，让当家的送给牛寨主。牛寨主的秀子[①]死了两年了，还没续弦哩。尻他娘，咱给他送个女人，他不高兴死？咱们呀，等着领赏吧。”

“二当家的说的是。”狗子附和着说，“听口音，这几个女的都是外乡人。”

“那就都抢了呗。”二蛋又凑上前说。

“找死啊你。”王长贵瞥了二蛋一眼，一边搜孟春桃的身一边说：“尻他娘，你没听那娘们儿说，是啥医院的啥？准是八路。还有，那男的——”王长贵突然停住不说了，他摸到了孟春桃的手枪。

“看看，啥东西？枪。”王长贵把孟春桃的小手枪拿在手里端详一会儿，冲众土匪晃了晃说：“瞧，这——枪。嘿嘿，精致。尻她娘，真是意外收获。”

“那就一块儿抢了吧。”狗子急切地说，“又是女人又是枪，放走了，多可惜。”

“你没听大哥说她们是八路！”二蛋站在王长贵一边抢白狗子一句。

“八路咋了？八路的大部队都撤走了。这四儿[②]女人，抢过来就是咱的秀子了。”狗子不屑一顾地说。

“尻他娘，放了是他妈可惜，咱弟兄们都还没有秀子哩。”王长贵拍着脑袋说。

“就是。抢过来大哥先挑个好看哩，不吃王雨霖的剩了！”狗子一听王长贵的话就有点摩拳擦掌了。

“咋说话哩你？！”王长贵瞪起眼睛冲狗子低吼一声，吓得众土匪谁也不敢再言语了。

山谷里死一样的静。王长贵看了看天，又看了看四周，压低声音说：“这样吧，狗子、二蛋，你们两个人追上去盯着他们，我回去多带些弟兄来。尻他娘，一不做二不休，统

---

① 老婆；妻子。

② 念 sè，四个。

统拿下。”

“是。”狗子和二蛋乐得屁颠颠地向赵石头他们走的方向追去。

狗子和二蛋追上赵石头一行，正赶上张淑珍和刘红云在打嘴仗，二人听到女人说话就来精神，一听到“美人”二字更是情不自禁。两人一边远远地盯着前面的女人，一边想着好事偷着乐。突然，狗子低叫一声：“趴下。”拉着二蛋趴在了地上。

二蛋一点儿防备都没有，被狗子一拉，吓得急忙向下趴。山道不平，凸出的石头硌住了嘴，疼得他直吸冷气不敢吭声。他抬起头，看到前面的四个人停下来，并拔出了枪，以为发现了他们，又吓得出了一身冷汗。

狗子和二蛋趴在地上一动也不敢动，直到看见赵石头他们又往前走才长长地出一口气。

“我还当他们发现咱了哩。”狗子长出一口气说。

“日他姐。”二蛋吐了口嘴里渗出的血说，“把嘴都磕流血了。”

狗子看着二蛋的狼狈样儿笑了，拍拍二蛋的肩膀说：“没福气呀，嘴肿了，就是抢上一百个娘们儿，你也亲不成了。”

“我屄。”二蛋急忙摸了下嘴，有点木，有点疼，也有点肿。他又吐了口带血的唾沫狠狠地说：“我屄拆她！”

狗子又笑了，推了一把二蛋说：“快，都没影儿了。把人盯丢了，你屄石头？”

二人嘻笑着又追了上去。他们看着赵石头把三个女人安置在银峒洞里，自己下了崖从山道上往回走。狗子又乐了，拍拍二蛋说：“真是老天有眼，给咱送秀子来了。你看，那男的把她们藏起来就走了。”

“日他姐，等大哥带人来了，就全——”二蛋的话没说完，就听着赵石头在路上喊：“我是赵石头，哪个寨子的兄弟误把俺表妹接去了……”

“赵石头。”二蛋惊叫一声，打了个寒战。

“赵石头。”狗子傻瞪着眼看着二蛋重复了一句。

二人傻瞪了一会儿，二蛋埋怨狗子说：“你嘴臭。你要不说叫我屄石头，也不会碰上赵石头。日他姐，这回全完了，一个也屄不成了。”

“瞎说个球。”狗子冲二蛋丢了一句。

“你没听他吆喝？叫把人送回去哩。”

“他说送就送了？！他是谁？蒋介石还是牛半山？”狗子瞪了二蛋一眼说，“我在这儿看着，你赶快回去迎迎大哥，让他们快点来，千万别跟赵石头碰上。咱让他赵石头那幺儿[①]没找着，这仨也丢了。”

“欸。”二蛋应声就走，走两步回过头对狗子说：“你盯好，千万别让她们跑了。”

“别瞎操心了，记清道儿。”狗子说。

---

① 念yò，一个。

“这地方咱熟得很。三柏九道门，日他姐，闭着眼都能摸到。”二蛋满不在乎地说。

狗子向四周一看，二蛋说得没错，就是三柏九道门。三棵古柏长在谷口，遮天蔽日，远看就像到了山根儿没路了，可走到跟前豁然开朗，山里有山，天外有天，转九道弯，过九座山门才能到达东面的八峰嶂寨。狗子看了看古柏的树影，发现二蛋还没有离开，就瞪起眼低吼一声：“还不快走。”

“那，那，你小心点儿。”二蛋说着不情愿地走了。

二蛋一边走一边听着赵石头在山路上喊，心里直发怵，不住地在心里叨叨：“日他姐，咋就碰上赵石头了呢？赵石头要是找到凤屏寨可咋办哩？”

二蛋跌跌撞撞地走了一阵，突然发现前边慌慌张张地走来一队人，心里一阵高兴。但是，他留了个心眼，既没有喊也没有迎，悄悄地躲在了路边。他害怕这些人不是王长贵领来的，这年头，弄不好小命就没了。

队伍走近了，二蛋也没有看清是凤屏寨的人。他恨天黑，也恨自己平时不认人。突然，他看到了他熟悉的身影，“噌”地一下从石头后边跳了出来，喊道：“大哥，你们可来了。”

王长贵走在队伍中间，一点防备都没有，突然路边跳出一个人来，吓了一跳，定睛一看是二蛋，骂道：“二蛋，你干啥呀你？”

“狗子让我来接你哩。”二蛋点头哈腰地说。

“人呢？”王长贵问。

“藏在三柏九道门上边的银峒洞里，狗子看着哩，跑不了。”

“走。”王长贵朝二蛋的肩膀上拍一巴掌，继续向前走。

“大哥，大哥。”二蛋紧跑两步对王长贵说，“那女人是赵石头的。”

“尻他娘，听见他吆喝了。”王长贵说。他刚说完，就又传来了赵石头的喊话声：“我是赵石头，哪个寨子的兄弟误把俺表妹接去了，赶快给送回来，不然，俺没法向亲戚交代。”

“大哥，还抢吗？”二蛋怯怯地问。

“抢！尻他娘，听到咕咕叫就不种麦了？！”王长贵头也不回地向前走。

“大哥，算了吧，抢幺儿就得了。”二蛋凑上去说，“咱别这仨没抢上，那幺儿也没了。”

“屁话。”王长贵回过头瞪了二蛋一眼狠狠地说，“我让他那幺儿没找到，这仨也丢了。”

“狗子也就咤[①]说，我是怕，是怕——”

“怕啥？赵石头敢挡，我就干掉他。”王长贵说。

“他挡不了，你听，他在楝树口那边哩。”二蛋说。

---

① 这么。

王长贵往赵石头喊话的方向看了看说："叫弟兄们快点儿，让赵石头两头够不着。"

"是。"二蛋应声向前面跑去。

二蛋带领着凤屏寨的人来到三柏九道门，学了两声鸟叫，狗子就跑了过来。

"大哥。"狗子喘着气来到王长贵面前。

"嗯。"王长贵点了点头问："在哪里？"

狗子指着李秀娟她们藏身的银峒洞对王长贵说："都藏在那里边，仨娘们儿，赵石头走了。"

"嗯。"王长贵又重重地点了点头。

"咋办？她们都有枪。"狗子对王长贵说。

"我着[①]。"王长贵说完，朝一旁招了下手说："铁锤，跟狗子绕过去，迷倒她们。"

"是。"叫铁锤的土匪应声来到王长贵面前。

"我也去。"二蛋对王长贵说。

"好，您仨去，麻利[②]点儿。"王长贵把手一挥，狗子、二蛋、铁锤像猫似的转眼消失在黑夜里。

狗子带领二蛋和铁锤利用熟悉的地形悄悄迂回到李秀娟她们藏身的银峒洞。三人慢慢接近洞顶一侧，铁锤伸手试了试，感觉能将迷药扔进洞内，就示意狗子点燃迷药。

狗子点燃迷药，铁锤探身用力向洞内扔去。

正在洞口警戒的刘红云听到洞顶右侧有动静，对洞内低喊一声："有情况。"三位女人同时拔出了枪，分散紧贴洞壁准备战斗。

刘红云正准备观察喊话，突然感觉有东西带着风飞向洞来，她本能地叫声"不好"，跃出洞外，抬手对着洞顶闪动的黑影"叭叭"就是两枪，铁锤应声从洞顶滚下山去。

二蛋发现有一个女人跳出洞外，"啊"地一声从洞顶跳下，一下子把刘红云扑倒在洞前的平地上。

刘红云被二蛋突然扑倒，脊背重重地硌在地面露出的石头上，疼得她情不自禁"啊"地大叫一声。二蛋趁机夺下刘红云的手枪，并死死地把刘红云压在身下。

刘红云一边挣扎一边骂："土匪，强盗。"

狗子趴在洞顶一动不动地看着洞口。他发现没有任何动静，就抓起一把小石子扔向洞内。见没有反应，又扔一把。他接连扔了五六下，仍未发现动静，就向王长贵吹了声口哨。

"上。"王长贵把手一挥，土匪们一轰而上，向银峒洞冲去。

狗子跳到洞前的平地上，帮二蛋将刘红云反剪手捆上，堵上嘴，从地上拉起来。这时，土匪们已冲到洞前，钻进洞，点上火把，把被迷倒的李秀娟和张淑珍架了出来。

---

① 念 zháo，知道。

② 利索。

“大，大哥。”二蛋跑到王长贵面前，嬉皮笑脸地说：“大哥，我抓了个活的。”

王长贵正为死了铁锤生气呢，看到二蛋那嬉皮笑脸的样子，没好气地说：“都是活的。”

“那俩迷倒了。”二蛋不知趣地解释说。

“抬铁锤去。”王长贵冲二蛋低吼一声，二蛋吓得赶紧离开。

“快走。”王长贵朝土匪们一招手，大步向前走去。

“快点儿，一会儿赵石头就回来了。”狗子催促道。

“狗子。”王长贵叫了一声。

“欸。”狗子急忙跑到王长贵跟前问：“大哥，弄啥哩[①]？”

王长贵对狗子说了几句，狗子跑到队伍里把几个土匪拉到一旁，又对走过自己身边的土匪连声说：“快点儿，快点儿。”当看到土匪们架着昏迷的李秀娟和张淑珍走来时，他喊了句：“抬上，快点儿走。”

土匪们就把三个女人都抬了起来，刘红云挣扎着，被土匪打了几下，王长贵上前朝她身上点了两下，她便不动了。

土匪抬着铁锤的尸体和三个昏迷的女人一路小跑地向前奔去。

赵石头三步并作两步跑到银峒洞下，只见周围一遍寂静，不禁放慢了脚步，小心地观察四周。突然，他发现右前方有黑影晃动，侧身一跃，就地打几个滚躲在了一个大石头后。与此同时，几杆枪同时向他原来站的地方开火了。赵石头双枪齐出，双方对射起来，两个土匪接连被打死。

狗子一看那一排子枪没有把赵石头打死，就趁双方打得火热的工夫，自己悄悄向后跑了。一个土匪见狗子跑了，也调头追狗子而去。其他土匪见状，也想跑，起身愣神儿的工夫，赵石头的子弹就到了，一个个见了阎王。

赵石头发现两个土匪跑了，紧赶几步，抬手一枪把跑在后面的土匪放倒在地。然后，提着枪紧跟着狗子跑的方向追去。

狗子拼尽全力追上了王长贵，上气不接下气地喊：“大，大哥。”

“解决了？”王长贵冷冷地问。他从刚才的枪声中已经知道，他留下的人不但没有把赵石头解决了，而且全把命搭上了。他想，死这几个弟兄也值，不仅阻挡了赵石头，为他赶回寨子赢得了时间，而且人都死了，赵石头无从查起，即使找到凤屏寨，给他来个死不认账，他也没办法。没想到狗子竟然活着跑了回来。他不无感叹地说：“你把赵石头带来了。”

“没有。赵石头没有发现我。”狗子说。

“赵石头，出来吧，我知道你来了。”王长贵看都不看狗子一眼，对着山谷叫道：“你

---

① 干什么。

不要再伤我的弟兄了，有话请到寨子里说。”

“王长贵，我跟你没啥好说的，请你把我们的人留下。”赵石头站在山坡上冲王长贵喊。

“不中啊，你的人都被迷倒了，走不了道儿，全靠我的弟兄抬呢，请你跟我到凤屏寨一叙吧。”

“你把解药给她们吃了不就中了。”赵石头说。

“不中！”王长贵的声音很大，就像钢锨拍到了石头上震人耳膜：“我想给她们吃，可你打死我的那些兄弟不干啊。”

“就是，不能干，他打死咱恁些[1]弟兄，得给个说法。”狗子也跟着嚷道。

“我的说法就是先把我们的人放了。”赵石头理直气壮地说，“你们先劫了我们的人，又想置我于死地。你们说，这能怪我吗？”

“不怪你？我打死你，你也别怪我。”狗子自言自语地说着，瞄准赵石头连开几枪，赵石头连叫都没叫一声就倒下了。

“大哥，死了。”狗子紧张地对王长贵叫道。

王长贵看了看赵石头站的地方，又看了看四周，从鼻子里哼了一声，说：“干哩好。”转而，又对狗子说：“上去看看。”

“我。”狗子一听让他上去看看，吓得两腿直打哆嗦。

“上去看看！”王长贵冲狗子摆了摆手说，“尻他娘，能把赵石头打死就是个人物！”他说完，见狗子站着不动，又把手一挥说：“去呢，把他的尸体弄进寨子，对八路军、区干队也好说话。”

狗子拉出三个土匪往山坡上走，可是谁也不敢走在最前边。王长贵骂了声：“㞞包！”狗子听了，把手中的手枪冲三个小喽罗一扬，吓得三人一字排开爬也似的抖抖地向上摸。

狗子猫着腰跟在三个土匪身后向上爬了一段儿，见没有动静，稍稍胆大一些，冲前面的土匪说：“别怕，死了。”

前面的三个土匪吓得腿肚子转筋。他们听说赵石头是打不死的，这时候说打死了，心里直犯嘀咕，狗子越说“别怕”，他们心里越害怕。

狗子催促三个土匪艰难地爬到了距赵石头刚才的站立点有一丈多远的地方，见仍没有动静，胆子更大了，站起身说：“赵石头被我打死了。快，找找，看尸体在哪儿。”

三个土匪的腰还没有站直，赵石头突然从一块大石后站起来，“叭叭叭叭”双枪齐发，四个土匪全部倒下。原来，赵石头早有准备，他怕土匪暗算，把自己的衣服挂在小树上，躲在下面与王长贵对话。狗子冲他的衣服开枪，他顺势把衣服拉下来，躲在了一块巨石后边。他没有轻易还击，是怕伤了自己的三个姐妹。

王长贵听到枪声，头一下子炸了，在心里喊道：“妈的，四个弟兄又完了。”他大喊

---

① 那么多。

一声："弟兄们，把那仨女人抬过来。"然后冲着赵石头躲的位置声嘶力竭地喊："尻您娘，赵石头，老子今天给你拼了。"

赵石头躲在巨石后听到王长贵的话，就冲下大喊："王长贵，你不要胡来，你忘了山寨和区干队的协议了？！"

"协议？尻您娘，你杀了我十几号弟兄，讲协议了吗？"王长贵其实知道山寨和八路军、区干队有"互不打仗"的协议，他今天之所以背信弃义，起初是为了女人，现在是要为他的兄弟报仇。

"王长贵，是你撕毁协议在先，抢了我们的人，还要取我的性命——"

"尻您娘，我今儿个就是要取你的狗命！"王长贵冲赵石头喊过，回头将手中的手枪冲土匪们一摆，大声喊道："弟兄们，抬着这仨女人，给我冲！"

土匪们在王长贵的指挥下抬着李秀娟三人向上冲来。

赵石头一看王长贵真的玩命了。心想，如果交火，势必要伤到自己的同志，三十六计，走为上策。想到这，他冲土匪们喊道："王长贵，你别费劲儿了，我明儿了[①]到寨子里找你。你是个明白人，要是敢伤害她们几个女人，不但区干队这边你不好交代，恐怕山寨也容不了你！"赵石头喊完，冲着天空"叭叭"打了两枪，飞身消失在黑黝黝的山林里。

赵石头的枪声吓得土匪们慌忙把李秀娟她们推到最前面，呼呼啦啦趴倒一片。等王长贵愣过来神儿，赵石头已经跑得无影无踪了，气得他对着赵石头刚才喊话的地方大叫："给我打！"

土匪们在王长贵的指挥下一齐向赵石头刚才藏身的那块巨石开火，子弹打在石头上迸出的火花四处飞溅。

"大哥，甭，甭打了，人都跑了。"二蛋凑到王长贵身边说。

"甭打了，甭打了，甭打了！"王长贵一声高过一声，歇斯底里地叫着。

"甭打了，甭打了，人都跑了还打个球啊！"二蛋挨着个儿地拉拼命射击的小土匪。

枪声息了，山谷中死一样的寂静。王长贵看了看自己的手下，气得咬牙切齿地骂道："尻您娘，一群没用的东西，打仗不中，放空枪倒挺来劲儿，滚！"

"走，回寨子。"二蛋指挥着众土匪，"抬上那仨女人。"

"你就知道女人。"王长贵冲二蛋喝道，"尻他娘，让她们自己走，把狗子他们弄回去。"

"欸，是，是，是。"二蛋应声安排去了。

王长贵虽然抢到了三个女人，却丢掉了十几个弟兄的性命，心里很不是滋味，他后悔当初没有听二蛋的话，抢一个就得了，神不知鬼不觉地往寨子弄个女人，藏起来，就是八路军、区干队到寨子里来找也找不到。可现在，事情闹大了，不仅死了十几个弟兄，

① 明天。

恐怕这几个女人一个也留不下来。

“屃他娘，我这十多个弟兄不能白死！”王长贵一路上不止一次地在心里这么告诫自己，他盘算了好几个方案，要回寨子让大寨主张三旺定夺。

“二当家的回来了。”

王长贵一行刚走到天桥前，凤屏寨的土匪就奔走相告，“呼呼啦啦”全跑到了寨子门口。

原来，凤屏寨里除了张三旺的老婆外，全是青一色的男人，生活非常枯燥。大家听说王长贵弄回来个女人交给了张三旺，又带着弟兄们去弄女人了，兴奋得都不睡觉了。说白了，就是睡也睡不着，一是想女人；二是山里时不时传来枪声，特别是最后的枪声，太猛烈了。

“二当家的回来了？”

“二当家的。”

“二当家的。”

“二爷。”

“二爷。”

王长贵一进寨子，小土匪们就围上来恭恭敬敬地叫他，可是没有一个人的眼睛正看王长贵，全斜向那几个女人身上。

王长贵黑着脸也不理人，径直走向张三旺住的圆木房。门口站岗的土匪说：“大当家的不在。”

“去哪儿了？”王长贵沉着脸问。

“到将军寨去了。”站岗的土匪答道。

原来，王长贵把孟春桃弄进寨子交给张三旺，又如此这般地说了一番，张三旺的嘴都乐歪了，让王长贵立即带人前去。

王长贵走后，张三旺看着孟春桃，想着另外三个女人，想到那三个女人中居然还有比眼前这个美人更美的人，就拿定主意要把孟春桃送给牛半山。他想，自己把抢来的第一个女人立即送给牛半山，一来表示自己忠心；二来王长贵抢回那三个女人，就是再美牛半山也不好意思要了，自己好金屋藏娇，弟兄们也得以快活，女人能凝聚军心啊！想到这儿，他立即吩咐手下，带上孟春桃直奔将军寨。

牛半山听说凤屏寨给他送女人来了，高兴地一下子从床上跳起来，迅速穿戴整齐，洗了把脸，对着脸盆架上镶嵌的镜子观看自己的尊容。他好久没有照镜子了，一个五十多岁的小老头，脸上的褶子都快爬满了，有什么好看的？人们说白人易出褶，他属于白人又到了出褶的年龄。头发不仅全白了，而且从脑门到脑勺掉得一根未剩。光光的头顶，就像麦茬地里压出一条明晃晃的大道。他对着镜子眨了眨那双壳泡眼①，虬了虬②那只小尖鼻，抿了抿两片薄嘴唇，然后抬起右手拍了拍自己的秃顶，又顺势捋了捋两边一寸来长的白发，笑笑，向下拽了拽他那对襟上衣，然后迎出门外。

牛半山的原名叫牛赖不叫牛半山，他的山寨原名叫张家寨也不叫将军寨。将军寨是他的先辈清朝武状元牛凤山为抵御太平军的北伐和捻军进攻从张家手中买来的，起初更名为牛家寨，重建后题名将军寨，是浮戏山中最大的寨子。自从牛赖当了浮戏山山寨盟主，人们便忌讳叫他的大名，送他外号牛盖山。先辈叫牛凤山，他叫牛盖山，这不犯忌吗！他说，我盖啥山呀，能占半个山就不错了。所以，人们就叫他牛半山了。

牛半山在喽罗们的护拥下来到他的会客厅——万寿堂，未进门就笑呵呵地冲屋里喊："哎呀呀张贤弟，哪阵风把你给吹来了。瞧这黑灯瞎火的，有啥大不了的事啊？"

"大好事啊，牛寨主，恭喜恭喜。"张三旺急忙站起来双手抱拳笑容可掬地冲牛半山说。

"啥大好事？我咋不知道？"牛半山上前拉住张三旺的手故作不知说。

"所以，我等不到天亮就赶紧来给您道喜了。"张三旺笑着说。

"啥喜事？"牛半山一边问一边拿眼瞟向孟春桃。

"天上掉下来个林妹妹啊。"张三旺指着孟春桃说，"我给大哥您送来了，您看看，做咱们的压寨夫人咋样？"

孟春桃狠狠地瞪了张三旺一眼，昂首瞪视着牛半山，没有作声。

"哎呀呀，咋还绑着呀？来来来，解开，解开。"牛半山笑呵呵地走上前一边给孟春桃松绑，一边轻轻地说："吓着了吧，是不是以为到了土匪窝了？"

"不就是土匪窝嘛。"孟春桃瞥了一眼牛半山在心里说。她好像突然想起了什么，冲张三旺叫道："我的包袱呢？"

"在，在这儿。"凤屏寨跟来的一个土匪急忙把孟春桃的包袱送了过来。

孟春桃急忙抓过包袱，把手伸进去摸了起来，像是摸一样贵重东西。张三旺看在眼里，笑着说："放心，一样儿都不会少。我们山寨里有规矩，谁也不会拿，更何况是咱们压寨夫人的东西呢。哈……"

"坐坐坐坐。"牛半山把孟春桃身边的凳子拉了拉，抬起右手冲孟春桃向下压了压说："坐下来，别害怕。"

孟春桃摸到了一块柔软的小丝巾，长长地出一口气。这是她分管的那份图，太平军在浮戏山那幅藏宝图的四分之一，一个比自己生命都珍贵的东西，她害怕让土匪们给拿走了。

"没丢吧？"牛半山见孟春桃一副如释重负的样子，探着身子关切地问。他见孟春桃

① 眼皮比较厚的单眼皮眼睛，像甲壳虫的壳。

② 高频率从鼻孔吸气，使鼻子变形。

把注意力转向了他，遂坐正了身子，又抬起右手冲孟春桃向下压了压说："别怕，做了我的女人，就是这里的主人，没人敢难为你。"他说着，抬平胳膊在胸前画了个半圆。

"谁说我要给你做女人了？"孟春桃坐在凳子上瞪着牛半山义正辞严地说。这是她被王长贵点穴后说出的第二句话，尽管她很生气，说得也很重，但是，不知是天生的还是长期说话的习惯，还是带着柔声细气，让在场的男人听出了女性的温顺和娇柔，一个个兴奋不已。

"做牛寨主的女人是你的福气，这浮戏山里哪一个寨子不听他老人家的？！"张三旺转向孟春桃陪着笑脸恩威并用地说，"你跟了牛寨主，就有享不完的福。你若不从，也只能给我们弟兄们享用，这里没有一个人会眼睁睁地看着让你跑出浮戏山的。"

孟春桃柳眉一竖，狠狠地瞪张三旺一眼，厉声骂道："姑奶奶从家里跑出来是参加革命的，不是来给你们当压寨夫人的！"

牛半山盯着孟春桃走到正厅他的座位上坐下，抬起右手冲孟春桃向下压了压说："不着急，不着急，我不难为你。"他说完，转向张三旺问："哪儿的人？叫啥？"

"这，这我也不知道。"张三旺慌忙说，"是长贵路上顺来的，反正不是咱这儿人。"

"不是咱这儿人就好，不是咱这儿人就好。"牛半山又冲张三旺抬起右手向下压了压说，"我们不能让老百姓骂我们是土匪，说我们欺男霸女。"

"那是，那是。寨规弟兄们还是懂的，没有人敢欺负山下的乡亲。"张三旺唯唯喏喏地说。

孟春桃抬起眉看了看牛半山又看了看张三旺。

张三旺发现孟春桃看自己，不好意思了，因为他一直在偷看孟春桃，就是给牛半山说话也忘不了看孟春桃一眼。他故作镇静地指着孟春桃对牛半山说："她厮跟①好几儿②哩，说是石家庄、保定的。"

"好几儿？"牛半山眼睛一亮，身子向前倾了倾，紧接着又抬起右手捋了下自己的秃顶，装出一副坦然的样子若有所思地问："石家庄、保定，来咱这儿弄啥哩③？"

"不着④。"张三旺说着又把眼睛转向孟春桃，"长贵把她交给我，就跟我说镇些儿⑤，我想都没想就把她直接给您送来了，一分钟都没耽搁。路上问她，她啥也不说。"

"一听她开口讲话，就知道是城里人，好听，声嫩。"牛半山笑着对张三旺也是对众人说完，又转向孟春桃，一改他的河南腔儿，温和地问："你叫什么呀？你们怎么到我们浮戏山来了？"

孟春桃瞪了牛半山一眼，把目光移向别处，不说话。

---

① 一起；一块；一同。
② 念 jè，几个。
③ 干什么。
④ 念 zháo，知道。
⑤ 这么点。表示实际数。

张三旺见孟春桃不理牛半山，怕牛半山难堪，就接过话茬说：“听长贵讲，他们可能是八路。”

“八路？”牛半山猛地抬起了眼皮，接着又摆出一副漫不经心的样子说：“八路好，八路好，八路好啊。八路是为咱穷苦老百姓的。”牛半山盯着孟春桃的脸，说完了情不自禁地问孟春桃：“你真是八路？”

“对，我就是八路。”孟春桃一扬头坚定地说。她的声音虽然柔声细气，但透着坚强和刚毅。

“八路好啊，八路好啊，连你这么柔弱的女人都参加八路，八路能不打胜仗吗？！”牛半山在孟春桃面前半是讨好半是感叹地说。

刘春桃看了一眼牛半山，轻蔑地说：“八路军刚刚撤走，你们就趁火打劫。把我抢进山寨，不怕国民党说你私通八路？”

“怕他？”牛半山嘿嘿一笑，正要往下说，山里突然传来两声枪响。

“看看哪儿在打枪？”张三旺对自己的手下说，一个土匪转身而去。

“报告，三柏九道门前又发现枪声。”将军寨的土匪跑进万寿堂报告。

“不用慌张，加强警戒。”牛半山说着抬起右手向下压了压，用眼睛瞥了瞥孟春桃说，“小日本投降了，八路军南下了，区干队又不打咱，没有人敢冲撞咱们山寨，怕啥？”牛半山这话是说给土匪也是说给孟春桃听的，他见过这么长时间也没有传来第三声枪响，就又紧接了一句：“惯许[①]是哪个兄弟的枪走火了。”

“是的，是的。”张三旺应和着说，“牛寨主说的是，牛寨主说的是。”

张三旺嘴上这么说，心里却在犯嘀咕，他一直在惦记着王长贵，听到枪声，心里一紧，急忙让手下去打探。现在，听牛半山这么说，估计是王长贵得手了。他心里说不出是啥滋味，似有千头万绪，不知理哪一根为好。他见牛半山不说话了，就慌忙说：“大哥，小弟出来没给家里交代，得赶快回去，以免家人惦记。”

“这——”

“改日来喝大哥的喜酒。”张三旺说着站起身抬步向外走，他想早点回去准备一下，迎接自己的新女人。

张三旺在小喽罗的护拥下走出将军寨，还未走下石阶，就听到了一阵排子枪声，他的心一下子揪了起来，不知是八路军区干队打了王长贵，还是王长贵打了八路军区干队？他一边走一边听着枪声，猜测着三柏九道门前的战事。

三柏九道门前最后一记枪声响过好久了，张三旺的腿软得还没有走下石阶，好不容易走下了石阶，又听到猴驼腰下传来了枪声。从这三次枪声判断，王长贵肯定出事了，而且还会伤不少弟兄，气得他一屁股坐在了地上。他想骑上马带着人冲到猴驼腰支援王长贵，又不敢贸然行动。

---

① 可能，大概。

张三旺像个傻子似的久久地坐着，小喽罗们站在周围谁也不敢作声，他感觉再也听不到枪声了，一甩头，站起来，跃上马直奔凤屏寨。

“二掌柜回来了吗？”张三旺走在天桥上就冲守寨门的土匪喊。

“回来了，回来了，还带回来仨娘们儿哩。”守寨门的土匪一边开寨门一边说。

“妈妈的，只报喜不报忧。”张三旺在心里骂道，气冲冲地走向寨门。

“大当家的。”

“寨主。”

守寨门的土匪点头哈腰地叫着。张三旺也不应声，黑着脸走进寨门。

凤屏寨内，土匪们正围着三个女人观看。他们一边看一边嘻嘻哈哈地嚷嚷，离得近的还伸手摸上一把。三个女人被反绑着，当受到冲击时本能地挣扎一下。

二蛋指着刘红云说：“那娘们儿俺要了。”

“你想哩老美，烂哈蟆想吃天鹅肉！”

“就是，你也不瞅瞅？她长得最好看，当家的能给你吗？！”

“她是俺抓的。那俩人全迷倒了，俺抓了个活哩。”

“迷倒的也是活哩。”

“反正，俺抓她时，把她压到肚子底下亲了。”二蛋向众人炫耀说。

众土匪听了二蛋的话，都齐刷刷地看着他，想着二蛋的艳福，有的土匪流出了口水。

“哎呀，你这嘴是叫她咬哩了吧？”离二蛋近的一个土匪看见二蛋的嘴肿了，惊讶地问。

“哎，看二蛋的嘴叫她咬哩。”

“没亲成嘴儿叫人把嘴唇咬肿了。”

“哈哈哈……”众土匪看着二蛋那倒霉样儿大笑起来。

“你咋恁厉害哩？”一个土匪趁机朝刘红云的脸上摸一把，刘红云本能地向后仰了下头。

“哎，你也咬咬俺吧。”一个土匪把脸凑到了刘红云面前。

“呸。”刘红云吐了那土匪一脸唾沫。

“哈哈哈……”众土匪又看着被吐一脸唾沫的那个土匪大笑。

“二掌柜呢？”张三旺冲众土匪大叫一声。

笑声嘎然而止，众土匪一哄而散。

王长贵这时正从张三旺的住处转回来，急忙跑上前叫道：“大哥，俺在这儿。”

张三旺已经看到了寨子里放着的尸体，黑着脸不作声继续向前走，王长贵低着头跟在他的身后，众土匪见状都不敢作声悄悄散去。

随张三旺去将军寨的几个亲兵则不失时机地凑上前贪婪地看着三个女人，一边看一边评头论足。

“咦——，你看看，人家是咋长哩？多嫩，格锃锃[①]，能掐出水。”一个土匪伸手摸了摸刘红云的脸说。刘红云愤怒地把头一仰，将脸转向一边。

“就是。”另一个土匪上前捧着刘红云的脸说，“嗯，比送给牛寨主那娘们儿还好看。”

刘红云摆动不了头，抬起一脚踢在那土匪的裆上。

“唉哟——”那土匪一下子捂住裆蹲在地上，看着刘红云疼得直吸冷气。

王长贵听到叫声，回过头怒吼道：“滚，都给我滚！”吓得那几个亲兵赶紧离开。

“哈哈哈……”刘红云三姐妹看着那个被踢得走不成道的土匪，抱着裆拖着腿跟在那几个唯唯喏喏的土匪后边一点一点地向前挪，发出一阵开心的大无畏气概的笑。

张三旺看了看几位大笑的女人，又看了一眼他那帮尿兵，愤愤地走进自己的圆木房，头也不回冷冷地问：“伤几儿[②]？”

“十仨。”王长贵跟在后边低着头喃喃地答道。

“妈妈的。”张三旺一屁股坐在了椅子上。

① 水灵灵。

② 念jè，几个。

第五章

牛半山抑制住了自己的欲望，他要放长线钓大鱼。

牛半山送走张三旺回到万寿堂，对小喽罗们说："去，快去给夫人弄点儿洗脸水。"

"是。"理着平头的土匪应声而去。

牛半山冲着小平头的背影喊："温水啊，天凉了。"然后回过身对身边的光头土匪说："叫伙房给夫人做点儿吃的。"

"是。"光头也应声走向门外。

孟春桃看了看牛半山，心想，这里的土匪怎么不像人们传说的那样——凶狠野蛮、杀人不眨眼，他们和正常人没有什么两样啊，这土匪头子说话和气……。正想着，平头端着半盆水走进来，放在靠墙的脸盆架上。

牛半山接过平头手中的白毛巾，又把手伸进脸盆里试了一下，对平头说："好，不烫。"然后转过身对孟春桃说："夫人，洗把脸吧？"

"谁是你的夫人？"孟春桃拉下脸没好气地冲牛半山丢了一句。

"中，中。你不愿做我的夫人也中，脸总得洗吧，饭总得吃吧。"牛半山对孟春桃说完，又冲屋里的小土匪们说："你们都去吧，再眯盹[①]一会儿，天快明了。"

"是。"小土匪们异口同声地答道。

"洗一把吧，他们都走了。"牛半山看着小土匪们走出屋子对孟春桃轻轻说，"饿了吧？饭一会儿就好。"

孟春桃被王长贵点了穴动弹不得，急得流了不少眼泪，又被土匪们推着上了凤屏寨

① 睡，指短时间睡觉。

再到将军寨折腾得出了一身汗，现在真觉得脸有点紧绷绷的，二话没说，双手撩起水就洗了起来。

“用洋胰子[1]吗？”牛半山拿起脸盆架上的肥皂递向孟春桃。

孟春桃瞥了牛半山一眼，没说话，抓过肥皂在手上打了打放在脸盆架上的肥皂盒里。待她洗完手牛半山又把白毛巾递过来，她接过毛巾看了看，新的，一次未用，就擦了擦手，又把脸上的水擦干。

这时，一个小土匪正好把饭端了过来，孟春桃和牛半山看着小土匪把饭菜放在桌上，一碗兔子肉、一盘炒鸡蛋、两个白蒸馍、一碗白面汤。

小土匪摆放完对孟春桃说了声：“夫人慢用。”就端着托盘退了出去。

“吃吧，先凑乎一顿，明儿个[2]我让他们给你包扁食[3]。”牛半山指着桌子上的饭菜对孟春桃说。

“我不饿。”

“少吃点儿，喝碗汤，暖暖身子。”牛半山说。他见孟春桃站着不动，把手一摊，一脸诚恳地说：“就是到我这里作客，也得喝碗水吧。要不，我也回避一下？”说完，他看了看空旷的大厅，笑了笑，从靠墙根的柜子里拿出一本书，冲孟春桃扬了扬说：“你吃吧，我看会儿书。”

“你看的什么书？”孟春桃觉得牛半山手中的书很眼熟，情不自禁地问。

“毛泽东的。”牛半山又冲孟春桃扬了扬手中的书说，“《论持久战》。”

孟春桃上前拿起书一看，正是她熟悉的那个版本的《论持久战》，这个白纸红框黑字的封面让她终生难忘。

“你也看——”孟春桃疑惑地看着牛半山。

“咋了，我就不能看这种书了？”

“不，不是。这本书，是，是——”孟春桃结结巴巴地不知说什么为好。

“这是八路军、共产党的书，咋落到我这个土匪头子手里了，是不是？”牛半山拿着书又冲孟春桃扬了扬，见孟春桃怔怔地看着他不说话，就掂着书向下压了压说，“这是你们八路军皮定钧司令员送给我的。”然后像是自言自语，又像是对孟春桃说：“好书啊，好书。看了很受启发，值得研究啊。”

“你——研究它干什么？”孟春桃瞪大了眼睛问。

“用处可大了。”牛半山说，“就近处讲，我这山寨要生存，要发展。往远里讲，我也不能就盯着山寨这么屁股大的地儿啊。看看人家毛泽东，大气，有气魄，大家风范。”

“真看不出来——”

“看不出来啥？”牛半山见孟春桃只说了半句话不说了，就笑着问。问完，他不等孟

---

① 肥皂，或者香皂。
② 明天。
③ 饺子。

春桃回答就又接着说："看不出来我是个土匪，是吧？"

"是不一样？"

"有啥不一样的，我也杀人、放火。"牛半山沉下脸说，"我只是不祸害老百姓！大家都是穷人嘛！"

"你是穷人？"孟春桃又一次瞪大了眼睛，她看了看牛半山，又看了看桌上的饭菜，从内心深处发出了疑问。

"嗯，是穷人。这山寨里的人都是穷人。"牛半山一边点头一边说，声音却低了八度。他看了看孟春桃，指着桌上的饭菜说："快吃吧，再说就凉了。"接着他又像是自言自语，又像是对孟春桃说："是啊，穷人吃不上这饭。我不但是土匪，还是个土匪头子嘛！"

牛半山说着，脸上浮现出自嘲的表情。

孟春桃用惊愕的眼光看着牛半山。

牛半山发觉自己有点失态，冲孟春桃不自然地笑了笑，摆摆手说："吃吧，吃吧，不管是穷人还是土匪，反正不是你的敌人，先填饱肚子再革命。"

孟春桃对牛半山的敌意随着交谈也渐渐隐退，她觉得牛半山说得在理，也感到自己有点饿了，于是说："那，我就吃了啊。"

"吃吧，多吃点儿。你们闹革命不容易，女哩更不容易。"牛半山说完，看着手中的书，又自言自语地说："把小日本打走了，哥俩也该分家了，还得'持久战'啊。"

孟春桃惊异地抬头看了一眼牛半山，笑了笑，没接话，低头吃饭。

牛半山本想听孟春桃发表一下对国共两党的言论，没想到这丫头还挺精明，不说话。他试探性地问："你叫啥名字？是不是从北边来哩？"

孟春桃笑了笑说："我吃了你的饭，还没有言谢呢，敢问我该怎么称呼您？"

"土匪，就叫我土匪。"牛半山笑着说。

"笑话，您真会开玩笑。"孟春桃笑笑说，"我是不是也得叫你当家的？寨主？"

"中，寨里的人都这么叫。"

"可我不想这么称呼你。"

"为啥？"牛半山不解地看了看孟春桃说，"噢，你做了我的夫人，就是内当家的，你想咋叫就咋叫。"

"谁说要做你的夫人了？"孟春桃的柳眉又竖了起来。

"这还用谁说？在这里，我说了算。人家凤屏寨把你给我送来，就是我的夫人。"

"我不干。"

"这不是你干不干的事儿，是我想不想干的事儿。"牛半山放下手中的书，看着孟春桃微笑着说。

"你——"孟春桃又一次瞪大双眼直视牛半山。

"别怕，我不会强迫你。我会等，等到你愿意嫁给我的那一天。"牛半山一本正经地说。他见孟春桃瞪着眼睛盯着自己，急忙把目光看向别处，缓和了口气说："我原名叫牛赖，我妈、我姐都这么叫我，亲切。你也就咤[1]叫吧，叫我牛赖。”说到这，牛半山停住不说了，他看了看孟春桃，见孟春桃只顾吃饭一副不以为然的样子，就自嘲地笑了笑，又接着说：“你要不愿意，就和大家一样叫我当家的。”

“我不叫。”

“你叫不叫我都是你的当家的。上了寨子，你迟早得是我的人，除非我不要你。”

孟春桃瞥了牛半山一眼，不说话，埋头吃饭。她只有一个信念，就是想法逃出山寨，去找赵石头，找她那三个姐妹。

牛半山看着孟春桃津津有味地吃饭，想象着他与孟春桃结婚同桌共餐的情境，便情不自禁地站起来走到孟春桃的身后，摸着孟春桃那云雾般的秀发轻柔地说：“嫁给我吧，我虽然称不起是啥好人，也谈不上是坏人。”

“对不起，我不会嫁给你。”孟春桃推开牛半山的手说。

“咋了？嫌我老了？”

孟春桃看了看牛半山，摇了摇头。

“那是，嫌我是土匪？”

孟春桃用迷茫的眼神看着牛半山，不点头，也不摇头。

“你是共产党、八路军，我愿意接受你的领导，受你的赤化。”牛半山说着一下子抱住了孟春桃的肩膀，把头贴在孟春桃的发际间，喃喃地说：“共产党宣传群众，团结群众，你就先团结我，赤化我吧。”

“牛——赖。”孟春桃把头侧向一边，用力推牛半山，从牙缝里挤出这两个字。

“好长时间没有人就咤叫我了，我就想让我最亲的人叫我‘牛赖’。”牛半山把孟春桃抱得更紧了，用头蹭孟春桃的头发，吻孟春桃的脖子。

“松，松手。”孟春桃挣扎着离开凳子向下蹲，牛半山用力抱住孟春桃的腰将她抱了起来。

“你想干什么？”孟春桃一边蹦一边声嘶力竭地喊。

“我，我想——”牛半山说着松了松手，想面对面地把孟春桃抱在怀里。

孟春桃趁机挣脱牛半山，拼足了力气把他向门口推，一边推一边涨红着脸大喊：“走，走开，走开！”

“中，中，我走，我走。”牛半山说着向后跳了一步。孟春桃因为用力过猛向前栽去，牛半山顺势把孟春桃抱在怀中。

“你——”孟春桃用力挣扎着。

“我啥我？！”牛半山松开手，有点生气地说：“别费劲儿了，你就是喊破天，这寨子里也没人敢管我的事儿！天亮你到院子里走一走，看哪个见了你不叫夫人？我要干你，你扭得过吗！”

---

① 这么。

牛半山见孟春桃不吭声了，缓和了口气，淡淡地说：“告诉我，你叫啥名字？我也好称呼你。”

孟春桃挣扎了半天，又气又累，盯着牛半山大口地喘着气，不说话。

“你不说，那我就只能叫你夫人了。”

“孟春桃。”孟春桃气哼哼地说。

“春桃，好，好名字，好名字。孟春桃，一场幽梦见春桃。”牛半山一边点头一边说。

女为悦己者容。孟春桃听了牛半山的称赞，还有那一句她从来没听说过的诗，气一下子消了一半，用疑惑的眼神看着牛半山。她不知道这句诗是出自名家笔下，还是出自牛半山之口。总之，她认为这是一句好诗。

“家是哪儿的？家里还有啥人？”牛半山见孟春桃的气色平和了，不失时机地问。

孟春桃看了一眼牛半山，心想，我们对区干队的李队长都没说实话，也不能对你说实话。我们对李队长说是北平的，上延安找男人的。那就——。想到这儿，她淡淡地说：“北平的，家里没有人了。”

“噢——”牛半山若有所思地说，“我一听你说话，就知道你是大城市的。我们一样，家里没人了，同病相怜吧。”他嘴上是这么说的，心里也是这么想的。他想，人家姑娘这么大就成孤儿了，又从大城市跑到这穷山沟，是够可怜的，不能再折腾人家了。于是，他爱怜地拍了拍孟春桃的肩膀说：“好了，我走了。里屋是平常留客人住的，你好好睡一觉，休息休息。”他走出门口，又转回身说：“门插不插都行，这里除非我来，没人敢进，你就安心睡吧。”

“走吧——”孟春桃一把将牛半山推出门外，返身关门插闩。

“我的书。”牛半山冲着房门对孟春桃喊。

孟春桃抓起桌子上的《论持久战》，走到门前，看看门闩，蹲下身把书从门缝中塞了出去。

牛半山本想借拿书的机会再逗一下孟春桃，没想到孟春桃把书从门缝里边塞了出来。他捡起书，看了看紧关着的房门，摇摇头，笑笑，向自己住的窑洞走去。

孟春桃听着牛半山远去的脚步声，摸了摸门闩，又搬来两把长凳顶上，再向四周看了看，然后跑到窗前，摸摸窗户，见窗是死的，进不来人，这才抓起包袱走进里屋。里屋内摆着两张床，铺得整整齐齐，孟春桃感到累极了，抱着包袱一下子瘫软在床上。

孟春桃在床上躺了一会儿，看到里屋也有窗户，急忙爬起来上前摸摸，也是死的，进不来人。又仔细把屋子检查一遍，见没有什么出入口了，就把屋门闩插好，回到床前，犹豫一下，打开了被子。

孟春桃躺在床上，感到浑身发软，头很晕，可就是不能入睡。自己的命运如何，她要见机行事。她想念自己的姐妹，还有刚刚认识的赵石头。她被王长贵点了穴，虽然动弹不得，可什么都清楚。她听到了赵石头的吆喝，听到了枪声，她知道赵石头他们在找她，也断定那枪声是战友们和土匪的交火。枪声息了又起，起了又息，她的心一次又一次地悬起落下，落下悬起。她不知道同伴们的死活，她的心就像被扔进了煮沸的砂锅里煎熬着。她想，赵石头会武功，赵石头不可能死，赵石头一定会来救她的，她也一定要想办法逃出去，她这里还有一块藏宝图呢，只有她们四姐妹的拼对在一起才是一幅完整的藏宝图，可是，她们三个现在在哪儿呢？她又想，牛赖这人还不算坏，挺斯文的，知书达理，说不定会放了她……

孟春桃太累了，想着想着就睡着了。

牛半山回到自己住的窑洞里，把手中的书扔在床上，笑笑，伸了个懒腰，冲着窑顶兴奋地叫道："老子又有女人了。"

牛半山喊着一跃扑到了床上。他抱着被子，就像抱住了孟春桃。孟春桃的音容笑貌时时浮现在他的眼前，特别是孟春桃那柔声细气的说话，让他喜欢的不得了。他从来没有听到过女人这么温柔地说话，就是发脾气那声音里也带着奶味，当地的女人根本没法比。张三旺把孟春桃送来时，他一眼就看出孟春桃是个城里人、读书人。对这样的女人不能强迫，你强迫她，得到了她的人也得不到她的心。要想让她成为压寨夫人，攻心为上。所以，牛半山抑制住了自己的欲望，他要放长线钓大鱼。但是，他躺在床上，心里很不是滋味，他有过女人，他想女人，现在女人就在身边，他能要又不敢要，心里就像是倒了个五味瓶，说不清是个啥滋味。他在床上辗转翻腾，碰到书，拿起，看看封面上的四个大字"论持久战"，嘴里就念了出了声："论持久战，老子就给你来个'持久战'。"

牛半山的脸上露出了微笑。

"当家的，八路军区干队的人来了。"牛半山正在想着美事，他的得力助手杨文彬进来报告说。

"区干队不是跟八路军走了吗？"牛半山问。

"是走了，但没有全走。"杨文彬解释说。

"几儿[①]人？"牛半山坐起来问。

"幺儿[②]，就赵石头幺儿人。"

"嗯——"牛半山抬起右手摸着他那秃顶一边想一边问："搁[③]哪儿哩？"

"在我屋里。"杨文彬说，"他来半天了，说寻[④]您有急事，非见您不可。"杨文彬说着凑上前压低了声音："我看他来可能与夫人有关。"

"我也这么想。张三旺说她们厮跟好几儿人，我分析夜儿黑[⑤]那枪声就是她们打的。"牛半山说着从床上爬起来，一边紧皮带一边说："她们是八路，能与区干队无关吗？"

---

① 念 jé，几个。
② 念 yò，一个。
③ 在。
④ 找。
⑤ 昨天晚上，或昨天夜里。

牛半山整好衣装，对杨文彬说：“去，把赵石头叫到我这里。”

“欸。”

“告诉弟兄，关于夫人的事儿，谁也不能向外透漏一个字，否则，我割了他的舌头。”

“是。”杨文彬应了要走，牛半山像是突然想到了什么，叫住了杨文彬：“哎哎——，你再派人，不，你亲自去一趟凤屏寨，看看那里的情况，无论如何也得把他们的嘴封上。”

“这女人您要定了？”杨文彬嘻笑着问。

牛半山诡笑着重重地点了点头。

“我知道该咋做了，您就放心吧。”杨文彬满脸堆着笑退了出去。

不一会儿，杨文彬就把赵石头领到了牛半山住的窑门口，右手冲赵石头一摆说：“请。”

“谢谢。”赵石头冲杨文彬抱了抱拳，健步走进窑洞，抱拳向牛半山道：“牛寨主，打扰了。”

“哎呀呀呀，赵队长啊，多日不见，哪阵风把你给吹来了。”牛半山笑容可鞠地迎上来抱拳道：“有啥大不了的事儿，这天不亮就登我的寨门了！”

“不知牛寨主听没听见夜儿黑的枪声？”赵石头反问一句。

“枪声？”牛半山装作不知，转过头问跟进窑内的杨文彬：“有枪声吗？”

“有。不关寨子里的事儿，我没让惊动您。”杨文彬说。

“噢——，我夜儿黑头痛，睡得沉，镇暂儿[1]还晕沉沉的。”牛半山拍拍脑袋说：“我迷迷糊糊也好像听到枪声了，瞧，他们也没人叫我。我们在你们八路军、区干队的保护下，过惯了安稳日子，警惕性差呀。”牛半山说着把手指向桌子旁的椅子冲赵石头说：“坐坐坐，啥事儿？坐下来慢慢说。”

两人在八仙桌子两边坐下来，牛半山把右胳膊搭在桌面上，面向赵石头问：“你说枪声，咋回事儿？”

“我护送的四儿[2]女八路被山寨的人给抢了。”赵石头低沉地说。

“有这事儿？”牛半山装作惊讶地看着赵石头的眼睛，盯了一会儿，突然转向杨文彬：“谁干的？”

“没，没人，我们寨子里的人没一个出去。”杨文彬急忙分辩说。

“不是你们将军寨，是凤屏寨。”赵石头也用他那双小而聚光的眼睛盯着牛半山说，“我到寨子里来，是想请您为我做主，让凤屏寨把人放了。”

“你拿准了是凤屏寨干的？”牛半山又向前探探身子，装着关切地问。

“嗯，是王长贵干的。”

---

① 现在。

② 念 sè，四个。

“你没弄错？”

“没有，我和他交手了。”赵石头将事情的经过简单地说了一遍，最后说，“我怕伤了自己人，就来求您了。”

“好他个王长贵，八路军他也敢抢，简直是吃了熊心豹子胆了！”牛半山装出一副生气的样子，“啪”地拍了一下桌子，对杨文彬说：“文彬，马上派人去凤屏寨，不，你亲自去，让张三旺和王长贵爬过来见我。”

“是。”杨文彬心里直乐，他正没有借口脱身去凤屏寨呢。他一边向外退，一边堆着笑脸对赵石头说：“赵队长，您们谈，我这就去。”

“咱俩断跟着[①]去吧？”赵石头问。

“不用，不用。”牛半山抬起手向下压了压说，“文彬幺儿[②]人去就中了，你留下来好好歇歇。再说，咱俩人有段日子没见了，好好喷喷[③]。”

“赵队长，您就放心吧，有牛寨主在，一切都好办，都好办。”杨文彬冲赵石头抱了抱拳，又转向牛半山说：“当家的，我这就去了。”

“去吧。”牛半山把手朝门外一扬说。

杨文彬带着四个随从牵马走下石阶，向凤屏寨疾驰而去。

凤屏寨是浮戏山里的第二大山寨，因建在凤屏山的顶峰而得名。凤屏山也叫凤凰山，整座山势犹如一只巨大的凤凰，昂首展翅，屹立于玉仙圣母庙前。对这座著名的老庙来说，就像一道天然的屏风，所以人们都叫它凤屏山。凤屏寨就建在这只凤凰的头顶，西北南三面是悬崖峭壁，东面是六七十度的陡坡，坡上满是黛青色嶙峋踯躅的怪石，怪石后不是挺立的栎树，就是横空出世的松柏，大树下是茂密丛生的灌木荆棘，不熟悉这里的人，根本看不出这个山顶上还有个寨子，更不知道这个寨子与陡坡间还有一道二十来米长的天桥。这个隐蔽的古寨，历代都是战乱避兵之地，没想到今天却成了用兵之所。杨文彬一行来到凤屏寨下，天已放亮。他留下两个随从看马，带着两个随从向寨子攀登。

“谁，站住。”杨文彬三人刚走到天桥险道前，对面寨门里就传来了喊话声和拉动枪栓的撞击声。

“我们是将军寨的，找你们张寨主和王二掌柜的有要事相商。”杨文彬对着寨门喊道。

“等会儿。”寨门后面的人喊。

“等啥等？快报，我们将军寨二当家的来了！”杨文彬的一个随从冲着寨门大声喊道。

杨文彬三人并没停步，他们继续向前走，寨门里又传出一声断喝：“别动，再往前走我就开枪了。”

---

① 一块，一起。
② 念yò，一个。
③ 聊天，聊聊。

“慢！”杨文彬冲寨门摆了下手，站住了，两个随从也跟着站在天桥险道口。

这天桥果然名不虚传，不及一米宽的桥面呈二三十度的仰角伸向白云缭绕的峰巅，真如一条仙道直通天门。桥面上长满了毛绒绒的小草，只有正中央被人踩出一条宽不盈尺的白道，两边是绿树浅底的深沟。桥身是立刮陡沿的峭壁，如斧剁如刀削，石壁上零星地长着几丛灌木和几棵松树，随风摆摇，疑似天桥晃动，让人望而生畏，脊背发寒。

杨文彬站在天桥一端，举目四顾，山峦逶迤，涧复岭重，茫茫丛山之中，风卷云波，此起彼伏，一片云海，峰头如浪尖，幽峡似浪谷，风起云涌，雾浪滔滔，远远近近，一片迷蒙。凤屏寨浮在云海里，犹如仙界里的宫殿，寨门如锁，锁住人们进入天门的唯一通道——天桥。寨门内长着一棵巨大的油柏树，大柏树伸出的虬枝叠成了一个巨大的黄绿伞棚庇护着寨门，让人幻想天门内的神奇。

王长贵在寨门哨眼里看了半天，终于看清了杨文彬。但是，他还是装模作样地走到寨门楼上，居高临下地冲天桥对面喊：“是杨二当家的吗？”

“是我，杨文彬。”杨文彬冷冷地答道。

“二当家的，快请快请。”王长贵对杨文彬喊完，又冲看寨门的小土匪喊：“快开门，欢迎杨二当家的。”

凤屏寨寨门打开，王长贵急忙迎出来，站在天桥前等候着杨文彬。

杨文彬走过天桥，连看都不看王长贵一眼，自顾自地向前走，走到寨门前，抬头看了看寨门上那“凤屏寨”三个字，就走进了寨门。

王长贵跟在杨文彬身后，堆着笑脸说：“尻他娘，刚来的兄弟不认识二当家的，让您久等了。”

杨文彬不说话，看着寨子里用圆木盖起的一幢幢房子，好像在搜寻什么？

“二当家的，我大哥在聚义厅候着您哩。”王长贵见杨文彬没有往聚义厅去的意思，就紧走两步堆着笑脸说。

“不急，走走看看。”杨文彬用嘴角笑笑说。走到一幢房子前，杨文彬问王长贵说：“这是新盖的吧？”

“是，是。尻他娘，人多了没地儿住。”王长贵头点得像鸡啄米。

“听说夜儿黑[①]你又弄回来三口？”

“唉，别提了。”王长贵沮丧地说，“尻他娘，为了那仨娘们儿，折了我十仨个弟兄。”

“怪不得夜儿黑枪声老响哩，那几个娘们儿还真厉害啊。”

“她们厉害个屌，是他妈区干队的赵石头。”王长贵愤愤地说。

“赵石头和她们啥关系？”

“她们是八路，和赵石头一起的。唉。”王长贵叹了口气，接着说：“尻他娘，都怪我

① 昨天晚上。

太贪了，要是不去抢那仨，神不知鬼不觉地顺那幺儿[①]谁也不知道。”

“那仨娘们儿呢？”

“在柴房扔着哩。”王长贵指着寨子一角的木房子说。

杨文彬顺着王长贵手指的方向望去，看到柴房前有两个小土匪站岗。就说：“对，看好了，别出事儿。赵石头已经到将军寨向大当家的要人了。”

“他要人？我还向他要人哩！㞞他娘，我折的弟兄找谁要？”

“别急。”杨文彬拍了拍王长贵的肩膀说：“办法总是有的，这不，大当家的叫我来，就是为了想办法的。”杨文彬说到这里，停了停，又郑重其事地拍了拍王长贵的肩膀，挑起腔笑着说：“大当家的夸你了，夸你精明、能干！”

“欸，欸。”王长贵有点受宠若惊，不知道说什么好。

杨文彬搂住王长贵的后背，很夸张地表示着亲密，一边推着王长贵一边笑着说：“走，找你们张寨主，一块儿想想办法。”

王长贵像是得到了牛半山的嘉奖，乐得嘴都合不拢了，连声说：“走，走，走。”

杨文彬和王长贵来到聚义厅，张三旺迎上来，双手抱拳道：“二当家的，没想到你来得这么快啊。”

“他妈的赵石头更快，你刚离开将军寨他就到了。”杨文彬冲张三旺抱抱拳说。

“赵石头？他去弄啥哩[②]？”张三旺睁大眼睛问。

“要人，向牛寨主要人。”杨文彬一副很生气的样子，一边说一边走到厅中央的大桌旁坐下。

“大当家的啥意思？”张三旺跟着坐在桌子的另一边探着身子问。

“放人，把抢人家的人还给人家。”杨文彬说着用左手向桌面轻轻地敲了四下。

“那，送给大当家的诺[③]女人，大当家的也不要了？”

“送给大当家的女人？谁送的？我咋不着哩？”杨文彬盯着张三旺说：“你总共抢了几儿？不就仨嘛！”

“这——”张三旺瞪着眼睛迷惑地看着杨文彬，欲言又止。

杨文彬看了看张三旺，又看了看站着的王长贵，深深地吸上一口气说：“大当家的听说你们折了恁些[④]弟兄，知道你们的家伙不好使，准备给你们四把手枪，外加一箱子弹，咋样？”

“那敢情好。”张三旺深沉地点了下头。

“敢情好，敢情好。”王长贵也跟着点头哈腰道。

“你们抢人家仨，还人家仨，幺儿都不能少。钉是钉，铆是铆，别坏了咱山寨的名

---

① 念 yò，一个。
② 干什么。
③ 那个，那一个。
④ 那么多。

声。明白吗？”

“明白，明白。”王长贵点头如鸡啄米。

“咱们寨子里的事按大当家的和二当家的意思办。”张三旺拉着长腔对杨文彬说，“可他赵石头杀了我十仨弟兄，总得给个说法我才能放人吧？”

“这个——”杨文彬眼珠一转说，“我是就咤[1]想的，……”

三个人商议完毕，打马向将军寨奔去。

① 这么。

第六章

牛半山回到自己的座位上，把头转向赵石头说："赵队长，我审得差不多了，你可能也听见了，王长贵说他就抢了三个女人，不是四个，您俩说的数目有出入啊。"

将军寨的哨兵远远看到杨文彬和张三旺一行，迅速报告了牛半山。

牛半山这时刚刚陪赵石头吃完早饭，就对赵石头说："赵老弟，我看你也太累了，就在大哥这床上歪①一会儿，等张三旺和王长贵来了，我再叫你。"

"我没事儿，不瞌睡。"

"嫌我的床脏是不是？"牛半山半开玩笑半认真地说。

"不，不，哪能呀？我是怕把您的床给弄脏了。"牛半山的话让赵石头不好意思起来。

"那就听话，躺下，迷糊一会儿②。"牛半山一边说一边上前把赵石头按在床上，拉过被子给赵石头盖上，掖了掖被角说："不睡觉可不中，身体再壮也会被拖垮的。"

"谢谢。"

"谢啥哩？乡里乡亲的。"牛半山说，"你睡一会儿，我到外边转转。"他伸了个懒腰，像是自言自语又像是对赵石头说："习惯了，天天儿早气③都得在寨子里转两圈儿，不转就难受啊。"

牛半山走出窑洞，反手关上了窑门。看看自己的山寨，可以说一应俱全。东西两峰顶上的峰火台、四千多米的寨墙箭垛和八孔大石窑是祖先留下的，这屯兵房、厨房、水窖、仓库、火药库都是他带领寨子里的人新建的。他还率众开出粮田十余亩，加上抢官

---

① 躺。
② 睡一会儿。
③ 早晨。

劫富弄来的粮食，寨子里的人五年也吃不完。他寨子里的石碾石磨就没有停过，一天到晚地转，转出了人气，转出了心齐，转出了称雄浮戏山的好生活。他爱山寨，他爱浮戏山，他爱山里的一草一木，看着它们，他总有一种成就感。他现在什么也不缺了，就是缺个女人，缺一个称心如意的女人。山上的土匪再富也没有女人愿意跟，就是附近的女人愿意跟，他牛半山也看不上。他也不知道他要找什么样的女人。他以前的女人就知道吃穿，玩金银珠宝，没事儿死缠着他睡觉，还他妈养汉，短命，自己找死，他牛半山一辈子不要女人也不能让别人给他戴绿帽子。他打死了老婆以后自认为对女人死了心，大不了到窑子里玩一玩，没想到见了孟春桃，他的心就再也没有平静下来。

牛半山想着孟春桃，就径直走到了万寿堂。这名字是杨文彬起的，他说牛半山坐在堂屋的正座上万寿，其他寨子里的寨主坐在两边也想万寿，客人来了也盼万寿，睡在里屋更念万寿，喊来念去都是将军寨万寿、他牛半山万寿。

牛半山推了下房门，门闩着，他笑了笑，走到房的一侧，用手拔掉挂艾蒿的木楔，用力一推，一扇偏门就打开了。他走进去关上门，看看正门闩下顶着两把长凳，笑笑，走向里屋。他推了推里屋的门，推不开，又笑笑，走到墙角按下墙上的一块横木，轻轻一推，整面墙转动了。牛半山闪进屋，又把墙复原，走到床前，摒住呼吸注视着孟春桃那红润的脸庞，情不自禁地伸手撩起孟春桃搭在脸上的头发。

孟春桃睡得很沉，感觉有人在推自己，睁开惺忪的双眼，看到是牛半山坐在床沿上推她，大吃一惊，急忙抱紧被子，气急败坏地说:“你，你怎么进来的？”

“这是我的房子，你闩得住我吗？”牛半山的话中带着怪笑。

“出去，你出去。”孟春桃把自己缩成一团，抖抖地喊。

“实话跟你说吧，我已经进来半天了，看你睡得香，没忍心叫你。要不是怕伤害你呀，你早就成我的女人了。”

“你出去，出去。”孟春桃抓起自己的衣服挥舞着打牛半山，一边挥衣服一边喊:“我要穿衣裳了。”

“你穿衣裳，我给你站岗，反正你插门也挡不住我。”牛半山依旧看着孟春桃怪笑着说。

“你——”

“快穿吧，现在除了咱俩没人能说清了，全寨子都知道你是我的夫人了，除非傻子。”牛半山一脸赖相地说。

“牛赖。”孟春桃从牙缝里挤出两个字。

“好听，以后就这么叫我。”牛半山笑着说。他这笑是发自内心的，他这话也是发自内心的。他就是爱听孟春桃这柔声细气的声音，就连发脾气也像是小女人向大丈夫撒娇似的，他喜欢，喜欢这种感觉，他毕竟是五十出头的人了，比孟春桃要大二三十岁。

孟春桃穿好衣服，走到门前一看，昨晚闩的门好好的，原封未动。她惊异地看了看牛半山，急忙打开屋门跑进大厅。堂屋里的门紧关着，她顶的两条长凳还是原样。她在堂屋里走了一圈，也没有发现破绽，就怔怔地看着牛半山问：“你这里有地道？”

牛半山点点头，又摆着手说：“但是，我不是从地道里进来的。”

“那你从哪里进来的？”

“门。”

“这门不是插得好好的吗？”孟春桃指着堂屋的正门说。

牛半山看着孟春桃一脸不解的神情开心地笑了。他笑着爱怜地说：“傻丫头。我自己建的房子，要是让别人进了屋插上门，我自己进不来，我这个山大王不白当了？！”

牛半山说着，轻轻一推，他刚才进来的侧门又打开了。

孟春桃跑过去抱着侧门看看摸摸，又跑到里屋，对着墙壁观看，推了推她认为可能开门的地方，都推不动，找了半天也没有找到机关，就冲着跟进里屋对着她坏笑的牛半山问：“你怎么进来的？”

“穿墙，我会穿墙。”牛半山眯着眼笑着说，“我得到了崂山道士的真传。”

“骗人！”孟春桃丢了一句。她听过也看过崂山道士穿墙的故事，可她就是不相信，对牛半山的话更是嗤之以鼻。她想，牛半山要是能穿墙走壁，就不会在大厅里开侧门了，这里屋内肯定有机关。她用手摸着墙，敲敲，推推，推推，敲敲，仔细地搜寻着。

“别费劲儿了。你看看，这屋里哪还有开门的地方呀？”牛半山笑着一边拍着木板墙一边说。

“肯定有。”孟春桃也不看牛半山一边仔细地寻找一边说。

“我都给你说了，我是穿墙进来的，你不相信？”

“你要是能穿墙进来，我就能穿墙出去！”孟春桃盯着牛半山叫板说。

“真的？”

“真的。”孟春桃冲牛半山重重地点了下头。

“中。”牛半山爽快地答应道。他眯起眼盯着孟春桃的眼睛一本正经地说：“不过，我得有个条件。”

“什么条件？”孟春桃诧异地看了一眼牛半山问。

“我穿墙进来了，你要是穿不过去这堵墙——”牛半山话到嘴边不说了，走到门口盯着孟春桃怪笑。

“怎么着？”孟春桃盯着牛半山的眼睛问。

“你要是穿不过这面墙，我们就圆房。”牛半山冲着孟春桃一边眯着眼睛笑一边点着头说。

孟春桃听了一怔。心想，莫非牛半山真的有穿墙神功？不管有没有，都不能答应他。想到这儿，孟春桃大叫一声：“圆你个头！”猛地一把将牛半山推出门外。

牛半山原以为将孟春桃置于了两难境地，扬扬自得地看着孟春桃一点儿防备都没有，被孟春桃这么猛地推了个趔趄，跳进了大厅。待他愣过神来，只听得“砰”地一声，孟春桃关上了房门。

“弄啥哩[1]你？黑蒙儿[2]给我[3]倒。”牛半山推着屋门说，

孟春桃也不搭话，用身子顶住门，上上门闩。她只有一个信念，就是不让牛半山进屋，也根本没有听懂牛半山的话。

“把门开开。”牛半山听到孟春桃的插门声，轻轻地敲着屋门说。

“你不是会穿墙吗？你穿进来呀！”孟春桃顶着房门向牛半山发起了挑衅。

“那，那我真穿墙了啊。”

“穿吧，我看着呢！”孟春桃继续给牛半山加火。她从内心里不认同牛半山能穿墙，又企望看到牛半山穿墙的奇迹。

“那我就穿了啊？”

“穿呗！”

“咱可说好了，我穿过去就圆房。”牛半山对着门说。

牛半山等了半天孟春桃也没说话，又冲着门喊：“我真穿了啊？”

孟春桃还是不搭话。牛半山只得走到墙角按下那块横木，用力推墙，整面墙壁又转动了。

孟春桃惊呆了，急忙走到墙的一端去看那些参差不齐的榫节。她摸着榫口，心想，它们怎么就能接得严丝合缝，让人看不出也推不动呢？

牛半山笑着说：“甭看了，房是木头盖的，全拆了也简单。”牛半山说着推动墙体慢慢复原。

孟春桃怔怔地站了一会儿，突然抓起床头的包袱，又将手伸进去摸了起来。

“摸啥宝贝儿呢？恁紧张？”牛半山看着孟春桃的举动，不以为然地笑着问。

“哦——”孟春桃也感到了自己举动的失常，结结巴巴地说：“是，长，长命锁。”

“啥长命锁啊？让我看看。”牛半山说着，上前轻轻地按住了孟春桃放在包袱外面的手。

“不。”孟春桃用力挣脱了牛半山的手。

“我有几十个长命锁哩，你要喜欢，任你挑。”牛半山不自然地笑着一边说一边又情不自禁地拉起了孟春桃的手。

孟春桃摸的根本就不是什么长命锁，她的长命锁就在脖子上挂着，她摸的还是她分管的那块小丝帕——那幅四分之一藏宝图。她摸到了，又长长地出了一口气，把右手从包袱里抽出，去掰牛半山抓她左手的手，一边掰一边说：“我那是，是传家宝。”

“拿出来我看看，是不是宝贝？”牛半山笑着用他那大手又把孟春桃的右手抓在了手中。他的说笑只是为了掩饰自己，他就想抚摸孟春桃，根本就无心看什么宝贝。

“不。”孟春桃用力挣脱牛半山，把包袱抱在怀里。

---

① 干什么。
② 差点儿。
③ 念 chōu，当地念 cōu，掀，推。

"哈哈，不让看就算了，我也不会抢你。我这寨子里宝贝儿多的是。"牛半山一边搭讪说话一边退到门口，打开了屋门。他估计杨文彬和张三旺应该到了，不能再和孟春桃逗着玩了。

孟春桃怕牛半山再动手动脚地骚扰她，见牛半山开了门，抱着包袱从牛半山身边擦过，跑进大厅。

牛半山看着孟春桃的背影笑笑摇摇头。他走到大厅门前，移开顶着门的两把长凳，打开门。门口的卫兵报告说："当家的，二当家的回来了，在前屋等着了。"

"嗯——"牛半山走出大厅对站在右边的平头耳语几句，又对左边的光头说："快，把屋里拾掇[1]拾掇。"

光头进屋搬起门口的长凳放在了原位，然后走进了里屋。

牛半山笑着对孟春桃说："春桃，我吃过清晌[2]饭了。我有事，就不陪你吃了。给你住的房子拾掇好了，让他带你去，你的一切，他会安排好的。"

"请夫人多多关照。"跟进门的平头冲孟春桃鞠了个躬说。

孟春桃听到"夫人"二字，狠狠地瞪了平头一眼，又不便发作，把脸转向牛半山从嘴里挤出两个字："牛赖。"

"欸——，夫人。"牛半山点头笑着摆出请的姿势说："夫人请。"

孟春桃气得跺了一脚，大叫一声："牛赖！"

"欸——，夫人慢走。"牛半山近乎笑出声来。

"夫人请。"平头在一旁一本正经地向孟春桃做了个请的手势。

孟春桃斜了平头一眼，气哼哼地走出了万寿堂。

光头收拾完里屋出来，牛半山对他说："叫二掌柜来吧。"

"是。"光头应声退了出去。

"大当家的，实在不好意思，又来讨扰了。"张三旺迈进万寿堂就抱拳向牛半山行礼。

"哎呀呀呀，张贤弟，我要知道有这事儿，夜儿黑[3]就不让你走了，这叫你来回的跑——"牛半山摆出一副无奈的样子说。

"我夜儿黑来过吗？是不是大哥梦中见到小弟了。"张三旺半是玩笑半认真地说。

牛半山听了张三旺的话先是一怔，接着笑道："真是我的好贤弟，好贤弟呀。你夜儿黑没来，没来。是为兄我想你了，在梦中见到你了。哈哈哈……"

"哈哈哈……"张三旺、杨文彬和王长贵三人都跟着大笑起来。

"坐、坐、坐。"牛半山转过身用手掌向堂屋左边的长凳轻轻一摆，径直走向堂屋中央条案后的椅子。他坐下后，看众人还没有坐下，就抬起手向下压了压说："坐、坐，坐

① 收拾，整理。
② 早上。
③ 昨天晚上。

下来慢慢说。”

“听说大哥看俺凤屏寨的家伙不好，要给俺四支手枪一箱子弹，小弟这就先谢谢了。”张三旺坐下后，又站起来，一边说一边向牛半山抱抱拳。

牛半山先是一愣，马上笑上眉头，一边抬起右手向下压了压示意张三旺坐下，一边说：“应该的，应该的。”

杨文彬一听牛半山答应了，交易已成，他又立了一功，像狗熊偷吃了蜜蜂屎，心里美滋滋的。他急忙站起来冲牛半山一抱拳，帮凤屏寨说话：“回禀寨主，我到凤屏寨看了，王二掌柜是抢了仨女人，他误认为是过路的富商，谁知她们是八路。就为这儿，凤屏寨折了十仨弟兄哩。”

“折恁些[①]人？”牛半山捋了捋下巴低沉地说。

“可不是吗？赵石头那枪法，一枪一个。”王长贵应和着说。

“哎呀呀。”牛半山阴沉着脸不住地点头，他冲杨文彬摆摆手说：“文彬，去我窑里把赵石头叫来。”

“是。”杨文彬应声而去。

“贤弟，你看这事儿咋办好？”牛半山向前探了探身子问张三旺。

“他打死我恁些弟兄，总得给一个说法吧。”张三旺不紧不慢地说，他并没回答牛半山怎么办。

“事情已经这样了，他打死俺十仨兄弟，俺抢他四儿[②]女人，平了。”王长贵插话说。

“啥？你抢伲儿[③]几儿[④]女人啊？！”牛半山瞪起眼睛有点愤怒地问。

“仨，仨女人。”张三旺急忙更正说。

“仨女人，是仨女人。”王长贵吓得出了一身透汗，急忙改口说。

“张寨主，你的手下咋镇[⑤]莽撞哩？抢了伲儿仨女八路，我是不是得通告众寨，拿寨规处置啊？”牛半山拉下脸冷冷地说，他把“仨女八路”说得山响。

“大当家的，请息怒，息怒。长贵是看折了恁些兄弟心急，说错了话，我这替他给您赔不是了，您就饶了他这一回吧。”张三旺急忙站起来冲牛半山抱拳说完，又冲王长贵喊：“还不赶快给大当家的赔个不是！”

王长贵急忙站起来，走到堂屋中央，冲着牛半山“扑咚”一声就跪下了，一边磕头一边说“大当家的，我错了，我错了，请您大人不记小人过，饶了我这一回吧。”

“大当家的，饶了长贵吧，俗话说‘没有功劳有苦劳’，长贵是——”

---

① 那么多。
② 念sè，四个
③ 念nìr，人家。
④ 念jé，几个。
⑤ 这么。

“着[1]错了？”牛半山不等张三旺说完就拉着长腔问。

“是，我着错了，着错了。”王长贵磕头如捣蒜。

“你到底抢了几儿女人？”

“仨，我就抢了仨女人，仨女人。”王长贵吓得哆哆嗦嗦地说，“请大当家的饶了我这一回吧！”

牛半山看着王长贵的样子，心里有点过意不去，毕竟是他自己私欲作祟，怎么能拿人家出气呢？要这么下去，自己怎么能统领这十几个寨子呢？想到这里，他缓和了口气说：“你说说你，为了几儿女人，折了恁些弟兄，我咋说你好哩？”牛半山说着，突然看到门外杨文彬领着赵石头来了，就小声地说一句：“赵石头来了。”然后，突然拍了一下条案站起来大声地问：“你说，到底抢了几儿女人？”

“仨，真是仨，就仨呀！”王长贵的头磕得山响，他要给牛半山表现表现，他一边磕头一边声泪俱下：“您可以问凤屏寨的所有人，我就抢仨，真哩，就仨女人啊，仨女人。”

“哎呀呀呀，赵队长。来来来，请坐请坐。”牛半山看着赵石头走进大厅急忙将怒容变成笑脸，走到条案前，把手向右边的长凳一摆说：“我正在审他呢。”转身对跪在地上的王长贵冷冷地说：“起来吧，坐在一边听着。”

“谢大当家的不杀之恩，谢大当家的不杀之恩。”王长贵又磕了三个响头，站起来坐在原位。

“谢谢大当家的。”张三旺站起来向牛半山抱拳致谢后，回头狠狠地瞪了赵石头一眼，然后愤愤地蹾坐在凳子上。

牛半山回到自己的座位上，把头转向赵石头说：“赵队长，我审得差不离儿[2]了，你可能也听见了，王长贵说他就抢了仨女人，不是四儿[3]，您俩说的数目有出入啊。”

“是四儿，一点儿没错。”赵石头坚定地说。

“就仨，天地良心。”王长贵急忙争辩说。

“你说的是在三柏九道门抢了仨，起初那幺儿[4]哩？”赵石头怒目瞪视着王长贵。

王长贵不敢看赵石头的眼睛，低着头怔怔地说：“啥起初？我不知道你说的是啥意思。”

“你先在楝树口摸了幺儿，又到三柏九道门抢了仨。”赵石头义正词严地说。

“楝树口，楝树口是咋回事儿？我根本不着，我就没去过楝树口，我们寨子里也没一个人去过。”王长贵抵赖说。

“中了中了。”牛半山抬起右手向下压了压说：“我听明白了，赵队长是丢了四儿女人，王长贵就抢了仨女人，两边都不会说谎。那，那幺儿女人哪去了？我想有三种可能，一

---

① 念 zháo，知道。

② 差不多了。

③ 念 sè，四个。

④ 念 yò，一个。

种呢，是走失了，也可以说是自己跑了，女人嘛，怕苦怕累还怕死；第二种呢，是不是不小心滚下了山坡，在山里哪个地方躺着哩，或者是叫狼啥的野兽给吃了；第三种呢，就是让其他寨子的人给摸去了。不管咋说，这人是在咱这浮戏山丢的，我就要负这个责任。文彬，你传令各寨，谁摸了那个女八路，让他快点儿给我送来，不作追究。若没人见，按管片搜山，活要见人，死要见尸。”

“是。”杨文彬应声站了起来。

“事不宜迟，赶快去办吧。”牛半山站起来冲杨文彬摆了摆手说。

“是。”杨文彬应声退出堂屋。

“下面，咱们先谈谈凤屏寨抢的这仨女人咋办？”牛半山坐下来冲赵石头和张三旺、王长贵说。

“牛寨主定吧，俺听您的。”张三旺说。

“这人是他们抢的，自然要给送回来，没啥好谈的。”赵石头说。

“你打死俺恁些[①]弟兄，十仨，十仨呀，你就没事儿了？”王长贵有点急了。

赵石头瞥了王长贵一眼说：“您抢人在先，还想打死俺，俺还手把他们打死了，能怪俺吗？！”

“俺想打死你咋没把你打死哩？你不想打死俺却打死俺十仨弟兄。听听你说的话，咋叫人信哩？”

“王长贵，夜儿黑[②]俺没冲你开枪，已经给你留足了面子，你在这儿纥绎[③]还有啥意思？你必须放人。”赵石头瞪视着王长贵掷地有声地说。

“你说放人就放人？你说得咋恁美哩。”王长贵真要起了无赖。

“这样吧。”张三旺冲着王长贵的方向摆了下手，看着赵石头说：“俺抢了你的人，是无理在先。可你伤了俺恁些人，弟兄们心里也很憋屈。我要是把人全给了，也没法给弟兄们交代。你看自咤[④]中不中？放幺儿留俩。”

“幺儿也不能留！”赵石头坚持说，“张寨主，你别忘了咱是有协议的。”

“是有协议，说互不开战，这不是打上了嘛。”

“是您先撕毁协议的，有错在先。”赵石头说。

“俺也不着[⑤]她们是八路啊。”

“俺已经在山上吆喝[⑥]半天了，他们还伏击俺，是严重违反协议。”

“哎，赵石头，话可不能自咤说啊。咱是有协议，那是跟八路军、区干队定的，不是

---

① 那么多。

② 昨天晚上。

③ 念 gē yì，耍赖；胡搅蛮缠。

④ 这样。

⑤ 知道。

⑥ 喊。

和你赵石头定的。现在八路军、区干队都走了，你咋没去哩？你是不是区干队的人我还怀疑哩。”张三旺也耍起了无赖。

“就是，你说是你的人，有啥凭据？”王长贵也跟着嚷嚷。

“张寨主，俺再尊称你一句寨主。俺是不是区干队的人你心里一清二楚。俺再告诉你，这几儿[①]女人是八路军，俺是护送她们——追大部队的。”赵石头显然很生气，但他还是控制住了自己，把“护送她们上延安”说成了“追大部队”。他用犀利的目光扫了一下众人，又盯着张三旺不紧不慢地说：“这一年来，八路军没有亏待你们吧？你们连八路军的人都抢，八路军要是回来了看你咋交代？”

“话可不能就咤[②]说。”张三旺说，“要不是你说她们是八路，我还不着哩。夜儿黑长贵抢她们的时候，还以为她们是讨荒过路的哩。”

“夜儿黑是误会，镇暂儿[③]着了，是吧？”赵石头盯着张三旺问。他不等张三旺回答，就接着说：“既然着她们是八路了，那就快放人吧。她们还要追大部队，耽误不起呀。”

“这不中吧？你说她们是八路我就得放人，传出去叫国民党、王雨霖知道了，不说俺通匪还算斜哩。”张三旺又开始耍赖了。

“中了，中了。我看您俩就咤吵下去一点儿意思也没有。”牛半山抬起手冲张三旺和赵石头摆了摆，又向下压了压说，“这样吧，我当个中间人，您俩有啥想法先给我说，我给你们调和调和。”牛半山说着站起来走到长案前，看了看张三旺和王长贵，又看了看赵石头，接着说：“这样吧，赵队长，您先等会儿，我跟他们先谈，看看他们有啥条件。”

“俺听牛寨主的。”张三旺急忙说。

“哎，话可不能就咤说。”牛半山冲张三旺和王长贵摆了下手说：“您俩先跟我来，我先听听您俩有啥想法。”

牛半山带张三旺和王长贵走出万寿堂。停了一会儿，牛半山一个人走回来。他进门就对赵石头说：“哎呀呀，赵队长，说妥了，说妥了。”

赵石头用他那探照灯似的眼神盯着牛半山静等下文。

牛半山笑着对赵石头说：“我用四把手枪一箱子弹给你把那仨女人换回来了。”

“那，太感谢牛寨主了。”赵石头向牛半山抱拳道，“今日之恩，来日报答。”

“哪里哪里，能为八路军、区干队干点儿事儿，我感到极大的宽慰啊。”牛半山说着走进长案后，拿起笔在纸上画了一通，站起来一边向外走一边说：“中了，镇暂儿就能去凤屏寨领人了。”他抖动着手中的纸条对门外喊了声：“来人。”

“到。”光头卫兵应声走进大厅。

“去，到库房领四支手枪一箱子弹，送到寨门口。”牛半山把纸条交给光头说。

“是。”光头接过纸条转身跑了出去。

---

① 几个。
② 这么。
③ 现在。

“赵队长，我就咤处理中吧？”牛半山抬起右手拍了拍赵石头的肩膀笑着说。

“太谢谢寨主了。”

“放心，在浮戏山咱老牛还有点儿脸面。你丢的那个女人，只要她在浮戏山，我一定给你找到。”牛半山说着走到门口冲站在院子中的张三旺和王长贵招手道：“张贤弟，回来吧。”

张三旺和王长贵回到万寿堂，牛半山笑着说：“来来来，都是误会，你们握个手，既往不咎，还是好朋友。”

张三旺向前跨一步，握住赵石头的手说：“误会了。”

“误会。”赵石头使劲儿抓住张三旺的手摇了摇，又紧盯了一句：“谢谢。”

赵石头放开张三旺，把手主动伸向王长贵说：“长贵，和好吧。”

王长贵将手伸过来轻轻地与赵石头一握就缩了回去。

“好，好，好。疙瘩解开了，以后还是朋友，啊，哈哈哈……”牛半山说笑着伸出两手搂住王长贵和赵石头的后背，像是要把他二人搂在一起。见二人没有反应，就抽回手向旁边的长凳摆摆说：“坐、坐、坐，咱们喝点儿酒，叙叙旧。”

“不了。大当家的，俺还是走吧。家里一铺拉[①]的事儿还等着我弄哩。”张三旺向牛半山抱拳说。

“牛寨主。”赵石头也向牛半山抱了抱拳。

“好吧，既然这样，我也就不留你们了。”牛半山一边向门外走一边笑着说，“看着你们能和好我也高兴，真想与你们痛饮几杯啊。”

“等忙过这一阵子，我请您到凤屏寨喝。”张三旺紧跟在牛半山的身后说。

“一定，一定。”牛半山一边走一边笑着点头。

赵石头没有说话，走在张三旺右侧靠后，用他那小而有神的眼睛回顾四周。王长贵走在赵石头的后边，看着赵石头狠狠地攥着拳头。

一行人说笑着走向北寨门。光头已经早到了，他见众人走来，急忙搬起子弹和手枪站直了身子。

“放下，放下。”牛半山抬起右手向下压了压对光头说，“让张寨主过过目。”

光头把子弹箱放下。王长贵拿起两把盒子枪掂掂，递给寨门口他们带来的随从，又拿起另两把掂掂，撇撇嘴，还没有递出去，牛半山就说：“咋了？长贵嫌赖呀？”

“不，不，不。”王长贵把头摇得像个拨浪鼓[②]，一边摇一边将右手里的那把手枪插进自己的腰间，左手拎着另一把仔细地看。

“哪能啊。”张三旺苦笑一下接过话茬说，“大当家的知道俺缺这个，谢谢了。”

牛半山从王长贵的表情和张三旺的谈吐里看出了他们内心的不服，唯恐他们向赵石

① 一摊，许多。

② 手摇鼓，两面，两侧用绳拴球状物作鼓锤。旧时发布消息的人拿在手中一边摇一边喊话，如货郎、占卜先生等常用此鼓。

头透漏消息。为安抚他们，牛半山拍了拍王长贵的肩膀笑笑说：“好，贤弟，算大哥我欠着你，等我再弄到好枪——好女人，先给你。”

“不敢不敢。”王长贵受宠若惊，牛半山竟与他称兄道弟，这在浮戏山是多大的荣幸。

“张贤弟。”牛半山转向张三旺说，“长贵人耿直，很忠诚，又有一身好武艺，你没有选错人啊。”

这时，光头已经把子弹箱打开了，黄灿灿的子弹整齐地码了一木箱。王长贵弯腰运气，用手在箱子上空一扫，“哗啦啦”子弹排着队飞进他的手里，又轻轻回落到箱中。

“好功夫，好功夫啊。”牛半山一边拍手鼓掌一边慢条斯理地赞叹道。

“好子弹，正宗孝义兵工厂出的。”王长贵咧嘴笑笑像是自言自语也像是对张三旺和众人说。

“那当然了，大当家的能亏待咱吗？！”张三旺装模作样地瞪了王长贵一眼，转向牛半山笑着说：“这是大当家的压箱底儿[①]啊。”

“哪里，哪里，”牛半山摆摆手笑着说，“整箱子给你，表表我的诚意。”

张三旺听出了牛半山的话中话，知道牛半山是怕他们把孟春桃在将军寨的事说出去。就看了赵石头一眼，笑着说：“大当家的诚心诚意待我们，我们一定听大当家的吩咐，决不会走样！”

“咱们同心协力，同心协力。”牛半山一边笑着说一边抬起右手拍王长贵的肩膀。

王长贵也好像明白了牛半山的意思，点头哈腰地附和说：“同心协力，同心协力。”

“报——”正说话间，一个理着阴阳头的土匪从寨门外举着一封信喊着跑过来，守寨门的土匪正要接信，牛半山冲他招招手说：“拿过来！啥事儿？大呼小叫的。”

“回禀寨主，还乡团的常队长求见。”阴阳头把信交给牛半山说。

牛半山打开信看了，用眼睛瞥了一下赵石头说：“王雨霖夜儿黑攻占了山下八路军的根据地，抓住了几儿[②]八路军和共产党，今儿后晌[③]在茶店公审枪决，叫我们派人参加。”

赵石头听了，心“咯噔”一下提到了嗓子眼。但是，他很快恢复了平静，拿定了主意。

牛半山看了看赵石头说：“赵队长，看来我留也留不住你了，该咋办，你自个儿慎重吧。”他又转向张三旺说：“贤弟啊，你们就甭去开会了，长贵和马红英的事儿王雨霖恐怕早知道了。照顾好赵队长他们，千万别有啥闪失。”他把最后一句话说得很慢语气也很重。

“是，大当家的，您就放心吧。”张三旺冲牛半山抱拳说。

“告辞了。”赵石头也冲牛半山抱了抱拳。

---

① 在箱子底下压的东西，比喻非常珍惜。

② 念 jè，几个。

③ 下午。

“慢着，让常光耀看着您[①]走，省哩[②]他怀疑。”牛半山摆了摆手说完，转向阴阳头说：“请他们上来吧。”

“是。”阴阳头跑着出了寨门。

不一会儿，常光耀领着一队人抬挑扛提地带着礼物来到将军寨门前。昨天晚上，王雨霖、常光耀、马进财带领还乡团突袭了八路军豫西抗日根据地，大肆抓拿共产党员、八路军伤员、农会干部和不明身份的外乡人，一共抓了二十多人，却没有一个与藏宝图有关的。他们突然听到山里传出了枪声，猜想一定是持藏宝图的人与山寨间发生了枪战。他们想得到藏宝图，又不敢贸然进山，所以，在枪声息了之后，常光耀就带人来拜谒牛半山，一来查看山中情况打探藏宝图的下落，二来宣告要杀共产党人敲山震虎。

牛半山抱拳笑着迎出门外：“哎呀呀呀，常队长，你这大箱小包地给我送啥来了？我这不是无功受禄嘛。”

“小意思，一点儿小意思。”常光耀一边抱拳回礼一边说。

“来来来，我给您介绍一下。”牛半山说着转向张三旺、王长贵，对常光耀说：“这是凤屏寨的张掌柜、王二掌柜。”

“久仰，久仰。”双方互相抱拳寒暄。

“张贤弟，我又有客人了，就不送您了。”牛半山一边冲张三旺和王长贵抱拳说，一边冲赵石头使眼色。

赵石头点头向他致意。

“谢谢大当家的。”张三旺和王长贵异口同声地说着，抱拳向牛半山告辞。

赵石头随同张三旺和王长贵一行下了将军寨，心事重重地对张三旺说：“张寨主，俺求您件事儿。”

“啥事儿？不着[③]我能不能弄。”

“能。”赵石头冲张三旺点了下头说。

“请讲。”

赵石头没有说话，回头看了看张三旺的随从。

张三旺转过身冲众人一扬手说：“您几儿[④]离远点儿，我和赵队长有事儿说。”

“说啥哩？还背我哩！”王长贵紧跑两步追上二人说。

“啊——”赵石头冲王长贵苦笑了一下，点了点头。

张三旺见赵石头点了头，遂笑着说：“说吧，俺凤屏寨，他能当家。”他知道王长贵骨子里就不甘人下，总是在人前抬着他。

---

① 你们。
② 免得。
③ 念 zháo，知道。
④ 念 jé，几个。

“啊——”赵石头看了看二人说，“您也听到了，王雨霖抓了俺的人，下午就要行刑，俺劫不了法场也得去给他们收尸。所以，俺想，俺想等俺从法场回来再到凤屏寨领人。”

“这——”

“这个好说。”王长贵抢过话茬说，“你就放心去吧。既然是朋友，就没啥说的，啥时候来，俺都认账。”

“谢谢。”赵石头冲王长贵抱抱拳说，“俺对夜儿黑的事儿表示遗憾。”

“过去了就不说了。”张三旺说，“你放心去吧，俺不会亏待她们。”

“那，俺就告辞了。”赵石头抱拳告别。

“慢着。”王长贵说，“‘送佛送上天’，枪。”说着，他从腰中拔出手枪递向赵石头。

“我有。”赵石头冲他撩起衣服露出双枪。

“子弹。”王长贵又说。

“子弹，倒是需要。”赵石头说。

“打开，让赵队长尽情拿。”王长贵对搬子弹箱的随从说。

赵石头拿了一些子弹，冲张三旺和王长贵抱抱拳，真诚地说：“谢谢了。”

“祝你好运。”王长贵跃身上马向前奔去。

赵石头看着张三旺一行走远，快步走进林中小路。

张三旺追上王长贵问：“兄弟，你咋了？对赵石头又是送枪又是送子弹的？”

“尻他娘，我送他上西天。”王长贵咬牙切齿地说，“你没听我说‘送佛送上天’吗？”

“你是说——”

“尻他娘，赵石头要是死了，弟兄们的仇就报了，那仨女人也是咱的了。给他子弹，是叫他多打死一些还乡团。还乡团势力弱了，就该求咱了。哈哈哈……”王长贵大笑起来，他如此这般地对张三旺说了一通，张三旺笑着说：“兄弟，真有你的。”

王长贵笑着说：“这就叫‘无毒不丈夫’。尻他娘，‘舍不得孩子套不着狼’。”

第七章

牛半山支走赵石头，又挑了五个亲兵，如此这般地交代一番。这五个亲兵在一个留分头的土匪带领下，骑马冲下浮戏山。

正午过了，太阳还没有露出一丝光芒，天灰蒙蒙的，一丝风也没有，浮戏山一片混沌，亚沟真正成了个“哑沟”，一点儿声息都没有。没有了鸡鸣，没有了狗叫，没有鸭娃儿的“哇哇”声，平时欢唱的小鸟也没有了，只有小河不知疲倦地呜咽着，偶尔传来两声乌鸦的尖叫，瘆得人陡然竖起了汗毛。赵石头跑过一道沟，闪过一堵墙，靠上一棵树，绕过一片场，悄悄地摸到自己的家门前。

赵石头没有直接进窑洞，先靠在大柿树后看了看四周的情况。他发现两孔石窑的门紧关着，他不能直接推门进窑，如果家人在里边会被吓上一跳，如果还乡团的人藏在里边他那是自投罗网。他轻轻地跳到母亲住的窑门旁，轻轻地对着窑门敲了三下。

“谁呀？”窑里传出老太太那沙哑的声音。

“妈，是我。”

“石头，快，石头回来了。”老太太在窑里说，那声音里透着惊喜和恐慌。

水仙急急忙忙地跑过来打开门，赵石头闪身进窑。

“你咋回来了？”水仙惊讶地问。

“俺回来——”

“石头。”老太太坐在床上抬起手向前探着身子叫了一声。

“妈。”赵石头走过去坐在床沿上拉着母亲的手，回过头对水仙说“快说说，铁柱哥他们哩？”

“不知道。”水仙摇摇头说，“他们说俺没有公开露过面，不叫俺参加行动，他们有事会找俺的。可是，到现在，俺也没有听到他们一点儿音信。”

“听说，王雨霖抓了咱好多人？”

“嗯，留下来的伤员，还有收容队的张四毛队长都被捕了。还乡团通告说，后晌[1]在茶店枪毙他们。”水仙的眼泪像断了线的珠子，呜咽着说：“这八路军啥时候才能回来啊？”

“别哭。皮司令不是说了嘛，八路军很快就会回来的。”赵石头抬起手去擦妻子的眼泪，一边擦一边问：“农会的人能联系上吗？”

水仙又摇摇头低沉地说：“农会的赵毛区、赵红记、张全中、张毛有、李新升、马密都被抓走了，还抓了一些群众。夜儿黑还乡团把全村的人都集合了，没被抓的肯定躲起来了。”

“我想去劫法场。”

“那可不中。”水仙有些激动地说，“还乡团的人忒多了。夜儿黑又招了一些地痞流氓，好几百人哩，把会场围起来，别说你劫不上，就是劫上了你也走不了。”

“那也不能眼睁睁地看着他们把咱们的人杀了！”

“能有啥办法哩？”水仙的眼泪又涌了出来。

赵石头沉思了一会儿说：“劫不了法场，也得搅了会场，决不能叫他顺顺当当地开会！”

“这——”

“没事儿。我幺儿[2]人，好进好出，就是你跟妈——”赵石头看了看老太太说，“会场一乱，您就往外跑，跑出去上大舅家或二姑家。一句话，跑出去就白[3]再回来了。”

“你甭管俺。”一直没说话的老太太接着说，“我幺儿老婆子去哪儿都没人注意，就是死了也活够本了。”

“妈，你说啥哩？”水仙走过去扶住老太太说。

“我说，你跟石头走，走到哪儿都有个照应。”

“不中。水仙得跟您断跟住[4]。”赵石头坚决地说。

“跟我断跟住弄啥哩[5]？挨人欺负？”老太太有点急了。

“妈，您不知道，她跟着我更危险。”赵石头说，“您说，我搅了王雨霖的会场，他们能叫我好好走？水仙跟着我能跑出去吗？我再照应她，说不定谁也出不去。”

“你瞎说啥呀？！”水仙着急地叫道，她不想听不吉利的话，狠狠地瞪了赵石头一眼说：“我跟妈断跟住，不用你管。”

---

① 下午。
② 念 yò，一个。
③ 别。
④ 在一起。
⑤ 干什么。

老太太不说话了。赵石头想了想说：“就去找大舅，大舅那里会安全些。”

“你就甭管俺了，自个儿[1]注意点儿。”水仙说着又哭了。

“我没事儿，你收拾一下拿的东西吧。”赵石头说。

“收拾啥？你拎个包袱，不就是告诉还乡团你要跑吗？！”水仙剜了一眼赵石头，从牙缝里挤出一个字：“笨。”

赵石头看着水仙挠挠头，不好意思地笑了。

“你饥[2]了吧？我给你拿点儿馍吃。”水仙说着去开门到另一个窑里拿馍馍。

水仙刚打开窑门，村里就响起了敲锣声，接着是王雨霖昨晚任命的保长在喊：“都到茶店开会了，谁要不去，就是私通八路，格杀毋论！”

“都到茶店开会了，谁要不去，就是私通八路，格杀毋论！”

赵石头经过一番乔装打扮，与水仙和母亲保持一段距离，随着人流来到茶店会场。

茶店会场就是龙王庙前的空地。方圆几十里，大型集会都到这里。龙王庙正向，座北朝南。东面搭着一个戏楼。说是戏楼，其实就是一个两层楼高的大棚子罩着一个戏台子，人们通常也称这里为戏楼院。说是戏楼院，也没有围墙，就是一个大敞院。王雨霖等匪首乡绅坐在戏台上。戏台前立着一排十几根柱子，每个柱子上捆绑着一个人。每个捆绑的人旁边站着一位荷枪实弹的还乡团乡丁。

赵石头在人群中慢慢地向前挤，他看清楚要枪决的人了，可是没有一个他认识的。正在纳闷，水仙挤到他跟前悄悄地对他说：“当心，绑哩不是咱哩人。”

水仙的话刚说完，突然发现身后一个留小分头的人在向赵石头举枪，她大喊一声：“石头。”用身体护住了赵石头，与此同时，那人的枪也响了，水仙应声倒在赵石头身上。

小分头一边向赵石头这边开枪一边向外跑着喊：“赵石头，赵石头。”

“打。”还乡团的子弹就像雨点似的向赵石头站的位置射来，周围的群众“哗啦啦”倒下一片。

原来，王长贵派人通知了王雨霖，说赵石头要劫法场，还乡团早做了准备。王雨霖下令，宁可多杀一百个老百姓也不能放走一个八路军、区干队队员。只是赵石头化了装，一路上没有人认出来。没想到在会场上让他们的一个眼线给认出来了。

赵石头抱着水仙滚倒在地。霎那间，几个被子弹打中的老百姓就倒在了他们身上。赵石头低声地喊：“水仙，水仙。”

水仙没有回声。她的身上不知中了几枪，血像泉涌一般流在赵石头身上。

赵石头慢慢地用手在水仙鼻子上试了试，已经没有了呼吸，赵石头的泪一下子就涌了出来，在心里不住地叫：“水仙，水仙。”

枪声息了，跑到会场边的群众又被逼了回来，站在一大片尸体旁边不敢作声，会场

---

① 自己。

② 饿。

死一样的静。这静沉寂了几分种，赵石头忽然听到一阵大笑：“哈哈哈……，赵石头死了，赵石头被打死了！”

接着就有人喊：“找一找，把赵石头的尸首找出来。”

“把他挂在戏楼上，我看谁还敢来劫法场。”

赵石头躺在死尸堆中一动不动。他挤掉眼泪，透过群众的尸体看到还乡团的乡丁们排着队围着圈向他这边走来。死了这么多群众，还有他的爱人——水仙，他的心如刀绞，咬着牙看着敌人慢慢地接近。

还乡团的乡丁们一个一个地检查着尸体，用枪在群众的尸体上乱敲，看有没有带枪或者是有没有死。当乡丁们差两步就检查到赵石头跟前时，只见地上的尸体“呼”地一动，赵石头突然站了起来，大喊一声：“赵石头是打不死的！”双枪齐发，愤怒的子弹射倒敌人一片。

赵石头跳到敌群中，施展武功，脚踢枪打，弄得敌人乱作一团。乡丁们端着枪不敢开火，唯恐伤着他们自己的人。

这还乡团本来就是一帮乌合之众，听到赵石头的喊声，看到浑身是血的赵石头，都吓破了胆，掉头就跑，有的扔下枪跑到了群众当中。会场一下子又乱了起来，老百姓像潮水一样涌向场外。

赵石头混在一堆还乡团的中间，拳打脚踢，一边打一边走。

坐在戏台上的王雨霖听到枪响就站了起来。他认为已经把赵石头打死了，谁承想赵石头又从死人堆里跳了出来，打得还乡团落荒而逃。王雨霖看着台下乱糟糟的场面，干着急也弄不清赵石头究竟在哪里。

赵石头追着敌人边打边走，走到龙王庙前，他紧跑两步跳过去，依托龙王庙的房山墙，双枪齐发，把复仇的子弹再次射向敌人。逃到庙前的敌人还没有弄清是怎么回事，就一个个见了阎王。

王雨霖看着老百姓都跑了，龙王庙又发生枪战，就指着龙王庙冲台下喊：“敢死队，龙王庙，给我打。”

戏台前被绑在柱子上的那十几个人突然抬起头，挣脱绳子，掏出怀中的短枪与执行枪决的乡丁们一起向龙王庙冲去。原来，这又是王雨霖的诡计，他想赵石头一定会带人来劫法场，就让他的敢死队扮作被执行枪决的八路军，等劫法场的人到近前，乘其不备，一网打尽。

“好狠毒啊！”赵石头看在眼里恨在心上，一枪一个，弹无虚发，吓得还乡团的敢死队也趴在地上，只射击不前进了。

常光耀把被打散的还乡团纠集在了一起，把密集的子弹射向龙王庙，打得房山墙直冒灰烟。

赵石头见烟雾遮住了视线，就飞也似的跑进了街道。他一绕两绕就绕到了会场的另一角。这个角是王雨霖和还乡团入场的地方，场边拴着他们的马匹，有两个乡丁看守。

这两个乡丁听到龙王庙前的枪声，不知发生了什么事情，紧张地端起长枪，哆哆嗦嗦地向四周张望。

赵石头悄悄上前，将两把飞镖抓在手中，“嗖嗖”扔出，那两个乡丁连哼都没哼一声就见了阎王。他三步并作两步跑过去，骑上一匹枣红马奔进了会场——他要在万人丛中取王雨霖的首级。

这个时候，还乡团的乡丁还在龙王庙探头探脑地搜寻赵石头呢。站在戏台上的王雨霖等人，突然看到会场内冲进一匹战马，一个浑身血淋淋的人举着手枪直指戏楼，吓得心惊胆战，一哄而散。

赵石头飞马来到戏台楼，举枪就射，“叭叭叭”，几个家伙应声倒地，吓得王雨霖一屁股坐在台上。赵石头眼尖手快，对着王雨霖就是两枪。

就在这时，赵石头突然愣住了。他发现王雨霖还在台上爬，就把枪口又对准王雨霖狠狠地扣了两下。

赵石头的手枪没子弹了。他摸飞镖，飞镖也用完了，气得他将手枪当作飞镖扔向王雨霖。

赵石头这一掷使出了千钧之力，正砸在上前拉王雨霖的一个乡丁的后背上，那乡丁“啊”地一声，一口鲜血喷到了王雨霖的脸上，接着整个身子砸在了王雨霖身上。

这时，冲到龙王庙前的敢死队又反冲回来，子弹“嗖嗖”地从赵石头身边飞过，赵石头枪镖全无，只得打马跑向场外。

“赵石头没子弹了。”

“赵石头没飞镖了！”

“抓住，赵石头，赏，一千，大洋！”王雨霖哆哆嗦嗦地冲乡丁们喊。

“追！”还乡团的马队一边喊叫一边上马向赵石头追去。

赵石头打马顺着河道大路跑到灵官殿，已经把还乡团的马队远远甩在后边，再一转弯隐进竹林或钻进幽谷，就脱离危险了。可是，他突然勒紧马缰放慢了马步。他心里憋气，眼看着就要把王雨霖杀了，不争气的手枪没子弹了，扔出的手枪又偏偏砸在拉王雨霖的乡丁身上，要不然王雨霖准见阎王！

没杀了王雨霖赵石头感到非常惋惜，越想越气。王雨霖抓了那么多八路军、农会干部和老百姓，今天又打死那么多无辜的人，一个马队又把他赵石头追到了山里，这让老百姓怎么想？我不能就这样进山了事，一定要给王雨霖重创。武器没了，我也要让你的马队有来无回。

赵石头拿定注意，左手紧拉缰绳，右手高高地扬起落下，可是马站在灵官殿前只是打转，就是不往前行。

后边追赶的还乡团见状大喊：“赵石头的马不听使唤了。”

“抓住赵石头！”

“冲啊！”

赵石头拉着马等敌人接近了，突然调拨马头，顺着大路向山里飞驰而去。

这是一条大峡谷，本来没有路，人们就是沿着河道走。踏出的路常常被河水淹没冲毁，遇到汛期，大水暴涨，根本无法出入。随着山里的寺庙增多、寨子增多、到山里进香和游览的人增多，河岸上才修了路。经过历代整修，如今已成大道。大道依河东岸修建，路下溪水淙淙，潭潭相连，两边山峰排空，层峦叠嶂。

赵石头纵马顺着大道在前边跑，还乡团的乡丁打马在后边追，马蹄扬起的沙尘弥漫了山谷。“呼呼”的风声在耳边响起，美丽的风景像闪电似地匆匆闪过，喊声如山崩一样如雷贯耳。追在前边的乡丁还一边喊叫一边鸣枪，子弹“嗖嗖”地从赵石头的身旁擦过，打在路边的石崖上溅出耀眼的火星。

赵石头飞马穿过大竹园，遥见路边竖着一块石崖。石崖高约两丈，下粗上细，犹如一棵巨大的石笋。这石笋西临深潭，东与一山峰相峙，把大道夹在中间，宛如一个石门。与石门相望的山峰上建一山寨，名叫石门寨。当年巾帼英雄穆桂英为抵御外寇入侵曾在此安营，所以人们又叫它穆家寨。石门下那潭清幽的碧水，是当年穆家军经常饮马的地方，人们称之为饮马坑。相传，穆桂英一日带兵到此饮马，为显示本领，纵身一跳跃上了块石崖。与此同时正好一匹惊马冲向石门，穆桂英跳上马背震住了烈马，从此，人们敬称这块石崖叫上马台。

穆桂英的传说引发了赵石头的灵感，他要依托上马台，打敌人个措手不及。只见他骑马来到石门，一个鹞子翻身，从马背上飞到了上马台，又借着惯性“噌噌”几下转到了石崖后攀了上去。

赵石头紧贴石崖，盯着追赶他的还乡团马队从身下蹿过，当最后一个乡丁骑马跑向石门时，他纵身一跳跳上了马背。那乡丁还没有弄明白是怎么回事，就被赵石头下了枪扔下了马。

赵石头打马上前，在敌人背后“叭叭叭”一枪一个，接连把五个乡丁打下了马。

跑在前面的敌人突然听到背后传来枪声，回头一看，大吃一惊，没想到追了半天把赵石头撇到后边了，吓得打马拼命向山里逃。

赵石头举着枪一边追一边喊：“我是赵石头，缴枪不杀！”

还乡团这帮乌合之众哪听这一套，只顾拼命地往前跑。

赵石头又举枪打下两个敌人，再打，枪又没子弹了。只得眼睁睁地看着那几个乡丁向玉仙圣母庙方向逃蹿。

赵石头圈马原路折回，一边走一边打扫战场，没走多远就看到了他在法场上抢的那匹枣红马。这匹马很通人性，发现自己的主人跳离了马鞍，向前猛跑一阵，见追赶的人上了另一条路，就沿原路跑了回来。它远远地看见了赵石头，就像是见到了久别的亲人，“嘿嘿”地叫着跑到赵石头面前，用头拱赵石头的身子。赵石头疼爱地摸了摸这匹救命马，继续向回走。

这时，路边的一道土坎后，一个黑洞洞的枪口正瞄向赵石头。

原来，赵石头从上马石的岩崖上跳下，并没有将跑在最后面的那个乡丁弄死，只是下了他的枪，把他扔下了马。那乡丁醒过神后，见赵石头追着马队跑远，几个同伴被打下了马，就想取了死去同伴的枪和马，回去好向王雨霖交代。谁知，他刚把枪拿到手中，就见赵石头圈马回来打扫战场，吓得他急忙躲在了路边的土坎后。

那乡丁在土坎后哆哆嗦嗦地看了一会儿，怦怦直跳的心便平静下来。心想，都说大难不死必有后福，这送上门的赵石头不就是我的福吗？！我打死了赵石头，不仅能得一千块大洋，说不定还能捞上个一官半职。想到这儿，他举起枪瞄准了赵石头。他自信自己的枪法，这么近一定能把赵石头打死。

正当那乡丁要击发的时候，只见他身后的山坡上白光一闪，他那"啊"声都没叫全就滚下了土坎。

赵石头听到土坎后的响动，跳将过去，那乡丁已经口吐鲜血断了气。他从那乡丁的背上拔出一支飞镖，向四周看了看，见没有动静，遂对着山坡大声喊道："哪位朋友出手相帮，请现身受我一拜。"

山谷中一片寂静，只有玉仙河欢快的奔跑声。

赵石头凝视这支镖，并非工匠打制，而是人工磨成。他想，用镖之人，失镖无数，磨成一镖至少数日，可见此人深藏不露，不愿见人。

赵石头在那乡丁的身上把镖擦净，双手捧过头顶，冲着山坡喊道："我叫赵石头，救命之恩，一生铭记，恩人啥时现身就提此镖。"他喊完，冲着山坡深深地鞠了三躬。

这一仗，赵石头缴获八把手枪。五匹马跑了四匹，他把拉回的五匹连在了一起。

赵石头看着自己的战利品犯愁了。补上自己扔掉的手枪，还有六把手枪、五匹马。这么多枪、这么多马怎么办呢？直接上凤屏寨送给他们，张三旺和王长贵肯定高兴，会更痛快地把李秀娟她们三个放回来。可是，这样牛半山会不高兴的，人家用四把手枪和一箱子弹说服凤屏寨放人，这是多大的人情啊。况且，人家还要联络各寨寻找孟春桃呢。想到孟春桃，赵石头判断，肯定是凤屏寨的人把她摸去了，要不然，王长贵怎么会带人抢李秀娟她们三个人呢？！

赵石头想，牛半山四把手枪一箱子弹能说服张三旺和王长贵放三个人，我用五匹马、六把手枪还换不回孟春桃一个人！但是，王长贵已经说了他们只抢了三个女人，我要是把马和手枪给了他们，他们死活不承认抢了孟春桃咋办？送出去的东西岂不是肉包子打狗——有去无回。

赵石头又想到了他今天去劫法场，王雨霖咋知道的？而且是专门冲着我设下了陷井？我去劫法场只有凤屏寨的人知道，是不是他们和王雨霖有勾结？王雨霖给将军寨送去那么多东西，会不会也给其他寨子了？

想到王雨霖，赵石头恨得直咬牙根。在法场上，还乡团打死那么多无辜的百姓。水仙被打死了，就死在自己的怀里。母亲是死是活还是个未知数。赵石头想起，当时母亲离他不远，也在那群人里，很有可能也倒在那滩血泊中了。他的眼睛湿了，想回去看看情况，又觉得不妥，如果被王雨霖发现，那他就被王雨霖和前边逃跑的几个乡丁夹在中间了，在这峡谷中只有送命。老婆死在自己怀里，老娘生死未卜，自己又……他的心犹如刀绞。

赵石头思来想去，还是决定先上将军寨。不管怎样，这浮戏山十几个寨子的盟主是牛半山，大家是看着牛半山的脸色行事的。在浮戏山，拿住了牛半山，一切事情就好办了。

主意拿定，赵石头带着一遛马慢慢地向将军寨走去。

此时，孟春桃在将军寨上醒了过来。早晨，牛半山怕赵石头发现孟春桃，让平头给她的饭里下了点迷药。孟春桃吃过饭后，感觉犯困就又睡了过去，谁知一睡又是大半天。

孟春桃醒来后的第一件事又是摸包袱。她把那块丝手帕从包袱里拿出来仔细地端详着，她思念自己的姐妹，不知今生还能不能见面。她想，她们姐妹四个见不着面是小事，这四块丝手帕合不到一起可是件大事，少一块手帕就有可能使后人永远找不到那些珍宝。她坐在床上呆呆地对着那块手帕看了好一阵，然后把它慢慢地叠起来，放进内衣口袋里。她觉得头有点沉，就下床洗漱了一遍。

牛半山见孟春桃起了床，急忙让小喽罗们送上了饭菜。孟春桃看了一眼桌上的饭菜，摇摇头说："我不想吃，我想到寨子里看看。"她想，首要的任务是观察一下寨子里的地形，寻机脱身。

牛半山执意要当向导，孟春桃拗不过，只得让他同往。

出了圆木屋，面对的是几孔青石圈的大石窑。牛半山指着石窑说："这是祖上留下的，建于啥年代我也不知道。看一看？现在就是文物了，你们北平没有。"

孟春桃瞪了牛半山一眼，冷冷地说："你又没去过北平，你怎么知道北平没有？"

牛半山不好意思地笑着说："想象，想象。"接着又盯了一句说："我看过不少有关描写北平的书，没发现有人写过这样的建筑。"

孟春桃扬了下眉，嘴角笑了笑，用讥讽的口吻说："噢，我忘了，您博览群书。"说了，在心里笑，心想我就是要处处和你作对。想着话就出口了："我告诉你吧，我们家住的就是这样的——窑洞。"孟春桃差一点把"窑洞"说成房子，心里一"咯噔"，脸上泛起了红晕。

牛半山何等的精明，这小小的细节，他看在眼里乐在心上。心想，小丫头片子，我过的桥比你走的路多，更何况读的书了，老子在山上没事干尽读书了，你才啃了几本书？！想到这，他怪笑着说："不敢说博览群书，《四书》、《五经》、《史记》、《孙子》、《唐诗》、《宋词》这些，只要你能说出上句，我还是能对出下句的。"他说着，偷眼看了看孟春桃的表情，口气更油滑了："嘿嘿，你说你家住的就是这样的窑洞，真是说对了。"他又看了孟春桃一眼，见孟春桃拿眼睛惊讶地看他，就赖不拉叽地说："不过，不是北平的家，而是这里的家，对吧？夫人？"

"牛赖。"孟春桃气得直跺脚。

"在，夫人。"牛半山笑着低头应声，俨然是一个随时听命的小兵。他看到跟随的平头和光头掩口而笑，就对他们摆摆手说："中了中了，你们俩别跟着了，回去把屋子拾掇[①]拾掇，叫厨房给夫人包点儿扁食[②]。"

"是。"两个卫兵应声窃笑着离去。

牛半山指着自己住的窑洞说："这一孔窑是我住的，进去看看？"

孟春桃本来就想进石窑看看，她还真没有见过这么大的石窑呢，而且是在山顶上建的。再一听是牛半山住的，就更好奇了。她看了一眼牛半山，笑着说："好，看看你的猪窝儿。"说完，背着手进了牛半山住的窑洞。

这座石窑全是青石所圈，二米多高，三四米宽，五六米深。进门右侧放着一溜柜子，清一色上半截镂空下半截封闭。封闭的下半截是两扇开门，门关着，不知里边放着什么东西。上边镂空的柜子，靠门的四个，里边放的全是书。这四柜子书一下子增加了牛半山在孟春桃心中的分量。她在心里纳闷，一个土匪怎么这么爱书？其余的柜子里边摆放着各种古玩瓷器。孟春桃虽然叫不出它们的名字，但从成色看，她知道都很贵重。进门左边放着一口大水缸，水缸旁边放着一个古香古色的脸盆架，脸盆架上放着一个青铜龙纹洗脸盆，脸盆里清亮亮盛着半盆水，盆上方的一格里放着一个肥皂盒，盒里放着一块用得光溜溜的肥皂。从水缸到脸盆架上方就石缝钉着两个大钉子，扯着一根绳子，绳子上挂着一条白毛巾。一看这几样东西，就知道主人是个爱干净的人。离脸盆架半米远，两把罗圈椅夹着一张八仙桌子靠墙摆放，八仙桌中央供的不是观音，也不是如来，而是右手持刀左手捋须的关云长。再往里就是一道青布帘，帘子几乎全部打开，里边放着一张双人床。床上的碎花床单大花被，铺得整整齐齐。

孟春桃愣在门口静静地看着。牛半山笑着说："这窑洞养人，冬暖夏凉，住着比房子舒服。"

孟春桃听了，冲他笑笑，走近书柜，淡淡地说："这么多书，你都看了。"

"这是我看后舍不得扔的书。"牛半山也淡淡地说，"放在身边，没事时再翻翻，消磨一下时光，要不，整天待在山上也没啥意思。"

孟春桃用眼睛扫一遍书，把目光落在那些古玩瓷器上。牛半山笑着说："'盛世藏古玩，乱世存黄金。'现在是乱世之秋，可我见到这些东西，觉得丢了可惜，就都弄上山了。"

"是抢上山了吧？"孟春桃不无讽刺地说。

"可不全是，有些确实是我从老百姓那里买来的。"牛半山认真地说："这些都是国宝啊，现在不值钱，将来都得是文物。"

① 收拾。
② 饺子。

“这么说，你还是个保护文物的大好人呢？”孟春桃鄙夷地看了牛半山一眼，在心里骂道：“虚伪。”

“那可不是。”牛半山说，“我知道你在心里骂我哩。我不是啥好人，但也没有坏到人人唾骂的地步。我收藏这些玩艺儿，总比叫小日本弄走了强吧。”

“这倒像个人话。”孟春桃看了牛半山一眼，笑着说。

“我已经说了我不是啥好人，你也不能不把我当人看。我把话撂到这儿了，多少年之后，关于我这个人，人们自有公论。”

孟春桃听了，惊讶地看着牛半山。心想，这人可以作为革命争取的对象。想到有可能争取牛半山，在这土匪窝里还能为革命工作，孟春桃就来了精神，情绪也好了起来。她笑着对牛半山说：“谁不把你当人看了？我都说过了你——和别人不一样。”孟春桃本来想说“你和别的土匪不一样”，话到嘴边又改口了。

牛半山从孟春桃的话中听出了好感听出了爱意，就向前两步，一手扶着孟春桃的肩膀，一手指着靠近书柜的一个瓷壶说：“这个叫黄釉盘口双凤壶，是唐代产的。你看这釉子，多细腻，上边黄下边白，黄色自然泪下，像不像你们女人那裙摆。看，这盘口做得多精巧，这两个耳柄，像不像凤凰用嘴衔着壶口，远看近瞧，都是一件艺术品，可以说，是无价之宝。”

孟春桃为了摆脱牛半山的亲昵，转身向门口走，一边走一边说：“我们到外边看看吧。”

“据记载，从南北朝就在我们巩县设官窑了，隋唐达到鼎盛时期。你说，我收藏这些东西，将来人们研究历史有没有用处？”牛半山跟在孟春桃的身后一边走一边津津有味地说。

“有。你这山寨本身就是文物。”孟春桃笑着说。

“没错。”牛半山听孟春桃说他这座山寨就是文物，立刻兴奋起来，走在孟春桃身旁指着寨子里的房屋一一向孟春桃介绍，这儿是屯兵房，那儿是仓库，这边是厨房、水窑，那边是弹药库、马号[①]。他们走到哪里，哪里的土匪都礼貌地叫：“当家的好，夫人好。”叫得多了，孟春桃也不生气了，有时还微笑着回一句“你们好”、“你好”。

牛半山带着孟春桃走到一个大敞门的圆木房前，指着里面说：“这是碾道，我们吃的米就是从这里碾出来的。”

“当家的好。”一位用蓝头巾裹头浑身黏着一层土黄色粉尘的妇人露出一口白牙冲牛半山说完，用眼睛盯着孟春桃说：“怪不得都夸夫人长得好哩，我活了大半辈子了，也没见到过这么水灵的女人。”孟春桃看着她那样子，想起了一本书中描写的母夜叉。

“黄嫂，王二家的呢？”牛半山问那妇人说。

---

① 养马等牲口占用的房子、窑洞和空地。

“去茅子[1]了，一会儿就回来。”黄嫂又露出一口白牙说。

孟春桃好奇地看着那头骡子拉着大碾磙转圈。土黄色的谷子在那大碾磙下脱了皮，黄嫂拿着扫帚在碾盘上轻轻地扫着，把糟糠扫在碾盘的边上，露出下边一层金黄色的小米。黄嫂又把碾盘上的小米撮进簸箕，然后倒进罗里，在罗框[2]上一推一拉地筛着，米中的细糠荡着粉尘落在罗框下的大簸箩里，罗里只剩下黄灿灿的小米。

“走吧，太荡[3]了，再站会儿你的小脸也没法看了。”牛半山笑着扶了把孟春桃的后背说。

“就是。夫人，你看我的脸上都沾了厚厚一层。”黄嫂指着自己的脸龇白牙笑着说。

碾道旁边就是磨房，一头驴正拉着石磨转圈呢。那两扇石磨“咕噜噜”地响着，看起来驴比那骡子轻松多了，磨房里也比碾道里干净一些。

牛半山指着碾道和磨房自豪地说：“我这石磨和石碾一年到头就没停过，我这寨子里的粮食十年八年都吃不完。”

“你有这么多粮食怎么不救济一下老百姓？！”孟春桃盯着牛半山说，她要看一看这个土匪头子有什么反应。

“救济？救急救不了穷啊。”牛半山叹了口气，皱了皱眉头说：“光靠我幺儿[4]人幺儿寨中吗？国家穷成这个样儿，一会儿这个来割地，一会儿那个要赔偿，连那弹子大的小日本一占就是八年。八年啊，老百姓过的是啥日子？好不容易把小日本赶走了，这不，明摆着国共要分家嘛！这国家一分裂，老百姓就更苦了。你说，这国家、政府都不爱他的子民，让我一个土匪去救济，不是笑话吗！我要是有活路，还当啥土匪呀！”牛半山见孟春桃用惊异的目光看着自己，抿了抿嘴，缓了下口气说：“对山下的人我也帮了，去年六七月份两场冰雹，山里绝收，我就开仓给老百姓放粮了。还有八路军来这里建根据地，没粮吃——”他指着仓库说，“就那一间，整整一屋子粮食，我称都没称全送给八路军了。”牛半山又看了一眼孟春桃，接着说：“还有这黄嫂，是快饿死的人，我救上山来的。王二一家，是让地主逼得没法活了，我收留的。”牛半山本来就想表现自己的善良和进步，好讨孟春桃的欢心，这下可找到了话茬，一股脑儿地倒了出来。不过，他说的也全是实话，是自己的心里话。谁知，有意了解他的孟春桃说出的话气得他七窍出烟。

孟春桃见牛半山很专注地看自己，就装作看风景，接着他的话茬冷冷地说：“你救的人家？该不是‘乘人之危，欺男霸女’吧？”

“我乘人之危？我欺男霸女？”牛半山气急败坏地说，“你可以问问，这将军寨哪一个人欺负过她们？王二胆小，我就没让他下过山，就让他负责碾米磨面。”牛半山越说越气，抬起右手几乎把将军寨抡上一圈，红着脸说：“这寨里大大小小，我没有强迫谁干过

---

① 茅厕。
② 专供罗在上来回移动的支架。
③ 扬尘。
④ 念 yò，一个。

啥，所有分工都是他们愿意的。”

孟春桃看牛半山急了，就笑着说：“好好好，你是大好人，就像梁山上的英雄好汉一样，是浮戏山上的英雄好汉。”

“我说过了，我不是啥好人。”牛半山有点不高兴地说，“但是，小日本到山下转了两次走了，国民党兵也没敢进来祸害这山里的百姓，也有我们这些山寨的功劳。”

“对，有你们山寨的功劳。”孟春桃觉得牛半山说得在理，就笑着对他说：“好了，别生气了，我是故意逗你玩的。走，接着看你的山寨。”

说话间，他们来到了将军寨南门。这是一座石门，不大，两个看门的土匪抱着长枪在门口蹲着，见牛半山和孟春桃走来，站起来咧着嘴点头哈腰地叫道：“当家的好！夫人好！”

牛半山黑着脸冲着门仰仰下巴说：“开开。”

一个土匪便上前取下挡门的粗木杠，放到一边，另一个赶紧打开插门的门闩，把门打开，点头笑着说：“当家的请，夫人请。”

“真美啊。”孟春桃一出门，就被眼前的美景惊呆了，情不自禁地赞叹道，“怪不得人们给这里起名叫浮戏山呢！”

站在寨门外，视野豁然开朗，看四周烟雾弥漫，一片苍茫，山峰或多或少地露在云端。白云随风舞动，忽上忽下，忽左忽右。山峰随云隐现，忽高忽低，忽有忽没，真像鸭子戏水一样。孟春桃在此对浮戏山的名字得到了充分的感受和体验。

“晴天视野好了，更好看。”牛半山笑着说，“《山海经》里写道：‘泉石欹危，映带左右，晨起俯而凭之，烟霞弥漫，万顷茫然，峰峦尽露其巅，烟移峰动，如众鸟浮水而戏。’浮戏山这个名字就是根据这段话起的。”

“哦——”孟春桃若有所思地点了点头，她更佩服的是牛半山把这段描写风景的文字背了下来。看来，他说的那几本书，你说了上句他真能对上下句。多亏自己当时没有逞能与他对诗，要不然自己就丢人现眼了。

孟春桃为自己没有逞强而庆幸，也为这里的美景而激动。她迈着轻盈的脚步走上寨门前的小路，身旁白云飞度，脚下万丈深渊，山风撩起了她的衣摆，宛如一位下凡踏青的仙女。

“慢点儿，别掉下去了。”牛半山上前扶住了她。

“没事儿。”孟春桃挣脱牛半山说，“我不害怕。”说着又往前走。

“别走了。”牛半山说，“你再往回走，听听脚下。”

孟春桃往回走两步，感到脚下有“嗡嗡”的响声，她惊讶地叫道：“这下边是空的。”说着，心惊肉跳地跑到了寨门前。

“不是，是实的。”牛半山看着孟春桃惊魂未定的样子笑着说。

“那为什么会‘嗡嗡’响呢？”

“天籁之音。”牛半山笑着说，“只要有人从这里走过，就会发出这种声音，石门后的哨兵听得一清二楚。这叫老天爷报警，安全得很。”

孟春桃凝视着门前的小路满腹狐疑，像是自言自语，又像是对牛半山说：“真是太神奇了。”

牛半山看着满脸迷惑的孟春桃笑着说：“浮戏山里神奇的事多了。来来来，你站在这里看看咱这山寨。”牛半山笑着把孟春桃招呼到身边，指着山寨上的东西两峰说：“你看看这两座山峰，有啥感觉？”

孟春桃站在小路上，回顾将军寨。山寨双峰对峙，东峰拔地而起壁立千仞，西峰浑圆巍然苍茫浑沉，一道山洼形成隘口，隘口的悬崖上用片干石砌起一道五六米高的青白色寨墙，女儿墙有一米多厚，上面垒着箭垛，寨墙横亘两峰之间将其连接起来，卡住通道，形成“一夫当关，万夫莫开”的险要地势。

牛半山指着山寨说：“东西这两个山峰上都有烽火台，哨兵在上面俯视周边，一览无余，有一点儿动静就能发现。别说我在南、北寨门各架一挺机枪，就是放上两个快枪手，再多的人也攻不到咱这寨子里来。”

“天险，天险啊。”孟春桃赞叹道。

“走，到北寨门看看。”牛半山轻轻地抚了下孟春桃的后背说。

北寨门是将军寨的正门，高约四米，宽约五米，厚约三米，从寨子里向外看就像一座城门楼，门楼上也修着三个箭垛。

牛半山带着孟春桃走出寨门，回首展望，那高大的寨门更显得雄伟壮观，不是就像一座城门楼，它本身就是一座城门楼。只见城门楼上赫然刻着“将军寨”三个大字。

牛半山指着城门楼说：“这个寨子原名叫凌霄寨，是元末我们浮戏山人为抵御兵匪的侵扰聚集起来修建的。后来，后来被朱元璋占了。再后来，不知咋落到了一个姓张的人手里，成了张家寨。到了清朝，我老爷从张家手中买了下来，成了牛家寨。我老爷是清朝咸丰十一年的武状元，这个寨子就成为了清政府军和捻军对峙的堡垒，这‘将军寨’三个字就是我老爷亲笔题写的。”

“这么说，你们牛家还有镇压农民起义军的‘光辉历史’呢。”孟春桃的笑语中含着讥讽的意味。

“功过是非让后人评说吧。”牛半山瞥了孟春桃一眼，淡淡地说。

孟春桃又看了看城门楼上“将军寨”那三个遒劲有力的大字，若有所思地说：“这山寨让政府军一住就没有味道了。”

牛半山听了这话更生气了，又瞥了孟春桃一眼，沉着脸讪讪地说：“走，回去，吃饭。”

“再待一会儿，多美的风景啊。”孟春桃环顾四周真有点儿舍不得走。

“明儿个[①]天气好了再出来看。”牛半山说着背着手径直走进城门，孟春桃见状只得悻

① 明天。

悻地跟着回去了。

孟春桃在寨子里转了一圈，知道了进出将军寨只有南北两个寨门两条路。寨子里什么地方作什么用场，牛半山也都告诉她了。可以说，将军寨的地形她已经了解清楚了，就是没有逃跑的路。她早上曾求平头放了她，平头说，这浮戏山上没有一个人希望她跑掉，她即使跑出去，谁见了都会把她送回来，然后到牛半山那里去领赏。她已经明白了，要离开将军寨，唯一可行的办法就是说服牛半山，让他放了自己。她感觉牛半山这个人还算不错，知书达理，思想进步，有人情味，她决心感化牛半山。

饭端上来了，是四大盘饺子。平头把饺子摆在八仙桌上，四个盘子向上升腾着四缕袅袅青烟。这热气腾腾的饺子又给牛半山带来了好心情，他掂起筷子点着盘子冲孟春桃笑着说："尝尝，咱将军寨的扁食[①]可是一绝，保你吃了这顿儿还想吃下顿儿。看，这一盘是猪肉白菜的。"他说着，夹起一个放进孟春桃的碗里，又点着另一盘说："这一盘是獾肉蘑菇，这一盘是羊肉大葱。这盘，兔肉山韭菜。"牛半山说完一怔，接着叨唠[②]了一句："这谁呀这？谁叫包兔肉了？"牛半山说着看了平头一眼，把那盘兔肉水饺向自己身边一拉，对孟春桃说："这个你别吃了，我吃。"

孟春桃已决计感化牛半山，见牛着山把那盘饺子拉到了自己面前，不知道什么意思。于是，就来了兴趣，探起身子把筷子伸向那盘子，笑着柔声细气地说："干么不让我吃呀，我偏要吃。"

"不中。"牛半山用自己的筷子压住孟春桃的筷子说，"女人不能吃兔肉。"

"为什么？"孟春桃挑起眼睛柔柔地问。

"吃兔子生孩子豁嘴。"牛半山说着把盘子端起来递给平头，"去，换一样，鸡肉啥的。"

"是。"平头接了盘子就走。

孟春桃瞥了牛半山一眼，夹起碗里的水饺咬了一半，一下子怔住了。留在碗里的一半饺子立刻散发出一股浓郁的芳香，扑进鼻子，沁润心扉。进入口中的一半饺子，回味幽长，溢香满口。她慢慢地咀嚼着，仔细地品着水饺的味道，咸淡适中，香中带甜，鲜香不腻，口感柔软，禁不住赞叹道："好吃，我还真没吃过这么好吃的饺子呢！"

牛半山见孟春桃夸饺子好吃，更来了精神，盯着孟春桃的脸笑着说："你知道这扁食咋镇[③]好吃吗？"他不等孟春桃回答，接着说："这里面有学问，有特殊的做法。"

"怎么做的？"孟春桃瞪大眼睛翘着舌头问。

"得先把肉切成绿豆大的小肉丁，再把菜剁碎，然后将肉和菜打匀。记住，是打匀。一边打，一边滴些香油，再适当地加点盐、红糖和酱油，千万不能加水。不黏，就打一

① 饺子。
② 唠叨。
③ 这么。

个或几个鸡蛋。记住，那鸡蛋也得打匀实了。最后把肉馅打得黏糊糊儿的，包成扁食，煮熟，就这样，支楞楞[①]的，又好看又好吃。”牛半山用筷子点着盘子里的饺子说，“对了，扁食皮也有讲究。首先和面时，要在面里加一点儿点儿[②]盐，让面有点咸味。片儿嘛，一定要拍匀，别弄得不一样厚。”

孟春桃一边嚼水饺一边眯起眼睛看着牛半山微笑，心里说：“这土匪头子还懂得怎么包饺子，这样包出的饺子好吃可以理解，听起来都让人流口水；可是，这样包出的兔肉饺子女人不能吃纯粹是瞎扯，女人吃兔肉生孩子豁嘴毫无道理。”

牛半山两年多没有这么面对面地和女人坐在一起吃饭了，又找到了家的感觉。他自己也说不清是把孟春桃当老婆看好，还是当女儿待更合适，心里泛起一种从来未曾有过的情愫。当他发现孟春桃那么专注地看着自己时，将筷子悬在空中，盯着孟春桃的眼睛不自然地笑着问：“咋了？”

孟春桃将口里的饺子咽了，冲牛半山笑着说：“我发现你——还真是个好人。”

“我是啥好人？土匪一个。”牛半山笑笑不以为然地说。

“你这个土匪和别的土匪不一样。”孟春桃将筷子放在碗上，一边想一边说，“你读书多，有知识，看问题全面、辩证，很敏锐，看得远，有远大抱负，爱国，惜民……”

“中了，中了。你可别拿好话填欢[③]我。我好晕，别人一夸我，我就晕，特别是像你这样的女人。”牛半山笑着用筷子指着孟春桃说。

“本来就是这样嘛。”孟春桃收起笑容噘起小嘴说。

“你真这么看？”牛半山将筷子悬在空中瞪大眼睛问。

“这还有假？”孟春桃一本正经地说，“你开仓放粮救济百姓，给八路军送粮食，就是最好的证明。”

“那，别，别人也会做的。”牛半山在孟春桃面前出现了口吃。他看着孟春桃不好意思地说：“你说，乡里乡亲的，你能看着让大伙儿都饿死？那八路，是打小日本的，是自家人，没饭吃，咋打哩？哪能看着自家人受苦？”

“所以，我说你是个好人，是个能干大事儿的人。”

“我能干啥大事儿？能维护这一方平安就不错了。”

“你就没有想过到外面去轰轰烈烈地干上一场？”

“想啥呀？”牛半山苦笑一下，动情地说：“本来看八路军挺不错的，想跟他们合作。可是，小日本投降，人家国军说要这地儿，他连一点儿条件都没提就开走了。你知道吗？国民党的还乡团夜儿黑[④]占领了八路军的根据地，抓了好多共产党、八路军和老百姓。人家说了，宁可错杀一百个老百姓，也不放过一个八路军。人家这，这是斩草除

① 凸凹分明。
② 形容少。
③ 讨好。
④ 昨天晚上。

根啊。”

“失人心者失天下！国民党长不了，八路军会回来的。”孟春桃坚定地说。

“但愿吧。”牛半山深深地吸一口气说。

“昨天晚上山里怎么也响起那么多枪声？”孟春桃试探着问，她想知道这里党的组织活动情况，更想知道李秀娟她们和赵石头的情况。

“山里的枪声——”牛半山拖长了声音说，“就是——还乡团在追八路军和共产党。”他怕孟春桃知道真相，故意把赵石头与凤屏寨的交战说成了是八路军与还乡团。

“最后呢？”

“还乡团被打死了十几个，八路不知道上哪儿去了。”

孟春桃陷入了沉思，脸色变得异常凝重。

“你别难过。”牛半山安慰孟春桃说，“我知道你是八路。不是我恭维你，就连你这样的弱女子都参加八路，八路军能不打胜仗？！就凭八路在老百姓心中的分量，国民党也坐不了江山。”

“你真这么想？”孟春桃激动地盯着牛半山问。

“真的。”牛半山真诚地说，“这一年来，和八路打过多次交道，使我知道了共产党是为老百姓的。为广大百姓打天下的人，才能坐天下。”

“谢谢，谢谢。”孟春桃激动地站起来向牛半山伸出了自己那温柔的小手。牛半山受宠若惊，急忙放下筷子，站起来拉住了孟春桃那双他早想抚摸的双手。

“谢谢，谢谢。”孟春桃激动地抓住牛半山那双大手说，“谢谢你，牛寨主，我想离开山寨，行吗？”

“你去哪儿？”牛半山惊讶地看着孟春桃问。

“去——找八路军。”

“不行。”牛半山第一个反应就是回绝。他想，凤屏寨把孟春桃送来是给他做压寨夫人的，他如果一松口，这煮熟的鸭子不就飞了？他上哪儿还能找到这么漂亮又有文化的秀子[①]呢？！但是，事要这么做，话不能这么说。他拉着孟春桃的手深情地说：“你既然被他们送到了我的寨子里，我就得对你负责。你可以不做我的女人，但是你不可以出这寨子。”

“为什么？”孟春桃瞪大了眼睛问。

“国民党、还乡团正在到处搜捕共产党、八路军哩，太危险。”牛半山为了拢住孟春桃，很男人地说：“你若真想走，等我联系上了八路军再说。”

“我——”

“我不强迫你，但必须保护你。”牛半山的口气很坚决。

“寨主。”杨文彬走进来拉着牛半山耳语一阵子就走了。

---

① 老婆；妻子。

“春桃，我有点事儿，你慢慢吃吧。”牛半山转过身对孟春桃说，“别多想，你有啥事儿需要我办，我会做好的。”说完，冲门外喊：“来人。”

平头急忙跑进来。牛半山对平头说：“照顾好夫人。”

“是。”平头应声道。

“清晌[1]的话记住了？”牛半山盯着平头问。

“记住了。”平头又是一个立正。

牛半山出门直奔万寿堂。他早晨给平头交代，没有他的命令，谁也不准见孟春桃，不准孟春桃到万寿堂那边去。

牛半山走到万寿堂，一进门就冲坐在右边长凳上的赵石头喊：“哎呀呀呀，赵队长，咋弄成这样了？伤着了没有？伤着了没有？”

“没——有。”赵石头站起来，冲牛半山抱了下拳摇了摇头少气无力地说。

“没伤着就好，没伤着就好。”牛半山一边打量浑身是血的赵石头，一边吩咐光头说：“快，弄点儿热水让赵队长洗洗。”接着又对杨文彬说：“文彬，去找些新衣服让赵队长换换。”

牛半山看着光头和杨文彬走出万寿堂，回过头来又对赵石头说：“听文彬说，你带回来六把盒子五匹马。”

“嗯。”赵石头冲牛半山点了下头。

“你看看你，都成这样了还带恁些[2]东西弄啥哩[3]？”

“我不能欠你的人情太大了。”赵石头苦笑一下说。

“那我欠你的人情可大了。”牛半山笑着说完，拍了拍赵石头的肩膀，又拉了拉赵石头的血衣，阴下脸低沉地说：“看着你这样，让为兄心痛啊。”

赵石头说：“我去了法场。王雨霖太残忍了，为了打死我把我周围的老百姓全打死了。我估算了一下，有二三十人。”

“妈妈的。”牛半山气愤地说，“乡里乡亲的，他这是弄啥哩？！”

“他才不顾及乡亲的情面呢！”赵石头痛心疾首地说。

“作孽呀！禽兽不如，不得好死。”牛半山诅咒王雨霖道。

“牛寨主，我还得求，求您，件事儿。”赵石头想起了老娘和水仙，悲痛地嘴皮直打哆嗦。

“啊，别急。坐下，慢慢说。只要我能做到，在所不惜。”牛半山扶赵石头坐下，自己也坐在了赵石头的身边。

“牛寨主，俺秀子被还乡团打死了。就死在我怀里。”赵石头哽咽起来，眼泪情不自

---

① 早晨。
② 那么多。
③ 干什么。

禁地流了出来："俺娘，还不知是死是活。我看是凶多吉少。能不能派几儿[1]弟兄下山看看，替我料理一下后事，我求你了。"赵石头说着从凳子上站起来，就要给牛半山下跪。

"兄弟，使不得，使不得呀。"牛半山双手抱住了赵石头，把赵石头拉起来说："你这是弄啥哩？我这就派人去，说啥咱也不能叫[2]尸骨落在王雨霖的手里。"

这时，光头走进来说："当家的，水好了。"

"让厨房准备酒饭，我要给赵队长压惊洗尘。"牛半山对光头说。

"是。"光头应声退出堂屋。

"兄弟，你啥也别想，先去洗个澡。我一定把这事办好，就是尸首在王雨霖手里，我也得要回来，我就不信他不给我这个面子。"牛半山拉着赵石头的手说。

"谢谢，谢谢。"赵石头说着又要给牛半山下跪。

"使不得兄弟，使不得。"牛半山用力抱起赵石头说，"我最受不了别人对我这样，你要是把我当兄弟看，就不要对我这样。"

"好，那我就叫你'大哥'了。"赵石头冲牛半山抱一下拳说，"大哥，兄弟还有一事相求。"

"啥事儿？"

"我怕到凤屏寨接人有麻烦，所以，想请杨二当家的陪我去一趟凤屏寨。"

"说好的事儿，会有啥麻烦？"

"我看王长贵从骨子里就不愿意放人，还有我去劫法场——"赵石头顿了顿说，"我只是猜想。"

"中，别瞎猜了。"牛半山推了一下赵石头的后背说，"先洗澡，吃完饭睡一觉，明儿清儿[3]你和文彬一块去。凤屏寨，不敢胡来。那王长贵，反不了天。"

牛半山支走赵石头，又挑了五个亲兵，如此这般地交代一番。这五个亲兵在一个留分头的土匪带领下，骑马冲下浮戏山。

---

① 念 jé，几个。

② 让。

③ 明天早晨。清儿，念 qiè。

第八章

这结巴说话结巴，出枪可利索，枪法也准，“叭叭叭叭”几声枪响，牛半山的四个亲兵反抗的动作还没有做出来就倒在了他们刚刚堆起的坟头上。

王雨霖本想赵石头会带领一帮人来劫法场，按照常光耀的计策精心作了安排，准备将劫法场的人一网打尽，在自己的家门口要要威风。没想到一个赵石头就把整个法场搅了个底朝天，还差一点儿要了他的性命。

马进财率领马队追着赵石头进了浮戏山，常光耀急忙带人到大戏台上救护王雨霖。他把压在王雨霖身上的那个乡丁的尸体拉开，扶起王雨霖，打来水，为王雨霖洗去脸上的血迹。王雨霖这才缓过神来，哆哆嗦嗦地问：“赵，赵石头呢？”

“跑了。”常光耀一边为王雨霖整理衣服一边说。

“跑，跑了？”王雨霖有点不敢相信，但在这么多乡丁的簇围下，他感到了安全，咬着牙说：“狗——屁，还不快追！”

“去了。”常光耀用力拉了拉王雨霖的上衣下摆，松开手，看着王雨霖说，“赵石头跑不了。他没子弹，马队长带恁些[①]人，不抓活的，也得给他身上打一百个眼儿。”

“我要把他碎尸万段！”王雨霖咬牙切齿地说。

“抓住他用铡铡了。”常光耀也咬着牙附和王雨霖说。

“对，快去，抬几口铡来。”王雨霖像突然想起了什么似的催促常光耀道。

“抬这儿？”常光耀不解地问。

“对，就抬这儿。”王雨霖恶狠狠地说：“我要把他们都铡了！”

---

① 那么多。

“人，人都跑了。”常光耀看了看台下说。

“啥？抓的人跑了？”王雨霖急得几乎要跳起来。

“不，不是。是，开会的乡亲。”常光耀急忙指着空旷的会场解释说。

“都给我赶回来！”王雨霖气急败坏地蹦着喊。

还乡团刚才打仗吃了亏，把气全撒在了老百姓身上。他们连拖带打地把乡亲们又轰到会场，将昨晚上抓到的二十多个共产党员、八路军战士和农会干部五花大绑押上了大戏台。

大戏台上支着两口铡刀，四个大汉两人合执一铡等着行刑。

常光耀背着手把被捆绑的人一一看了一遍，然后站在中间挥着胳膊叫道：“我再说最后一遍，谁要是交出那幅图，饶谁不死！”他说完，瞪大眼睛看着众人，等了约一袋烟的工夫，见没人理他，就转过头看王雨霖。

王雨霖翘着二郎腿坐在罗圈椅子上，把手中的香烟向地上一扔，从牙缝里挤出一个字：“铡！”

常光耀听到王雨霖的指令，冲旁边站立的还乡团重重地把手一挥，狠狠地喊道：“铡！”

还乡团的乡丁一轰而上，两人一组把被捆绑的共产党人放倒在地。两个乡丁把一个八路军战士抬上大铡，将那战士的脖子抵在铡床上。常光耀又跑到铡前，冲那战士喊：“说，图在哪里！”

“呸！”那八路军战士侧过头，冲常光耀狠狠地吐出一口唾沫。

“铡！”常光耀一边向远处跳一边喊。那两个执铡的大汉一齐较力，“咔嚓”一声，血“扑”地溅起，“哗”地一下洇满了铡的周围。那位八路军战士的头颅在戏台上蹦了两下滚落到台下。

“啊！”会场一阵骚动，有的群众叫着向场外涌，还乡团的乡丁用枪托敲打场边的人们，迫使群众向戏台靠近。

王雨霖一连铡了五人，见还是没有人说藏宝图的下落，“噌”地一下从椅子上跳起来，冲被捕的共产党人把手一挥，歇斯底里地喊：“押下去，统统枪毙！”

王雨霖杀了这些共产党人，还不见追赵石头的马队回来，就把短枪队队长结巴叫到跟前交代一番，在乡丁们的簇拥下扬长而去。

山里黑得早，再加上阴天，牛半山的五个亲兵来到龙王庙前，天已经黑严了，王雨霖设的法场早已人去台空。他们打听到老百姓都把尸体认领了，就赶往赵石头的家——亚沟村。亚沟村的整个村庄都笼罩在夜幕之中，村里哭声一片。赵石头母亲和妻子的尸体也被村民们拉回了村子，牛半山的亲兵找了几个村民拉着尸体到山脚下找了块地，挖了两个坑，正准备下葬，结巴带着还乡团的短枪队突然围了上来。

“不许动！”

“不许动！”

“把手举起来！”

“把手举起来，听见了没有？！”

还乡团的十几个乡丁举着枪把牛半山的五个亲兵和几个帮忙的村民逼向两个墓坑。

“喊啥哩？喊啥哩？”留分头的土匪用手撩了一下垂在脸上的长发，撇着嘴冲还乡团的乡丁喊：“不就是还乡团的吗？老子是将军寨牛寨主的部下，回去告诉王雨霖，是牛半山让我下山埋人的。”

“啰唆个屌你啰唆，把枪交出来你！”一个乡丁上前要下分头的枪。

“去你的！”分头一脚把那乡丁踢倒在地，骂道：“敢下老子的枪！”说着就要掏枪。

还乡团的人“哗啦”一声全围了上来。一个戴土黄色礼帽的乡丁用手枪指着分头的脑袋结结巴巴地说：“你——信不——信，我一——一枪——打——打死——你。”

“哎——，有话好好说，有话好好说，别伤了和气，千万别伤了和气。”牛半山的另一个亲兵上前拦着结巴说。

“有啥——好——好说的，王——乡——长说，谁来——埋他——们——就——抓谁。”那结巴一把推开那土匪结结巴巴地说。

“好了，好了，把枪给他们。”分头说着把腰间的枪掏出来交给结巴，对结巴说：“你派个人回去问问王雨霖，问问他将军寨的人能不能抓？他要说抓，我二话不说跟你走。”

结巴收了枪，眼珠子转了转，冲身边一个理着茶壶盖头型的乡丁摆了下头说：“你——回去。”

“是。”茶壶盖应声调头就跑。

“把枪给他们，我们干活。”分头对自己的手下说。将军寨的四个土匪把枪交给了还乡团的乡丁，与帮忙的几个村民不一会儿就把两个坟头堆了起来。一个细心的村民搬来两块大石头说：“大的埋在他娘坟前，小的埋在他秀子[①]坟前，等他回来了好认。”

“这不明摆着的吗？！左为上，埋的他娘。右为下，埋的他秀子。”一个村民接过话茬说。

“还是埋块石头好。”分头说，“他叫赵石头，埋块石头也有种意义，让他陪着他老娘和媳妇。”

几个村民埋完石头，对分头说：“那，我们，走吧？”

“走吧。谢谢你们啊。”分头把手一挥说。

“慢——着，他们——是——不是——八路。”结巴上前拦住说。

“都是亚沟的乡亲，我请来帮忙的。”分头对结巴说。

结巴冲乡丁们一摆手枪说：“检——查。”

---

① 老婆；妻子。

“俺几儿[①]都是亚沟哩，王孬认识俺。”一个村民一边让乡丁搜身一边指着一个乡丁说。

结巴冲那个叫王孬的乡丁问：“你——认识？”

“是，队长，都俺村的乡亲。”王孬说。

结巴用枪头在右太阳穴处操操痒，又顶了顶他那土黄色礼帽，歪着嘴说：“你——咋不——早说——哩，滚！”他结结巴巴地说着拿枪冲村民们一摆，吓得村民赶紧跑开了。

这时，去报信的茶壶盖慌慌张张地跑回来，远远就喊：“队长——，队长。”

“你——喊个——鸡——鸡巴。”结巴拉着脸冲茶壶盖叫道。

“你过来，过来。”茶壶盖站在距结巴他们十几米远的地方直向结巴招手，就是不往前走，气得结巴提着手枪走了过去。

茶壶盖俯在结巴的耳朵上，嘀嘀咕咕、嘀嘀咕咕地说了起来。

原来，还乡团的马队被赵石头追得跑向玉仙圣母庙后，看看赵石头没有追来，众乡丁才慢慢地松了口气。他们躲在树林里，远远地看着赵石头带着五匹马上了将军寨，才上马回去向王雨霖报告。

王雨霖今天差一点儿让赵石头要了小命，一心想活捉赵石头解他心头之恨，突然听到报告说马队回来了，二话没说急匆匆走出门外迎接。他想，一个荷枪实弹的马队追捕一个手无寸铁的人，简直就是张飞吃豆芽——小菜一碟儿。就是常光耀说的，赵石头武功再好，活捉不了，还打不死他？

谁知王雨霖迎到门外，听到的竟是损兵折马丢枪的消息，气得他七窍生烟，把手中的烟卷狠狠地摔在地上，咬牙切齿地骂：“赵石头，老子要把你碎尸万段。”

当王雨霖听说赵石头带着那五匹马上了将军寨时，大骂道：“牛半山，吃里扒外。有朝一日，老子平了你的将军寨。”骂完气哼哼地走进院子。

“报——报告。”茶壶盖远远看到王雨霖急忙跑着上前报告：“报告乡长，赵石头他娘跟他秀子有人埋了。”

“谁？”王雨霖向四周看了一眼，盯着茶壶盖问：“人呢？”

“没有抓，是将军寨的人。”

“狗屁，啥狗屁将军寨，八路，都是八路。”王雨霖气得跳起来，“你为啥不抓？我毙了你。”说着就要掏腰间的手枪。

“哎——乡长。”茶壶盖抱住王雨霖说：“人没抓，也没放，俺队长带人看着他们哩！”

“在哪儿？”王雨霖急切地问。

“亚沟村南头的山坡上，俺队长叫我回来问一问，是将军寨的人，抓不抓？”

“好——，好——！”王雨霖咬着牙像是自言自语，也像是对众人说，“我叫他牛半

① 几个。

山砸掉门牙往肚里咽。"

王雨霖拉着茶壶盖如此这般地交代一番，茶壶盖掉头跑出了乡公所。

结巴听了茶壶盖的话，对着茶壶盖的耳朵结巴了几句，两人走到坟头前。

"咋样？王雨霖不让抓吧？"分头笑着问。

"欸——，欸，王乡——长——说，说——"结巴结结巴巴地没说完，茶壶盖就接上了："说你们是八路！"他说着手起枪响，分头应声倒地。

与此同时，结巴的枪也响了。这结巴说话结巴，出枪很快，枪法也准，"叭叭叭叭"几声枪响，牛半山的四个亲兵反抗的动作还没有做出来就倒在了他们刚刚堆起的坟头上。

"走。"结巴冲还乡团的乡丁把枪一摆，大摇大摆地走出坟地。

王雨霖听了结巴的回报，感到出了一口恶气，同时又感到跟将军寨结下了冤仇，留下了后患。急忙叫来常光耀等人商议。

"咱死不认账，他咋着[①]是咱干的？"马进财首先开炮说。

"狗屁，是个人都着是咱干的。"王雨霖黑着脸瞥了一眼马进财说。

"死不认账也中，关键是不认啥？"常光耀说，"咱死不承认事先着他们是将军寨的人，就说，咱认为他们是共产党、八路军。"

"我就是自咤[②]想的。"王雨霖点上一支烟深深地吸了一口，咬牙切齿地说："我叫他牛半山哑巴吃黄连——有苦难言！"

"乡长英明，乡长英明。"常光耀冲王雨霖点头哈腰地说。

"对，埋赵石头家的人准是八路军。"马进财也附和着说。

"有——人——着。"结巴插话说。

"着啥？着是咱干的？"常光耀盯着结巴问。

"嗯。"结巴重重地点了点头。

"谁？"王雨霖盯着结巴问。

"王——孬。"

"王孬不是你们短枪队的人吗？"马进财不屑一顾地说完，用嘴角笑了笑。

"村儿——里人。"结巴终于红着脸说完了下半句。

"村里人？干掉不就结了。"马进财又是一脸不屑一顾的样子。他这个人是个三青子，直筒子，顾头不顾尾，欺弱怕强。他今天在山里吃了败仗，正想找茬在王雨霖面前表现表现，见众人不说话，就对王雨霖说："乡长，我带几儿[③]人去把他们的嘴给封了。"

"短枪队去吧，动静小，又认识人。"王雨霖拖着长腔说。

"啊——是。"结巴急忙站起来冲王雨霖敬了个礼。

---

① 念 zháo，知道。

② 这么。

③ 念 jè，几个。

“去吧，去吧。”王雨霖心烦又听着结巴说话费劲儿，早想打发他走了。当结巴转身走到门口时，王雨霖又咬牙切齿地喝道：“做彻底了，要透出去半个字，我叫你再变成哑巴！”

“欸——是——是。”结巴吓得颠颠地跑了出去。

“这口给封了，没人知道了，牛半山明明知道是咱做的，也找不出狗屁证据。”王雨霖一边想一边说：“可这仇是结定了，给他送的东西白送了不说，联合剿共恐怕是不中了。”

“那牛半山比猴还精，我看他是光收礼不办事。”常光耀对王雨霖说，“就是不结这仇，他也不会跟咱合作。”

“不合作倒不怕，我怕的是他与共产党联合，怕他打咱的黑枪。”王雨霖忧心忡忡地说。

“这个——，他们不是十几个寨子联盟吗？”常光耀一边想一边说：“咱先从他内部做起，分裂他们。”

“咋分裂？”王雨霖探着身子问。

“乡长，我有一计。”常光耀胸有成竹地说。

“讲。”王雨霖迫不及待地把身子又向前探了探说。

常光耀看了看马进财欲言又止，冲王雨霖使了个眼色说：“这个——，我想，还不知中不中？”

“常队长是不想让我听啊。”马进财不屑一顾地说着站起来，冲王雨霖说：“乡长，那我就先告辞了。”

“哎，哎，我可不是那意思啊。”常光耀不知怎么解释好，“我不是那意思。”

“狗屁，不是那意思就说吧。”王雨霖急于想找到解决问题的办法，不耐烦地说：“又没有外人。”

“这个——，您——，三姨太——”

“啥三姨太？狗屁，我恨不得剁了她！”王雨霖摆出一副生气的样子说。

“你剁了她还不如休了她。”常光耀说，“休了她还能为咱所用。”

“啥意思？”王雨霖盯着常光耀问。

“我已经想了半天了。”常光耀迟疑了一下，诡秘地说：“咱把她送给王长贵，先把凤屏寨拉过来。”

常光耀的声音很低，可王雨霖听起来却像五雷轰顶。当时，是八路军来了，他跑了，老婆才让王长贵占了。现在，自己又是一乡之长了，手下有个还乡团，长枪队、短枪队、机枪队、马队，何等的威风，王长贵给他戴了顶绿帽子，他不收拾王长贵就行了，还要把三姨太送给王长贵，怎么讲，这面子上也过不去。

常光耀好像是看透了王雨霖的的心思，压低了声音，慢慢说：“事情已经这样了。这一年多，八路军在浮戏山闹得挺红火，王长贵认为咱回不来了，所以，把事情都弄明了。

现在，咱回来了，他害怕了，不敢跟咱见面了。这不，今儿个开会，凤屏寨就没来人。您大人大量，不但不杀他，还成全他，他能不老老实实地听您的话吗？！”

常光耀看王雨霖不作声，想了想，接着说：“再说，今儿个王长贵派人来送信，分明是巴结您，看您的态度哩。那送信的不是说，他们凤屏寨抢了几儿[①]女人，牛半山让他们还给赵石头。我想，那姓王的死了，说不准把那藏宝图交给这几儿女人了。我想了好多，要接近或者得到这几儿女人，把三姨太送给王长贵，是最好的方式。”常光耀说到这里停下来，看了看王雨霖，见王雨霖没啥发应，就接着说：“您老再大度一些，说是奖赏他的，看他不给您当狗使唤。”

王雨霖想了想，一拍桌子说：“狗屁，老子不要那骚货了，就送给王长贵了。”说完，他站起来，咬着牙骂道：“妈的，便宜他了。”

常光耀和马进财见王雨霖站了起来，也跟着站起来。常光耀凑上前去说：“事不宜迟，我准备一下，明儿个[②]一早就去，不能让赵石头抢先了。”

“中。”王雨霖想了想，有点疑惑地问常光耀：“这中吗？”

“您就放心吧，有三姨太，找不到藏宝图，我也要把凤屏寨拉过来。”常光耀胸有成竹地说。

“狗屁，光有她不中。”王雨霖摸了摸耳朵说，“既然这样，就带些枪和子弹，把凤屏寨好好武装武装。”

“有您这句话，我就更有把握了。”常光耀赔着笑脸说。

“中，就咤[③]了，您俩去吧，我找她说去。”王雨霖冲常光耀和马进财摆了摆手说。

“那，明儿个我陪常队长去？”马进财一直没说上话，他想，这功劳不能让常光耀一人占了，就请示王雨霖说。

“算了，算了。”常光耀看出了马进财的心思，推着他的后背说：“杀猪焉用宰牛刀，这又不是去打冲锋，一个王长贵好对付得很。”

马进财憋了一肚子气也没法冲常光耀撒，咬着牙说：“日他姐，我恨不得剁了王长贵！”

王雨霖用异样的眼神看了马进财一眼，他感到马进财骂得解气，正合他的心意。

太阳的光辉刚刚照亮浮戏山的峰巅，山谷还笼罩在一片昏暗之中。山前那金壁辉煌的佛昌寺早早抖去了身上的雾纱，睁开惺忪的双眼，清傲地注视着对面的乡公所，冷冷地看着从乡公所走出的马队。

马队最前面走的是一位年青女子，红衣红裤红斗蓬，胯下一匹洁白的战马，宛如一位女侠，英姿飒爽。她就是王雨霖的三姨太凤屏寨二寨主王长贵的情妇马红英。

---

① 念jè，几个。

② 明天。

③ 就这么。

马红英的左边是常光耀，右边是马进财，这两位还乡团的队长各骑一匹枣红马，两匹枣红马比大白马落后一个马头，就像一支锋利的箭头。在他们的后边，由十二个骑兵护着四匹马驮。这个马队，浩浩荡荡，犹如一支离弦的箭射向浮戏山。

"哎——，马大姐，王乡长对你可真不薄啊。"常光耀没话找话地对马红英说。

"哼。"马红英用鼻子哼了一声，看了常光耀一眼，没有说话。

"你看，不但把你送给你心仪的男人，还给了镇些[1]——"

"他这是利用我。"马红英不等常光耀说完，冷冷地呛了常光耀一句，接着又冷冷地问常光耀说："这不是你出的主意吗？"

"我这也是为你好。"常光耀笑着说，"正好有这个茬儿口，我就想成全你。"

"那我得好好谢谢你了。"马红英斜了一眼常光耀，淡淡地问："你知道我上山后想干的第一件事儿是啥？"

"是啥？"常光耀嬉笑着问。

"就是抢你们乡公所！"

"别，别介。"常光耀笑着说，"这还用你抢？你说一声要啥，我就给你送啥。"

"哼，还是抢了痛快！"马红英阴沉着脸咬着牙又补上两个字，"解气！"

"哎——，你没发烧吧？"常光耀侧着身勾着头看着马红英的脸笑着说，"是不是夜儿黑[2]让王乡长给折腾晕了？"

"就他那两下？"马红英撇了下嘴，不屑一顾地说："休我，老娘早就不想跟他过了。"

"是不是王长贵可棒？"常光耀拨马向马红英靠了靠嬉皮笑脸地问。

马红英鄙睨地看了常光耀一眼，然后用挑逗的口吻问："你中吗？"

"不中，我不中。"常光耀摆摆手摇摇头笑着说。

"哈哈哈……"马红英放荡地大笑起来，她笑着说："都说'男人不能说不中，女人不能说随便'，今儿个我想给你说'随便'吧，还没开口，你就说'不中'了。哈哈哈……"

"我——"常光耀被马红英笑得不知说什么为好。

"可别说我不给你机会啊。"马红英冲常光耀说完回头看了马进财一眼，见马进财一直不说话，就笑着对马进财说："马队长做证，我可是谢过他了啊，他说他不中？哈哈哈……"

"常队长棒着呢！"马进财也笑着说，"那回抓了一帮娘们儿，他一个人玩俩。"

马进财的本意是帮常光耀说话。他知道，今天是常光耀主动要求让他一块来的。不管夜儿黑回去后常光耀是咋想的，反正是人家给了你面子，是想跟你和好的。所以，该帮人家说话就得帮人家。

---

① 这么多。

② 昨天晚上。

“就他？！”马红英从鼻子里哼了一声，不屑一顾地说。

“不信试试？”常光耀也来了情绪，挑逗起马红英来。

“试你个头啊！”马红英扬起手做出要打常光耀的样子。两匹马离得远，看碰不着，她就将巴掌变成了“兰花指”，冲常光耀半是撒娇半是生气地说，“跟着啥人儿学啥人儿，跟着巫婆跳大神儿。”马红英说完瞥了常光耀一眼，又看了看马进财，长长地出一口气，娇滴滴地说：“哎，我说，您俩呀，干脆跟我一块留在山上得了，跟着王雨霖有啥奔头儿？”

常光耀和马进财你看看我，我看看你，不知说什么好。

马红英接着说：“王雨霖长不了。他对乡亲们恁狠，还不如山寨里的土匪呢。”

“你说，俺是来送你的。”常光耀陪着笑脸说，“送你是为了拉王长贵跟王乡长合作。这王长贵还没跟王乡长合作哩，俺俩就不回去了，这王乡长不就真成了‘赔了夫人又折兵’了。”

“关键是你当了压寨夫人，俺留下弄啥哩[①]？当小土匪，听别人吆喝？”马进财接着说。

“要是你拉杆子，让我来当压寨男人，我就干。”常光耀勒马靠近马红英嬉皮笑脸地说。

“想哩美。”马红英又扬起手装作要打常光耀，常光耀很夸张地向一侧躲闪。

常光耀的枣红马被勒得与大白马碰了一下，忽见大白马的主人扬起手来，以为是要打它，撒腿跑了起来。常光耀又顺势将身子夸张地向后一仰做摔下状，逗得马红英又“哈哈”大笑起来。

马进财见状也跟着傻笑起来。看着常光耀跑远，他非常认真地对马红英说：“我不能答应你。王乡长待俺不薄，给个队长干，亲戚朋友都沾光。”

“没出息！”马红英丢下一句话，打马向前。马进财急忙追赶，后边的马队也“驾”、“驾”地加快了脚步。

马红英赶上常光耀，也不说话，打马继续前跑。常光耀和马进财相继紧追，远远地把马队甩在后边。

马红英跑到灵官庙下，勒马踹蹬跳到地上。常光耀和马进财赶到跟前，急忙勒住马缰。

“到山神庙进个香。”马红英冲常、马两位队长说。

常光耀急忙下马，赔着笑脸说：“对，灵官爷是山门神，人们到山里进香都要先拜一拜灵官爷和灵官奶奶。”

马进财骑在马上不高兴地说：“庙门还没开哩，咱是上山寨又不是去求神拜佛，烧啥香哩。”

---

① 干什么。

“你懂个屁。”马红英沉下脸一本正经地说，“在神灵面前别瞎说，这灵官爷灵官奶奶可灵了，凡是进浮戏山先来拜他的，有求必应，是不是他管的事，都成。”

“就是，再小的神也法力无边，应人个事还不是手到擒来，就看你虔诚不虔诚。”常光耀附和着说。

“所以，不要以为神小就不拜。”马红英认真地说，“庙再小，里边供的也是神。”她说完看了看马进财，见马进财一脸的不屑，就拉下脸用命令的口吻说：“叫门去。”

马进财还想说什么，常光耀已将马缰绳塞在马红英的手里，并趁机揉了揉马红英那滑嫩的小手，笑着说：“我去。我去看看，和尚哪有睡懒觉的，说不定早就起来练功了。”

常光耀的揉撮使马红英芳心荡漾，她一把拉住常光耀，柳眉一竖，狠狠地说：“叫他去。”

常光耀就势拉着马红英的手转到白马鞍前，隔着大白马对马进财说：“马队长，要么你就先走一步？夫人要上山了，拜一拜山门神，山里一百零八位神仙都会相助呢。”一边说一边用力捏马红英的手心。

马进财看了他们两人一眼，也不说话，怔怔地拉着马走到路西边，将马拴在树上，头也不回地向灵官庙走去。

灵官庙耸立在大路上方的石崖上，就一座宝殿，没有院落，系明代修建。此殿古朴雄浑，正相应灵官这位镇山元帅的身份。庙前一棵巨大的栎树侧卧探望崖畔，非常壮观。树干直径就像宝殿正面那么宽，不知需要多少人才能合抱得住，就是靠下的几根树枝，每根也得三四个人才能合抱。树高难测，近处看不见顶。树冠很大，足可以遮住二亩地。树叶茂密，密不透风，只是时至深秋，皆已枯黄。忽然，一阵风吹来，树叶发出沙沙的响声，随之撒落一些败叶。栎树像一位年迈的老妪在风中颤抖着，发出阵阵老掉牙似的哭诉。它那粗糙的树皮皲裂着，如山坡上的水沟，又深又宽，刻记着历史，充满了沧桑。它那粗壮的根系裸露着，像巨人暴露的筋骨，紧紧地勒住地下的岩石，把岩石勒裂，再顺着裂缝扎向石下，去寻找它赖以生存的养分。这些树根又像一条条蜿蜒曲折的巨龙，在向人们昭示，山洪可以冲走它们身下的泥土，却冲不去它们顽强的生命之根。这棵栎树不知生于什么年代，也许是与浮戏山共生，村里年迈的老人说他爷爷的爷爷就叫它“万年栎”，前来山里进香、游览的人都尊称它为“迎宾栎”。

“每当我看见‘万年栎’，心里就发怵。”马红英心有余悸地说。

“为啥？”常光耀用力握住马红英的手装出一副很关切的样子问。

“他，太苍桑，也太有生命力了。”马红英边想边说，“就像咱浮戏山的老百姓。”

“我也有这样的感觉。”常光耀像是从马红英的话里感受到了什么，低沉地附和着说。

“你说，你们，王雨霖就那儿[①] 杀人，他们能甘心吗？”马红英盯着常光耀的脸说，“人家八路军来了一年多，老百姓那个高兴，相处得那个和睦，日子过得那个红火。就连

① 就那么。

我，人家也没慢待过。可是，你们刚回来两天，就杀镇些[①]人，连平民百姓也不放过。做孽，做孽啊。”

“话可不能就咤[②]说。弱肉强食，适者生存，这是自然法则。”常光耀拉起马红英的手，一边抚摸一边说：“他八路好，不杀人，可他待得住吗？这不，说跑就跑了。这年头，你不杀他，他就杀你，你就站不住脚。”

“中了，中了，别给我说谬理了。”马红英挣脱常光耀的手说，“我这一上山，眼不见，心不烦。你们爱咋着[③]就咋着吧。”她一边说一边拉着马走到路的东侧，将马拴在树上。常光耀也急忙跟过来，把自己的枣红马拴好。那枣红马用头去拱大白马的脖子，大白马一仰头转了下身子给枣红马一个屁股。

常光耀看着两匹马，笑笑，又看了看马红英，摇摇头。

“上来吧，开着门哩。”马进财站在“万年栎”下拉着脸冲马红英和常光耀喊。

常光耀看了看赶上来的马队，对众乡丁说：“稍等一会儿，太太要烧香。”

马红英和常光耀一前一后拾阶而上来到灵官庙，马进财已在门前候着。马红英步入庙内，慈眉善目的灵官爷和灵官奶奶正襟危坐在红色的帷幔后，红幔前是一个巨大的长方形青石香炉，香炉里有和尚早起上的四支红香。

马红英看了看香炉里燃烧的红香，从兜里掏出一张银票投进功德箱中，从香案上取了四支红香点燃，冲着灵官爷、灵官奶奶非常虔诚地拜了三拜，将香插进香炉，又跪在香炉前的蒲团上起起伏伏地连拜带磕了四个头，慢慢地站起来，冲灵官爷、灵官奶奶闭目拱手，嘴里念念有词，进行祈祷。

常光耀和马进财站在庙门外。常光耀认真地看着马红英进香。马进财心不在焉，一会儿看看地，一会儿看看天，一会儿看看近水，一会儿看看远山，好不容易等到马红英祈祷完，他转身就走，被常光耀一把拉住。回头看，马红英又从香案上取了四支黄香……

马进财站在灵官庙门口，看着对面万丈山壁上的瀑布。那两道相距约三十米的瀑布，犹如两条银白色百米长练，飘挂在半山腰。又像两条白色的巨龙从山的半腰“倏”地一跃而出，扬头摆尾，呼啸着飞身而下，跌在百米以下的石崖上，溅起万千水花，织成一片水雾。瀑布上边是高入云端的两个山头，两山形成一个“V”字形，吞云吐雾。

马进财心不在焉地看着对面的风景，眼睛瞟着马红英烧香。当他看到马红英进完四支黄香，又去取了四支粉香时，一步跨到常光耀那边，拉了一下常光耀，皱着眉头小声说：“真烦人！”

“这算啥，就叫你陪着，还没叫你办啥事儿哩。”常光耀小声回应说。

“是不是改嫁的人必须走的过场啊。”

---

① 这么多。
② 这么。
③ 怎么办，怎么样。

“屁，她跟人睡觉偷乐时，啥过场也没了。”常光耀笑着说。

“她跟你睡过吗？”

“瞎说啥呀？”常光耀急忙拉了马进财一把说。

“我看你拉着她的手挺黏糊哩。”马进财满不在乎地说。

“唉，想沾点儿腥，晚了。”常光耀叹口气说。

“你是不是想跟她留在山上？”马进财一本正经地问。

“屁，我想留在她身上！”常光耀不屑一顾地说。

“那你跟她黏糊啥哩？”

“我哪是拉她，是想通过她拉王长贵。”

“你要是跟她好了，王长贵不嘣了你，还能跟咱合作？门儿都没有！”马进财说。

“你咋不说我要是跟她好了，她就是咱放在王长贵身边一个暗探哩？”

“走。”马红英烧完香，见两位队长在门外嘀咕着什么，走出庙门沉下脸说出一个“走”字，径直步向台阶。

“哎——，不拜拜白奶奶。”常光耀指着百米远的白奶奶庙说。那庙与灵官庙同样大小，但建筑细腻的白奶奶庙，是人们为了纪念善良的白娘子白素贞而建的。庙里白素贞的塑像，周身洁白如玉，玲珑剔透，灵秀秀端庄美丽，清静静气度不凡。

“是，去烧炷香，求个子。”马进财说。他把白娘子当成送子娘娘了。

“你懂不懂呀你？”马红英瞥了马进财一眼，将披着的斗篷一撩，愤愤地向下走去。常光耀见状，急忙跑过去拉着马红英的手，扶着她的胳膊。马红英看了一眼常光耀，放慢脚步，像个贵妇人似的在随从的搀扶下，一步一个台阶地向下移。

马进财在后边看不下去，“噔噔噔”地跑下台阶，跑向自己的枣红马。

一匹白马在前，两红马随后，带着一个马队又形成了一支利箭向山中射去。穿过石寨门，跃过瀑布，到了小龙池前，山谷豁然开朗。原来，太阳从浮戏山的背后悄悄地爬了上来，跳到山巅上把它的光辉洒向山谷。漫山遍野的黄栌、柿子和椿树一下子红了起来，深红、紫红、鲜红、浅红，相映着，互衬着，像一副红色的地毯，像一滩殷红的鲜血，像一片燃烧的大火，红得耀眼，红得壮观，红得让人心战。

如歌的鸟语被马蹄声惊息了，一群山鸡“咯咯咯”地叫着从路旁飞起，像一架架滑翔机降落在山谷对面的山坡上，摇着美丽身躯倏地钻入林中草丛不见了。马红英望一眼漫山红叶，打马奔跑，她像那些美丽的山鸡一样，怕自己被那殷红的血淹没了，怕自己被那燃烧的火烧毁了，她要奔向她新生活的红地毯。

常光耀见马红英打马奔跑，对马进财说了声：“快！”也拍马追了上去。

马进财冲身后大喊：“快点！”一踹蹬，胯下的枣红马就狂奔起来。

马红英一行来到凤屏寨，王长贵刚刚起床。

王长贵昨天晚上失眠了。他躺在床上翻来覆去怎么也睡不着，派去给王雨霖送信的人回来报告，说赵石头不但没有死，还差一点儿把王雨霖给毙了。亲眼看着赵石头没子弹了，被还乡团的马队追着跑，可不知怎么搞的，赵石头又打死了好几个还乡团，把缴获的马串成一串拉上将军寨了。

王长贵听了，心里像吃了个苍蝇，真不是滋味。就那场合，硬没把赵石头打死。赵石头是不是真的打不死？赵石头不死，他抢的三个女人一个也不敢动，还得乖乖地放人家走。不说到嘴的鸽子给飞了，还白白葬送十几个弟兄。这赵石头，咋到关键的时候就没子弹了呢？老子给你那么多子弹，你留一颗也把王雨霖给毙了。咋弄哩[①]？偏偏到打王雨霖的时候没子弹了，是不是阎王爷也不要王雨霖？这王雨霖不死，也不能和马红英厮混了，这吃着的鸭子又飞了。王雨霖心狠手辣，给他戴了绿帽子，他肯定要报复，等他清洗完共产党、八路军，腾出手来肯定要收拾凤屏寨。牛半山也一定意识到了这一点，要不，怎么不让凤屏寨的人下山开会呢？可是，派去给王雨霖送信的人，也没受啥难为呀。是不是王雨霖不知道老子把他的三姨太干了？不对，他知道了也不会难为一个送信的，两军交战，还不斩来使呢，况且给他送的情报是准确无误的。这一点王雨霖应该感谢我，要不是他们早有准备，说不定王雨霖的小命真没了。这赵石头也是，你的仨人在我手里，你缴获了枪和马不往我这里送，送给将军寨，你让牛半山卖了还替他数钱呢。赵石头为啥不把枪和马送到凤屏寨呢？是不是他知道我派人给王雨霖送信了？

王长贵就这么胡思乱想着。车轱辘的事反复想，一直想到天亮才眯盹[②]儿了一会儿。他做了个梦，梦见他娶了刘红云，那仨女人中最好看的那个，牛半山是主婚人，说是要把最漂亮的奖给他。忽然，牛半山变成了王雨霖，刘红云变成了马红英。王雨霖说他送信有功，成全他和马红英。他激动地和弟兄们喝酒，他举着酒碗冲兄弟们喊："谁说没人嫁给土匪？乡长的女人还往咱肚子底下钻哩！"

王长贵喊啊笑啊，喊醒了，笑醒了。

"做梦娶媳妇——尽想好事。"王长贵在心里默念着这句俗语。虽然一夜没怎么睡觉，但他的精神却出奇得好。憋了一泡尿，那命根贼硬，高高地挺举着。

"尻他娘，有啥不敢动的！他赵石头打死我十几个兄弟，我尻他一个娘们儿有啥了不起？！啥名声？啥义气？他牛半山讲吗？他还偷偷留一个哩！就这一条，他就没有资格教训我。不尻白不尻，赵石头把人一领走，想尻也没有了。"王长贵想到这儿，急匆匆穿好衣服，洗了把脸，冲着脸盆长长地撒一泡尿，提上裤子就向门外跑。跑到门外，对卫兵说："去，把洗脸水倒了，好好把盆涮涮。"

王长贵径直向关押三个女人的房子跑去。站岗的两个土匪正扒着门缝向房内瞅呢，听到脚步声急忙转过身，怯怯地冲王长贵叫道："二当家的好。"

在往常，王长贵肯定要把那俩土匪骂个狗血喷头、一脸雾水。今天他却破天荒地笑

---

① 怎么办。
② 睡。

着说："好，好。"说了"好"，还嫌不够，又关切地问一句："冷吗？"

"不冷，不冷。"站岗的两个土匪受宠若惊，点头如捣蒜。

"打开。"王长贵冲着房门努了下嘴说。

两个土匪争先恐后地上前，一个扶锁一个捅钥匙把门打开。

挤在一堆互相用体温取暖的三个女人听到响声，不约而同地站了起来。

王长贵背着手走进屋，上上下下，左左右右，前前后后，又把三个女人仔细地瞧了个遍，最后还是停在刘红云的面前。他咽了口唾沫对刘红云说："你，跟我走。"

"干什么？"刘红云冷冷地问。

"我要——，我们要了解一下情况。"王长贵拖着长腔说。

"想问什么，就在这儿问，我们不出去。"李秀娟上前一步护住刘红云说。

"有什么事儿，就在这里问吧。"三个女人异口同声地说。

"我就问她幺儿[①]人，还就不在这儿问。"王长贵冲三个女人喊。

"我们不单个出去，要去我们一起去。"张淑珍说。

"我就要让她幺儿人去，怎么着吧？"王长贵也上了劲儿，虎着脸说。他心想，在老子的地盘上，老子说什么是什么，还容得了你们几个娘们儿。

"不行。"三个女人异口同声地说着，上前一步把王长贵夹在了中间。

"走开。"王长贵一把甩过李秀娟，伸手就抓刘红云。

"打。"张淑珍大叫一声跳起来揪着王长贵的头发就打。李秀娟、刘红云也扑上去在王长贵身上乱抓乱打。王长贵一人难抵六手，被打得哇哇乱叫退出门外。

三位女八路手挽着手站在门里，看着王长贵那狼狈样"哈哈"大笑起来。

"你，你们，我，我把你们重绑起来。"王长贵摸了摸火辣辣的脸，发现了血，又发现头发被揪掉一撮，气急败坏地指着张淑珍冲站岗的两个土匪喊："她，就给你们俩了。"

对女人早已垂涎三尺的土匪听到王长贵的话，先是一惊，继而像饿狼一样扑向张淑珍。三个女人和两个土匪厮打在一起。

王长贵见状，跳进屋里，"叭叭叭"几下点了李秀娟和刘红云的穴。他把李秀娟推倒在地，抱起刘红云就往外走。

"二当家的，二当家的。"王长贵还没有把刘红云抱出屋，二蛋突然大喊大叫地跑了过来。

"啥事儿？说！"王长贵没好气地冲着二蛋发火道，"慌张个球呀。"

二蛋不知是被王长贵当头一喝吓住了，还是看到了王长贵抱着刘红云惊呆了，他一动不动傻站在门口，看着王长贵的脸，张着嘴说不出话。

"你看个屌啊！"王长贵又摸了把脸冲二蛋喊道，"啥事儿？快说！"

二蛋这时才愣过神儿，上前抱住刘红云冲王长贵喊："大哥，不能啊！这个是我的。"

---

① 念 yò，一个。

“是你个球，今儿个[①]都得放了。”王长贵抱着刘红云一转身把二蛋撞了个趔趄。

“大哥，我求求你了，你的女人已经来了！”二蛋拉着王长贵几乎是带着哭腔喊。

“啥呀？你说啥呀？”王长贵瞪着眼睛问。

“马姑奶奶来了。”二蛋也近似于声嘶力竭地喊。

“啥？”王长贵简直不敢相信自己的耳朵，大声问道：“你说谁来了？”

“马姑奶奶来了。”二蛋又高声重复了一遍。

“她咋来了？”王长贵心里一颤，急忙问。

“带着一个马队。”二蛋看着王长贵怀中的刘红云怯怯地说。

“真哩？”

“真哩。”

“快，集合队伍！”王长贵甩下刘红云跳了出来。他的第一反应是王雨霖来报复了，准备战斗。他看了一眼正在和张淑珍厮打的两个土匪，厉声喝道：“看好她们！”转身就向寨门方向走。他走了两步发现二蛋抱着刘红云怜香惜玉地慢慢往地上放，气不打一处来，大声喊道：“快集合队伍啊！”

“集，集合队伍干啥？”二蛋抖抖地说。

“准备战斗！”

“打谁呀？”二蛋一脸疑惑地问。

“打我——！”王长贵冲二蛋吼道。他一边气哼哼地走一边摸自己的枪，发现没带，就径直跑向自己住的屋。他一边跑一边在心里骂：“尻他娘，梦全是反的，还娶媳妇哩？不但脸被抓破了，还得打仗。”

① 今天。

第九章

张淑珍瞄着两个土匪开门进屋，还没等他们缓过神儿，就一把一个把他们推了个趔趄，夺门而出。她跑出门看到靠墙竖着的两支长枪，顺手抄了一支就跑。

王长贵气势汹汹地来到寨门口。只见天桥那边马红英在前，常光耀、马进财一左一右在后，马队簇拥着他们，就像古战场上的列阵。

“长贵，长贵。”马红英看见王长贵兴奋地叫了起来。

王长贵一边摸枪一边冷冷地问：“你来弄啥哩[①]？”

“找你呀！”马红英的脸笑得像一朵花儿。

“王二掌柜，我们是代表王乡长来慰问你们的。”常光耀在马红英的身后冲王长贵招手说，“咱们在将军寨见过面，我姓常。”

“噢，常队长啊。”王长贵眼珠一转，冷冷地说：“按照山规，进俺凤屏寨不许带家伙啊。”

“队伍集合好了。”二蛋这时跑过来压低声音对王长贵说。

“没的说，没的说。”常光耀说着就打开枪套，取下手枪。

“去，检查好了，一把刀也不许带进来。”王长贵小声对二蛋说。

“是。”二蛋应声向天桥那边走去。

“姑奶奶好，姑奶奶好。”二蛋走过天桥点头哈腰地冲马红英说道。

“你好。”马红英已经和二蛋很熟了，对二蛋露出一脸灿烂的笑。二蛋也顾不上看一眼红颜的笑貌，回过头直看王长贵——他不知道该不该搜马红英的身子。

① 干什么。

王长贵知道二蛋的意思，冲他摆了摆手。二蛋又对马红英堆起笑脸，哈着腰，做出请的姿态说：“姑奶奶请，姑奶奶请。”

马红英笑着走上天桥，刚走两步站住了，冲王长贵撒起娇来，她嗲声嗲气地叫起来：“长贵，快来，我害怕。”

王长贵本能地向前走了两步，心里一振，突然停住脚，他怕自己走上天桥被对方一枪点了。他又向旁边跨一步，站在守寨门的土匪身后，冲马红英喊道：“你不要往下看，只管走，没事儿。”说完，又怕马红英不高兴，就补了一句：“桥上走两个人危险，你慢慢过来吧。”

马红英听了王长贵的话，脸一拉，“噔噔噔”跑了起来。她一口气跑过天桥，一下子扑到了王长贵怀里。

“姑奶奶真中啊。”

“姑奶奶真厉害。”众土匪一边鼓掌一边议论。

这是二蛋安排的。他想，二当家的让集合队伍，不是打仗就是欢迎。二当家的不会打他的老情人儿，说打他，那是嘴呛自己的。所以，他集合队伍时就向众土匪说了：“马姑奶奶第一次上寨子里来，二当家的让我们去欢迎。”

“欢迎姑奶奶到凤屏寨！”不知哪个土匪大声喊了一句，众土匪跟着就喊了起来：“欢迎姑奶奶到凤屏寨！”

土匪们一边鼓掌一边喊。马红英举起粉拳打着王长贵的胸脯，撒娇说：“打死你，打死你，人家在天桥上都吓死了，你也不过去。”

“我知道你是装的。”王长贵笑着说。

“我试试你，看你到底爱我不爱我。”

“这不是全寨出动欢迎你的嘛！”王长贵指着站在寨门两边热情的土匪笑着说。他嘴上奉承着马红英，心里夸着二蛋，这小子越来越聪明了，叫他准备战斗，转眼就成欢迎了。他以为二蛋做了两手准备，没想到二蛋是歪打正着。

“哎呀，长贵，脸上咋了？谁给抓的？头，头发也给揪下一撮。”马红英没有看寨子里欢迎她的土匪，看着王长贵惊讶地叫道。

“没，没啥？一个，小兄弟，不懂事儿。”王长贵支支吾吾地说。

“二掌柜的，够热烈的呀！”常光耀这时也走过天桥，笑着冲王长贵抱抱拳说。

“常队长，辛苦了。”王长贵兴奋地冲常光耀抱拳笑着说。

“我介绍一下，这是我们马队的马队长。”常光耀指着走过天桥的马进财说。

“马进财！”马进财冲王长贵抱拳说。

“马队长辛苦了，辛苦了。”王长贵又笑着向马进财抱拳还礼。

“二当家的，枪和子弹。”二蛋在天桥对面一边喊一边举起一支长枪，“花机关枪，纯正的巩厂制造[1]。”

“啊，王乡长感谢您及时送信，让我给您带来十支快枪，两箱子弹。”常光耀看了看二蛋拍着王长贵的肩膀说。

“不足挂齿，不足挂齿。”王长贵乐得直点头。

“哎呀，你救了王乡长一条命啊。”常光耀一本正经地说，“赵石头稀乎儿[2]把王乡长杀了。他劫法场是假，杀王乡长是真。”

“真哩？”王长贵附和性地随口一问。

“可不是咋的？王乡长说，这救命之恩一定要报。这不——”常光耀指着马红英说，“王乡长让我送马大姐上山来跟你完婚哩。”

“不是悫儿[3]我哩吧？”王长贵眨巴着眼睛看着常光耀用怀疑的口吻说。

“你看你说哩。”常光耀把手一摊，指着马红英说：“大活人都给你带来了。”

“真哩。”马红英笑着说，“我这回来就不走了。你不是说让我给你当压寨夫人的吗，我从今儿起就给你当这压寨夫人了。”

“真哩？”王长贵高兴得合不拢嘴。

“谁敢悫儿你？这就叫‘有情人终成眷属’。”常光耀笑着说。

“好，好兄弟。”王长贵伸开双臂搂住常光耀和马进财说，“今儿个，咱们来个一醉方休。”

“二当家的。”二蛋在天桥对面等了半天听不到王长贵的指令又喊了一声。

“都拿进寨子，都拿进来。”王长贵高兴地冲二蛋喊：“快点儿，请弟兄们都进来，都进来啊。”

王长贵冲二蛋喊完，又拉着常光耀和马进财说：“走，到聚义厅去。”

“长贵，这山上的风景咋镇[4]美哩。”马红英见王长贵只顾招呼常马两位队长，把她撇到了一边，没话找话地说。

“美吧？以后我天天带你看。”王长贵笑着说。

宾主进了聚义厅，按位坐定。王长贵冲卫兵喊：“上茶，把咱浮戏山最好的茶拿出来让常队长、马队长品尝一下。”

“是。”一个卫兵应声退出门去。

王长贵又对二蛋说：“去，把大当家的请来。”

“是。”二蛋为了在众人面前表现一下，故意来了个立正，肚子向前挺了挺，转身向门口走去。

“哎——”王长贵感到让二蛋去叫张三旺有点不妥，想自己去叫，眼看着二蛋走到了

① 巩县兵工厂制造的枪支，当时都打有“巩厂制造”字样。
② 差一点儿。
③ 念 què，当地念 qò，骗。
④ 这么。

门口，他想叫“二蛋”又觉得在客人面前这么叫不好，二蛋在凤屏寨怎么也是个人物，所以他只得“哎哎”了，好在二蛋停住了脚回过头。王长贵冲二蛋招招手说：“你在这里陪会儿客人，我去。”

这时，端茶的卫兵进来了。王长贵笑着对常光耀等人说：“诸位先用茶，我去安排安排，咱们中午好好喝几盅儿。”

“都是自家人了，你客气啥？”常光耀笑着说，“是不是大当家的还在睡觉哩？你就别打扰他了，让他多睡会儿吧。”

“已经醒了，刚才多大动静。”王长贵笑着说，“尻他娘，俺大当家的不知咋落个这病，夜里老睡不着。睡着了，一被惊醒，就再也睡不着了。”

“是不是神经衰弱？”常光耀说，“那你这个二掌柜的可就得吃心[①]劲了。”

“没啥吃心不吃心的。尻他娘，就镇大儿[②]个寨子，百十号人。”王长贵谦虚地说，“我是尽量让大当家的少操心。”

“你啥时候能坐上这把交椅？”常光耀指着张三旺的座椅盯着王长贵说。

“哎，哎，这个我没想过，没想过。”王长贵急忙摆着手说。

“我们，王乡长，都希望你能坐在这里。”常光耀依然指着张三旺的座椅对王长贵说：“俺马姐可是上山来做压寨夫人的。”

王长贵看了看马红英，红着脸说：“喝茶，喝茶，这茶是从赵封山[③]那里采来的，是咱浮戏山最好的茶，皇帝喝的茶啊，哈哈。”

“好，那俺就以茶代酒先祝你成为凤屏寨的皇帝。”常光耀端起茶杯冲王长贵说。

马红英和还乡团的人都端起茶杯一齐冲向王长贵。马进财说：“只要咱们合作，你很快就能成为大掌柜。”

二蛋也端起茶杯冲王长贵说：“咱兄弟们也盼着你早点儿成为大当家的。”

“瞎说啥个球？”王长贵瞪了二蛋一眼，但他心里还是美滋滋的，他做梦都想取代张三旺，平时他做事也总想凌驾在张三旺之上。

“你就别谦虚了，王掌柜，这是众心所望啊。”常光耀“哈哈”大笑起来。

“二当家，大当家的来了。”门口的卫兵进来对王长贵说。

“哓喝[④]啥哩哓喝！”随着话音张三旺已经到了门口，一脚门里一脚门外，阴阳怪气地说：“啊，挺热闹啊。”

“大当家的，我正要去请你哩。”王长贵急忙走向门口冲张三旺说，“王乡长说咱送信有功，把您，您弟妹给送来了。”

“大哥好。”马红英因见过张三旺也不拘束，嗲声嗲气地叫了张三旺一声。

---

① 费心。

② 这么点儿大。

③ 赵匡胤称帝后专门到此钦封的茶山。

④ 喊。

“张寨主好！”常光耀、马进财等还乡团的人一齐向张三旺抱拳道。

张三旺冲大伙儿抱了抱拳说：“坐，都坐下吧。”

王长贵急忙上前指着常光耀介绍：“这位是还乡团的常队长。”

“见过，见过。”常光耀又站起来抱抱拳说，“夜儿清儿[1]在将军寨里见过。”

“是，将军寨，将军寨。”张三旺看着常光耀，半开玩笑半认真地问常光耀：“你夜儿个[2]给将军寨送了恁些[3]东西，今儿个[4]给俺凤屏寨送啥来了？”

“王乡长说，您凤屏寨救了他的命，就是送再贵重的礼物也不足以表达他的心情。”常光耀一本正经地说。

“噢，俺凤屏寨救了王乡长的命？我咋不知道？谁救的？”张三旺故作迷糊地问。

“要不是您派人送信，俺早做了准备，赵石头就把王乡长给杀了。”常光耀说，“他着[5]他劫不了法场，他是专程去刺杀王乡长的。”

“噢，是这回事儿。”张三旺若有所思地说。

“可不。”常光耀接着说，“王乡长为了表示诚意，知道王二掌柜和马大姐——他们情有独钟，就让我和马队长护送上山来了。”常光耀把手指向马进财。马进财急忙站起来，冲张三旺抱了抱拳说：“张寨主好。”

常光耀接着说：“顺便给您带了十支快枪、两箱子弹，还有些日常用品，不成敬意，不成敬意。”

“全新的花机关枪，纯正的巩厂制造[6]。”二蛋抢过话茬说，高兴地咧着嘴笑。

张三旺一听比送将军寨的东西还多，心里暗暗高兴，抱拳冲常光耀、马进财和还乡团的人转了一圈说：“那就谢谢你们了。”他放下双手径直走向自己的座位，一边走一边说：“好。长贵，你去安排一下，中午大庆。你自个儿的事儿，就按你的意思安排。”

“是。”王长贵带着二蛋乐得屁颠屁颠地走了。

聚义厅内热闹非凡，话题自然是中午的婚庆。

大伙儿正谈得热火朝天，突然，王长贵又跑进来，俯在张三旺的耳边嘀咕了一会儿，张三旺冲王长贵点了点头，然后站起来，冲常光耀等人笑了笑，抱拳道：“诸位，非常抱歉，我有点儿事儿得去处理一下，不能陪大家了。”

“张寨主不必客气。”常光耀一边说一边站起来冲张三旺抱拳道。

马进财、马红英等人也都站起来冲张三旺施礼送行。

王长贵把张三旺送出门外，回过头走到常光耀和马进财面前，压低声音说：“有件事

---

① 昨天早晨。清儿，念 qiè。
② 昨天。
③ 那么多。
④ 今天。
⑤ 念 zháo，知道。
⑥ 巩县兵工厂制造的枪支，当时都打有“巩厂制造”字样。

儿，得和两位队长商量。”

“啥事儿？”常光耀和马进财异口同声地问，不约而同地把头凑到王长贵面前。

王长贵说：“赵石头护送几儿[1]女八路，被我抢上山了。可他找了将军寨的牛半山，镇暂儿[2]来领人哩。你们说，这叫我咋弄哩[3]？”

“不给他。”马进财说。

“我就是不想给！可是。”王长贵说，“常队长见了，夜儿个牛半山给了俺寨子四把手枪、一箱子弹。那，那就是放那仨女八路的条件。”

“四把手枪、一箱子弹换仨人儿，太便宜了，你咋恁傻哩？！”马进财说。

“唉，一言难尽啊。”王长贵拍了下脑袋说，“提起这事儿我就来气。”

“别着急，坐下来，慢慢说。”常光耀觉得这是拉拢王长贵的好机会，急忙把自己坐的木凳拉到王长贵面前，不紧不慢地说。

还乡团的一个乡丁见状，急忙把自己坐的凳子给常光耀搬了过来，然后回头站在一旁。

“抽支烟。”马进财掏出一盒香烟，给王长贵一支，点上。又把一支递给常光耀，常光耀摆了摆手，马进财就自己点上，贪婪地吸了两口。

“其实，我抢了四儿[4]。”王长贵喷出口中的烟雾说，“送给牛半山一个。牛半山这个王八蛋，他刚开始说，枪和子弹是奖励俺们的，可赵石头一上山要人，又成了叫俺放人的条件。”

“究竟是咋回事儿？”常光耀急切地问。他想弄明白事情的来龙去脉，看跟藏宝图有没有联系。

“咋回事儿？牛半山是盟主，张三旺窝囊呗！”王长贵有点激动地说：“尻他娘，好事儿都让他牛半山占了！他落[5]幺儿[6]女人，还——”王长贵看了看四周，压低声音说：“我告诉你们，赵石头劫你们的马都送给将军寨了。”

“这我们知道，还有几把手枪哩。”常光耀说，“所以，我们就给你带了些枪和子弹，增加你的火力，你要跟我们合作，我们全力支持你当盟主。”

“这个——”王长贵岔开话头说，“这仨女八路咋办？”

“交给我们。”马进财抢先说。他想，这仨女人肯定跟藏宝图有关，把这仨女人弄到手，藏宝图也就到手了。

“不中，将军寨二当家的也来了。”

---

① 念 jè，几个。
② 现在。
③ 怎么办。
④ 念 sè，四个。
⑤ 留下，得到。
⑥ 念 yò，一个。

“杨文彬？”常光耀若有所思地说。

“一块儿干掉！”马进财说，“把他们干掉，不听将军寨招呼了，你就拉出来跟我们合伙儿干了。”

“不中。我们当家的不会干。”王长贵说。

“把他也干了，你不就说了算了。”马进财一提到杀人就来精神。

“不中。我杀了他，山上的兄弟就会杀了我。”王长贵拍着脑袋说，“镇暂儿还不是时候。”

“不如这样。”常光耀压低声音，如此这般地跟王长贵和马进财讲一遍。

“好，就这么弄[1]。”马进财一拍巴掌，站起来说。

“这——”王长贵说，“我已经安排晌午[2]请你们喝酒了。”

“酒啥时候不能喝？”常光耀说，“紧最重要的事情办。我们走了。”说着就往外走。

“好吧。”王长贵领着众人走到门口，回头对马红英说：“英子，你在屋里等着，我一会儿就回来。”然后对常光耀说，“常队长，跟着我走。咱们绕过去，别让他们看见了。”

王长贵送走常光耀等人，立马回到聚义厅，对服务倒茶的小土匪说：“你歇着去吧。”

“我拾掇[3]一下。”那个倒茶的土匪讨好王长贵似的，利索地收拾常光耀他们用过的杯子。

“你甭管了，出去。”王长贵有点不高兴地冲小土匪摆摆手说。

“是。”小土匪像是悟出了什么，急忙放下手中的杯子，退出门外还带上了门。

“还算有点儿眼力劲儿。”王长贵像是自言自语又像是对马红英说。他说着转身把门闩插上，回头一下子向马红英扑了过去。

马红英张开双臂迎上去，两人紧紧地拥抱在一起，热烈地接吻起来。吻着吻着，王长贵腾地一下把马红英抱起，走到张三旺的座前，把马红英轻轻地放在那敦实的檀木茶几上。

王长贵与马红英亲热完毕出了聚义厅，急匆匆向张三旺住的房子走去。

“看看，来了吧。”张三旺隔着窗子远远看见王长贵，就指着他对赵石头和杨文彬说。赵杨二人探头看向窗外。

王长贵走到门口，一抱拳说：“杨二当家的好。”转而冲张三旺和赵石头晃了晃抱着的拳：“大哥，赵队长。”

杨文彬和赵石头都站起来冲王长贵抱了下拳，没有说话。张三旺笑着对王长贵说：“你看看，杨二当家的和赵队长急着要走，我留他们喝你的喜酒都留不住。”

“不中不中，今儿个说啥也不能走。”王长贵走上前把杨文彬按在椅子上，又转向赵

① 干。
② 中午。
③ 收拾。

石头说："赶上了，就得留下来一块儿凑个热闹。"

"你结婚咋不早说一声哩？"杨文彬抬起头用埋怨的口吻对王长贵说。

"尻他娘，偷人家哩秀子[①]，还能满街吆喝？"王长贵不好意思地摆下头笑着说。他说着用眼瞟杨文彬和张三旺，并下意识地摸了摸脸上的伤。

"恭喜王二掌柜。"赵石头又冲王长贵抱了抱拳说，"实在是耽搁不起了，我们得快点儿赶路。"

"那，那，赵队长要赶路，杨二当家的就不要走了。"王长贵眼珠转了转说。

"不了。大当家的有交代，让我将赵队长送出浮戏山。"杨文彬笑着说。

"来的早不如来的巧，杨二当家的既然来了，还是为我主完婚再走吧。"王长贵有意要留杨文彬。

"谢谢你的美意。这主婚的大事儿应当由大当家的和张寨主操持，我可担当不起，担当不起啊。"杨文彬冲王长贵抱抱拳说，"改天，改天我陪大当家的一块来给你贺喜。"

"我今儿个就想跟您一醉方休。"王长贵扶着杨文彬的肩头用讨好的口吻说，"您是不是不敢跟我喝呀？"王长贵知道杨文彬是将军寨的酒仙，想用激将法把他留下来。

"真不敢。"杨文彬笑着拍了拍王长贵扶着他肩膀的手说："你幺儿[②]能顶我仨。"

"算了，长贵。算了吧。"张三旺拉了一下王长贵，转脸冲着杨文彬笑着说，"你看他高兴得没喝就醉了，胆敢跟二当家的较酒。"

"我今儿个就想跟二当家的喝酒。"王长贵冲张三旺挤了挤眼说："他是咱浮戏山二当家的，我是咱凤屏寨的二掌柜，有缘吧？我结婚，他不请自来，有缘吧？他要不留下来，说不过去。"

"我要是说过去了，就回不去了，非让你们给我灌趴下不中。"杨文彬笑着说完，看了看张三旺，盯了一句："看来我必须得走了。"

张三旺被王长贵的眼色挤懵了，他不知道王长贵是什么意思，心想，你意思表达到就行了，还死乞白赖地留什么呀，留下来让他们与还乡团的人碰面呢。他看杨文彬直看自己，就咽了口唾液，笑笑，说："中，中。长贵，二当家的执意要走，咱就别强留了。改日，改日咱带上酒，到将军寨讨扰二当家的。"

王长贵听了张三旺的话，心里虽然不高兴，脸上却还赔着笑，不自然地说："那，那好——"

"叭！"王长贵的话还没说完，凤屏寨中突然响起了一记清脆的枪声，紧接着又响起了众人的喊叫声：

"抓住她！"

"抓住她！"

---

① 老婆；妻子。

② 念 yō，一个。

赵石头和王长贵几乎同时掏出了手枪，正要起身的杨文彬“噌”地一下跳起来，探身看向窗外，只见院中一个蓬头垢面的女人端着一支长枪对着一群缩头缩脑的男人一边晃一边向后退着跑。

“张淑珍？”赵石头心头一怔，脑子里立刻浮现出张淑珍前天晚上的形象。因为相处的时间短，又在黑夜里，他对张淑珍的印象不是太深，现在觉着很像，又不敢确认。

这女人正是张淑珍。原来，王长贵起床后想去找女八路发泄兽欲，被三个女八路围打哄出屋子。他发现自己的脸被抓出了血，头发也被揪掉一缕，恼羞成怒，下令让站岗的两个土匪强暴张淑珍。张淑珍与两个土匪拼死搏斗，正在危急时刻，突然听到王长贵一声大喝：“快，集合队伍！”那两个扭抱她的土匪也急忙收了手，丢下她慌慌张张地把房门锁上了。

张淑珍用身子顶住房门，生怕土匪们再进房里。她顶了一会儿，见外面没有动静，想找个东西顶着，找遍了整个屋子也一无所获。她急呼呼地抱着李秀娟叫叫，又抱着刘红云喊喊，两个人都被王长贵点了穴，不但动弹不得，也不能说话，只是睁着眼睛怔怔地看着她。

张淑珍看着两个僵直的姐妹，急得手足无措，眼泪扑簌簌地掉了下来。她一边哭一边说：“我也不会解穴，帮不了你们。你们都这样了，只能任人摆布。我是说死也不会让这帮土匪糟蹋的。他们再进来，我就和他们拼了。”她抹了把眼泪，抖抖地从内衣里掏出自己分管的那块丝手帕，哽咽着说：“这丝巾我管不了了，你们就是受尽屈辱也要把它保存好。春桃也不知哪儿去了，你们要想办法找到她，她那里还有一块儿呢。”她声音哀戚，泪如泉涌，越哭越痛。抖着手中的丝手帕，泪眼汪汪地看看李秀娟，又看看刘红云，恸哭着说：“给你们谁呢？红云漂亮，当官儿的都抢，不会受什么难为，好保存，就给红云吧。”她一边哭一边在刘红云身上摸索，想寻找藏丝巾的地方，也不管李秀娟和刘红云的感受。

屋外，那两个站岗的土匪掂着枪从房后走过来。当时，他们见王长贵火急火燎地一边跑一边喊叫“集合队伍”、“准备战斗”，不知发生了什么大事，吓得赶紧把房门锁上，端枪上膛，四处搜索张望。现在，他们也弄清楚了情况，原来是王长贵的情妇马红英到山寨里来了。两个人紧绷着的神经一下子又松弛了下来，那个有点驼背的土匪把枪托往地上一蹾，长长地出一口气，慢条斯里地说：“欸，我还当啥事儿哩，跟天塌下来似的。”

“吓死我了，把鸡巴都吓软了。”下巴颏儿上长着一撮黑毛的土匪快人快语，把枪往墙根一竖，摸着裆蹦着说。

“可不是咋的？我这本来硬得跟棍似的，他那一嗓子就给吓回去了。”驼背也摸着裆不紧不慢地打哈哈说。

“多亏他没把那娘儿抱走，要不然，‘大洋马[①]’非把他那鸡巴给揪下来不可。”一撮毛

① 马红英的绰号。她个子大，体壮，人们叫她大洋马。

抖着自己下巴颏儿上的那撮毛笑着说。

“他自己没有弄成，咋咋呼呼的，把咱俩的好事儿也给搅黄了。”驼背的语速虽慢，但是话里透着怨气。

“接着来？”一撮毛提议道。

驼背向四周看了看，摇了摇头，没有说话。

“咋了？”

“你那会儿没干，这会儿——”

“啥这会儿那会儿的？他说给咱了，他管咱哪会儿干哩？！”

驼背迟疑了一下，向四周看了看，把枪慢慢地竖向墙根，轻轻地说：“中。”

一撮毛搓搓手，摆出一副急不可待的样子说：“我先来。”

驼背看了一眼一撮毛，迟疑了一下，点点头应了一声说：“中。”

一撮毛看了一眼驼背，为自己在这事上争先感到不好意思，搓着手说：“咱俩先把这个能动的放平了，然后一人弄一个，反正那俩也不会动。”

“可不敢！”驼背慢条斯里地说，“他让咱俩弄一个就不赖了。那还是他在气头上，叫咱俩弄，要不然，才轮不到咱哩。”

“就是。”一撮毛说，“弄幺儿[1]就弄幺儿！快点儿，要不，一会儿来人就弄不成了。”

“嗯。”

驼背手忙脚乱地拿出钥匙开门。

“快点儿。”一撮毛一边催一边上前帮忙。抱定一死的张淑珍听到房门响动，急忙跑到门后藏了起来。

张淑珍瞄着两个土匪开门进屋，还没等他们缓过神儿，就一把一个把他们推了个趔趄，夺门而出。她跑出门看到靠墙竖着的两支长枪，顺手操了一支就跑。

两个土匪见张淑珍冲出了房门，还抢了自己的枪，就拼命地追。女跑不过男，眼看着就要追上了，张淑珍回头冲着跑在前面的一撮毛就是一枪，一撮毛应声倒地。

枪声惊动了凤屏寨，土匪们都涌进了院子，听到驼背喊：“抓住她！”就跟着喊了起来。

张淑珍端的是巩县兵工厂制造的“中正式步枪”，属手拉栓上膛，打一发子弹，得拉一下枪栓再将子弹推上膛，可是张淑珍情急之下，忘了这一环节，她再想开枪时，枪射不出子弹了。

“她没子弹，抓住她。”

“抓住她，米西米西。”

“塞咕塞咕。”

凤屏寨的土匪们学着日本鬼子的样子喊叫着、嘻笑着，张牙舞爪地向张淑珍围了

① 一个。

过去。

张淑珍把长枪当作棍子向土匪们挥打，一边打一边向后退，退到了寨崖边沿。

“跑啊，跑啊，咋不跑了？”

“跳呗，不敢跳吧？下边是狼窝，跳下去就是喂狼！”

“别跳，闺女，好死不如赖活着啊！”

“别想不开了，有镇些[1]男人伺候你，多舒服了！”

“哈哈哈……”

土匪们喊叫着、嘻笑着，一步一步地向张淑珍逼近。

一边是饿狼似的土匪，一边是万丈深渊。张淑珍真是上天无路入地无门，她挥舞长枪的胳膊渐渐无力了，长枪的另一端被一个土匪牢牢地抓在了手中。面对步步紧逼的土匪，张淑珍将长枪猛地一推，转身跳下了寨崖。

赵石头跑到寨崖边向下望去，只见崖壁立刮陡沿，如斧砍刀劈，深不可测。崖底深谷中几个小黑点像蚂蚁一样在不停地蠕动。

“她是不是八路？”赵石头转过身盯着王长贵问。

王长贵、张三旺不约而同地冲赵石头点了点头。

“快，快派人下去——”赵石头一边冲张三旺和王长贵挥着手喊一边分开人群向外走，他要下山找张淑珍的尸体。

“来不及了。”张三旺一把抓住赵石头，低沉地说：“底下[2]是个狼窝。”

张三旺的声音刚落，一声凄凉的狼嗥声就从谷底升了上来：“呜欧——呜欧——”

野狼的哀鸣，让凤屏寨突然安静了下来。狼嗥，是狼在通知它的子女或伙伴来分享丰盛的美餐；在赵石头听来，它却是为张淑珍天葬送行的号角。赵石头转过身，冲着山谷默哀。他本想开枪去野狼口中抢回张淑珍的尸体，突然想到人家姑娘摔得体无完肤，再没个全活[3]身子，你把人家的尸骨弄回来，咋让人家上天堂呢？他想起了他在慈云寺里学过的天葬，他认为张淑珍选择了最好的去处。

赵石头长时间地默哀之后，转过身冷冷地问张三旺和王长贵说：“那俩哩？”

“在，在那，那间屋里。”王长贵回过头指着关押李秀娟和刘红云的房子结结巴巴地说。

赵石头、杨文彬带着李秀娟、刘红云及杨文彬的两个随从走过天桥，消失在山坡后，送行的张三旺和王长贵站在凤屏寨门口还没有离开的意思。

张三旺看看天，又看看寨下的深谷，然后，看着王长贵长长地出了一口气说：“唉，本来是你的大喜日子，看这事儿弄的。”

---

① 这么多。

② 下边。

③ 完整。

“欸，这有啥？都老夫老妻了。”王长贵不以为然地说，“尻他娘，不就是死个人嘛。”

张三旺瞥了一眼王长贵，淡淡地说：“你也不想想，咋能死乞百赖地挽留杨文彬哩？他要是真留下来，不就跟常光耀他们碰上了？”

“碰上啥呀，常光耀他们早走了。”王长贵说，“我跟你使眼色，你也不看。”

“走了，咋走了？”张三旺埋怨说，“你给我使眼色，我看见了，不知道啥意思，我哪知道他们走了呀？”

“哎，不是没法说嘛！”

“算了，算了，他们都走了，咱们自己乐和。”张三旺说着往回走。

“乐和啥呀，要出事儿了。”

“要出事儿？”张三旺停住脚，看着王长贵惊讶地问：“出啥事儿？”

王长贵看着张三旺怯怯地说：“常光耀要伏击赵石头和女八路。尻他娘，这不，捎着也把杨文彬给包进去了。”

“那，快去制止啊。”张三旺急切地说。

“制止啥呀，没留住他，是他命该如此。”王长贵不屑一顾地说，“尻他娘，还乡团狠着哩，你去制止，他们不把你包进去还邪哩。”

“那咋弄哩？”

“让他们打吧。”王长贵说，“和夜儿个[①]一样，跟咱没关系。还乡团胜了，既替咱们出了口恶气，还得带着东西来感谢咱。赵石头和杨文彬胜了，咱也不损失啥，说不定那赵石头夜儿个给将军寨送马送枪，今儿个就给咱送来了。”

“那杨文彬死了咋整哩[②]？”

“那是他活该。”王长贵一脸的玩世不恭，他把双手一摊说：“我已经尽力了，咋留都留不住他。尻他娘，谁叫[③]他看不起我哩！”

“这咋给牛寨主交代哩？”张三旺焦急地说。

“咱给他交代啥？他去送赵石头了，与咱不相干。”王长贵拿出马进财给他的“回郭镇”牌香烟，递给张三旺一支，为张三旺点上，自己也点上一支，吸一口说：“尻他娘，让牛半山去跟王雨霖打吧，打死了王雨霖，我就可以高枕无忧了。打死了牛半山，咱做龙头老大，您当盟主。”

“你说啥呀你？”

王长贵抽了一口烟咽了，咳嗽一声，看了看张三旺，一本正经地说：“大哥，我真是这么想的。尻他娘，你说他牛半山，咱死了十几儿[④]弟兄，他提都不提，就让咱放人。他

---

① 昨天。

② 怎么办。

③ 让。

④ 念 jè，几个。

倒好，自己留幺儿[①]。尻他娘，把送咱的枪和子弹变成封口胶、哑巴药了！他凭啥呢？尻他娘，不就是个盟主吗？！还给我讲寨规哩，尻他娘，我恨不得一枪嘣了他。”

“别瞎说。”张三旺说，“在外边，我就怕你瞎说吃亏。”

“大哥。”王长贵又贪婪地吸两口烟，把烟雾喷了，接着说：“你就是胆小怕事儿。像夜儿个，就不应该答应他。”

“咱的寨子小，家底薄儿，有些事儿咱该忍还得忍啊。”张三旺叹口气说。

“忍了初一儿忍十五儿，叫咱忍到几儿[②]哩？”王长贵又吐了口烟说，“将军寨迟早得跟还乡团干一仗。常光耀说，夜儿黑[③]，将军寨的人去埋赵石头他娘，还乡团全给杀了。他们就是要拿山里最大的寨子开刀，‘杀猴儿给鸡看’哩。”

“那咱们山寨间就更应该联合了。”张三旺若有所思地说。

“要联合，咱当盟主。”

“又瞎说。”张三旺拉下了脸，严肃地对王长贵说，“我给你说过多少回了，白[④]瞎说，嘴要有个遮拦，你就不记。”

“我——，就咱俩说说。”王长贵讪笑着不好意思地说。

张三旺看看天，摇摇头，然后，笑笑，推了一把王长贵说：“走，不说了，回去准备结婚，就当啥事儿也没发生。”

“就是，尻他娘，咱啥都不着[⑤]。”王长贵笑着说。

“‘尻他娘’，‘尻他娘’，整天挂到嘴上。都该当爹了，别老带把儿了。”

“我要当了爹，准改！尻他娘——”王长贵笑着喊着，向聚义厅跑去。

“你呀——”张三旺看着王长贵的背影笑笑，摇了摇头。

---

① 念yò，一个。
② 什么时间。
③ 昨天晚上。
④ 别。
⑤ 念zháo，知道。

第 十 章

还乡团的乡丁们按照分工把枪口对准了自己的目标。尽管少了一个女人，马进财也不管那两个乡丁打谁了，还没喊“打”自己的枪就先响了。

赵石头、杨文彬在前，李秀娟和刘红云居中，杨文彬的两个随从断后，六个人走下天桥。赵石头回头看了看，已经看不见凤屏寨的寨门了。他像突然想起了什么似的回过头问李秀娟和刘红云说：“哎，您俩儿在凤屏寨听没听到孟春桃的消息。”

“噢，听一个人说，送给谁了——”

“牛寨主。”刘红云接着李秀娟的话说。

“牛寨主？”赵石头心头一怔，回头看杨文彬。

“对。牛寨主。”李秀娟也进一步证实说。

“你们没听错吧？”杨文彬笑着问。他是怕什么来什么，一听刘红云说“牛寨主”就知道坏了事，李秀娟的进一步证实更使他感到事情的严重。但是，他还是故作镇定地笑着问。

“没错儿。”

“是牛寨主。”

李秀娟和刘红云不约而同地回答。

“不可能。”杨文彬摇摇头，一本正经地说：“这十几个山寨，只有我们寨主姓牛，谁要是给他送个大活人，我还不知道？不是你们听错了，就是他们说错了。”

“文彬。”赵石头看着杨文彬的眼睛说，“咱既然成了兄弟，你就跟我说实话，到底有没有？”

“哎呀，赵队长，有没有你还不知道啊？”杨文彬有点激动地指着李秀娟和刘红云说："你说说，她们是不是大哥帮你要回的。四把手枪，一箱子弹啊。大哥能花这个大价给你换人，还不把白捡的给你。仨都还给你了，还差那幺儿[1]吗？再说，这一天之内，你跑到将军寨两趟，见着了吗？听见人说了吗？我是不知道，你问问他们，也可以回去当面问大哥嘛！"杨文彬指了指跟随的两个喽罗说。

"没有，俺没见。"

"没见，俺也没听说。"二个小土匪看了看杨文彬说。

"好。"赵石头想了想对杨文彬说，"文彬，她们俩就交给你了。您先慢慢走，我回去问个清楚。"

"中，你快去快回。"杨文彬冲赵石头点了下头说。他想，拦也拦不住，还不如痛快地答应；牛寨主已经让张三旺和王长贵回去封口了，量赵石头回去也问不出个所以然，关键是赵石头回来后再上将军寨咋办？

杨文彬等赵石头走后，对一个随从说："你到响泉河去一趟，看家里有没有事儿。"那随身土匪多么机灵，一听就知道是让他回寨子报信，应了声"是"上马疾驰而去。待李秀娟和刘红云意识到那土匪可能是回去报信的时候，人马早已隐没在了山野中。

赵石头沿着回凤屏寨的路一边走一边想：凤屏寨已经把人放了，而且自己也在将军寨亲耳听到牛半山问王长贵，王长贵清清楚楚地说他只抢了三个女人。如果这么回去问，别说在张三旺和王长贵那里问不出一点消息，就是把全寨子的人都集合起来也问不出一点消息。只能私下里暗地里打听。赵石头想到这里，闪身钻进路边的灌木丛中，他不能走正路，他要悄悄摸上寨子，悄悄地摸个活人问个清楚。

赵石头钻在丛林中。他根本看不到山顶上的寨子，看到的只是怪状林立、犬牙交错的大石头，一块块如熊似虎，或蹲或坐，或爬或卧，监视着山下的动静。青藤缠绕着石崖，翠柏高悬于空中，白云悠悠，苍鹰盘旋，雄险中带着几分神秘。山坡上乔木参天，灌木丛生，荆棘遍布，根本就没有路。

赵石头在树丛中钻来钻去，慢慢地向山上摸。刚摸了不到二十米，就听到旁边路上有脚步声，透过树木的缝隙，赵石头发现一个人从山上跑下来，手里还拿着个望远镜。这人就是二蛋，他听说把抢来的女人放了，急得追了下来。

"真是天助我也。"赵石头又慢慢地爬回路边，只见二蛋站在路边的石头上向下张望，看了一阵，便举起了望远镜，一边望一边叨叨：

"尻你，扭扭脸啊。

"慢点儿，慢点儿，跑恁快揍球哩。

"对，向这儿看。尻你，又转过去了。"

赵石头看看上边，看不到凤屏寨的寨门和天桥，看看周围也没有发现任何风吹草动。

---

① 念yò，一个。

他就悄悄地绕到二蛋身后，站起身，走上去问："看啥哩？"

"女人，真他妈漂亮。"二蛋一边专注地望着一边发牢骚说："真他妈可惜，都放了。让咱弟兄们尻一回再放也中啊。妈的，城里的屄，嫩啊，就好过他狗日的牛半山了，他留幺儿，让咱都放了……"

"牛半山真哩[①]留幺儿？"赵石头急切地问。

二蛋听到话音不对，转过身吓得把望远镜掉在了地上，看着赵石头结结巴巴地说："你是，你是——"

"我是赵石头，你别害怕。"赵石头弯腰捡起望远镜递向二蛋，用平和的口吻问："你刚才说牛半山留了幺儿女人？"

"嗯。没，没有，没有。"二蛋接过望远镜先是点头，后又急切地把头摇成了拨浪鼓[②]，哆哆嗦嗦地说，"我没说，我没说。"

"说实话，不然我弄死你。"赵石头揪住了二蛋的胸襟厉声说道。

"别，别别，别别别。"二蛋哆嗦得更厉害了。

"照实说。"赵石头两眼一瞪，把手一松，吓得二蛋"扑通"一屁股坐在了地上。

"我说，我说。"二蛋说，"俺刚开始抢幺儿，送给将军寨牛——牛半山了。他藏在寨中，不让你知道。他给俺寨子四把手枪、一箱子弹，不让说出去。"

"你们啥时候送去的？"

"前一儿黑儿[③]。"

"谁送去的？"

"俺寨主，大当家的。"

"是张三旺吗？"

"是。"

"甭诓我？"赵石头厉声问道。

"诓你是狗。说一句瞎话，就不是俺娘养的，是大闺女生的。"

"好。"赵石头冲二蛋摆了下手说，"你回去吧，没事儿了。"说完，向山下走。

"你，你可不能说，说是俺给你说的。"二蛋冲着赵石头的后背说。

"放心，我这人不出卖朋友。"赵石头头也不回地向山下走。

"你不出卖朋友？我是你的朋友？"二蛋自言自语地说了两遍，然后冲着赵石头的背影"呸"地吐了一口唾沫说："谁跟你是朋友，我打死你。"

二蛋刚要摸枪，只听"叭叭"两记枪声传来，吓得他一下子趴到地上，哀求道："俺没有打你，俺不敢打你，俺知道你是打不死的。饶命，饶命啊。"

二蛋的求饶声被密集的枪声淹没了。

---

① 真的。
② 手摇鼓，两面，两侧用绳拴球状物作鼓锤。
③ 前天夜里。

赵石头听到枪声，暗叫一声“不好。”拔出手枪，三步并作两步向山下跑去。等赵石头接近现场，枪声已经停息。还乡团的人一边大叫“赵石头被打死了。赵石头被打死了。”一边向沟底的路面跑去。

沟底的路面上，横竖躺着杨文彬他们的尸体。

原来，常光耀和马进财带着十二个随从走到回峪沟，埋伏在了从凤屏寨出来的这条必经之路上。常光耀对马进财商量说：“咱是不是派人回去送幺儿信，叫王乡长带人来支援一下？”

马进财昨天吃了败仗，今天想好好表现一番，出口恶气。再说，他认定那幅藏宝图就在这几个女人身上，要是让王雨霖带人来，他就不能独揽这个大功了。想到这儿，马进财很干脆地说：“咱镇些[①]人哩，足够了，到时候一齐开火，不把他打个稀巴烂。你看这地形，他长了翅膀也飞不了。再说，等援兵到了，黄花菜也凉了。”

常光耀想想也有道理。于是，他们把马匹牵到下边的树林里藏好，准备回到那块沟地里埋伏。马进财为独揽战功，看了看马匹说：“常队长，为了保证你的安全，你就甭去了。我留个人陪你一块儿在这儿看马，等俺收拾了赵石头咱再走。”

常光耀是王雨霖的红人，他才不计较功不功的问题呢，保住性命比什么都重要。说他是队长，就是王雨霖封他的一个头衔，他却从来没有带过队伍，就管王雨霖一个人，说是王雨霖的谋士，倒不如说他是王雨霖的替身。常光耀见马进财这么说，就顺水推舟地说：“您都去吧，我幺儿人看马就中，多去幺儿人，就多上一条枪。”

马进财也不客气，带着他的十二个人回到沟地，一边山坡上安排六个人埋伏了起来。

因为面对的是“打不死的赵石头”，所以，马进财非常重视，一一检查了部属的位置，并逐个说明了打法。他是按三个女八路加上杨文彬和赵石头两个人安排的，指定两乡丁打一个女八路，三个乡丁打杨文彬，三个乡丁打赵石头。他对打赵石头的三个乡丁说：“这样，加上我，咱就是四儿[②]人打赵石头幺儿人。他不是打不死吗？我看今儿个把他打死打不死！”马进财不仅对自己的枪法心中有数，而且非常赏识他这三个手下。可以说，他挑打赵石头的这三个人个个都是神枪手。

一个乡丁说：“俺不认识赵石头。”

马进财说：“就是诺[③]个子大的男人。”其实，他也认不出赵石头，是王长贵告诉他赵石头比杨文彬的个子大。

马进财刚刚布置好，一匹马就飞驰电掣般地从山上跑了下来。众乡丁闭住了呼吸，看着那马驮着一个人跑出了伏击圈。

“是不是赵石头？”马进财旁边的乡丁紧张地问马进财。

---

① 这么多。

② 念sè，四个。

③ 那个，那一个。

马进财装作很镇定的样子说："不是，我虽然没有看清人，但我肯定，那人不是赵石头。要么是凤屏寨的人下山有啥事儿？要么是将军寨的杨文彬回寨子。赵石头和那三个女的一定是地奔儿，没马。"

"那不是又少了幺儿人吗？"

"对，若少了杨文彬，你们仨也打赵石头。"马进财对安排打杨文彬的三个乡丁说。

"若能抓个活的，王乡长肯定重赏咱。"被安排打女八路的一个乡丁说。他不想打女人，打心眼里想抓一个女的回去。

"得了，能打死就中！别忘了夜儿个[①]，赵石头硬是从死人堆里站起来了。"马进财说。

说话间，沟地的西南方传来了零乱的脚步声。李秀娟、刘红云在前，杨文彬和他的随从牵着马在后。他们为了等赵石头，一边走一边看着风景。李秀娟和刘红云如刚出牢笼的小鸟，在美丽的浮戏山里自由自在地徜徉，尽管她们刚刚失去了一个伙伴，但是她们获得了自由，对未来充满了希望。

"准备好，来了。听我喊'打'，一齐打。"马进财对身边的乡丁说。

还乡团的乡丁们闭着呼吸，架好枪，紧张地注视着沟底的路面。

杨文彬一行慢慢地走进了还乡团的伏击圈，还乡团的乡丁们按照分工把枪口对准了自己的目标。尽管少了一个女人，马进财也不管那两个乡丁打谁了。他认为高个子的杨文彬就是赵石头，异常兴奋。他很自信自己的枪法，瞄准了，还没喊"打"自己的枪就先响了。

刘红云听到枪声，就地一滚，钻进了路边的灌木丛。她迅速掏出了手枪，对着马进财趴的地方"叭叭"就是两枪。与此同时，还乡团的十几支枪全响了。

"不好，中埋伏了。"刘红云刚要举枪再打，突然觉得右腿肚被什么东西撞了一下，钻心的痛。

刘红云心头一紧，第一反应是"受伤了"，便急忙爬到一块石坎下。这时，路上边的枪声停止了。她看到李秀娟、杨文彬和杨文彬的随从倒在了血泊中。

马进财站在西边的山坡上大喊："对准尸体，再给我打！我就不信他狗日的赵石头还能站起来！"

还乡团的乡丁们瞄准尸体又是一阵狂射。

刘红云趴在石坎下，恨得咬牙切齿，慢慢地将枪指向了马进财。

敌人的枪声停了，刘红云那仇恨的子弹也没有射出去。她要等待时机，不然，她的枪一响，马进财死了，她也会被敌人的乱枪打死，她自己死了倒没有什么，那幅比生命都重要的藏宝图就落在了还乡团的手中了。

"赵石头被打死了！"

"赵石头被打死了！"

---

① 昨天。

“割下赵石头的脑袋，回去领赏！”马进财挥舞着手枪冲还乡团的乡丁们大喊。

还乡团的乡丁“哗”地一下从坡上向沟底涌去。

“赵石头在这儿呢！”从山上赶来的赵石头看着敌人跑到沟底的路面上，大喝一声，双枪齐发，把愤怒的子弹射向敌人。

刘红云听到赵石头的喊声，热血沸腾，在赵石头枪响的同时，也将仇恨的子弹射向了马进财，马进财还没有愣过神儿来就见了阎王。

还乡团的乡丁们本来就不会打仗，又没有思想准备，听到赵石头的喊声和随之而来的枪声，吓得不知所措，傻乎乎地站在原地不动了。

赵石头和刘红云一枪一个，敌人纷纷倒下。

“鬼啊。”一个乡丁突然声嘶力竭地大叫一声，撒腿就跑。

赵石头看到两个乡丁顺着大路往下跑，紧紧地追了上去，追到射程之内抬枪将他们撂倒。与此同时，路下树林里突然蹿出一匹枣红马，飞也似地向山下跑去。骑着这匹枣红马逃跑的不是别人，正是常光耀。他当时留下看马，又不甘寂寞，爬到沟沿上看马进财布下的战场。当他看到杨文彬他们全部被打倒，还乡团的乡丁们喊着“赵石头被打死了”时，慌忙站起来，也想冲上去争功，突然听到赵石头的大喊和枪声，吓得他赶紧溜下小山坡，骑上马就跑。

赵石头紧跑几步来到沟沿，冲常光耀打了几枪，但是，常光耀已经跑出射程。赵石头发现路下的树林里拴着还乡团的马，就跑过去，数了数了，一共十七匹，他认定这些马的主人就是伏击他们的那些人。

赵石头提着双枪向回走，他汲取了昨天打马队的教训，远远看到还乡团的尸体，就愤愤地对着脑袋补上一枪，那乡丁的脑袋便应声开花。就这样，赵石头一共点了十三具尸体，还提着枪继续寻找。

“秀娟姐，秀娟姐，啊——啊——。”刘红云趴在李秀娟的尸体上号啕大哭。

“别哭了。”赵石头冲刘红云吼了一声，快步走到她身边，小声说：“注意，还有四个敌人在附近藏着哩！”

刘红云心里一颤，止住哭声，急忙拾起了放在地上的手枪。

赵石头掂着枪警惕地注视着四周，看都不看刘红云一眼。他压低声音说：“我在下面看到十七匹马，才找到十三个尸体。”

赵石头的话使刘红云起了一身鸡皮疙瘩，她当机立断，对赵石头说：“你看左边，我看右边。”她说完，对着右边的山坡喊：“出来，我看见你们了！”

停了约半分钟，两边的山坡上没有一点儿动静。赵石头喊：“咋还不出来哩？再不出来我就开枪了！”

一分钟又过去了，两边的山坡上还是没有动静。赵石头又厉声喊道：“你们四个，听见了没有？！”喊完，他咽了口唾沫，缓和了口气说：“出来吧，八路军优待俘虏，抓到日本人都不杀，更何况你们是老百姓呢！只要放下武器，不再给还乡团做事，既往不咎。”

“你们四个人听着，八路军来咱这儿一年多了，八路军的为人你们也知道，八路军是为咱老百姓打天下的。只要你们不再给还乡团做事，还是老百姓嘛。你们不要害怕，出来吧，我赵石头就是咱亚沟的，我说话算话。”

时间一分一秒地过去了，两边山坡上还是没有动静。赵石头急了，冲着山坡喊：“中，你们不出来不是？我喊三个数，你们要是再不出来，就是顽抗到底了。那我赵石头也就不客气了！我数到三，不出来，我就开枪了！”

赵石头喊完，见没有动静，把双枪一举，面向山谷，装出一副不屑一顾的样子，一边往上退，一边拖着长腔喊：“一——，二——，三——”

赵石头始终用两眼的余光看着两边的山坡，身后是不用看的，他是从上面冲下来的，没有遇到敌人。他喊完了“三”字也没有发现两边山坡上有任何动静，气得左右手一齐开攻，对着两边的山坡“叭叭叭叭”各打两枪。

刘红云看了看，一点动静也没有，怯怯地对赵石头说：“可能是没有了。”

“我清清楚楚地看到十七匹马。”赵石头一边想一边对刘红云说，“那一定是十七个人呀。”

“你是不是看错了？”

“没有，我仔细数了的。”赵石头一边说，一边用手挨个在李秀娟、杨文彬和杨文彬的随从鼻子前试了试，看有没有呼吸。但是，他的注意力始终没有离开两边的山坡，他看着山坡像是自言自语又像是对刘红云说：“都死了。”接着又问刘红云：“你伤哪儿了？”

“腿。”刘红云说。

“咋样？”

“包扎过了，不碍事儿。”

“走。”赵石头将左手的枪插进腰间，弯下腰，对刘红云说：“我扶你。”

“他们？”刘红云看着同伴的尸体问。

“我先把你弄到安全的地方再来弄他们。”赵石头伸手撑住了刘红云的腋窝一用力就把刘红云给提了起来。

“现在弄吧。我给你警戒。”刘红云说。

“不中，这里危险。”

“我走不了。”

“下边有马。”赵石头二话不说夹着刘红云就走。

“放下我，放下我。”刘红云突然一边叫一边挣脱。

“你想干啥？”赵石头急忙把刘红云放下，怯怯地问。

刘红云也不说话，急匆匆爬到李秀娟的尸体前，在李秀娟的身上摸索了一阵子，摸出了李秀娟保管的那块丝巾，揣在怀里，回头看了看警觉地注视着周围的赵石头喃喃地说：“好像没敌人了。”

"完事了？"赵石头冷冷地问。

"嗯！"刘红云望着一脸严肃的赵石头，怯怯地点了点头。

赵石头也不接话，上前两步弯腰夹起刘红云连走带跑来到路下的树林里。他把刘红云轻轻地放在一块平整的石头上坐好，又去数马，数着数着，发现了四个驮货的马鞍，高兴地冲刘红云喊道："没事儿了，有四匹驮货的马，一场虚惊。"

"我想，要是有人，他们不开枪也出来了。"刘红云终于松了一口气，接着说："咱们回去安葬他们吧。"

"中。"

赵石头又将马连成一串拉到刘红云身边。

"你要这么多马干什么？"刘红云问。

"去换孟春桃。"赵石头说完，看着刘红云关切地问："会骑马吗？"

"会。"刘红云重重地点了下头。

赵石头把刘红云抱上马，带着马回到那块充满血腥味的战场。一路上，他像上次打罢马队之后一样，见一个还乡团的尸体，捡一把枪，搜出一些子弹。

到了现场，刘红云看着李秀娟的尸体，泪如泉涌。

赵石头默默地抱起李秀娟的尸体放在一个马背上，又去抱杨文彬的尸体。

"不在这儿葬。"刘红云哭着问。

"不在。"赵石头深沉地说："找个好地方。"

赵石头和刘红云带着马队，驮着李秀娟、杨文彬以及杨文彬那个随从的尸体，向老庙村走去。

老庙村有玉仙圣母庙等大小几十个庙宇，八路军的被服厂原来就设在玉仙圣母庙内，那里人心向善，群众基础好，赵石头想到那里给刘红云找一户人家养伤，再筹些东西好好把李秀娟安葬了。他想，李秀娟为革命客死他乡，不能再草草地把她埋了；退一步讲，就是筹措不到东西，得不到帮助，老庙山里天然洞穴也多，既可以找一个山洞把李秀娟葬了，可以找一个山洞作安身之处；得安顿下来，让刘红云养伤，自己再到将军寨找孟春桃。

老庙村的人听到了回峪沟里的枪声，早早就把门关上了。有好事者藏在暗处，偷偷地观察周围的动静。他们看到了一男一女腰里插着双枪，带着长长的一个马队，驮着三具尸体，进村后挨个地敲门。可村里前天刚刚经过王雨霖的洗劫，谁也不敢出来，赵石头就站在村里喊："乡亲们，我们是商人，路过这里，被土匪抢了。家里的人被打死了，想求乡亲们帮个忙给埋了，我把马送给你们作报酬。"

赵石头喊了半天，也不见一个人出门。他知道，再喊也喊不出人来了。山里人虽穷，但是厚道，心实，不沾别人的便宜，更不会乘人之危。转而又想，老百姓要马干啥？别说养不起，就是养的起，王雨霖来了，也得给抢走，还不如杀了吃肉。想到这儿，赵石头又喊："乡亲们，我这马也没用了，留下两匹，你们杀了吃肉吧。"说完，把最后的两匹马拴在路边的树上继续向山里走去。

赵石头走到一块刚刚收过玉米还没有耕种的田地边停了下来。

这里是一个呈座椅状的山坳，背靠高高的香炉山，面临清清的玉仙河，左边是一道长长的山脉，犹如一条探身吸水的巨龙；右边是一个突出的山包，活像一只卧着的老虎，人称卧虎岭。山坳里有两个石洞。赵石头指着正面的那个石洞对刘红云说："你看，这地势就是风水先生所说的那种'左青龙右白虎，前朱雀后玄武'的风水宝地，就把她安葬在这儿吧？"

"好吧，把张淑珍的包袱也葬在这儿，她俩好有个伴儿。"刘红云说着，泪水又扑簌簌地落了下来。

"好。背靠青山脚蹬川，世世代代做大官。"

刘红云看了赵石头一眼，长长地叹了口气，接过话茬说："只可惜，她们都没有成亲，没有后代。"

"有。"赵石头说，"八路军的后代都是她们的后代。"

"对，共产党、八路军的后代，都是她们的后代，世世代代当大官，当家作主。"刘红云说，"就葬这里。"说着，就要下马。

"别，别动。"赵石头一边喊一边翻身下马。他上前把刘红云抱下马，抱到一块大石头前，扶她坐好。然后，对她说："你坐这儿给我警戒，我去安置一下。"

刘红云把两把手枪握在手里冲赵石头点了点头。

赵石头把李秀娟、杨文彬他们三个人的尸体一一抱下马，平放在田地里。然后，又把刘红云和他骑的马拴在地根的树干上。他骑的那匹枣红马，连带着那十三匹，在田地里排成一长串。赵石头怕后边的马踏了尸体，又把那串马拴在远处的一棵大树上。这些马或仰头看着这块陌生的土地，或低头啃着地里的枯草。

山洞在距玉米地根约两米高的石坡上，从玉米地到洞口有一条小路。赵石头没有走路，而是一跃跳了上去。他来到洞口，只见洞内地面平整，滚放着一些石头，洞体宽高相当，约三米，深约六七米，右边有个石坎，坎里垒了个石炕，石炕被人掀塌了一段。赵石头看了看，走进去，把散滚的石头在洞中央摆了一条线，把洞宽平均分成两份。又走出洞外，抱了几趟老百姓放在坡上的干玉米秆，铺在地上。然后回到刘红云身边，对她说："去看看吧，看合适不？"

"你看着办吧。"刘红云说。

"你是她们最亲近的人。"赵石头深沉地说。

刘红云好像意识到了什么，把枪插进腰间。赵石头上前抱她，她摆了摆手，扶着石头想站进来，痛得她倒吸一口凉气。赵石头没有说话，弯腰抱起她就走。

赵石头抱着刘红云到洞前看了看洞内，对刘红云说："就这条件，我再用石头把洞口封上，你看中不中？"

“嗯。挺好的，这样——，这样她们可以安息了。”刘红云的泪水像断了线的珠子怎么也止不住，哽咽着说。

赵石头把刘红云放在洞口的一块石头上坐下，回去把李秀娟尸体抱过来，平放在洞内的玉米秆上。然后，拎着两个包袱问：“咋弄哩[1]？”

刘红云没说话，示意赵石头把包袱拎到自己面前，把那个小一点的包袱掂起冲赵石头晃了晃说：“这是秀娟姐的，让她带走吧。”

赵石头接过包袱，轻轻地说：“不留点儿念想儿。”

“留在心里就行了。”刘红云说着抹了把泪，把那个大一点的包袱打开，从中取出一个小包袱，把那小包袱贴在脸上，嘤嘤地哭泣起来。

赵石头猜想，刘红云抱的那个小包袱一定是张淑珍的。他上前拉了拉包袱轻声地安慰刘红云说：“别哭了，有风，看哭坏了身子。”刘红云听了赵石头的话哭得更伤心了，死死地抱着那个小包袱不放。张淑珍生前虽然常和她斗嘴，可她俩的关系是最好的。她到太行医院后，一直和张淑珍住在一起，受到张淑珍不少照顾，两个人像亲姐妹一样。

赵石头站在刘红云身边，静静地看着她哭了一会儿，又轻轻地拉了几下包袱说：“别哭了，让她们安息吧。”

赵石头三番五次地拉那包袱，总算从刘红云的手中接了过来。他把张淑珍的包袱放在洞内辟出的另一块空地上，又到坡上抱了一捆玉米秆把李秀娟的尸体和包袱盖上，在他盖的瞬间，刘红云大喊一声：“秀娟姐——”失声恸哭起来。

赵石头在刘红云的哭喊中，搬起洞前的石头一块一块地垒着洞口。洞前的石头用完了，就跑到远处找，一趟一趟，正午时分，终于把洞口给封了起来。

赵石头对欲哭无泪的刘红云说：“没鞭炮，咱放几枪送送她们。”

“算了。”刘红云说，“枪声会引来敌人的。”

“不会。”赵石头轻轻地说，“山寨里的土匪不伤人，王雨霖的还乡团摸不清底细还不敢上来。”

“我要是他，一定追杀上来。”刘红云冷冷地说完，抬头看了看四周，拉一下赵石头说：“我们给她们鞠个躬吧，留着那些子弹打敌人。”

赵石头看着刘红云重重地点了点头。心想，刘红云受伤了，孟春桃还没有找到，眼下是走不了了，不知要停留多长时间？枪和子弹是应该省着点儿用。

赵石头扶着刘红云站起来，一起为死去的两位战友鞠了四个躬。

“秀娟姐、淑珍，你们安息吧！”刘红云哽咽着说，“淑珍，你如愿了，永远地留在这美丽的地方了。你们看到这么美的风景都不愿意走了，都留在这里了，都留——在——这里了……。我怎么办？我怎么办呢？”刘红云越说越激动，伏下身趴在洞前又伤心地哭了起来。

---

① 怎么办。

赵石头拉着刘红云说："好了，别哭了，别哭了。"

刘红云长跪不起，泪如雨注。

"走吧，走吧。"赵石头一较劲架起刘红云，把她拖到了田地里。

"我们去哪儿？"刘红云哽咽着问。

"先找个地方，你休息一下，我上将军寨找孟春桃。"

"孟春桃在将军寨？"

"我抓了个土匪，他说的。"赵石头低沉地说。他不想说，孟春桃是让凤屏寨送给牛半山做女人了。

"我和你一块去。"

"不中，将军寨忒高，路不好走，你的腿不中。"

"那，你去吧，我在这里陪陪她们。"刘红云想到自己不能走路，看了看刚刚封起的山洞，喃喃地说："你天黑前赶回来，到这里找我。"

"不中，这里危险，万一有敌人来，连个掩体都没有。"赵石头说。

"你不是说山寨里的土匪不伤人，还乡团现在还不敢上来吗？！"刘红云想起了赵石头刚才说的话，就拿赵石头的话堵赵石头的嘴。

"那也不中。"赵石头说，"再也不能出半点儿差错了。"说着抱起刘红云就走。刘红云看着封起的石洞，眼里又涌出了泪水。

赵石头把刘红云抱到马上。

刘红云指着地根的另一个山洞说："你把我抱到那个洞里吧，又有掩体，又离她们近，我好守着她们。"

"不中。咱在这儿待半天了，肯定有人看见，说不定那片树林里就有一双眼睛看着咱们呢。"赵石头一边想着什么一边说，"我们得走得离这儿远一点儿。"

赵石头说得一点没错，他们的一举一动都被躲在玉米地对面树林里的大地主刘尚武看在了眼里。

第十一章

牛半山的脸色突然变得暗淡阴沉起来，他看着赵石头，低沉地说："兄弟，我实话告诉你吧，您娘，也让还乡团杀了。"

赵石头和刘红云一人骑着一匹枣红马继续向前走。两人转过山坳，走了一阵，突然发现右前方竖立一道宽约百米的绝壁，如刀削一般，直插云霄，绝壁上零散地长着参差不齐的松柏。那松柏或大或小，但都将脚插入石壁，紧紧地贴着石壁拼着命地向上直长，显得那么顽强那么倔犟，给生灵以无限的启迪。

走到石壁前，赵石头对刘红云说："等一下。"

赵石头翻身下马，向前走几步，把手中的缰绳交给刘红云，然后顺着一条小路轻快地向石壁下攀登。

石壁下的山坡很陡，壁前有一道一米多宽的平地，但已没了人工平整的痕迹。石壁上刻着千姿百态的佛像，这佛像使赵石头想起，这就是人们讲的千佛画像崖。赵石头没有来过这里，就顺着那条一米多宽的平台走过去，把石壁上的佛像看了一遍。准确地说，应该是把石壁周围的地形看了一遍。这石壁上的石佛不像黄河边石窟寺里的石佛，个个都有个小石窟，是凸形的，风吹得着，雨淋不着。这里的佛像都是刻在石壁表面，呈凹形的，所以人们称其为壁画。这些壁画不知经历了多少年的风吹雨打，个个都给世人一种沧桑感。平台下的山坡上灌木和荆棘交织生长，枝缠藤绕，草深叶茂，根本没有人下脚的地方。通往石壁的路就那么一条，而且这么大的石壁只有路口一个山洞。洞口已被人用石头砌成了窑门那么大。石壁的正面是一片开阔的大山谷，谷深岭远，一座座小山似一个个善男信女，在面壁朝拜众佛。群山混合着深绿、浅绿、深黄、浅黄、深红、浅红色的植被和裸露的白石，在阳光的直照或辐射下，呈现出万紫千红、五彩缤纷的景象。

赵石头走进山洞。洞内面积很大，宽、高约三、四米不等，深不见底。赵石头眨眨眼，向前摸着走，走着走着眼睛适应了，前后看看，洞深约二十米。他仔仔细细地把洞看了个遍，洞底非常潮湿，有些钟乳石上还挂着水珠。洞口比较干燥，有人为放置的石炕、石桌、石凳，还垒有用于生火做饭的灶台。洞壁上，有许多刻画。洞口处有两米多宽，被人用石砌起，留了个一人多高一米来宽的门洞。坐在洞门口，把两边的平台和壁下的小路看得一清二楚，无论哪里发生一点动静，都逃脱不了洞口观察者的眼睛。

赵石头把石洞和石壁周围的地形仔细地看了一遍，然后，顺着小路一蹦一跳地跑下去，跑到刘红云跟前，激动地指着小路说："看见这条路，我就想上面可能有山洞，果然有。"

赵石头又向脚下的大道前后看了看，对刘红云说："这上面比较理想，只要有枪有子弹就能守得住。"他说着先把自己的枣红马拴在路边的灌木上，然后把刘红云抱下马，蹲下去说："我背你。"

刘红云没有说话，身子向前一倾趴在赵石头的背上，双手搂住了赵石头的脖子。她想，自己虽然是个姑娘，但是已经让人家男人抱来抱去了，又是同志关系，背着又有什么呢？

赵石头背起刘红云，一手兜着刘红云的屁股，一手牵着刘红云的马，慢慢地上了小路。刘红云担心地问："马能上去吗？"

"能。"

赵石头把刘红云背到洞口，将刘红云放下，指着石壁上的壁画说："这是千佛画像崖。我也是第一次来这儿。你看看，不知是啥年代刻的，据说有一千个佛像，个个栩栩如生。"

刘红云扶着赵石头看了看石壁上的画，单腿跳了两步跳到了墙根，扶着石壁看周围的风景。准确地说，她也是在看地形。

赵石头把马牵进山洞，又搬一块石头放在洞口处，对刘红云说："你坐在这儿，周围有啥动静，都能看见。"

赵石头说完，又跑下坡，把包袱和缴获的枪及子弹从马背上卸下来。他回到洞内，把东西放在石炕上，然后走出洞对刘红云说："我去弄点儿秫秫秆儿[①]。"

赵石头走到一块玉米地，解下马的缰绳，结结实实地捆了一捆干玉米秆。回到山洞，赵石头把玉米秆分成两份，一份捆起来竖在了门口，另一份铺在石炕上。他按了按石炕上那层厚厚的玉米秆，又打开包袱在上面铺上了两件衣服，对刘红云说："你挺[②]上去歇一会儿？"

"不，我不想躺。"刘红云单腿蹦到炕前，坐在炕沿上，打开包袱，取出张三旺给他们的干粮说："吃点儿东西吧。"

"我不想吃。"赵石头说，"你的伤咋样？"

---

① 干玉米秆儿。
② 躺。

“打腿肚儿上了，没伤着骨头。”刘红云把受伤的右腿抬到炕上，一边摸一边说：“我看是个跳弹，钻进肉里了。”

“那可咋弄哩[1]？”赵石头着急地看着刘红云，像是自言自语又像是对刘红云说：“这山里也没仙儿[2]，没，没医生。”

“我就是。”刘红云淡淡地说。

“你不是游击队员吗？”赵石头惊异地问。他清楚地记得刘红云说自己是白洋淀的，游击队员。

“我是来学卫生员的，看多了，也就成医生了。”刘红云脸上露出一丝淡淡的笑。她摸了摸自己的伤腿，一边想一边说：“有把刀子，我自己就能把它挖出来。”

赵石头听到刘红云说刀子，下意识地摸了摸他身上那把救命飞镖，感觉它虽然锋利，但用它取刘红云腿上的子弹太大了。他用他那小而聚光的眼睛瞥了刘红云一眼，把装衣物的包袱放在刘红云身后的炕头，拍拍包袱说：“你还是挺一会儿吧。”

刘红云抬起头看了赵石头一眼说：“我真的不想躺。你，还是吃点儿东西吧。”

“我不吃。”赵石头摇了摇头说，“你要是不想睡，就坐在洞口。我到将军寨去一趟，把孟春桃找回来，她是医生。”

“她不是医生。”刘红云摇了摇头说，“是卫生员。”

赵石头一怔，淡淡地说：“不管是啥，早点儿把她找回来，也好照顾你。”他说完，不自然地看了看刘红云，喃喃地说：“她丢了，我这心，心里空落落的。”

“找不到她我也着急。”刘红云听了赵石头的话，脸上掠过一丝阴云，低沉地说。她看着愁眉不展的赵石头，又拿起干粮，轻轻地说：“吃点儿吧，早就过点儿了，你又干了那么多活——。”

“吃不下。”赵石头摇摇头低沉地说：“你要是没啥事儿，我趁早去，天黑之前就赶回来了。”

赵石头看刘红云不说话，抿了抿嘴，又说：“你别怕，就坐这儿。”他说着把自己包袱里的两件衣服拿出来，垫在门口他刚才摆的那块石头上。又从石炕上拿起手枪，退弹夹、上子弹、打保险地忙乎了一通，将十几把手枪都装满了子弹，在石桌上摆成两排，然后拿起两把放到门口的石头前，转身对刘红云说：“你看住门口这条路，再注意点儿左边那节石崖就中了。石崖那么高，一般人不会从那儿下来。即是有人从那儿下来，这么远的距离，有枪，他也难接近你。”说着又走到炕前抓了两把子弹，一边往兜里装一边向洞外走，边走边说：“我尽快回来，回来给你取子弹。”

刘红云瞪着一双大眼睛怔怔地看着赵石头，不说话。她看着他走出洞门，跃上小路，便急忙从石炕上跳下来，单腿蹦到门口，依着墙望着赵石头那矫健的身影在山坡上一蹦

---

① 怎么办。

② 医生。

一跳地跑，泪水一下子夺眶而出。

赵石头跑下小路，骑上马沿原路奔去。刚转过弯，就依稀听到有人哭叫，仔细听辨，那声音来自丘葬李秀娟的墓地。他心里纳闷，李秀娟和张淑珍这里没有亲人，况且刚刚下葬，除了他和刘红云之外，没有第三个人知道啊！赵石头本来就是上墓地去的，那里有他缴获的马，还有杨文彬和杨文彬随从的尸体。想起杨文彬，他蓦然猜想，是将军寨的人，是将军寨的人发现了杨文彬的尸体而痛哭出声的？

想到这儿，赵石头打马向前。他远远看到墓地里有人影晃动，而且是在杨文彬的尸体旁边。

赵石头远远勒住马，冲玉米地里的人喊："是将军寨的人吗？"

玉米地里的哭声戛然而止，众人举目向赵石头张望。

"赵队长。"留着阴阳头的土匪认出了赵石头，带着哭腔喊："俺二当家的——被人打死了。"说着又痛哭起来。

赵石头也认出了阴阳头，就是在将军寨看到的那个报信人。他打马上前，冲众土匪一抱拳说："弟兄们，别哭了，我就是来送杨二掌柜回寨子的。"

"赵队长，是不是还乡团干的？"阴阳头用手捋了一下他那阴阳头冲赵石头大声问道。

"是。"赵石头说，"还乡团的马队。"

"妈的，又是还乡团。"阴阳头咬牙切齿地说着，重重地把拳头打在大腿上。

"赵队长，俺二当家的是陪你办事儿哩，你咋好好哩，俺哩人都——。"光头一摇一摆地走到赵石头面前，瞪着一双虎目盯着赵石头，用怀疑的口吻问。

"幺儿[①]女八路也被他们打死了。"

"尸首哩？"光头看了看杨文彬的尸体，用怀疑的眼光盯着赵石头问。

"在那儿。"赵石头一边说一边指向地根上的山洞。

光头二话不说跑向山洞，几个土匪也随后跑了过去。他们就着洞口的石头缝向里边吃力地看，里面黑洞洞的什么也看不见，光头冲那几个土匪喊："让开，都挡着光能看见吗？！"

众土匪走开，光头借着旁边石缝通过的光向洞里看了好大一会儿，说："是有两排秫秫秆，像是丘着俩人。"

"是，丘着俩人。我都闻见血腥味了。"另一个土匪趴到洞前看了一会儿说。

"是有血腥味。"一个土匪附和着说。

"瞧，这石头是新垒的。"又一个土匪摸着封洞的石头说。

光头扫了一眼众土匪，纵身跳到地里，跑到赵石头面前说："洞里丘的是俩人。"

---

① 念 yò，一个。

赵石头看了一眼山洞，痛苦地说："幺儿没尸骨。"

"没尸骨？"光头看着赵石头不解地问。

赵石头冲光头点了下头，对光头也是对众土匪说："叫凤屏寨的人给逼得跳崖了。"

"狼窝，跳进狼窝了？"光头瞪大眼睛问。他知道，凤屏寨下有个狼窝，凤屏寨的人受罚，最重的就是扔下寨崖喂狼。

"你咋把她给丘这儿了？"光头看了看山洞说。他还是不大相信赵石头。

赵石头无奈地摇摇头说："没法子，村儿里人都不敢出来帮忙。"

"我们帮你埋。"光头接过话茬儿说。他说这话时，把目光聚向赵石头的眼睛。他想以此证实，赵石头说的是真还是假。

"算了。"赵石头深情地看了看那丘着女八路尸骨和遗物的山洞，低沉地说："丘好了，就让她们安静一段时间吧。"他抿了抿嘴，摇摇头，抑制住涌上眼眶的泪水，喉咙干咽了几下，接着说："等八路军回来了，再厚葬她们。"

"赵队长，不是还有幺儿女八路吗？"光头看着赵石头的眼睛问，"她在哪儿？"

"走了，我刚给她送走。"赵石头冷冷地看了一眼光头说。

"去哪儿了？"光头直盯着赵石头的眼睛问。

"这个——"赵石头冷冷地用嘴角笑了笑，看了看趿趿拉拉地从墓前回来的土匪，对光头说："走吧，护送杨二当家的回寨子，我要面见牛寨主。"

光头看了看赵石头，心想，我就是想拿你回去向牛寨主交差呢。他将手一挥，像是回答赵石头又像是对土匪们说："中，走。"

阴阳头又捋了下他那阴阳头冲土匪们大喊："走。"

土匪们把杨文彬及其随从的尸体抱上马，带着赵石头缴获的马匹，跟在赵石头的马后向将军寨走去。

赵石头一行来到将军寨下，光头和阴阳头嘀咕了一阵，阴阳头对赵石头说："赵队长，我先走一步，给寨主禀报一声。"

"中。"赵石头的话音未落，阴阳头已打马向前奔去。

此时，牛半山正背着手焦躁不安地在寨子里转悠呢。

上午，杨文彬派回来的人刚向牛半山汇报过，就听到回峪沟传来了枪声。这枪声使牛半山产生一种不祥的预感，回峪沟是杨文彬和赵石头从凤屏寨下来的必经之路，正常行走此时杨文彬他们也正好走到回峪沟，那里响起了密集的枪声，他能置若罔闻吗？一来，杨文彬是他的得力助手，若有个三长两短，他等于失去了左膀右臂。二来，赵石头的走留死活，关系到孟春桃的去留问题。回来的人报告说，赵石头已经知道孟春桃在将军寨了，回凤屏寨只是核实一下。张三旺和王长贵是不会告诉赵石头事实真相的，凤屏寨其他的人会不会告诉赵石头就很难说了，不知道他们能不能封得住所有人的嘴。赵石头回凤屏寨了，很可能没遇上枪战。也可能回来了，后面的枪战是他制造的。如果是这样，赵石头是死了还是活着？牛半山不得其解，就立刻派阴阳头和光头他们前去打探。阴阳头是个拚命三郎，打起仗来不要命，枪法与赵石头不差上下。光头是个机灵鬼，干什么事儿都有自己的主意，而且对他牛半山非常忠诚。他派他们两个人去，是有意要锻炼一下他们，不管杨文彬回来还是回不来，以后是不能什么事都指望着杨文彬一个人去办了。

"牛赖。"孟春桃跑过来对牛半山柔声细气地笑着说，"你都转悠一个小时了，想什么呢？"

"啊，没事儿。没事儿转转身体好，身体好。"牛半山强装笑颜应付孟春桃说。

"我才不信呢。"孟春桃收起笑容，柔声细气说："自从你上午听到枪声就没有安宁，是不是出什么事儿了？"

"我也不知道。"牛半山看了看孟春桃，叹口气说："但愿没事儿。"

"当家的，回去休息吧。"平头跟在孟春桃的身后走过来，听了他们的对话插嘴说。

"报——。"阴阳头远远看见牛半山，泪水就止不住地涌了上来，一边向牛半山跟前跑一边带着哭腔喊。

"咋了？"牛半山从阴阳头的跑步和声调中已经预感到情况的不妙，沉着脸冷冷地问。

"当家的，二当家的，被，被，被还乡团，打死了。"阴阳头说着泪水就像断了线的珠子，噼噼啪啪地掉了下来。

"啥呀？你再说一遍。"牛半山终于没能控制住自己，急切地问。

"二当家的被还乡团，打，打死了。"阴阳头泣不成声地说。

牛半山尽管早有思想准备，但是听到阴阳头的报告后，还是气得浑身哆嗦。他咬着牙说："妈的，王雨霖！"

"当家的，叫我带人下山把他的乡公所平了。"阴阳头擦了把眼泪愤愤地说。

"看来，他真把枪口对准咱了。"牛半山看了阴阳头一眼，很快冷静下来，阴沉着脸一边思索一边说。

"不是是啥？"阴阳头说，"他夜儿个[①]杀了咱五儿弟兄，今儿个又杀了二当家的，这不是成心跟咱干是啥？！"

牛半山又看了一眼阴阳头，没有说话，咬了咬嘴唇。

"当家的，你就让我今儿黑[②]带人下山，提回王雨霖的狗头祭奠二当家的。"阴阳头继续请战说。

"看来，王雨霖是想占这浮戏山，先拿咱开刀哩！"牛半山若有所思地说。

"恁些[③]小寨他不打，打咱，找死呀他？！"阴阳头愤愤地说。

---

① 昨天。

② 今天晚上，或今天夜里。

③ 那么多。

“你不懂。”牛半山看了看阴阳头，平静地说，“他玩的是三十六计，擒贼擒王。”

“那咱就给他来个‘先下手为强’。”平头接过话茬说，“咱把十几个山寨集合起来，下山灭了他。”

牛半山又瞥一眼平头，把目光落在孟春桃身上，皱起眉头说：“把夫人带回去休息吧。”

“我不。”孟春桃翘着舌头说，“你以后不能对我说‘夫人’两个字，我还没有答应嫁给你呢。”

“中，中。我不说。”牛半山强装笑脸，推着孟春桃的后背说：“乖，回去吧，我还有重要的事儿要办哩。”牛半山一边推孟春桃一边冲平头使眼色，平头心领神会地冲牛半山点了点头。

“我不回去，我留下来可以帮你。”孟春桃的声调虽然像个长不大的孩子，可她的思想非常成熟，思维也很敏锐。她想留下，是想多了解一下寨子外面的事情，她特别想知道李秀娟她们的情况。

“不中。”牛半山很严肃地说，“你没有嫁给我，就是外人。寨子里的事儿，有些是不让外人知道的！”他说着，又看向平头，平头又心领神会地冲他点了点头对孟春桃说：“走吧，夫人。”

“谁爱管你的破事儿。”孟春桃假装生气地朝自己的小木屋走去，平头急忙跟在她身后。牛半山冲着平头的身影喊：“照顾好夫人。”

“是。”平头转身一边退着走一边答。

“谁是你夫人？不许你这么叫！”孟春桃回过头愤愤地冲牛半山说。她本想，她一装作生气，牛半山就会哄她让她留下，谁知牛半山不吃那一套，弄得她真生气了，一甩头，气哼哼地走向自己的小屋。

牛半山也不理会，转过身问阴阳头：“赵石头死了没有？”他将上午的枪声分析来分析去，总觉得赵石头没有死。

“没有。”阴阳头说，“他打死了十几儿[①]还乡团，又牵来十几匹马。”

“我要恁些马弄啥哩[②]？”牛半山有点生气地问，“他人呢？”

“谁？”

“赵石头啊。”牛半山有点着急地说。

“他来了，估计快到寨门口了。”阴阳头看着牛半山有点不解地回答说。

牛半山看了看孟春桃的小木屋像是自言自语又像是对阴阳头说：“果然不出我的所料，他没有死，他真的来了。”牛半山突然又问阴阳头，“他来几儿人？”

“幺儿[③]，就他幺儿人。”阴阳头说，“他说，死了俩女八路。”

“死俩？”牛半山眼珠一转，瞪着阴阳头问，“那幺儿哩？”

---

① 念 jè，几个。

② 干什么。

③ 念 yò，一个。

“哪幺儿？”阴阳头一头雾水懵懵懂懂地说，“他就说死俩啊。”

“中了，中了。”牛半山想到阴阳头确实不知道内情，就对他说：“快去安排，全寨举丧，迎接二当家的。”说完，大踏步地向寨门口走去。

牛半山走到靠近寨门的一个兵房前，冲着兵房里喊：“李勇，李勇。”

“到。”从兵房里随声跑出一个留着大包菜头的土匪，在牛半山面前站定，看着牛半山的眼睛，不亢不卑地问：“大当家的，有啥吩咐？”

“带上一个班迎接二当家的。”牛半山一边说一边向寨门口走。

“是。”李勇看了一眼牛半山，冲兵房喊：“一班，跟我来。”喊完紧走几步追上了牛半山。

牛半山带着一班人马还未走出寨门，就看见赵石头等人带着杨文彬的尸体来到寨门前。牛半山一看到杨文彬的尸体，就大叫一声：“哎呀呀，兄弟，兄弟啊，大哥接你来了。”张开双臂痛哭着向寨门外奔去。他趴在杨文彬的尸体上，摸着杨文彬那满身的血迹，一边哭一边喊：“兄弟，你死得好惨啊。”

众土匪见状，也不知是谁死了，“扑通通”全都跪下不知所以然地哭起来。

“二当家的，你咋就走了啊。”

“二当家的，啊，啊，啊……。”寨子里突然传出众人的哭叫声。阴阳头带着一队身着孝衣的土匪哭着向寨门口走来。

“二当家的——，啊，啊，啊……。”跪着的土匪听到寨子里的哭声也慢慢迷盹过来，知道是杨文彬死了，哭得更痛，声音也更大了。

赵石头上前拉起牛半山，沉重地说：“牛寨主，别太伤心了。您要保重，节哀顺便啊。”

“赵队长，你不知道啊，他们打死文彬，就是要我的命啊！”牛半山哭着拉着长腔说。

“牛寨主，你一定要挺住，整个山寨都靠您哩，山里十几个寨子也都看着您哩。”赵石头劝解牛半山说。

“文彬啊，你心疼死大哥了。”牛半山又扑向杨文彬的尸体痛哭起来。

“快，把牛寨主扶回去。”赵石头冲光头等人说，他知道光头是牛半山的内侍心腹。

“当家的，走吧，回万寿堂再说。”光头上前扶着牛半山说。

“混账，你看看你们，咋能这样哩？咋不弄个担架抬着哩？！”牛半山指着杨文彬搭在马背上的尸体生气地骂光头。

“是，快去找担架。”光头冲土匪们喊了一声。

“是。”李勇应声从地上爬起来向回跑去。

“牛寨主，您别生气，路远，没办法。再说，也没有担架。”赵石头既是安慰牛半山又是替光头他们说情。

“唉——。”牛半山长长地叹了一口气，摇摇头，哽咽着对赵石头说：“你是不着[1]啊，

---

① 念zháo，知道。

赵队长，镇[1]大个寨子，没幺儿治事儿[2]哩，没幺儿像文彬这样哩啊。”

“那是您用他用惯了。”赵石头指着光头和阴阳头说：“我看他俩都挺治事儿的，您老多重用一下就中了。”

阴阳头用感激的目光看着赵石头，当他的目光与赵石头的目光相对时，微微地冲赵石头点了下头。光头一直用敌意和怀疑的目光看赵石头，听了赵石头的话，眼神也变得温和多了。

牛半山看了看阴阳头和光头，像是回答赵石头的话，又像是自言自语，更像是对阴阳头和光头说：“是，是该重用他们了。”他又指着杨文彬的尸体说：“你看看，人都死了，还不叫他安生。”

阴阴头和光头看了一眼马背上驮着的杨文彬，都低下了头。

赵石头搀扶着牛半山说：“别嚷[3]他们了，咱还是商量一下后事吧。”

“哎呀呀，赵队长，你看我，失礼，失礼。”牛半山挥袖擦去泪水，冲赵石头抱了抱拳说，“请，请。”做了个“请”的手势。

赵石头也冲牛半山抱了下拳。

阴阳头和光头也不约而同地冲赵石头摆了下手作了个“请”的姿势说：“请。”

“啊，我给你介绍一下。”牛半山指着阴阳头说，“赵狮子，你们一家子。”又指向光头说，“这个王老虎。好记，蓬头狮子，光头虎。”

“哎呀呀，不说不知道，原来是您的狮虎二将啊！”赵石头冲阴阳头和光头抱了抱拳说。

“兄弟你说的没错，是该重用他们了，你抽空帮哥哥调教调教。”

“不敢，不敢。”

“悉听赵队长指教。”阴阳头感激地冲赵石头抱拳说。

“多指教。”光头也冲赵石头抱拳道。

“牛寨主，你这狮虎二将定能成为你的左膀右臂。”

说话间，赵石头见牛半山已经起步，就与他并肩向万寿堂走去。

“兄弟啊，伤着了没有？”牛半山关切地问赵石头。

“没有。”赵石头摇了摇头说。

“真是打不死的赵石头啊。”牛半山又上上下下地打量了赵石头一番，一边点头一边说。

“事情是这样的。”赵石头说，“俺厮跟住[4]出了凤屏寨，我突然想起一件事，又回去了一趟。没想到，他们先走一步，就中了还乡团的埋伏。”赵石头不知道杨文彬已派人给牛半山送了信，而牛半山是不知道杨文彬怎么中了埋伏。

---

① 这么。
② 懂得事情怎么办，并积极主动去办。
③ 批评，数落。
④ 一起，一块，一同。

“噢，是这样。”牛半山若有所思地说，“那，那几儿[①]女八路哩？”

“牺牲了俩。”赵石头低沉地说。他见牛半山盯着自己，知道牛半山在等下一句，自己不说，他就问了。所以，就撒了个谎说：“幺儿失踪了。”

“叫还乡团抓走了？”牛半山故作惊讶地问。

“不着。”赵石头摇了摇头，看了一眼牛半山，轻轻地说，“我追下去，打死他们十几儿，有幺儿骑马跑了。”

“啊，坐，坐。”说话间，两人已经走进万寿堂，牛半山指着凳子对赵石头说完，走到自己的桌子后坐下。

卫兵立刻走上来倒茶。

牛半山先呷了一口茶，看了看赵石头说：“妈的，还乡团咋就盯上您了？”

赵石头也呷了口茶，看着牛半山的脸说：“不瞒您说，我也在琢磨这事儿。”他又端起茶喝了一大口，接着说：“按理说，夜儿个[②]我搅了法场，打散了他们的马队，他们是不可能在今天进山的。就是进山搜剿，从凤屏寨下来一帮人，他们不问清红皂白就往死里打，也不合情理。还有，我追下去时，听到他们喊‘把赵石头打死了’，这说明他们事先着我一定在那群人里，就是没人认识我，没有看出我不在里面。所以，我认为他们是专门伏击我的。”赵石头又喝了一口茶。他确实是太渴了，不喝水还不觉得怎么渴，喝了却感觉更渴。他一口气将水喝完，把水杯朝站在一旁侍候的小土匪举了举，那土匪就赶快上来倒水。

“这么说，你是上山兴师问罪来了？”牛半山听了赵石头的话，不高兴地把脸一沉问。

赵石头一怔，不解地问：“您这话是咋说哩？”

“你看你是咋说哩？他们是专门伏击你的，着你在那群人里边，又不认识你。照你这么说，我的嫌疑不就大了？”牛半山说完盯着赵石头，他要看赵石头有什么反应。赵石头瞥了牛半山一眼，又端起杯子喝茶，静等牛半山后边的话，看他如何解释。

牛半山见赵石头不说话，就越发生气地说：“你说，就我将军寨的人知道你上凤屏寨要人去了。你们从凤屏寨下来中了伏击，不怀疑我将军寨给王雨霖报信还怪哩？！”牛半山见赵石头还在低眉不紧不慢地喝茶，更气了，激动地站起来，声音提高了八度，愤愤地说：“你说，要是我报的信，还能把杨文彬包进去吗？！”

赵石头放下手中的茶杯，用他那极具穿透力的目光扫了一下牛半山，抬起手冲牛半山向下压了压，轻轻地说：“大哥，白[③]急，您坐下，听我说。”

牛半山听到赵石头叫他“大哥”，也不好再发作，就坐下来，端起了茶杯，用眼睛斜瞟着赵石头。

赵石头接着说：“要不是夜儿个我在法场上遭伏击，我没准真要猜疑你。夜儿个，我

① 念jè，几个。
② 昨天。
③ 别。

遭到伏击，黑蒙儿[①]见了阎王，就想可能是凤屏寨的人向王雨霖报了信儿。今儿个，他们遭到还乡团的伏击，使我断定凤屏寨和还乡团勾结上了。”

“这个——”牛半山一边思索一边说，“不可能呀。那王长贵霸占了王雨霖的三姨太，这夺妻之恨王雨霖不会轻易咽肚的。”

“这个您就不着了。”赵石头说，“王长贵今儿个和王雨霖的三姨太举行婚礼。”

“啥呀？”牛半山瞪大眼睛问，“他在王雨霖回来前就把那娘们弄上山了？”

“我看不像。”赵石头说，“要是那样，王长贵就不抢那几儿女八路了，他咋说也是凤屏寨的当家人，懂得山里的规矩。我想，王雨霖能派人到你的寨子里来拉拢你，就不会到别的寨子里拉拢别人？”

“那你说，王雨霖是把三姨太送给王长贵了？”

“我看像。”赵石头看了一眼牛半山说：“伏击我们的可能就是送亲的人。我点了缴获的马匹，多了四匹驮东西的马。”

“你是说，送亲的人在你们出凤屏寨前先下山埋伏好了？”

“我想是这样。”赵石头说：“从时间上看，我们到凤屏寨后，他们派人给王雨霖送信，王雨霖再派还乡团来埋伏根本就来不及。从现像上看，我们到了以后，张三旺没有在聚义厅招待我们，而是直接把我们领到了他住的屋里。王长贵一直没露面，我们将要走的时候他才急急忙忙地跑出来见我们。这说明，聚义厅里有客人，而且是王长贵作陪的。后来我才想明白，王长贵为啥要竭力挽留杨二当家的在凤屏寨喝酒了。因为，他们伏击的是我而不是杨文彬。”

“原来是这样。”牛半山若有所思地说，“这说明王长贵还是不愿意杀文彬的。”

“我想，应该是。”赵石头看着牛半山点了点头说。

“可是还乡团就不同了。”牛半山看了看赵石头，呷了口茶一边想一边说：“还乡团的人也一定知道文彬在里边。”

“这，我就说不清了。”赵石头看着牛半山眼睛里流露出一种让人琢磨不透的光。

“他们肯定知道。”牛半山瞪着眼睛盯着赵石头说，“你们上山是要通报的，一般是先通报王长贵，由王长贵报告张三旺。张三旺在自己的屋子里接待你们，临走时王长贵才跑去见面。这说明是王长贵和还乡团一起密谋伏击你们的，也是王长贵安排好了一切才去见你们的。王长贵——”牛半山用右手托着腮帮子一边思索一边说，“他竭力留文彬喝酒，是不是在拖延时间？”

赵石头沉思了半天，冲牛半山点了下头说：“挽留嘛，总是要耽搁一些时间的，也有可能。”

“这就对了。”牛半山看着赵石头说：“王长贵本意不想杀文彬，可还乡团是铁了心要伏击你们，明知文彬在里边也要打。”

---

① 差点儿。

“他王雨霖就不怕得罪您？”赵石头看着牛半山的眼睛问。

牛半山端起茶杯喝了一口茶，站在一旁伺候的小土匪急忙上前为他续水，他看了一眼小土匪说：“他们是有备而来，一不做二不休。”

“啥意思？”赵石头的目光原本在来为他续水的小土匪身上，这时转向牛半山问。

牛半山的脸色突然变得暗淡阴沉起来，他看着赵石头，低沉地说：“兄弟，我实话告诉你吧，您娘，也让还乡团杀了。”

赵石头扶杯子的手抖了一下，看着牛半山，咬了咬牙，慢慢地说：“我已经预料到了，可是——”

“我着[1]你不好受，可这是事实。”牛半山用手抓住杯子，用力地抓了抓说：“你可以放心了，我派去的人，已经把您娘和您秀子安葬了。”

“谢谢大哥！”赵石头腾地一下站起来，走向大堂中央，冲着牛半山跪下就磕头。

“哎呀呀，兄弟，你这是弄啥哩[2]？”牛半山从座位上站起来，走上前拉着赵石头说：“使不得，使不得呀。”

“大哥的恩情，小弟实在是无法报答。”赵石头被牛半山拉起来，拉着牛半山的手激动地说。

“我们是兄弟，兄弟之间说这话就见外了。”牛半山放开拉着赵石头的右手，在赵石头肩膀上拍了拍说。

“那，那几个安葬我娘的兄弟哩，我要当面谢谢人家。”赵石头的眼里射出了期盼的光。

牛半山听了此话，放开赵石头，转过身，沉下了脸。向前走了两步，轻轻地说：“死了，全死了，全让还乡团给杀了。”

“全让还乡团给杀了？”赵石头看着牛半山的背影，惊得两眼瞪得溜圆。

牛半山转过身盯着赵石头点了点头说：“嗯，全被杀死在你娘的坟前了。”他看赵石头惊愕得一句话也说不上来，就一边踱步一边说：“王雨霖明明知道他们是我将军寨的人，还公然把他们全杀了，说明他根本就没把我放在眼里。他要与我作对，我偏偏给了他机会。两次，两次都让我打烂门牙往肚里咽啊。他够狠，够狠，夜儿个杀了我五儿人，今天又杀我俩人，居然把杨文彬给杀了。这就是我刚才说的，他们是有备而来，他们一不做二不休！”牛半山说着踱着，不知是说给赵石头听的还是说给自己听的。

“都是我连累了大哥。”赵石头有点自责地说。

“话可不能就咤[3]说。”牛半山站定，看着赵石头说：“该来的，迟早是要来的。”他自己心里清楚，要不是他想占有孟春桃，也就不会再有这些故事了。有这些故事，也并非是坏事儿，给赵石头这么大的压力，他就是知道孟春桃在将军寨也不会追寻了。况且，赵石头现在又成了孤家寡人，说不定能归他所用呢。赵石头要是归了他将军寨，他就如

① 念 zháo，知道。
② 干什么。
③ 这么。

虎添翼了。

牛半山想到这儿，叹了口气说："兄弟，你下步有啥打算啊。"

赵石头看了看牛半山迟疑了片刻说："我想先下山祭奠一下老娘和水仙，然后再做计宜。"

牛半山抿了抿嘴说："既然我们走到了一起，你镇暂儿[①]又成了孤身一人，不如就留在我这里，帮大哥一把。文彬走了，我就像失去了左右手，急需兄弟这样的人才啊。"

赵石头瞥了一眼牛半山，不紧不慢地说："谢谢大哥的美意，我镇暂儿不能答应你，组织上交给我的任务还没有完成哩，待我完成了再考虑吧。"

"还有任务？"牛半山问。

"嗯。"赵石头点了点头。

"中，中。"牛半山抬起右手向下压了压说："先完任务，先完任务。有啥需要大哥我帮忙的吗？"

赵石头抬起头看了看牛半山，心想，我到将军寨来，等了你半天，等的就是你这句话，你终于说出来了。他压抑着心中的激动，不紧不慢地说："给大哥添了镇些[②]麻烦，我已经过意不去了，哪还敢再麻烦大哥。"

"你这是哪里话？既然认我作大哥，就甭给我客气。"

"中。"赵石头挺了挺胸脯，盯着牛半山的眼睛说："大哥，我不让你帮我别的，就求你把孟春桃放了。"

"孟春桃，啥孟春桃？"牛半山装出一副一无所知的样子。

"就是凤屏寨送给你的那个女八路。"

"女八路？我没见过女八路啊？"牛半山把手一摊说，"张三旺倒是送给我幺儿[③]女人，可不是女八路啊。"

"大哥，她就是我丢的那个女八路。"

"哎，你咋不早说哩？"牛半山一拍腿一脸遗憾地说，"我要早知道她是你护送的八路，夜儿个就让她跟你走了。"

赵石头心头一喜，没想到牛半山这么痛快，兴奋地说："那，镇暂儿，镇暂儿就让我把她带走吧？"

牛半山没有搭话，慢慢地站起来，一脸深沉地背着手在大堂里踱起步来。他一边踱一边说："唉，镇暂儿不中了，她已经是我的压寨夫人了。"

"你——"赵石头睁圆了双眼瞪视着牛半山。少顷，他低下头喃喃地说："那我得见见她。"

牛半山看着赵石头摇了摇头，见赵石头没有看他，就说："也好，你们是得见一见，

① 现在。
② 这么多。
③ 念yō，一个。

不过。”牛半山站住了，盯着赵石头说：“得等几天，七天以后，我一定安排你们见面。”

“七天？为啥？”

“你想，大哥我刚刚成婚，寨子里就死了七个人，晦气，晦气啊。大哥我信这个，掐算过，她七天之后才能与外人见面。”牛半山一边说一边看赵石头的表情。

“你这是咋说哩？”赵石头的心一下子凉了。

“兄弟，你放心，我决不会亏待她。”牛半山说了，又自嘲一句：“也是，都成自个儿[①]哩秀子[②]了，还能亏待她？”

“你真把她，那个了。”

“嗨，瞧你说哩。他们给我送来就是给我做秀子的！”牛半山一本正经地说。

“唉——”赵石头长长地叹了一口气。心想，这几个女人是延安领导的秀子，半路上给土匪当了压寨夫人，这叫啥事啊？！

牛半山看到赵石头的情绪那么低沉，就走上前拍了拍赵石头的肩膀说：“放心吧，七天以后我准让你们见面。”

赵石头心想，既然孟春桃已经嫁给了牛半山，也就没有生命危险了。牛半山坚持七天之后才让见面，自己待在寨子里也没多大意义，况且，刘红云还在千佛画像崖下的山洞里等着呢。想到这，赵石头冲牛半山说：“既然如此，我就不在这儿添乱了，七天以后我再来。”

“喝了汤[③]再走吧。”牛半山挽留赵石头说。

“不了，请大哥给我弄几把刀子。”赵石头想到为刘红云取子弹，又不知道用什么样的刀子好。

“是不是飞镖用完了？”牛半山拍了一下赵石头的臂膀说，“走，到铁匠那里。要啥样的刀你自己挑，再让他给你打点飞镖。”牛半山心里高兴，他没想到赵石头这么实心，这么好糊弄，等上七天，七天以后，孟春桃就真的成了他的压寨夫人了。他坚信自己有这个能力。

牛半山带着赵石头到铁匠那里拿了几把大小不一的刀和匕首，画了个“飞镖”的样子尺寸，让铁匠打好了，七天后来取。

赵石头告别牛半山，骑马朝千佛画像崖奔去。

---

① 自己。
② 妻子；老婆。
③ 吃了晚饭。

第十二章

赵石头太累了，上下眼皮直打架，但他不敢合上一眼，强打着精神注视着大灰狼……

刘红云依在洞门口看着赵石头一蹦一跳地走下山坡，忍不住泪流满面。她从内心里感到赵石头太累了，从心底深处敬佩赵石头。前天夜里，她没有被迷药迷倒，是让王长贵给点了穴才不能动弹的，但是，她心里很清楚。赵石头追上去，与王长贵的对话和战斗，她都清清楚楚。只恨自己动弹不得，要不然，她会像今天这样与赵石头配合把凤屏寨那伙人消灭干净。她真不知道赵石头是怎么说服土匪放她们的，如果赵石头去的不及时，也许她和李秀娟就被王长贵那些好色之徒糟蹋了。王长贵点了她们的穴，她们动弹不得，还不是任人摆布。赵石头那矫健的身体、百发百中的枪法、不知疲倦的干活和不凡的谈吐都让她由衷佩服。更可敬的是他对自己百般的呵护和体贴，心是那么的细，想得那么的周到，临走，不但把所有的枪都装满了子弹，还在门口放了个坐石，并在石头上垫上了衣服。她还从来没有见过这样勇猛又这样细心的男人，让人敬佩，让人心痛。

刘红云擦干了眼泪，坐在洞口赵石头为她垫有衣服的那块坐石上，从怀中掏出李秀娟和张淑珍保管的两块丝巾，拿在手里怔怔地看着，那紫红颜色就像似两位死难姐妹的血。

刘红云把两块丝巾打开，叠放在一起。两块丝巾大小一样，上面绣着精美的山水画，只是丝巾上的图案不同而已。张淑珍是抱着一死的信念把丝巾藏进她的内衣口袋的，多亏张淑珍没有带在身上，要不然，就会失去一块。那一块在孟春桃手里，赵石头不知能不能见到孟春桃，孟春桃不知把那块丝巾弄丢了没有。现在，三块丝巾都落在了她的手里，只要找到孟春桃，找到孟春桃保管的那一块，将四块丝巾合在一起，就是一幅完整的山水画，就是太平军的藏宝图了。她真不明白，当时，她们四个人怎么一致同意把丝巾平四份了，说是为了安全，分开管理，现在问题出来了，要是丢了一块，那藏宝图就不完整了，也可能就因为少了那一块，人们就永远无法找到那些宝藏了。

她们姐妹四个仔细研究了这幅藏宝图，可是怎么也没有弄清楚宝物藏在什么地方。现在，李秀娟和张淑珍走了，孟春桃的下落不明，这三块丝巾再也不能让它们分开了，就是牺牲了自己的性命也不能把它们弄丢了。老王说，这幅图比她们几个的性命都贵重。

刘红云解开上衣，从内衣里拆下自己保管的那块丝巾，把三块丝巾叠在一起，放进怀里藏好，一边想着心事，一边注视着四周。

太阳渐渐地移到浮戏山的西边，把光辉直照在千佛画像崖上，给佛像涂上了一层金色，绝壁上的松柏在阳光下显得更加翠绿挺拔。整个石崖以它那伟岸的身躯矗立在阳光下，面对众小山，大有君临城下之感。众小山背对太阳，显得有些暗淡，各色杂树却不甘寂寞地在阳光折射的光辉下拼出最后的力气争奇斗艳。山谷中的泉水不知疲倦地欢叫着涌向玉仙河，河水又把一个个深潭连成一串，翻着浪花向前奔去。山风时不时地吹上一阵，吹得山坡上的植物左右摇摆，吹得树叶发出“沙沙沙”的响声。

刘红云坐在洞门口静听着天籁之音。太阳直照在她的身上，烤得她暖洋洋的。她想，赵石头真会选地方，背靠立刮陡崖猴猿难攀的石壁，面对沟深岭远只有一条小道的山谷，她刘红云端着一把手枪坐在这里，再多的人也别想攻上来。想着想着，她掂起枪对准了小路的最远点。

刘红云掂着枪向前、向左、向右地试举了一会儿，把枪放下，将目光移向左边的石崖。那石崖距洞口四五十米，原本与千佛画像崖一体，崖顶的山势比洞上的山势低了许多。它没有像千佛画像崖那样一泻到底，而是分成两节，下边那节崖顶约一米来宽，上面长着两棵松树和一些杂草灌木。两节石崖高低相差不多，有十四五米，赵石头说的没错，一般人不会从那里走，就是有人从那里下来，刘红云这一把手枪也能把他们一一撂倒在这无遮无拦的平台上，根本接近不了山洞。

刘红云刚想到这里，突然发现一个黑影从高高的山顶一跃跳到了下边那节石崖上，打了个滚，又跳下第二节石崖。

刘红云一惊，提枪指向那个黑影，并用眼的余光注视着崖顶的动静。她已经从那第二跳里断定，跳下来的不是人，是一条狗。只见那条狗“呜欧”地叫了一声，站起来，又跌倒了。接着又站起来，一瘸一拐地向刘红云这边走来，走得很慢，走到了距刘红云有三四米远的地方，停下来，瞪着那双闪着绿光的眼睛看了看刘红云，一下子瘫在了地上。

刘红云看看左边的山顶上并没有动静，洞下的小路上也空无一影。她端起枪，仔细地观察面前这条狗，跟她在白洋淀养的那条“大青”几乎一模一样，一身青灰厚密的皮毛，肚子下长着一道白毛，犹如一身青灰色衣服压了一道白边。她天性喜爱动物，从小到大，别的女孩都怕狗，她却不怕，再凶的狗，她上前说几句话，那狗就跟她玩上了。

“大青”就是缴获小日本的战利品，通过她的训练，“大青”还立了大功呢。

刘红云静静地等了约十分钟，看看四周没有任何动静。冲那条大灰狗叫道：“喂，啧啧，过来，过来。”

刘红云一连叫了好多遍，那狗就是一动不动。她捡起一块小石头扔到狗的身边，那狗也不理会。她想，狗可能死了。就撑着石头站起来，扶着石壁单腿蹦到狗的面前。她蓦然发现那狗还活着，肚子一鼓一鼓的，那是喘息的标志。狗斜看着刘红云，眼睛眨巴着，闪着绝望的恐惧和微弱的祈盼。狗走过的地方抛洒着点点血迹，狗的身下渗着殷红的血。她知道，狗受伤了，但是，这条狗跟她不熟，她不能直接去抚弄它，她得先给它培养感情。

刘红云又扶着石壁单腿蹦着蹦回山洞，取出干粮，把一块烙饼送到狗的嘴边。狗用鼻子嗅了嗅，慢慢地闭上了眼睛。她见狗不吃烙饼，就取出张三旺送他们的那只兔子，撕下一块兔肉，叫一声：“大青，吃饭了。”把兔肉扔到狗的嘴边。狗又用鼻子嗅了嗅，抖出全身力气一口将肉吞进嘴里。她看着狗那贪婪吞食的样子，感觉到这个生命的可怜和无助，她又喂了一块，狗又挤足力气吞进嘴里。她高兴了，又撕下一块，一边扔到狗的嘴边一边抚摸狗的身子。那狗温顺地像只绵羊，在她的抚摸下，吞食着送到嘴边的一块块兔肉。就这样，她一块一块地喂，每喂一块都叫两遍“大青”，狗一块一块地吃，每次听到刘红云叫“大青”，眼睛都为之一亮。

刘红云在不知不觉中把那只兔子喂没了。她把空袋子在狗的眼前晃了晃，放在了狗的嘴边，狗又一下子吞进嘴里，嚼了嚼，又吐了出来，伸出长长的舌头舔那袋子。狗贪婪地舔了一会儿，就闭上了嘴巴，合上了眼睛。

刘红云又将烙饼送到狗的嘴边，狗还是嗅了嗅，没有吃。她收回袋子，用力推了推狗的身子，狗便自觉地把身子翻了翻。她将狗的身体检查一边，发现狗的左前腿伤了，大腿内外两侧被利器划伤，肉翻卷着，渗出殷红的血，小腿断了，失去了一小节，白骨裸露在外，骨周围的肉血乎乎的粘满了土。狗躺在地上勾着头舔着腿上的血。

刘红云又单腿蹦回山洞，取出她带的绷带，跪在地上给狗包扎，包扎好了，她也折腾出了一身汗。狗勾着头看了看包扎好的腿，“呜欧呜欧”地叫着，像个撒娇的孩子用头拱着刘红云的怀，刘红云推了狗一把，狗就伸出舌头舔她的手。那舌头湿湿的、软软的、温温的，舔得她痒痒的，舒心极了。她从救助狗的过程中感到了宽慰、感到了满足、感到了幸福。

终于，刘红云感到跪得累了，跪得她的膝盖发疼。她撑着地慢慢地站起来，蹦到洞门口坐了下来。狗也支撑起身子，用三条腿走路，跳到洞门口卧在她的面前。

刘红云一边抚摸着狗的皮毛，一边唠唠叨叨给狗说话，狗也“呜欧呜欧”地应和着她，陪她度着寂寞的时光。

“呜欧——，呜欧——。”狗突然轻轻地叫着用嘴拉刘红云的胳膊，刘红云挣脱了。狗再次用嘴叼她的衣袖，她又挣脱了，还装出要打狗的样子轻轻地在狗的头上拍了一下，笑着说："别淘气，再淘气，打你了啊。"

"呜欧——，呜欧——。"狗冲她摇了摇头，又用嘴叼她的衣袖。她不挣了，笑着对狗说："好，你叼吧，往那拉。"说着放松了胳膊，那胳膊就被狗拉向路口的方向。

刘红云不看便罢，看了大吃一惊。原来，小路上出现一个人影。那人背着一个大包袱，牵着一匹枣红马，正一步一步地向千佛画像崖攀来。

"赵石头回来了。"刘红云惊喜地叫出声来，她拍了拍狗的脑袋说："不怕，乖，是哥哥回来了。"刘红云说着撑着石块儿站起来，冲赵石头扬了扬手喊："哎——，赵——"

"喊啥哩喊？！"赵石头低吼一声，刘红云吓得吐了下舌头，低下头拍了拍狗的脑袋笑着说："对不起，妈妈差点犯错误。"

狗冲她"呜欧——，呜欧——"地叫着摇头。

赵石头走上平台，把马缰绳交给刘红云，背着包袱进了山洞。狗站起来躲在刘红云的身后，不敢伸头。

赵石头放下包袱，回转身要卸马背上的东西，突然发现刘红云身后的黑影，吓得他大叫一声："狼。"一把将刘红云拉进怀里，抬脚向那黑影踢去。那黑影机警地一跳，闪开了。

"什么狼？是狗。"刘红云挣脱赵石头说。

"狼。"赵石头看那物向后退了几步，一边喊一边掏枪。

"是狗。"刘红云拉住赵石头的手说："我们玩了一下午了。"

"玩一下午？"赵石头瞪大了眼睛问，"它没吃你？"

"你说什么呢？"刘红云说，"它是一只狗。这狗你可能没有见过，我在白洋淀养了一只，是从日本鬼子那里缴来的，可通人性了。"

"它是狼，不是狗。"

"它呀，叫狼狗。"刘红云把声调抬得高高的，摆出一副见多识广的样子。

"狼就是狼，啥狼狗？！"赵石头没好气地说。

"它确实是狼狗。"刘红云见赵石头那么认真，也认真地对赵石头说："它受伤了，我给它包扎好了，它就留下来不走了。"

赵石头看了一眼那物，只见它翘着那只扎着绷带的左前腿，三条腿站地看着赵石头，满目是乞生哀求的眼神。赵石头冷冷地问："它的腿是咋伤的？"

"这我哪里知道？"

"是不是前腿两边被刀子刮破了？"赵石头没好气地问。

"嗯。"刘红云点了点头说："小腿也断了，少了一节。"

"它是被猎人下的铁夹子夹住了，自己把腿咬断的。"赵石头愤愤地说，"俺这里打猎都下套子和夹子，只有狼被夹住后才会咬断自己的腿跑掉。"

"它不是狼，是狼狗。"

"是狼。"赵石头说着又要掏枪。

“不许你打它。”刘红云拦住赵石头说，“它可通人性了。刚才你回来，我没看见，还是它提醒我的呢。”

赵石头听了刘红云的话，再看那狼，狼冲他摆摆尾巴，仰仰头，一副自豪的样子。赵石头感到奇怪，要是狼，它围着一人转，是想乘机把人吃掉，可是，有了第二个人，它就会自己跑掉逃命。可是，它没有跑，难道它真的是只狼狗？赵石头见过狼狗，见过巩县城东首富新中村大财主张诰家里的狼狗，也见过张雨霖村公所里的狼狗，还打死过日本兵两只狼狗，但是，他没见过狼，只是听村里人说狼有多么多么狡猾，多么多么凶残。讲狼与狗的区别，狼的尾巴是直的，狗的尾巴是弯的；狼的尾巴是拖着的，狗的尾巴是撅着的。赵石头仔细观看，面前这只尾巴是直的，像一把日本军刀，但是没拖，有点向上翘的意思。这把他弄糊涂了，怎么辨别呢？他不知道怎么分辨，但在他的潜意识中已经认定这畜牲就是狼。

赵石头心里着急，但是，看着刘红云一副无畏无惧的样子和那狼不愿离去的神态，也没有办法，只有见机行事，枪林弹雨都过了还怕只狼吗？他一边卸马背上的东西，一边警惕着身边这只狼。他发现门口有一块烙饼，灵机一动，捡起来扔给狼。他知道，狼是不吃粮食的。在他弯腰的一刹那，脑海里涌现出了山里人的一句俗话——“狗怕摸，狼怕呵。”意思是狗怕人从地上捡石头打它，狼怕人吆喝来帮手和猎狗。

“是狼，真是狼，没有一点狗的特性。”赵石头更坚定了自己的判断。因为在他弯腰捡烙饼时，狼没有动而是瞪着一双绿眼睛看着他；在他把烙饼扔向狼时，狼也没有动，还是先看看他，然后，怯怯地低下头嗅了嗅，没吃。

“它不吃，我刚才把那只兔子给它吃了。”刘红云笑着说，好像她做了一件值得骄傲的事。

“怪不得它不吃你哩？原来它吃饱了。”赵石头瞥了一眼刘红云说。

“你说什么呢？”

“它真是狼。”赵石头俯在刘红云耳边低声地说，“你赶快把它轰走，不然，我打死它。”

刘红云不高兴地噘起嘴，扬起右手“轰”狼：“乖，走吧，走吧，哥哥不让你在这里。”

狼不但没走，还仰着头，拖着那军刀似的尾巴，翘着受伤的前腿蹦到刘红云身旁，伸出它那湿湿的软软的温呼呼的舌头舔着刘红云的手，一边舔一边摆着它那条直尾巴。

赵石头听了刘红云的话，鼻子都气歪了。心里想，听说城里人养狗养猫，和人一样称呼，你们白洋淀也这样啊？！是不是有意在骂我，说我是狗、是狼。想到这，赵石头不满地回头看了一眼刘红云。不看便罢，一看大吃一惊，他一步跨上去，冲狼一扬手一跺脚大喝一声：“哧——”那狼吓得用三条腿支撑“噌”地一下向那两节断崖跑去。

“干什么呀你？！”刘红云有点生气地说。

“它是狼！”赵石头也没好气地说，“找死啊你！”

“它是狗。”刘红云也不甘示弱，红着脸争辩说：“你没看见它舔我的手吗？”

“看见了。”赵石头把脸转向一边说，“我没看见它吃你。”

“我今天就让你看看，它到底吃不吃我。”刘红云说完，看了看站在那两节断崖下的狼，冲狼扬了扬手大声叫道：“大青，过来。”那狼听到刘红云的叫声，就三条腿一蹦一跳地跑过来，站在刘红云的身边，用头拱刘红云的身子。刘红云依着石壁，一边抚摸狼的头一边说：“乖，不怕，不怕啊，哥哥不喜欢你，妈妈喜欢你。不怕，不怕啊。”

刘红云的话让赵石头哭笑不得。他在心里骂，这娘们，又占我便宜，他当妈妈让我做哥哥，高我一辈儿。他看了一眼刘红云和狼，心里直纳闷，难道自己真的认错了。

刘红云是个直脾气人，本来就得理不饶人，见赵石头用异样的眼光看她，就故意拉下脸，一边捋狼的皮毛一边唠叨着给赵石头听：“看见了吧，天底下有这么温顺的狼吗？看看，是狼，还是狗。”她从头到尾地抚摸着狼，根本不看赵石头，她唠叨完赵石头又对狼说：“不怕，就跟着妈妈。哥哥会喜欢你的，哥哥这些天太累了，烦，心情不好。”刘红云说这话也是给赵石头听的，她一边说一边偷眼看赵石头。

赵石头瞪了刘红云一眼，脸一沉说：“你想跟它咋论咋论，别让它叫我哥哥。”

刘红云一怔，乐了。她笑着说：“对不起，对不起，应该叫叔叔，应该叫叔叔，对不起啊。”

赵石头被刘红云的一本正经弄得哭笑不得，一甩手说：“你爱咋着[①]就咋着吧。”话虽这么说，但他在心里还是一直提防着狼。他看出来这是一只老狼，心里有点发怵。心想，是不是遇到狼精了，刘红云说得没错，哪有这么温顺的狼？

赵石头把它从牛半山那里带回的刀子拿出来，大小五把，他把最小的一把递向刘红云，问：“中吗？”

刘红云拿到手中看了看，又看了看石炕上的几把，对赵石头露出甜甜的一笑，点了点头，用河南话说：“中。”她又看了看赵石头带回来的其它东西，喃喃地说：“得想法消消毒。”

“嗨！”赵石头猛地拍了一下脑袋，后悔自己想得不周全，没有向将军寨要个锅盆什么的。他冲刘红云憨笑一下说：“我去找个东西，烧开水。”他说走就走，可刚迈出一步，就停住了。他看着那只狼偎依在刘红云的身边，心一下子提到了嗓子眼上。

“看什么呢？”刘红云见赵石头站在那里直看自己有点不好意思地问。

赵石头俯在刘红云的耳边低声地挤出一个字：“狼——。”

刘红云笑了起来，推了赵石头一把说：“你放心去吧，我们俩已经在一起待了大半天了，没事儿。”

“啥没事儿？它是个畜生，非常凶狠的畜生。”赵石头说，“我能放心吗？！”

“没事儿，我向你保证没事儿。”刘红云一边笑着说，一边用手捋了几把那狼的皮毛，

---

① 怎么办，或怎么样。

狼温顺地用头亲昵地拱了拱刘红云的怀。

“不中，除非把它赶走，我才去。”

刘红云苦笑了一下，说：“不是赶了吗？它不愿走。”

“那，我也不去了，它啥时候走了，我啥时候去。”

“至于吗？”刘红云一本正经地抓起手枪，对赵石头说：“它敢咬我一口，我就要了它的小命。”

赵石头看刘红云一点畏惧都没有，只得说：“你一定当心，与它保持距离。”

“好，好，与它保持距离。”刘红云冲赵石头做了个无可奈何的表情，然后拍了拍那狼说：“乖，听话，去，卧那里，保持距离。”狼就按照刘红云指的地方卧下，那地方正是这只狼来时晕倒的地方。

赵石头见狼这么听话，更不敢离开了，生怕刘红云再有个三长两短。他护送的四个女人已经死了两个，孟春桃给牛半山当了压寨夫人，也回不来了，不能让眼前这个再有什么闪失了。想到这，赵石头对刘红云说：“我背你，咱们到一个老乡家里做吧，也好多个帮手。”

刘红云笑了起来，拍拍腿说：“小伤，又没伤着骨头，我自个儿[①]就能做，别拖累人了。再说，上午，你不是叫了，谁给你开门了？”

赵石头想想也是这样，就冲狼又扬了扬手跺了跺脚，狼卧在那里一动不动，瞪着眼看着赵石头，一副不屑一顾的样子。赵石头只好对刘红云说：“你当心点儿。”

“放心去吧。”刘红云冲赵石头深情地点了点头。

赵石头冲狼摆了摆手，学着刘红云的样子说：“乖，走，咱们走。”

狼冲赵石头摇了摇头，“呜欧——呜欧——”地叫了两声。赵石头一甩头纵身跳到小路上，像上午一样一蹦一跳地向坡下跑去。

刘红云也像上午一样站起来扶着石壁看着赵石头的背影，只是这时候她没有哭，而是嘴角流露出了抑制不住的微笑。

狼用三只腿蹦跳着走到小路口，看着赵石头走下山坡，然后转过身冲刘红云“呜欧——呜欧——”地叫了两声。

赵石头生怕狼伤害刘红云，为了快去快回，他一路小跑。

赵石头跑到一户人家的大门前敲门，开门的是一位六七十岁的留着山羊胡子的老头。“山羊胡子”见他腰间插着两把手枪，吓得话都不敢说。赵石头对“山羊胡子”说：“老叔，我是山下亚沟的，想借个小锅脸盆啥的烧水用。”

“随便拿，随便拿。”“山羊胡子”抖动着他那花白的胡子说。

赵石头也不客气，径直走进石窑，发现门口放着两个木桶，提起一个。见锅台上放

---

① 自己。

着一个有豁口的铁锅，拿起来，想想，又放下了。他看了看“山羊胡子”，又把窑内看了一遍，发现一个铁盆里盛着半盆水，他弯腰一只手把盆端起来，冲“山羊胡子”点了点头说：“就用它吧，我用完了就给您送回来。”

“山羊胡子”也不说话，看着赵石头把铁盆里的水倒在院子里慌慌张张地走出了大门，便踮着脚颠颠地跑到门口，把着门框向外张望。

浮戏山的泉眼多，千佛画像崖下的山路旁就有一处，赵石头早就看好了。他想，以前住在那个山洞里的人一定是吃的那口泉里的水。他跑到泉边，只见那泉向上涌着，在那方自然形成的水池里，像一朵盛开的雪莲花。水池像“山羊胡子”家里的铁锅一样有一个豁口，泉水从豁口处流出去，“哗哗”地叫着流入池下的石坎。奇怪的是，这么大的泉水，竟没有形成河，被石坎下的山坡吞没了，所以稍远一点根本听不到这里有水在欢叫。山泉就像一个赤裸裸的孩子，刚欢叫着跑出屋门，就被大人拉了回去。

赵石头蹲在山泉的豁口边，把水桶和铁盆仔细地刷了刷，走两步到泉涌的地方把木桶斜着摁下去。好家伙，看着不深，这么高的桶还探不到底。

赵石头右手拎着桶，左手掂着盆走近千佛画像崖，远远看见狼伸着血红舌头站在小路口，他心里一紧，加快了步伐。山洞的口一点点露出来，赵石头很快看到了洞口的底部，看到了他放的那块坐石，就是没有看到刘红云的影子，急得他大叫一声：“刘红云——！”

赵石头没有听到应声，紧接着又喊一声：“刘红云！”，还是没有回音。

“咚”、“咣”两声，赵石头放下水桶两步跨向洞口，正与单腿蹦着出洞的刘红云撞了个满怀。

赵石头一把将刘红云揽进怀里，低沉地说：“嗬——，你吓死我了。”

刘红云本来想学着赵石头说她的样子喝斥赵石头“叫什么？”没想到被人家一把搂在了怀里，不好意思地推了赵石头一把，轻轻地说：“你叫什么呢？”

“我——，你没事儿吧？”赵石头根本就没有意识到刘红云的不好意思，双手扶着刘红云的肩膀，上下打量起刘红云来。

“没事儿。我能有什么事儿。”刘红云被看得不知所措，比被赵石头抱着还不好意思，脸都红了。

“没事儿就好，没事儿就好。”赵石头放开刘红云，双手对着搓了搓，看了狼一眼，又看着刘红云说：“你知道，我有多担心，你是在与狼共舞啊。”

“什么与狼共舞？它是狗，狼狗。”刘红云看着赵石头那认真劲，掩饰起自己的不好意思，认真地说。

“你呀，太没警惕性了。”赵石头瞥了刘红云一眼，爱怜地嘟囔一句。

“我不用警惕，有大青警惕就行了。”刘红云说着望向洞外，大灰狼正蹲在地上伸着血红的舌头看他们。她冲狼扬扬手说：“乖，这次又是你先发现叔叔的，是吗？”

大灰狼看着刘红云“呜欧——呜欧——”地叫了两声，有种骄傲的神态。

刘红云看到洞前的水桶，就单腿蹦过去，趴到木桶上喝了几口水，仰起头感叹地说："啊——，好甜啊。"

大灰狼看着刘红云又"呜欧——呜欧——"地叫了两声。

刘红云扬起手冲大灰狼招招，指着木桶说："乖，来，喝水，妈妈知道，你也渴了。"

大灰狼就走到桶前大口大口地喝了起来。

赵石头看刘红云和大灰狼能够如此和谐相处，心里有种说不出来的滋味。总之，他不像以前那么担心狼会伤害他和刘红云了。他走出洞拿起铁盆看了看，捡了三块大小相当的石块，回到洞里在灶台上一摆，把大铁盆坐上去试了试，正好。他笑笑，走出洞，看狼已仰起头不喝了，就把桶掂进洞里饮马，两匹马几下就把一桶水喝了个净光。

赵石头掂起桶冲刘红云笑了笑说："我再打，顺便拾点柴禾。"

刘红云冲赵石头笑了笑，抚摸着大灰狼说："乖，喝饱了吧？叔叔还得去打，叔叔多累啊。"

大灰狼低叫着用头拱着刘红云，赵石头无奈地摇了摇头，提着水桶跃上小路向山泉处走去。

赵石头在山泉周围捡了一些干树枝，折了一根藤条把干柴捆起来，到泉边洗了洗手，涮了涮桶，打满水，左手提着水桶，右手拎着干柴向山洞走去。

赵石头走到山洞口，见刘红云还在和大灰狼玩耍，就说："你真把狼训成狗了。"

"这就叫本事。"刘红云笑着说，"狼也是灵性动物，若真能把狼训练成狗，那就造福人类了。"

刘红云看赵石头没接她的话，就一边抚摸大灰狼一边没话找话地说："哎，你说，这狼狗是不是狼和狗交配生的？"

"俺是山里人，俺连狼狗都没见过，俺哪知道？"赵石头拖着他那河南腔阴阳怪气地说。他说完，觉得自己抢白人家姑娘不大合适，就接着说："把火生洞里了啊，生外边一冒烟，哪都能看见，容易暴露。"

刘红云没有说话，她还真以为赵石头没见过狼狗呢。她单腿蹦着蹦到洞门口，依着墙看赵石头生火。

赵石头先折了一根玉米秆，用火柴点燃了干叶子，"呼"地一下玉米秆的叶子全燃烧起来，一会儿就引燃了玉米秆。

赵石头把点燃的玉米秆塞进灶台里，立刻就有一股青烟从灶台口冒出来，接着"腾"地一下，灶台口跳出一束火焰，熊熊地燃烧起来。赵石头又向火里续了两根干玉米秆后，才开始折着干树枝向火里续，一边续一边对刘红云说："准备吧，趁天还亮着赶快把子弹取出来，要不就得等到明儿个[①]了。"

刘红云单腿蹦着跳进洞里，立刻感到洞里增添了许多生气，她依在炕前看着炉火烧

---

① 明天。

着铁盆，铁盆里的水在“吱吱”作响。心想，这火真是好东西。大灰狼跟在刘红云的身后走进洞，正赶上炉子里的干柴“啪”地一声爆响，在大铁盆下跳出许多火花。闻听炸响，又见火光，吓得大灰狼向后一跳，蹿出山洞。

刘红云见状，以为是赵石头吓了狼，就冲大灰狼扬扬手说：“乖，你在外边看着，妈妈要做手术了。叔叔不喜欢你，你就离他远点儿。”

“咋回事儿呀你？”赵石头不满地看了刘红云一眼，嘟囔着说：“你跟狼攀亲论辈老捎着我干啥？”

“你干嘛老欺负它呢？！”

“我咋欺负它了？”

“瞧你把它吓的。”刘红云看着大灰狼在洞口转悠着“呜欧——呜欧——”地叫，冲狼努了努下巴说。

赵石头看了一眼大灰狼，一本正经地说：“我没吓它，是它怕火，怕响声。它是狼，不是狗。”

“它是狼狗。”刘红云重重地对赵石头说完，冲洞口的大灰狼招招手，柔声细气地说：“乖，放好哨，妈妈要做手术唠。”

大灰狼好像听懂了刘红云的话，低叫两声，看了看铁盆下熊熊燃烧的炉火，确认对自己构不成危害，转过身蹲在了小路口。

赵石头见刘红云站在炕前，指了指石炕，问刘红云说：“是坐着还是躺着？”

“坐着吧。”刘红云白了一眼赵石头，用挑衅的口气说：“我躺着你给我做手术啊？”

赵石头也白了刘红云一眼，没有说话，走到灶台前用右手的食指试了试铁盆里的水，然后对刘红云说：“快，把手洗干净，还不太热呢。”

刘红云单腿蹦过去，一下子把双手放进盆里，伴着一声“哎哟”“噌”地一下就缩了回来，一边甩手一边埋怨赵石头说：“你想烫死我啊？！”她见赵石头一脸迷茫，接着说：“我腿伤了，你再把我的手烫掉，你伺候我呀？！”

赵石头又用手试了试，苦笑着说：“对不起，是烫了点儿，是烫了点儿。”他一边说一边急忙把铁盆从火上端下来，掂起水桶向盆里兑了点儿凉水，又用手在盆里试了试对刘红云说：“镇暂儿[1]可以了，镇暂儿可以了。”说着，把水端到刘红云面前，让刘红云站着洗。

刘红云洗过手，坐在炕边。赵石头把铁盆放在火上，把五把刀子放进盆里，一边洗手一边洗刀，一直洗到水热得不能忍受了，才捞出一把最大的刀子拿在手里搅着盆里那四把小刀。

水开了，铁盆的水面翻起了浪花，发出欢快的叫声，水蒸气袅袅起舞，向上攀升。赵石头用大刀把四把小刀一个一个地挑到一块干净的绷带布上，然后拿到炕前。

---

① 现在。

刘红云已经做好了手术准备。伤口处缠绕的纱布已经解下，细白润滑的小腿下半部全被鲜血染红了。她看了一眼赵石头说："把开水端来。"

赵石头走过去把铁盆端到刘红云面前，放在炕上。刘红云吃惊地看着赵石头说："你怎么不垫点儿东西，烫坏了怎么办？"

"哪恁娇气。"赵石头谦虚地说着，伸手让刘红云看了看，以示无事。

刘红云白了赵石头一眼，拿起一块小绵丝醮着开水慢慢地擦起腿上的血来。擦完了，她拿起一把小刀，用刀尖摁了摁伤口，痛得她直哆嗦，血也流了出来。

"你会不会做啊？"赵石头见状问刘红云。

"这有什么会不会的？"刘红云白了赵石头一眼说，"只要把子弹取出来就得了。"说着，又拿刀尖在伤口处试。

"别动。"赵石头拿起一根绷带对刘红云说："腿放平。"说着扶着刘红云把伤腿平放在炕上，接着就向刘红云的大腿处掏去。

"你干什么？"刘红云见赵石头摸自己的大腿，急忙抓住赵石头的手问。

"止血。"赵石头一边说一边用绷带把刘红云的大腿紧紧地扎住。

"噢，我把止血忘了。"刘红云不好意思地冲赵石头笑了笑说。她撑着石炕坐起来，又拿刀子在伤口处试了几试，把刀子递向赵石头说："你来吧，我不行，下不了手。"

赵石头接过刀子说："躺下，躺下好做。"

赵石头扶刘红云躺下，看看刘红云的伤腿，又说："趴着吧，趴着好弄。"

"好了，做吧。"刘红云翻转身趴好了说。

赵石头又把刘红云的大腿扎了扎，拿起刘红云用过的小绵丝擦了擦伤口渗出的血，左手摁住刘红云的伤腿，右手持刀，用刀尖拨着伤口找子弹。刘红云咬牙坚持着，汗水止不住地从身上冒出来。

赵石头每次用刀触到伤口，刘红云就疼得抽动一下。赵石头找到了子弹头，用小刀探下去，刘红云"啊"地大叫一声。

蹲在洞外的大灰狼听到刘红云的叫声，"噌"地一下蹿进山洞，"嗖"的一下跳上了石炕，张开血盆大口，龇着牙冲赵石头哈气。它的牙比一般的狗牙都长，特别是靠后的四颗大牙又粗又长又尖，像四支明晃晃脱鞘而出的利剑，让人心颤胆寒。

赵石头吓得打了一个哆嗦，挥刀与大灰狼对峙。他一边晃刀一边哄大灰狼道："去，出去。"

刘红云本来痛得无法忍受，出了一身透汗，看到大灰狼心理上得到了极大的安慰。她回过头，喘着粗气，抬起右手摸着大灰狼对大灰狼说："乖，放哨去。妈妈要做手术，不能让人进来，去，听话。"她说着把手指向门外。

大灰狼好像听懂了刘红云的话，闭上了血盆大口，用它那锥子似的眼光看着赵石头。赵石头挥着手中的刀冲大灰狼学着刘红云的声调说："去，乖，放哨去。"

大灰狼不情愿地低叫了两声，跳下炕，用三条腿一蹦一颠地向洞外走去。

“没看出，它还真护着你啊！”赵石头看着大灰狼离去，装作没事儿似的解嘲说。

“那是。你以后要欺负我，我就让它咬你。”刘红云忍着疼痛一边吸冷气一边说。

“它敢咬我，我——”赵石头想说“我就杀了它”，话到嘴边咽回去了，看了看刘红云那疼痛的样子，装作轻松地说：“好了，你先咬一样东西吧。”他见刘红云不说话，接着问：“衣服？还是秫秫秆？”

“我咬它干么？”刘红云没好气地问。

“我取子弹，怕你痛咬着舌头。”

“没事儿，你取吧，我能坚持住。”

“不中，你不知道有多大劲，别把舌头咬掉了。你咬根秫秫秆，我回一下刀就能把子弹取出来。”

“把伤口割大点儿，好取。”刘红云一边拿玉米秆一边喃喃地说。

“我怕碰着血管。”赵石头说着慢慢地把刀伸了下去，刘红云紧紧地咬着玉米秆，双手抓着石炕，一动不动地坚持着，汗水把衣服都湿透了。

时间一分一秒地过去了，刘红云感到一阵撕心裂肺的疼痛，差一点晕了过去，只听赵石头高兴地说：“好了，出来了，你看。”她强睁开眼睛看了一下那带血的弹头，就无力地闭上了眼睛。

赵石头收拾完东西，把带血的水倒向洞外的山坡上，大灰狼蹦过去用舌头舔那带血腥味的地皮。赵石头见状，心头一紧，冲狼扬了一下手中的铁盆，跺跺脚，狼只是回头看了看他，“呜欧——呜欧——”地叫了两声，并没有跑。他想把狼赶跑，重复了几次，扬扬盆、跺跺脚，还向狼逼近几步，狼都没有退却，只是仰起头冲洞里“呜欧——呜欧——”地叫。他上前跳一步，装出用铁盆打狼的架势，狼一缩身，“噌”地一下从他的身边跑过，蹿进洞里，一跃跳上石炕趴在了刘红云的身旁，一边哼叫着，一边用它那双绿眼睛看着赵石头，一副可怜的样子，无论赵石头怎么哄它，它趴在炕上就是一动不动。赵石头无可奈何地放下铁盆。他本想趁刘红云晕睡的时候把狼赶走，没想到事与愿违，竟把狼赶到刘红云身边了。本想是避免危险，这样对没有知觉的刘红云来说就更危险了，弄得赵石头只能寸步不离了，眼睁睁地盯着他们。

赵石头太累了，上下眼皮直打架，但他不敢合上一眼，强打着精神注视着大灰狼的举动。大灰狼卧在刘红云的身边也不敢松懈，用它那双绿眼睛注视着赵石头，生怕赵石头加害于它。一双黑眼睛瞪着一双绿眼睛，他们在对峙着、较量着。

第十三章

赵石头眼前立即浮现出他倒刘红云的血水时，狼跳过去用舌头舔地上的水和泥土的情形。他不由得打了一个冷战。

时间慢慢地走过，太阳最后在西山头上跳了一下落入山后，洞里开始昏暗起来，只留下些许残白的光，炉膛里的火焰没了，红红的木炭将洞顶映出一个圆圆的红点。赵石头走过去，拿起几根干柴放进炉膛里，炉膛内就发出了“吱吱”的叫声伴着一缕青烟升起。

大灰狼听到灶台处传出“吱吱”的响声，抬起头，支愣起三角耳朵，瞪着双眼看着灶台。灶台此时“腾”地燃起了火苗，吓得狼急忙把身子伏在刘红云身后，用头顶着刘红云的身子。狼的举动一刻也没有离开赵石头的视线，他只怕狼顷刻间把刘红云的喉咙咬断，至于他自己，大不了被狼咬上一口，危及不了性命。他见狼吓得如此模样，就走过去，学着刘红云的样子，抚摸着狼的头，捋它的皮毛，一边抚摸一边说：“乖，不怕，叔叔不打你。”

狼抬起头“呜欧——呜欧——”地叫着，用头拱赵石头的胳膊，满眼的委屈。赵石头见状，心也软了，此时此刻不能说他也把狼当狗看了，最起码他是把狼当作了朋友。

赵石头左手捋着狼的皮毛右手指着洞外说：“乖，听话，妈妈做手术了，需要休息，到外边放哨去，要不，坏人来了咱都不知道。”

狼又用头拱了赵石头两下，低低地哼叫了几声，有一点撒娇的样子。赵石头乐了，拍拍狼的头，指指洞外说：“去，放哨去。”狼真的就站起来，绕过刘红云，跳下石炕，蹦向洞外，回头看了看洞里，卧在了小路口。

狼终于出洞了，赵石头长长地出一口气。他看着熟睡的刘红云，耳边又响起了刘红云的话：“天底下有这么听话的狼吗？！”

"有，这只狼就是。它就是狼，说不定是个狼精，要不然，它咋镇[1]通人性。"赵石头越想越害怕。他小时候听妈妈讲过《狼外婆的故事》，那也是一只大灰狼，而且是只狼精，它趁那家主人不在，变成孩子的外婆，骗开门，把几个孩子都吃了。它先吃小孩，后吃大孩。在夜里吃小孩时，嚼着骨头"咯嘣咯嘣"地响，被大孩听到了，大孩问："外婆，你在吃什么呢？"大灰狼说："外婆在吃红萝卜。"那时候，赵石头就听得毛骨悚然。现在，眼前就有这么一只大灰狼，他能放松警惕吗？他没见到狼吃人，今儿个，张淑珍从凤屏寨跳下寨崖，他虽然没有看清狼是怎么撕吃张淑珍的，但是从那些像蚂蚁蠕动的狼群和那声撼人心魄的狼嗥中，他可以想象狼吃人的凶残。

赵石头想到这里，看了一眼熟睡的刘红云，又看了一眼洞外，没有看见狼。他想，我赶不走你，就杀了你，以除后患。就是刘红云醒来，大不了闹一闹，决不会因为一只狼跟我翻脸。他想到做到，拔出手枪就向洞外走。

"你要干，干什么？"赵石头刚掂着枪离开石炕，刘红云就睁开眼睛说话了。

"我，我，啥也不干？"赵石头支支吾吾地说。

"你是不是想杀它？"刘红云忧心忡忡地问。

赵石头没有说话，愧疚地看着刘红云。刘红云用近似于哭腔哀求赵石头说："求求你，别杀它，别杀它好吗？"刘红云说着就撑着石炕要坐起来。

"别，别动。"赵石头上前扶了刘红云一把，恳切地对刘红云说："它真的是狼。"

"是狼也别杀它，我求你了。"刘红云拉着赵石头的胳膊真的落下了眼泪，"它真的很通人性，你也见了，它与我相处得很好。"

"它跟我也相处得很好。"赵石头低声地说完这句话，俯到刘红云的耳边，压低声音说："我怀疑它是个狼精。"

"哪有什么狼精？"刘红云说，"要是狼精早就把我吃了，还会等你回来？"

"那是你喂它了一只兔子，吃饱了。"

"要吃饱能喝那么多水？"

"吃肉多了，当然渴。"

"渴，它早渴了，它怎么不喝我的血呢？"刘红云有点生气地说。她见赵石头不说话了，继续说："它若真是狼精，也是被我救了，报答咱的狼精。你想想，它受了伤，又饥又渴，晕倒在我面前，我给它兔子吃，它吃了兔子有力了，怎么不吃我呢。它是狼精，就知道，吃了我是又挡饥又顶渴，可是，它陪我了大半天都没有吃我，你去借桶和盆那么长时间也没有吃我。所以，我断定，它即是狼精也是个报恩的狼精。"刘红云为自己的分析感到骄傲，她开心地笑了，笑着说："你听我的没错，留着它有用。"

赵石头听了刘红云的话，把枪插回腰间。他觉得刘红云说得有道理，尽管心里不舒服，但打消了杀狼的念头，只是在心里告诫自己一定要倍加小心。

---

① 这么。

“饥不饥？”赵石头问刘红云。

“有一点儿。”刘红云冲赵石头点了点头轻轻地说。

“想吃啥？”

“还有什么？我们就带那么点儿干粮。”刘红云用手理了下短发，对赵石头说：“就吃点儿烙饼吧。”

“我在将军寨拿了点儿小米，你爱不爱喝米汤？”

“爱。”

“那我给你熬点儿。”赵石头说着赶紧拿起小铁盆，冲刘红云笑了笑说：“就这条件。”说完，自已摇了摇头。

“已经很不错了。”刘红云冲赵石头甜甜一笑说。

这时，狼一蹦一颠地跑进洞，用嘴咬着赵石头的衣袖就往外拽。赵石头轻轻一甩就甩掉了，狼再上来拉，还发出短粗的“呜欧，呜欧”声。

“有情况，快去看看。”刘红云一边说一边抓起身边的枪。

赵石头放下铁盆掏出枪闪向洞口，狼已蹿出山洞站在小路口。赵石头见没啥动静，掂着枪走出洞，顺着狼的视线，他看见有两个人正顺着山下的大路往上走。

“蹲下。”赵石头按了一下狼的头，一跃跳下小路躲在路边的灌木丛中。狼也跟着跳下去守在路的另一边。

那两个人走到小路与大路的交叉口站住，一个人指着千佛画像崖对另一个比比画画地说了一通，二人又向前走去。

赵石头松了口气，从树丛的缝隙中看着那两个人时隐时现地走过千佛画像崖，转过弯隐在山的那边。他把枪插进腰间，探身拍了下大灰狼的头说：“走。”大步走上平台。

刘红云掂着枪依在洞门口，看到赵石头回来，估计没什么事，就笑着问：“没事儿吧？”

“俩过路的。”赵石头冲刘红云笑笑说。说完，还情不自禁地看了大灰狼一眼。

“怎么样？我说它灵你还不信。下午，就是它先发现你回来，一个劲儿地拉我的袖子。”刘红云骄傲地说，好像是她的成绩似的。狼像立了大功似的，一边用头拱着刘红云的腿，一边撒娇似地哼叫着。刘红云蹲下去抱着大灰狼的脖子，把头贴在大灰狼的脑袋上。

“中了，上炕挺①着，让伤腿好好休息休息。”赵石头看着刘红云说。

“没事儿，我觉得子弹取出后不那么胀疼了。”

“那也得躺下，回流好，好得快。”赵石头说着弯腰摸了一把大灰狼的腰，顺手把刘红云扶了起来，走进洞，扶刘红云上炕。然后，他捡起盆，看了看，无奈地摇摇头。这摇头的一瞬，他突然发现刘红云正笑吟吟地眯着眼看他，浑身立马不自然起来。他躲过刘红云的眼神，喃喃地说：“我想今儿黑②回家一趟，再弄些粮食和生活用品。”说了，怕

① 躺。
② 今天晚上，或今天夜里。

刘红云不明白，又盯了一句说："咱得在这里待上几天。"

"那还不如回家待几天呢？"刘红云兴奋地说。她对赵石头能改变对狼的看法打心眼里高兴。

赵石头听了这话，脸一下子阴沉下来，低着头，伤感地说："回不去了。"

"回不去了？什么意思？你不是说你今晚回去的吗？"刘红云一脸的疑问，瞪大眼睛看着赵石头说。

"王雨霖回来了，还乡团把村里搞得鸡犬不宁，党组织被破坏了。"

"你娘呢？"刘红云焦急地问。

"被还乡团杀了。"赵石头说着低下了头。

刘红云一下子怔在那里。两个人默默地呆了好半天，刘红云咬了咬嘴唇说："这个仇我们一定要报。"

赵石头冲她重重地点了下头。

"你，不要太难过了。"刘红云又挤出一句话。

赵石头又冲她点了下头。

"家里还有什么人吗？"

"没有。"赵石头摇摇头终于挤出了两个字，也挤掉了压在他心里的悲愤，冲刘红云扬了扬手中的铁盆，憨憨地咧咧嘴露出一丝苦笑说："熬汤，你刚做过手术，小米有营养。"

刘红云深情地看了赵石头一眼，心想，这男人心真细，小米一定是他专门为我要的。他看着赵石头涮了盆，往盆里倒了大半盆水，把铁盆放在灶台上，又往炉膛里填了些干柴。

赵石头回过头，又看到了刘红云在专注地看自己，不好意思地低下头，轻轻地说："啥都没有，就敞着口熬吧。"

刘红云没有搭话，还是那么专注地看着赵石头，看着他拿着盛小米的袋子走到灶台前，等铁盆里的水沸腾了，抖抖地把米倒进盆里一点点。

"少不少？"刘红云怯怯地问。她知道，她们伺候伤员的时候，总是让伤员吃好，自己少吃或不吃，她怕米下得少了，赵石头没的吃。

"不少，多熬会儿好喝。"赵石头看了一眼刘红云说。

"坐下歇会儿吧。"刘红云拍了拍石炕沿对赵石头说。

"不了，趁天没黑严我再去拾点儿柴禾，多烧点儿，洞里暖和了，有人气。"赵石头一边说一边往门外走。

"锅，不是，盆。"刘红云急不择词。她从赵石头点火那刻起，就感觉洞里立刻多了些人气，更知道火越烧人气越浓，但是，她心疼赵石头，从见面到现在，赵石头就像个上紧了发条的闹钟转个不停。她说这话是想让赵石头留下看着火上的盆，多休息一会儿。

"没事儿，不用看，淤[①]不了。"赵石头的话音落了，人也走出了洞外。

---

① 溢，汤锅里的汤因加热而聚气鼓胀溢出锅外。如锅淤了。

刘红云躺在炕上，看着空洞洞的洞门，从远处映进一片黑乎乎的山，已没有了白天山水画的韵味，想着赵石头还得去干活，泪水就又情不自禁地流了出来。

赵石头走到洞外又折了回来，对刘红云说："你还是当心点儿，它毕竟是——"

"我知道。"刘红云哽咽着说。

"咋了？你哭了？"赵石头不知怎么回事，丈二高的和尚摸不着头脑。

"没事儿，没事儿。"刘红云擦了把眼泪说。

"你肯定有事儿，没事儿哭啥哩？"赵石头说，"我给你说叫你当心它，是怕它伤你，我又不杀它。"

"不是。"刘红云说，"我是想秀娟姐——，没，没什么。你累了，坐下歇会儿吧。"

"我不累。"赵石头说着回头看了看洞外，大灰狼正好也在洞外向洞内看，他咽了口唾液，压低声音说："它是通人性，它越通人性，我心里越没底儿。你真得当心点儿，你的生命不光是你自个儿的。"

"我知道。"刘红云低下了头，脸上泛上了红晕。她越来越感到面前这位男人可敬，能文能武，心细如发，对人体贴入微，有这样的男人在身旁还怕什么呢？！

"我得去拾点儿柴禾，夜长，这点儿不够。"赵石头说着又转身走出了山洞。

赵石头在树林中一直待到看不清东西才收手。他就是这么恨活[①]，一直干到不能干为止。他把捡到的干柴用藤条捆起来捆了两捆，一手提一捆，提起来却走不动，干柴长，在树林间磕磕碰碰的。他放下一捆，提起一捆走，走出树林，又回来取另一捆。

赵石头把两捆干柴搬进洞内，刘红云感叹道："捡这么多啊。"

"多烧点儿，也暖和。"赵石头说着转向灶台，发现铁盆不在火上，就冲刘红云说："你把它端下了，还不到时候哩。"他走到灶台前看了看盆里的粥说："还得再熬会儿。"

"再熬一会儿就没了。"刘红云笑着说。

"你不知道，俺这山里的小米油多，多熬会儿，油都出来了，香着呢。"他端起盆看了看炉膛里的火说，"还行。"他说着又把盆放在火上，折了两根干柴塞进炉膛，盆下又腾起了熊熊火焰，盆里的米粥又"吱吱"地响了起来。

"还熬啊，再熬就不够喝了。"刘红云叫道。

"你能喝多少？"赵石头回头看着刘红云问。

"我喝不了多少，我是怕不够你喝。"刘红云说着低下了头，声音也降低了。

"我不喝，等会儿回村里有吃的。"赵石头淡淡地说一句。

"你还出去？"刘红云瞪大眼睛问。

"我不是给你说过了想回家取点儿东西。"赵石头看着刘红云不解地说。

"不行，你不能回去。"刘红云的脸立马阴沉下来。她说了这句话感到不太合适，又小声盯上一句说："要回明天回。"

---

① 形容干活不怕出力，不怕费时，自己不满意不收手。

赵石头苦笑一下，淡淡地说："大白天回去，不是往还乡团枪口上撞吗？"

"我是说，你太累了。"刘红云喃喃地说。

"没事儿，我骑马。"

"那你先躺会儿。"刘红云说着坐起来要下炕。

"不，不用，我不躺。"赵石头摆着手说。

"你必须躺，不然，我不让你回去。"刘红云走过来一边拉赵石头一边说。

"别拉，我不躺，我真的不死慌[①]。"赵石头一边推刘红云的胳膊一边说。

"不累才怪呢，忙乎一天了，去，躺会儿。"刘红云又推着赵石头说。

"哎，你的腿，能站地了。"赵石头突然发现刘红云下炕、拉他、推他都是两条腿用力，没有单腿蹦，惊奇地问。

"早就能了。"刘红云笑着说，"我给你说了，子弹取出来就不那么胀疼了。"

"噢——。"赵石头看着刘红云笑着点了点头。他想刘红云能瘸着走路，许多事就好办了，最起码能应急，对狼的防范也能灵敏一些，现在有狼站岗，趁刘红云吃饭的功夫不如睡上一觉儿，睡醒了再下山回村。想到这儿，他扬起声调儿笑着用询问的口气说："那，那我就挺[②]一会儿？"

"躺下，快去躺下。"刘红云又推了赵石头一把笑着说。

"那，中，我躺会儿。"赵石头学着刘红云把"挺"说成"躺"，一边说一边走到门口，将上午竖在那里的一捆玉米秆放倒，一屁股坐了上去。这是他为自己睡觉准备的。

刘红云见状指着石炕说："你躺炕上吧，躺好了，睡着舒服。"

赵石头躺在玉米秆上说："我这人躺哪都一样，一沾床就着。"

"那你就踏踏实实地睡一觉儿。"刘红云走到灶台前看着大铁盆说完，对着盆上的蒸气吹了吹，看了看盆里的粥。

"再熬一会儿，听到'噗'声了再端下来。"赵石头躺在玉米秆上闭着眼睛说。

赵石头今天确实很累，但他躺在玉米秆上就是睡不着。不是今天没有床，以往他往地上一躺，不一会儿也就睡着了。今天，他满脑子不是想这个就是想那个，归结起来，又什么都没想。他听着刘红云走到灶台前看盆里的粥，听着刘红云走到石桌前擦石桌和石凳，听着刘红云翻他们的包袱，听着刘红云的呼吸声……

赵石头听着听着突然听到大铁盆里传来了"噗噗"声，就睁开眼睛对刘红云说："中了，端下来吧。"

"你没睡着？"刘红云惊异地问。

"没有，睡不着。"

"你不是说一沾床就着吗？"刘红云把汤盆端下火笑着问。

---

① 累。

② 躺。

"我，我今儿个，不累。"赵石头结结巴巴地说。

"不累啊，那就起来吃饭吧。"

"我不喝。"赵石头急忙侧过身背对刘红云说。

刘红云笑了，笑着说："没人让你喝呀，我是说让你起来吃点儿东西。"

"我不吃，你吃吧。"

"就我们两个人，你不吃，我好意思吃吗？"刘红云噘起了嘴不高兴地说。

"好，我起，吃点儿馍。"赵石头想了想，一边说一边站起来。他走到柴捆前，抓起两根折了折，折成小节，塞进炉膛，炉膛里顷刻间升起了火焰。炉火烧着干柴，不时地发出"噼噼叭叭"的响声。

赵石头走到石桌前，伸手就拿小包里的烙饼。刘红云照着赵石头的手背就是一巴掌，沉着脸说："洗洗手。"

赵石头走到木桶前，左手将水桶掀歪右手接着水抓挠似地洗。刘红云拖着伤腿走过来，不声不响地替他掀桶。他双手对合接着水洗了几把，然后接过水桶对刘红云说："来。"刘红云也双手对合接着水洗了洗手。

两个人甩着手上的水珠走到石桌前，面对面坐在石凳上。赵石头看了看石桌又站起来，把汤盆端过来放在石桌上，对刘红云说："就端着盆喝吧，没人笑话，这盆既当锅又当碗，锅碗盆合一了。"他说着自己反而笑了起来。

刘红云毫不客气地端起盆慢慢地喝了两口，把盆放下，啧啧嘴，冲赵石头笑着说："真香啊。"

"爱喝我明儿了[1]还给你熬。"赵石头撕下一块烙饼递给刘红云说。

刘红云接过赵石头递过的烙饼咬了一口，又冲赵石头一个甜甜的微笑。笑罢，她端起盆对赵石头说："你喝两口，尝尝。"

赵石头的脸"腾"地一下红了。心想，她刚沾过口，怎么让我喝，这样——。他急忙推着盆结结巴巴地说："啊，不，我不喝，不喝，你喝吧。"

"喝点儿吧，我喝不完。"刘红云见状脸上也泛起了红晕，说话也不自然了。

"就恁些儿[2]，专门给你熬的。"赵石头低着头轻轻地说。他没有喝上米粥，却像喝了一盆烧酒，脸烫得厉害，热辣辣地直到脖根。

"我喝不完。"刘红云也低下了头喃喃地说。

赵石头没有接话，只是慢慢地嚼嘴里的烙饼。山洞里一下子安静了，静得能听到炉火火苗的欢跳声。

灶台上的炉火着得正旺，把灶台的上方映得通红，把山洞的前半部映得晕红，把整个山洞映得朦朦胧胧。赵石头的眼睛就像是蒙上一层薄薄的红纱，在昏暗的山洞里看什

---

① 明天。

② 那么点。形容少。

么都是若隐若现、虚无飘缈的。刘红云的短发蓬松着，就像冬季城里孩子头上戴的马壶帽。一双大大的眼睛，水汪汪的，一眨一眨的，像两潭清水，更像两把插进赵石头怀里的挠痒刷，把赵石头挠得不知如何为好。那张不大也不小的嘴，咀嚼着烙饼，就像咀嚼着赵石头的心。赵石头有意避开她的眼光，又情不自禁地去看她那张笑脸。朦胧中，她那妩媚的身影，让赵石头的心颤动。

刘红云看着赵石头一个劲儿地往嘴里塞烙饼，塞得腮帮子都鼓了起来，喉咙蠕动着，很难下咽。心里一阵酸楚，急忙端起大铁盆对赵石头说："喝口汤吧。"

"啊，不——"赵石头抬起头看了刘红云一眼，两个字没说全就噎住了。他"啪"地一下把烙饼扔在石桌上，跑到水桶前去喝水。可是，水桶里的水不多了，他把桶侧倒着让水流到桶口，头却怎么也抵不到位，喝不着水，憋得他满脸通红。他索性往地上一趴，对着桶口喝了起来。

刘红云看在眼里，心里又一阵酸楚涌起，眼泪就涌进了眼眶。她哽咽着说："放着汤不喝，喝什么水呀。"

赵石头从地上爬起来，拍了一下身上的土，回头看了刘红云一眼，急忙走出山洞，在洞口"扑扑嚓嚓"地把身上的土打干净，用胳膊拭了下噎出的泪水。狼瞪着绿幽幽的眼睛看着他，摆摆头"呜欧——呜欧——"地叫了两声。

赵石头狠狠地瞪了狼一眼，转身走回山洞。狼跟在他的身后走到洞口，看着他的背影冲洞内又低叫两声。

"乖，过来。"在一团红晕笼罩中的刘红云冲洞口招了招手，轻轻地说。

"唉——。"心乱神离的赵石头，懵懵懂懂地看到刘红云在冲他招手，认为刘红云在叫他，就应着向石桌走去。

刘红云的心里本来像倒了五味瓶挺不是滋味的，看到赵石头的反应涌上一阵欣喜，心想，这男人是石心石肺呀还是故意装傻呢？不论是什么，赵石头的这一反应都让她高兴。可是，她故意紧绷着脸，没好气地说："谁叫你了！"

此时，狼从赵石头的身后跑到刘红云的面前，哼叫着用头拱刘红云的胳膊。刘红云一边用眼的余光瞥着赵石头，一边抚摸着大灰狼的皮毛说："你才是妈的乖呢？他乖个屁！不听妈的话，噎着了吧，活该！人家是看这汤妈喝过了，妈沾过嘴，嫌脏。他嫌妈的嘴脏，你不嫌。来，乖，他不喝，妈给你喝。"刘红云一边叨叨，一边端起大铁盆就要喂狼。

赵石头听着刘红云那指桑骂槐的话气得就想跺脚，又看到她端着米粥真要喂狼，一个箭步跨上去，一把将盆夺下了来，冲刘红云吼道："干啥呀你？"

"喂狗。"刘红云把头一仰毫不示弱地说。

"这是专门给你熬的。"

"我是专门给它喝的。"刘红云把头又向上仰了仰，朝左肩一歪，噘着小嘴，瞪着那双大眼睛看着赵石头。既像赌气，又像撒娇。

"它是狼。"赵石头把汤盆轻轻地放在石桌上，用他那双小而聚光的眼睛瞪着刘红云那双大而水汪的眼睛压低声音说。

“狗。”刘红云的头歪得更狠了，声音也挑了起来。不过，她的脸上已经没有了生气的表情，水汪汪的眼睛里充满了笑意。

“好、好、好，狗、狗、狗，别把脖子歪断了。”赵石头坐在刘红云对面的石凳上，一边笑一边用双手在石桌上做了个捧东西的姿势由歪至正地旋转着。

“你——”刘红云举起巴掌照着赵石头的手软绵绵地打了一下，软绵绵地说：“讨厌，你骂我。”

赵石头就像触电似的急忙把手缩回去，举在额前。回味自己说的话，还真有骂刘红云的意思。他由衷地赞叹刘红云反应敏捷，也在心底为自己的话能起到一语双关的作用而感到高兴。

“对，对不起，我不是故意的。”赵石头一边摆手一边笑着说，“不像有的人，尽想着法儿骂人。”

“谁骂你了？”刘红云挑了赵石头一眼，回头轻轻地拍了大灰狼一巴掌说：“乖，看门去。”

大灰狼看了看赵石头，又看了看刘红云，不情愿地向洞外走去。

“快趁热把汤喝了吧。”赵石头将汤盆朝刘红云面前推了推说，“我给你把馍烤烤？”

“不用。把水提来，我洗洗手。”

“不是刚洗过吗？”

“我摸狗了。”

赵石头也不说话，站起来，把水桶掂到刘红云身边，为刘红云倒水洗手。他在心里骂，穷讲究个啥，拔拉[①]两下狼手就脏了？你说它是狗，那么喜欢它，怎么还嫌它脏呢？

“你也洗洗。”刘红云洗罢，一边甩手上的水珠一边说。

赵石头瞥刘红云一眼，没说话，也没洗，把桶放到了原位。

“你手粘土了，洗洗。”刘红云见赵石头对她的话置若罔闻，提高声音冲赵石头喊。大有大人训斥孩子的气势。

赵石头又瞥了刘红云一眼，掀侧桶，抓挠似地将两只手洗了洗。

“你肯定在心里骂我了。”刘红云用她那双水汪汪的眼睛盯着赵石头说。

赵石头一怔，将甩水珠的双手举在半空中，瞪圆眼睛看着刘红云。刘红云笑着说：“我不但知道你在心里骂我，还知道你骂的是什么。”她看着赵石头把眼光移到了别处，不再看她，就说：“你在骂我穷讲究，骂我那么喜欢狗，还嫌狗脏。”

“你咋知道哩？”赵石头惊讶地看着刘红云问。

“我能掐会算。”刘红云得意地笑了。这是赵石头看到刘红云最开心的一笑，两片红润的嘴唇张得不大也不小恰到好处，将左侧那堆虎牙露出了一点点，使那张美丽的长方

---

① 抚摸。

脸笑容丰富了许多。赵石头看呆了，眼前的女人真是美若天仙啊。他本来想说“你能掐会算还把狼当成了狗。”可是，他大张着嘴没有说出，他要克制自己不与刘红云调侃。在这寥无人烟的深山沟里，在这黑灯瞎火的山洞中，已经成了他们的二人世界，男的年轻，女的漂亮，对二十郎当岁的男女在生理上心理上都是一种挑战。白天他抱刘红云的时候，心里多少就有点异样，现在回味起来别有一番滋味。他低下了眉，不看刘红云，拿起他刚才丢在石桌上的烙饼撕一块塞进嘴里。

刘红云见赵石头不说话，心里也没了底，脸上的笑容悄然隐去。她也拿起烙饼撕一块塞进嘴里，一边嚼一边看向洞外。黑洞洞的洞口放大了空间，她却什么也看不见，回望空旷朦胧的山洞，两匹马眨着温柔的眼睛，看着他们这一女一男。她好像意识到了什么，又说不清。看了看眼前这个有点拘束的男人，把口中的烙饼咽了，怯怯地问：“你去找孟春桃，有消息吗？”

“有。”赵石头低着头应了一声，又把一块烙饼塞进嘴里慢慢地嚼。

“她在哪里？”刘红云急切地问。

“将军寨。”赵石头一边嚼口中的烙饼一边漫不经心地说。

“那，你怎么没把她带回来？”

“见都没见着，还能带回来？”赵石头咽下嘴里的烙饼，一脸不悦地说。

“你没见到她？”

“没有。”赵石头少气无力地摇了摇头，接着说：“她做了压寨夫人，新婚避丧，牛寨主不让见。”

“她做了压寨夫人？”

“嗯。”赵石头点了点头说，“凤屏寨把她劫去后，送给了将军寨的牛寨主。”

“不可能？”刘红云“腾”地把手中的烙饼放在石桌上，摇了摇头，急切地说：“她怎么能做压寨夫人呢？不行，我得去看看她去。”刘红云说着就要起身。她们四个姐妹已经牺牲两个了，现在有了孟春桃的消息，怎么能不让她冲动呢？！再说，孟春桃的身上还带着一块藏宝图呢。

“别费劲儿了，我都见不了，你去了也白搭。”赵石头抬起头看了一眼刘红云说。

“我怎么不能见？你是——”刘红云话到嘴边不说了，她想说“你是死了老娘人家避丧”，又怕触疼赵石头的伤疤。她看着赵石头不知道说什么好。

赵石头又撕下一块烙饼塞进嘴里，一边慢慢地咀嚼，一边看着刘红云，看得刘红云不知所措地又坐在石凳上。

赵石头咽下嘴里的烙饼说：“他不让你见总能找到不让你见的借口。不是我说你，就你自个儿[①]去，是自投罗网，有去无回。”

“他敢。”刘红云底气不足地回应一句。

---

① 自己。

“到了山寨就由不得你了。”赵石头瞥了一眼刘红云说，“牛寨主说七天之后让我们见她。”

“七天之后——”刘红云若有所思地重复着。

“对，七天之后。”赵石头正视着刘红云，推了推汤盆说：“快把汤喝了吧。到时候你的伤也快好了。”

“到时候我们一块儿去。”刘红云说着抱起汤盆对着口喝了起来。诺[①]大的铁盆罩住了她的头，罩住了她的上半身。她一口气喝了一大半，放下盆，看了赵石头一眼，很夸张地说：“啊，撑着我了。”

赵石头看了看大铁盆，盆里分明还有一半米粥，心想，至于吗？就喝那点汤。他不屑一顾地瞥了刘红云一眼，只见刘红云把手放在自己的肚子前像模像样地揉搓。刘红云的动作使他突然想起了水仙，在家里饭菜不多的时候，水仙经常用这个动作劝他多吃饭，刘红云是不是……

赵石头一边想一边往嘴里塞烙饼，塞多了，伸着脖子难以下咽。

“喝口汤吧。”刘红云看在眼里把铁盆向赵石头面前推了推说。

“不，不，我不喝。”赵石头急忙冲刘红云摆手说，谁知这一说话噎得更狠了。

“你不喝我就喂狗。”刘红云愤愤地说着就要起身端盆。

“别。”赵石头本来就噎得够呛，急忙抓住盆，端起来喝了一口。他伸着脖子把嘴里的粥和烙饼咽下，又咬着盆沿闭着眼一口气将盆里的米粥喝完。

赵石头把铁盆放在石桌上，见刘红云正看着他笑，脸“腾”地一下子红到了脖根，低下头，站起来，端起盆，掂起水桶，向洞外走去。一边走一边说：“我把人家的桶和盆送回去，再回家找些要用的东西。”

“你——，别走。”刘红云也弄不清楚她为什么喊出了这句话。

赵石头一怔，停住脚，看看手中的水桶和铁盆，走出洞外，把水桶里的水倒进盆里，刷了盆，将刷过盆的水倒向平台下。狼瘸着腿跳下去，在那片湿地上嗅了嗅，又瘸着腿返回平台。赵石头眼前立即浮现出他倒刘红云的血水时，狼跳过去用舌头舔地上的水和泥土。他不由得打了一个冷战。

“狼，它真是狼。”赵石头走进山洞，看了一眼刘红云，冷冷地说出了他一直在心里念叨的一句话。

“你别走。”刘红云又喃喃地重复了一句她不想说却脱口而出的话。

“咋了？你害怕？”赵石头看着刘红云不自然地问。

刘红云没有说话，冲赵石头轻轻地点了点头。

---

① 那么。

第 十 四 章

“啊——”刘红云大叫一声坐了起来，一把推开大灰狼，朝炕下一看，惊得她出了一身冷汗……

常光耀骑马一路狂奔跑回乡公所。站岗的一个乡丁急忙上前为他拉住马的缰绳，在院子里转悠的几个乡丁也都点头哈腰地围了上来。

“妈呀。”常光耀喃喃地叫了一声，一头趴在马背上，身子一歪折下马来。

“常队长。”

“常队长。”

前来拍马屁的人见状急忙用手托住常光耀，才没让他跌在地上。

“快，找，找王，王乡长。”常光耀浑身发软少气无力地说。

一个乡丁急忙前去禀报，众乡丁搀扶着软绵绵的常光耀向王雨霖的办公室走去。

王雨霖此时正在里屋内与街上的明妓陈香玲鬼混。陈香玲抱着王雨霖娇滴滴地说：“乡长，这一年没见，您老人家可是真的老了呀。”

“是啊，成天提着脑袋过日子，能不老吗？！”王雨霖抚摸着陈香玲那光滑的肌肤说：“不像你，干的是舒服活，挣的是开心钱。”

“难道你不开心吗？”陈香玲推开王雨霖的手，摇着王雨霖撒娇似的说。

“开心，开心。”王雨霖笑着一边说一边摸陈香玲的大腿，“啧啧，瞧，瞧这肉，嫩得能掐出水。让人看了就想——”

陈香玲轻轻地打了一下王雨霖的胳膊，娇滴滴地说：“你还能吗？”

“能，你说几回吧？”

“几回？”陈香玲剜了王雨霖一眼，不屑一顾地说：“刚一回，你就累成这个熊样，还能几回？”她像是突然想到了什么，狠狠地推了王雨霖一把，沉下脸问：“老实说，你夜儿黑[①]是不是跟大洋马[②]——”

“狗屁。她给老子戴了绿帽子，老子还能要她？”王雨霖一边摸陈香玲的裆一边说：“我夜儿黑就想着要你了。”

“诓谁哩？！”陈香玲假装生气地把王雨霖的手拿开，爬起来盯着王雨霖的眼睛说：“我才不信哩，就你那劲儿，今儿个把她送人，夜儿黑还不把她弄叉了？！”

“狗屁，我诓你弄啥哩[③]？”王雨霖装出一副不以为然的样子说。

“你干没干我知道。”

“你知道啥？”

“不给你说。”

“狗屁，瞎猜。”

“我才不瞎猜哩。我说你老了，就是说你的活不如以前了。”陈香玲见王雨霖懒洋洋地躺在那里不动弹，就轻柔地抚摸着王雨霖，一边回味一边嘤嘤呓语：“那时候，你多棒，弄得我气都上不来。”

“镇暂儿[④]是你弄得我气上不来。”王雨霖笑着说完，叹口气，又拉着长腔一字一顿地说，“想当年，屌如铁，十回八回不用歇。”

“到如今，不中了，一回还得用手捏。”陈香玲接过王雨霖的话茬笑着对道。

“你这蹄子。”王雨霖一下子把陈香玲压在身下，似泰山压顶、黄河飞瀑，气势磅礴地喊：“我这回日得你叫爹！”

……。

“报告！”门外传来了卫兵的叫声。

“干啥呀？”王雨霖直起身骑着陈香玲恶狠狠地冲门口问道。

“报告乡长，常队长回来了。”

“狗屁，回来就回来呗，报告个屌！”王雨霖不耐烦地冲门口喊完，又冲陈香玲挤出三个字：“真扫兴。”

“我拦了，他说，他说出大事了？”卫兵站在门口冲着房门解释说。

“狗屁，让他在外面等一会儿。”王雨霖不耐烦地一边说一边伸手拿衣服。

陈香玲一把抓住王雨霖的衣服，噘着嘴撒娇说：“我不叫你去。”

“我去一会儿就来。”王雨霖一把拉过衣服，披在身上。抬手拍了拍陈香玲的屁股，冲她笑着说：“等着，我一会儿就回来。”

“快点儿——”陈香玲坐起来，把被子盖在身上，一边拍打一边噘着嘴扭着身子说。

---

① 昨天晚上。
② 指马红英。
③ 干什么。
④ 现在。

王雨霖来到外屋，一眼看见常光耀站在门口，便一边系扣子一边对常光耀冷冷地说：“进来吧。”

“乡长。”常光耀早已稳住了神，知道自己的小命保住了。但是，他看到王雨霖还是故意装出一副紧张的样子，跑进屋带着哭腔对王雨霖说：“乡长，全完了，全完了。”

“啥全完了？”王雨霖让常光耀坏了好事，本来就一肚子气，又看到他这个样子，火气就更大了，沉着脸冲常光耀吼了一声。

“马进财，马进财他们，全被打死了。”

“啥呀？全被打死了？”王雨霖瞪大了眼睛，心想，让你们去送亲拉拢凤屏寨，咋打起仗来了？

“谁干的？你咋回来了？”王雨霖见常光耀半天不说话，急切地追问。

“不知道。”常光耀心里没底，摇摇头，哆嗦着嘴唇说：“可能是八路，也可能是将军寨的人。”

“啥乱七八糟的，从头说。”王雨霖说着走到桌后，坐在椅子上跷起二郎腿，点上一支香烟，抽上一口，静静地看着常光耀。

常光耀深知王雨霖草菅人命，只要不危及他自己，死几个人根本不放在心上。所以，常光耀也稳下神，慢慢地说：“我们把夫人，不，马红英。把马红英送到凤屏寨，说服了王长贵跟我们合作。”常光耀觉得口干，抿了抿嘴唇，接着说：“王长贵抓的那几儿[①]女八路——。”

“咋了？”王雨霖放下二郎腿向前探了探身子问。

“交给赵石头了。”

“交给赵石头了？”王雨霖瞪大眼睛问，“那，藏宝图，藏宝图呢？”

“没问。”常光耀摇了摇头说。

“狗屁，不是让你们去找藏宝图哩吗？”

“是。”常光耀抿了抿嘴唇，咽了咽唾沫，接着说：“我们不想让凤屏寨的人知道藏宝图，在半路上打了一个伏击，把他们全，全打死了。”

“狗屁，把谁全打死了？”王雨霖不解地问。

“八路，那几儿女八路。”

“打死了？好，好。打死了好，好。”王雨霖又仰坐在椅子上，深深地吸一口烟，又跷起了二郎腿。

“我们也把赵石头打死了。”常光耀见王雨霖一副漫不经心的样子，就连猜带蒙地说出了这句话。

“把赵石头打死了？”王雨霖腾地一下就站了起来，盯着常光耀问：“你再说一遍！”

“我们把赵石头打死了。”常光耀又重复了一遍。

---

① 念jè，几个。

“把赵石头打死了！好！好啊！”王雨霖扔下烟头，两步跨到常光耀面前，双手抓住常光耀的双臂说：“贤弟啊，你可立大功了！立大功了！你消了我心头之恨，去了我后顾之忧了！”他一边说一边把常光耀往桌前的椅子上推，“坐，坐，快坐下，慢慢说。”他把常光耀按在椅子上，冲门外的卫兵喊：“快，快给常队长上茶。”

常光耀见自己漫无边际地瞎蒙一句竟提起了王雨霖这么大兴趣，内心的顾虑一下子消除了一半，诚恐诚惶地站起来，激动地说：“事情是这样的。”

“坐，坐，坐下来，慢慢说。”王雨霖没等常光耀站直就按着他的双肩又把他按在了椅子上。这时，卫兵已经把茶倒好放在了常光耀面前，王雨霖指着茶杯说：“喝茶，喝口茶。”

王雨霖走到自己的座位前，卫兵也把他的茶水送到。他坐下来，端起茶杯，装模作样地在嘴边沾了沾，放下，又点上一支烟，跷起了二郎腿，一边晃腿一边对只顾吹着茶杯上面的茶叶喝水的常光耀说：“说吧。”

常光耀一直顾虑王雨霖会质问他为什么自己一个人活着回来了，拿他作通共论处，正一边喝水一边想怎么向王雨霖说呢，听到王雨霖的话，急忙放下水杯，战战兢兢地说：“这得从头说起。我和马进财把马红英送到了凤屏寨，王长贵都不敢相信是真的。他和寨主张三旺见乡长您不计前嫌，就为我们报个信，您就奖他们恁些[1]东西，还把马红英送给了他，非常高兴，准备设宴款待我们。可就在这时，赵石头来了。”

“狗屁，他们还和赵石头有联系？”王雨霖惊觉地放下了二郎腿，把身子俯在桌子上看着常光耀的眼睛问。

“没，没有。”常光耀急忙摆了摆手说：“王长贵不是抓了几儿女八路嘛。这几儿女八路是赵石头护送的，赵石头去求了牛半山。您也着[2]，牛半山是浮戏山十几个山寨的盟主，牛半山就派将军寨的二当家的杨文彬跟赵石头一块到凤屏寨要人。张三旺去应酬了，我趁机说服了王长贵跟咱合作，提出要杀了赵石头。”

常光耀说到这，停下来看了看王雨霖，王雨霖冲他点了点头。常光耀受到了鼓舞，继续编造着说：“王长贵跟马进财一听我说要杀赵石头，吓哩跟孙子似的，都怕偷鸡不成蚀把米。我说，俺就不吃宴了，在凤屏寨下头[3]埋伏好，等赵石头走到，趁他不防一阵乱枪就把他干掉了。”

“他们同意了？”

“我这么一说，他们就都同意了。”

“狗屁，那将军寨的杨文彬咋弄哩[4]？”老奸巨猾的王雨霖接着问。

“王长贵起初也有顾虑。我给他许了愿，说乡长您说了，让他跟咱合作，咱先让他取

---

① 那么多。
② 知道。
③ 下边。
④ 怎么办。

代张三旺做凤屏寨的寨主，再扶持他当浮戏山山寨的盟主，杀了杨文彬，他前面就少了一只拦路虎。我这么一说，他就同意了。”

“好，老常，真有你的。”王雨霖冲常光耀伸了伸大拇指说完，又深深地吸了一口烟。

常光耀又一次受到鼓舞。心想，反正马进财和带去的人都死了，只有自己活着，那就是自己怎么说怎么是了。所以，他便无所顾虑，编得更离奇了：“我和马队长带着队伍悄悄离开了凤屏寨，埋伏在回峪沟的山路上。我给马队长说，不管是谁都往死里打，我们的目的是抢回藏宝图。也不知是咋回事儿，马队长非让我去看马，我没办法，只好去看马了。”

常光耀说到这，故意停下来看王雨霖。王雨霖呷了口茶说：“这个马六子[1]，啥时候都不忘抢功。”

常光耀喝口水也不评价马进财，接着说：“我把马牵到下游藏好，不放心，又拐回去，远远看见赵石头和杨文彬领着那几个女八路从山上走了下来，我怕暴露目标，只得趴在树丛中观看。”常光耀一边说一边看王雨霖的反应，见王雨霖又冲他点了点头，就放大胆子编了起来：“我看着赵石头他们走进了我们的伏击圈，就掏出了枪，心想万一有一个冲出来的，我就打死他。只见我们的弟兄一齐开火，他们还没有来得及反抗，就全被我们的人打死了。马队长他们就高喊着‘把赵石头打死了！把赵石头打死了！’冲下山路。”

“好了，你别说了。”王雨霖放下二郎腿，向前探着身子说：“是不是他妈的赵石头又站起来了？他打死了马六子他们，你打死了他！”王雨霖想起了那天在法场上赵石头从死人堆里站起来的那一幕。

常光耀一听此话，本想应了接着话茬编下去，又想到自己前边已经说了，马进财他们“不是被八路就是被将军寨的人打死了”。想到这，他又喝了口水，定了定神说：“不是。当时我也想冲上去庆祝胜利，可就在这时，突然从山上冲下一队人马，一阵枪响，我们的人全倒下了。”

“多少人？”王雨霖急切地问。

“好多，大概有一二十个，二三十个吧。”常光耀瞎编道，“我刚从树丛中跑出，看到那阵势，一下子愣住了。他们发现了我，冲我开枪，我急忙向回跑，骑上马从乱枪中拾了条命。”

“你没看清是啥人？”

“我一个也不认识，我想，不是八路，就是将军寨的人。”

“有道理，除了八路，就是将军寨的人恨我们。”王雨霖把烟头狠狠地扔在地上，咬着牙说：“狗屁，不管是谁，反正把赵石头打死了就是胜利。”

“是胜利，乡长。可那藏宝图的线索又没了。”常光耀看着王雨霖怯怯地说，“我想，藏宝图肯定落到那伙人手里了。”

---

① 马进财的别名。

"狗屁，赶快派人去打听啊，搜遍浮戏山也要找到他们。"

"是，我这就去安排。"常光耀看着王雨霖说完，就要起身离开。

"哎哎哎，还有个事儿哩。"王雨霖说着站起来，走上前拍着常光耀的肩膀说："你再安排一下，今儿个[1]，我和陈香玲圆房，咱庆祝一下，去去晦气。"

"今儿个？"常光耀急忙站起来瞪大了眼睛，吭吭哧哧地说，"乡长，今儿个，不合适吧？"

"咋不合适？"王雨霖也瞪起了眼睛盯着常光耀说，"他妈的王长贵今儿个圆了马红英，我今儿个就圆她陈香玲，他骑大洋马[2]，我抱美芙蓉[3]。"

"乡长。"常光耀压低嗓门，小声地说："咱们十几儿[4]弟兄还躺在回峪沟呢，咱得去剿匪，做做样子，笼络人心啊。"

"啊，好，好。"王雨霖摸了摸脑袋说："这样，你再辛苦一下，和结巴一起带几十号人去，把尸体运回来就得了。"

"乡长，亲征，您得亲征。"常光耀接着说，"只有你亲征，才能安抚人心。这几天，咱们死的人忒多了，人心都毛了。现在，赵石头死了，您，咱还怕啥？这样，我也不歇了，陪着你，就说是去清山，为死去的弟兄报仇，全团出动，长长咱们的威风。"常光耀这话看起来是为王雨霖着想，其实他是为自己，他怕自己与结巴带人上山再中了埋伏。让王雨霖去，人多势众，危险的系数就小了。

王雨霖摸着自己的脑袋思索着，不说话。常光耀接着说："咱们拉着队伍到山里转一转，回来也不耽误圆房。一来，咱们去踩踩阴气增长阳寿。二来也让弟兄们看一看，乡长您在自己大喜的日子里，还要为死去的弟兄报仇亲自出征哩，谁不死心踏地为您卖命呢？"

"嗯，有道理，有道理。"王雨霖摸着脑袋说完，又拍了拍常光耀的肩膀说："老弟啊，还是你对我忠心，凡事都替我着想，难得啊。"他抬起右手重重地拍了下常光耀的左肩，然后把手一挥说："狗屁，我要亲自去。"

"是。"常光耀冲王雨霖来了个立正。然后移开椅子，一边向门外走一边说："我这就去集合队伍。"

"我待会儿过去。"王雨霖说着走进里屋。

陈香玲从床上坐起来，噘着小嘴对王雨霖说："我不叫你去。"

"不去不中，让人家说我为了和你圆房，连弟兄们的死都不管了？！"

"那你给了我再走。"

---

① 今天。

② 马红英的绰号。

③ 陈香玲的绰号。

④ 念jè，几个。

"今儿黑[1]回来了。"

"不中，我镇暂儿[2]就要。"

"镇暂儿要了今儿黑就没货了。"王雨霖拍着自己的小肚子说，"没有货就起不来，起不来，你要也没用。"

"你不是说一根儿烟的功夫就能生出来吗？"

"那是以前。镇暂儿不中了，十根儿烟也生不出来。"

"我说你老了吧，你还不服气。"陈香玲又噘起了小嘴。

"不是我老了，是事儿太多，没有心劲儿。"王雨霖俯在陈香玲的耳边压低声音说。

陈香玲一下子搂住了王雨霖的脖子，亲着王雨霖的脸不住地叫道："诓谁哩，我就不信。"

王雨霖和常光耀带着还乡团来到回峪沟，见到马进财一干人的尸体，像模像样地挤了点眼泪，指挥着乡丁到村子里挨家挨户地搜了搜，又把群众集合到场院里，常光耀开始训话了："乡亲们，八路军已经完蛋了，皮定钧回不来了。现在，是国军的天下。有少数共产党和八路军的顽固分子，想搞破坏，人人都得提防，跟他们划清界限。都给我听清楚了，今后若有收留共产党和八路军的，按通匪论处！有发现他们举报者，重奖！王乡长说了，举报一个奖十块大洋。"

大地主刘尚武的老婆王秀花是王雨霖的姑姑。刘尚武看到王雨霖带领还乡团浩浩荡荡地开来，就带着老婆颠颠地跑出大门相迎。王秀花大老远就冲王雨霖笑着喊："咦——雨霖，你可回来了。咦——，都一年多了，可想死大姑了。"

"大姑身体可好啊。"王雨霖冲王秀花点了点头，笑着问道。

"咦——，还不是托你的福，你看看，多结实，多结实。"王秀花屈着身用双手拍打着自己的膝盖上方笑着说。

"这些天，村里有啥动静没有？"王雨霖看了一眼王秀花和刘尚武问。

刘尚武急忙凑上前，对王雨霖点头哈腰地说："听说你回来了，俺就一直留心着村里的事儿。今儿晌午[3]，村里来了一男一女两个浑身是血的人，他们带着一队马，驮着几个死人，挨着叫了几户门，见没人开门就进山里去了。他们把一个死人丘在青龙峡上的堰平地里，然后上了千佛画像崖。诺[4]女哩好像伤着腿了不能走，被诺男哩安置在千佛画像崖下的山洞里。后来，从山下又追上来一帮人，诺男哩就跟那帮人带着马上将军寨了。"

"妈的，通匪，将军寨通匪。"王雨霖骂道。

"我看那样子，像是将军寨的人把诺男哩抢了。"刘尚武向王雨霖解释说。

---

① 今天晚上，或今天夜里。
② 现在。
③ 中午。
④ 那个。

“狗屁，将军寨抢男人？咋不抢那女人哩？”王雨霖盯着刘尚武说。

“他们不着[①]诺女哩呗。”刘尚武看着王雨霖一脸认真地说。

“乡长。”常光耀把王雨霖拉到一边，压低声音对王雨霖说：“乡长，是将军寨通匪，还是将军寨抢了诺男人，都不重要，关键是藏宝图。”

“是啊，藏宝图，我要的就是藏宝图啊！”王雨霖把两手一摊焦急地说。

常光耀俯在王雨霖的耳边小声说：“有线索了。”

“在哪儿？”王雨霖急忙向四周看了看，拉着常光耀急切地问。

“乡长。”常光耀拉着王雨霖又向前迈了两步，把声音压到了最低点，俯在王雨霖耳边说：“我想，那伙人肯定是袭击我们的人，最起码那一男一女是。他袭击我们弄啥哩[②]？肯定也是为了藏宝图！要不然，他能眼看着让我们伏击赵石头和八路？他是想渔翁得利。所以，我想，藏宝图八成在他们身上。最大可能，在那一男一女身上。”

“嗯。”王雨霖点了点头说，“快，包围千佛崖，抓那女的！”

“乡长。”常光耀急忙拉了一把王雨霖，摇着头说：“不能打草惊蛇！”

“噢——。”王雨霖恍然大悟说，“你是说，那男的还会回来，藏宝图也有可能在那男的身上。”

“乡长说的极是，乡长说的极是。”常光耀点头哈腰地说，“您看这样中不中？天快黑了，不能耽误您老圆房。咱留下一个班住在这里。对刘尚武说是对他进行保护，显得您对亲戚的照顾，实际上咱是在山里安了耳目，让他们把情况打探清楚了，是抓千佛画像崖下那俩屌男女，还是收拾将军寨，再作定夺。”

王雨霖听了常光耀的话，笑着大声说：“我就是咤[③]想的，我就是咤想的。”

王雨霖笑着回到刘尚武和王秀花面前，不紧不慢地对王秀花说：“大姑，今儿个天不早了，我就不进家了。”

“咦——，那不中。到家门口了不回家咋说哩？连碗水都没喝。”王秀花执意邀请道。

“你就别添乱了，王乡长是干大事儿的。”刘尚武拉了一把王秀花说。他说这话，看似在说王秀花，其实是说给王雨霖和众人听的。

“刘老伯说得对，刘老伯说得对。”常光耀一边点头哈腰地冲刘尚武说，一边笑着看王雨霖。其实，他说这话也是说给王雨霖听的。他说完，将手中的一叠银票塞给王秀花。

“你这是弄啥哩？这是弄啥哩？”王秀花抖着手中的银票看着王雨霖说。

王雨霖看了一眼王秀花，抬起手向下按了按说：“我也没啥孝敬您和姑夫的，您就拿着零用吧。另外，我再留一个班保护你们的安全。”

“哎呀呀，这俺哪受用得了，这俺哪受用得了。”刘尚武急忙冲王雨霖作揖，点头。

“咦——，你这是给大姑长脸哩！咱祖上有德啊，你这回可叫大姑显显，阔阔！”王

---

① 念 zháo，知道。
② 干什么。
③ 这么，这样。

秀花乐得嘴都合不上了，又屈着身用双手拍着膝盖上方，咧着大嘴笑着说："还留一个班哩，保护我。瞧我多转[1]，多转。"

"你们就别客气了，我该走了。"王雨霖冲刘尚武和王秀花摆摆手说。

"真要走啊，我说你吃点儿饭再走吧。"刘尚武挽留说。

"您看看，我这几百号人，您要管饭，就得搭棚子[2]了。"王雨霖指着还乡团的队伍笑着说。

"不碍事儿，不碍事儿。"刘尚武点着头说。

王雨霖叫过结巴，如此这般地交代一番，带着队伍浩浩荡荡地下山去了。

结巴一伙人在刘尚武家得到了款待，酒足饭饱以后，说到山里转转看看浮戏山的好风景，就两人一组三人一伙地到外边探寻情况去了。大灰狼拉着赵石头看到千佛画像崖下的那两个过路人就是还乡团的探子。

夜将浮戏山涂得漆黑，争斗了一天的五颜六色不得不向黑色称臣，纷纷披上了黑纱。茂林修竹、红岩翠柏、飞瀑流泉，胜似仙界的浮戏山一下子隐没在了黑暗中，只有点点星火顽强地把黑暗的世界打破一点或撕开一片。

大灰狼侧卧在千佛画像崖下，两只大眼睛在黑夜里闪着绿光，注视着旷野，静静地守着石洞。

石洞中，赵石头和刘红云默默地坐在石桌前。两个人手足无措地相互偷望着，都感到一种莫名其妙的生疏和拘束。

赵石头看看黑洞洞的洞口，又看看朦朦胧胧的洞壁，然后将目光落在石炕上，盯着炕沿对刘红云说："你睡吧。我望风。"

"我不困，你睡吧。"刘红云看着洞口说。

赵石头站起来走向柴捆，向炉子里续了一些干柴，然后走到洞门口自己躺的那捆玉米秆前对刘红云说，"那我先睡一会儿，醒来替你。"说着躺了下去，等了一会儿，他侧脸看了看刘红云说："你也躺会儿吧，听着外面的动静就中了。躺着腿上的血回流好，消肿快。"

刘红云看了看躺在地上的赵石头，又看了看石炕，淡淡地说："我不想躺，把腿跷起来好多了。"

赵石头偷眼看刘红云，刘红云端坐在石桌旁，将受伤的腿抬起放在另一个石凳上，那造型在朦胧的红晕中就像是神话里从壁画中走下的美女，美极了。

赵石头不敢看了，闭上眼睛，刘红云那造型却定格在他的脑海里。

刘红云看了看赵石头，又环顾一下四周，把目光落在了石炕上。她想上炕躺着，可

---

① 念 zhuài，阔气，幸福，享受。

② 搭棚垒灶。

在这夜深人静的山沟里，在这昏暗的山洞里，一对年轻男女同居一起，她实在是不好意思。在游击队里也有男有女，可这样单独与一个男人在一起过夜她还是第一次。她的心里很乱，想到死去的两个姐妹，想到孟春桃。孟春桃做了压寨夫人，那该是什么样子？以往她听说过压寨夫人，在书本和舞台上看到过压寨夫人，可自己身边的人，特别是孟春桃做压寨夫人，她就是想象不出是什么样子。孟春桃娇小玲珑，是个卫生员，根本不会舞枪弄刀，做压寨夫人能服众吗？唉，压寨夫人就是寨主的老婆，是女人就能当，谁当了压寨夫人，压寨夫人就是什么样子。孟春桃是压寨夫人，压寨夫人就是孟春桃那个样子。孟春桃嫁人了，李秀娟和张淑珍牺牲了，就剩她一个人了，怎么办呢？寻找大部队，到哪里去寻呢？上延安，去延安干什么呀？嫁人，嫁给谁呀？嫁给赵石头，就嫁给地上躺着的这个男人？他倒是说他还没有结婚呢！想到这，刘红云把目光又落在了赵石头身上。

赵石头平躺在玉米秆上，腿与胳膊平展地分着，活像一个“大”字。他已经睡着了，呼吸均匀地发出丝丝鼻音。

刘红云瘸着腿走到炕前，从炕上扯下一件衣服，搭在赵石头的身上。她蓦然发现，赵石头睡着时的脸是那么英俊。头上的黑发已有半指厚了，硬茬茬地包着脑袋，更显得那头颅的结实。脑门光光的在朦胧的红晕中有点发亮，那两道深深的抬头纹不见了。浓眉下是两道又黑又长的眼睫毛，高耸的鼻子就像突起的一座山峰，嘴巴微翘像是在微笑。是在笑我吗？我也二十有三了，哪个少女不怀春啊，你要我吗？刘红云想到这，心里好像被抽走了什么东西空落落的，上不着天下不着地。她不敢在赵石头身边久留，生怕赵石头突然睁开眼睛看到她。她拖着腿走到石桌前坐下，愣一会儿神，感觉有点冷。她想是夜里凉了，就站起来往灶台里加些干柴，又回去坐下，还是觉得冷，就又站起来走到火边。

炉火在熊熊燃烧，照在她的脸上，为她涂上了一层红晕，像是打了一层淡淡的红脂粉。她感到脸有些热，抬手摸摸，有点烫。她认为是火烤的，就离开炉火，坐在炕沿上。脸舒服多了，可身上还是有点发冷。她把炕上的另一件衣服披在身上。

刘红云在炕沿上坐了一会儿，感到头有些沉，浑身发软。她看了看躺在地上的赵石头，赵石头的话就在耳边响起了：“你也躺着吧，躺着腿上的血回流好，消肿快。”

刘红云先把左腿迈上炕，又把伤腿抱上炕，坐在炕上静静地看了一会儿赵石头，慢慢地躺下。赵石头说得对，她感到腿上的血在回流，胀痛感在一点点减少，比坐着舒服多了。可是，不一会儿，她的眼皮就打起架来，浑身软绵绵的。她侧身用力挣开眼睛看看赵石头，赵石头依然平静地躺着，发出平静而均匀的鼻音。

夜真难熬。刘红云想到在游击队里熬夜、在家里熬年，只要有人说话，这夜就好熬了。可是，她不忍心叫赵石头，她知道赵石头这几天太累了。就是赵石头不累，她现在也懒得用力气说话了。她已清楚地意识到自己开始发烧了。

刘红云慢慢地闭上了眼睛。

“呜欧——，呜欧——。”遥远的山谷中传来一声长长的狼嗥。那声音悠长哀伤，在这漆黑的荒野里显得凄惶苍凉，如泣如诉，像坟地里丧夫的女人凄惨的长哭。

洞外，大灰狼听到同伴的呼唤，“噌”地一下站立起来，朝着声音传来的方向摆好姿势，鼻尖冲天，发出一声长嗥。

大灰狼这一声长嗥，底气充足，胸腔深厚，音质纯净，高昂而悠长。就像它那四颗硕大的钢牙，圆润锋利，具有很强的穿透力。战栗的尾音还没有终止，千佛画像崖前的几面大山就发出了低低的回声，在漫漫的黑野里，在刘红云所在的山洞中，慢慢地慢慢地波动徘徊。

狼，狼嗥。刘红云听到这两声狼嗥，不由得打了一个寒战。她睁大了眼睛，她早就知道她说的“狼狗”是狼了，可她就是不愿意承认这个现实。她不愿意在赵石头面前承认，也不愿在自己内心里承认。大灰狼确确实实陪了她一个下午，她在内心里已经把它当作“狼狗”了。赵石头要她当心狼，她嘴上不依不饶，但内心里还是接受了。

“呜欧——，呜欧——。”远方的狼又发出一声长长的嗥叫。那声音亲切绵软，温柔哀婉，满含着惊喜、痛苦、忧伤和期盼，尾音颤抖悠长。刘红云从那声音中猜想，那是一条母狼，是大灰狼的妻子，是在诉说她寻夫的辛酸。

“呜欧——，呜欧——。”

“呜欧——，呜欧————。”遥远的山谷中又传来几声长短不一的狼嗥，紧接着浮戏山中回荡起狼的大合唱。

大灰狼又高高地回应一声。这声音尾音不长，顿音明显，粗重威严，就像是一只狼王发出的命令。刘红云听得毛骨悚然，一股寒气从头顶穿过脊椎，一直灌到尾骨，出了一身冷汗。

果然，大灰狼的叫声一出，除了山谷中的回音外，其它的狼嗥声戛然而止。

大灰狼叫罢，兴奋地用三条腿一蹦一颠地跑进山洞，站在炕下冲刘红云“呜欧，呜欧”地哼哼，一边哼叫一边摇头。刘红云心里害怕，又不知道咋办，就强打精神，无力地冲大灰狼向洞外摆摆手说：“乖，去，看门去。”

大灰狼又摆头摇尾地哼叫两声，用三条腿一蹦一颠地跳出了山洞。

“你见过这么温顺的狼吗？！”刘红云反问赵石头的话又回响在她自己的耳边。

“哪有镇[①]温顺的狼？”赵石头的话也在耳边响起，“它越通人性，我心里越没底儿。”

刘红云的心里也开始没底了，就想叫醒赵石头。她看了看赵石头，放弃了叫赵石头的想法，悄悄地把手枪摸出来握在手里。她吃力地睁着眼睛，倾听着洞外的声音，命令自己不要睡去。

洞外一片漆黑，除了微风吹动树叶和蒿草的沙沙声，静得出奇。那沙沙声变幻着，组合成一部低幽的催眠曲，撩拨着刘红云的神经，安抚她入睡。

---

① 这么。

坚持，坚持，一定要坚持到赵石头醒来再睡。

坚持，坚持……。

刘红云终于没有坚持住，昏睡过去……。

沉寂的浮戏山在几声狼嗥后开始了骚动，树林中、山石后、岩洞内，一只、两只、三只、四只……，一只只狼开始向外游动，越过山梁，越过小溪，慢慢地向青龙峡聚来。

“呜欧——，呜欧——。”大灰狼听到峡谷里的动静兴奋地又叫了一声，瘸着腿在千佛画像崖下来回地蹦跳。

狼们闪着一双双绿幽幽的眼睛悄悄地从千佛画像崖下的灌木丛中爬上了那一米多宽的平台，一群狼还顺着大灰狼跳下的那两节断崖跳下来，慢慢地向石洞口会聚。

大灰狼向狼群“呜欧——，呜欧——”地低叫了两声，众狼便围上来，一个个走近大灰狼，用鼻子嗅它的头，嗅它的身，嗅它的伤腿，传达着无尽的思念与问候。

原来，这只大灰狼是浮戏山里的狼王，在出外游玩时因贪嘴被猎人下的套子套住，情急之中，它果断地咬断自己的小腿逃了出来，被刘红云所救。

大灰狼冲狼群“呜欧——，呜欧——”地哼叫着，好像在叙述它的遭遇。狼们在平台上缠绵了许久，大灰狼冲狼群低叫了几声，然后调头一蹦一颠地向洞口走去，其余的狼紧随其后。

洞内，赵石头侧躺在玉米杆上，可能是窝着了脖子，断断续续地发出了鼾声。那鼾声不大，但在夜深人静、只有两个人的山洞里却犹如雷鸣。可是，那么大的鼾声也没有惊动昏睡中的刘红云，更别说狼进入山洞那轻微得几乎没有声音的脚步声了。刘红云平躺在石炕上，右手按着放在胯边的手枪。炉膛里的炉火暗了，已经没有了火焰，只剩下木炭发出的淡淡红晕。

大灰狼一蹦一颠地走进洞门，看见地上躺着的赵石头，停下来，听了听赵石头那断断续续的鼾声，把嘴伸向了赵石头的脖子。

大灰狼从赵石头的脖子一直嗅到头顶，抬起头，向四周看了看，把眼光停在了刘红云身上。刘红云此时正好翻了个身，把脸背了过去，按着枪的手也移到了一边。大灰狼瘸着腿向前跃了两步，一下跳上了石炕，其余的狼鱼贯而入，把赵石头围了个严严实实。

大灰狼跳到炕上，冲刘红云“呜欧——，呜欧——”地叫着，见刘红云没有一点反应，就慢慢地把嘴伸向了刘红云的脖子。

大灰狼像嗅赵石头那样，从刘红云的脖子一直嗅到头顶，然后咬着刘红云的衣袖把她的胳膊摆了几摆，刘红云还是没有反应。大灰狼又冲狼群低叫了两声，慢慢地将嘴伸向了刘红云的脖子。它在刘红云的脸上嗅了嗅，伸出血红的舌头对着刘红云的脑门舔了起来。

刘红云朦胧中感觉到脸上有些凉意，惬意极了。她感觉到是赵石头在抚摸她、亲吻她。她尽情地享受着，体会着，太舒服太惬意了，吻得她浑身的血液都沸腾起来。她伸手去抱赵石头，却抱住了大灰狼。

大灰狼“呜欧，呜欧”地哼叫着，用头拱刘红云的脸。

“啊——”刘红云大叫一声坐了起来，一把推开大灰狼，朝炕下一看，惊得她出了一身冷汗——洞内站满了狼，一双双闪着绿光的眼睛滴溜溜地看着她。吓得她情不自禁地向炕角团缩，一边缩一边怯怯地喊：“赵，赵，赵石头。”

大灰狼见刘红云躲开自己，就跟进两步，继续用头拱刘红云的上身，并发出“呜欧，呜欧”的哼叫。

“去，去。”刘红云一边用手推大灰狼，一边使出吃奶的力气大喊：“赵石头！”

正在睡梦中的赵石头被刘红云的叫声惊醒，他惺忪着双眼，“啊”地一声坐了起来。周围的狼听到赵石头的动静，把注意力从石炕上一下子转向了他。赵石头看着这么多双绿眼睛盯着自己，又近在咫尺，知道就是再快的枪也抵挡不住这群饿狼。一旦惹怒了狼群，他无所谓，大不了被狼咬上几口，刘红云可就没命了。想到这，赵石头慢慢地站起来，学着刘红云的样子对炕上的大灰狼说：“乖，出去。快，出去。”

大灰狼冲赵石头“呜欧，呜欧”地叫了两声，继续用头拱刘红云的上身。

刘红云看到赵石头站起来，慢慢地回过了神，听到赵石头那么镇静地对大灰狼说话，大灰狼又是这么温和地与她表示亲昵，心里像是吃了颗定心丸。她一边抚摸大灰狼的皮毛一边哆哆嗦嗦地轻轻说：“乖，乖，妈妈病了，妈妈没有力气跟你玩。它们都是你的朋友，是不是？去吧，随它们去吧。把它们都带走，妈妈怕，怕它们闹。去吧，乖，去吧。”

大灰狼好像听懂了刘红云的话，“呜欧，呜欧”地哼叫着，用头拱着刘红云，一副难舍难分的样子。

“乖，听话，去吧，妈妈实在是没有力气了。”刘红云一边喘气一边说，她真的感到自己浑身软绵绵没有一点力气。

大灰狼依旧用头拱着刘红云，一边拱一边低声地哼叫，那叫声听着让人心酸。

“舍不得妈妈，是吧？”刘红云笑了，流出了眼泪，一边掉泪一边说：“去吧，妈妈真的没有力气了。去吧，听话。”

大灰狼好像真的听懂了刘红云的话，冲刘红云哼叫了两声，又用头拱了刘红云两下，跳下炕。狼群立刻闪开一条道，大灰狼一蹦一颠一步一回头地走出山洞，众狼也跟在大灰狼的后边一一走了出去。

刘红云看着狼群慢慢地向外走，眼睛模糊了，当最后一只狼离开山洞时，她一下子瘫软在石炕上。

“刘红云，红云。”赵石头急忙跨向炕台，扶着刘红云摇晃。可是，刘红云已经不省人事了。

“哎呀，发烧。”赵石头发现刘红云烧得厉害，急忙把她抱起，轻轻地平放在石炕上。然后用毛巾在水桶里一蘸，用手抓了抓在刘红云的头上擦了起来。

赵石头为刘红云擦上几下，那毛巾就发热了，他再到水桶里涮。如此反复了几次，桶里那点水也热了。赵石头把毛巾蘸过，放在刘红云的脑门上，提起水桶跑向洞外。

洞外，狼群没有了。洞门口站着一只狼，两边的平台上各有一只狼在昏暗的夜幕下来回走动。赵石头也顾不了那么多，提着水桶向水泉跑去。一只狼也跳下平台，跟在他的身后跑。

赵石头跑到泉边打了一桶水，猛一回头，那水桶差点碰到跟在他后边的那只狼身上。那狼一缩身，闪过水桶，调转头，在赵石头的前面跑回千佛画像崖下。

赵石头为刘红云擦过额头擦脸，擦过脸擦脖子，如此反复地擦着。刘红云的脸烧得彤红，经过赵石头用毛巾冷敷，变得粉里透红，像山里熟透了的五月鲜桃。赵石头看着这张像鲜桃似的脸，怜惜地不敢擦了，生怕自己的手重一点，会擦破了皮，溢出水来。

赵石头把毛巾又在桶里涮了涮，叠成方块放在刘红云的额头上，然后用手轻轻地抚摸刘红云的脸庞。他感到刘红云的脸比水仙的脸白、比水仙的脸细、比水仙的脸嫩多了。想到水仙，他急忙收回手，水仙虽然皮肤黑点、粗糙点，但那是自己的妻子。自己的妻子刚刚去世，就对别的女人有非分之想，真是——。

赵石头控制住自己不去乱想。刘红云是同志，同志负伤了，同志发烧了，他尽的是同志的责任和义务。他转过身，去给炉子添干柴。炉火又燃烧起来，把洞里照亮了许多。添了火，又情不自禁地走到炕前，取下刘红云头上的毛巾。他想伸手摸一摸刘红云的额头是不是还很烫，看了看手，怕是拿过了柴弄脏了刘红云的额头，就俯下身把脸贴上去，还是有点热。他把脸向下移了移，与刘红云的脸贴在了一起，立刻感到一股暖流通向他的全身。他急忙站起来，看着刘红云。刘红云静静地躺着，安详极了。那脸真是好看，特别是那红红的嘴唇——。

赵石头不敢再看了，背过身。

“水，水。”刘红云颤动着那红红的嘴唇轻轻地叫道。

“水，啊水。”赵石头急忙转过身看刘红云，刘红云动了动嘴唇又昏睡过去。

“水，水。”赵石头在心里叫着。他看了看刘红云，又看了看水桶。水桶里的水洗了毛巾不能喝了，他急忙将手中的毛巾又在水桶中涮了涮，拧拧，搭在刘红云的额头上，提起水桶向门外走去。

赵石头把干净的水打回来，刚走到洞口，就听到洞内刘红云在急切地叫：“水，水，水，水。”

“水，水来了。”赵石头三步并作两步走进山洞，来到炕前，他傻眼了。刘红云平躺在石炕上，洞内没有一样喂水的东西，用于喝粥的大铁盆显然是不行的。

“水，水。”刘红云无力地叫着，赵石头看着刘红云心如刀绞。

怎么办？怎么办？赵石头突然想起大人口对口喂小孩的样子，不行，人家姑娘……。

赵石头看着刘红云，正在犹豫。刘红云又无力地叫了起来：“水，水，水。”

赵石头一甩头，对着水桶含了满满一口，俯下身，与刘红云口对着口喂起水来。

水慢慢地从赵石头的口中流出。他感到刘红云干硬的双唇开始湿润，然后慢慢地蠕动，张开了，一口，二口，三口，四口。

赵石头的一大口水，足足喂了刘红云四口。他又含了一口，口对口地给刘红云喂了下去。刘红云慢慢地睁开了眼睛，旋即又轻轻地闭上。

赵石头喂一口，刘红云喝一口。赵石头一连喂了刘红云六口水，再喂时，刘红云的口不张了。从赵石头口中流出的水顺着刘红云的嘴角流向了她的脖子，赵石头急忙伸手挡住。

赵石头用手擦干刘红云脖子和脸上的水，轻轻地叫了两声："刘红云；红云。"

刘红云静静地躺着没有一点反应。

赵石头上上下下摸了一遍刘红云的脸，感到没有先头那么烫了，长长地出一口气，拿起毛巾走到水桶前，将毛巾扔进大铁盆里，然后往大铁盆里倒了半盆水，把毛巾涮了涮，拧了拧。这一拧，使他感到脸红。水从毛巾里挤出"哗哗啦啦"、"滴滴答答"地落入铁盆中，使他蓦然想起，用毛巾也能给刘红云喂水，他当时为什么没有想到这而选择了嘴呢。他用手指摸了摸了自己的嘴唇，回味着与刘红云口对口喂水的感觉，那是亲嘴，实实在在的亲嘴，就像他亲水仙一样。他亲了炕上的女人，就像亲自己的老婆一样。他回头看刘红云，感到刘红云睁着眼在看自己。

"你，醒了。"赵石头直起身，冲刘红云说。

刘红云静静地躺着没有一丝反应。

啊，看错了，一场虚惊。多亏她处在昏迷中，要不然多尴尬啊。赵石头走上前，情不自禁地伸手摸了摸刘红云那红嘟嘟、粉扑扑的脸蛋，感到还有点热，就又爱怜地用毛巾擦了一遍。擦完了，便傻呼呼地站着，怔怔地看着刘红云。他终究没有抵挡住诱惑，俯下身轻轻地在刘红云的双唇上亲了一口。

啊，这才是亲嘴，这才是标标准准地亲嘴。赵石头回味着，不知是心里愧疚的感应，还是自己真实的感觉，他感到这一吻没有刚才喂水时舒服、甜心，刚才他的嘴唇动一动，刘红云的嘴唇就动一动，酥酥的，麻麻的，痒痒的，甜甜的，就像喝蜜一样的甜。他与水仙亲嘴好像没有这种感觉，他又回味与水仙第一次亲嘴，房事时的亲嘴，都没有这么甜、这么嫩、这么让他心跳。想起了水仙，他心里又感到愧疚，拿起毛巾转向大铁盆。但是，他还是情不自禁地回头看了一眼刘红云。

这一回头，赵石头又是一惊。他分明看到刘红云在睁着眼睛看他，可是当他定睛看时，刘红云依旧是静静地躺着没有一点反应。

赵石头一边涮毛巾一边想，水仙刚刚去世两天，尸骨未寒，自己就对别的女人有非分之想了，真是对水仙不忠，水仙可是为了保护自己才被还乡团打死的呀。可转念一想，人家有钱人老婆没死还娶几房哩。水仙死了，再想也是死了，而刘红云是现把现躺在自己身边的女人。他看了看刘红云，真漂亮，比水仙漂亮多了，就是水仙活着，他若有条件娶刘红云他也一定要娶。咳，你想娶人家，人家愿意嫁你吗？

赵石头站起身看了看刘红云，在心里说："不管你愿意不愿意，从现在起，我就把你当成自己的秀子[①]看了。"他俯下身为刘红云擦了擦脸，然后拉起刘红云的小手。

刘红云的手也好烫，赵石头反反复复地为她擦了几遍，温度降下去了。赵石头想，手这么烫，她的脚也一定很烫。不能脱她的衣服，还不能脱她的袜子？

赵石头脱掉刘红云左脚上的袜子。烫，滚烫滚烫的。他急忙拿冷毛巾擦，直擦到他感觉不烫才停手。

"男人的头女人的脚，只能看不能摸。"这是老辈人的教诲，也是巩县人公认的理。赵石头摸刘红云的脚了，这脚长得也漂亮，粉里透红的，脚趾细细的、长长的。这又使他想到水仙的脚，怎么老想水仙？怎么看到刘红云的什么都与水仙比？他和水仙结婚快半年了，还真没有细看过水仙的脚呢。摸过，不止一次地摸过，那是房事时的事情，根本没有细细欣赏的意思。要是把刘红云的腿搬起来，哎，想什么呀你？！

赵石头摇了摇头，又去脱刘红云右脚的袜子，刚触到刘红云的脚，刘红云就"吱"地一声抖了下身子。

"疼了。"赵石头急忙停住手问。刘红云没有回答，他看刘红云，刘红云依旧是静静地躺着没有一丝反应。

赵石头不敢再动刘红云的右脚，他怕触痛刘红云的伤口。他把毛巾在大铁盆里涮了涮，正要为刘红云擦脸，突然想起这毛巾刚擦过脚，就蹲在盆前洗毛巾，摆了几摆，把水换了。如此反复了三次，他认为把毛巾洗净了，放到鼻子前面嗅了嗅，笑笑，去为刘红云擦脸。他又一次看到刘红云是睁着眼睛的，可是细看还是闭眼静躺的样子。他在心里打鼓，怎么老是第一眼看刘红云，总感觉刘红云在睁着眼睛看自己呢？是自己看走了眼，还是自己心里有鬼自己吓自己呢？

赵石头站在炕前怔怔地看了刘红云半天才慢慢地为刘红云擦脸。这时，一只狼走进洞，把嘴里叼的东西放在地上，冲赵石头"呜欧——，呜欧——"哼叫了两声，转身走出山洞。接着又有一只狼叼着一个东西进来，放下出去。第三只，第四只。一共四只，赵石头看愣了，他的意识告诉自己，这是狼来送东西了。但是，他不明白，这事太离奇了，究竟是狼因为得到了刘红云的救助来报恩呢，还是他与刘红云躲在千佛画像崖下得了佛神的保佑呢？

赵石头又把毛巾涮了涮搭在刘红云的额头上，走过去看了看，是三只野兔和一只山鸡。

"好，我给你炖只山鸡补补身子。"赵石头像是自言自语又像是对刘红云说。

赵石头把大铁盆坐在火上，加了点柴。又从干柴捆中抽出一根指头粗细的直棍自言自语地说："做两双筷子。"

赵石头拿过一把刀子把棍子截成筷子一样的长短，用刀子削了起来。水开了，他把

---

① 老婆；妻子。

削好的筷子放进盆里煮一会儿把盆端了下来。

赵石头向大铁盆里倒了些凉水，把筷子捞出来，把山鸡放进去，用手翻了翻，开始对着炉火的亮光拔起了鸡毛……。

山鸡被热水烫了，毛也不好拔，长在皮上，死死的怎么揪也揪不下。不像家鸡，用热水一烫，一揪一把毛就拔了下来。赵石头很认真地把山鸡的毛拔净，拿起小刀，三下两下就把山鸡杀好了。他把鸡毛和从鸡身上扒下的内脏扔到平台下的树丛中，站在门口的狼就跃下去吞吃起来。

赵石头看了，怔怔地站了一会儿，摇摇头，走回了山洞。

第十五章

他们来到大黄狼的坟前，只见一只青灰色的狼在不停地舔坟前那块青石板。它的舌头磨破了，流着殷红的血。

天神慢慢地收着夜幕，东方的地平线渐渐由灰变白，浮戏山的山尖尖开始由灰变白，这灰白像百万大军从平原的远方合围逼近浮戏山，这灰白像天兵天将从浮戏山的最高峰铺天盖地地重压下来。山谷还沉睡在夜幕中，千佛画像崖还沉睡在朦胧中。崖下的狼转累了卧在平台上，赵石头干累了趴在石炕边打盹儿。刘红云的烧有点退了，睡得正甜；炖熟的鸡煨在火边，满洞飘香。炉火没有了火焰，红木炭将洞顶映红一个大圆，像被云彩遮掩的太阳，浑浑然把洞内照得朦朦胧胧。洞外开始放亮，十米开外已经能够辨别清楚了。千佛画像崖下的小路上闪动着十几个人影，他们用路边的树丛做掩护慢慢地向千佛画像崖接近。一百米，五十米，四十米，三十米，……。这伙人就是王雨霖留在刘尚武家的那帮乡丁。

原来，到千佛画像崖方向的两个探子一个叫狗剩，一个叫孙强，两个人同一个村，都是桃花峪人。狗剩留着分头，孙强理个平头。他们俩走到千佛画像崖下，狗剩指着通向千佛画像崖的小路对孙强说："你上去过吗？"

"没有。"

"这就是千佛画像崖，石崖上刻着一千个佛像，个个活灵活现，跟真人一样，可好看了。上去看看？"

"中。"

"对了，上面还有个洞哩，有可能藏着八路。"狗剩突然想起了千佛画像崖下的山洞，对孙强说。

“那就算了，不去了。”

“若真发现八路，咱就发财了。”

“别指望发这财，弄不好就把命搭上了。”孙强一边说一边向前走。

“就是，咱例行公事在大路上走一走得了。”狗剩说着紧跟两步追上孙强。

孙强和狗剩一边说笑一边顺着大路向山里走。他们知道，他们的身上没有贴着还乡团的标签，只要他们不主动出击，八路也会对他们网开一面；山里的土匪，除了劫富，不会轻取人命，更不会坑害当地百姓。他们一身百姓打扮，又没带辎重，就是沿途看看风景，不会有什么危险。所以，他们俩一边谈笑一边看风景，慢慢地移着脚步。半个下午，两人感觉非常舒服，从来没有过的舒服，心理上没有任何负担，风景处处抢眼，身在其中，胜似神仙。

“天快黑了，回去吧？”狗剩看看天对孙强说。

孙强没说话，调头向回走。

狗剩说：“这事儿还老美哩，不用干活，整天看景致，多得。”

“就是，咱就咤[①]走走看看，能打探出个屁。”孙强接着说，“八路没傻到往咱枪口上撞的地步，你不招人家，保住自个儿[②]平安就得了。”

“哎，要真是让你撞上了，你咋办？”狗剩问。

“你没见八路打仗，先喊‘缴枪不杀’。咱先把枪交了，保个不杀再说。”

“你真是个怂包。”狗剩笑着说，“要让王雨霖知道了，非宰了你不可。”

“咱俩是老伙计了，我才跟你说，换换家儿我才不说哩。”

“我也这么想。”狗剩说，“遇事儿你也得看看情况。你看咱，碰上八路和老共，说咱是贫苦老百姓；见了皇军，咱说大大的好；打起仗，咱向天上放；谁也不坑，谁也不害，谁厉害，咱向谁靠，混个肚饱，睡个安稳觉儿。”

“你还没害人，那个八路军伤员是谁抓的？！”

“这你就傻了。”狗剩说，“我说遇事儿得先看情况，就是这个理儿，到手的财就得发。你说，他和我非亲非顾，他一点儿反抗能力都没了，十块大洋，白挣啊。再说，我不抓，总有人抓呀。”

“可是，他被杀了。”

“那是王雨霖杀的，不是我杀的。”

“你要不抓他，他能被王雨霖杀吗？”孙强看着狗剩说。

“这谁也说不准。”狗剩满不在乎地说，“我已经说过了，我不抓别人也得抓。再说，八路都走了，他伤那么重，受也受死了。这样，他一下子解脱了不说，还让王雨霖给咱出十块大洋，正应了他们的话，为老百姓死得值得。”

---

① 就这么。

② 自己。

“你也叫老百姓？”孙强白了狗剩一眼，愤愤地说：“俺说不过你，不跟你说了。”

“中了，你呀，就甭为他人担忧了。”

“真是的，那些共产党和八路军对老百姓真好。”

“听他们说哩，是为老百姓。为老百姓还让老百姓掩护他？”狗剩愤愤地说，“这不，国军还没到哩，他们就跑了，老百姓可遭殃了。不是他们，前一儿[①]能死恁些人？”

“那是王雨霖狠，他说宁多杀一百个老百姓也不放过一个八路。”孙强也愤愤地说。

“嘘——。”狗剩拉了孙强一把，压低声音指着千佛画像崖下说：“有人。”

“哪儿？”

“那，你看。”狗剩指着千佛画像崖下的小路说，“那棵头向我们这边歪的松树，一个人，提哩啥东西？”

“嗯。”孙强点了点头说，“肯定是老百姓。”他说这话是不想自找麻烦。

“老百姓谁住那儿？”

“那就是信[②]佛的。”孙强冷冷地说，他不想让狗剩把那人提到八路军和共产党身上。

狗剩也知趣，不说话看着那人。那人正是赵石头，刚从泉边提了水向山洞走。

狗剩和孙强看着赵石头在平台上消失才慢慢地向前走。两人都不说话，走到千佛画像崖下的小路口，狗剩点了点头若有所思地说：“是从这儿上去的，我说上边能藏人吧。”

孙强没好气地说：“那你就上去看看吧。”他丢下这句话气哼哼地径直向前走。狗剩追上来，两人一路无话，回到了刘尚武家。

“队长。”狗剩跑到结巴跟前，笑着说：“我发现个情况。”

“啥，情况？”结巴瞪着眼睛不屑一顾地问。

“在千佛画像崖下我发现一个人。”

“千——佛——崖？”结巴转身冲屋里一指，“刘，刘。”

“叫刘尚武？”狗剩凑上去问。

“早，发现，了。”结巴终于说出了后半句话。他按照王雨霖的指示，把人撤出去后，带了一个人和刘尚武一起对千佛画像崖进行重点监视。赵石头从将军寨回来后的一切洞外活动，他们都看在眼里，现在那个乡丁还在盯着呢。

“叫我弄啥哩[③]？”刘尚武正好从屋里走出来，笑着问。

“我在千佛画像崖下看到个人。”狗剩看着刘尚武说。

“那我知道。”刘尚武笑着说，“我跟队长说了，可能是过路的，将军寨的人抢了他们的马，不杀他们，把那男人放了。”

“是，八，八路。”结巴说。

“队长，要是八路，那十块大洋可是我的啊。”狗剩点头哈腰地冲结巴说。

---

① 前天。

② 那么多。

③ 干什么。

“嗯。”结巴恶狠狠地瞪着狗剩“嗯”了一声。

“咱俩对分。不不不，你六块我四块，你七块我三块，嘿嘿。”狗剩看着结巴的凶相一边讨价一边点头如捣蒜。

“这还差，差不，多。”结巴笑着朝狗剩的肩上拍了一下。

“就咤[1]说了，你七块，我三块，嘿嘿，嘿嘿。”狗剩理了下他那小分头嬉笑着说。

“那，得抓，住——他。”结巴挥着右手结结巴巴地说。

晚上，结巴安排乡丁轮流盯着千佛画像崖。睡到五更时分，立功心切的结巴把熟睡的人都叫起来，全副武装要到千佛画像崖抓人。

结巴带领乡丁刚踏上千佛画像崖下的小路，卧在石洞前的狼突然仰起了头，“呼”地一下站了起来，长尾平翘，像一把即将出鞘的军刀，一副弯弓搭箭、居高临下、准备扑杀的架势。这是一头大黄狼，它的脖子、前胸和腹部长着大片的灰黄毛，在晨曦中，虽不是金毛灿灿、耀眼夺目，但是它那双锥子般的目光射出了一股凶傲的虎狼之威，透出腾腾杀气。

大黄狼看着结巴他们距千佛画像崖只有三十米了，回头看了一眼石洞，仰鼻朝天“呜欧——，呜欧——”地长嗥两声，“噌”地一下蹿起，跳到小路上挡住了结巴他们的去路，瞪着一双绿眼，把它那锥子般的目光直射向还乡团的乡丁。

“狼！”

“狼！”

走在前面的狗剩被这突如其来的情况吓了一跳，定睛一看，见是一只大黄狼挡在了面前。这条狼比乡公所的大狗还大，尖碗形的长耳支愣着，锥子般的目光照得他浑身打颤，哆嗦着双腿，张着嘴说不出一句话。众乡丁见状，也都吓了一跳，只是离狼较远，又隔着人和物，才没有灵魂出窍的感觉。他们好生奇怪，狼见了众人是要跑的，怎么这条狼却跑到人前挡人去路？

大黄狼与众乡丁对峙一会儿。狗剩慢慢缓过了神，见这只狼不叫也不咬，他想退又退不了，就想从狼身边绕过去。谁知那狼又将身子横过来把小路挡了个严严实实，并扭过头龇着牙用那锥子般的目光照着他，那凶悍的样子吓得狗剩一屁股坐在了地上。

结巴举着手枪一边上前一边说：“打——死它，冲——。”他的话音未落，那狼“呜欧——”发出一声短粗的嗥叫，越过狗剩扑向后边的孙强。狗剩被蹚倒在地，吓得“啊啊”大叫起来。众乡丁见状急忙向后退。那狼咬住了孙强的衣袖，被孙强带着跑。只听“嚓啦”一声，孙强的衣袖被狼连根撕下叼在嘴中，孙强跌跌撞撞地跑入人群。

在平台两边静卧的狼听到大黄狼的嗥叫，“呼”得一下抬起头，环顾四周。见大黄狼跳下了小路，就向路口跑来。

赵石头听到狼嗥，一个激灵抬起头，就听到路下有人大叫：“狼！、狼！”他立即拔

---

① 就这么。

出手枪，跃上两步贴在了石洞门口的墙上，向下一看，只见大黄狼站在一队持枪人的面前。“打——死它，冲——。”一个结巴举着枪在喊。“呜欧——”大黄狼大叫一声，扑向人群。接着眼前“嗖嗖”闪了两下，洞两边的两只狼也先后跳下了小路。被扑倒的狗剩刚刚爬起，又被后边冲下来的两只狼扑倒。众乡丁一看又来了两只狼，吓得拼命向山下狂奔，三只狼在后边猛赶，一直把他们追到了大路口。

三只狼站在路口，看着众乡丁顺着大路发疯似地向山下跑。

结巴带着众乡丁跑了一阵，转过大弯，发现狼不追了，就冲乡丁们喊：“别——跑了，别——跑——。”

众乡丁惊魂未定地放慢了脚步。孙强战战兢兢地喊：“狗剩，狗剩，狗剩还在上面呢。”

“回去看看。”另一个乡丁紧张地说。

“看——”一个乡丁指着千佛画像崖惊慌失措地喊。

众乡丁顺着他手指的方向看，不禁倒吸一口冷气，吓出一身冷汗。只见一只只狼从千佛画像崖旁的两节断崖处鱼贯而下，东面另一路狼在山路上向千佛画像崖狂奔。与此同时，千佛画像崖下传出“叭叭叭”三声枪响。

“走——！”结巴一摆手率先向山下跑了起来。

“队长，狗剩。”孙强冲结巴喊道。

“走吧，再不走就没命了。”一个乡丁拖着孙强向山下跑。

“狗剩，狗剩。”孙强一边跑一边喊。他喊了两声就流出了眼泪，哽咽着跟着众人跑，跑几步擦把泪向后看一看。

原来，狗剩被狼接二连三地扑倒，吓得魂不守舍，爬起来就跌跌撞撞地向回跑。这千佛画像崖下只有这么一条小路，正与返回的三只狼撞了个正着，他慌乱中闭着眼睛向狼举起了枪。

三只狼见状拼命地向狗剩扑去，狗剩开了三枪就被狼扑倒在地。从断崖处跳下的那群狼也冲下小路，一会儿就把狗剩撕没了。

刘红云被洞外的响动惊醒，提枪来到洞口，被赵石头一把揽在怀里。赵石头眼睁睁地看着狗剩被狼撕吃这一幕，他怕刘红云看了害怕。他看着看着，身上的汗毛竖了起来。他想到了张淑珍，张淑珍跳下凤屏寨后是不是也是这样被狼撕吃了？

刘红云被赵石头紧紧地抱着，她不知道发生了什么事，只想赵石头抱住她总是有理由的，战场上是不拘于形式的。

赵石头被小路上群狼分尸的一幕惊呆了。人们都说狼凶残、狡猾，而且是有组织的，昨晚他看到了狼有组织的一面，今早又让他见识了狼凶残的另一面。

“呜欧——，呜欧——。”赵石头听到了那熟悉的叫声，刘红云也听到了，那是大灰狼那粗重威严的嗥叫，尾音不长，顿音明显。

刘红云刚要挣脱赵石头的搂抱，赵石头就松开了他那有力的手臂。只见大灰狼骑着一只半大的小灰狼，它后两条腿立地，让小灰狼充当其前两条腿，威武高大地站在平台上，大有君临城下的架势。平台上齐刷刷地站满了狼，少说也有三四十只。赵石头想到刚才路下发生的一幕，不由得又打了一个寒战。

“乖，是你来了。”刘红云见状，笑着拖着腿走上前抱住大灰狼的脖子，用手爱抚着它的绒毛。大灰狼用头顶着刘红云，亲昵地厮磨着，嘴里不停地嘤嘤哼叫着，好像在询问什么。

“怎么了？那枪声——？”刘红云一边抚摸大灰狼一边抬起头问赵石头。

“有人偷袭我们，被它们赶跑了。”赵石头看着大灰狼说。

“是吗？乖。”刘红云把大灰狼的头紧紧地搂在怀里，亲昵地说：“是你救了妈妈和叔叔，对吧？你真行，真能干。”

“呜欧——，呜欧——。”大灰狼冲刘红云哼叫着，把尾巴夹得更紧了。

这时，路下的狼相继跑了上来，两只狼还拖着一只狼的尸体。赵石头认出，那死狼就是守在洞前的那只大黄狼，心里“咯噔”一下，涌出一种说不清道不明的悲痛。

大灰狼从小灰狼身上跳下来，三条腿一蹦一颠地走近大黄狼，嗅了嗅大黄狼的头，伸出舌头舔大黄狼身上的血。舔了一会儿，昂起头冲天“呜欧——，呜欧——”地大叫一声。众狼随即一同昂首朝天“呜欧——，呜欧——”地叫了起来，并轮流上前舔大黄狼身上的血。狼的叫声在山谷中回荡，久久不息，凄惨悲凉。

赵石头自从看到群狼撕吃狗剩的场面后，就琢磨着怎么把这么多狼打发走。他想，与狼共舞，终究会有后患。听到群狼的吼声，瘆得他起了一身麻星。他看了看狼群，把刘红云拉到洞口，拍拍刘红云手中的枪，然后走向大灰狼，轻轻地摸了摸大灰狼的头，蹲下身检查大黄狼的尸体。大黄狼身上的血已经被群狼舔尽了，皮毛被狼们的唾液浸得湿漉漉的，散发着一股难以形容的酸腥味。赵石头明显看到了它脖子和肚子上的枪伤，血还在一点一点地向外渗。

赵石头把大黄狼从头到尾抚摸一遍，抬起右手摸着大灰狼的头，看了看刘红云，轻轻地说：“埋了吧？”

刘红云冲赵石头深沉地点了下头，大灰狼冲他轻轻地哼叫两声。

赵石头将大黄狼的前后两只腿分别抓在手中向上提了提，见众狼没有反应，只是刘红云冲他摇了摇头。他也没弄明白刘红云的意思，只是觉得这么提着大黄狼不合适，大黄狼毕竟是为了保护他们才丢了性命。想到这，他慢慢蹲下去，双手托起大黄狼慢步走向路口，众狼自行为他让开一条路。他在捡干柴的时候，发现树林里有一个一米见方的大坑，他不知是谁出于什么原因挖的，他想把大黄狼安葬在那里。

赵石头抱着大黄狼在前面走，刘红云一瘸一拐地跟在后面。大灰狼骑在小灰狼的身上走到路口，便跳下来，一蹦一颠地跟在刘红云身后，群狼也自动成队跟了上来。

赵石头抱着大黄狼走到大坑旁，把狼放在坑边的一块青石上，跳进坑，把坑里的棍子、石头扔出来，用脚把坑踩平，又站在坑里看了一会儿，跳上来，向树林的一边走去。

刘红云和狼都瞪着眼睛默默地注视着赵石头。树林中除了赵石头弄出的响动和风撩万物的摩擦声外，一点声响都没有，静得出奇。刘红云能听到狼们的哈气，狼也能听到刘红云的呼吸。大灰狼见赵石头走远，蹦到坑边向坑里看。

赵石头揪了一大抱干软草回来，向坑里撒了一大半，坑便被蓬松松的干草填满了。他摸了一把大灰狼的头，然后走向大黄狼的尸体。他左手抓着大黄狼的两只前腿，右手抓住两只后腿，把大黄狼提起来，面色凝重地冲刘红云和狼群转了一圈，大灰狼立刻发出“呜欧——，呜欧——”的惨叫。

“呜欧——，呜欧——”

群狼齐鸣，声震山谷，悠长悲伤，如泣如诉。刘红云不知是高烧未退还是心灵受到了震撼，她一连打了好几个寒战。

赵石头把大黄狼的尸体慢慢地放进坑里，松软的干草立刻包住了大黄狼。他跪在地上，探着腰把大黄狼的尸体放平，然后把剩余的干草放进坑里盖住了大黄狼。

“呜欧——，呜欧——。”大灰狼又发出一声凄凉的长嗥。

赵石头又抬起手摸了摸大灰狼的头，然后用双手捧土向坑里撒去。

“呜欧——，呜欧——”

狼群又发出了新的一轮嗥叫，凄惶苍凉，撕心裂肺。

刘红云哭了。她哭着拖着伤腿走向坑边，一边哭一边向坑里撒土。她这一哭一动，使本很刚强的赵石头也涌出了辛酸的眼泪。

赵石头和刘红云在群狼的嗥叫声中，哭泣着为大黄狼圆了个坟堆。赵石头还把刚才停放大黄狼尸体的青石板竖在了坟前。他忙完了一切，拉着刘红云向后退两步，对着坟堆深深地鞠了一躬。

群狼停止了嗥叫，争相奔向坟前，用舌头舔青石板上大黄狼的血。

青石板上的血迹舔没了，狼还在一拨儿接着一拨儿地舔，就像人举行一项必不可少的仪式。赵石头为狼的行为所感动，也为狼的行为所震撼。

所有的狼都舔过了青石板，被大黄狼血染的地方让狼们舔得湿漉漉的。狼们舔过青石板后自觉地站在赵石头和刘红云的身后。狼的作为彻底打消了赵石头对狼的偏见，一下子拉近了他与狼的距离，他轻轻地拉了刘红云一把，对着青石板、对着大黄狼的坟头又深深地鞠了三个躬。

千佛画像崖下发生的一切都被地主刘尚武在远处看了个一清二楚。原来，结巴带领还乡团的人五更行动，刘尚武不知内情，就悄悄地跟在后边想看个究竟。他看到结巴他们摸向千佛画像崖，意识到他们是去山洞抓人的。所以，他远远地躲在一棵大树后边，静看事态变化。当他看到狼把结巴他们赶下千佛画像崖时，吓得“噌噌”几下爬到了树上。

刘尚武看完赵石头安葬大黄狼，上气不接下气地跑回家，把他看到的情况一五一十地对结巴说了。结巴对孙强说:“你，回——去，报告——乡——乡长。”

王雨霖听了孙强的汇报，冲孙强摆了摆手说:“你去吧，我和常队长商量商量。”

王雨霖见孙强走远，长长地叹了口气，对常光耀说:“真他娘神了，连狼都帮共产党。”

“听他瞎说哩，狼是啥？枪一响，全散了。”常光耀不屑一顾地说，“笨，全副武装的一个班，让狼给赶下山了，笑话。”

“那，你说咋办吧？”

“集合队伍，上山。”常光耀说，“抬上机枪，把狼打散，捉拿那对屌男女。”

“对，不能让他们跑了。”王雨霖把手一挥说，“快，快集合队伍，立即上山。”

王雨霖带着还乡团浩浩荡荡地开进浮戏山，由结巴一伙带领来到千佛画像崖下。

“把山给我围了，一只狼也不能放过。”王雨霖指着千佛画像崖恶狠狠地喊。

“上边的人听着，你们已经被包围了，赶快出来吧，王乡长饶你们不死！”常光耀拿着喇叭筒对着千佛画像崖喊。他喊了一阵，见没有动静，冲着队伍一摆手喊道:“机枪，上。”

十几个机枪手听到喊声，你看看我，我看看你，谁也不肯上前一步。

“你，你。”机枪队的张队长上前一手一个推出两个机枪手说，“走。”

那两个机枪手在张队长的威逼下战战兢兢地抱着机枪上了通向千佛画像崖的小路。王雨霖的机枪队，其实抱的大都是冲锋枪，就是巩县兵工厂模仿 MP18 冲锋枪制造的“花机关枪”。

王雨霖见两个机枪手上了道，指着小路冲队伍喊:“快枪班，跟上。”

结巴听到命令，带着他的短枪队哆哆嗦嗦地跟在那两个机枪手后边向千佛画像崖爬去。他们心惊肉跳地爬上千佛画像崖，石洞里却空无一人，炉火熄了，白白的炉灰散发着些许热气。

原来，赵石头冲大黄狼的坟头鞠完三个躬，对刘红云说:“咱得离开这里。”

刘红云看了看自己的腿，重重地点了点头。

赵石头接着说:“咱们已经暴露了，王雨霖要是把还乡团都拉来，一点儿退路都没有。”他说到这里，看了一眼狼群迟疑地说:“还有，它们。”

刘红云知道赵石头打心眼里不愿意和狼在一起，她虽然没有看到群狼撕分狗剩的场面，但她看到眼前这么多狼，个个杀气腾腾，心里也直发怵。狼毕竟是狼，她听过不少狼吃人的故事，知道狼的本性。她探下身子，摸了一下大灰狼的头，对大灰狼说:“走吧，我们已经暴露了，不能在这里待了。”

大灰狼用头蹭着刘红云的腿，委屈地“呜欧——，呜欧——”哼叫了两声。

赵石头和刘红云收拾完东西，两双眼睛不约而同地看向炉火边煨着的山鸡。赵石头对刘红云说:“吃块儿鸡肉吧。”

刘红云摇了摇头。

“那，喝点儿鸡汤。”

刘红云又摇了摇头说：“不想喝。”

“这，”赵石头走到炉前说，“也不好拿。”

“你吃吧。”刘红云轻轻地说，“吃饱了好赶路。”

“我也吃不下。”赵石头低沉地说，“其实，也没有啥好吃的，没盐，白煮，都是草腥味。”

刘红云看了看大盆，又看看赵石头，眨了眨眼睛说：“那，放到狼的坟前吧。”

“对。”赵石头的眼睛突然一亮，接着又低沉地说：“它救了咱的命。”

“它吃不了，其它的狼也能吃。”刘红云接过话，淡淡地说。

赵石头端着大盆走出石洞，突然怔住了。只见洞外站着一只狼，瞪着眼不知所措地看着他。洞两边平台上的两只狼，也将头转了过来。

“怎么了？”牵马走在后边的刘红云惊觉地问。

“它们散了。瞧，还是三只，每只都有明确的分工。”赵石头看看狼，把大盆放在狼的跟前，对刘红云说。

刘红云走出石洞，看了看狼说：“书上说它们的组织可严密了，比人还守信用。”

“吃吧。”赵石头轻轻地拍了拍那狼的头，指着大盆说。

那狼嗅了嗅大盆里的山鸡，仰头看了看赵石头和刘红云，又转头看了看两边平台上的狼，“呜欧——，呜欧——”低叫了两声。平台上的两只狼“哒哒哒”地跑过来，低头嗅了嗅山鸡，仰起头冲赵石头和刘红云呜咽着哼叫。

“吃吧。”赵石头又一手摸着那狼的头一手拍着大铁盆的边沿，铁盆发出几声沉闷的响声。

三只狼你看看我，我看看你，最后怔怔地看着赵石头和刘红云，一动不动地站在原地。

“它们咋不吃呢？我杀野鸡的水它都喝，连鸡毛都吞到肚里了呀。”赵石头看着三只狼不解地对刘红云说。

“它们有严明的纪律，不该动的东西，它们绝对不动。”刘红云又想起了她看过的那本关于介绍狼的书，轻轻地说：“还是放在那——坟前吧。”她不愿说出“狼”这个字，这两天让她感受到，狼比狗还通人性，这群狼是他们的异类朋友。

“中。”赵石头低头端盆，看见刘红云圈屈着的伤腿，直起身对刘红云说：“你等会儿，我背你下去。”

“没事儿，我能走。”刘红云说着先牵着马跛着腿下了小路。

赵石头跟在后边，三只狼也跟了下去。

他们来到大黄狼的坟前，只见一只青灰色的狼在不停地舔坟前那块青石板。它的舌头磨破了，流着殷红的血。那血顺着青石板流向石下的黄土。刘红云被这只狼的举动感动了，默默地流下了眼泪。一只狼从赵石头的身后跑向坟前，像狗咬架似的“呜欧——，呜欧——”地叫着，把那条满嘴是血的狼赶离坟头。

赵石头把大铁盆放在坟前，对着坟头深深地鞠了四个躬。

刘红云也流着热泪跟着鞠了四躬。

“盆不能丢下。”赵石头说着，弯腰从坟前搬起一块一面平整的红石头，挪开大铁盆，把红石头的平面朝上放在了青石板前。

赵石头左右摇晃压了压那块红石头，把它放稳，折下一根树枝，折成两段，把盆中的山鸡捞出来放在红石上，看了看盆中的鸡汤，又端向狼，敲了敲盆沿。一只狼走上前，看了看赵石头低头喝了两口，另外两只狼也走向前喝了起来。那只满嘴是血的灰狼又走到大黄狼的坟前，用嘴拱了拱山鸡，低叫两声，又舔起了青石板。

赵石头看着眼前的情景，心头涌上一种说不出的感觉。把鸡汤喝干净的三只狼不约而同地冲向灰狼，把它赶离大黄狼的坟头。

刘红云看着这场面，情不自禁地涌出了热泪，喃喃地说：“它真重感情。”

赵石头看了一眼那满嘴滴血的灰狼，灰狼眨着可怜巴巴的眼睛注视着大黄狼的坟。他想说什么，动了动喉结，没有说，眼睛向家乡的方向望了望，低头掂起铁盆对刘红云小声挤出一个字：“走。”

刘红云看了看大黄狼的坟和面前的四只狼低沉地说：“还真有点舍不得它们。”说完，擦了把泪，冲狼招招手哽咽着说：“再见了，朋友。”

赵石头看了看狼，从马背上取下两只野兔放在坟前，四只狼冲他低低地“呜欧”了两声。

两个人牵着马走到大路上，赵石头停下来对刘红云说：“上马吧。”

“我们上哪？”刘红云停下来问。

“镇[①]大的山，总有咱的栖身之处。”

“他们会不会盯梢？”

赵石头向四周看一看，不紧不慢地说：“按常理说，会有人盯。可是对于还乡团这帮乌合之众来说，是不可能的事儿。他们被狼追得失魂落魄，个个只顾逃命，让谁盯梢，谁都怕被狼吃掉。”

刘红云仰脸看了看千佛画像崖，心想，我们刚在这山洞里住下就被人家发现了。她没有看到狼追赶还乡团的场面，也没有看到狼撕分狗剩的情景，但是，她的眼前立即浮现出银峒洞那场战斗，他们躲藏的时间更短，在那么短的时间内就遭到了别人的暗算。想到这，她轻轻地说了一句：“还是小心点儿好。”

“嗯。”赵石头一边扶刘红云上马一边说：“我们再向前走一点儿，绕过山头，钻进树林，就是有盯梢，他也看不见了。”

赵石头把刘红云扶上马，在马的屁股上拍一下，那马就“哒哒哒”地向前小跑起来。

---

① 这么。

赵石头把马背上的东西往肩上一背，跃身上马追了上去。

两人骑马转过山包，赵石头打马向前，见到一片树林，对刘红云说了声："小心。"圈马伏身钻了进去。

刘红云也学着赵石头的样子钻进树林。

两匹马一前一后在原始森林中疾驰。猎猎清风像无形的手慢慢地抽扯去了赵石头心中的压抑，随着不断涌入眼眶的旖旎风光，他想起了皮定钧司令员的话——一定要保持革命乐观主义精神。他认为他是男的，应该做出好样，让刘红云感到安全、有所指望。想到这儿，他看了看面前的小山包放慢了马步，转过头对刘红云笑着说："这深山老林，猎人都难进，他还乡团更不用说了。要盯梢，除非他会轻功，长着一双飞毛腿。"

刘红云向四周看了看，他们站的这个山头被群山包围着，四方景观，相依托衬，相拥争秀，禁不住感慨地说："多好的风景啊，我们这里简直就是山中山了。"

赵石头向四周看了看，笑着夸奖刘红云说："你真会起名。"

刘红云也想驱赶走笼罩着他们的忧伤，以轻松的心情面对残酷的现实。她一扫几天来严肃、抑郁的神情，面对夸奖自己的男人，忽闪着大眼睛，有点骄傲也有点撒娇地说："我会起名吧？"

"有点儿品位。"赵石头也爱怜地看着刘红云笑着说。

"什么叫有点儿品位？"刘红云剜了赵石头一眼说，"这叫很有品位。你说，还有哪个词能比这'山中山'更贴切的呢？"

赵石头一边笑眯眯地看着刘红云一边思索，他想了一会儿，挠挠头说："还真没有更合适的。"

"怎么样？"刘红云用眼睛笑着看赵石头。

"好，很好。"赵石头冲刘红云笑着说，"下马吧，休息一会儿，坐在这'山中山'上好好品味品味。"说着，他翻身下马，先把背包放在地上，然后扶刘红云下马。

赵石头把刘红云扶坐在草地上，对刘红云说："你在这里看会儿景致，我转一转，找个栖身的地方。"他把他背的包袱放在刘红云跟前，拍拍包袱说："枪，都上好子弹了。小心点儿。"

刘红云的脸一下子阴了下来。她看了看包袱，又看了看赵石头，噘起小嘴说："真扫兴。你就不会歇一会儿，陪我看看。"她今天早晨被惊醒后，一直沉浸于忧郁之中，刚刚有点儿好心情，不想让赵石头离开。

"等你腿好了，我领你把浮戏山看个遍。"赵石头堆起笑脸对刘红云说。

刘红云佯装生气不理赵石头，漫不经心地看着两匹马吃草。赵石头也看了看低头吃干草的马，笑笑向山下走去。

山下就是玉仙河的河道，清粼粼的河水欢快地在河道内流淌，冲刷着河道内的乱石，这些乱石别具一格，有的似仙翁，有的若玉女，有的像雄狮，有的如卧虎，有的兀立如柱，有的探身戏水，它们形象各异，相映成趣，纹丝不动地立在河道内把流经他们的水分开涨满河床。两岸山势陡峭，林木茂密，隐千军万马，难见踪影。

赵石头一边走一边观察周围的地形，脚下石子一滑，差点儿摔倒，踢翻的石头顺着山坡滚下，钻进青藤，发出“扑通”一声闷响。赵石头一激灵，跑上前，拨开青藤一看，只见下边有一道十余米高的岩壁，岩壁不平，像是用斧头劈过，龇牙咧嘴地隐在一大片松林中。

赵石头站起身，连跑带跳绕道来到那道岩壁前。只见岩壁上缠满了野藤，有的野藤比松树还要粗。它们紧贴着岩壁面，或插入岩壁的缝隙中，或悬挂于岩壁上。你看不到它的根在哪里，只要能缠到的地方它都缠了，往石壁上缠，往荆棘上缠，往松树上缠，缠得紧紧的，斩不断，甩不掉。有两根碗口粗的藤条，从岩壁顶端垂下来，在岩壁前形成两副可容坐三人的大秋千，若一个人躺上就是一个绝妙的摇蓝。一泓清泉从一米多高的岩缝中淌出，浸湿了岩壁渗入壁下的土地。赵石头想，怪不得这里的松树长这么旺，原来是有水啊，如果这里有个栖身的地方该多好啊。

赵石头看着岩壁发愣，他原指望岩壁下能有个崖洞，哪怕是个崖窑崖庵什么的，他用石头垒一垒，就能遮风挡雨，就能在这里先安顿下来。可是，这岩壁立刮陡沿，断壁倒不少，都是竖断，龇牙咧嘴的，没有一个横断的崖沿。气得他拿起一块石头向岩壁中的一道裂缝砸去。

随着“啪”的一声响，“扑棱棱”从岩壁的裂缝中飞出几只蝙蝠。

“有洞。”赵石头心里一惊，急忙走过去。只见那两尺多宽的岩缝中，垂着一根大拇指粗细的野藤，野藤后是一个像织布梭子一样形状的洞口，洞口很窄，仅能容一人侧身通过。

赵石头拨开藤条，吸着肚子，仄棱着身腰，慢慢地探身入洞，感觉一股暖风向洞口涌动。他知道这是地气，以此判断这洞一定很深。他向前走了三五米，洞内果然大了许多，但是，洞内太黑，深不见底，什么也看不见。脚下拦路石很多，磕磕碰碰。他判断，这洞里没有人来过。

赵石头调头走出石洞，在洞外揪了两大把带杆的高蒿，捡了一些干灌木枝，折了一棵干死的小松树，抱着蒿草和干柴，拖着小松树又磕磕碰碰地进了洞。来到洞内开阔地，他停下来，让眼睛适应一会儿，又摸着向前走了三五米，然后把东西放下，划着了火柴，点燃了蒿草。

洞内顿时亮了起来，赵石头惊异地发现这个洞好大，足有四五米宽、七八米高，更让他惊讶的是这里是一个奇异的世界。洞内的岩石，经过千古地壳演化，自然形成了许多千奇百怪的造型。他急忙把干柴放在火中，把小松树的头折下来加上，火“噼噼叭叭”地燃得更旺了。他看到走过的地方，在浑沌的火光照耀下，好似幽幽的林带中，置放的远古时代的生活图，古典式的楼台亭榭一个接一个、一座连一座，其间，仙女弹琴吟唱，舞女歌舞飘然，男宾纳凉摇扇，墨客挥毫行文，书生盘腿吟读，僧人坐禅静悟，……，栩栩如生。向前看，怪石嶙峋的山脚下，一位手执拐杖的老翁，银须飘然神采奕奕，身边的童子谨慎搀扶，在接受人们的顶礼膜拜。有的人将礼物举过头顶弓腰呈送，有的人跪在地上双手合十念念有词，有的人半蹲半跪，有的人急欲前行，个个毕恭毕敬，虔诚之至。他抬头望向洞顶，更让他惊奇不已，犹如满天星辰的天空熠熠生辉，一片片莲花、一串串葡萄、一支支竹笋倒挂在洞顶，有的上面还挂着晶莹的水珠。

赵石头看着这一切，仿佛置身于神奇的仙界。他做梦也没有想到，在这深山的石洞里还有这么美的景观，简直就是人间天堂。

赵石头决定暂时住在这里，仔细观察有无坐卧的地方。突然，他发现火苗忽忽地向洞口闪动几下。

“风。”赵石头心头一动，敏锐地感觉到，前边不远处一定还有洞口。他急忙把小松树放在火中引燃，带着剩余的蒿草干柴，举着燃烧的松木绕着面前的石块石笋向前走去。他要探寻那一个洞口，看一看住在这里是否安全。沿途一组组惟妙惟肖的人物、活灵活现的动物造型他不敢细看，警惕地观察着洞里的一切。他不知道洞里有没有毒蛇猛兽，也不知道有没有神鬼妖怪。他想，既然想住在这儿，就得侦察清楚。他发现了洞里有个叉路口，怔了一下，然后将火把伸过去，火焰不动，又把火把拿到大洞中，火焰就朝来的方向倾。因此，他决定，凡是遇到小洞，就顺着大洞走。

就这样，赵石头走了大约一里地，过了两个叉道，突然发现了前面有些亮光，他兴奋地加快了步伐。

这个洞口就在洞壁上，是山体裂变风化形成的，呈椭圆形，宽有三四米，中间最高，有两米多，洞口悬挂着野藤。洞前长着一片杨树，又高又密，把山洞遮得严严实实。洞口正面是一架小石山，距洞口十七八米，高三四十米，可能就是山体裂开那部分，和石洞所在的山体剖面一样，如刀劈斧砍一般。石壁断裂处长着许多野藤小树，石壁上的十几棵松树都有胳膊粗了，可见年代久远。大山和小石山连结的坡顶上，长一棵黄楝树。那树干比赵石头借“山羊胡子”的桶还粗，向洞口方向探着身子斜着长，把它那偌大的树冠像伞一样罩在洞口上方。两座山夹着一潭水，潭形犹如一个大鸭梨，水面一亩来大，深不可测，呈墨绿色。

鸭梨潭前的断面是个大石坡，这石坡从底到顶落差约有二十米，方圆几十米就像是一块大石头，上面寸草不生，经水冲刷又光又滑，难以行走。

“真是天助我也。”赵石头在心里叹道。他想，住在这里，就是来他千军万马，有我赵石头把守，他也休想接近山洞。退一万步说，就是他们摸进山洞，也能把他们逼进深潭。更何况，洞内有洞，并非一个出口。

想到这，他笑了笑，钻进了树林，向“山中山”走去。

第十六章

他向洞的两端看了看，两端都是黑洞洞的一眼望不到底，犹如两条巨蟒张着大口争相把他吸入历史的隧道，隧道中一切的一切都是未知，也禁不住打了一个寒战。

王雨霖带着还乡团到千佛画像崖什么也没找到，气得他端着机枪对着千佛崖下的灌木丛、小树林一阵狂射。他把枪里的子弹打完了，将枪往地上一扔，声嘶力竭地喊："搜山！妈那个屄，挖地三尺也要把，把他们给我抠出来！"

常光耀知道王雨霖搜八路是假，找藏宝图是真，它把"藏宝图"说成"他们"是怕知道藏宝图的人多了，自己得不到。所以，他顺水推舟，冲乡丁们大喊："弟兄们，他们受了伤，跑不了多远。一个小队为一组，拉网排查。"

乡丁们在自己小队长的带领下由千佛画像崖开始顺着山路向远处搜查。结巴带着手枪队按照刘尚武指的方位找到了大黄狼的坟，他们推倒青石条，掘出了大黄狼的尸体。

"呵，这么大一条狼啊！"

"日他姐，比咱乡公所的狼狗还大。"

"瞧，枪眼，肯定是狗剩打的。"

乡丁们看着从墓坑里拉出来的大黄狼，议论纷纷。

"拦咱路的就是它。"有人认出了大黄狼，指着大黄狼的尸体叫道。

"没错，是它，就是它把孙强的袄袖咬掉了。"

"我想起它扑孙强那架势就害怕，要不是孙强跑哩快，等它还过口来，不把孙强咬死还邪哩。"

"说不定狗剩就是它吃的。"

"屁，它是狗剩打死的，它还能吃狗剩？"

“你没听刘尚武说狗剩让群狼撕分了。”

“这只狼真凶，我镇暂儿[1]看着身上都起麻星子。”

“哎，有镇些[2]草哩，把它烧了得了。”

“对，烧了它。让那群狼看看它的下场。”

“对，烧——了它。”结巴把手一挥结巴着说。

有了结巴队长的话，几个乡丁就动手弄草准备烧大黄狼的尸体。

“别，别烧。”常光耀听说结巴他们挖出条大狼，陪着王雨霖前来观看。听到乡丁们说要烧狼，急忙制止。

大黄狼被摆放在坑边的平地上。太阳透过树林的缝隙照在大黄狼身上，金黄色的皮毛在阳光下闪着耀眼的光。它的脖子、前胸和腹部大片的黄灰毛，像浮云一样托着它强壮的身躯，使人怀疑它并没有死，时刻都有跳起来搏杀的可能。从而，进一步使人联想到它在山野中奔跑的强悍，扑杀中的凶猛。

“就是它把你的袖子咬掉了？”王雨霖转向孙强问。

“嗯。”孙强轻轻地“嗯”了一声，点了下头。他现在看着大黄狼的尸体，腿都发软，说话也没有底气。

“好样的！”王雨霖在孙强的肩膀上重重地拍了一下说，“能从这只狼嘴下逃生就是英雄。”

“乡长说的极是。”常光耀接过王雨霖的话点头哈腰地说。他看了看地上的大黄狼，又对王雨霖说：“看到这只狼就让人瘆得慌。乡长，咱是不是把狼抬回去，让老百姓见识见识，看咱打死了镇[3]凶一只狼。”

“对，抬回去。也是咱搜山的成绩。”王雨霖看着结巴和短枪队的乡丁把手一挥说。

“是。”结巴冲王雨霖立正答道。然后，他也把手一挥指着他的部属喊道：“抬——回去。”

常光耀看着结巴笑了起来。

“你笑啥？”王雨霖一边向树林外走一边问常光耀。

常光耀笑着说：“我笑王老三哩，他就说‘是’不结巴。”

王雨霖听了，大笑起来。他笑着对常光耀说：“他可跟你没法比啊。”

“乡长，您看到了吧？那可是一张好狼皮。”常光耀岔开话说，“我说让他们抬回去，最重要的原因就是想给您做条狼皮裤子。冬天来了，穿上狼皮裤子，您的老寒腿就好了。”

“还是你想着我。”王雨霖说完，想了想，又说：“镇大一只狼，能做一条褥子。”

“一张狼皮褥子，顶生一个炉子。”常光耀笑着附和王雨霖说。

---

① 现在。
② 这么多。
③ 这么。

“你的脑子就是好使。”王雨霖笑着拍了一下常光耀的肩膀说。

“为乡长效劳，心就得细些。哪能让乡长想这些小事儿。”常光耀堆着笑脸说。

王雨霖仰脸看看太阳，对常光耀说：“收了吧，我看搜不出个屁来。”

“搜不出活人，咱先搜死人。”常光耀又向王雨霖献计说，“他不是在下边堰平地里丘着个人吗？没准那藏宝图也丘在里边了。”

“很有可能。”王雨霖立即来了精神，冲结巴他们喊：“快，到堰平地。”

王雨霖和常光耀在刘尚武的带领下来到堰平地，指挥着乡丁扒开了李秀娟的墓，不但把山洞和李秀娟、张淑珍的包袱翻了个遍，还将李秀娟的衣服扒了个精光。王雨霖见没有搜到藏宝图，乡丁们都挤到李秀娟的裸尸前看热闹，气呼呼地走上前，一脚踏在李秀娟的下身处，冲乡丁们把手一挥，恶狠狠地说：“看个狗屁，烧了！”

常光耀看了看王雨霖脚下李秀娟的裸体，对乡丁们喊：“快，抱点儿秫秫杆把她烧了。”

乡丁们一轰而散，跑到山坡上，一人抱了一大抱玉米秆，扔在地里，不一会儿就跺起一架柴山。他们把李秀娟的尸体扔上去，两个有火柴的家伙几乎同时划着了火。

两点星星之火，引发出两股淡淡的黑烟，两股淡淡的黑烟附着柴堆慢慢地向上升腾。柴堆“呼”地一下，向下一沉，一烈火焰冲天而起，吓得还乡团的乡丁们拥挤着跑向了地边。

王雨霖把结巴叫到跟前说：“老三，你们还留这儿，一来继续寻找藏宝图的线索，二来注意八路和共党的动向。”

“是。”结巴把这一个字喊得山响。

王雨霖看了一眼结巴，又看了看地里那熊熊燃烧的大火，然后掏出怀表，装模作样地看了看，冲常光耀等人把手一挥，带着队伍扬长而去。

结巴喊归喊，做归做。他送走了王雨霖，就带着短枪队躲在刘尚武家里不敢出门了。他们被狼追赶得吓了破胆，只怕再遇到了狼。但是，他们做梦都没有想到，他们所做的一切，都被一只跟踪他们的狼看在了眼里。

狼不但跟踪了还乡团，还跟踪着赵石头和刘红云。

赵石头来到山中山上。

刘红云远远地看见赵石头，心里有一种说不出的激动和高兴，可是，等赵石头走近了，她又怎么也高兴不起来。

赵石头一屁股坐在刘红云的对面。他真的累了，一脸的疲惫。但是，他还是笑着问：“想啥哩？”

刘红云看着赵石头那疲惫的样子，没有回答赵石头的问话。她抬起头淡淡地一笑，淡淡地问赵石头：“找着地方了？”

“嗯。”赵石头点了点头，盯着刘红云的脸说：“你脸色不好。”

“头有点儿晕。”

“烧吧？”

“有点儿。”

“听医生说，创伤大了都要发烧，有的要烧三四天哩。”

“嗯。”刘红云点了点头，从包袱里拿出烙饼递给赵石头说：“吃点儿东西吧。”

赵石头真的饿了，接过大饼，大口大口地吃起来。刘红云见状，心疼地说：“慢点儿吃，别噎着了。”

赵石头冲刘红云笑了笑，把口里的饼咽了，把手里的饼向刘红云面前伸了伸说：“你也吃点儿吧。”

刘红云情不自禁地去赵石头的手里撕下一块烙饼。

昏昏沉沉、少气无力的太阳不知什么时候充足了劲，把它那明亮温暖的光辉洒向浮戏山，透过树荫碎银子般地照在赵石头和刘红云身上，照着他们身旁的树木和草地，让人感到那枯萎的干草和那将要落叶的林木下面蕴藏着勃勃生机。

赵石头吃了些烙饼，也得到了休息。站起来对刘红云笑着说：“走吧，咱们安家去。”

刘红云见赵石头又有了精神，心情也一下子好了许多，跟着站起来，笑着说：“安什么家呀，有个草窝就不错了。”

“我这次啊——。”赵石头话到嘴边停住了，转头看了看刘红云，一边收拾东西一边笑着说：“我要给你个惊喜。”

“有什么可惊喜的，这山沟里有金銮殿？”刘红云瞥了赵石头一眼，不屑地说：“大不了是个破庙。”

赵石头笑着说：“你想哩老美，这里连条路都没有，谁来这建庙哩？！即使有人来这建庙，不断了香火还邪哩。”

“等仗打完了，我就在这里建座庙。”刘红云剜了赵石头一眼笑着说，那神态就像小妹妹对大哥哥撒娇一样。她见赵石头正往马背上放包袱不搭理她，又感叹地盯上一句：“这么美的山，一辈子守在这儿，当尼姑也值。”

“还有更——。”赵石头吸了口气把想说的后半句话咽了回去，接着说：“更好的地方哩！”

“是啊，好地方多的是，可像这么富有代表性的地方不多见。”刘红云感叹道。

“有啥代表性？”赵石头一边拉马向前走一边不解地问。

“我仔细看了，这里是典型的喀斯特地貌。灰岩的面积大，岩层也厚，岩石的质地也比较纯。”刘红云拉着马跟在赵石头的后边说，“这种地貌，我国南方有，北方比较少见。”

“怪不得有人说浮戏山是北方的小桂林哩。”赵石头回过头问刘红云：“桂林是南方的吧？是不是和俺这儿一样？”

“我也没有去过，听说那里山清水秀，风景很美。”刘红云说，“我看，浮戏山更好。

不仅景色宜人，还有研究价值。”

“有啥好研究的？”

“我仔细地观察了这座山和河道，可以说这里是我国不多见的地层出露区，地域不同，石质也不同，有可能是几亿几十亿年形成的。”

“你能看出石头的年龄？”赵石头转过头带着一半尊敬一半怀疑的口吻说。

刘红云一本正经地说：“我爸爸是地质学家，我一直跟着他学，要不是日本人来，我也大学毕业当专家了。”

赵石头回过头，惊异地看着刘红云。刘红云脸上没有半点戏谑之情，洋溢着幸福的笑意。不知她是因为对未来的向往还是对过去的追忆。

赵石头看着刘红云，心中的敬仰之情油然而生，轻轻地问。“您爸镇暂儿[①]哩？”

“你说什么？”刘红云没听懂赵石头的话，忽闪着大眼睛问。

“我说，您爸，他现在在哪儿？”

“让日本人杀了。”刘红云脸上的笑容消失了，眼睛里流出了悲愤和忧伤。

赵石头看着刘红云不知说什么好，只得转过身，低着头走路。

“我爸爸要是活着，他一定来这里，这里简直就是一个天然的地质博物馆。”

“对，博物——馆，博物馆。”赵石头想起了他在石洞里看到的奇观，附和着说。他在心里想，那山洞应该是啥博物馆呢？

赵石头带着刘红云走下山坡，绕过鸭梨潭，来到山洞前。

“不还是山洞吗？”刘红云看了看那椭圆形的洞口说，“就是比千佛画像崖下的山洞隐蔽一点儿，洞前有片树，树下有个潭，潭边有个泉，泉旁有块田，是隐居过田园生活的好地方。不过，也没有什么好惊喜的呢？”

赵石头听到刘红云说“潭边有个泉，泉旁有块田”，就向洞两边看，果然看到潭边不远处有一股清泉从山体中涌出，在小树林里流了一段儿积起一小坑水就不见了，估计是地下有缝渗入下边融入潭里去了。

“行啊你。”赵石头感叹一句。路上刘红云说她父亲是地质学家，又说浮戏山是典型的喀斯特地貌、地质出露层、天然博物馆什么的，赵石头就在心里佩服她有学识，刚到洞口她就又说了这么一大通，还说出了赵石头没有注意到的山泉，使赵石头在内心里又佩服她的观察力。心想，怪不得她说她仔细观察了呢，我咋就不仔细哩？！想到自己说当地话刘红云有的听不懂，就认真地说“行啊你”，而没有用当地话说“中啊你”。

“什么行不行？”刘红云被赵石头这不着边际的一句话弄糊涂了，顺口反问一句。

“我说你观察力很强。”赵石头一边拉洞口的野藤一边回头笑着夸刘红云说。

“那是，同志们都这么说。”刘红云脸上也露出了笑容。女人嘛，受到别人的赞扬总是心旷神怡。

---

① 现在。

“到洞里有你观察的。”赵石头说着拉马进了山洞。

“你把它拉进去干么？味儿死了。”刘红云想起了在千佛画像崖下的山洞里，两匹马拉撒在洞里，臊臭味儿很大。

“这里地方大，保证没味儿。”赵石头一边向前走一边笑着说，“你不是说要小心点儿嘛，把它们放在外面，当心让人看见。”

“你不是说这里连个人影都没有吗？”

“我说镇暂儿没人，没说以后没人，咱不就是人吗？！”赵石头说了这话，自己都觉得自己贫嘴。心想，可能是熟了的缘故。

“钟乳石。”刘红云在赵石头身后突然高声惊叫起来，“看，好大的钟乳石呀！”

赵石头听到刘红云的惊叫，急忙回过头，只见刘红云盯着一个白中带黄形如竹笋的石头看呢。就笑着对刘红云说：“这东西啊，里边多的是。”

“是吗？”刘红云瞪大了眼睛问。

“嗯，满洞都是，啥样的都有。”

“溶洞，我们发现溶洞了。”刘红云兴奋地丢下马一瘸一拐地向洞里走去，走到正洞中，借着昏暗的光亮看到面前竟是一片钟乳世界，她单腿跪地，用双手爱怜地捧着面前的一块钟乳石观看。

“这特儿[①]的小，里头的可大了。”赵石头站在刘红云身边说。

“太棒了，我们发现溶洞了！”刘红云兴奋地站起来，一下子抱住了赵石头，激动地叫了起来。

“我说的要给你一个惊喜吧。”赵石头被刘红云的激奋所带动，抱着刘红云转了一圈把她放下说。

“是，惊喜。”刘红云兴奋地说，“太让人高兴了。你知道吗，形成这么大儿一个钟乳得需要多少年？起码得三四百万年，三四百万年啊。”

“有恁邪乎吗？”赵石头不以为然地说。

“邪乎？这是历史，三四百万年的历史！”刘红云一本正经地说，“你知道它是怎么形成的吗？它是靠上边的滴水形成的。”

“只听说过‘滴水石穿’，没听说过‘滴水成石’。”赵石头故意与刘红云拧着说。

“今天就让你见到‘滴水成石’了。”刘红云非常认真地说，“这水中含有碳酸钙等结晶物，从上边滴下来落在石头上，不断地结晶，石头不断地增长。不过，这石头增长的很慢，据研究，一百年才长一厘米，一厘米呀。”刘红云说着用右手的母指和食指捏在一块露出一点小缝给赵石头看，“就是这么一丁点儿，一丁点儿。”

“那，洞顶上挂的是咋形成的？”赵石头看着洞顶那一大片钟乳石问道。

“也是这个原理，只不过是倒过来了。”刘红云指着面前的一个像竹笋似的钟乳石对

---

① 这里。

赵石头讲解说，“你看，这个钟乳石是从地面向上生长的，岩溶学上称它为石笋。洞壁或洞顶往下生长的钟乳石，被称为石钟乳。当石钟乳和石笋连接在一起时，就叫石柱了。”

“看，这上面还有水哩。”赵石头指着洞壁上的石钟乳说。

“这表面看上去湿淋淋的，说明它仍在生长。”刘红云看着那片石钟乳一边点头一边说：“没想到我们逃难逃难，却在逃难中找到宝贝了。”

“里边宝贝多着哩？有的像楼，有的像亭，有的像人，有的像神，有的像老虎，有的像狮子，……”

“好了，好了，我知道。凡是溶洞，都有这些，只是多与少、大与小的区别而已。快，快带我看去。”刘红云拉着赵石头的手说。

“哎呀，烫，这么烫啊。”赵石头拉着刘红云的手说，“你在发烧，快，坐下，坐下，好好歇一会儿。”他说着把刘红云按坐在一块石头上。

“没事儿。你快带我去看。”

“带你去哪儿看？”赵石头沉下脸说，“满洞都是，咱就住这了，有你看哩。”

“我现在就想看。”刘红云依然很兴奋。

“不中。”赵石头不容置疑地说，“你坐着，我去弄点儿干草来。”他一边说一边向洞外走，看到马背上还驮着东西，就先把东西卸下来，然后走向洞外。

洞外，小树林里一双眼睛正滴溜溜地看向洞内，见赵石头走出来，倏地一下就不见了。

赵石头走出洞外，跑得远远的，找到一片又高又大的蒿草，一把一把地揪了起来。

洞内，刘红云借着昏暗的光线仔细地观察面前的钟乳石。

“干草来了。”赵石头抱着一大抱干草回到洞里，他怕吓着刘红云，一进洞就高声地叫了一声。

刘红云抬起头，只见一大堆黑糊糊的东西在向洞内移动，只听声音不见人，就站起来感叹地说：“打这么多啊。”

“铺厚点儿暖和。”赵石头说着已经走到刘红云跟前。他把草放在地上，两匹马就走过来，撕着干草吃。

赵石头抓了一大把草走向洞的另一边，看看，又折回来，说：“还是拴洞口吧，有个情况，它们准有反应。”他说着把手中的草放在洞口一侧，把一匹马拉了过去。

“别拴在钟乳石上，拴上就破坏了。”刘红云急忙冲赵石头喊。

“那上面精光，能拴住吗？”

“不只是那竹笋状的，和它一样质地的都叫钟乳石。”

“知道了。”赵石头拴好一匹马，又来拉另一匹，嘴里嘟囔着：“这满洞都是，至于嘛？看看，马踢断了一个。”

刘红云看了看马踢断的那个钟乳石，叹口气说：“我们尽量别毁坏就是了。”

赵石头见刘红云对钟乳石这么怜惜，知道它真是宝贝。他不知道它到底具有多大价值，只知道它比一般石头好看，就这一点，它就是个宝。他拴好马，在洞里找到一块没有钟乳石又比较干燥的地方。这块地有一米半宽、两米多长，与千佛画像崖下山洞里的石炕差不多。说它干燥，只是相对于洞内其他地方而言，整个地面潮乎乎的，只是那条潺潺流水的小溪在这里改道走了洞的一边。

“就住这儿吧，”赵石头说，“有条小河，洗洗涮涮都方便。”

“湿不湿？”刘红云问。

“地是湿一点儿，待会儿笼堆火一烤就干。”赵石头一边说一边把干草铺在地上，又把包袱拿过来，像在千佛画像崖下的山洞里铺炕一样把包袱里的衣服铺在上面，然后对刘红云说：“你就躺这儿，虽然看不清楚，但是有情况了好应付。”他见刘红云跛着腿走过来，又说：“这里向上走有两个叉道，洞都比这个小。顺着大洞走，还有个出口，有情况可以顺着洞向上退。”

“要是敌人从上边来了呢？”刘红云问。

“直接从这个口出去。”赵石头把刘红云扶坐在草铺上，指着栓马的一边说：“往下去不知道还有多长，我想那边肯定还有其他出口。”

“这不是看得很清楚吗？”刘红云望着洞口的方向说。

“那是你看洞口，眼前你能看见啥？”

“能看见你。”刘红云笑着说。

“中了，中了。”赵石头说，“你先挺[①]着歇一会儿，我去弄点儿柴火，晚饭得吃点儿热乎的。”

“你也歇会儿。”刘红云的声音低得像蚊子叫。

“我不死哩慌[②]。”赵石头说，“你挺下，把腿放高点儿，好消肿。我得多弄些柴禾，烧起来，洞里不仅亮堂，还暖和。”赵石头说着就向洞外走。

“小心点儿。”刘红云冲着赵石头的背影说。

“知道了。”

赵石头走到洞口，小树林里那双看向洞内的眼睛又一闪不见了。

刘红云看着赵石头的身影在洞口消失，站起来一瘸一拐地把装枪的包袱都拿到了草铺旁。

赵石头一趟一趟地把他打的干柴抱回溶洞，堆得像小山似的。他在距刘红云的草铺两三米远的地方用石头垒了个圈儿，把干柴点燃。洞内立刻亮了起来。

“哎呀，你把钟乳石烧坏了。”刘红云看到赵石头用石块垒起的圈儿内有几个钟乳石，焦急地叫道。

“就那几个，不伤大体。”赵石头满不在乎地说。

---

① 躺。

② 累。

“有可能你这一烧就伤大体了。”刘红云的脸上掠过一丝阴云，忧心忡忡地说：“温度高了，洞干了，肯定会影响钟乳石的生长，至于这烟对它们有没有影响还是未知。”

“你就别杞人忧天了。”

“这不是杞人忧天，这是事实。”

“是事实又咋样？天说话就黑了，这洞里一点儿明儿都没有，你当睁眼瞎啊。”

“你那圈儿垒得也太大了。”

“咱得在这儿住下去，烧得少了中吗？再说，火也不能灭，我身上的洋火快没了。”

“唉——。”刘红云长长地叹了一口气。

“别想恁多了。要革命总会有牺牲，说不定我这一烧，对以后地质研究还有意想不到的贡献哩！”

刘红云没有说话，借着火光看周围的钟乳石。

“上边出口处的钟乳石比这里好看多了，可惜洞口太小牵不进马。”赵石头说着扫了一眼马，接着说：“在这深山里，没有它们，来去就不方便了。”

刘红云也不接话，站起来，往火里添了点儿干柴，借着火光继续看她的钟乳石。

赵石头又在一旁用石块支了个锅灶，把大铁盆放在上面试了试，问刘红云说：“还熬米汤吧？”

“我来。”刘红云丢下钟乳石走过来拿起铁盆，到洞边的小溪里刷了起来。

赵石头抓住小溪中的一块大石用力晃了几晃，把它掀出来，小溪中立刻呈现出一个大坑。赵石头把水坑周围的小石块一一扣下来，拿桶试了试，打上半桶水。

刘红云见状，冲赵石头笑了笑说：“用盆起就行。”

赵石头也不说话，将湿手在衣服上擦了擦，抱起他打的一揽干草，在距刘红云的草铺五六米远的地方为自己铺了个窝。两个草铺中间是片钟乳石形成的小山，其中一个钟乳石很像一位披着蓑衣的渔翁坐在溪边独钓。这片钟乳石就像一个天然的盆景把赵石头和刘红云的草铺隔开。

小米粥熬成了。两人有了在千佛画像崖共享一盆喝粥的经历，就无拘无束地围着大铁盆吃起烙饼来。一会儿，撕一块烙饼在米粥里蘸一下，粘着米粥吃进嘴里。一会儿，端起大铁盆喝上几口。两个人你看看我，我看看你，吃得津津有味。

吃过饭，刷过盆儿，两人干坐在火堆旁。

“我回家一趟。”赵石头首先打破了沉默，喃喃地说。

“干什么？”刘红云的声音也很低。

“我夜儿个[①]都说了要回去拿点儿东西。”赵石头看了刘红云一眼说，“找两床铺盖、锅碗啥的。”

刘红云不作声，低着头看自己的腿。

---

① 昨天。

“你躺下吧，腿老那么垂着不好消肿。”

“我不想躺。”刘红云说着把一根干柴扔进火里。

“回去再找一盏马灯，咱就能仔细看钟乳石了。”

“嗯。”刘红云重重地点了下头。

“那，我去了。”赵石头说着站起来。

“哎，别。”刘红云急忙制止说。

“有啥事儿？”

“没有。”刘红云喃喃地说，“你这么早回去，会撞上人的。”

“也是。”赵石头说着又坐下。

“你去躺一会儿，累了一天了。”

“我不累。”

“你不休息，就是铁打的人也要累垮的。”刘红云抬头看了赵石头一眼说，“睡吧，睡一会儿再去。”

赵石头见刘红云抬起头看他，动着那朦胧中的红嘴唇，心里就想他在千佛画像崖下的山洞里偷吻的感觉。这一想，他真坐不住了，看了一眼燃烧的干柴，红着脸不自然地说：“坐这烤哩慌。那，我就躺会儿。”

赵石头躺在草铺上，回味着他摸刘红云的脸、脖子、手、脚和亲吻的感觉，心里痒痒的甜甜的，脑海里涌现出他与队长李铁柱对话的情景：

“一路上我叫她们给我生上一串。”

“那我就崩了你！”

……

“我想想你管得着吗？”

“管得着，想都不能想。”

……

“我就想了，不说出来，你知道吗？”

“你——！”

“哈哈哈……。”

“老实点儿！”

……

“放心吧，开玩笑哩！”

……

“管天管地管不住屙屎放屁，你就是管住我屙屎和放屁，也管不住我想入非非，想入非非。”

……

赵石头笑了，嘴上带着微笑睡着了。

刘红云坐在火前一边往火里扔干柴，一边想心事。平生第一次和一个年龄相仿的男人在一起泡了三天，平生第一次让这个男人抱了、摸了、吻了，那肌肤之交令她回味。第一次啊，让一个姑娘的心不能平静。她也觉得火烤得脸热了，浑身都热了，心里痒痒的，身上痒痒的。她走到草铺前，躺下。睡不着，听着赵石头均匀的呼吸声，想着赵石头那健壮的体格，眼前浮现着赵石头的音容笑貌。她实在是躺不住了，爬起来，瘸着腿走到赵石头跟前。

刘红云半跪在赵石头身旁，静静地看着赵石头。看他的宽脑门，看他那长方脸，看他那微微上翘的厚嘴唇。就是这张嘴亲了她的嘴，湿湿的，使她心潮荡漾，让她忘记疼痛。多么好的男人啊，有文化，会武功，肯干，能吃苦，心细，又体贴人……。这不就是自己心目中的男人吗？！她也想俯下身子去偷吻赵石头，可是，她控制住了自己，慢慢地回到自己的草铺前，拿起铺在草上的两件衣服，一瘸一拐地去为赵石头盖在身上。

赵石头在睡梦中感到有人动他，一激凌，醒了。看到刘红云半跪在自己面前，惺忪着眼睛问："你没睡？"

"睡不着。"

"咋了？"赵石头完全睁开了眼睛，看清了刘红云的脸，他感觉到了这张脸与以往的不同，关切地问。

"我冷。"

"快，穿上。"赵石头急忙坐起来，拿起刘红云盖在他身上的衣服给刘红云披上。

刘红云顺从地把胳膊伸进袖子里。

赵石头一边帮刘红云穿衣服一边唠叨说："你说你，你冷还给我盖衣裳？我又不冷。"

"我怕你着凉感冒。"刘红云喃喃地说。

一股暖流流向赵石头的心窝，他扶着刘红云说："快，坐下。"

刘红云顺从地坐在赵石头的草铺上。她摸了摸带有赵石头体温的干草，心里美滋滋的。

赵石头又到刘红云的草铺前把自己带的衣服拿过来，披在刘红云身上说："别嫌弃，穿上吧。"

"算了，不穿了。"

"那你躺下，盖在身上。"赵石头关切地说。

"不了。就这么披着吧。"

"感觉咋样？"

"好多了。"

赵石头没说话，走过去向火内投入一些干柴，火堆"轰轰呼呼"地燃烧起来，立刻一股热浪就扑向脸面。他转过身对刘红云说："你把火烧得旺一些，我回家一趟。"

"别，别去。"

“我必须去弄床铺盖来。你在发烧，没有被子盖可不中。”赵石头一边说一边向马走去。

“别去。”刘红云见状突然大叫一声。

“咋了？”赵石头回过头惊讶地问。

“我怕。”刘红云低下了头，从四十五度角的方向瞥着赵石头。

赵石头心里一怔，停住了脚步。他向洞的两端看了看，两端都是黑洞洞的一眼望不到底，犹如两条巨蟒张着大口争相把他吸入历史的隧道，隧道中一切的一切都是未知，也禁不住打了一个寒战。心想，也是的，大晚上，让一个女孩子独自待在这深不见底的山洞里是有点瘆得慌。他再次把目光落在刘红云身上，由衷地敬佩起这女孩的胆大了。这几天，他根本没有顾及刘红云的感受，把她一个人丢在千佛崖的山洞内还好点，那里能看到远处的人家，还有大灰狼为伴。可把她一个人丢在这溶洞中，当时连堆火都没有。想到这里，赵石头从内心里觉得对不住刘红云，就冲刘红云笑了笑，一边向火前走一边笑着说：“中，我不回去了，等你的烧退了，我们一块儿回去。”

刘红云笑了。

赵石头又向火中添了一些干柴，借着火光找到一块长条石，他把石条搬到刘红云面前，把草铺另一头的草扒开一块地，把石条放进去，又把干草盖在石条上，对刘红云说：“你躺下吧，把腿放在这上面，高一点儿，好让血回流。”

刘红云看了看那高出的一片干草，心里涌上一股温流。她看了看赵石头，轻轻地说：“我不想躺。”

“那你把腿放上去吧。”

刘红云顺从地把伤腿放在那块石条上。

赵石头看着刘红云把伤腿放在石条上的难受劲，动了恻隐之心，情不自禁地问：“疼吧？”

“有点儿。”

“你不瞌睡？”

刘红云摇摇头说：“睡不着。”

“那中，你要不瞌睡，我就给你讲个故事。”

“好啊，你想讲什么？”刘红云一下子兴奋起来，看着赵石头问。

“讲浮戏山的传说吧，也让你了解一下这座山。”

“这座山为什么叫浮戏山呢？那天夜里你好像说过，我没记清楚。”刘红云说。

“啊——，这是《山海经》里记的，俺这里读过几年书的人都会背。我背给你听。”赵石头看了刘红云一眼，见刘红云向他投来期盼的眼光，就润了下喉咙背诵起来：“周围数百里，嶙峋万仞，势出天表。泉石欹危，映带左右，晨起俯而凭之，烟霞弥漫，万顷茫然，峰峦仅露其巅，烟移峰动，如众鸟浮水而戏。此虽云气凝结，实造化之妙用，而天下之奇观也。山名浮戏，取义于此。”

“那，为什么又叫老庙山呢？”

“这个嘛，还得从老庙说起。”赵石头说，“这里有个传说，说是秦始皇统一六国之后，滥施苛政，不但焚书坑儒，还扒坟拆庙，他下令要把全国的寺庙都拆了。

“有一年，秦始皇来到嵩山，就是五岳中的中岳，离这通①近哩，半晌就走到了。”赵石头说着看了一眼刘红云，见刘红云专注地等着听他的下文，就接着说：“秦始皇听说浮戏山的风景比嵩山还美，就带着近身侍卫前来游玩。刚走到浮戏山，突然下起了大雨，他们只好躲在石崖下避雨。谁知，这雨一下，下到了天黑才停。秦始皇就让侍卫去找住处，侍卫去了半天，回来说，找遍了整座山，只有山坡下一个茅草房，住着一个老太太。

“秦始皇跟着侍卫来到草房，对老太太说，他们路过这里，因为遇到大雨走不了了，想借住一黄昏②，明儿个③再走。

“老太太对秦始皇说，我这房子太小，你们镇些④人，在这里住太委屈了，还是到别处寻个宽敞的地方吧。

“秦始皇问老太太附近还有没有人家。老太太说，往北七八里地住有人家。秦始皇看看天已经黑严了，北边是山，山中虎啸狼嗥，一声接着一声，吓得出了一身冷汗，就对老太太说，实在是没法子，今个只有住您这了。

“老太太说，咱又非亲非故，就这一间草房，有男有女咋住哩？

“秦始皇急忙说，您比我年龄大，咱俩结拜为姐弟不就中了。老太太笑了，说，我这岁数应该是你的长辈才对。秦始皇心想，不就是借住一黄昏嘛，认她做长辈也是一锤子买卖，明儿个一走，谁还认识谁呀。于是就说，好吧，我就认您作干娘，这样总该中了吧？

“秦始皇认老太太为干娘，在草房里住了一黄昏。第二天一早上路，走到山坡上，回头看那草房，不由得大吃一惊：他住的草房“呼”地一下变成了一座寺庙。秦始皇心想，天下的寺庙不是拆完了吗？怎么这里还有一座？那老太太一定是神仙变的，不能得罪。于是，急忙赶到庙前，只见庙的石柱上刻着一幅对联。上联是，藏风藏气龙盘地尊神先占。下联是，极幽极静凤凰岗圣母独居。横额是，玉仙圣母庙。

“秦始皇走进庙内，只见玉仙圣母的塑像神态与那老太太一模一样，非常吃惊，认为是玉仙圣母专门点化他的。心想，我已经认她作干娘了，岂能儿戏！‘扑通’一下跪在地上拜了起来，还下令要将这玉仙圣母庙保护起来。

“传说，秦朝时，全国的寺庙都拆了，唯独就留这一座。所以，人们就把玉仙圣母庙叫作老庙，也就把浮戏山叫作老庙山了。我想，这么叫，无非是说玉仙圣母庙建的年代早。”

---

① 非常，很。

② 晚上。

③ 明天。

④ 这么多。

“嗯，有点儿意思。”刘红云少气无力地说。

“你瞌睡了？”赵石头关切地问。

“不。”刘红云轻轻地摇了摇头说，“我冷。”

赵石头听了就脱自己的外衣。

“别，不。”刘红云急忙拉住赵石头的手说。

“那咋办？”

“你抱着我。”刘红云喃喃地说。

赵石头愣了一下，然后轻轻地把刘红云搂在怀里。刘红云顺势把头贴在赵石头的肩头。两个人都不说话，彼此听着对方不均匀的呼吸。许久，刘红云喃喃地问：“你怎么不说话？”

“嗯，啊，说啥哩？”

“故事，讲传说故事。”

“那，那我就给你讲个，讲个《阴阳石》的传说吧。”赵石头说完，急忙说：“还是讲《呼雷洞》吧，给你讲一个关于山洞的传说。”

赵石头为什么要把《阴阳石》变成《呼雷洞》呢？这还得从《阴阳石》传说的内容说起：浮戏山内有条大河谷，叫洪荒沟，沟底有二块园形石叠摞在一起，当地人都叫它“阴阳石”，也有人叫它“鸳鸯石”或“父母石”。

传说，很古以前，浮戏山里有对兄妹，父母双亡，每天上山为大户放牛砍柴。他们上下山都要路过金狮岭，金狮岭上有个石狮子。一天，石狮子看到兄妹二人后直喊饿，兄妹二人就把带的干粮凑近石狮子的嘴边，那石狮子竟然慢慢地把嘴张开把干粮吞进了肚里。后来，兄妹二人每天都把自己的干粮分一半给石狮子吃。石狮子告诉他们，世界将有大遭劫难，到时所有生灵无一幸免。让兄妹二人注意看它的眼睛，如果眼睛变红，说明大难来临，只要钻进它的肚子里，就能躲过这一劫。

有一天，兄妹二人正走在上山的路上，突然听到一种怪响，令人毛骨悚然。霎那间，飞沙走石，天昏地暗。兄妹二人慌忙跑向金狮岭，远远看见石狮子张着大嘴，眼睛红得像盏灯，就拼命跑过去，钻进了石狮子肚里。

兄妹二人在石狮子肚子里发现许多吃的东西，仔细一看，原来都是他们喂给石狮子的干粮。于是，他们饿了就吃，困了就睡，不知过了多长时间，把干粮都吃完了，石狮子才张开了嘴。他们从石狮子嘴里爬出来一看，世界全变了，一切生物都已灭绝，天地一片混沌。

石狮子告诉他们，现在世界上只有他们兄妹二人了，要战胜灾害，生活下去，更重要的是繁衍后代，不能让人类灭绝。兄妹成婚，二人说什么也不同意，石狮子说，洪荒沟两边各有一座山，每座山上都有一块碾盘大小的圆石头，你们二人各上一个山头，把那圆石滚下洪荒沟，若两块石头合在一起，说明是天作之合，石分阴阳，人做父母。如果石头不合在一起，那说明上天让人类灭绝，你们就不用结婚。

于是，兄上东山，妹上西山，各自找到了自己要滚的大圆石，妹叫哥，哥喊妹，两山呼应，同时滚石，呼隆隆一阵山响，两块大圆石滚到了洪荒沟底，一上一下正好合在了一起。

兄妹二人按照石狮子的意愿，在沟底盖起了石屋，开始了原始生活，成为了现代人的始祖。

这就是《阴阳石》的传说。在这个时候，孤男寡女相拥一起，赵石头认为给刘红云讲这些不合适，所以就改成了《呼雷洞》。

刘红云不知道《阴阳石》传说的内容，也不知道赵石头想的什么。她依在赵石头的怀中，感受着被拥抱的温暖和强壮的呵护。她微闭着眼睛，静等赵石头下边的话，不管赵石头讲什么，只要讲就行，她这时就想听赵石头讲话。

赵石头见刘红云静静地依在他的怀中不说话，就润了润喉咙，开始讲了起来："这浮戏山中有九座小山的山脉汇集在一起，人们把那个汇集口叫作九龙口。

"传说，古时候，这九座山上各有一条震山龙，专门听从玉帝的指示，在人间行云布雨。其中有一条黑龙，名叫呼雷，既纯朴又善良，行云布雨认真公平，很受老百姓尊敬。

"呼雷和其他八条龙一样，经常到天庭接受训示。他每次到天庭去，都要经过天河。在天河畔，呼雷经常看到一位浣衣仙子，默默地浣洗成堆成堆的宫衣。呼雷动了恻隐之心，常常想：她那单薄的身子咋把恁些[①]宫衣拿回天宫哩？

"有一回，呼雷又路过天河，刚好浣衣仙子把宫衣洗完，无论如何也没法一次把洗好的宫衣拿回去。呼雷就帮她拿宫衣，把她一直送到晾衣台。

"从那以后，呼雷每次到天庭都要帮浣衣仙子拿宫衣。浣衣仙子告诉呼雷，她原本是天宫机房的织女，因母亲生病，她侍候母亲误了去织布的时间，被罚浣衣三年。呼雷很同情她，她也喜爱呼雷的淳朴、憨厚和善良，一来二去，就产生了爱情。"赵石头讲到这里停住了，他本不想给刘红云讲爱情故事，才把《阴阳石》换成了《呼雷洞》，可是他没有细想，这《呼雷洞》中也包含着爱情。

"怎么不讲了？"刘红云睁开她那双水汪汪的大眼睛看着赵石头问。

"啊，后头的，记不清了。"赵石头看着洞中的火撒谎说。

"故事就是个大致，一边编一边说呗。"刘红云鼓励赵石头说。

"我讲的不是大致，原本就是自咜[②]说的。"赵石头急忙向刘红云解释，生怕刘红云怀疑他讲的故事是自己编的。

"那，他们产生了爱情后怎么了？"

"他们产生爱情后，因，因天规森严，一直到浣衣仙子被罚期满，他们也没找到机会幽会。"

① 那么多。
② 这么。

“讲啊。”刘红云等了半天，见赵石头没了下话，举起粉拳轻轻地在赵石头的胸脯上打了一下。

赵石头看了看怀中的刘红云，心想，都自咤抱着了，还有啥不敢讲的。于是，接着说：“他们终于等到了仙女放假，仙女们随同王母娘娘到小瑶池洗澡。小瑶池就在下边的河湾里，离九龙口一里来地。那里虽然偏僻，但是风景秀丽，茂林修竹环抱着一泓清水，既清静又幽雅，还建有王母娘娘的行宫。浣衣仙子和呼雷约定，乘众仙子洗澡的时候他们在竹林里相会。

“呼雷早早藏在竹林里等浣衣仙子。谁知，一个仙女洗澡前跑到竹林里撒尿，发现了呼雷，大叫起来。叫声惊动了瑶池里的仙女，也惊动了行宫里的王母娘娘。王母娘娘命天兵天将把呼雷抓了起来。

“呼雷虽然感到冤枉，但想到浣衣仙子没有暴露，万分庆幸，供认自己是想偷看仙女洗澡。

“这可气坏了王母娘娘，她下令将呼雷压在天桥山下。

“巨灵神搬倒天桥山，把呼雷压在山下。因怕把呼雷闷死，巨灵神拔下一根头发在山上扎了几个透气孔。

“呼雷被压在山下，既思念浣衣仙子，又伤感不能为百姓行云布雨，每逢阴雨天，就在山下叹气。呼雷一叹气，透气孔就传出呼隆隆的雷声。所以，人们就把天桥山上的石洞叫‘呼雷洞’了。”

“真有这个洞吗？”刘红云问。

“咋没有，就在天桥山的天桥下边，我还去看过哩。”赵石头说，“那洞一丈多深，洞内有几个水桶一样粗细的小洞，一到阴雨天，洞内就传出呼隆隆的雷声。”

“呼雷真可怜。”

“这是传说。”赵石头笑了，用脸触了触刘红云的头，将抱着刘红云的胳膊紧了紧，笑着说：“人家是杞人忧天，你这是替呼雷伤感。”

“呼雷真倒霉。”刘红云扭动一下身子，看着赵石头的眼睛说：“不像有的人走运，偷偷亲人家——”

“你——”赵石头一下子松开了紧抱着刘红云的双臂，张着嘴说不出话。他的脑海里立刻浮现出他为刘红云擦脸的情景，他在水桶里涮毛巾时，总感觉刘红云在睁着眼睛看他。当时，他认为是自己心里有鬼，看花眼了，没想到刘红云是真醒着的。

“我喜欢你。”刘红云用右手揽住赵石头的脖子喃喃地说。

“我——。”

“我想嫁给你，娶我吧。”刘红云紧紧地抱住赵石头的脖子，在他的脸上亲吻起来。

第 十 七 章

常光耀又看了看张三旺和王长贵，见二人都不讲话，接着说："我都跟王乡长说好了，抓住他们以后，男的枪毙，女的送给凤屏寨的弟兄。"

此时，崇仁乡乡公所灯火通明，常光耀作司仪正在为王雨霖和陈香玲主持婚礼，只听他一字一句地大喊："送——入——洞——房——。"

"噢——"还乡团的乡丁一边叫一边簇拥着王雨霖和陈香玲向后院走。

到了门口，王雨霖拉了拉常光耀。常光耀心领神会地转过身，一边用双臂拦向前拥的人群一边喊："弟兄们，时候不早了，回去吧，回去吧。"

"不是闹洞房吗？俺还没进房呢！"

"谢谢大家了！"王雨霖冲众人抱了抱拳说，"今儿个跑了一天，死哩慌[①]，都早点儿睡吧。"

"是乡长想早点抱着美人睡吧？"人群中有人嚷道。

"是啊，是乡长绷不住了。"有人跟着起哄说。

"就是，乡长早就绷不住了。"

"瞎说啥呀，都老夫老妻了。"王雨霖笑着冲众人说。

"乡长，你中不中？"

"要不要请弟兄们帮忙啊。"

"瞎叫啥呀你？！瞎鸡巴说！"常光耀有点急了，冲众人喊。

"不是说新婚没大小吗？"

---

① 累了。

“说句笑话都不让，闹的哪门子洞房呀。”

“你认为你是谁啊，说不论大小就不论大小了？镇暂儿[①]要你的小命，你就活不到明儿了[②]。”

“算了算了，走吧。”

“走走走，不闹了。”

“走吧。”

“走。”

还乡团的乡丁们“唧唧哝哝”地议论起来，纷纷转身向回走去。

王雨霖见状急忙拉了一下常光耀，笑着对将要走散的人群喊：“谢谢弟兄们的美意，只要你们好好干，我王某不会亏待你们，至于今儿黑这个忙嘛，就不用你们帮了。”

王雨霖的话飘向众人身后，犹如在廖天野地里放了个屁，一点儿回音都没有。他冲着人们的背影喊：“大家早点儿睡啊，明儿了还有任务哩。”

王雨霖这句话还真说应了。他和陈香玲刚宽衣上床，就听见一阵急促的敲门声。那人一边敲一边喊：“乡长，快，快开门。”

“滚，开你娘那个屄！”王雨霖认为是哪个不知趣的乡丁来闹洞房哩，冲着房门愤愤地骂道。

“开门啊乡长，有急事儿，俺有急事儿。”外面的人焦急地叫道。

“咋了？”王雨霖没好气地冲门外喊，“死人了，叫丧哩！”

“嗯，死，死人了。”门外的人答道。

“死人了也得等老子把事儿办完。”王雨霖嘟囔一句，然后冲门外喊，“等一会儿。”

“咋又是你！”王雨霖提着裤子打开门，一看是早上报信的孙强，气就更大了，一边系裤子一边恶狠狠地说：“老子一天弄两回事儿，妈那个屄你敲两回门，成心吧你？！”

“我，我，我。”孙强被王雨霖这么一骂，一句话也说不上来了。

“我，我，我啥我？!”王雨霖冲孙强吼道。

“我，我爬树上了。他们，他们，全死了。”孙强结结巴巴地说。

“啥爬树上了？全死了？慢慢说！”常光耀这时也跑了过来，拉了孙强一把对孙强说。

“我，我，撒尿。”孙强结巴着说。

“妈那个屄，你撒尿敲我的门弄啥哩[③]？！”王雨霖气得鼻子都要歪了，冲孙强骂道。心想，这狼嘴下逃生的人就是胆大，我今儿个夸他一句，他倒来劲了，别人不敢来闹洞房，他敢来！

“我，我，我不，不撒尿。”孙强吓得浑身哆嗦，急忙摆着手说。

---

① 现在。

② 明天。

③ 干什么。

王雨霖见状，更以为孙强是逞能前来闹洞房的了。在心想骂道，我倒要看看是你胆大还是我厉害！他想到做到，一边咬牙切齿地骂："那你，找死啊你！"一边操起门边的扫帚就向孙强打去。

"白[1]，白！"常光耀急忙拦住王雨霖说。他听说孙强慌慌张张地跑到王雨霖那里去了，预感到出大事了，也急忙跑了过来。他拦住王雨霖，回过头问孙强："你咋回来？"

"我，我。"孙强见王雨霖要打他，吓得更说不出话了，憋了半天憋出四个字："有急事儿。"

"有屎快拉，有屁快放。"王雨霖把扫帚往地上一扔，没好气地说。他想起了孙强是同结巴一起留在山上的，也意识到孙强的本意不是撒尿，但是一阵风吹来，他确实闻到了一股尿臊味。

"孙强，白着急，慢慢说。"常光耀又拉了孙强一把，对孙强说完，冲王雨霖哈下腰，笑着说："乡长，白生气，看来事儿不小，看把他急的。"

"进来吧。"王雨霖听常光耀这么一说，脸一沉，转身向办公桌后边的椅子走去。

常光耀跟在王雨霖的后边进了屋，又转过身冲站在门外的孙强招手说："进来呀。"

孙强走进屋，站在王雨霖的办公桌前。常光耀坐在办公桌旁的椅子上对孙强说："白着急，慢慢说。"

孙强看看常光耀，又看了看王雨霖说："山上的弟兄，全，全让狼给咬死了！"

"啥呀？全让狼咬死了？"王雨霖"腾"地一下站了起来，张着嘴看着孙强。

常光耀也吃了一惊，跟着站了起来。他看着孙强，故作镇静地说："咋回事儿？你慢慢说。"

"我们正在喝汤[2]。"孙强说，"我想狗剩，吃不下，就上茅子[3]尿尿，还没走到后院，就听到有人大喊：'狼！狼！'"孙强已经调整好了思绪，慢慢地说："我回头一看，一大群狼张着血盆大口跑进了院子，见人就扑。吓得我赶紧爬上了我跟个儿[4]的柿树。只见那狼越来越多，见人就扑，扑倒就咬。有的好几只狼咬一个人，可吓人了，把我吓，吓——"

王雨霖坐在罗圈椅子上冷冷地看着孙强。当他听清确实是狼而不是八路袭击了他的短枪队时，悠闲地跷起了二郎腿。他才不关心死多少人呢，只要不危及自己就成。他感到自从孙强进屋，屋里就弥漫着尿臊味，所以，接过孙强的话茬，盯着孙强的裤裆挖苦孙强说："吓得尿一裤子！"

"把我——吓死了。"孙强低下头喃喃地说。

"瞧你那熊样儿！"王雨霖拍了一下椅子的扶手，盯着孙强说："不是尿一裤子，屋里

---

① 别。
② 吃晚饭。
③ 茅厕。
④ 面前。

能镇[1]臊？”

“是。”孙强低着头不好意思地说，“我镇暂儿[2]，有一点儿尿就漏在裤子上。我想，我是吓破尿脬了。可我当时是真的，真的吓死在，在老木柯杈[3]上了。”

“你要真是吓死了，还能站在这儿？”王雨霖瞪了孙强一眼说。

“后来，后来，我觉得身上冷，就醒了。”孙强喃喃地说。

“一个活的也没了？”常光耀问。

“嗯。”孙强点了点头说，“我看狼都跑了，就想下树，可身子软得一点儿劲儿都没有了。”孙强看了看常光耀，又看了看王雨霖，接着说：“我下不去树，就喊，没有人答应。”

“刘家的人呢？”王雨霖问。

“也被咬死了？”孙强说，“我在树上看见刘尚武想关门，被狼扑倒了，一群狼就蹿进了他的窑，接着就传来了哭叫声，后来，后来我看见好几只狼咬刘尚武幺儿[4]人，就吓死过去了。”

“也没人开枪？”常光耀问。

“没有。”孙强说，“当时，都吓呆傻了，还没反应过来就被狼扑倒了。想，想起来都心颤。”

“中了，中了，快去把你那裤子换了，臊死了。”王雨霖冲孙强摆了摆手，又回手在鼻子前面扇了扇不耐烦地说。

孙强慢慢地退了出去。

常光耀追出屋子问孙强说：“孙强，你是咋回来的？”

“骑马。”

“你从树上下来就没见着活人？”常光耀又问。

“没有。”孙强说，“我喊半天都没人答应。后来，我感到有劲了，就慢慢下了树，骑马跑了回来。”

“你没看一下还有活人没有？”

“没有。”孙强诚实地说，“我怕有狼扑过来，抱着树等了一会儿，见没有狼，就直接跑到马前，骑马跑回来了。”

“去吧去吧。”常光耀也不耐烦地冲孙强摆了摆手说，“回家吧，以后别来了。”

“队长。”孙强回过头，眼里涌上了泪水。

“你被开除了，走吧。”常光耀把手一甩，转身回屋去了。

“你把他开了？”王雨霖问。

---

① 这么。
② 现在。
③ 大树主干分出枝杈的地方。柯杈，即树枝分出的地方。
④ 念yò，一个。

“要他弄啥哩[1]？”常光耀看了一眼王雨霖，从兜里掏出一盒香烟，抽出一根儿递给王雨霖，笑着说：“乡长，抽烟，遮遮尿味儿。”他帮王雨霖点上，又为自己点上，吸了一口接着说：“您没听他说，他吓破尿脬了，尿直往裤子上漏，还要他弄啥哩？所以，所以，我就替您做主了。”

“做得对，做得对。”王雨霖深深地吸一口烟，一边思索一边说：“你看，这事儿咋弄？”

“能有啥法儿？收尸呗。”常光耀也没了刚才的神气，低沉地说：“这样吧，天亮后，我带人上山，看尸首全活不全活。有人认的，就让他们领回去，每家给五块大洋。刘尚武一家和没人认领的，在山上找个地方埋了。”

王雨霖托着腮帮子想了想，点点头说：“就咤[2]弄吧。”说完，站起来，像是自言自语也像是对常光耀说：“妈的，真晦气。老子大好的日子，尽这倒霉事儿，丧气。”

“乡长。”常光耀凑上前挤着笑说，“我早就想跟您说，只是没机会，这从您的角度讲，是件大好事儿，应该恭喜您呀！”他说着冲王雨霖笑着抱抱拳。

“啥意思？”王雨霖瞪大了眼睛问。

“您没听人家说吗？这叫采阴气。说谁在家里死人那天出生，这人就沾了阴气，将来身体壮，好养。”常光耀见王雨霖的脸色变得温和了些，用唾沫润了润喉咙，笑着提高声调说：“要是在死人那天怀上孩子，这孩子准豹，命硬，暗藏杀机，成大器，做大官。”

“你听谁说哩？”王雨霖笑着问。

“您看呀，自古到今，那些将门之后为啥都恁厉害？说是老子英雄儿好汉，将门出虎子，其根子呀，就在他妈怀他时战场上不知死了多少人，他采了多少阴气。”常光耀眉飞色舞地说到这，冲王雨霖做了个鬼脸说：“您呀，这时候种上的说不准是个省主席、委员长哩！”

“你小子。”王雨霖咧着嘴冲常光耀笑着说，“死人也叫你给说活了。”

“可不是嘛！”常光耀一脸严肃地说，“那是多少个死人成就一个活人。”

“中了，中了。不早了，睡吧。”王雨霖长长地打了一个哈欠说。

“乡长是不是急着下种啊！”常光耀冲王雨霖做了个鬼脸笑着说。

“狗屁，我下他妈一个委员长，哈哈哈……”王雨霖一摆手笑着说，“你也快点儿回去下一个吧。”

“好哩，你下一个委员长，我下他一个省主席。”常光耀也挥了下手，一边笑着说一边去开进里间的门。

“去，去，去，你的门没在这儿。”王雨霖冲常光耀摆着手笑着说。

“我是替您——。”常光耀发现自己慌乱中走错了门，就将错就错地说。他想说“替

---

① 干什么。

② 就这么，就这样。

您开门。”可王雨霖认为他是开玩笑，不等他说完就上前推了他一把，笑着说：“得得得，这事儿不用你替。快点儿回去吧，晚了你那片地就让别人种上了。”

“哪能啊？不会，不会。”常光耀一边点头哈腰地笑着说一边向后退，退出门外，转身就跑，身后传出王雨霖重重的关门声。

夜晚的浮戏山黑黢黢的，鸟儿归巢，虫儿息鸣，外表一片寂静。黑色的天空挂着几颗若明若暗的星星，它们不停地眨巴着眼睛窥视着山野，仿佛要拨开丛林探寻里边的秘密。黑暗的树丛里犹如煮沸了的油锅，数十只狼在里边游动穿梭。这群狼血洗了刘尚武家之后，兴奋地跳跃着追逐着向千佛画像崖下狂奔。

千佛画像崖下，大灰狼骑在小灰狼的背上，看着越集越多的狼群，冲天“呜欧——，呜欧——”地叫了两声，便从小灰狼的背上跳下来，一蹦一颠地向前走去。

大灰狼的叫声划破了夜空，在浮戏山的千峰万壑间回转。

“呜欧——，呜欧——。”狼群中相继传出声调相同分贝不同的嗥叫声，那便是这大狼群中小头领回应大灰狼的声音。

大灰狼带着狼群顺着赵石头和刘红云走过的路线浩浩荡荡地来到山中山，又顺着他们走过的路来到鸭梨潭。潭边树林中那双一直盯着洞口的绿眼睛闪了闪，迅速闪出树林。原来是一只雄壮的成年狼。这只狼一路小跑地迎上去，在大灰狼面前“呜欧——，呜欧——”地低叫几声，便引领着狼群直奔赵石头和刘红云他们住的溶洞洞口。

洞内的篝火已经没有了烈焰，只剩下红红的木炭在泛着红晕散发着热量。刘红云躺在赵石头的肩窝里，翻了个身，睁开惺忪的眼睛看着赵石头，见赵石头瞪着眼睛看着洞顶，轻轻地问：“你没睡？”

“眯盹[①]儿了一会儿。”

“你在想什么？”

“没，没想啥。”赵石头淡淡地回答。其实，他一点儿也没有睡着，他的思绪很乱，心里充满自责。一来，他感到自己对不起组织，对不起延安的革命同志。组织上派他给人家护送女人，还没有出浮戏山就全给丢了，好不容易找回来一个，他又给睡了，这叫什么事儿啊，他赵石头还是区干队员吗？二来，他感到对不起水仙，水仙的尸骨未寒，他就与刘红云好上了。但是，转念想想，他确实是从内心里喜欢刘红云，刘红云也说喜欢他，在这样的环境中，一男一女，青春妙龄，一个漂亮，一个健壮，又互相爱慕，怎么能——？！况且，四个女人，两个死了，一个作了压寨夫人，剩下这一个还送什么劲儿呢？！走一步说一步吧。

赵石头在内心深处围绕着这两个问题思来想去，用一百个理由否定自己，又用一百个理由为自己辩护。

---

① 睡。

“你心里有事儿？”刘红云看着赵石头的脸关切地说，“我都是你的人了，还有什么事儿不能告诉我的？！”

“没，没什么。”赵石头一边回答刘红云，一边在心里呼唤水仙的名字：水仙，原谅我吧！你去了，我心里很痛苦。可是，我不能再让刘红云陪着我痛苦。俺俩走到了一起，一定要为你报仇。他心里这么想，嘴上却说：“我想，娘——。”

“娘的在天之灵会保佑我们的。”刘红云沉浸在幸福之中，声音里夹杂着淡淡的喜悦和淡淡的哀伤。

“我想，娘，刚刚——。”赵石头吞吞吐吐不知说什么好。

“别想那么多了。”刘红云吻了一下赵石头的脸说，“娘若在天有灵，知道我们俩结合，一定会高兴的。”

“对，一定会高兴，高兴。”赵石头紧紧把刘红云揽在怀里。

“嘿——，嘿嘿——，嘿——。”

“嘿嘿——嘿——，嘿——。”

洞口的的两匹马相继叫了起来。

“有情况。”赵石头一轱辘爬起来，抓起草铺上的手枪，依在草铺前的小石山后。他静静地听了一会儿，对刘红云说：“你在这儿别动，我去看看。若有情况，向里边摸。”

赵石头三闪两躲地来到马前，只见洞口处黑压压地站满了狼，一双双绿幽幽的眼睛在黑暗中闪着锥子一样尖利的光。

赵石头先是一惊，接着松了一口气。他听到了一声熟悉的低鸣——“呜欧——，呜欧——”，那是大灰狼特有的叫声，让他刻骨铭心的叫声。同时，他也看到了狼群中那一熟悉的造型，大灰狼骑在小灰狼的身上。他慢慢直起身，学着刘红云的样子，冲大灰狼招了招手说：“乖，过来，妈妈在这哩。”

大灰狼就像是个懂话的孩子从小灰狼的背上跳下来，一蹦一颠地跳着跑了过来。

赵石头冲洞里的刘红云说：“是它们，你救的——。”他想说“狼”，话到嘴边又咽了回去。从内心里他已经接受了这帮异类朋友，尽管以前他很厌恶很痛恨它们。

“乖，乖，是你吗？”刘红云听到了赵石头对大灰狼的说话声就一瘸一拐地跑过来，她蹲下身抱着大灰狼，就像是抱着自己久别的孩子，爱怜地说：“乖，你怎么来了？可把妈妈想死了，你怎么知道妈妈在这里呢？”

大灰狼用头拱着刘红云的身子，低声哼叫着。

刘红云抚摸着大灰狼，看了看洞里洞外那黑压压的狼群，抬起头兴奋地问赵石头说：“你说它们是怎么找到我们的呀？”

“闻着气味儿呗。”赵石头不以为然地说，“它们的嗅觉非常灵敏。”可是，他万万没有想到，他们离开千佛画像崖后，就有两只狼远远地跟在他们身后。

“这下好了，我一点儿也不害怕了。”刘红云笑着说。说实话，这之前，刘红云一直处于恐惧的笼罩之中，只是没有说出来罢了，看到狼，她的“恐惧感”一下子没有了。

赵石头却与她恰恰相反，听到她说“害怕”两字，便立刻害怕起来，就像有一股冷气从头顶灌到尾骨，浑身充满了冰凉感，眼前浮现出群狼撕分狗剩那一幕。他看了看刘红云，又看了看狼群，像是自言自语又像是对刘红云说：“来镇些[1]，咋打发哩？”

刘红云好像看出了赵石头的心事，抚摸着大灰狼的头，对大灰狼说：“乖，领它们出去玩吧，爸爸太累了，想睡觉了。”她说完，抬头看了看赵石头，拍拍大灰狼的脑袋接着说：“对了，告诉你，以后不能叫他叔叔了，得改口，叫爸爸了。”

赵石头听罢，“扑哧”一声笑了，用手痛爱地摸着刘红云的头笑着说：“你啊，还真把它当孩子了。”

“那还有假？”刘红云抬起头，笑得一脸灿烂，用手捋着大灰狼身上硬茬茬的长毛说：“瞧，它多懂事啊。你不也说了，它比人还精呢。”

“中，中，中。你让它叫爸爸，我听听。”赵石头轻轻地拍了拍刘红云的头笑着说。

“好，乖，叫爸爸，快叫啊，人家当不上爸爸都急眼了。”刘红云抚摸着大灰狼的头笑着说。

大灰狼像个撒娇的孩子一个劲儿地用头拱刘红云的身子，就是不叫，连以前那种低声的哼哼都没有了。

赵石头笑了，拍着刘红云的头说：“不灵了吧，连哼哼都不会了。有本事给咱生出一个会叫‘爸爸’的。”

“我给你生一串。”刘红云抬起头冲赵石头做了个鬼脸说。

“中啊，有本事给我生上一个连。”赵石头笑着说完，沉下脸，挥了挥拳头恨恨地接着说：“我要有一个连，就灭了他还乡团。”

“好了好了，三句话不离本行。”刘红云拍了拍赵石头的大腿说完，又朝大灰狼的头上轻轻拍了两下说：“去吧，到洞外去。”

大灰狼站在原地不动，还是用头拱刘红云，这时倒发出了低低的哼叫声。

“去吧，乖，去吧，听妈妈的话。”刘红云又朝大灰狼的屁股上拍了两下说。

大灰狼看了看刘红云，又看了看赵石头，不太情愿地一蹦一颠地向洞口走，走了几步又站下来，回过头，在黑暗中摇晃着它那双绿幽幽的眼睛。

赵石头见状，也动情地冲大灰狼摆摆手说：“去吧，乖，去吧，听你妈妈的话，去吧。”

大灰狼一蹦一颠地走向狼群，群狼为它让出一条路。大灰狼“呜欧，呜欧”地冲狼群低叫两声，然后一蹦一颠地走出洞口，群狼涌动着退出洞外。

“它们还真是有组织的。”刘红云看着洞口说。

“嗯。”赵石头点了点头，感叹地说：“可敬，也可怕啊！”

“可怕什么？我们和它们相处得多融洽，就像好朋友。”

“就像一家人。”赵石头一把将刘红云搂在怀里拉着长腔说，“你不是它妈吗？”

---

① 这么多。

"它可真像个懂事的孩子。"

"狼是灵性动物，很通人性。你听没听说过狼孩儿，就是狼养大的孩子。"

"听说过。"刘红云说，"还在书上看到过呢。说是一个小孩被狼叼去了，狼没有吃他，把他抚养成人了，他的生活习性和狼一模一样。"

"看来我的孩子也要让人家叫狼孩儿了。"赵石头拉着长腔说。

"什么意思？"刘红云抬起头不解地问。

"你是它们的妈呀。"赵石头指了指洞外，一本正经地说，"给我生一个儿子，整天跟它们耍儿，时间长了不成狼孩儿了？"

"尽瞎说。"刘红云轻轻地打了赵石头一下，喃喃地说："我有点儿晕。"

赵石头伸手摸了摸刘红云的头，爱怜地说："烧，还是发热，进去躺着吧。"赵石头说着欠下腰抱起刘红云就向洞内走。

"别，我自己能走。"

赵石头也不说话，抱着刘红云只顾向前走。

"别抱了，看累坏了。"刘红云搂着赵石头的脖子既心痛又幸福地说。

"没事儿。"

"我可怕把俺男人给累坏了。"刘红云学着一口河南话笑着说。她嘴上虽这么说，可心里还是甜滋滋的。

"我还怕再把俺秀子[①]的腿弄痛了哩。"赵石头笑着一边说一边抱着刘红云向前走。他把刘红云放在草铺上，又向火堆里扔了许多干柴，火又熊熊燃烧起来。

"你也来睡吧。"刘红云看着赵石头的背影说。

"哎。"赵石头一边应着一边走向另一个草铺。

"你要干么？"刘红云见赵石头没有走向自己"呼"地一下坐了起来，急切地问。

"合铺。"赵石头一边揽地铺上的草一边冲刘红云笑着说，"都成夫妻了，要它没用了。"他把干草抱到刘红云身边，一边均匀地铺一边说："都铺在身下，厚实，暖和，不摁儿[②]腰。"

"现在什么钟点了也不知道。"刘红云看了看黑洞洞的洞口和黑洞洞的溶洞，像是自言自语又像是问赵石头说。

"估摸着天快亮了。"赵石头看了看铺好的草，扶着刘红云躺下，接着说："睡吧，这洞里不分昼夜。"

"你也踏踏实实地睡一觉儿吧，有大青它们在，没事儿。"刘红云向草铺里边挪了挪说。

"是啊，要是没它们，咱在千佛画像崖下就叫还乡团暗算了。"赵石头把刘红云揽在

---

① 老婆。

② 硌。

怀里，叹口气，抱怨说："真是的，好不容易把鬼子打跑了，还乡团又回来了。"

天一亮，常光耀就带着还乡团上了浮戏山。

刘尚武家里，横尸满院，到处飘着血腥味。他们查验了尸体，所有的人都是被咬断喉咙毙命的。死者的脖子两边都有两个又深又大的黑洞，那是狼那四根钢牙的杰作。令人惊奇的是尽管死者个个遍体鳞伤，惨不忍睹，但是没有缺少一具尸体。

"妈的，真是狼咬死的。"常光耀看着一具具完整的尸体自言自语地说，"恁些[①]狼咋不吃他们哩？"

"是不是狼对咱的警告！"孙强怯怯地说。

"你懂个屁！"常光耀气哼哼地回了一句。他突然一愣，对孙强喝道："你咋来了？没说不让你来吗？！"

"俺，俺，俺想看看，他们。"孙强吓得结结巴巴地说。

"你看个球，滚，你被开除了知道不知道？！"常光耀厉声喝道。

"队长，俺，俺——。"

"再不走我毙了你！"常光耀恶狠狠地对孙强说，"死了镇些[②]也不多你这一个。"

"俺，俺走。队，队长，俺，俺的，军饷？"孙强后退两步怯怯地问。他昨晚一夜没睡着，心想：他今天跟在队伍里面，看王雨霖和常光耀什么态度，他们若不说什么，就继续当差；要真开除他，都到月底了，应该把这个月的军响领了。

"妈那个屄，我看你是要钱不要命了！"常光耀说着就要掏腰间的手枪，吓得孙强急忙向后退，一边退一边摆着手哆嗦着说："俺，不，不要了。"孙强退出一丈多远，见常光耀没有掏出枪，转身撒腿就跑。

常光耀看着孙强的背影，咬着牙说："我杀了你，对你家讲也是共产党、八路军干的！"说完，他突然转过身，冲一群乡丁喊："王孬，王孬！"

"到——！"王孬歪戴着帽子高声应着跑了过来。自从那次短枪队杀了亚沟村那几个埋赵石头母亲和老婆的人后，常光耀为了拉笼王孬，就让王孬到乡公所内当差了。

"看见了吧？要不是我让你到乡公所，你也是这个下场。"常光耀指着满院子的尸体说。

"谢谢常队长，谢谢常队长的救命之恩。"王孬冲常光耀又是点头又是作揖。

常光耀冲王孬摆摆手不耐烦地说："中了，中了，知道就中了。跟着我干，不会叫你吃亏。"

"那是，那是。"王孬点头哈腰地说。

"去，叫人把尸体都抬到后院，通知他们家里来领。"常光耀指着院中的尸体对王

① 那么多。

② 这么多。

孬说。

“是。”

“还有，把院内的血用土垫了。”

“是。”

“回来！”常光耀又厉声叫住王孬说，“跟弟兄们说，对外，一个调子[①]，就是，人是共产党、八路军杀的，是他们放狼狗咬死的。”

“是。”

王孬指挥着还乡团的乡丁抬尸体的抬尸体、垫院子的垫院子，忙得团团转。

常光耀站在堂屋前，对前来领尸体的人们讲：“乡亲们，他们是被八路抓到这里杀害的。你们知道八路是咋杀他们的吗？是放出大狼狗，把他们一个一个咬死的。八路为杀人灭口，把刘尚武一家也全杀了。你们看看这场面，惨不惨？真是惨不忍睹啊。”常光耀说到这儿，带着哭腔，又用手摸了摸眼睛，装出一副悲痛的样子。尔后，他一挥手接着讲：“王乡长说了，他们没有跟共产党走，没有给国军丢脸，是好样的，每人补恤五块大洋。王乡长很悲痛，说无颜见父老乡亲，让我代表他慰问大家，请大家节哀顺便。他说，这笔血债，我们一定要找共产党清算！”

领到尸体的人抱着尸体号啕大哭，悲痛欲绝。

还乡团的家属本来思想就不牢靠，常光耀的话更激起他们对共产党、八路军的仇恨。一个穿着灰长衫的死者家属把常光耀拉到一边，小声说：“常队长，请借一步说话。”

“啥事儿你就说呗。”常光耀不耐烦地冲灰长衫一甩手说。

“俺有重要情况向您报告。”灰长衫附在常光耀耳边压低声音说。

常光耀把灰长衫带进堂屋，关上门，冷冷地问：“啥情况？”

“程子川没走。”灰长衫神密地看了看窗外对常光耀说。

“没走？不对吧？”常光耀疑惑地摇摇头说，“他让皮定钧封了个大队长，跟皮定钧走了。”

“没有，真的没走。”

“你听谁说的？”

“不是听谁说的，是俺亲眼看见的。”灰长衫说，“他夜儿个[②]又回来了。”

“带多少人？镇暂儿[③]在哪儿？”常光耀急切地问。

“没有带人，是回来送家眷的。”灰长衫说，“皮定钧是封他个大队长，让他带着家眷走。可他走到登封，见维持会把哩严，出不去，又回来了。”

“你咋知道镇[④]清楚哩？”常光耀盯着灰长衫问。

---

① 口径。
② 昨天。
③ 现在。
④ 这么。

“俺看见他回来了，就上他家串门，想打听点儿情况，叫他家的长工马运山拦住了。俺问马运山，你不是跟程大队长走了吗？他说，没有，他只是听差去送程子川的家眷，送到登封塔水磨，见维持会把着路搜查，走不出去，就回来了。俺问，程大队长也回来了？他蒙俺说，没有，程大队长带部队走了。”

“你不是亲眼看见程子川了吗？”

“是啊。就冲马运山这话，俺就断定他没有带人来。”灰长衫狡黠地一笑，看着常光耀说。

“好啊，他藏在老庙。让老子撞上了，老子今儿个就把他抓了。”常光耀一边掏枪一边转身向门口走。

“他不在老庙，藏在五指岭。”灰长衫急忙拦住常光耀说。

“藏在五指岭？咋回事儿？”常光耀瞪起两眼问。

“是，五指岭。我跟的梢。”灰长衫说，“政府不是说举报共产党有赏嘛。所以，俺就一直盯着他家。后来，俺看见程子川一人出门向山上走，就远远地跟着他，看着他进了五指岭一户人家。俺估摸着五指岭上还有他们的人，不敢久留，就跑回来了。准备今儿个下山报告，唉。”灰长衫见常光耀若有所思不说话，就叹了口气，接着说：“真没想到，他们镇毒，叫狼狗把俺孩子给，给活活咬死了。”灰长衫哽咽了，用衣袖揩了把眼泪，带着哭腔说：“俺后悔死了，要是夜儿个就去报告，俺儿就不会死了。”

“中了中了，你别伤心了。”常光耀走上前拍拍灰长衫的肩膀说，“你儿子为国捐躯，死的光荣。你提供的情报很重要，很好。我们一定要抓住程子川，杀一儆百，给你儿子报仇。”常光耀见灰长衫情绪稳定了一些，接着问：“你还记得程子川去的那家吗？”

“记得，记得。”灰长衫点头哈腰地说，“俺给您带路。”

“中，我给王乡长说说，重奖你。”常光耀重重地拍了一下灰长衫的肩膀，然后向门口走去。他在开门的当口，像突然想到了什么似的，又转过身问：“你说那个长工，他向你打听啥事儿了没有？”

“他问，问这两天的枪声是咋回事儿？”

“你咋说的？”

“俺说，俺说，俺吓唬他，说是你们在抓共产党。谁通八路，抓谁。”

常光耀冲灰长衫点了点头，转身开门走出了堂屋。

常光耀回到崇仁乡乡公所，与王雨霖密谋一番，又立刻起程前往凤屏寨。

一时间，浮戏山地区消息传开，说山里有八路，两天消灭还乡团一个马队和一个短枪班，还把大地主刘尚武一家全杀了，一传十，十传百，妇孺皆知。老百姓个个称快，王雨霖也暗自高兴。

常光耀到了凤屏寨，过了天桥，远远地冲张三旺抱了下拳，高声喊道：“给张寨主请安，上次不辞而别，今儿个特意来向您请罪了。”

“哪里，哪里。”张三旺也冲常光耀抱了抱拳。

常光耀转过身，拍了一下王长贵的肩膀笑着问：“新娘咋样？把你掏空了吧。”

“净[①]瞎说，都老夫老妻的了。”王长贵朝常光耀的背上打了一巴掌说。

“走走走，到聚义厅喝茶。”张三旺向常光耀做了个请的手势。

“这次兄弟来，王乡长又让我给张寨主带了一挺重机枪、两箱子弹，还有——。”

“哎呀，我这是无功受禄啊。”张三旺没等常光耀说完就抢过话茬说，“请，请请。”

“常队长您这来两趟，就把俺凤屏寨装备好了。”王长贵嬉笑着向常光耀讨好说。

“我给王乡长说了，就是要把你们凤屏寨装备成浮戏山最牛屄的寨子。”

“嘘——。”张三旺冲常光耀摆了摆手，低声说：“前天你们把杨文彬干掉了，牛半山直噘[②]俺，说咱是串通好了。”

“就是串通好了咋着[③]了？”常光耀一边向厅内走一边说，“我就是要扶持您凤屏寨跟它将军寨干，到老[④]替了它，还尿他那一壶？”

“常队长。”张三旺沉下了脸，旋即又面带笑容指着大厅左边中间的椅子说：“坐，坐。”然后冲门外喊，“上茶。”

常光耀坐在椅子上，张三旺为示尊重，没有去坐自己厅中的正座，而是坐在了常光耀左侧的椅子上。王长贵见状，顺势坐在了常光耀的右边。门外走进一个穿对襟蓝布上衣的小土匪，提着茶壶，为三个人各倒一杯茶水。

常光耀见蓝对襟走出聚义厅，从兜里掏出一沓银票放在桌上向张三旺面前送了送说：“这是王乡长送给寨主的十万元银票。”

“唉，使不得，使不得。”张三旺摁着银票向常光耀面前推，被常光耀按住了手。

常光耀说：“张寨主，你就收下吧。咋说，这也是王乡长的一点儿心意。你收了，人家说咱们串通；你不收，人家也说咱串通。反正，这个黑锅您是背定了。”

“我才不怕他们咬蛋[⑤]哩。”王长贵说，“大不了咱退出联盟。”

“瞎说。”张三旺瞪了王长贵一眼说，“咋给你说了，你那嘴呀，就是没把门儿哩。”

“你怕啥？常队长又不是外人。”王长贵满不在乎地说。

“是，是，常队长不是外人。”张三旺笑着说，“可是，你也得遵守盟规啊。”

“啥盟规？就是他牛半山一人说了算。”王长贵说，“咱死了恁些[⑥]兄弟弄来四儿[⑦]婆娘，他一句话，说放就放了。放就都放呗，他留幺儿[⑧]，弟兄们意见可大了。”

---

① 尽。

② 骂。

③ 怎么。

④ 最终。

⑤ 嚼舌头，胡说。

⑥ 那么多。

⑦ 念 sè，四个。

⑧ 念 yò，一个。

“既然弟兄们意见大，干脆你们另立山头算了。”常光耀趁机烧底火。

“唉，说不得，说不得。”张三旺冲他们摆摆手说，“凤屏寨的弟兄们刚过上两天儿好日子，别再生出枝杈来。”

“是啊，日子好过了，可弟兄们憋闷啊，精神空虚啊。”王长贵把手一摊说：“一听是土匪，人家姑娘宁肯受穷也不嫁到你山寨里来。本地的乡亲又不能骚扰，好不容易弄来几个外地娘们儿，眼睁睁地看着没了，你说说，常队长，这让人憋气不憋气。”

“王掌柜，您别急。我这次来找你们，就是想把你们放走的女人给弄回来。”常光耀转向王长贵说。

“咋弄回来哩？你全给包饺子了？！”王长贵不解地问。

“没全包，跑了幺儿。”常光耀呷了口茶，又看了一眼张三旺说：“据可靠消息，她藏在五指岭，跟程子川在一起。”

“程子川不是跟皮定钧走了吗？”张三旺问。

“没走成，到登封又回来了。他不敢在老庙住，藏在五指岭了。”

“噢——”张三旺点了点头，若有所思地说：“那他一个大队长，恁大的官儿，肯定带好些人。”

“没有，最多三四个，他是为了带家眷才被拦下来的。”常光耀又呷了口茶，眼睛一转，接着说：“对了，还有几个女的，就是留下跟程子川当丫鬟的。”常光耀说到这儿停顿一下，看了看张三旺和王长贵，生怕他编的瞎话让二人心生怀疑，见二人没啥反应，就又呷了口茶接着说：“王乡长有心带人去抓他们，可是，目标太大，队伍没到，他们早跑了。得想个办法把他们引下来，引进咱的包围圈儿，一下子把他们全逮了。”

常光耀又看了看张三旺和王长贵，见二人都不讲话，接着说：“我都跟王乡长说好了，弄住[①]他们以后，男的枪毙，女的送给凤屏寨的弟兄。让他共产不成，咱弟兄们共妻。”

“中啊，太中了。”王长贵乐得直点头。

“这下，凤屏寨欠您的人情可太大了。”张三旺也呷了口茶看着常光耀不紧不慢地说。

“这哪里话，咱谁跟谁啊。”常光耀看着张三旺说，“再说，要把他们引下来，还得您哩人出马。”

“俺咋引他们哩？”王长贵伸着脖子问。

“我实话给你们说吧，这诱引的事儿还就得你们办。”常光耀将手中的茶杯转了一圈儿，接着说：“你们想，这程子川是老庙村哩人，当村长、保长都三十多年了，他谁不认识，谁不知道。让浮戏山的乡亲去引诱他，我看没人干这事儿。就是有人干，弄不准就是个通风报信的。让俺还乡团的人去，容易露馅。只有您哩人，就是程子川认出来了，也没啥说的，以前他还争取您抗日哩，容易接近，也容易脱身。”

“你就说咋引吧。”王长贵迫不急待地说。

---

① 弄到手，得到。

“您派人到五指岭去找程子川，说部岩村藏着四个八路，他们要找组织、找队伍。可是，他们外地人不敢露头，求你们帮他们找哩。”常光耀又呷口茶说，“程子川一听，准到部岩。他刚从登封回来，势单力薄，正想找人手扩大队伍哩。”

“程子川能相信吗？”张三旺有点怀疑地问。

“我们已经放出风了，说浮戏山里的八路打掉我们一个马队、一个短枪班。程子川正打听这几天的枪声是咋回事儿哩？听了这个消息一定认为是这几个人干的，他不来接头才邪呢？！”

“我看中。”王长贵接过话茬说，“让二蛋去，这小子自从见了那几儿[1]女八路，想娘们儿都想疯了，事儿成了，叫他挑一个。”

张三旺瞥了王长贵一眼，端起茶杯，冲门外喊：“上茶。”

蓝对襟闻声跑进来，为三人的茶杯都续上了水。

常光耀看着蓝对襟走了出去，转向张三旺问：“张寨主，您意下如何呀？”说着，又按着银票向张三旺面前送了送。

张三旺瞥了银票一眼，冲常光耀笑了笑，看着王长贵说：“近来，寨子里的事儿都是长贵打点，你跟长贵商量商量吧，只要他同意，我没意见。”

“张寨主对王掌柜太信任了。”常光耀冲张三旺点头笑着说。

“我呀，正在想啥时候交班哩。长贵比我能干，有魄力，能把风屏寨带得更好。”张三旺看着王长贵说。

“哪里，哪里，只要大哥在，您永远是寨主。”王长贵急忙冲张三旺点头哈腰说。

张三旺听了，眉头一紧，在心里骂道：“你是恨我不死。”他心里这么想，脸上却很快又放松了，笑着说：“你们聊着，我安排酒菜，咱们喝上几杯。”

“不了，张寨主，别麻烦了。”常光耀见张三旺站了起来，急忙站起来说。

“那不中，咋说你也是长贵媳妇的娘家人啊，送亲没喝酒，今儿个再不喝就说不过去了。”张三旺一边说一边朝门外走。

“那是，那是。”王长贵冲着张三旺直点头。

张三旺走向门口，突然转过身来低沉地说：“赵石头没有死。”

“赵石头没死？”常光耀惊得张大了嘴巴。

---

① 念 jè，几个。

第十八章

狼越聚越多，锥子般的目光像一支支利箭对着刘红云和赵石头，足能将他们二人射成刺猬。

赵石头从睡梦中醒来，见刘红云坐在铺边看着他，伸手抓住刘红云的手问：“早醒了？”

“早醒了。”刘红云看着赵石头笑了，笑着说：“我是早醒了，你都睡两天了。”

“是吗？”赵石头伸手摸了一下刘红云的脸赖不拉叽地说：“我还想睡。”

“你不饿呀？我都吃了三顿了。”刘红云笑着说，“怎么叫你都叫不醒。”

“我——，醒了。”赵石头的意识中好像有刘红云叫他吃饭的情景。

“醒了，是醒了。迷迷糊糊，吧咂着嘴说一句‘不吃’又睡着了。”刘红云笑着说，“我都怕把你饿死。”

“不会的。”赵石头坐起来把刘红云揽在怀里说，“我就这样儿。只要执行完大任务，通[①]能睡哩。有一回睡了三天两夜，可把俺，把俺妈吓坏了。”赵石头的本意是想说“可把俺秀子[②]吓坏了”，话到嘴边，改成了“俺妈”。他清楚地记得，他那次护送交通员到洛阳，几天没合眼，回到家倒头便睡，睡了三天，把水仙吓得哭了。

“你要是不打呼噜，我也害怕。”刘红云笑着说。

“我打呼噜？不会吧？我从不打呼噜啊。”赵石头认真地说。

“可能是你太累了。”刘红云笑着说，“也可能是这洞内太静了，我喜欢听你那喘

① 特别。
② 老婆；妻子。

息声。”

“啊，我着凉了。”赵石头哼了两下鼻子说，“你看，鼻子不透气了，怪不得打呼噜哩。”

“是，你睡那么长时间，没有被子，不着凉才怪呢。”刘红云挣脱赵石头搂抱的胳膊，站起来说：“快，起来喝点儿热粥。”

“你做饭了？”

“我不是说了，我已经吃了三顿饭了。”刘红云笑着把手伸向赵石头，拉赵石头站起来，心疼地说：“饿坏了吧？”

“是有点儿饥。”赵石头说着走近火堆，用手轻轻地摸了摸铁盆，不烫，端起来，对着嘴大口大口地喝起小米粥来。

“慢点儿，别噎着了。”刘红云站在旁边说，“吃点儿饼。”

赵石头见刘红云手里举着烙饼，就放下铁盆，接到手中，看了看，笑着说：“嘿，烤焦了。”

“我想把它烤热，谁知给烤焦了。”刘红云不好意思地说。

“烤焦了好吃。我最爱吃焦馍了。”赵石头咬了一口，在嘴里格嘣格嘣地嚼着，一边嚼一边笑着说：“香，真香。”

“也不知道给我一口？”刘红云嗔了一眼赵石头说。

“给。”赵石头把干烙饼送到刘红云嘴边，刘红云张开嘴，露出了那几颗赵石头想看的虎牙，“格嘣”一下咬掉一块，在嘴里嚼。

“香吧？这烙饼烤焦了吃就是香。”赵石头看着刘红云笑着说完，“格嘣”一下又咬下一口，一边嚼一边问刘红云说：“还有吗？”

“有，没烤。”

“拿来。”

赵石头接过刘红云递过来的饼，把手中的干烙饼递给刘红云说：“留着，慢慢吃。”说完，咬了一口手中没烤的饼。

“哎，你吃吧，想吃干饼放到这里烤就是了。”刘红云又把干烙饼递向赵石头。

赵石头看看刘红云手中的干烙饼，笑笑说：“好吃是好吃，就是嚼着太慢了。”

刘红云看着赵石头那吃相甜甜地笑了。

“你喝点儿。”赵石头端起铁盆让刘红云喝小米粥。

刘红云冲赵石头甜甜一笑，摇摇头说：“我不饿。”

“那我全喝了啊。”

“你喝呗，喝完了咱再熬。”

赵石头吃完饭，刘红云拿起大铁盆到小溪里洗。

“我来。”赵石头上前抓住铁盆说。

“歇着吧，这是女人干的活儿。”刘红云看着赵石头笑着说。

赵石头看了看刘红云，笑笑说："谁规定的这是女人干的活儿？"

"我。"刘红云把洗好的盆放在地上，冲赵石头说："以后啊，我要把我男人伺候得舒舒服服。"

赵石头弯腰拿起大盆，在水坑里起水把桶灌满，笑着对刘红云说："我去饮马。"说完，冲刘红云做了个鬼脸说："这可是男人干的活儿吧。"

"谁说的？"刘红云嗔了赵石头一眼问。

"我。"赵石头冲刘红云甩了甩手中的水桶，笑着学着刘红云的口气说："以后啊，我决不让俺秀子干一点儿重活。"说完，笑着向两匹马走去。

洞外已经是子夜时分，一轮瘦月像镰刀一样悬挂在天上，为数不多的星星稀疏地散布在天空，一眨一眨地看着大地。夜虽然黑，但能看见路。赵石头把水桶放到两匹马的中间，走出溶洞，看看周围，没有发现那些绿幽幽的眼睛，他的心里感到有些失落。他不知怎么了，这时既不愿看到那些绿幽幽的眼睛，又希望看到那些绿幽幽的眼睛。他环视着四周，山谷里静得出奇，就像面前映着月亮和星星的鸭梨潭，一点动静都没有。他故意咳了一声，四周还是一片寂静。他突然感到自己很孤单、很渺小，不由自主地打了个冷战。他骂自己，他赵石头生来没怕过什么，面对大自然的沉寂他害怕了。

刘红云坐在火堆旁烤烙饼，火光为她披了一身红晕，在那些若隐若现的钟乳石间，宛如一位仙女，给死气沉沉的溶洞增添了无限生机，就像融进了一个童话世界。

"慢点儿。"刘红云见赵石头走进洞来打了个趔趄，甜甜地嘱咐道。她看着赵石头把水桶放下，又仰起头看着赵石头的脸笑着说："我把它们都烤干，既好吃，又好放，不用担心它坏了。"

赵石头看着火堆旁的石头上放着烤硬的烙饼，冲刘红云笑笑说："还能让它坏？我一顿就能全吃了。"

"猪。"刘红云冲赵石头把头一歪丢出一个字。

赵石头看了看刘红云，又看了看溶洞四周，慢慢地走到刘红云身边，抚摸着刘红云的头，用手指捻着刘红云的秀发。刘红云抱着赵石头的腿，把头依在赵石头的腰间。

"没有看见它们。"赵石头低沉地说。

"谁？"刘红云知道赵石头说的是什么，还是轻轻地随口问了一声。女人装傻比撒娇更高明，显得既温柔又可爱。

"大青。"赵石头深沉地说，"大青它们。"

"它们不会走远。"刘红云轻轻地说，"我总感觉它们就在我们身边，在给我们站岗放哨，在保护着我们。"

"也许。"

两个人陷入了沉默，溶洞内死一样的静。

"不烧了。"许久，赵石头的手抚摸到了刘红云的脸颊，好像想起了什么，低下头，轻轻地说。

“早就不烧了。”刘红云淡淡地说。

“我想回家一趟。”

“我跟你去。”

“你别去了。天太黑，路不好走。”

“我想跟你在一起。”

“你等着，我就去拿点儿东西，用不了多长时间。”

“我想去看看家是什么样子。”

“啥样子？两孔石窑，一个院。妈走了，啥都没有了。”

“我想去看看，那也是我的家。”

“你的腿——”

“没事儿。”

“山下，还乡团——，村里也不知啥情况。”

“多个人多个帮手。”

“太危险。”

“死，我也要和你死在一起。”刘红云紧紧地抱住赵石头的双腿说。

“净[①]瞎说。”赵石头爱怜地抚摸着刘红云的头。

沉默，两个人又陷入了沉默。

“还是我幺儿[②]人去吧。”赵石头首先打破了沉默。他不想让刘红云去的目的还有一个，就是他想回去找到母亲和水仙的坟。

“不，我跟你一起去。”

“我就去拿点儿东西，你去弄啥哩[③]？”

“啥也不弄。”刘红云装着一副不高兴的样子学着当地的土话说。

“听话，现在这环境可不是闹着玩儿的。”赵石头意识到了自己在讲土话，学着刘红云的语调说。其实，这些天，他和刘红云对话已经注意了许多。

“谁给你闹着玩儿了，我已经说了我想去看看家，你还问我去弄啥哩？”刘红云噘起了小嘴不高兴地说。

“不就是看看家嘛，等不打仗了，你天天看，你不给我守在家里还不中哩！何必现在——，腿还有伤。”赵石头嘴上这么说，心里却想，现在去看看家有什么用，等你到了延安，见了大官男人就把我忘了，还能留恋这个穷山沟里的家。

“我愿意。”

“你咋镇[④]犟哩？！”

---

① 尽。
② 念 yò，一个。
③ 干什么。
④ 这么。

“谁犟了？！”刘红云挥动着小手打赵石头的屁股，一边打一边哭着说：“你是不懂还是装糊涂，我舍不得你。”

“我也是心痛你呀。”赵石头把刘红云的头紧紧地揽进自己的腰际轻轻地说。

“你没听人家说，说，‘打虎亲兄弟，上阵夫妻兵’吗？”刘红云把赵石头的腿紧紧地抱住喃喃地说。

赵石头笑了，抚摸着刘红云的头说：“傻丫头，是‘上阵父子兵’。”

“‘夫妻兵’！”刘红云把赵石头的腿抱得更紧了。

“中中中，夫妻兵，夫妻兵。”赵石头轻轻地拍着刘红云的头笑着说，“俺秀子[①]，那身手，那枪法——”

“不比你差！”刘红云使劲儿抱住赵石头的腿，用头紧贴着赵石头的肚子。

“比我强，比我强。”赵石头笑着拍了拍刘红云的背说，“中了，轻点儿，都把我的腿搂折[②]了。”

“乌鸦嘴。”刘红云松开手照着赵石头的屁股就是一巴掌，冲着空洞洞的溶洞喊：“赵石头那句话不算。”

赵石头笑了，弯下腰，用双手撑着刘红云的两掖，一边抱刘红云一边说：“起来吧，上阵夫妻兵，我们一起回家。”

刘红云就势将自己的香唇贴在了赵石头的嘴上，赵石头紧紧地把刘红云揽在怀中。

为了少让刘红云走路，出了溶洞，赵石头就扶刘红云上了马。他牵着马绕着宽而平的山势慢慢走上山中山，然后，二人骑马同行。

“我怎么没有一点儿要打仗的感觉？”刘红云笑着问赵石头。

“那就好，谁也不愿意打仗。”赵石头回过头来笑着说。

两匹马并排走着，刘红云侧脸看赵石头，声音中带着笑说：“咱俩还真有点儿‘夫妻双双把家还’的韵味哩。”

“那是你黄梅戏看多了。”赵石头笑着说。八路军在浮戏山经常为老百姓演戏，其中黄梅戏《天仙配》巩县人很喜欢，刘红云一说这话，赵石头就知道是黄梅戏《天仙配》里的一句唱词。

“夫妻双双把家还。”刘红云情不自禁地唱了一句。

“别唱。”赵石头低声叫道，“夜静传哩远，暴露了咋弄哩[③]？”

“你不是说还乡团没这个胆儿，山里的土匪不伤老百姓吗？我们越唱越不引起他们怀疑，就是他们怀疑我们，还以为我们是引诱他们的，不敢接近。等他们弄明白是怎么回事儿了，天也亮了，我们的事儿也办完了。”

---

① 老婆。

② 念 shé，断。

③ 怎么办。

“聪明，有道理。”

“不是有道理，是艺高人胆大。他还乡团要是敢来，老娘的枪可不是吃素的。”刘红云说着拍了拍腰间的枪。出发时，两个人都别上了双盒子。

“好，唱，唱出咱们的气势来。”赵石头说，“这浮戏山原来人欢马叫，载歌载舞，自从八路军南下后，还没有听到过歌声哩。”

“唱，今晚上就让他们听听。”

“唱啥哩？”赵石头侧脸看着刘红云一边想一边问。

“树上的鸟儿成双对。”刘红云亮起嗓子唱了起来。

“夫妻双双把家还。”赵石头跟着唱了起来。

“你耕田来我织布。”

“你……”

两匹马上了大路，两个人一唱一和打马飞奔。

赵石头和刘红云唱了一段又一段，不知不觉已经过了小龙池。小龙池那“哗哗”的流水声和前面百米瀑布的喧叫声吸引了刘红云，她不禁感叹地问：“这里怎么有这么大的水呀？”

“我也不知道，从记事儿起就是这么大。”赵石头说，“我就纳闷，它就这么流咋流也流不完哩？”

“杞人忧天。”刘红云朝赵石头撇撇嘴说。

“那你说，这水是从哪儿来的？”

“地下。”

“这地下的水又是从哪儿来的？”

“天上。”

“这天上的水又是哪儿来的？”

“空气中。”

“这空气中的水又是从哪儿来的？”

“地下。”刘红云说出口就笑了，她笑着说：“又回去了，就像是‘先有鸡还是先有蛋’，谁也说不清。”

“我总认为能讲清。”赵石头认真地说。

“能讲清，一定能讲清。”刘红云笑着打马向前，冲向百米瀑。

“哈哈，溅了一身水，真带劲儿。”过了百米瀑，刘红云笑着说。

“要在白天，你看着这儿的景致就不想走了。”

“感受得到。”刘红云兴奋地说完，对着黑龙潭大声喊道：“噢——嗬——”

赵石头急忙上前拉了刘红云一下，压低声音急切地说：“别叫了！”他又看了看四周说：“前面就是灵官殿了，小心点儿。”

二人一路无话到了亚沟村。村里死一样的静，一点灯光都没有。

赵石头指着自己的家压低声音说：“到了，这就是咱家。”

“啊，到家了。”刘红云深深地吸了一口气，注视着夜幕下的院舍窑洞。

“你在这里等着，我先回去。若没事儿，你就到院里那棵柿树下守着，我收拾东西。”

“嗯。”刘红云重重地点了点头，掏出了手枪。

赵石头牵马走进院内，接近窑洞，窑的门板没有了，黑洞洞的窑门直照着他，好像要诉说什么。他捡起一块石头扔进去，有两只鸟“扑扑棱棱”地飞了出来。他看了看那根本看不见里边任何东西的窑洞，摇摇头，又到第二个窑门前。这孔窑的门板也没了，和那孔窑一样敞着黑洞洞的窑门。他直接进入窑洞，心想，如果有鸟飞出来，伸手抓上一只，摔死它，烧吃了，解气。可是，他走进窑门，跺了跺脚，一点儿动静都没有。他走出来，举起枪向刘红云待的地方摆了摆。然后又走进窑内，划着火柴。

窑内一片狼藉。赵石头从一片烂席上抽出一条席明子点燃，在窑内转了一圈，和他想象的一样，没有一件能用的东西。他愤愤地把手中燃烧着的席明子扔掉，呆呆地站在窑里。少顷，他弯腰抓起那片烂席，摸到土炕前，点燃了火柴。

这炕是用石头砌的屯子，里边放东西，上边架上木板睡人。现在，屯上的木板没有了，屯里的东西没有了。赵石头跳进屯子，点燃一条席明子，轻轻推了下屯子的里墙，便露出一个小洞。小洞里放着两匹精致的唐三彩马，他移开马，掀开下边的木板，露出一个地窖。

这是赵石头专门为他老娘挖的地窖，进出方便，又不容易被发现。巩县的唐三彩天下第一，是皇宫里的饰品、玩物，民间不得收藏。赵石头藏这两个马不是官窑烧的，没那么值钱，只是为了做掩人耳目的幌子。即使有人发现了小洞，看到唐三彩马，以为是赵家收藏的宝贝，拿了宝贝，谁还去想下边有没有地窖呢。

赵石头又续燃一条席明子，抓着那片破席下了地窖。这地窖说是地窖，不如说是地洞，下边不大，除用木板架了一张能睡两个人的床外，就没有太大的地方了。只是那容一个人弯腰行走的洞很长，一直通向窑洞旁边的山沟里。

赵石头到洞内一看，不由得兴奋起来。由于提早做了防止敌人加害的准备，家里的东西几乎全都搬到了地窖里。一盏马灯挂在床前的墙壁上，赵石头把马灯点上，地窖里即刻明亮了许多。他伸手从床下边拉出一只长方体扁铁桶，提了提，笑笑。这是打日本鬼子得来的战利品，人们说是汽油桶，他储备了煤油，现在还有大半桶煤油，够用一阵子了。他把地窖里的被褥、粮食、锅碗瓢盆等在山上必用的东西收拾起来，捆的捆，装袋子的装袋子，然后一件一件地送上窑洞，再把地窖口盖好，放上唐三彩马，然后封上了小洞。

赵石头跳出石屯，用绳子把该连的袋子和包袱连起来，然后一手提着一嘟噜走出窑洞。

刘红云一直在柿树下警戒，她已经把这个家的外貌印记在心里了，见赵石头走出窑洞，急忙一瘸一拐地跑上前帮忙。

“不用，你牵好马。”赵石头冲刘红云说。

刘红云又急忙一瘸一拐地跑到马前牵住马。

赵石头向两匹马背上各搭了一嘟噜东西，转身又向窑内走。

“还有？”

“嗯。”赵石头点了点头，又回到窑内，提起东西，又放下，搂了一些破席片、烂纸扔进石屯，然后打起马灯罩准备把马灯吹灭。

“别，别熄。”刘红云在门口叫道。

“弄啥哩[①]？”赵石头惊异地问。

“我想看看。”

“有啥好看哩，破不拉叽的。”赵石头不高兴地嘟囔一句。

刘红云看了看四周，冲窑内说：“你出来看着，让我进去看看。”

赵石头放下马灯，提着东西走到门口，又冲刘红云丢了一句：“有啥好看哩。”

刘红云也不搭话，一瘸一拐地走进去，提起马灯绕着窑洞转了起来。她把窑内仔细地看了一遍，把马灯的火头拧小，解开衣襟捂住马灯走出窑门，向另一孔窑走去。

“你弄啥哩？”赵石头一个箭步跨上前压低声音焦急地问刘红云。

“我再看看这孔。”刘红云一边说一边向前走。

“有啥好看哩，破窑一孔。走。”赵石头拉了刘红云一把说。

“别急，就一会儿。”

“快点儿。”赵石头看着刘红云的背影心里涌上一股酸楚，第六感觉告诉他，刘红云真的把这儿当成她的家了。

刘红云看完窑洞出来，低沉地对赵石头说：“走吧。”

“灯。”赵石头向刘红云伸出手说。

“我拿着吧，小心把灯罩弄碎了。”

赵石头把刘红云扶上马，然后自己跃上马就走。刘红云看着这座院落久久不愿离去，见赵石头走远了，一扬头，打马追了上去。

刘红云追上赵石头，哽咽着说：“打完仗，我一定要把那窑布置得漂漂亮亮的。”

赵石头也不言语只是打马快走。他原本想利用这次回村的机会，找找乡亲，认认他母亲和水仙的坟，就是不烧香也要磕个头，了了心愿。可是，刘红云跟来了，他一怕有危险，二怕……。他看着村庄，咬咬牙，在心里默念：“娘，恕儿不孝。水仙，我对不住你呀。”

赵石头和刘红云回到溶洞，卸下东西，开始收拾起来。

---

① 干什么。

刘红云把褥子和被子铺好，对赵石头轻轻地说："我知道你心里不好受，躺会儿吧。"

"没有。"赵石头苦笑了一下说，"我都睡了两天了，不困。"

"我心里也不好受。"刘红云低沉地说，"家，被糟踏成那个样子，真让人心酸。"

"没关系，王雨霖他长不了！"赵石头"呼"地一下站起来，挥了挥拳头说："等打跑了王雨霖，你要留下，我一定把庄子[1]给你修得漂漂亮亮的。"

"哎，咱家的窑里有暗道吧？"刘红云抬起头问。

"你咋知道的？"赵石头盯着刘红云问。

"没有暗道，这些东西从哪里来的，放到窑内早就让人给抢光了。"

"他们可能认为俺家没人了。"赵石头低沉地说，"人都穷啊。"

"留着青山在不怕没柴烧。"刘红云走过去扶着赵石头笑着说："你留这些东西多好呀。"

"都是抢小日本和皇协军的。"赵石头的脸上显露出些兴奋，"那时候，打日本，目标明确，解气。镇暂儿[2]呢？白白把大好河山让给了王雨霖这帮土匪。唉！"赵石头长长地叹了一口气。

"这也是共产党顾全大局，避免内战。"

"你让了，他就不打你了？"赵石头愤愤地说，"这不照样打你，抓你，让你有家不能回！"

"这笔账迟早要跟他清算！"刘红云坚定地说。

"我想好了，没事儿了，我就下山干他一下，让他们也不能安生。"

"这也不失为一种斗争方式。"刘红云若有所思地说，"等我伤好了，咱俩一起干。"

"那当然了，'上阵夫妻兵'嘛！"赵石头笑着把刘红云搂在怀里，爱怜地吻着她那秀发说。

"就是'夫妻兵'，一点儿没错。"刘红云扎在赵石头怀里撒娇说。

"没错，一点儿没错。俺秀子[3]是读书人，说'上阵夫妻兵'，就是'上阵夫妻兵'。"赵石头搂着刘红云不紧不慢赖不拉叽地说。

"你笑我。"刘红云把赵石头的腰紧紧地抱住喃喃地说。

"哎，你的伤，我看看。"许久，赵石头关切地对刘红云说。

"没事儿，睡觉吧。"

"我不困。"

"我困了。"

"困了你睡。"

"我要你陪我睡。"

---

① 宅院。如下庄子，一处庄子。

② 现在。

③ 老婆。

“我得把这东西收拾一下。”

“不。”刘红云在赵石头的怀里抽动一下说，“睡起来我收拾。”

“我真不想睡，我趁空——。”

“我要你抱着我睡。”刘红云把赵石头的腰抱得更紧了。

“是不是想了。”

“我啥也不想——。”

赵石头和刘红云睡醒起床，阳光已经将洞口小树林的影子缩短了一半。他们相拥着走出溶洞，刚到洞口，刘红云就惊叫起来：“看，兔子，兔子。”

只见一只黄灰色的兔子躺在洞口的正中央，赵石头用脚踢了踢，兔子已经死了，但兔子的身体还软软的，身上的四个黑洞还在隐隐地向外渗着血。

“它们刚刚来过。”赵石头说。

“是它们，大青。”刘红云看了一下兔子身上的四个黑洞，放开挽着赵石头的胳膊，一瘸一拐地跑出溶洞。

赵石头也紧跟两步追出去。他们望眼欲穿也没有看到一双那熟悉的绿眼睛。

“别找了，它们也有它们的事儿。”赵石头安慰刘红云说。

“我始终感觉它们就在这周围，它们在注视着我们，关心着我们。”刘红云激动地说。

刘红云没有说错，这群狼始终在关注着他们。他们下山回赵石头家的时候，就有三只狼远远地跟着他们。

赵石头看了看刘红云，深情地望着大山感慨地说：“都说蒲松龄写的鬼怪故事是瞎编的，咱这可是真的。狼真的成了咱的朋友，给咱放哨，给咱送吃的。”

“可能是浮戏山里神佛多把这群狼也给点化了。”刘红云看着赵石头说。

“没准儿就是。”赵石头说，“这山里头出了多少神话就不说了，光神人就出了好几个。道教的创始人李耳，就是老子。还有，张天师张道陵，寇天师寇谦之，都在这里修炼过，他们谈玄、讲道、炼丹、修功、飞升的地方，好多人都去朝拜。”

“这些地方现在还有吗？”

“有，你腿好了，我带你去看。”赵石头兴奋地说，“慈云寺里有好多写这里的书，师傅都给我看了。皮司令在这儿时，我领他们看景致，讲故事，他们可高兴了，说叫我当浮戏山的讲解员哩。”

“你懂得真多。”刘红云将头依在赵石头的胸前爱怜地说。

“我懂啥？都是师傅教的，也有听老人说的。”

“给我讲讲。”

“中。”赵石头搂着刘红云，指着鸭梨潭边的一处草地说：“走，到那旮旯里坐会儿，晒晒太阳，我慢慢给你说。”

“走。”

赵石头一边扶着刘红云向太阳地里走一边说："老子在这里修炼得早，都是传说，我没有见到过记载，但是，这里有老君庙、老君洞好些纪念他的地儿。就在那边香炉峰下面。"赵石头指了指一边的山峰说，"你看，就是那。那座山像个大香炉吧？有人说那是老子的炼丹炉。老君洞里边有十八层，说是十八层天、十八层地，是老子修道、著书立说的地方。里边有老子，俺这里都叫老君，有老君的坐像、睡像，有老君床、老君炉、老君湖，还有老君船。其实，就是你说的钟乳石，千奇百怪，像啥的都有，跟咱这个洞里的差不多。就是人们不知道，说是老君造的，给神化了。"

赵石头扶刘红云坐在草地上。他坐在刘红云身边接着说："人们都说，老子当年说要终生在浮戏山隐居，究竟是不是一生都在这里隐居了，没有人考证。张天师和寇天师在这里修炼，好多书上都有记载。这浮戏山还有个名字就叫天师山，玉仙圣母庙后边的山上有一座天师庙，庙中塑的就是张天师的坐像。张天师头带金冠，身披鹤裳，两边站着大弟子药练子、二弟子玄机子、三弟子劝善子、四弟子护法子，个个仙风道骨，栩栩如生。"赵石头说到兴头上，手舞足蹈，口若悬河。

刘红云看着赵石头乐得一头倒进赵石头的怀中。

"你笑啥哩？"赵石头看着刘红云的笑脸认真地问。

"跟说书似的。"刘红云笑着说。

"我就是跟人家说书哩学的。"赵石头笑着说。

"好，很好。接着说。"刘红云笑着一边说一边欠起身子吻了一下赵石头的脸。

赵石头得到了鼓励，更兴奋了，拉起说书的架势接着说："话说张天师，字道陵，遍游名山大川。一日，与王长入浮戏山游玩，练衣使者告之曰：'中峰石室，藏上三皇内史，黄帝九鼎，太清丹经，得而练之，乃升天。'于是，张天师潜入石室，果得丹书，精心修炼，得分形散影之术。"

"好。"刘红云拍手称赞道，"接着说。"

"不说了。"赵石头看着刘红云摇了摇头。

"说呀。"

"嘴太干。"赵石头抬起右手，用食指轻轻地敲了敲自己的嘴唇说。

"你呀。"刘红云又欠起身深深地吻了一下赵石头的阔嘴唇。

赵石头又来了精神，拉开了说书的架势接着讲："再说寇天师，字铺真，隐于浮戏山中，修练道陵之术，长达56年。"赵石头说到这儿推了一下刘红云，将右手的食指放到自己的嘴前笑着说："再来一下。"

"不。"

"没词儿了，给点儿灵感。"

"不给。"刘红云从赵石头的怀里坐起来，看看天说："我不听你说了。"

"那我听你说。"

"好——。"刘红云笑着用右手的食指点了一下赵石头的脑门说，"你就想吧。"

“我就想。”赵石头一把抓住刘红云的手，顺势一拉又把刘红云揽在怀里，用他那张大嘴去寻刘红云的双唇，刘红云躲闪着、笑着、叫着。

“不，不，不，不，就不……”

“呜欧——呜欧——。”溶洞前的小树林里突然发出两声狼嗥，那声音悲凉而急促，满含着担心和紧张，彰显着急躁和凶悍。

赵石头和刘红云听到狼嗥，寻声望去，一下子惊呆了。只见草木动处，“嗖”地蹿出一只土黄色的大狼，昂着头，张着血盆大口，箭一般地向他们飞奔而来，一副气吞山河的架势。赵石头见状，放开刘红云就拔手枪。

“别。”刘红云一把摁住了赵石头的手，折回头，那狼已经冲到他们面前。刘红云本能地张开双臂将赵石头挡在身后，说不清她是怕赵石头伤了狼还是怕狼伤了赵石头。

那狼突然改变了扑杀方向跳落在刘红云和赵石头身旁，旋即转过头，张着血盆大口，冲着刘红云和赵石头哈气，一边哈气一边“呜欧——呜欧——”地低叫着，那绿幽幽的眼睛里透着迷茫的光。山坡上，狼头簇动，一只只成年狼飞奔腾跃，像洪水一样向鸭梨潭卷来。狼越聚越多，站在那只土黄色大狼的身后和刘红云、赵石头对峙，锥子般的目光像一支支利箭照着刘红云和赵石头，足能将他们二人射成刺猬。这阵势使赵石头眼前浮现出群狼撕吃狗剩的情景，一股冷气立刻从头顶灌向尾骨，禁不住打了一个寒战。刘红云看着狼群，失去了原来的友好与亲近，紧紧地靠着赵石头，歇斯底里地冲着狼群大叫一声：“大青——”眼泪就像断了线的珠子流了出来。

刘红云荡气回肠的叫声在山谷中回响。

“呜欧——呜欧——。”伴着刘红云的叫声，山谷里响起了两声大灰狼那独特的嗥叫。群狼听到这叫声骚动了，改变了原来的编队，依着山体摆成了半圆的阵形，将赵石头和刘红云的去路围得水泄不通。刘红云使劲地张着双臂，拼命地靠着赵石头向后挤，像母鸡护小鸡似地护着赵石头。

赵石头好像看出了点门道，轻轻地对刘红云说：“你放松，别动，它们不会伤害咱。”

刘红云不说话，还是摆着原来的架势一个劲儿地向后用力。

赵石头摁下刘红云的双臂，脸上堆着笑说：“放松，放松，它们是你的娘家人，可能是看到我欺负你了，来保护你的。”

“都什么时候了，你还——”刘红云抽泣着，眼泪怎么止也止不住。

“我想是这个理儿。”赵石头轻轻地拍了拍刘红云的肩膀说，“你看。”

刘红云顺着赵石头指的方向，看到了大灰狼在一群狼的簇拥下，用三条腿一蹦一颠地向这边跑来。

“大青——”刘红云尖叫一声向前走了两步，突然又折回到赵石头的身边，张开双臂护着赵石头。

狼群又骚动了，让出一条道。大灰狼顺着那条道一蹦一颠地跑到刘红云的面前。

“大青——”刘红云一下子抱住了大灰狼的脖子，把头贴在大灰狼的头上哭了起来。

大灰狼也像一个孩子见了久别的亲人一样，低声哼叫个不停。

赵石头也蹲下来，抚摸着大灰狼的毛发，像是对大灰狼又像是自言自语地说："你可来了，你说这叫啥事儿呀？"

"宝贝儿，吓死妈了，吓死妈了。"刘红云把头贴在大灰狼的头上，一个劲儿地哭着叨唠着。

"中了，中了，都去吧。"赵石头壮着胆子走向狼群，一边伸出右手试探着去摸靠在前边的狼，一边用左手向外慢慢地挥着说。

狼群又骚动起来，可是都没有走。赵石头抚摸哪一只狼，那只狼就低沉地"呜欧"两声。

赵石头摸了几只狼，胆子更大了，伸出双手挨着个地摸，就像是走进羊群那么自然、那么放松。

刘红云见状破涕为笑，松开大灰狼，也一瘸一拐地融入了狼群。

"太不可思议了。"刘红云一边抚摸狼一边对赵石头感叹地说。

"它们真成你的保护神了。"赵石头笑着说，"我要是欺负你了，还不让它们给撕吃了。"

"乌鸦嘴。"刘红云冲赵石头丢了一句，直起腰冲着狼群和山谷喊："赵石头刚才的话不算。"

赵石头笑了，爱怜地抚摸一下刘红云的头，笑着说："那你的意思是让我欺负你了？"

"你敢。"刘红云抬手轻轻地打了赵石头一下。

"你看我敢不敢。"赵石头说着弯腰将刘红云抱了起来，一边向前走一边说："你看我敢不敢，你看我敢不敢。"赵石头一边走一边用眼的余光观察狼的反应。他是故意这么做的，他想当着大灰狼的面给狼们一个示范，免得以后再出现今天这个场面。

刘红云不知道赵石头的意图，惊后大喜，嬉笑着挥动着双手像雨点似地轻轻拍打赵石头，一边打一边叫："不敢，不敢，不敢。"

赵石头抱着刘红云走出狼群，走向洞口。大灰狼冲着他们的背影"呜欧——呜欧——"地高叫两声，狼群又骚动了，纷纷离去。

赵石头听到大灰狼的叫声，转过身，冲着狼群扬了扬下额喊："走吧，走吧，没事儿了。"

刘红云躺在赵石头的怀里，挥动着双手冲着狼群喊："再见，再见。"

大灰狼骑在小灰狼的身上，站在原地看着赵石头和刘红云。

刘红云冲大灰狼招招手喊："乖，去吧，他不敢欺负妈妈。"

赵石头抱着刘红云朝大灰狼站的地方喊："大青，去吧，谢谢了。"

大灰狼骑在小灰狼的身上，昂着头，活像一尊雕塑定格在那片草地上，那双大眼睛在阳光的照射下闪着夺人魂魄的光。它看着狼群离去后，又冲赵石头和刘红云"呜欧——呜欧——"地叫了两声，从小灰狼的背上跳下来，一蹦一颠地沿着鸭梨潭南岸向山坡上走去。

赵石头抱着刘红云站在洞口，目送着它们。

“大青——”刘红云突然尖叫一声，挣脱赵石头一边哭叫着“大青”一边一瘸一拐地向大灰狼追去。

大灰狼听到叫声一怔，箭一般地飞奔回来。它扑到刘红云身上，一边“呜欧，呜欧”地低叫，一边用头不住地厮磨刘红云的脸，张着口伸着血红的舌头对着刘红云的脖子哈气。

赵石头心头一紧，急忙跑过去抱住大灰狼，不住地抚摸它的皮毛。

刘红云和大灰狼终于安静了下来，赵石头搂着刘红云，抬起右手将刘红云搭在额前的头发向上捋了捋，轻轻说：“好了，让大青去吧。”

刘红云点了点头，眼泪又流了出来。他蹲下身拍了拍大灰狼的头，哽咽着说：“乖，去吧，去吧。”

大灰狼伸出血红的舌头舔了舔刘红云的手，低叫两声，一蹦，一颠，一回头，恋恋不舍地沿着潭边离去。

第十九章

“孩子，你咋还在这哩，程子川都被杀了。”赵老二紧紧攥住赵石头的手说。

狼这群异类朋友的突然救援，让刘红云彻底打消了隐匿深山的孤单感，再加上与赵石头的新婚之爱，她的心情好极了。她拉着赵石头提着马灯，哼着小曲儿，开始对溶洞进行考察。

“在这里，能有这么大的溶洞太珍贵了。”刘红云一边仔细地观看周围的石笋一边说，“据我所知，我国大部分溶洞，主要分布在南方潮湿的气候带，东部地区也有，北方、西部和中原很少，现在还没听说过有什么发现。但就地理位置来讲，我们这一发现就是个奇迹。”

“那咱是‘哥伦布发现新大陆了’。”赵石头笑着说。

“从某种意义上讲，可以这么说。”

“从哪种意义上讲？”

“你看，这里在郑州、洛阳和开封三大名城的正中间，既是自然风景区，又是道、佛、儒三教圣地，如果不是打仗，肯定人流不断。再在这里建一个自然博物馆，人们在轻松的游玩中学习知识、提高素质，多有意义。”

“说哩给真的一样，你能开发吗？”赵石头笑着问道。

“没准儿。”刘红云回头剜了赵石头一眼，接着说：“我让你拿本子干什么？就是先记下来，咱不开发，别人开发时也能参考。”

说话间，他们走到一个开阔地。这地方就像是谁专门在洞中挖的一个大厅。刘红云的眼睛盯住了厅中的一块巨石，指着巨石上面的一片石笋说：“你看，这一组石笋多像《西游记》里到西天取经的唐僧师徒。”

“是啊，有点儿像。”赵石头接过刘红云手中的马灯，向前探着身子照着说：“瞧，这是唐僧，猪八戒，沙和尚，白龙马，孙悟空呢——？瞧，孙悟空在这里。”

“嗯，像，真像。”刘红云一边看一边点头说，“记上，记上。”

“给。”赵石头又把马灯交给刘红云，掏出笔和本子记了起来。

“你看，石柱。”

赵石头抬起头，顺着刘红云的手指看去，只见大厅的中央一根直径约二十公分的光滑石柱直达洞顶，好像是谁专门竖的顶梁柱。

“这就是地上的石笋和洞顶的钟乳石连在一起形成的，这根石柱至少要有二三百万年的历史。”刘红云看着石柱若有所思地说。

“记吗？”

“记。”

“记什么？石柱？”赵石头又问。

“嗯。”刘红云一边思索一边说，“得给它起个好名字，看它多雄伟、壮观。”

“叫定海神针。”赵石头说，“就是孙悟空的金箍棒。”

“不，擎天玉柱。”刘红云说，“看这里雾气腾腾的，就像直插云霄似的。”

“定海神针。”赵石头争辩说，“这里说不定原来就是大海。”

“你算说对了。”刘红云笑着说，“溶洞大多都是几亿年前汪洋大海中碳酸盐层里的暗河。不过，这石柱还是叫‘擎天玉柱’好。”

“既然是大海中的暗河，那就叫‘定海神针’最好。”

“好，好。都记上，后人愿叫什么就叫什么。”刘红云一边说一边向前走，突然她惊叫道：“看，这一个，多像弥勒佛。”

随着刘红云的话音，赵石头看到一位肥头大耳大腹便便的光头和尚坐在洞中的一个平台上，敞胸露怀，咧着大嘴在望着他笑呢。

“这才叫开怀大笑哩。”赵石头走上前去看着佛像兴奋地说，“瞧，嘴都笑歪了。”

刘红云把马灯举到佛像前，仔细地看了看说“他的嘴角还有水，估计还能正过来。”

“那得多长时间呀？你不是说一百年才长一厘米吗。”

“是啊，‘大腹能容，容天下难容之事；开口常笑，笑世间可笑之人’。看来，他还要这么笑上一二百年啊。”刘红云吟起了诸多寺庙里介绍弥勒佛的对联，感叹地说。

“瞧，它身上的小石头，就像小孩子在它身上爬着耍哩。”赵石头笑着拉了刘红云一把说。

刘红云把马灯举到赵石头面前，笑着说：“这叫群童戏佛，记下来，记下来。”

“记‘群童戏佛’？”赵石头掂着笔问。

“对，就这么记。”刘红云说着提起马灯就往前走。赵石头紧赶两步，就着灯光在本上“唰唰唰”几笔写就。

马灯在湿润的雾气里闪烁，溶洞显得黑暗而幽深。赵石头和刘红云边走边看，看到有意义的景观就记下来，二人不时地发出开心的笑声。又走了约二里地，他们突然感到面前一片开阔，小小马灯的光芒柔弱地撑着一个巨大的空间，看不清洞顶和四壁。

赵石头点燃了手中的火把，洞内立刻亮了许多。呈现在他们面前的，是他们没法想象的宽敞、华丽的殿堂。这殿堂高十几丈，阔四五亩，顶部略呈穹形。顶棚厅壁上，大面积挂着钟乳石，形成一挂挂石幔，在马灯和火把的亮光照耀下，恍惚是在游荡的雾气中飘摇。仔细端看，那些钟乳石多姿多态，如冰山玉林，似奇峰倒挂，犹飞瀑溅玉，像银河横溢。

赵石头和刘红云提着马灯举着火把围着洞壁看，洞壁上简直就是玉冰百丈，钟乳石幻化出各种栩栩如生的景观：有尖顶拱窗的殿堂，有风铃叮当的白塔，有随风摇曳的玉树，有流光溢彩的琼阁，有辛勤耕作的农夫，有沿街叫卖的商人，有持枪执剑的武士，有捧书苦读的书生，有追逐戏闹的孩子，有执杖挽须的老翁……

“真像进入了一个洁白的童话世界。”刘红云感叹地说。

“简直不敢想象。”

“这真是一座神秘的地下宫殿。”

“我就是这个宫殿的主人了。”

“美的你。”

“欸，我真想在这里建立一个王国。”赵石头笑着说，“我当国王，你做皇后。”

“好，国王陛下。”刘红云笑着叫了赵石头一声。

“慢点儿，皇后。”赵石头笑着扶着刘红云说。

“看，观音菩萨。”刘红云突然叫了起来。

“哪里？”

“你看，那儿。”刘红云指着洞壁上的一处钟乳石说。

“哪儿，我咋看不出是观音菩萨哩？”

“你看，多像。”刘红云把赵石头拉到自己面前说，“顺着我的指头看，多像，南海观音带着童子冉冉踏波而来……”

“嗯，站在这里看就是像。”赵石头附和着刘红云说。

“站在这儿看也像啊。”刘红云站在赵石头原来的位置说，“因为你脑子里根本就没有这个概念。”

“知夫者莫如妻呀。”赵石头笑着说，“你算说对了，我脑子里真是就没有这个概念。”他顿了顿又说：“我算是看透了，看这个，没有点儿文化底蕴不中。”

“所以，开放时还得配个讲解员。”

“你以为你是旅游局长呀？”

“说不定比旅游局长还大呢。”

“做梦。”赵石头笑着说，“等战争结束了，好好在家给我抱孩子。我给你垒个大锅台，你就围着锅台旅游吧。”

“美的你，我才不在家里待呢。”刘红云若有所思地说，“我要像爸爸那样，作个地质学家。”

“哎，地质学家，你看。”赵石头见刘红云提起父亲，情绪陡然低落，急忙高高地将火把举起，探寻有趣的钟乳石以转移刘红云的注意力。他发现身后一棵结满雾凇的大树，倒挂在棚顶，那婆娑的枝叶直垂到地面上，便指着对刘红云说：“倒挂一颗树。”

刘红云看了看，淡淡地说：“看着它，使我想起神话中讲的玉树来。真像坠入了仙境一般。”

“真是江河倒流，玉树倒长，天翻地覆啊。”赵石头跟着感叹道。

“别转词[1]了，记上。”

“欸，记上。”赵石头一边说一边记。他才不在乎刘红云说他什么呢，只要把刘红云的注意力吸引过来就行。他记完“南海观音”，又记“玉树倒长”，写上了又拿不准，用笔尖点着本像是自言自语，又像是问刘红云：“玉树倒长，倒挂玉树？”

刘红云有了写“定海神针”和“擎天玉柱”的经验，也不搭话，举着马灯自顾自地看。她看到玉树旁一组从洞顶飞泻而下的石钟乳，指着惊叹道：“你看这儿，瀑布。多壮观啊！洋洋洒洒，直泻而下。”

“真是‘飞流直下三千尺，疑似银河落九天’啊！”

“太壮观了，太壮观了！”

“瞧，它们还发光哩！”

“别动。”刘红云说着向前一步，探身将马灯放在一组钟乳石后，那几个钟乳石在马灯的照射下，就像一盏盏漂亮的冰灯一样通体透亮，发出鲜肉一样柔和的红光。

“太少见了，这是一种半透明肉色钟乳石，非常罕见。”刘红云指着泛光的钟乳石说：“因为这些钟乳石中含有大量的玻璃晶体，所以光一照就产生了这种景观。如果能在它们每一块的后边放上一个电灯泡，就更好看了。”

“那咱选一块儿好的搬回去，放在马灯旁，天天都能看。”赵石头笑着说。

“不行。”刘红云冲赵石头摆了摆手说：“不能破坏，这东西太珍贵了。”

“多珍贵？有金子贵？”

“差不多吧。”刘红云说着走上前伸手把马灯提起说，“说不定比金子还贵呢。”

“那咱不是发大财了吗？！”赵石头笑着说。

“发你个头。”刘红云瞥了赵石头一眼说，“这是国家的东西，不能占为己有。它们只有在国泰民安的时候，才能体现它们应有的价值。”

“我只是说说，看你正统哩。”赵石头看了一眼刘红云不太满意地说，“镇暂儿[2]拿出去也卖不了钱。吃都吃不饱，谁买哩？”

---

① 转念 zhuǎi，用好词装样子。

② 现在。

“总会有人买的。”刘红云笑着说，“看他识货不识货。”

“应该是看他当宝不当宝。”

“成心抬杠。”刘红云剜了赵石头一眼，丢了一句：“记上，别贫嘴忘了记。”

“稀糊儿忘了。”赵石头笑着说。

赵石头和刘红云边看边走，自然景观千姿百态，造型各异，他们展开自己的想象力仔细观看，认真标记，可以说一步一景，景物各异。两个人有说有笑地一边看一边向前走，走着走着，突然面前被一块巨石拦住了去路。这块巨石从洞顶整体落下，就像是山洞里的一座山，高十余米，离洞顶有三四米，距洞壁两边不足一米，仅供一人穿过。刘红云提着马灯准备侧身通过，一不小心，伤腿撞到了巨石上，情不自禁地“哎哟”一声，倒吸一口凉气。

“咋了？”赵石头急忙扶住刘红云问，“磕着伤口了？”

“嗯。”刘红云一边吸冷气一边点了点头。

“中了，今儿个就到这儿，以后再看吧。”赵石头说。

“再往前走走吧，看一看石头那边是什么？”

“洞，跟这边一样的洞，只是这块石头塌下来堵住了。”赵石头不屑一顾地指着面前的巨石说。

“要是前面没有洞，到头了呢？”刘红云看着赵石头问，“我们明天再白来一次？”

“那我先过去看看。”赵石头说着举着火把侧身隐进那块巨石和洞壁的夹缝中。

不一会儿，赵石头举着火把走出来，笑着对刘红云说，“我说是洞吧，前面就是洞，和这边一模一样的洞。”

“看不到底吧？”

“笑话，长着哩。”赵石头扶着刘红云的后背说，“走吧。”

“咱再看一段吧。”刘红云恋恋不舍地看着那块巨石说。

“不中，时间太长了。你的腿不好，这里面太潮。”

“没事儿。”

“没事儿也得走，不看了。”赵石头轻轻地推了刘红云一把说，“等有事儿的时候就晚了。”

“瞧你说的，有那么严重吗？”

“你是我秀子[①]，我就得对你负责。”赵石头说着将刘红云的裤腿向上提了提，“我看看磕得咋样？”

“没那么邪乎。”刘红云把腿移开说，“走吧，不让看就不看了。”她不让赵石头看是因为刚才赵石头不在时她自己已经看了，由于来回活动，纱布上都渗出血了。

“那我背着你。”赵石头见刘红云不高兴了，献殷勤说。

① 老婆。

“好啊。”刘红云笑着答，她也突然有了让赵石头背的兴趣。

“把灯灭了，省点儿油。”

刘红云把马灯的灯捻儿拧小，打开灯罩将它吹灭，趴在赵石头的背上，像打马似地拍了一下赵石头，笑着喊：“驾！”

赵石头举着火把背着刘红云一边跳着走，一边笑着唱：“我背着媳妇游仙境喽。”

“驾！”刘红云一边喊一边“咯咯咯”地笑了起来。

赵石头把刘红云背回住的地方，刘红云的左脚一沾地伤口就有一种撕裂般的疼痛，疼得她不由地倒吸了一口凉气。

“咋了？”赵石头关切地问。

“啊，没什么。”刘红云一边倒吸凉气一边说。

“快躺下，我看看。”赵石头扶刘红云躺下，撩起刘红云的右裤腿，惊讶地叫道：“血，渗镇些[①]血。”

“没事儿，这是伤口的渗液。”刘红云笑着说。

“啥渗液，明明是鲜血嘛。”赵石头一边解刘红云腿上的绷带一边说，“你不能再动了，老自咤[②]渗血咋能好哩？！”

赵石头把刘红云腿上的绷带解下，只见还有一些血液在向外渗，他急忙拿过包袱，从中拿出新绷带为刘红云包扎，一边包扎一边说：“有点儿肿，待会儿我出去采点草药给你敷上。”

“用盐水洗洗就行。”刘红云满不在乎地说。

“不疼死你。”赵石头说，“人家骂缺德的人常说往伤口上撒盐，我是你男人，能办那缺德事儿吗？！”

“什么缺德不缺德？盐水杀菌消毒！”

“我去找几个木瓜来，给你熬水洗，不但消肿还止痛哩。”

赵石头将洞里的火烧得旺旺的，带好枪，把在将军寨打的那把最大的刀拿在手里对刘红云说：“你躺着别动，我去去就来。”

“你快点儿啊！”刘红云噘着小嘴撒娇道。

赵石头走出溶洞向四周看了看，一点儿动静都没有，太阳懒洋洋地照在山坡上，阳坡与阴坡一明一暗，把古树奇石、青山绿水装扮得朦朦胧胧，犹如仙境一般。他无暇顾及这旖旎风光，一边寻着路边的草药一边向峡峪沟摸去。他知道那里有一棵木瓜树，丛生着几杆树身，有两把粗细，每年都结许多果实。

峡峪沟是个大峡谷，两岸奇峰排空，形象逼真，宛如一个巨大的雕塑长廊，鬼斧神

---

① 这么多。
② 这么。

工，自然形成。有卧牛喘月、金龟探月、阿婆拜月、古猿观星、后羿射日、大象吸水、骆驼卧饮、王母观灯、七仙下凡、镇山元帅、守峪将军，还有形似狮、虎、豹、猴、羊、猪、鸡的山峰，千姿百态，惟妙惟肖。谷底泉多水大，潭深河阔。赵石头跨过湍急的河流，爬上鹰嘴山，来到木瓜树前。这木瓜树其实就是一种变异的梨树，与南方的木瓜树有质的不同。它树干挺直，树叶与梨树叶没有两样，结的果实也和梨一模一样，只是牙啃不动，必须用刀砍斧劈，所以当地人都叫它木瓜。这木瓜不能吃，但它香气袭人，放一个在屋里，满屋有一种清冽的香气。山里的郎中说，木瓜果可入药，能顺气止疼。所以，山里人谁胳膊、腿疼了，都找上一颗木瓜熬水洗，立马见效。

赵石头见地上掉着几颗木瓜，又大又黄，每颗约一斤来重。他捡起来装进背袋里，又看了看满树微黄的叶子和隐现在叶子中的木瓜，转身向鸭梨潭方向跑去。

"轰、轰、轰……"

"嗒嗒嗒……"

"叭叭叭叭叭……"

赵石头刚跑到小峡峪的北坡上，就听到前面大道上响起了激烈的枪声和手榴弹、地雷的爆炸声。他拔出手枪向前跑去，心想，要是遇到自己人就帮上一把，将双方的力量汇合在一起。谁知，他还没有赶上去，那边的枪声就已经停止了。只见一帮人嘻嘻哈哈地一边说笑一边向他这边跑来，他急忙躲在一个石坎下。

"这下可够王雨霖喝一壶了。"

"起码丢了二十个。"

"二十个可不依，少说也得三十多个。"

"有四十多个。"

"哪有那么多？"

"有，最后那一节人全给包饺子了。"

"还乡团的散兵，后边走得稀，有三十就了不起了。"

"十个也值了，我们总算出了口恶气，给二当家的报仇了！"

"管他多少个哩，让王雨霖自个儿[①]回去数吧。"

说话间，这帮人跑到赵石头跟前，领头的就是将军寨的阴阳头赵狮子。

"是将军寨的人。"赵石头一怔，从石坎下站起来，冲阴阳头轻声喊道："狮子兄弟。"

"谁。"赵狮子举枪指向赵石头。

"我，赵石头。"

"啊，赵队长啊。"赵狮子放下枪，冲赵石头说："您来这弄啥哩[②]？"

"我听见枪声就跑来了。"赵石头冲赵狮子笑着说，"你又把哪家财主给端了。"

---

① 自己。
② 干什么。

“咱浮戏山的财主也叫财主？”赵狮子瞥了赵石头一眼说，“我剁了王雨霖的尾巴。”

“你打还乡团了？咋回事儿？”

“咋回事儿？”赵狮子看了一眼赵石头，又朝身后看了看，见没有动静，把枪插进腰间，丢了一句：“我量他也不敢来追。”说完，冲赵石头摆了下手，接着说：“咋样？一块儿上寨子，我慢慢跟你说。”

“不了。我到老庙去，同路，边走边说。”

“走。”赵狮子冲土匪们摆了下手，与赵石头并肩前行，一边走一边说：“那回你在寨子里说的不错，凤屏寨是他妈与王雨霖勾搭上了。今儿晌午[①]俺接到内线的情报，说王雨霖让凤屏寨派人到五指岭把程子川骗到郜岩，他带人去抓程子川。”

“程大队长不是跟皮司令走了吗？咋会在五指岭？”赵石头惊愕地问。

“没走，听说是没走成。具体情况我也不清楚，就知道是王雨霖使计要抓程子川。”赵狮子说着看了看众土匪，接着说：“程子川是谁？是咱老庙村的保长，咱浮戏山的人。要不是他处处保着，咱浮戏山早完了。你说说，哪一家没受过他的恩惠？抓他，寨子里的人都不答应。牛寨主让我带弟兄们帮程子川一把，谁知，接到情报晚了，我带人出了寨子，王雨霖已经把程子川抓了。王雨霖带那么多人，我又不能硬碰硬救程子川，就在下边伏击王雨霖一下，不能太便宜他了。”

“那，程子川程大队长呢？”赵石头急切地问。

“被王雨霖抓走了。”赵狮子说，“程子川被押在前面，我没办法。我们人少，只能砍隔节[②]打还乡团，这下，剁了他的尾巴，起码干掉他三四十人。”

赵石头不说话，在心里盘算着怎样才能营救程子川。

赵狮子看了看赵石头，支支吾吾地说：“俺没有暴露，王雨霖一定认为是你们共产党、八路军干的，不会怀疑俺。”他停了一会儿，见赵石头没有搭话，又小声说了一句：“我想，我想，牛寨主还会想法救程子川。”

赵石头依旧没有搭话，一直走到凤凰岭下，他站在林中的岔路口对赵狮子说：“我从这里走。过两天再到将军寨去，代我问牛寨主好。”

“赵队长保重。”赵狮子冲赵石头抱了抱拳说。

“保重！”赵石头冲赵狮子及众土匪抱了抱拳，转身健步离去。

赵石头回到溶洞，见洞口又多了两条死兔子。他向四周看了看，又用脚踢了踢死兔，摇摇头，走进洞内。

“回来了？”刘红云坐起身冲赵石头甜甜地问候道。

“嗯。”赵石头把背袋放在地上，端起大铁盆，取出木瓜放在盆里，到小溪里洗。

刘红云一瘸一拐地走过来，见了木瓜，惊喜地叫到：“梨！”弯腰抓起一个，在溪水中

---

① 中午。
② 分段。

涮了涮，放到嘴里就啃。她本以为这梨又脆又甜，满口生津，谁知迸得牙齿生疼，连一点皮也没啃下来。

赵石头看着刘红云的惨样，淡淡一笑说：“这不是梨，是木瓜，啃不动，得用刀砍开。”

“你骗我，你骗我。”刘红云趴在赵石头的背上撒娇，一边摇晃一边笑着抓赵石头的胳肢窝。

“别闹，别闹。”赵石头一边挣脱一边说。

“你不高兴？”

“没有。”

“你心里肯定有事儿。”

“没事儿？我有啥事儿？”赵石头低着头不看刘红云，用他那大手摁住盆里的木瓜，把大铁盆里的水倒进小溪中。

“有什么事儿不能给我说？”刘红云站起来不高兴地说，“是私事儿，我是你老婆。是公事儿，我们是战友。满打满算就咱两个人，有什么不好说的。”

“我不是那意思。”

“那你是啥意思？”

“我还没想好，不知你有啥意见？”

“你还没说什么事儿呢，我能有啥意见？”

“我们的一个同志被王雨霖抓了，我想，我想晚上下山去摸摸情况。”赵石头喃喃地说。

“这是我们的责任和义务，应该去，我陪你一块儿去。”

“我就是不想让你去，才——”

“为什么？”

“你的腿。”

“没事儿。一点儿问题都没有。”刘红云不屑一顾地说，“还是那句话，‘上阵夫妻兵’嘛！”

“不中。”

“中不中？”刘红云又趴在赵石头的背上，学着当地的土话一边向下压一边摇晃着说：“你说，中不中？”

“别闹，别闹。”

“那你说，中不中？”刘红云还是一个劲地压一个劲地摇。

“中，不中，你都说了，叫我说啥？”赵石头虎着脸说。

“我就叫你说，中还是不中。”

“我说。”赵石头双臂向后揽住刘红云一较劲站了起来，向右一甩，两手一倒，就把刘红云抱在怀里，盯着刘红云的眼睛说：“我说，我说咱俩得立个规矩。”

“啥规矩？”刘红云闪着她那双水汪汪的眼睛问。

“就是谁说了算。”

“我说了算。”刘红云笑着说。

“不中。”

“怎么不中？”刘红云噘起小嘴，一本正经地说：“我在城市里长大，见多识广，从小就受到良好的教育。”

“不中。这是山村，不适应你们大城市里的人，只能我说了算。”

“不行，人们都说‘管家婆’、‘管家婆’的。我是你老婆，就该是‘管家婆’。所以，只能是我说了算。”刘红云躺在赵石头的怀里，抬起右手用食指点着赵石头的鼻子笑着说。

“人家说的是‘管家’，这不是家。”赵石头笑着把刘红云放下。

“这不是家是什么？我是谁的老婆？你是谁的男人？我不管你，我管谁？”刘红云站稳了身子瞪着赵石头一句一逼，几乎把脸贴在了赵石头的脸上。

“得，得得。”赵石头抬起双手扶住刘红云的肩膀，向后退一步说：“要不咱这样，俺这的传统是‘男主外，女主内’。以后凡是外边的事儿我作主，家里的事儿你作主。”

“什么狗屁传统，从我们俩这开始改，‘男主内，女主外’。”

“那你能改了？”

“怎么改不了，你听我的不就成了。”刘红云一本正经地说。

“好，我听你的，今儿黑咋办？”

“下山摸情况啊。”

“咋下山？到哪儿摸情况？”

刘红云先是一怔，然后低下头喃喃地说：“骑马，到还乡团摸情况。”

“到还乡团，找死啊你！”赵石头瞥了刘红云一眼轻蔑地说。

“赵石头，是你听我的，还敢顶撞我。”刘红云提高嗓门说。

“我听你的，你给我说出个道道儿来呀。”赵石头看着刘红云把双手一摊赖不拉叽地说。

刘红云见状，左手插腰，右手指着赵石头说：“赵石头，你不是听我的吗？我命令你，说一说，今天晚上怎么办？”

“中了中了，别闹了。”赵石头笑着把刘红云的手按下说，“先把木瓜熬了，洗了伤再说。”

“那你说，你听不听我的？”刘红云拉着赵石头扭着身子撒娇说。

“听，听，听。”赵石头拔开刘红云的手，拿起一个木瓜和那把大刀冲刘红云晃了晃，笑着拉着长腔说：“在家里——听你的。”

“你——”刘红云正欲向前，赵石头举起刀一本正经地说：“别闹，我砍木瓜哩，看伤着你。”

“那你晚上带我去。”刘红云站在原地噘着小嘴说。

天刚擦黑，常光耀就急急忙忙地跑到了王雨霖那里。

王雨霖一边抽烟一边在屋里踱步，见常光耀敲门，就招手说：“来来来，我正想叫人去喊你哩！”

“喊我弄啥哩[①]？”

“弄啥哩？你说说，咱们今儿个丢十几个人，明儿个[②]丢十几个，过两天再丢二十几个、三十几个，这一个团能维持多少天？咱这日子还能过吗？”

“乡长，别着急，我来也是给您回报这事儿的。”

“你说咋办吧？”

“乡长，程子川不能留。”常光耀凑上前说，“你看，今儿个他被抓，马上就有人伏击咱。我想了好久，还是认为浮戏山里有八路的部队。您想想，程子川在八路那里是多大的官儿？皮定钧下来就是他了，他留在浮戏山，浮戏山能没有八路的部队？今天，他们伏击了咱的后队，打了就跑，说明什么？说明他们的人少，不敢与咱硬碰。这有两种可能，一种是见程子川被抓，来不及集合队伍，就这临时十几个人。一种是他就这么十几个人。”

“哎哎哎，别扯恁远，别扯恁远。”王雨霖不耐烦地冲常光耀摆着手说。

“我说，程子川不能留到明儿个。”

“不是说了明儿个公审他，借机招兵买马吗？”

“这就是我前面给您汇报恁些[③]的原因。您想想，上次咱接到情报，说赵石头要劫法场，咱有准备，还是让他一个老鼠搅得满锅臊。这次，他们至少十几个人。八路是干啥吃的，打游击的，咱要是留着程子川，今儿黑还不让他们给劫跑了。退一步讲，他就是劫不走，也是一场恶仗。”

“你的意思是——镇暂儿就把他杀了？”王雨霖盯着常光耀问。

“乡长高见，乡长高见。”常光耀点头哈腰地说，“咱把程子川杀了，把风放出去，八路也就死心了。明儿个，我们再开会。老百姓看我们都把程子川杀了，就会感到八路真的完了。八路镇[④]大的官儿都被咱杀了，还能成啥气候哩！老百姓自咤[⑤]一想，兵不就好招了。”

“嗯——”王雨霖一边点头一边若有所思地说：“好，传令，提程子川到河滩。”

“是。”常光耀转身走出门外，对院内喊：“乡长有令，提程子川，集合队伍到河滩。”

---

① 干什么。
② 明天。
③ 那么多。
④ 这么。
⑤ 就这么。

赵石头和刘红云赶到河滩，躲在岸边的树丛里。远远看到河滩上篝火熊熊，一堆连着一堆把河滩烧得通红，还乡团的乡丁荷枪实弹面向篝火围着河滩上那棵孤零零的大柳树，柳树杆上绑着程子川的尸体，下河口集着一群老百姓。还乡团的王孬敲着锣喊："乡亲们注意了，程子川投靠八路，已被正法，吊在河滩大柳树下。王乡长念他当了三十年的保长，允许乡亲们发送，谁收尸都中。看望的，每次只准进俩人。收尸的，等明儿个上午开完大会。乡亲们注意了，程子川投靠八路，……"

王孬一遍一遍地吆喝着，声声撕扯着赵石头的心。那"咣""咣"的锣声，像一把钝刀一下一下地刺向他的胸膛。他本想冲上去，就像上次劫法场一样搅他一下，让老百姓知道八路还有人在，但是，他看了看身边的刘红云，放弃了。

"把那个喊话的给点了。"刘红云掏出手枪瞄向王孬，被赵石头摁住。她急切地说："咱们冲他一下，让老百姓知道八路还在。"

赵石头看着河滩的大柳树，想起了上次法场里王雨霖的花招，摁住刘红云说，"先别急。你在这儿别动，我到村里看看，谁知道树上绑的是不是程大队长？记住，不到万不得已，绝对不能开枪。"

刘红云觉得赵石头说得在理，重重地点了点头，冲赵石头说："注意安全。"

赵石头悄悄摸到高庙村，左躲右闪，三步并作两步走，不一会儿就接近了他堂叔赵老二家的小院。

赵石头翻墙进院，看到上首主窑的门缝里射出一道昏暗的灯光，就侧身接近了那孔窑洞。

窑内，赵老二和他老伴对坐在一盏煤油灯前，不知道在说什么，赵老二手里拿着一根旱烟袋，老太太手里拿着个针线活。

赵石头轻轻地敲了几下门，见两位老人都把目光投向门口，就轻轻地喊："二叔，我是石头。"

赵石头连喊三声，只见赵老二掂着烟袋走到门口，斜倚在门后问："谁呀？"

"二叔，我是石头。"

"石头。"赵老二应了一声，冲老太太说："是石头。"接着开了门。

赵石头闪身进窑，一把抓住赵老二的手叫道："二叔。"然后，冲桌前站起身的老太太点头叫了一声："二婶儿。"

"孩子，你咋还在这哩，程子川都被杀了。"赵老二紧紧攥住赵石头的手说。

"我就是为这事儿来的。"赵石头说，"二叔，你去看了吗？"

"没有。你没听见，还乡团的王孬在喊哩。"赵老二的话音刚落，王孬又敲着锣走近了院子："乡亲们注意了，程子川投靠八路，已被正法，吊在河滩大柳树下。王乡长念他当了三十年的保长，允许乡亲们看望，……"

"二叔，我想请您老去看一下，看看是不是程大队长真的被杀了，我就是想证实一下。”

“欸，欸，我去，我去。”赵老二一边把烟袋的挂绳往烟枪杆上缠一边说。

“我跟你一块儿去。”老太太也走上来说，“路上有个照应。”

“那就辛苦您了。”赵石头感激地向二位老人鞠了个躬。

“你在家里待着，俺去了。”赵老二对赵石头说。

“别乱跑。”老太太嘱咐赵石头说。

两位老人走后，赵石头没有待在家里，而是翻墙出去躲在窑后坡上的树丛里。

这一天正是农历八月十五，老百姓非常看重的“团圆”节日，让还乡团这么一折腾，一点儿过节的气氛都没有了。阴云遮住了圆月，大地一片昏暗。赵石头在黑暗的树丛中等了近一个小时，赵老二夫妇才从河滩方向回来。只见老两口小心谨慎地向四周看了看，开了大门，又关上大门，然后慌慌张张向窑洞走去。

窑内灯光依旧，却不见了赵石头。

“石头，石头。”二位老人在窑洞内轻声地叫着。

“我在这儿哩。”赵石头见二位老人身后没有盯梢的人，又翻墙进院，听到老人的叫声，三步并作两步走到窑门前。

“你这孩子，吓死我了。”老太太埋怨道。

“对不起，对不起。”赵石头直点头道歉。

“你这不是对不起，你这是看不起！”赵老二气得抖着嘴上的胡子说。

“我，我，没有……”

“你僵个儿[①]去哪了？”赵老二瞪着眼睛问。

“我出去了一趟。”

“你小子，你怕俺公母俩到还乡团告密。”赵老二气得挥起烟枪杆作打赵石头状。他把烟杆高高举起又轻轻放下，愤愤地说：“咱老赵家还没那下作[②]的人！”

“二叔，别生气，别生气。”赵石头急忙帮赵老二往烟锅里装烟，一边装一边说：“我是怕还乡团的人盯上您，跟着来，我不能连累您。”

“连累，俺怕连累还去帮你看？！”赵老二瞪着眼睛说。

“石头，真是程子川啊，真是程子川。”老太太拉着赵石头说，“通[③]惨哩呀，通惨哩，浑身都是枪眼。”

赵石头听了气得把牙咬得“咯嘣”响，情不自禁地拔出了手枪。

“你白[④]去逞能，那里没几儿[⑤]老百姓，都是还乡团的人装哩。”赵老二一边用烟枪杆

---

① 刚才。
② 卑鄙。
③ 特别，很，非常。
④ 别。
⑤ 几个。

压住赵石头的手，一边黑着脸对赵石头说，“拿点儿吃的，躲得远远哩。别去硬碰，光棍儿不吃眼前亏。”

“给孩子好好说。”老太太冲赵老二喊了一句，然后转向赵石头说：“你先歇会儿，我给你烙几张馍带上。”

“二婶儿，不用，不用啦。”赵石头拉住老太太说。

“烙啥烙哩，把那袋儿面给他，让他自个儿弄着吃。”赵老二将烟袋锅儿一边往鞋底子上磕一边没好气地对老伴说。

“二叔，我不带。”

“带着，和着树叶、野菜能吃一阵子。”赵老二沉着脸说。

“二叔。”

“听话，别腌臜你二叔就中了。”赵老二把烟袋绳往烟杆上一边缠一边说：“趁还乡团的人都在河滩，你快点儿走。程子川，俺寻人埋他。”

赵石头含泪告别了赵老二夫妇，回到河滩前的山坡上。

“怎么样？是真的吗？”刘红云急切地问。

“嗯。”赵石头重重地点了点头。

两个人躲在树丛里看着河滩上的篝火和人群，陷入了沉思。

“还乡团也太嚣张了，我们打他一下。”刘红云首先打破了沉默。

“不中，他们早有准备。”赵石头摇了摇头说。

“我们骑马冲他一下，不为别的，就为让老百姓知道我们共产党是杀不完的。”

“你不知道河滩上的情况有多复杂，还乡团的人都装成老百姓了。咱去冲，冲谁呀？没个明确目标。”赵石头一边思索一边说。

“那怎么办？”

“回去。”赵石头从牙缝里挤出两个字。

“我们就这么走了？”刘红云不甘心这么回去，喃喃地嘟囔一句。

“走，留得青山在，不怕没柴烧。”赵石头咬咬牙对刘红云也是对自己说。

“再待会儿吧，我们救不了他，就在这儿多陪陪他，回去那么早干什么？”刘红云伤感地说。

“走吧，他已经牺牲了。咱得振作起来，明儿个[①]还得上将军寨哩。”

“上将军寨？”

“嗯，上将军寨。明儿个是和牛半山约定见孟春桃的日子。”

---

① 明天。

第二十章

“啊——”赵石头的大吼淹没了牛半山的叫声，只见捆着他的绳子被嘣断几节。等赵狮子和几个土匪愣过神儿向赵石头扑来时，赵石头已经跃起掂着牛半山打了起来。

孟春桃这些天已经把将军寨的地形弄得一清二楚了。她想跑，她不想做牛半山的压寨夫人。尽管将军寨是世外桃源，牛半山对她百般呵护，她在寨子里能吆五喝六、吃穿不愁，而且对牛半山也有好感，可是让她嫁给牛半山，她于心不甘。她原本是怀着一腔热情跑出来投奔革命的，怎么能在这里当土匪做压寨夫人呢？她一想到这儿，心里就窝火。她不让牛半山派人跟着自己，就是想找个机会逃出去。可是，除了有重兵把守的寨门外，她没有找到一条能够逃出将军寨的路，任何一个地方，只要你迈出寨子一步，就会跌进深渊摔得粉身碎骨。那天，牛半山也曾笑着对她说：“我给你七天时间，你要是能跑出这山寨，就算咱俩没有缘分，你要是跑不出这山寨，就得给我做压寨夫人。”

“一言为定？”孟春桃盯着牛半山很认真地问。

“一言为定！”牛半山怪笑着答。

“君子一言。”

“驷马难追。”

孟春桃笑着与牛半山击掌为誓。她试图用绳子爬寨墙下山，不成。用牛半山的名义和她这个“夫人”的身份骗开寨门，也行不通。四处打听寻找有没有通向寨外的地下通道，也没有找到。今天就是牛半山与她约定的第七天了，她一点办法也没有，一大早就爬起来在寨子里溜达。她走到寨门前，看着高大的寨门上武状元牛凤山亲笔题写的“将军寨”三个大字，心里涌上了一种她自己也说不清的情愫。那刚劲雄健带有武风的大字永驻在山峰上，满腔热情一心报国的孟春桃也将永住在这个寨子里。这些天她不止一次地这么想，不能轰轰烈烈地参加革命，能争取一个山寨的土匪为革命出力也不枉此生。她没有请命出塞和亲的王昭君那么伟大，她是被迫的，她只能顺应时势为革命做一点贡献。她假想自己嫁给牛半山后，如能争取牛半山参加革命，如能争取将军寨的土匪投靠八路军，如能联合浮戏山的群众同国民党、还乡团斗争，如能将浮戏山的几十座山寨变成共产党、八路军的战斗堡垒，那将是一件多么有意义的事情，不敢说能与昭君出塞媲美，前无古人后无来者，但可以说她没有泯灭共产主义理想，没有背叛党，没有背叛八路军，没有改变参加革命的初衷。

昨天，赵狮子他们打了还乡团回到寨子，沉默了几天的山寨沸腾了。大家群情激昂，纷纷向牛半山请战，要消灭还乡团，为杨文彬和死去的弟兄报仇，牛半山都没有点头。孟春桃当时就想，能把牛半山争取过来，对付还乡团和国民党，自己做点儿牺牲嫁给他也无妨。晚上，她睡不着，一个孟春桃劝她说：能够争取到这支队伍，别说嫁给牛半山，就是牺牲自己的生命也值！另一个孟春桃鼓励她：不要放弃，只要有一线希望就要努力，不到最后时刻决不能妥协，要想办法逃出去，决不当土匪！还有一个孟春桃对她说：活着，想尽一切办法活着，只要活着，保存好藏宝图，将藏宝图交给八路军就是革命！

和煦的阳光照耀着将军寨。一道山洼，双峰对峙，东峰拔地而起壁立千仞，西峰浑圆平滑巍然苍茫，连接两峰的寨墙在太阳的照射下泛着青白色的光。孟春桃独步走上西峰顶上的烽火台，对着太阳深深地长舒一口气，举目眺望，惊讶地张大了嘴巴："云海，啊——，云海——"

孟春桃激动了，平生少有的激动，使她忘却了一切烦恼和忧愁，在心里一遍遍地呼唤："云海——，我看见云海了——"

浩瀚的云海一望无际，犹如天神摊晒的棉花，白生生的，在阳光下白得耀眼；虚腾腾的，轻得就像是锅台上的青烟。云海里均匀地分布着一条条波浪起伏的花纹，像是仙女们织出的美丽丝绢，散发着宫庭里的芳香。云海里散布着大大小小许多岛屿，她知道的有二郎山、香炉山、窟窿山、人头山、马头山，还有她叫不上名字，但形态如大象、骆驼、猿猴、乌龟、羊、鸡、猪的山峰，远远近近，隐隐现现，犹如仙境，使她不由得想起了海市蜃楼和蓬莱仙岛。

一阵微风吹来，云海动了，轻轻地缓缓地涌动着。那些叫得上名字的和叫不上名字的岛屿，宛如大海中一艘艘徐徐开动的轮船，又像似湖泊中悠闲漫游的鸭子。啊，浮戏山，这就是浮戏山。孟春桃为自己寻找到这座山的奥妙而感动，也为古人们名其为"浮戏山"而叫好。

"一大早就爬这么高？也不多穿件衣服，看着凉了。"不知什么时候，牛半山也爬上了烽火台，将自己的外衣披在孟春桃的肩上。

"云海，看云海！"孟春桃指着眼前的云海对牛半山说。

"啊嗬，这可是浮戏山的奇景啊！"牛半山笑着说，"浮戏者，凫戏也，浮戏山也是因此而得名的。"

“真是不看云海不知浮戏山啊。”孟春桃感叹地说。

“哎，这话说得好，说得好。”

“这景观真是太美了，太美了，真可谓人间天堂啊。”孟春桃陶醉在云海的仙境之中。

“所以，我诚心诚意地恳请你做这个天堂的女主人。”牛半山笑着把手搭在孟春桃的背上，不失时机地向孟春桃示爱。

孟春桃回头看了一眼牛半山，向一旁移了移，挣开了牛半山的搂抱，看着云海一语双关地说：“可惜啊，这天堂只是过眼烟云。”

牛半山看了孟春桃一眼，笑了笑，也一语双关地说：“可是，这将军寨上是天堂，将军寨下是地狱啊。”他见孟春桃用异样的眼光看他，就指着烽火台下说：“你顺着山体向下看，看是不是地狱。”

孟春桃按牛半山的指示，顺着山体隔着云层向山下看，不由得心头一紧，云海下的山沟里乌云翻滚，阴风凄凄，寒气逼人，就像她看过的小说中描写的妖氛妖雾似的，与云海上的灿烂阳光如画景色相比，真是天壤之别，顿生地狱与天堂之感。她也从心底里佩服牛半山的观察能力、表达能力和反应能力，同在山寨中，这样精明的人不做寨主谁做寨主？！

“所以，我要走出山寨，解救劳苦大众于水深火热之中。”孟春桃看了看牛半山又一语双关地说。

“你一个人——”牛半山看了看孟春桃，想说“你一个人连自己都解救不了还能去解救他人？”又怕伤了孟春桃的自尊，就停了停，咽了口唾液说：“一个人要是站在坚硬的山顶，伸手拉另一个人，能把他拉上来。一个人要是站在沼泽地里，伸手去拉另一个人，就会把别人也扯进去。现在国家动乱，民不聊生，每一个人都能照顾好自己就是给国家做了贡献。”

“苟且偷生也是为国家做贡献？”孟春桃瞥了牛半山一眼说。

牛半山狡黠地一笑，眯着眼睛盯着孟春桃说：“那起码也保证了种族延续啊。”

“牛——赖！”孟春桃盯着牛半山咬着牙挤出两个字。

“夫人。”牛半山点头哈腰嬉皮笑脸地冲孟春桃躬身合十道。

“无赖！”孟春桃狠狠地丢了一句。

“我不是无赖。”

“你不是无赖，是一百个无赖给你磕头，你是头头儿，大赖。”

“我不是大赖，我是无赖她男人。”牛半山一本正经地说。

“那不还是无赖。”孟春桃捂着嘴笑了起来。

“因为你是无赖，我是你的男人，所以，我是无赖的男人，不是无赖。”牛半山也笑着说。

“你说谁是无赖？”孟春桃还没有笑完，就瞪着双目质问牛半山。

“你呀。”牛半山一本正经地说，“我们击掌为誓，七天已过，你跑不出将军寨，就给我做老婆。这七天过去了，你还不让我碰，不是无赖是啥？”

“谁说七天过了？刚六天，今天才是第七天。”孟春桃着急地说。

“你看看，耍赖了吧。”

“谁耍赖了，本来就是，我记着呢！”

“那你今儿个要是跑不掉，今儿黑[1]可得给我圆房了啊。”

“呸，我跑不掉，从这里跳下去也不嫁给你。”孟春桃说着向外迈了一步。

“哎呀呀，我的姑奶奶。”牛半山上前一把将孟春桃拉到怀里说，“可不能拿生命当儿戏。”

“大当家的，大当家的。”寨门口兵房的小队长李勇慌慌张张地跑上烽火台，见牛半山抱着孟春桃，一下子愣在那里，张着嘴说不出话。

“啥事儿？大惊小怪的。”牛半山没好气地说。

“是，是，是——”李勇见孟春桃在不便说出，可牛半山没有意识到这一点，以为是李勇紧张，不耐烦地又盯了一句：“是啥？快说！”

“是，赵石头来了。”

“赵石头？”牛半山一下子怔住了，山下天气那么恶劣，赵石头怎么上来的？

“赵石头来了。”孟春桃一下子兴奋起来，挣脱牛半山就往下边跑，一边跑一边喊：“赵石头，我是孟春桃，快来救我，快来救我！”她跑到李勇面前，李勇也不敢拦，她轻轻地推了李勇一把就跑了下去。

牛半山看着孟春桃的背影，又看了看李勇，长长地叹一口气，悻悻地走到李勇面前。李勇急忙躬身道：“大当家的。”

牛半山朝李勇挤出一个字：“笨。”李勇被弄得一头雾水，跟在牛半山的身后慢慢地向下走去。

“春桃——”刘红云在寨门口看到孟春桃从烽火台上跑下来高兴地叫道。

“刘红云——”孟春桃像燕子似的飞到寨门前，拉着刘红云又蹦又跳，一边跳一边兴奋地说：“我可把你们给盼来了。”

“想死我了。”刘红云一把将孟春桃拉进怀里。

“也想死我了。”孟春桃就势扑上去拥抱刘红云。

“咝——，啊——”刘红云被孟春桃的热烈拥抱弄痛了伤腿，疼得她倒吸一口凉气。

“怎么了？”孟春桃一惊，急忙放开刘红云，关切地问：“你受伤了？”

刘红云重重地点了下头。

“伤哪儿了，我看看。”

“腿。没关系。快好了。”刘红云拉起右裤腿儿让孟春桃看了看缠着的绷带。

“她们呢？”孟春桃东张西望着，“李秀娟、张淑珍呢？”

---

① 今天晚上，或今天夜里。

“她们——”

“哎呀呀呀，赵队长，你可真守时啊，哈哈哈——”牛半山远远就笑呵呵地冲赵石头抱拳打招呼。

赵石头也冲牛半山抱拳说：“牛寨主，实在对不起，大清早就来打扰您。”

“哪里，哪里。我是说今天山下的天气可不好啊。”牛半山摆出一副绅士的姿态拉着长腔说。他一边说一边拿眼睛的余光瞅刘红云，从心底里感叹刘红云比孟春桃俊俏。

赵石头听了牛半山的话，眼前浮现出他们上山时的情景：满山沟冷飕飕阴沉沉的黑风，打着旋儿裹着他们，推着他们，几乎要把他们抬起来抛向空中。他用嘴角笑了笑，双手一摊，冲牛半山也是冲众土匪说：“正好，上山不费劲，一股黑风就把我们抬上来了。”

“幽默，幽默。只是让这位妹子受苦了。”牛半山的眼睛不仅转向了刘红云，而且抬起右手摆向刘红云向下按了按。

赵石头瞥了刘红云和孟春桃一眼，笑了笑说：“感情所至，苦也是甜。她想见孟春桃，不来心不安呀。所以，俺就趁早——”

“理解，理解。”牛半山笑着点头道。

“来，我给您介绍一下。”赵石头指着刘红云说，“她叫刘红云，与孟春桃一块儿来的。红云，见过牛寨主。”

“牛寨主好。”刘红云冲牛半山抱了抱拳朗声说道。

“嗬，巾帼不让须眉啊，大将风范，妹子有大将风范啊。”牛半山也冲刘红云抱了抱拳说。

“寨主过奖了。”刘红云又冲牛半山抱了抱拳。

“好了，好了。走，到万寿堂去，一边喝茶一边聊。”牛半山一边做“请”的手势一边笑着说。

“我让红云到我屋里去。”孟春桃看着牛半山和赵石头说。

牛半山先是一怔，旋即笑着说：“好，好，好，你们姐儿俩好好聊聊。”说罢，又招呼在一旁站着的光头王老虎说：“老虎，照顾好她们。”

“是。”王老虎立正冲牛半山抱了下拳，然后冲孟春桃和刘红云做了个“请”的手势，对孟春桃躬腰说道：“夫人，请。”

“不让叫还叫！”孟春桃狠狠地瞪了王老虎一眼说，“不用你管。”

“好，好，好，随她们的便，随她们的便。”牛半山冲王老虎使了个眼色皮笑肉不笑地说。

“是。”王老虎冲牛半山躬身道。

“赵队长，请，请，请。”牛半山又转过头冲赵石头笑着做了个“请”的手势。他扶着赵石头的背一前一后寒暄着走进了万寿堂。

宾主落座，服伺的小土匪上茶。牛半山笑着对赵石头说：“咋样？我说七天后让你们见面，就让你们见面。你看到了吧，她很好，一点儿皮毛都不少，活蹦乱跳的。”

“是啊，牛寨主照顾得好，辛苦您了。”

“这是哪里的话，自己的秀子[①]自己能不心疼吗？！”

“是啊，是啊。”赵石头附和道。

“她家在北平，这里没有亲人，你也算得上是她的娘家人了。我们本是同乡，你是双重身分，今天来了，就在寨子里多待几天。文彬的‘头七’已过，我们也乐呵乐呵，调节一下寨子里的气氛。”

“啊，啊。”赵石头应和着说，“杨二掌柜的灵位在哪儿，我想去拜一拜。”

“哎呀呀，一个土匪还设什么灵位？我这寨子里啥都不设，就设两个字，一个‘情’，一个‘义’，个个牢记。凡事都讲‘情’重‘义’，以‘情义’拢人心，以‘情义’聚人心。”牛半山停住话，看了看赵石头，见赵石头不说话，放慢了语速说：“人啊，活着的时候，互相尊重，互相关爱；死了，过一个‘七’，让活着的人纪念一下也就得了。死人着[②]啥？啥也不着，啥也不着了。还是顾活人吧，顾活人要紧。”

“也是，也是。活人就是寄托个哀思。”

“是啊，活时打破脑，死了念他好。能不遭人骂，他的在天之灵也就安宁了。”

“就是有人骂，他也不着。死人着啥？”赵石头想起牛半山刚才的话，本想学着说完，但是话到嘴边就变味了。

“哈哈，矛盾，矛盾，我说话矛盾了，自相矛盾。哈哈。”

“我可没有那意思，牛寨主多心了。”赵石头急忙站起来冲牛半山抱拳道。

“哎呀呀，赵老弟，坐下，坐下。”牛半山抬起右手向下压了压说，“你才是多心了呢！不是你说的，是我自己意识到的。你不知道啊，我那夫人，就是那个孟春桃，她这些天啊，尽挑我的刺，挑得我都不着咋说话了。你可白[③]说我‘不吃洋面拉洋屎’啊，我就是跟她尽量不讲咱这儿土话。怕她听不懂嘛，哈哈哈……”

“我也是。”赵石头想起他和刘红云说话同牛半山的感觉一样，便笑着附和说：“同感，同感。”

“可不是咋着[④]？”牛半山往罗圈椅上一靠说，“人家说‘小是男人的宝儿’。你不娶小不着，有了小才深有体会，那真是捧在手里怕掉了，含在嘴里怕化了，都不着咋爱她好了。”

“牛寨主，您俩圆房了吗？”赵石头盯着牛半山问。他敏锐地感觉到牛半山大有“此地无银三百两”的味道，脑海里立刻闪现出刘红云的话：“孟春桃不会作压寨夫人！”，耳旁也回响孟春桃从西峰跑下时的喊声：“赵石头，我是孟春桃，快来救我，快来救我！”

---

① 老婆。
② 念 zháo，知道。
③ 别。
④ 不是这是什么。用于加重语气。

眼前浮现着孟春桃从西峰跑下和不让王老虎叫她夫人的情景。

“圆房？”牛半山一怔，意识到赵石头看出了蹊跷，旋即笑着说：“不瞒你说，老弟啊，她还不同意哩。”牛半山将右手伏在桌案上，摇摇头接着说：“我呢，又不想伤害她。你说，在这寨子里，我想办啥事儿办不到？”

“就是。要不这浮戏山十几个寨子，都推您作盟主，大家看重的就是您的人品。”赵石头趁机奉承牛半山说。

“人家城里人，娇贵，咱得顺着人家不是？”

“我说哩她咋恁大脾气，不让老虎叫她夫人，原来是您娇惯的呀。”赵石头笑着说。他是发自内心的笑，与他想象的一样，孟春桃没有嫁给牛半山。孟春桃没有和牛半山圆房，他就有可能把孟春桃带出将军寨。

“嘿嘿，不娇惯行吗？”牛半山又靠在了罗圈椅上，笑着说：“刚才我不是说过了吗，小的是宝，小的受宠。上边有大的是这样，大的没了也是这样，谁叫咱男人都喜欢讨好女人哩。”

赵石头没有搭话，端起茶杯喝了一口茶。牛半山看了赵石头一眼，也端起茶杯喝了一口茶，咽下，见赵石头不说话，放下茶杯，笑笑说：“兄弟啊，弟妹刚走，我本不该说，可是做哥哥的——”牛半山说到这儿又停住了，再次端起茶杯，看了看茶杯又看了看赵石头，然后低沉地说：“你到老娘和弟妹的坟上看了吗？”

“没有。”赵石头沉重地点了下头，喃喃地说：“还没顾上，山下很乱，还乡团控制着。”

“你也不要太难过了，装在心里就成。”

“谢谢。”赵石头咬了咬嘴唇，又喃喃地说：“我会尽快去看看。”

“你也别急。”牛半山呷了口茶，将杯子放在桌上，探着身子，抬起右手向下压了压说：“还是那句话，人死如灯灭。死了，什么也不着了，去不去都中，装在心里就成了。”

“话是那么说，可是——”

“可是，现在形势太糟了。”牛半山抢过赵石头的话茬说，“王雨霖昨天抓了程子川。赵狮子领人打了他一下，你正好碰到了。今儿个来了，咱合计一下，咋救程子川。”

“不用了，程大队长已经被王雨霖杀害了。”赵石头沉重地低下了头。

“杀害了？”牛半山惊讶地张大了嘴巴，好久，他才回过神儿来问：“啥时候？”

“啥时候我不着，夜儿黑[1]我下山看到他的尸体——被捆在河滩那棵大柳树上。”

“噢——”牛半山紧抿着嘴唇，皱着眉，点了点头说：“王雨霖太狠毒了。”

“八路军走了，没有一支武装能和他抗衡，所以——”

“八路好像在浮戏山还留着一支队伍，刚刚消灭了他一个短枪队。”

“啥时候？”

---

① 昨天晚上。

“大前夜儿[①]。还乡团的人说是八路军干的。”

“真的？”赵石头瞪大眼睛问。

“我们没有见到这支队伍，但是看到还乡团的死人了，还有大地主刘尚武一家，全给灭了。”

“不会吧？”赵石头眨了眨眼睛若有所思地问。

“咋不会？我派去的人亲眼所见。”

“那不像八路。”赵石头一边想一边说，“八路军不是这作风。”

“啥作风？”牛半山瞥了赵石头一眼问。

“八路军不可能杀刘尚武全家。”

“‘消灭敌人，保存自己。’这是根本，谁都会这么做。”

“这话没错。”赵石头将茶杯向一旁推了推说，“关键是八路军不可能把刘尚武一家全看成敌人，八路军有政策。”

“反正，程子川是去跟这支队伍接头时被抓的。”

“这——”赵石头一边想一边说，“这就更不可能了。如果他们是八路，程子川去跟他们接头被抓，他们不会没有反应啊。”

“看来，这真是王雨霖的一个骗局？”牛半山也若有所思地说。

赵石头听牛半山这么一说，想起了赵狮子说王雨霖让凤屏寨派人骗程子川的话，就接着说：“是，是场骗局。牛寨主不是接到了情报，还派赵狮子去帮程子川了吗？”

“哎，哪里哪里，我也是拿不准啊。”牛半山尴尬地笑了笑，端起了面前的茶杯，慢慢地呷了口茶。

“所以，我感到——”赵石头看了看牛半山说，“我感到在浮戏山不太安全，想尽快把她们送走，请牛寨主大力帮助。”

“自然，自然。”

“所以，我想，今儿个就把孟春桃带走。”

“把孟春桃带走？”牛半山瞪大眼睛看着赵石头说。

“嗯。”赵石头冲牛半山点了下头说，“她不愿意留下，您就别勉强了。请您高抬贵手，放了她吧。”

“她已经习惯了山寨生活。”

“可是，她不愿意在山寨生活。”

“她愿不愿意那是她的事儿。”牛半山推了推茶杯皮笑肉不笑地说，“准确地说，是俺俩的事儿。兄弟呀，你就不要干涉了。”

“可她大喊大叫让我救她哩！”赵石头也不自然地笑着说。

“她大喊大叫让你救她？她喊了吗？我咋没有听见？”

---

① 大前天。

"牛寨主，您就别跟我兜圈子了，她从西峰跑下来时喊恁大声，全寨子都听见了。"赵石头抓住茶杯在手中转了转，低沉地说："你说组织上让我送人家，我给送没了，咋交代哩？"

"哎呀呀，老弟，你也太实在了。你说，你向谁交代？队伍，队伍走了。组织，组织没了。你想跟人家交代，你找谁呀？"牛半山盯着赵石头笑着说。他端起茶杯想喝，见里边的水没了，就冲门口晃了晃，门口留平头的小土匪就跑过来，端起水壶给他和赵石头把水续上。

牛半山冲平头摆了摆手说："去吧，我和赵队长谈点儿事儿。"

"是。"平头应声把茶壶放在牛半山的桌上退出门外。

牛半山见平头退出门外，呷了口茶，看着赵石头说："兄弟，你说，你送四儿[1]女人，已经死了俩了，还往哪里送个劲儿呀。哥哥我已是土埋半截的人了，要不要女人也无所谓了。可你刚二十大几，弟妹就没了，往后的日子该咋过呀？我刚才想说没说出口，现在也顾不了恁多了。"牛半山又把茶杯送到嘴边，但是没有喝。他看了看赵石头，见赵石头没有什么反应，接着说："我说，咱实际一点儿。这俩女人，咱哥俩一人一个。你啥也别说了，就留在这里给我掌管着山寨，让哥哥我安度个晚年得了。"

赵石头摇了摇头，端起茶杯呷了口茶，没有说话。他想，刘红云已经跟他以夫妻相称了，若孟春桃嫁给了牛半山，他们就可以彻底打消去延安的念头，留在浮戏山坚持斗争，直到胜利。若孟春桃不愿意嫁给牛半山，他就带她走，以大局为重，一定要把她们送到延安。至于组织上怎么处理他，刘红云还跟不跟他，顺其自然。

牛半山见赵石头不说话，也呷了口茶，抬起右手冲赵石头向下压了压说："你呀，也别急着回答我，先在我这儿住两天再说。"

"寨主。"赵狮子急匆匆走进万寿堂，附在牛半山耳边正要说话，孟春桃就冲了进来，高声叫道："牛赖，放我出去。"

牛半山的脸一下子沉了下来，旋即又变成了笑脸。他慢慢站起来，看着孟春桃笑着说："春桃，你咋又耍小孩儿脾气了。我正跟赵队长谈事儿哩，你有啥事儿，待会儿说啊。"他说话的口气俨然如长者对晚辈的教诲，他说着转向赵狮子："快把夫人带下去，有啥事儿你能办的，就先给她办。啊，哈哈。"

"我要出去。"孟春桃高声叫道。

"你看你。"牛半山笑着说，"耍小孩子脾气了不是，人家赵队长来看你，你要出去，这叫什么事儿？要真想出去，等吃了饭再说。"

这时，刘红云跛着腿走进大厅，向赵石头使了个眼色。赵石头站起来对牛半山笑着说："牛寨主，吃饭就免了吧。既然孟春桃执意要走，就请牛寨主成全她吧。"

"不中。"赵狮子向前跨一步说，好像他这一步就能挡住孟春桃的去路。他摸了一

---

① 念 sè，四个。

把他那阴阳头，冲赵石头说：“赵队长，这将军寨不是旅店，不是谁说来就来，说走就走的。”

“赵队长，你看，弟兄们不答应啊。”牛半山慢慢地坐下，把两手一摊，摆出一副无可奈何的样子，笑着说：“你们连寨门都出不去还往哪儿走哩？”

“牛赖。”孟春桃气得直跺脚。

“夫人。”牛半山笑着对孟春桃说，“不是给你说过了吗？我咋说也是一寨之主，在人前要给我留点儿面子嘛。”

“谁是你的夫人。”孟春桃红着脸争辩说。

“按我们俩的约定，你昨晚就是我的夫人了。”

“你瞎说。”孟春桃急了，涨红着脸说：“今天还有一天呢。”

“夫人，你真是当着娘家人的面气粗啊，一点儿也不给我留面子。”牛半山说到这，看了看赵石头，接着说：“你说我记错了日子，难道赵队长也记错了日子？”

“咋回事儿？”赵石头盯着牛半山问。

牛半山喝口茶，看了看赵石头，抬起右手向孟春桃站的方向压了压，问赵石头：“咱那天约定，七天之后让你见她是不是？”

“是。”赵石头点了点头。

“所以，你今天就来了，我兑现诺言，让你们见面了。”牛半山说着冲大家把双手在桌面上一摊，然后，抬起右手指着孟春桃说：“当天，俺俩击掌盟愿，我给她七天时间，她要是能跑出将军寨，算俺俩没有缘分；她要是跑不出去，就给我做压寨夫人。现在，七天已过，……”

“没有，刚六天，还不到七天呢！”孟春桃高声叫道。

“你说，我和赵队长都没记错，是谁记错了？”牛半山把手向孟春桃一摊说。

“你记错了。”孟春桃红着脸说，“你们约定的时间到了，可你给我约定的时间还没到。”

“牛寨主，也许真是您记错了。”赵石头接过话茬说，“会不会是在咱俩约定的第二天，您才跟她约定？”

“第二天？”牛半山瞥了赵石头一眼，又看了看孟春桃，然后冲大家抬起双手，掌心向下压了压说：“好吧，就算是第二天。”说罢，收回左手，右手摆向孟春桃说：“我再给你一天时间，还是那句话，你要是能跑出将军寨，算咱俩没有缘分；你要是跑不出去，就给我做压寨夫人。”

“我死也不会嫁给你。”孟春桃一跺脚气哼哼地说。

“赵队长。”牛半山根本不看孟春桃，而是转向赵石头说：“实在对不住了，我必须留你在寨子里住上一天。”

“这——”赵石头不知道牛半山葫芦里卖的什么药，说走不是，说不走也不是。说走，牛半山应允了，一出山寨就帮不上孟春桃了。不走，就给了牛半山充裕时间，他强行与孟春桃圆房怎么办？想到这，赵石头便反问牛半山一句：“牛寨主的意思是——”

“你留下来，做个公证人，不能说我欺负她一个弱女子。”牛半山说着看了孟春桃一眼，用嘴角笑了笑。

“她要是跑了呢？”赵石头盯着牛半山问。他刚才听到孟春桃说死也不会嫁给牛半山，就决心帮助孟春桃走出将军寨。

“跑了就跑了，说明俺俩没缘分嘛！”牛半山满不在乎地说。在他看来，孟春桃就根本跑不出这将军寨。

“不论用啥法，只要能跑出去就中？”赵石头又问。他在心里盘算着怎么帮助孟春桃。

“对，只要她跑出去就算。”牛半山把手一挥不屑一顾地说。

“那我得问问。”赵石头说，“这事儿您俩都同意了才中。”他转向孟春桃问：“孟春桃同志，你同意吗？”

“不同意，我让他无条件放我走。”孟春桃把头一仰说。她想，凭她个人的能力，就是再给她十天也跑不出将军寨。

“这恐怕不中吧？”赵石头把手一摊摆出一副无可奈何的样子。

“你说得倒轻巧，凤屏寨拿你换走了我一箱子弹四把手枪，我找谁要哩？”牛半山斜了孟春桃一眼说。

“你爱找谁要找谁要！”孟春桃气得没头没脑地丢了一句。

“那我就找你要了。”牛半山摆出一副无赖的样子撇着嘴斜着眼看着孟春桃说。

“那你就等着吧。”孟春桃红着脸咬着牙说，“等八路军回来了，我还你两箱，把你打个稀巴烂。”

“哎呀呀。”牛半山站起来一边向孟春桃面前走，一边摊开手笑着说，“不会吧？我一不反共产党，二不欺老百姓，三不打八路军，这第四嘛，还帮过八路军，打过还乡团。你说，这八路军回来了，他不奖励我还要杀我，可能吗？”牛半山拍了拍孟春桃的肩膀，接着说：“看来你还不了解八路军的政策呀，我最起码也是个可以争取的对象。”

“谁稀罕你！”孟春桃一侧身抬手把牛半山放在她肩头的手推开，愤愤地说：“八路军不杀你，我杀你！”

“哎呀呀，小姑奶奶，我咋得罪你了！”牛半山的脸一下子红了，把双手一摊皱着眉头说：“我咋镇[①]遭你恨哩？！不就是想和你成婚嘛！我要是——”牛半山停顿一下，咬了咬下嘴唇，接着说：“还用等到今儿个？你气死我了！”牛半山一跺脚，把脸转向别处不看孟春桃。

“谁让你不放我呢。”孟春桃想起这么多天牛半山的好，心里涌上了一种说不出的滋味，喃喃地说。

---

① 这么。

“放你？放你不就没事儿了？”牛半山哭笑不得，有点生气地冲孟春桃摆摆手说，“去去去，你跑吧，快点儿跑，跑出将军寨，一辈子别回来。”

“这是你说的？”

“我说的。”牛半山把手一扬无精打采地说。

“那——”孟春桃迟疑一下，冲牛半山鞠了个躬说：“谢谢你。”然后，拉着刘红云说：“走。”两人快步向厅外走去。

“当家的。”赵狮子看着孟春桃和刘红云的背影急切地问牛半山道，“就咤[①]放她走了？”

“我倒要看看她咋走出去。”牛半山瞥了孟春桃和刘红云一眼，狡黠地笑了笑，背着手向门外走去。赵狮子和赵石头也跟着走出了万寿堂。

孟春桃和刘红云走到寨门口，寨门内的两个土匪把两支步枪往中间一搭拦住去路，异口同声道：“夫人，请留步。”

“让开，我要出去。”孟春桃看了一眼站岗的土匪，一边向前走一边说。

“夫人，令牌。”两位土匪紧握长枪岿然不动。

“既然认识我，还要什么令牌？”孟春桃没好气地说。

“对不起夫人，俺只认令牌。”

“寨主让我出去的，没给令牌。”

“那必须寨主亲自来送。”

“我出去他还送什么？”孟春桃说着就往前闯。

两个土匪一齐发力用枪身将孟春桃挡了回来，并恳切地说：“夫人，请您别难为俺。”

“我今天就难为你们了，看谁敢拦？！”孟春桃说着拉着刘红云硬往前闯。

“夫人，那就对不住了。”两个土匪将枪往肩上一挎，三下两下，就将孟春桃和刘红云反剪着手压在寨门下。

“好，好，好。”牛半山远远地看着寨门口发生的一切，拍着手一边拉着长腔叫好一边向前走。

“牛赖，你言而无信！”孟春桃高声叫道。

“我咋言而无信了？我让你走，他们不让啊。”牛半山看着寨门口齐唰唰站着的土匪笑着说，“你问问他们你能不能走？”

“夫人不能走！”

“夫人不能走！”

众土匪高声喊道。

“听到了吧，寨子里的弟兄们都不答应。”牛半山嬉笑着说完，突然，厉声喝道：“狮子，准备婚礼！”

---

① 就这么。

“是。”赵狮子高声回应。

“牛赖！”孟春桃挣扎着向牛半山扑，被两个土匪架住。

“放开我。”刘红云也挣扎着说。扭她的土匪一用劲，碰到了她腿上的伤口，她情不自禁地大叫一声：“啊！”

赵石头心头一紧，看了刘红云一眼，说时迟那时快，“啪啪”两下点中了牛半山的穴位，用右手卡住牛半山的脖子冲土匪们喊道：“放开她们！”

“赵石头，放开我，你这是弄啥哩[1]？”牛半山咽着嗓子冲赵石头说。

“牛寨主，对不住了，麻烦你送我们一程。”赵石头一边推着牛半山向寨门走一边说。

“赵石头，我可对你不薄啊。”牛半山咽着嗓子说，“为埋你娘和你媳妇，我折了五个弟兄。为了让凤屏寨放人，我搭了四把手枪一箱子弹不说，又搭上了杨文彬和一个侍卫，你竟为了一个女人——”

“牛寨主，保护她们是我的职责。实在对不住了，你对我的恩情只能来日报答了。”赵石头一边加力一边对牛半山说，“让他们放人！”

“快，放，放人。”牛半山被卡着喉咙艰难地说。

“慢着。”只听一声大吼，王老虎一摇一摆地走过来。他看了一眼牛半山和赵石头，径直走向刘红云，一手抓住刘红云的胸口一手卡住刘红云的脖子，转过身冲赵石头喊道：“赵石头，放了牛寨主，不然我掐死她！”

“啊，啊，啊。”刘红云张着嘴挣扎着。

“你——”赵石头看着刘红云那难受的样子，也用上了劲，掐得牛半山“啊，啊，啊”地叫了起来。

“寨主别怕。”王老虎冲牛半山叫道，“她是赵石头的媳妇，她们俩说话我听的真真的。”

“你——”孟春桃急得挣扎着喊，“无耻！”

王老虎瞥了孟春桃一眼，冲赵石头喊：“赵石头，放了寨主！”

“你先放了她们！”赵石头嘴上厉声喝道，手上的劲儿已经放松了，看着刘红云和孟春桃不知如何是好。

“中，你不放？给我斗狠是不是？”王老虎咬着牙说，“我看是你狠还是我狠。”说着，“嚓”地一下撕开了刘红云的上衣，冲赵石头喊道：“赵石头，你放不放？不放，我先奸了她！”

“你——”赵石头急得直跺脚。

“畜牲！”孟春桃挣扎着冲王老虎叫道。

“好你个赵石头。”赵石头的手一松牛半山说话也利索了，他一边摇头一边说：“你小

---

① 干什么。

子，吃着碗里看着锅里，自己占了幺儿[①]，还来撬我着[②]！”

“牛寨主，我已经说过了，保护她们是我的职责！”赵石头盯着牛半山说，“她要是愿意，咱当亲戚走，我作她的娘家人。可是，她不愿意，我必须带她走！”

“赵石头，我再问一句，你放不放？！”王老虎提高声音冲赵石头吼道。

“王老虎。”赵石头看了看刘红云，又看了看牛半山，心中突然生发瓦解之计，他大声喝道：“你是不是想让我杀了牛寨主，你好接管将军寨？”

“你，胡说。”王老虎气急败坏地说，“放了我们寨主！”

“让王老虎住手。”赵石头手上又加了点力对牛半山喝道。

“快，快放人。”牛半山冲王老虎咽着嗓子喊。

“不放！”王老虎看了牛半山和赵石头一眼，“噌”地一下抽去了刘红云的裤带，对赵石头也是对众人说：“今儿个，我就让她见识见识啥叫土匪！”

“老虎！”牛半山大叫一声，接着感叹地喊：“你这不是要我的命吗？！”

“住手。”赵石头大喝一声，放开牛半山冲向王老虎。王老虎也是练武之人，拉着刘红云躲到了一群土匪后边，大喝一声：“别动，再动我掐死她！”

赵石头听到王老虎的叫声，举起的右手僵在半空中。

“拿下。”牛半山冲土匪叫道。

众土匪一拥而上，赵石头发力狂打，撂倒土匪一片。

“赵石头，再打我就废了她！”王老虎高声叫道，并用力把刘红云向下一按，刘红云就感到腿上的伤撕裂一样的痛，禁不住“啊”地惨叫一声。

赵石头听到王老虎的大喊和刘红云的惨叫，停住了手。众土匪一拥而上将赵石头扭住捆了起来。那些被打倒的土匪，从地上爬起来，冲赵石头拳打脚踢。

“赵石头，现在，你还有啥好说的。”牛半山已经解了穴，走到赵石头跟前奸笑着说。

“我要取你性命轻而易举！”赵石头昂起头说，“只是感到欠你的太多不忍心下手罢了。”

“哎呀呀，你还挺重情义哩啊。”牛半山依旧奸笑着说，“你恁厉害，咋让他们给绑上了？”

“我想让你心服口服地把人给我送出去。”

“我没听错吧？”牛半山皮笑肉不笑地看着赵石头说，“你都这样了，还说大话哩。”他摸了一把被赵石头掐痛的脖子，阴阳怪气地对赵石头说：“你知道吗？我牛半山最恨的就是忘恩负义的人！”他说到这儿，突然指着赵石头冲土匪们大喊：“给我打，往死里打！”

土匪们又一拥而上，“噼噼啪啪”地对着赵石头打了起来。

---

① 念 yò，一个。

② 念 zhuò，这个。

孟春桃看着被打得鼻口窜血的赵石头，一边挣扎一边冲牛半山哭着喊：“别打了，别打了，我嫁给你，我嫁给你！”

“停，停！”牛半山把手一挥大声叫道。众土匪停住拳脚，分列两边。牛半山走到孟春桃面前，皮笑肉不笑地问：“你刚才喊的什么？我没有听清楚，请再说一遍。”

孟春桃狠狠地瞪了牛半山一眼，把头一摆，转向一边看着赵石头。

“牛寨主，你打够了吗？”赵石头吐了一口嘴中的血问牛半山说。

“我打够了咋了？”牛半山笑着走向赵石头。

“打够了，我就不欠你了。”赵石头狠狠地又啐了口血，抬腿将牛半山勾倒在地，自己重重地砸在牛半山身上。

“啊——”赵石头的大叫淹没了牛半山的叫声，只见捆着他的绳子被迸断几节。

等赵狮子和几个土匪愣过神向赵石头扑来，赵石头已经跃起掂着牛半山打了起来，吓得众土匪谁也不敢动手。

“放了她们！”赵石头举着牛半山冲土匪们声嘶力竭地叫道。

“放了牛寨主！”王老虎卡着刘红云的脖子也冲赵石头大喊。

“中！”赵石头咬牙切齿地冲王老虎喊道：“是你逼着我杀牛寨主的！”

“慢——！”赵狮子用出吃奶的力气喊道：“老虎，放了她！放了她们！”

扭孟春桃的土匪听到赵狮子的叫喊，松开了手。

“红云！”孟春桃叫了一声扑向王老虎。

“放了她，老虎！”赵狮子又大声叫道。王老虎极不情愿地放开了刘红云。

孟春桃扑上去替刘红云掩上衣。

刘红云抓起裤腰带，看了赵石头一眼，拉着孟春桃说：“走。”转身一边系裤子一边向寨门走去。

赵石头把牛半山放在地上，用手卡住牛半山的脖子说：“牛寨主，送一程吧。”

“赵石头，你真要把她带走？”牛半山盯着赵石头说。

“嗯。”赵石头点了下头说，“实在对不住了，牛寨主，这是我的职责。”

“职责个屁！”牛半山仰着脖子挣扎着说，“谁给你啥职了？你该负啥责？八路都走了，你给谁讲职责！”

“我给我自个儿[①]，我给共产党！”赵石头义正辞严地说。

“中，中，你有种。你不用掐我，我放你们走。可我明里给你说了，你们走出这寨门，咱这仇就结定了！”

孟春桃听了牛半山的话一怔停住了脚步。她想，和牛半山结仇，就是和将军寨结仇，和将军寨结仇就是和整个浮戏山里的所有山寨结仇，如果这样，就等于把浮戏山里的所有山寨推向了对立面。

---

① 自己。

"我不愿与你结仇。"赵石头放松了手说，"可是，在这件事儿上，我没法子。"

"看来你是真要与我将军寨为敌了。"牛半山拉着长腔说。

"不愿。"赵石头坚定地说，"你要与我为敌，我也没法。"

"你不怕俺与还乡团联手剿你们？"

"事已至此，怕有何用？"赵石头说，"我还给你说，我根本就不认识'怕'字。"

"中，有种，走吧，你们走吧。今儿个，我决不让他们动你一根儿汗毛。"

"不中，你必须送我们下山。"赵石头说着卡牛半山的右手又加了力，用身子轻轻地拥了拥牛半山说："走吧。"然后，冲围着的土匪说："让开，谁也别跟来。你们放心，只要我们没事儿，牛寨主就会安全回来。"

"啊，啊，啊，啊。"牛半山被赵石头卡得直"啊啊"，一副很难受的样子。

孟春桃回头看了牛半山和赵石头一眼，突然挣脱刘红云的手，大叫一声："放开他！"跑到赵石头跟前，用力拉下了赵石头卡着牛半山脖子的手。

赵石头和牛半山都被孟春桃的举动弄愣了，刘红云和众土匪也惊讶地张着嘴看着他们三人。

孟春桃一边轻轻地抚摸着牛半山的脖子，一边柔声细气地问："疼吗？嗯？疼吗？"

牛半山瞪着眼睛疑惑地看着孟春桃。

"对不起，对不起。我就是想，想，想看你，看你，看你疼不疼我？"孟春桃抚摸着牛半山的脖子哽咽着说。

赵石头不解地看着孟春桃，脑子里一片空白。

"赵石头，原谅我吧，我愿意嫁给他。"孟春桃又转向赵石头，把赵石头和牛半山的手拉到一起，柔声细气地央求道："你们和好吧。咱们，当亲戚走。"

"你——，这——"赵石头不知说什么好。

"你这个疯丫头，玩笑开得也太大了。哈哈哈哈……"牛半山一把将孟春桃拉到怀里，伸出右手扶着赵石头笑着说："咱都让她给耍了。走，快去洗洗。"然后冲土匪们笑着喊："都愣着干啥？准备婚礼！"

众人各怀心事，纷纷议论着散去。

第二十一章

“真对不起的是她孟春桃。”赵石头愤愤地说，“也不知道她葫芦里卖的什么药，咋会突然变卦了？你说，她真是想考验牛半山吗？”

牛半山的婚礼根本就不需要怎么准备。支多少桌，上几道菜，做什么菜，牛半山早就做了计划，就连谁负责干什么都作了安排。哪里贴喜字，哪里贴条幅，条幅上写什么，这些都是杨文彬生前拟定的，只是换成赵狮子组织写字、张贴罢了。

将军寨里一片欢腾。土匪们一边干活一边嬉笑，赵狮子跑前跑后，来回穿梭着检查督促。他来到伙房，见众土匪杀猪宰羊、和面择菜、蒸炸煎炒，忙得不亦乐乎，就冲大伙儿笑着喊：“好好干，今天大厨小厨都有赏钱！”

“二当家的，俺也不要赏钱了，拜天地时叫俺去看看就中了，俺还没见过夫人长啥样哩？”正在热锅前揭馒头的刘七说。蒸笼冒出的热气把他罩在一片烟雾中，看不清他的面容。

“中。反正你蒸完馒头也没事儿，去吧。”赵狮子笑着一边走近刘七一边说。

“真的？”刘七拿起一个热馒头愣在那里，张着嘴巴看着赵狮子。

“那还有假？我啥时候说话不算数过？”赵狮子背着手甩了一下他那阴阳头说。

“哎，哟，唏——”刘七被热馒头烫了手，急忙把手中的馒头扔进筐里，甩着粘有馒头皮的右手冲赵狮子笑着问：“听说夫人可白可嫩了，说话都嗫嗫[1]的，是不是？”

“嗯。”赵狮子看了看刘七又看了看笼屉上那热气腾腾的白馒头，笑着说：“就像你蒸的馍一样，又白又嫩，还烫手！”

① 嗲声嗲气。

“哈哈哈哈……”众土匪都笑了。

“大当家的拿她一点儿辙都没有。”

“听说今儿个闹的动静可大了？”

“她把全寨子的人都耍了！”赵狮子笑着说。

“都是大当家的给惯哩。”

“别瞎说，让大当家的听见了不好。”

“让夫人听见了更不好。”

“您说夫人一句坏话，让俺去告密，好趁机接近夫人一下。”刘七嬉笑着说。

“你想美事儿吧你？！”

“我这不是就在想美事儿哩吗？”

“二当家的，拜天地时，千万不能叫刘七去，弄不好他会给您捅漏子，他存心不善。”

“对，不能叫他去。”赵狮子笑着一边说一边向外走。

“二当家的，你说话得算数。”刘七冲着赵狮子的背影嚷道。

“是，算数，算数。”赵狮子头也不回地说。

“是叫俺去还是不叫俺去？”

“听您班长哩，听班长哩。”赵狮子走远了，声音也小了，可是厨房内传出的笑声更大了。

赵狮子走到寨子中央的场院。这是平时将军寨集合队伍、说书、唱戏的地方，现在已经被布置成了牛半山和孟春桃结婚的场所。院子中央铺着一条红地毯，直通里边的戏台子。红地毯两边对称摆放着十几张八仙桌，几个土匪正在忙乎着往桌子上摆糖果。赵狮子冲大伙打招呼道：“嗬，都弄好了！”

“弄好了。”牛半山的贴身侍卫平头答道，“摆上糖果就齐了。”

“大当家的呢？”

“和赵石头上他自个儿[①]那窑了。”平头说。

赵狮子走上戏台子。戏台的正中央放着一张长供桌，桌上摆放着代表十全十美的果盘，按次序盛着大枣、核桃、梨、玉米花、炒黄豆、葵花籽、纸糖、苹果、柿饼和花生。供桌后的墙中央贴着一副用红纸剪的大双喜字，双喜字两边贴着一副婚联。

左联是：千里姻缘一夕会。

右联是：半山春桃百年馨。

横批：佳偶天成。

这副婚联是牛半山亲自拟写的，与其说牛半山的文化底子厚，不如说他对孟春桃爱的程度深。可以说，这副对联他早就在心里想好了，不知默默地念了多少遍，更别说他琢磨了多长时间。这十八个字，不仅把他和孟春桃的名字直接写了进去，而且记录了他

① 自己。

们成婚的传奇故事，描绘了婚后的美好生活，准确地说是他美好的心愿。

赵狮子看了看，冲台下喊："好，日头[①]爬到头顶了，赶快把喜糖、花生、炒豆、水果什么的都摆上，叫厨房把凉菜也摆上，十二点前拜天地！"赵狮子冲大伙儿喊。

"不对吧，按规矩，得错过晌午[②]。"一个土匪答道。

"二婚，得十二点以后拜天地。"另一个土匪应和道。

"谁定的规矩？大当家的说十二点前就十二点前。"赵狮子说。

"就是，要按这儿排，娶二十个，还不排到五更天了！"平头附和着赵狮子说。

"你一个都没有还想娶二十个哩。"

"你没听皮司令说吗？等全国解放了，所有的穷人都有饭吃，都有活干，都能娶上媳妇。"平头说。

"是，现在解放了。他皮定钧哪儿去了？跑了。他连帮他的老百姓都不管了，还管你一个土匪娶媳妇？"

"你懂个屁！镇暂儿[③]，不叫解放，叫抗日胜利。"平头争辩说，"夫人说，国民党要抢抗日胜利的果实，共产党讲团结，是主动撤走的。等共产党坐了天下，那才真叫解放哩！"

"共产党啥时候坐天下？解放是啥样子？谁知道？"

"啥样子？不是说了吗！所有的穷人都有饭吃，都有活干，都能娶上媳妇。"平头有点着急地说。

"女人也娶媳妇？"

"你成心抬杠！"平头急红了脸说，"最起码解放就像皮司令在咱浮戏山那样子。"

"你张口皮司令，闭口皮司令，皮司令给你啥好处了，叫你镇[④]念叨他？"

"他没给我好处，给咱浮戏山老百姓的好你没看见？"

"他是给好了，他一走，王雨霖回来一个一个地收拾，那些得好的人家可倒霉了！"

"那是王雨霖坏，咱不招他不惹他，他还杀了咱几个弟兄，连二当家的都被他打死了！"平头说到"二当家的"，意识到赵狮子的存在，不好意思地看了赵狮子一眼，低下了头。

"没错，是王雨霖坏，不怪八路军。人家八路没来，他就欺压咱浮戏山的老百姓。"赵狮子说，"所以，我夜儿个[⑤]就带人狠揍了他一下。"

"二当家的，咱们下山把还乡团干掉得了！"平头拉着赵狮子说。

"啊嗬，是不是这几天跟着夫人，让她给赤化了？"赵狮子拍了拍平头的脑袋笑

---

① 太阳。
② 中午。
③ 现在。
④ 这么。
⑤ 昨天。

着问。

“我是想给，给死去的弟兄报仇！”平头红着脸说。他本想说给“二当家的报仇”，话到嘴边又改了。

“中了，中了。”赵狮子把他那阴阳头一捋，那一半搭在脸上的长头发就被捋到了头顶。他冲大伙儿摆摆手说：“今儿个是寨主的大喜日子，不说这些，说点儿高兴的，说点儿美事儿！”

“这年头有啥美事儿？”

“有美事儿不上山当土匪了。”

赵狮子听了装作没听见，他何尝不是这种心情，但是，这年月又有什么办法呢？他剃个人不人鬼不鬼的阴阳头就是埋汰自己没有个人样。他甩了一下搭在眼前的长发，径直向孟春桃住的圆木房走去。

黄嫂和王二家的分立在房门两旁，见赵狮子走来，远远地就躬下身齐声叫道：“二当家的。”

“收拾好了？”赵狮子笑着问。

“收拾好了，就等着去拜堂了。”黄嫂回答说。

“中，那我就张罗着开始了。”赵狮子笑着甩了下头又向牛半山住的窑洞走去。

窑内，牛半山和赵石头分坐在八仙桌两旁正在谈论什么，见赵狮子敲门，停住话一齐看向门口。牛半山笑着问：“都弄好了？”

“差不多了，您也该换衣裳了。”赵狮子走向前躬下腰说。

“好，我换衣裳。”牛半山笑着站了起来，对赵石头说：“兄弟，我换衣裳了啊。”

赵石头看了看牛半山点了下头，没有说话。

“等会儿，我叫您。”赵狮子冲牛半山说。

“中，去吧，我等着。”牛半山笑着冲赵狮子扬了扬手，走向帘子后。

“是。”赵狮子应声退了出去。

“哎呀。”牛半山在帘子后一边换衣服一边对赵石头说：“你看你，我说咱俩一块儿把婚礼办了你不干，要是一块儿办多好，将军寨肯定乐翻了天。”

“结婚，哪有一块儿办的，你没听人家说，新媳妇不照面吗？”赵石头冲着帘子说。

“都是土埋脖子的人了，我啥不知道？就是觉得这些破规矩得改改，随人的意办多好。”

“没想到，牛寨主思想够开化的啊。”

“不开化能接近你们共产党？”牛半山笑着说，“共产党的一些政策好啊，破了一些旧东西，都是顺民心、合民意的。”

“所以，你就想娶个共产党媳妇？”

“没想过。可这是‘天上掉下来的林妹妹啊’！”牛半山从帘子后走出来，一边系扣子一边说：“瞧，就这身儿，像不像新郎官儿？”

“像，像，看上去要年轻十岁。”赵石头笑着奉承道。

“人逢喜事儿精神爽啊！”牛半山拿起桌上的一朵绸子扎的大红花对赵石头说：“来，帮我系上。”

将军寨里欢声笑语，热闹非凡。

“咚！”随着一声震耳欲聋的炮声，人们叫道：“看啊，出来了！”

“出来了！”

众人循声望去，只见牛半山脚蹬一双黑皮鞋，身着一袭铜钱图案的黑绸缎，头戴一顶黑礼帽，左肩右斜系着一条红缎带，把缎带扎的大红花固定在胸前，在赵石头和王老虎的陪同下走出了自己住的窑洞。孟春桃脚踩一双红缎鞋，身着一袭铜钱图案的红绸缎，顶着一个缎面红头盖，在刘红云和黄妈的搀扶下跨出她住的圆木房房门。

“来了，来了。”

“来了。”众人叫着涌上去，簇拥着牛半山和孟春桃向场院走，身后立即响起了“噼噼啪啪”的鞭炮声。

这边的鞭炮声还没有断，守候在场院门口的人就点燃了那里的鞭炮。霎那间，两边的爆炸声融合在一起，响彻云霄，震聋欲聩，整个山寨充满了火药味。鞭炮声，欢叫声，久久地飘荡在浮戏山的上空，回转在浮戏山的峡谷。

浮戏山里有十几个山寨几乎同时听到并断明是将军寨发出的爆炸声，纷纷集合队伍，进入临战状态。他们等了半天，不仅没有看到将军寨烽火台上升起召集的信号，而且将军寨中的爆炸声也听不到了。众寨主心里犯起了嘀咕，不知发生了什么事情，急切派人前往将军寨打探。

刘红云和黄嫂搀着孟春桃走到场院前被人拦住。两个土匪用铁丝搭着一个烧得火红的犁铧，一手提着一壶醋慢慢地倒在犁铧上，犁铧“吱吱”地叫着腾起一股青烟，场院前即刻飘荡起一股浓浓的醋酸味。两个土匪搭着犁铧一边慢慢地围着孟春桃转，一边慢慢地向犁铧上浇醋，那醋被犁铧烫出的烟雾，立即包围了孟春桃。就这样，两个土匪围着孟春桃转了三圈，做完了除妖避邪的“烧轿”，然后一齐发力把犁铧抛向一边。

牛半山上前拉起孟春桃的手踏上红地毯，跨进场院，赵石头乘机一把将刘红云拉到旁边。就在这一瞬间，土匪们“噢”地一声拥挤起来。他们一边向牛半山和孟春桃身边挤，一边叫着笑着向牛半山和孟春桃身上扔花生、炒豆和核桃，有的甚至扔出了梨和苹果。孟春桃紧紧地拉住红头盖，生怕被人们挤掉。牛半山则用两只手抱着脑袋，以免被硬物砸伤。他已经宣布了，婚礼上不分大小，怎么闹都行。土匪们平日里虽然没有受他欺负，但是没有一个人不是在他面前毕恭毕敬、畏手畏脚的。他们今天也不是拿牛半山出气，而是自己终于吐出了一口气，能够像对待一般人那样对待牛半山了。他们拼命地用核桃、花生照着牛半山的脑袋砸，有的人还挤上前去乘机在孟春桃身上摸上一把。就这样，挤着，打着，走着，好不容易走到戏台前，赵狮子和王老虎一边喊一边拉才把牛半山和孟春桃弄到台上。

赵石头扶着刘红云绕过凑热闹的土匪，走到戏台前正中央的桌子旁坐下。

“要哓喝[①]了，要哓喝了中不中？！”赵狮子捋了一把他那阴阳头冲大家喊道，“按照指定位置，坐在自个儿[②]的位子上，都要说话了，婚礼马上开始！”

“开始吧，大当家的都站着哩，俺哪能坐。”那蒸馒头的刘七没有固定坐位就站在台前，冲赵狮子喊。牛半山循声看了刘七一眼。

“对，大当家的站着，俺也站着。”众土匪附和着。

“你们咋都来了！”赵狮子一看后厨不仅刘七一个人来了，那些做菜的、烧火的也全来了，急切地问。

“凉菜都上了，热菜也备好了，待会儿一开席，俺就撤，不耽误事儿。”后厨的班长急忙说。

赵狮子看了一眼后厨班长，捋了下自己的阴阳头，笑着说：“千万不能耽搁啊！”

“放心吧，耽搁不了，赶紧开始吧！”刘七嘻笑着说。

“大家注意了，大家注意了！”赵狮子举着手中的一张红纸冲台下喊了两声。等众人安静下来，他对着红纸念道：“牛半——”他将牛半山的名字念了两个字就停住了，看了看牛半山，又看了看孟春桃，不好意思地把手中的纸往衣袖里一塞，说了声：“不念了。”然后，冲台下喊：“牛寨主结婚典礼现在开始！奏乐！”他把手臂朝戏台下的乐队一挥，场院里顿时响起震耳的锣鼓声，他塞在上衣袖里的红纸也随着锣鼓声飘落在地上。锣鼓停息，唢呐声起，三根唢呐、两个笙齐奏喜气洋洋的《百鸟朝凤》，乐声撞击着石壁寨墙飘荡在浮戏山上空。浮戏山里的小鸟种类本来就多，这时听到将军寨有同类的朋友在叫，不约而同地飞过来，在将军寨上空盘旋歌唱，来了个真正的百鸟朝凤。

“开始拜堂！”乐曲停止，赵狮子冲台下喊了一声，然后转向牛半山和孟春桃高声喊道：“一拜天地！”

牛半山拉着孟春桃转过身，冲着供桌上方贴着的大红喜字和对联深深地鞠了一个躬，孟春桃怕大红盖头滑掉只是轻轻地点了下头。

“二拜——”赵狮子还未喊出口，就被台下的声音压住了。

“不中，新娘的躬鞠得太浅了！”

“重来！”

“得拜三拜哩！”

“拜三拜？”赵狮子听了一怔，小声嘟噜一句：“我差点儿忘了。”然后冲台下喊：“中，中，中。重来，重来！”他咳了一声，润了润嗓子，也等大家安静了，喊道：“一叩首！”

① 喊叫。
② 自己。

牛半山的腰弯得更低了。

孟春桃将腰用力地弯了弯，但是没有把头放得太低，众人闹了一次，对孟春桃的举动也不在意。

“二叩首！”

“三叩首！”

“好。”赵狮子看着牛半山和孟春桃都直起身来，冲赵石头和刘红云摆了摆手喊：“请您俩站起来。”

赵石头站起，扶着刘红云面向戏台站立。牛半山拉着孟春桃面向赵石头和刘红云而站。

“二拜高——”按照常理，是“二拜高堂”，即拜新郎或新娘的父母长辈，赵狮子顺嘴喊出“高”字，感觉不对，就停住了。他伸手摸口袋找那张红纸，怎么也摸不着，情急之中大喊：“二拜赵石头和——，和——”他不知刘红云的名字，干脆喊道：“共产党！”

“还八路军哩！”

“哈……”

“一叩首！”赵狮子也不管土匪们欢叫，自顾自地喊起来：“二叩首！”

“三叩首！”

牛半山也不忌讳，心想，人家就是共产党八路军嘛！说也是拜人家，不说也是拜人家。和自己拜天地的女人就是共产党，就是八路，这是秃子头上的虱子——明摆着的，夜儿个[①]把还乡团打了，说不定明儿个[②]我就跟共产党走了。他一边想，一边随着赵狮子的喊叫鞠躬。

“夫妻对拜！”

“一叩首！”

“二叩首！”

“三叩首！”

“送入洞房！”

“噢——”众人一轰而上，跳上戏台，拥着牛半山和孟春桃走出场院。不一会儿，众人又闹闹哄哄地簇拥着牛半山回到场院，各自按指定位置就坐。

牛半山看各个桌子前都坐满了人，笑着说：“咋不吃哩？吃吧。”他好像突然想起了什么，又向各桌看了一遍，问身边的王老虎说：“刘七哩？”

“下厨了！”王老虎答道，接着又问：“寨主找他？”

“算了。”牛半山笑着说，“该不是我不吃弟兄们都不吃吧？”他转向赵狮子把右手一

---

① 昨天。

② 明天。

扬说，“开席。”

“开席——！”赵狮子大声地喊道。

“来，来，来，赵队长，吃，吃。先垫垫肚子再喝酒。”牛半山掂起筷子冲赵石头摆着说。

赵石头夹了一颗花生米放在嘴里嚼几下咽进肚里。他看着牛半山把嘴里的菜咽了放下筷子，就端起酒杯说：“我不能喝酒，人家是‘先干为敬’，我就来个‘先敬为干’吧！”他把酒杯往牛半山的酒杯上一靠，笑着说：“牛寨主，我祝您新婚大吉，祝你们俩百年好合，白头到老。”

“中中中，我喝了。”牛半山端起自己的酒杯一饮而尽，看着赵石头说：“不过你这杯酒得干了。”

“我实在是不会喝。”

“就喝这一杯，以后随便。”牛半山笑着说，“按理，我得改口叫你大舅哥了。”

“那，那我们敬大舅一杯。”赵狮子笑着端起酒杯敬赵石头。

“对，你们共同敬我这大舅哥一杯！”牛半山冲本桌的土匪头子们说。

“来，赵队长，干了。”王老虎也端着酒杯站了起来。

“我真不能喝。”赵石头端着酒杯犹豫起来。

“喝吧，拿出你打人的气势来！”王老虎激赵石头说。

“老虎，咋说话哩！”牛半山沉着脸盯着王老虎说。

王老虎先是一怔，然后非常认真地说：“不打不相识。赵队长，俺是个老粗儿[1]，不会说话。刚才，冒犯了你家里的[2]，赔罪，俺先干了。”他说完端起酒杯一饮而尽，然后盯着赵石头说：“你要是看得起俺，就干了，不干，你就没长男人毛。”

“哈……”牛半山笑着冲赵石头抬抬左手说，“他真不会说话，尽撂炮儿，但心是诚的，你就干了吧。”

“中，我就干了这一杯。”赵石头双手捧住酒杯对着桌子照了照，激动地说：“感谢将军寨的弟兄们！”然后，也一饮而尽。

“好！”牛半山抬起右手向下压了压，对众土匪说：“娘家人都干了，大家都干了。”他说着站起，抬起右手冲院子里的各桌划了个大弧儿，高声说：“大家共同干一杯！”

“好，咱们一起祝寨主和夫人长命百岁，白头到老！”赵狮子端着酒杯冲众人喊道。

“祝寨主和夫人长命百岁，白头到老！”王老虎跟着喊了一嗓子。

“祝寨主和夫人长命百岁，白头到老！”众人齐声叫道。

“干！”赵狮子喊完，一仰头，把杯中的酒全倒进肚里。

“干！”众人齐声叫道，但是，有的喝酒有的喝水。

---

① 粗人。

② 老婆。

酒过三巡，众人互相敬了起来，整个场院杯来盏往，欢声笑语，热闹非凡。

又一道菜上来了，是一碗醋熘海带丝，偌[①]大的海碗上方冒着雾腾腾的热气。牛半山用筷子结结实实地夹了一大抄海带放进赵石头面前的盘子里，哈着酒气说："多吃点儿，解酒。"

"太多了。"赵石头笑着一边说一边端起盘子把海带倒回去，然后用筷子夹了两根。谁知那海带丝贼长，他挑起老高也没扯离那只海碗。

牛半山伸出筷子帮赵石头夹起来，放在盘里，然后硬着舌头笑着对赵石头说："兄弟，这叫啥？叫千里姻缘一线牵，一线牵。这根线呀，就是你。来，咱哥儿俩再干一杯。"

"不中，不中，我不中。"赵石头推辞着说。

"不中？你今儿个要是不喝好，我这心里可过意不去。"

"我要是再喝一杯，我就回不去了。"赵石头笑着说。

"回不去正好，住下来，在寨子里住几天。"

"这哪中？哪有娘家人喝多了住下的。"

"咋不中？就住下。在我将军寨，没有恁些[②]讲究。来，干了，咱来个一醉方休。"牛半山说完，一仰脖，把自己的酒杯清了。赵石头正在犹豫之时，李勇跑到桌前，对牛半山说："石门寨、大鹰寨、鹿耳寨、凤屏寨、二郎寨、八峰嶂寨，他们听到咱寨里的炮声都派人来探听消息，咋说哩？"

"请进来呀！"牛半山笑着说，"今儿个来的都是客。再摆一桌，估计一会儿其他寨子还有人来。"

"是！"李勇应罢，快步离去。

"牛寨主，我看，我还是回避一下吧。"赵石头对牛半山说，"让别的寨子里的人看到了不好。"

牛半山看了看赵石头，笑着说："有啥不好的，没事儿，我啥也不怕。"

"就是，大当家的都把共产党拜了，还怕啥？"王老虎又撂炮了。

"来来来，你先把酒喝了。"赵狮子瞪了王老虎一眼，急忙把话岔开，端起赵石头放下的酒杯说："这是大当家的敬你的，你得喝了！"

"牛寨主。"赵石头说，"我知道您在各山寨中的威望，但咱还是小心点儿好。其他寨子暂不必说，凤屏寨我们不得不防。"

牛半山又看了赵石头一眼，想了想说："中。你是大舅哥，我今儿个就不揣你了。狮子，你去，一定要陪我这大舅哥吃好喝好。"

"是。"赵狮子应道。

"那，俺去了啊。"赵石头躬身对牛半山说完，直起身冲本桌的人抱了下拳，随赵狮

① 那么。
② 那么多。

子一块儿从后门走出场院。

赵狮子把赵石头带到孟春桃住的圆木房里。这间房今天算是女方的家，刘红云正在黄嫂的陪同下吃饭呢。

“孟春桃呢？”赵石头问。

“在人家自己窑里呢。”黄嫂站起来笑呵呵地说，“人家拜完天地就入洞房了。”

“这是黄嫂。”赵狮子对赵石头介绍说。

黄嫂“嘿嘿嘿”地冲赵石头直笑。

“黄嫂，去厨房再弄点儿菜，拿壶酒。”赵狮子冲黄嫂说。

“哎。”黄嫂应声就走。

“别，别，别！”赵石头拦住黄嫂，转身对赵狮子说：“二当家的，我实在是不能喝。我看，你也别在这儿陪我了，去和弟兄们一块儿热闹热闹，高兴高兴。”

赵石头的话正中赵狮子下怀，他真不愿待在这里。今天，牛半山结婚，他主事儿，正是树立自己威信的时候，他怎么能待在这里呢？敬人一杯酒，就能靠近一颗心啊。

“这个——”

“别这个那个了，快去吧。刚刚当家，有好多事儿都等着你哩。”赵石头推着赵狮子说，“我已经吃好了。”

“吃好啥？”赵狮子转向黄嫂说，“黄嫂，你再去给赵队长弄几儿[①]菜，让赵队长吃好。”

“哎。”黄嫂应道。

“你就别管了，又不是外人。”赵石头一边向外推赵狮子一边说。

“那，我去了。”赵狮子说着回过头，冲刘红云说：“弟妹，你吃好，我就不陪你们了啊。”

“谢谢您。”刘红云冲赵狮子笑笑说。

赵狮子和黄嫂都走了，赵石头扶着刘红云急切地问：“你怎么样？”

“什么怎么样？”

“腿？”

“没事儿。”

“我说不叫你来，你非来，看，多悬。”

“我要不来，孟春桃结婚谁给她当伴娘呢？”刘红云冲赵石头顽皮地一笑说。

“你要不来，我也不会挨恁多打。”

“真对不起。”刘红云说着心疼地抱住了赵石头。

“真对不起的是她孟春桃。”赵石头愤愤地说，“也不知道她葫芦里卖的什么药，咋会

① 念 jè，几个。

突然变卦了？你说，她真是想考验牛半山吗？”

刘红云看着赵石头的眼睛，把头摇得像个拨浪鼓[①]。

“那是为啥？”赵石头不解地问。

“她比我们俩看得都远。”

“啥意思？”

“她不想让我们与牛半山为敌，她要留下来争取牛半山，争取将军寨这支队伍，建立我们自己的武装。”刘红云看着墙壁说，她仿佛看到了希望看到了成功。

“中不中？”

“她说，据她对牛半山的了解，可行。”

“她不喜欢牛半山——”赵石头喃喃地说。

“她说她并不讨厌牛半山，感情可以培养，可失去了这支队伍就可惜了。”

“那，太委曲她了。”

“她说，与牺牲的同志比，这算不了什么。她没有把握将这支队伍拉过来，但起码可以保证不让他们与我们为敌。”

赵石头重重地点了点头。喃喃地说：“瞧我，送你们四个，连浮戏山都没送出去。牺牲两个，一个跟土匪做了压寨夫人，一个跟自己做了老婆，我——”

“别自责了！”刘红云又扑进赵石头的怀里，抱住赵石头说：“刚才，我和春桃说了，我们跑出来就是参加革命的，只要对革命有利，我们就乐意干。”

“那，你们不去延安找——”

“找什么呀？”刘红云拍着赵石头的胸脯笑着说，“实话跟你说吧，我们是来解放区医院工作的，没想到八路军走了。所以，我们就决定要去延安。”

“真哩？”赵石头推开刘红云，扶着她的肩膀，盯着她的眼睛问。

“嗯，真的。”刘红云轻轻地点了点头。

“那你们为啥说是去延安找男人的？”

“这年头，女人不说自己有男人能有好吗？！”

“你没诓我？”赵石头加重了语气，死死地盯着刘红云问。

“嗯。”刘红云重重地点了下头。

赵石头一把将刘红云搂进怀里。

“啊吭。”黄嫂端着一个大条盘走进来，看到赵石头搂抱着刘红云站着，干咳一声，不自然地笑着说：“菜来了。”

赵石头回过头，见黄嫂端着一个四四方方的大条盘站在他的身后，条盘上放着四大碗热气腾腾的菜和两个白馒头，就转过身接过条盘。黄嫂把条盘上的菜一碗一碗地端下来摆在桌子上，然后冲赵石头和刘红云笑笑说：“我还有点儿事，你们吃吧。”说完，拿起

---

① 手摇鼓，两面，两侧用绳拴球状物作鼓锤。

条盘就往门外走。

“一块儿吃吧。”刘红云冲着黄嫂的背影说。

“不了，您慢慢吃吧。”黄嫂回过头冲他们笑了笑走出门外。

场院里猜拳喝酒的吆喝声此起彼伏。

各个寨子派来打探情况的人被安排在一起，一桌不够，安排了三桌，由王老虎主陪。大家自报家门，一会儿就混熟了。凤屏寨派来三个人，领头的就是二蛋。大家边喝边聊，酒到酣处，二蛋说：“您都不知道，牛寨主着[1]女人是俺凤屏寨送的。”

“你没喝醉吧？”大鹰寨的探子笑着问。

“啥话？”二蛋指着王老虎说，“你问问王大哥，我说的是真是假？”

“没错，是他们凤屏寨送来的。”王老虎对众人诚恳地说。

“那，你们从哪儿弄来的女人？”大鹰寨的探子接着问。

“听说特漂亮，嫩得像水箩卜似的？”鹿耳寨的探子问。

“说是城里人。”石门寨的探子说。

“没错儿。我还实话告诉你们，着女人还是我抢哩，是个八路。”二蛋自豪地说。

“八路？”

“你敢抢八路？”

“咋抢哩？”

二蛋活灵活现地给大家讲起了那天晚上的情况。但他只讲他们抓四个女人那光彩的一面，闭口不谈赵石头打死了他们多少人。

“那仨女人哩？”众土匪来了兴趣，连王老虎也瞪大了眼睛，他也是第一次听说还有三个女人。

“甭提了。”二蛋猛地喝下一杯酒，愤愤地说：“一个跳崖喂狼了，两个让还乡团给包饺子了。”

“让还乡团弄走了？”

“咋能让还乡团弄走哩？”

“你们也太窝囊了！”

“不是，是让还乡团打死了。”二蛋说，“想起来也真是挺窝囊的。”

“咋回事儿？咋让还乡团打死了？”大鹰寨的探子急切地问。看他那样子，有点急也有点气愤。

“别打岔，让他慢慢说。”鹿耳寨的探子饶有兴趣地冲大鹰寨的探子摆摆手说。

“本来嘛。”二蛋吃了口菜，一边嚼一边说：“俺二当家的说我有功，让我挑一个。可是，赵石头一早就跑到俺寨子里要人去了。就是亚沟那个赵石头。俺大当家的怕他，让

① 念 zhuò，这个。

他把人带走了。他们一到回峪沟，就让还乡团全给打死了。”

“嘿。”石门寨的探子惋惜地叹了口气。

“日他姐，真可惜。”大鹰寨的探子愤愤地说。

“可不是嘛，都跟花儿一样，全死了。”二蛋说着眼都直了。他直着眼睛，低沉地说：“有一个长得可水灵了，俺俩还亲嘴了。”二蛋说着，又回味起他亲刘红云的情景。尽管磕痛了嘴唇，被啐了一脸唾沫，但是，他确实是亲了那女人了，心里泛起淡淡的甜密和淡淡的惆怅。

“你做梦跟人家亲嘴了吧？”鹿耳寨的探子与二蛋打趣说。

“真哩。”二蛋很认真地说，“要是听俺二当家的话，不叫赵石头带走，她就不会死了，她肯定是我的女人了。”二蛋的声音很低沉，一副很伤感的样子。

“那，赵石头也给打死了？”

“死了。”二蛋咬着牙说，“要不是他，老子也有女人了。”二蛋说着又端起酒杯一饮而尽。他虽然是当事人，但他不知道事情的真相。

“赵石头没死，打死的是俺杨二当家的。”王老虎更正说，以显示他比二蛋更了解内情。

“就是，赵石头是打不死的，听说，他一黄昏[①]把还乡团的一个快枪队都杀了。”

“赵石头死了。”二蛋把端在手中的酒杯放下，摇了摇头说：“你们不着[②]内情。还乡团的快枪队是让狼给咬死的，不是赵石头杀的。说是赵石头杀的，那是王雨霖想逮程子川使的诈。”

“净[③]瞎说，狼咬死的？啥狼一下子咬死十几儿[④]人？”

“就是，赵石头夜儿个[⑤]还带着八路打还乡团了哩！”

“你根本不着实情。”二蛋红着脸急切地争辩说，“程子川还是我给诳到部岩的。打还乡团的是程子川的人。”

“哎哎哎，别争了。”王老虎冲大家摆着手笑着说，“我给您说吧，赵石头没有死，他就在将军寨。夜儿个打还乡团的，也不是赵石头，是俺，是俺——”

“老虎。”牛半山在赵狮子等人的簇拥下来到桌前，听到王老虎的话，沉着脸叫了一声王老虎。

“是您打的还乡团？”二蛋盯着王老虎问。

“老虎，喝高了吧。”牛半山换了一副笑脸冲王老虎点了点头，然后对各寨的探子说：“感谢弟兄们来参加我的婚礼，来，我敬大家一杯。”

---

① 晚上。

② 念zháo，知道。

③ 尽。

④ 念jè，几个。

⑤ 昨天。

赵狮子急忙提起酒壶给牛半山手中的杯子倒满酒。王老虎意识到自己说走了嘴，也急忙掂起桌子上的酒壶给土匪们斟酒，一边倒一边说：“大当家的来敬酒了，都倒满，都倒满。”

牛半山看了王老虎一眼，也不与他计较，等他为这一桌的土匪都倒满了酒，笑着说：“回去代我问你们当家的和弟兄们好，我今天结婚谁也没有通知，就是自己寨子里的人聚起来热闹热闹，以后我带着夫人到你们寨子去认门。今儿个，你们听到炮声能够主动跑来，体现了各个寨子对我们将军寨的关心，我们感激不尽。我带着我们将军寨的各路头领来敬大家一杯，略表一下心意。好，我先干了。”他说完，一仰脖子把杯中的酒喝得一干二净，并将酒杯口向下冲众人抖了抖，以示一滴未留。他看众人都喝干了杯子，笑着说：“大家吃好，都吃好啊。”然后冲王老虎说：“老虎，咱们一起到那边敬酒。”

“是。”王老虎端起自己的杯子，跟在赵狮子身后随牛半山到另一桌敬酒去了。

牛半山带着将军寨的各路头领挨着桌子敬了一遍酒，回到主桌。他吃了两口菜，笑着对众人说：“你们接着喝，我去看看赵石头。”

“是去看夫人吧？”

“寨主等不及了。”

“得得得得，瞎咧咧个啥？喝你们的酒。”牛半山站起来，一边笑着说一边向外走。

牛半山来到孟春桃住的圆木房前，借着酒劲冲房里喊：“大舅哥，我能进去吗？”

“牛寨主，快请进。”赵石头站起身两步跨到门口迎着牛半山说。

“吃好了吗？”牛半山笑着问。

刘红云见牛半山进门，站起身冲他笑笑，点了点头。

赵石头冲牛半山拍了拍肚子笑着说：“酒足饭饱。”

“早想过来陪陪您，一直走不开。”牛半山看了一眼刘红云笑着说。

“俺也正想找你哩，你就来了。”赵石头答道。

“有啥事儿？”

“没事儿，俺该走了。”赵石头摇了下头说。

“走啥呀走？在这里多住些天。”牛半山拉了一下赵石头，看着刘红云说。

“不了。”赵石头摇了摇头，很认真地说：“我知道你啥也不忌讳，可你见过谁家送亲的住下不走了？”

“你以为你真是我的大舅哥，娘家人呀？”牛半山笑着拍着赵石头的肩膀说。

“这是你给我封的！”赵石头故作认真地说。

“话是那么说，可咱得就事儿论事儿。你也说了，我这个人不忌讳啥。就这样，你们住下来，把弟妹的伤养好了，你爱上哪儿上哪儿。”

“这——”

“这可不行。”刘红云抢过赵石头的话说，“我们还得去找大部队呢！”

“找大部队？”牛半山看了一眼刘红云说，“程子川都没走出去，你们往哪儿走？”

赵石头迟疑一下，笑着说："你就别操这份闲心了。一句话，你的盛情，俺领了，但是俺必须得走。"

"你们住哪儿了？有事儿我好找你们。"牛半山真诚地说。

"你没听她说吗？去找大部队。如需要，我会来找你的。"赵石头拉着牛半山的手说，"就咤[1]吧，趁现在酒席还没散，俺走，让他们看见了不好。"

"那中。"牛半山转过身对门口说，"黄嫂，去，叫夫人出来，送送他们。"

黄嫂离开赵石头和刘红云后，进了牛半山的窑洞，和王二家的一起陪着孟春桃，刚才听到牛半山说话，急忙走出来，一直候在门口。这时，听到牛半山叫她，"欸"了一声，刚要抬步猛然停住，颤颤微微地说："夫人，夫人的盖头还，还没揭哩。"

"哪恁些[2]讲究，去叫吧。"牛半山把手一挥说。

"别别别。"赵石头急忙冲黄嫂摆手说，"使不得，使不得，以后俺会常来看她的。"

"那，你去，找王二拿些治创伤的药来，再叫厨房拿些吃的。"牛半山冲黄嫂挥了挥手说。

"哎。"黄嫂应声颠颠地跑了。

牛半山把赵石头送到寨门口，正欲告别，忽听身后一阵吵杂声。回头一看，就见一大群人熙熙攘攘地走出场院向寨门走来，便匆匆冲赵石头和刘红云抱了抱拳，说声"保重"，转身迎了上去。

"保重。"赵石头也向牛半山抱了下拳。

"赵石头。"二蛋看见了赵石头情不自禁地叫了一声。接着，他自言自语地嘀咕道："赵石头真的没有死？"

王老虎瞥了二蛋一眼，哈着酒气笑着说："我没蒙你吧，他确实没死。"

二蛋也不理王老虎，翘首直勾勾地向寨门口观望。

"哎呀呀呀，这是弄啥哩[3]？要走啊？"牛半山一边迎着众人走一边笑着向众人打招呼。

"大当家的好。"众人一起向牛半山抱拳，异口同声地叫道。

"他们非走。"王老虎对牛半山说。

"吃好了没有？"牛半山笑着问，一副居高临下的样子。

"吃好了。"众人齐声答道。

"老虎啊，我看你没有陪他们喝好。"牛半山转向王老虎说。

"喝好了。"

"喝好了。"众人点头哈腰地回答。

---

① 就这么。
② 那么多。
③ 干什么。

“我看您几儿①都没喝好，个个都很精神嘛。”牛半山走到二蛋面前，挡住二蛋的视线笑着对众人说。

“俺奉命而来，还得赶回去回话哩，哪敢贪杯。”二蛋急忙冲牛半山躬身说。

“信号不是发了吗？”牛半山问王老虎。

“发了，‘平安无事’。”王老虎下意识地看了看西峰上的烽火台说。

“既然信号发了就没事儿了，大家都回去，咱们接着喝。”牛半山说着搂了下二蛋的肩膀，把手指向场院。

“大当家的，俺实在不敢再喝了，回去晚了，张寨主要怪罪俺的。”二蛋又向牛半山躬身说。

“我结婚，你们赶上了，喝多点儿，他怪罪个啥？”牛半山拉下脸说。

“怪罪俺没及时回报，耽误了他前来祝贺啊。”二蛋第三次向牛半山躬身道。

“这个兄弟会说话，讨人喜欢。”牛半山拍了拍二蛋的肩膀，然后又转向众人说：“好，那我就不留你们了。老虎。”他又转向王老虎说，“今儿个来的都有赏，每人一块大洋。”

“是，俺这就去支。”王老虎应罢跑回后院取钱去了。

“谢谢大当家的，俺这是无功受禄，万万不敢接啊。”二蛋受到牛半山的夸奖来了精神，更敢说话了。他冲牛半山抱抱拳，一边说一边快步向寨门口走，心想，这样既给牛半山省了钱，讨好了牛半山，又能早一点出寨门。他急切地想跑出寨门，他真切地看到了他亲过的那个女人，他要去追。

“是啊，大当家的，俺万万不能要啊。”众人附和着，纷纷冲牛半山抱过拳，向寨门口拥去。

牛半山说给每人发一块钱的赏钱，是基于两方面考虑：一是拖延时间，好让赵石头与刘红云走得远一些，以免让这帮探子看见。二是借此收买人心。没想到让二蛋给搅了，心里很生气，又不好显露在脸上，只好笑着冲众人说：“弟兄们，今儿个是我的大喜日子，你们要是就咤走了，就是看不起我牛半山了。”

众人听了，都停住了脚步。在浮戏山里，这个罪名，谁也承受不起，就连二蛋也不得不站在原地，等候王老虎那一块赏钱。

王老虎拿来赏钱，一人一块分发给大家。

牛半山笑着说：“好了，今儿个大伙没喝好酒，这个就权当是我给各位的酒钱吧。”

“谢谢大当家的。”

“谢谢大当家的。”

众人纷纷道谢告别。

二蛋出了寨门，下了台阶，对两个随从叫道：“快。”撒腿向前跑去。

---

① 念 jè，几个。

第二十二章

赵石头看着五个巡逻的乡丁走出乡公所。他跳下房子，一脚踹开房门，用花机关枪指着酒桌上的人喊："王雨霖，看看我是谁！"

二蛋带着两个随从追了半天也没看到赵石头和刘红云的影子。回到凤屏寨，二蛋向王长贵报告说："赵石头没有死。"

"没死？常队长不是说打死了吗？"王长贵瞪大眼睛问。

"打死的是杨文彬。"二蛋神密地说，"我看见赵石头了，还有诺[①]女人，我亲的诺女人。"

"他们镇暂儿[②]在哪儿？"

"不着[③]。"二蛋说，"我看见他出了将军寨的寨门，那女的一瘸一拐的像是负了伤。"

"嗯——"王长贵若有所思地点了点头。

"估计他们就藏在浮戏山。"

"嗯，他们不会走远。"王长贵耷拉着眼皮一边思索一边说。突然，他抬起眉眼问二蛋："他们骑马了没有？"

"我没看见。"二蛋说，"好像没有，我看牛半山是有意不让我们走，怕我们追上他们。"

"嗯——"王长贵又深沉地点了点头。

"大哥，帮帮我，能把诺女人给我抢回来，你让我干啥都中。"

---

① 那个。

② 现在。

③ 念zháo，知道。

"这个——"王长贵皱着眉头想了想说，"你真想要诺女哩？"

"想，想死我了。"二蛋急切地说，"自从我跟她亲了嘴，我就认定她是我的女人了，我天天都想她。我就不相信她会死，她果真没死。大哥，你得帮我，帮我把她弄回来。"

"中。"王长贵把双手重重地压在二蛋的双肩上，盯着二蛋的眼睛说："你再辛苦一趟，把这个消息送给常队长和王乡长。这事儿咱不能出面，让他们搜山，弄住诺女人给你。"

"他们弄住了能给我？"二蛋瞪着眼睛问。

"能。"王长贵说，"常队长上次就说了，打死了赵石头把女人给咱。可是，他把女人打死了，留下了赵石头。着[①]女人没有被打死，那是老天爷有眼，专门给你留的。"

"我今儿个一见到她就这么想。"二蛋附和着说，"这次要是抓到她，说啥我也得把她弄到手。常光耀说话没谱儿，让我去诳程子川，说抓住了女人给我，连根女人的头发都没见到。他尽诳着咱给他办事儿。着女哩跟我亲过嘴，又让我看到了，就是天意，你得给我做主。"

"中，中，中，我给你做主。"王长贵朝二蛋的肩膀上拍了两下说，"快去吧，别在这儿黏糊儿[②]了，再磨症[③]会儿天就黑了。这回是咱让他给咱办事儿，他搜山，抓住女人给咱。"

二蛋来到崇仁乡，乡公所正在招募乡丁。上午，王雨霖在河滩召集全乡公民大会，公示程子川的尸体。在他的吓唬、威逼和诱惑下，乡中的男性公民纷纷前往乡公所报名参加还乡团，被常光耀开除的孙强又被拉了回来。

王雨霖得到赵石头和刘红云藏在浮戏山中的消息，既恨得咬牙切齿，又乐得欣喜若狂。恨的是赵石头没有死，他的生命就受到了威胁；乐的是他认为又找到了藏宝图的线索。所以，他立即与常光耀商议，准备搜山。

王雨霖对常光耀说："咱召镇些[④]人，上山排查，别说是他一个赵石头，就是个小虫儿[⑤]也不能让他飞了。"

"乡长太英明了。"常光耀说，"咱杀了一个程子川，一下子就把十里八乡镇住了，再漫山遍野地搜赵石头，让浮戏山的老百姓都知道，共产党、八路军完了，这天下是咱们的。"

"我的目的是找藏宝图，还要彻底消除隐患。"王雨霖把手一挥说，"赵石头不能留，留下他是个祸害，等他召集起一帮人马就麻烦了。这回要不惜一切代价，打不死他也要把他赶出浮戏山！"

---

① 念 zhuò，这个。
② 纠缠。
③ 磨蹭，磨叽。
④ 这么多。
⑤ 麻雀。

“乡长说的极是，决不能让八路在浮戏山有立足之地。”常光耀接着说，“我一直在想，昨天伏击我们的不像八路，若是八路，他们咋不救程子川哩？现在弄明白了，原来是将军寨的人。”

“凤屏寨的这个情报很重要，解了我一块儿心病。”王雨霖点上一根烟，抽了一口，慢慢地说：“这说明，浮戏山里没有八路的队伍。只要没有八路，咱就可以挽起胡子喝蜜了。”

“将军寨伏击咱是啥意思？是单纯的报复？还是将军寨跟八路联手了？”

“将军寨？”王雨霖深深地吸了一口烟，点着头一边想一边说：“不管是啥原因，他镇暂儿[①]还没跟咱明着干。我看，他还不敢明目张胆地跟咱作对。所以，咱要先把赵石头除了，回头儿再收拾他！”

“乡长英明，乡长英明。若不把赵石头除了，赵石头和将军寨联手就麻烦了。”

“是啊。”王雨霖叹口气说，“我也担心共产党把哪个山寨给拉去了。”

“清山。”常光耀凑到王雨霖身边说，“咱借这个机会，挨家挨户翻个底儿朝天，凡是共产党、八路军留下的东西一律没收。他们山寨的规矩不劫当地百姓，他不劫咱劫！咱劫了财物给他送去，他能不听咱的。凤屏寨，王长贵，多好的例子。”

王雨霖把手中的香烟狠狠地扔在地上，咬着牙说：“对，多弄几个‘凤屏寨’，这浮戏山就是咱的了！”

王雨霖得知浮戏山里没有八路军的队伍，更加肆无忌惮，亲自率领还乡团进行搜山，美其名曰“清洗浮戏山”。

还乡团挨家挨户，翻箱倒柜，见到财物就说是八路军留下的，不容分说，抢了就走。对曾经为八路军做过事的群众捆绑吊打，严刑逼供。对八路军的家属更是变本加厉，抄家封门，轻则逼走他乡，重则酷刑投狱，把浮戏山搞得乌烟瘴气、人心惶惶。

日薄西山的时候，还乡团的一队人马搜到山中山，正要向山下推进，忽听山谷中传来一声狼嗥。

“呜欧——欧……欧……欧……”

狼的嗥声尾音拖得很长很长，带着悠长凄凉的颤音和间隙很短的顿音，底气充足，音质纯静，具有很强穿透力和威慑力，在空旷的山中山立刻产生回声，震得山谷“嗡嗡”直响，瘆人耳目，慑人心扉。

孙强听到这声狼嗥，不由得打了一个寒战，感到一支冷箭直插头顶，钻进脊椎腔射穿尾骨，全身的骨头一下子酥了，身子一歪瘫软在地，像个绒球似的顺着山坡向下滚去，滚出两丈多远被一棵松树挡住。

“孙强。”

---

① 现在。

“孙强。”

众乡丁惊叫着跑到孙强跟前。

“狼——”孙强对搀扶他的人少气无力地喊。众人向山下望去，只见灌木草丛中，狼影闪动，不计其数，禁不住喊道：

“咋镇些[①]狼哩？！”

“狼窝！”

“快，上树。”孙强一着急，语不成句地说，“快枪队，就是，让狼给，灭的。”

“呜欧——欧……欧……欧……”

“呜欧——欧……欧……欧……”

孙强的话音未落，山谷里又传出两声狼嗥。众人闻听，丢下孙强四处逃散，麻利点儿的就近爬到了树上，拙笨的抱着枪躲在大树或石头后边，一个个吓得毛骨悚然，心惊胆战。

这两声狼嗥，又像两支冷箭，一支射向孙强的心窝，一支射向他的尿脬[②]。他感到心头一颤，一泡尿全撒进了裤裆。他看着众人离他而去，自己又动弹不得，情急之下，想起常光耀骂他的话，捡起手枪对着谷底“叭叭叭”连射三发子弹。

“枪声！”正在洞里躺着的刘红云“呼”地一下坐了起来，看着正在码放柴禾的赵石头说。

“嗯。”赵石头停住了手中的活，冲刘红云点了点头。这几天，赵石头打了不少过冬用的干柴和马草，他们决定隐居溶洞坚持与敌斗争。

刘红云一边起身一边说：“我一听狼的叫声就感到不对劲。”

“你别动。”赵石头走上前扶着刘红云说，“你在洞里等着，我出去看看。”

“我们一块儿去。”

“你等着，要真是敌人，还是得把他们引进洞来消灭。”

“不行。”刘红云急切地说，“我跟你去，在洞里战斗，钟乳石就被破坏了。”

“可外面没有什么天险可守，洞里情况咱熟，他来多少人咱都不怕。”

“那也不行。”刘红云毫不犹豫地说，“我宁愿死也不能让他们毁了溶洞。”

“那你就更不能去了。”赵石头说，“为了保护溶洞，我打得赢就打，打不赢就跑，来去自如。你的伤还没好，行动不便，容易把溶洞暴露了。”

刘红云沉思片刻，拉了拉赵石头的衣襟说：“那你要小心，尽量把敌人引开。”

“嗯。”赵石头冲刘红云点了下头，深情地看了刘红云一眼，提着枪轻盈地绕开钟乳石向洞口走去。

“小心点儿。”刘红云冲着赵石头的背影小声地喊。

---

① 这么多。

② 念 suī pāo，膀胱。

赵石头来到洞口，这里已经聚集了十几只成年狼，个个身强体壮，挺着尖勺状的长耳，背上的鬃毛像刺猬的针刺一样竖立着，杀气腾腾，严阵以待。

站在最前面的大黄狼见了赵石头，仰着头冲他“呜欧呜欧”地低叫几声。赵石头像检阅自己的队伍似的，把枪插入腰间，伸出双手逐个抚摸狼的头。他知道，有这群狼在，至少洞口附近没有生人。

赵石头把聚集在洞口的狼挨个抚摸一遍，依着洞壁向外看，只见山坡上树林下灌木杂草中闪动着一双双绿幽幽的眼睛，而且个个面向山顶，判定是山上有人打枪。他闪身跃出洞外，借着地形和林木的掩护爬上了山坡，向山上探望。

山上静得出奇，只有风吹树摆动，不见一个人影。

这哪儿来的枪声？狼为什么严阵以待？赵石头心里正在嘀咕，忽然听到山上一声破锣嗓子的喊叫：“弟兄们，出来吧，没事儿了。”

“狼，狼哩？”孙强哆哆嗦嗦地问。

“都被你那几枪吓跑了。”一个乡丁从树上跳下来笑着说。

众人纷纷从树上跳下来、从大石头和大树后边钻出来，看着山谷嚷道：

“日他姐，吓死了。我从来没见过镇些[1]狼。”

“简直就是狼窝，一个挨一个。”

“本来就是狼窝。”

“要不是孙强那几枪，说不定狼就冲上来了。”

“真没准儿。”

“镇些狼，咱这点儿人还不够它们塞牙缝哩。”

“中了，中了，白[2]哓喝[3]了！”队长王大炮又扯着破锣嗓子喊：“就搜到这了，不搜了，赵石头要是跑到这儿，早进狼肚子了。”

“就是。”

“往这特儿[4]藏，不是找死吗！”

“赵石头的武功可高了。”

“他就是有再大的本事也让这群饿狼给撕了。”

“中了，中了，撤！”王大炮看了看周围没有什么动静，冲乡丁们一挥手喊道。

“队长，歇会儿吧，这里的景致不错。”一个乡丁说。

“中啊，咱歇会儿，等狼回过神儿冲上来把咱都吃了。”王大炮没好气地说。他是队长，他知道结巴他们是怎么死的。

“咱镇些人，又有枪，还怕狼？”那乡丁不服气地说。

---

① 这么多。
② 别。
③ 喊叫。
④ 这里。

“快枪队，快枪队就，就是，让狼给灭的。”孙强开了枪也壮了胆，见那乡丁不服气，抢过话茬说。

“我说哩，你咋吓成那屄样，原来是怕狼给灭了呀！”那乡丁把话锋转向了孙强。

“瞧，孙强又尿裤子了！”

“哈哈哈……”

赵石头看着还乡团的人说说笑笑地走过山中山没入山后，就站起身，蹦跳着跑下山坡。见刘红云提着枪站在洞口，那群狼围在她的周围，心里涌上一种说不出的情愫。他轻轻地拍了拍一只狼的头，笑笑说：“去吧，没事儿了。”然后，又冲刘红云笑笑说：“这些朋友，够意思！”

“怎么回事儿？”刘红云盯着赵石头问。

“搜山的。”赵石头拍了拍手，像是要抚去手上沾染的东西，不经意地说：“还乡团搜山，抓我的。”

“抓你的？”刘红云睁大眼睛问，“他们怎么知道你在这里？”

赵石头摇了摇头，看了一下身边的狼说：“从他们谈话的内容看，他们不知道我们在这儿，只是知道我还在浮戏山。我想，就是那天在将军寨让谁看到了，告的密。”

“那怎么办？”

“按原计划办。”赵石头笑着说，“他们认为这是个狼窝，没人敢来。所以，还乡团的人是不会再来了，咱可以安心地住下去，一步一步地实施我们的计划。”

“呜欧——呜欧——”山谷中又传来两声狼嗥，赵石头和刘红云同时一怔，向声音传来的方向望去。山坡上狼影晃动，一副悠闲自在的样子。

“警报解除！”赵石头看着山坡笑着说，“它们要收兵了。”

“不会又有什么事儿吧？”刘红云有些疑惑地问。

“没事儿。”赵石头毫不犹豫地说。

“你能听懂它们的叫声？”

赵石头看着刘红云摇了摇头笑笑说：“能听出叫声不同，不知道它们在说啥哩。”

“我也是。”

“看来咱得学会和它们交流啊。”赵石头轻轻地抚摸着身边的一只狼说。

“你怎么知道刚才那叫声是‘解除警报’？”

“瞎猜哩。”赵石头瞟了一眼刘红云自豪地说，“我看着还乡团的人走了，又看山坡上的——”他本意想说“狼”，又突然停住了，迟疑一下说：“它们，都不紧不慢地走，就是没事儿了呗。”

“猴精。”刘红云笑着剜了赵石头一眼，拉着赵石头笑着说：“这不是瞎猜。”那神态，就像是自己做了一件了不起的事。

“看，它们也要走了。”赵石头指着身边的狼说。

刘红云低头一看，有的狼已经走下面前的树林了，情不自禁地蹲下身抱住身边一只狼的脖子，深情地把脸贴在狼的头上。那狼用喉咙发出像小孩撒娇似的嘤嘤声。

“中了，让它们去吧。”赵石头也蹲下身用手抚摸着狼的绒毛说。

刘红云极不情愿地松开抱着狼的双臂，在狼的头上轻轻地拍了一下说：“去吧。”那狼便一步三回头地慢慢走向树林。

“王雨霖咋又突然搜起山了呢？”赵石头自言自语，像是问刘红云也像是在问自己。

“你不是说有人告密吗？”刘红云答道。

“是。”赵石头点了点头，若有所思地说：“我是说，他为啥会镇[①]胆大？”

赵石头见刘红云不说话，想了想说：“我想出去打听一下情况。镇些[②]天没有外面哩消息，对敌人的情况一无所知。不了解敌人，咋坚持斗争哩。”

刘红云冲赵石头深深地点了点头。

赵石头提着一只野兔子来到“山羊胡子”家。

“大伯，大伯。”赵石头一边敲门一边叫。

“山羊胡子”隔着门缝向外看，见是赵石头，急忙把门打开将赵石头让进屋，关上门急切地问：“好人啊，你没走啊。”

“没有。”

“还乡团是在搜你吧？”“山羊胡子”盯着赵石头的眼睛问。

“嗯。”赵石头重重地点了下头。

“你就是赵石头？”“山羊胡子”那双发锈的眼睛放出了明亮的光。

“嗯。”赵石头又点了下头。

“好人啊，英雄啊！”“山羊胡子”拉着赵石头的手激动地说，“那天早气[③]，我开门看到你放在门口的桶和盆儿，还有那么多粮食，我就想你肯定是八路。”

“八路军是咱穷人的队伍。”赵石头对陌生人说了一句以前常说的一句话。

“我着[④]，我着。”“山羊胡子”一边点头一边说，“孩子，还乡团这些天正清山哩，点名指姓要抓你，你还是到外地躲躲吧。”

“不怕。”赵石头笑着说，“俺还琢磨着咋再打他一回，灭灭他的威风。”

“打还乡团？你们有多少人？”“山羊胡子”先是一怔，然后盯着赵石头关切地问。

“我们——，啊，俺有很多人。”赵石头迟疑一下，一边说一边把手中的野兔冲“山羊胡子”提了提，岔开话题说：“大伯，俺给您带只兔子，放哪儿？”

“你打的？”“山羊胡子”伸手接过野兔一边问一边用眼睛瞟着赵石头。

“不是。”

---

① 这么。

② 这么多。

③ 早晨。

④ 念zháo，知道。

“噢——，是你那狼狗捉的。瞧，这是狗咬的，狗咬的。”“山羊胡子”查看到野兔身上儿狼咬的那四个深深的洞口，用他那双有点发锈的眼睛盯着赵石头说。

“嗯。”赵石头冲“山羊胡子”点了点头说，“是，是狼狗捉的。”

“你的狼狗真厉害，一下子咬死十几个还乡团。”“山羊胡子”将野兔扔到地上，冲赵石头笑着说：“乡亲们都在传哩，说你那狗是‘神犬’。”“山羊胡子”故意将“神犬”二字的音挑得很高。他看了看赵石头，见赵石头没有什么表情，就收了笑，指着破桌子前的一个高凳说：“坐，坐下说。”

两个人依着破桌子坐下。“山羊胡子”把右胳膊支在桌面上身子向前轻轻一靠，那松了榫的桌子就“吱”地叫了一声，向前倾斜几厘米。“山羊胡子”探着身子对赵石头说：“哎，你不是说要打还乡团吗？把你们的狼狗带上，咬他们，给乡亲们解解气，他们太嚣张了！”

“我，俺就是想打一下他们的嚣张气焰！”赵石头咬着嘴唇，冲“山羊胡子”抖了抖拳头说。

“那你们就快点儿打，这几天他们可把咱乡亲们折腾苦了。”“山羊胡子”看了看赵石头，脸上掠过一层阴云，低沉地说：“你是不知道啊，王雨霖、还乡团说什么，什么‘清洗’，把咱这儿当八路的人家全抄了，把以前给八路做过事的人也全抓了。那天开会，我数了一下，他抓了三十五个人，三十五人啊！”“山羊胡子”抖着自己的右手激动地说，下额上那缕山羊胡子也跟着抖了起来。他又痛苦地看了看赵石头，见赵石头瞪着眼睛专注地看着他，抖着山羊胡子接着说：“还乡团把他们吊在树上打，给他们灌辣椒水，上抽筋凳，可惨了！桃花峪那孙家，孙丰才他娘，老庙的张法，都被王雨霖活活地整死了！就那个胆小怕事儿的王云，因为八路军给了他点儿东西，王雨霖就把他的胳膊腿都打折[①]了。”“山羊胡子”把脸背过去，哽咽着说不下去了，两行老泪顺着面颊流入那丛花白胡子里。

“这个仇一定要报！”赵石头的牙咬得咯嘣响，把拳头重重地砸在自己的大腿上。

“山羊胡子”用手抹了把脸，好像把泪水压进了他那缕山羊胡子里。他用手揪住那缕山羊胡子，盯着赵石头，发狠地说：“你们啥时候打，言语一声，我这把老骨头也豁出去了！”

“谢谢您！”赵石头激动地站起来拉着“山羊胡子”的手说，“俺回去商量一下。您，说了半天话，还不着[②]您老的尊姓大名哩？”赵石头盯着“山羊胡子”真诚地说。

“我姓张，曾在外靠相面占卜谋生，人家都叫我张老道。”“山羊胡子”把他那只捋着胡子的手重重地搭在赵石头的手上，朗声答道。

“好，张大爷，俺以后就叫您张大爷了。”赵石头拉着“山羊胡子”的手，激动地一

① 念 shé，断。
② 念 zháo，知道。

边摇一边说："我们镇暂儿[1]正需要群众的支持哩，您让俺看到了希望。"

"都需要我联系谁，你尽管说，我来去比你们方便。""山羊胡子"也站起来，主动请战说。

"中。"赵石头想了想，眼下也没有明确的联系对象。就一边向门外走一边说："您方便了就先给群众吹吹风，俺过两天来了再说。"

赵石头从"山羊胡子"那里又听了王雨霖的暴行，新仇旧恨堆砌在心中，就像无数只老鼠啃噬着他的心，让他坐卧不宁。他想独自一人夜闯崇仁乡，又怕自己身单力薄，打蛇不死危及乡亲。思来想去，决定上将军寨。一是牛半山有耳线，了解情况，可以为他出谋划策。二是想看一下孟春桃争取牛半山的情况，看能不能从将军寨借到兵力。

"哎呀呀，赵老弟，你说啥都行，就是这借兵嘛，我实在不能满足你。"牛半山一听赵石头要向他借兵，头摇得像个拨浪鼓。他看了一眼孟春桃，接着说："你要理解我的难处。你看，八路军走了，啥时候回来还不着哩。镇暂儿，王雨霖又招兵又买马，势力一天比一天大。"

"俺就是想压住他那嚣张气焰，不叫他继续扩充势力。"赵石头一字一顿地说。

"不中啊，老弟。"牛半山抬起右手向下压了压说，"他目前的势力镇[2]大，我若与他为敌，我这个寨子咋生存下去哩？！"

"他已经与你为敌了。"赵石头说，"他明知给俺妈料理后事儿的五儿[3]弟兄是你的人，还是把他们杀了。还有，他们勾结凤屏寨，设伏杀了杨文彬。"

"人家说了，那是误会。"牛半山把双手一摊说，"把我那五儿弟兄杀死在你妈的坟前，人家说以为他们是共产党。杀死杨文彬，人家说是为了伏击你和那俩女八路，不知道他在里边。你说，我还能说啥？只能砸掉门牙往肚里咽！"

"你也打过他们呀！伤了他几十人。这，王雨霖应该清楚。"赵石头看了一眼牛半山说。

"他着了又咋着[4]？也是砸掉门牙往肚里咽。"牛半山用眼睛挑了一下赵石头说，"那是弟兄们着他们打死杨文彬后，一时冲动，是自发的，我不着。可借给你兵用就不一样了，性质变了。"

牛半山看了看赵石头和孟春桃，见二人都不说话，接着说："再说了，你又不是不着我这寨子里的弟兄，人家叫他们土匪，可是他们做过啥坑害百姓的事儿？他们都是些无法生计的人跑上来的，一个个心善得都怕踩死一只蚂蚁。你说，王雨霖又征招了恁些[5]老

① 现在。
② 这么。
③ 念 wè，五个。
④ zhuó，怎么样。
⑤ 那么多。

百姓，都是乡里乡亲的，让他们去打，恐怕连枪都不忍心开啊。”

“既然当了还乡团，就是我们的敌人。”赵石头攥紧拳头说。

“那是你说。”牛半山啜了一口茶说，“对俺将军寨的弟兄来说，你当共产党，他当还乡团，都没啥两样，只要不对付俺将军寨，就不是敌人。”

“那你就能看着他一个人去跟还乡团死拼？！”孟春桃狠狠地瞪了牛半山一眼说。

“你这是哪里话？我也没说让他去死拼呀。”牛半山白了孟春桃一眼，转向赵石头说：“凡事得从长计议。你也知道共产党刚到咱浮戏山的情景，你就跟他们差不多。要学学他们的做法。”

赵石头瞪大眼睛看着牛半山，重重地点了点头。

“什么做法？”孟春桃盯着牛半山问。

牛半山看了一眼孟春桃，笑了笑，也不正面回答，接着说：“再说，有的人当还乡团，只是为了挣钱吃饭；有的还是被王雨霖逼着参加的，实属无奈。你只要给他们个信号，共产党、八路军没有全走，留下的人在看着他们哩，谁要是胡作非为，现在不收拾他，八路军大部队回来了决不轻饶他！”牛半山又啜了口茶，盯着赵石头说：“他们本来就不愿与王雨霖为伍，这下就更不敢轻举妄动了，有的甚至就不当还乡团了。再想办法争取些人，说不定还能拉起一支队伍，这比你死拼硬打一场要好。”

赵石头听了微微地点了下头。

牛半山见赵石头赞同他说的话，又啜了口茶，接着说：“我有个建议，具体咋整还没有想好，也不知道你同意不同意。”

“你说。”赵石头又冲牛半山点了下头说。

“你有武功，单独行动目标小，灵活，进退自如。我这里给你提供枪支弹药，帮你写标语和传单，你每天白天睡大觉，夜里出去活动，在这里贴些标语，用手枪放上几枪，到那里撒些传单，用机关枪打一梭子[①]，不断地变换武器和地点，让王雨霖觉得哪里都有共产党和八路军。如果能找机会干掉他几个铁杆，保准儿他老老实实，不敢到处乱窜。”

“嗯，是个好办法。”赵石头把拳头一攥，看着孟春桃一边点头一边说。

“夫人，你说我帮他没帮他？”牛半山也冲孟春桃笑着说。

“这还差不多。”孟春桃嗔了牛半山一眼笑着说。

“啥叫差不多，我是尽其所能。”牛半山笑着说。

“尽其所能就应该出兵。”孟春桃冲牛半山把下额一翘说。

“中了中了，别为难牛寨主了。”赵石头冲孟春桃说，“就按牛寨主说的办，我们准备准备，今儿黑儿我就去。”

“你真是个急性子。”牛半山笑着一拍桌子站了起来。

“早一点儿显示八路的存在，乡亲们就多一份信心，王雨霖就多一份恐惧。”赵石头

---

① 一连发子弹。

坚定地说。

"好啊，王雨霖今儿黄昏[1]就别想睡安稳觉了。哈……"

夜晚，崇仁乡乡公所内灯火通明。五个乡丁挎着冲锋枪排成一队在院子内巡逻，王雨霖、常光耀和几个小队长聚在屋里喝酒，个个吃得满嘴流油、喝得面红耳赤。

"乡长。"常光耀端起酒杯冲王雨霖摇晃着说，"这次清山，取得了辉煌胜利，把八路军的家底都给翻出来了，给弟兄们分恁些[2]东西。这是您带给弟兄们的福气呀，来，我再敬您一杯。"

"中，中，喝，我喝。"王雨霖端起酒杯冲大伙晃一晃，也有些醉意地说："大家都喝，我们有福同享，有福同享。"

"中，大家一起敬乡长。"常光耀冲大伙高高地举起酒杯提议道。

"中。"

"乡长，俺敬您！"

众人一齐干杯。王雨霖放下杯子，哈着酒气说："尻他娘，还是没有抓住赵石头，也没有找到藏宝图。谁要是给我杀了赵石头，那才叫解气哩！"

"乡长，这没抓住他并不一定说他还在浮戏山，没杀了他也并不一定说他没死。"王大炮沙哑着喉咙说，"我们短枪队搜得最远，山里边是个狼窝，数不清的狼，有一百个赵石头也被狼吃了。"

"就是。"常光耀接着说，"我认为，赵石头没有死，就是带着那个女人远走他乡了。这季节，在山里，一点儿吃的都没有，不饿死他。"

"常队长说得对。"王大炮挥着手又接着说，"咱这次清山，是排查，那么大动作，他若没跑，也让咱给撵进狼窝，进狼肚了。"

"就是，那么多狼，他再有本事也逃不出来。"马队新任队长刘麻子附和着说。

"来，我提议，为乡长解除赵石头这心头之患干杯。"王大炮端起酒杯冲大伙叫道。

"来，咱同祝乡长'福如东海，寿比南山'。"常光耀立即响应，端起酒杯冲王雨霖喊。

"祝乡长福如东海，寿比南山。"

众人又干了一杯。王雨霖放下酒杯，吃了口菜。看了看众人，一边想一边眯着眼睛说："哎，你们说说，那藏宝图弄哪儿了？是在赵石头那里，还是在将军寨？我总觉着在那几个女八路身上，说不定真落到凤屏寨了，那王长贵可不是好东西！"王雨霖提起王长贵，咬着牙不住地摇头。

"咳，乡长，高兴哩，甭想它。弄不好是那跳崖的女人拿着哩，早进狼肚子了。"常

---

① 晚上。

② 那么多。

光耀拉了一把王雨霖笑着说，“退一步说，往后，咱多派点儿人盯着将军寨和凤屏寨就是了。不管他们谁得到了藏宝图，他们起宝藏时，咱给他抢了。不，就地正法。”

“对，就地正法。咱是政府。”王大炮抢过话茬说。

“就是，整个浮戏山都是咱的了，那宝贝还能不是咱的？”刘麻子端起酒杯冲王雨霖说，“来，乡长，我敬您，有弟兄们给您守住这浮戏山，那宝贝迟早都是您的。”

“欸，对外可别乱说啊。这藏宝图就咱几儿知道。”王雨霖冲大伙摆了下手一本正经地说。

“知道了。这帮弟兄对您忠心耿耿，就是死，也不会给别人说半个字。”常光耀对王雨霖点头哈腰地说完，又笑着扫大伙一眼。众人都向常光耀投去感激的目光。

王雨霖看了众人一眼，用筷子点着桌子上的盘子说：“不说了。吃，都吃呀，多吃点儿，这几天都辛苦了。”

众人像得了恩惠似的拿起筷子夹菜，从街上找来服伺的妓女又挨个为他们斟满了酒。

“来，我敬弟兄们一杯。”王雨霖端起杯子说，“我已经喝多了，敬完你们我就走。你们放开喝，喝高了睡个好觉儿。”

“乡长不能走。”常光耀急忙抢过话茬说，“您一走，没了酒司令，俺几儿[①]喝着也没劲儿。”

“嗯？”王雨霖瞪了常光耀一眼，硬着舌头说：“狗屁，只有我走了，你们才能放开。划拳，猜谜。”

“乡长是怕冷落了夫人。”刘麻子嬉笑着说。

“是夫人已经把被窝暖好了，等着哩。”王大炮也嬉皮笑脸地跟着起哄。

“乡长，别走了，这小妞也不错嘛！”常光耀摸着身边那妓女的屁股对王雨霖嬉皮笑脸地说。

“她哪有夫人有味！”刘麻子喝多了酒无所顾及地说。

“她火力不够，她要是盒子枪，咱乡长夫人就是机关枪和迫击炮了。”王大炮也喝多了，硬着舌头叫。

“瞎说个球！”常光耀冲王大炮和刘麻子瞪了瞪眼说完，扶着王雨霖的胳膊赔着笑脸说：“喝多了，都喝多了，高兴不是，高兴。”

“没事儿。”王雨霖推开常光耀的手，站起来笑着对大伙说：“狗屁，不是夫人火力强，是老子的火力强，老子得回去泄火去。哈……”王雨霖笑着端起酒杯一饮而尽，然后把酒杯口向下甩了甩说：“干。”

“干！”众人都堆着一副笑脸呼应到。

“中了，老子泄火去了。哈……”王雨霖一边笑一边趔趄着向外走。

“乡长，在这儿也能泄啊。”众人见刚才拿他老婆开涮他都不介意，就七嘴八舌地起

① 几个。

哄着叫。

“狗屁，就这幺儿[①]，留给你们泄吧！”王雨霖咧着大嘴笑着转过身冲大伙一摆手，硬着舌头说：“但是，有一条，可不能打架啊。”说完，踉跄两步走到那妓女面前，伸手摸了摸妓女的脸蛋，笑着说：“伺候好他们，你要啥有啥。”

“乡长，她就要你那杆枪。”刘麻子嬉笑着说。

“哈……”

众人都笑了起来。王雨霖笑着说：“我这枪有人用，有人用。”

“乡长看不上俺。”那妓女低下头不好意思地说。

“不是乡长看不上你，是乡长舍不得夫人。”常光耀对那妓女说。

“是乡长害怕夫人——”

“狗屁！”王雨霖没等刘麻子说完就抢过话茬说，“谁说老子看不上你，谁说老子害怕夫人，老子镇暂儿[②]就干了你！”他说着，一下子就扑到了那妓女身上。

“好！”

“好！”

“这才是乡长的风范哩！”

“您几儿[③]准备啊。”王雨霖把头架在那妓女的肩膀上，抬起右胳膊向众人一挥，一边扯那妓女的衣服一边说：“今儿个啊，都看上你了。小宝贝，谁叫你镇骚哩！”

“哈……”

“哈……”

“啊——啊——”

屋子里传出一阵高过一阵的笑声和那妓女的喊叫声。

在院子里巡逻的乡丁听到屋里的谈话，凑到门窗前探头探脑地看热闹。常光耀走到门口，探出身子冲乡丁们挥着手喊：“去去去，别在这儿转悠了，到别处去。”

五个巡逻的乡丁不太情愿地向前院走去。

赵石头趴在房顶，屋里的说话声大，他听得上一多半，知道王雨霖就在屋内。他想杀死王雨霖，苦于有巡逻的乡丁，不好轻易下手。正在发愁之时，听到常光耀的叫喊声。

“真是天助我也！”赵石头看到巡逻的乡丁被常光耀赶走，喜出望外。心想，真是老天有眼，这一趟来得正是时候。他咬着牙在心里喊：“王雨霖，你的末日到了！”

赵石头看着五个巡逻的乡丁走出乡公所。他跳下房子，一脚踹开房门，用花机关枪指着酒桌上的人喊：“王雨霖，看看我是谁！”

“赵石头！”

“鬼！”

---

① 一个。

② 现在。

③ 几个。

众人一见赵石头，有的傻愣在原位，有的吓得瘫软到桌下。

“叭、叭。”院内突然发出两声枪响，与此同时有人大喊：“有刺客！有刺客！”原来，狡猾的王雨霖不但设有明岗和巡逻，还埋有暗哨。

“有刺客！”

“有刺客！”

“叭，叭叭，叭。”三个暗哨一边叫一边放枪，就是不往房前凑。

前院听到枪声和喊叫，“呼”地一下骚乱起来，有个人扯着嗓子大喊：“快，快把院子围起来。”

赵石头闻听此言，说是迟那是快，扣动扳机射出了愤怒的子弹，王大炮、刘麻子几个人应声倒地。赵石头扫完了屋里，转身对着院子横扫一圈，见没有动静，“噌”地一下跃上院墙，没有遇到任何抵抗就跑出了乡公所，跑到了自己的马前，一跃跳上马背。只见乡公所灯火通明，吵杂一片。他看了看身后没有追兵，打马向自己家的村子亚沟奔去。

赵石头跑到亚沟村前的山坡上，把马拴在隐蔽的树林里，观察起村里的动静。他今天计划的活动地点就两个，一个是乡公所所在地佛昌寺，目的是给王雨霖和还乡团一个警告。这第二个地点就是原抗日区政府所在地亚沟村，目的是给乡亲们树立信心。他在山坡上观察了一会儿，见村里没有一点动静，就抱着标语传单掂着糨糊慢慢地走进村子。村子里静得出奇，他沿途将标语贴在墙上，把传单用小石块压在路边。不到一个时辰，他将村子转了一遍，手中的标语和传单也贴撒一空。他拔出腰间的手枪对向天空，然后，朝四周看了看，又收了回来。心想，明天乡亲们一看到标语传单，什么都明白了，何必再鸣枪惊吓他们。

赵石头提着枪不紧不慢地向村外走，依依不舍地看着沿途墙上的标语和路边的传单，眼前幻化出乡亲们看到标语和传单后争相传告的情景。他兴奋起来，快步走到马前，摸了摸马背上那些备用的标语和传单，解开马绳，跃上马背，打马向茶店奔去。

第二天一早，浮戏山下的村庄就沸腾了，人们跑出家门到村里墙壁上看标语，争相传看着传单，七嘴八舌地议论：“八路军又回来了。”

“昨晚上八路军打了乡公所。”

“有好多八路挨着村子贴标语，撒传单。”

“王雨霖长不了啦！”

崇仁乡乡公所里更是一片混乱。刘麻子、王大炮等几个小头目都被赵石头打死了，家属哭得死去活来，号啕声此起彼伏。

王雨霖一夜没敢合眼，他要不是和那个妓女滚在床上也早见了阎王。常光耀也侥幸留下了小命，他当时支走了巡逻的乡丁，关上门，正站在门口看热闹，就听到赵石头跳下房子的声音，便急忙贴着墙躲在了门后。赵石头一脚把门踹开，那门重重地撞在他身上，痛得他直吸凉气也没敢弄出一点响声。

现在，王雨霖和常光耀急得像热锅上的蚂蚁，在屋里团团转。各村的保长走马灯似的一个接着一个向王雨霖报告。

“报告乡长，我们茶店发现了共产党的标语传单！”

“乡长，温堂村发现八路的标语传单。”

“灵官殿发现共党的标语和传单。”

“去去去，我知道了，你，高庙村的保长，赵，赵老二，坐在门口，给我登记清楚了，都哪些村发现了标语传单。”

“欸，欸。”赵老二一边答应一边向门外退。自从王雨霖恢复了乡公所，他每清洗一个村子就指定一个保长，高庙村赵老二德高望重，就被王雨霖硬性指定为保长。

赵老二坐在门口登记，各村的保长为了显示自己的政绩本来就虚报了标语和传单的数量，可他们一走，赵老二不是在他们报的数字后加个零，就是在他们报的数字前加个一，没来报告的村子，他也编了个数字填上。就这样，递给王雨霖的统计表，崇仁乡二十个保，个个都有共产党、八路军的传单。

王雨霖接过报表一看，一下子瘫软在他那张大罗圈椅子上，少气无力地说：“完了，八路军又回来了。”

“不，不可能。”常光耀走上前说，“咱刚刚搜完山，一个人影都没发现，难道他八路军是从天上掉下来的？从地里钻出来的？”

“你看看吧，二十个保，一夜之间全都出现了共党的标语传单。”王雨霖把手中的报表软绵绵地扔在桌子上。

常光耀从桌子上拿起报表，扫了一眼又放在王雨霖面前，哈下腰说：“乡长，这能说明啥？说明八路军没回来。准确地说，是八路军的大部队没回来。您想啊，要是八路的大部队回来了，他还贴标语、撒传单？直接就来攻打乡公所了。夜儿黑儿[①]闯乡公所的，不就只有赵石头幺儿[②]人。”

“狗屁，赵石头幺儿人就把咱最得力的几个人全杀了？”

“这个仇咱一定要报。”

“报，报啥报？一个赵石头都除不了，又冒出镇些[③]共产党、八路军，咱的日子咋过哩！”王雨霖狠狠地把手拍在椅子的罗圈扶手上。

“乡长，您消消气。”常光耀点头哈腰地说，“我想，贴这标语和传单的没几儿[④]人，还形不成气候，只要咱小心点儿，就没啥问题。”

“没几儿人？”王雨霖抓起桌上的报表，在手里抖着说：“这二十个保，一个保一个，就整整二十个，二十个呀，还不成气候！”

---

① 昨天晚上。

② 一个。

③ 这么多。

④ 几个。

“就说他有二十几个人，与我们的保安团比，还差得远哩！”

“狗屁，你没看过毛泽东的书？他说啥来着？‘星星之火，可以燎原’，这就是他们的‘星星之火’！”

“我也记得毛泽东的另一句话，叫作‘集中优势兵力，打歼灭战’，咱就‘用其人之道，还治其人之身’。”

“咋讲？”王雨霖把身子向常光耀那边的扶手上一靠，探着头问。

常光耀直起腰，挥着手说：“咱把短枪队、长枪队和机枪队集中到一起，混合编队，平时，由马队到各个村巡逻，找准时机，把他们各个击破。”

王雨霖又一下子躺在椅背上，一边想一边说：“有道理，目前首先要做的就是把力量集中到这里，修筑工事，防止他们偷袭。”

“乡长说的极是，乡长英明，我这就去办。”常光耀点头哈腰地陪着笑脸说。

“要多加岗哨，特别是暗哨。”王雨霖直起腰用右手敲着桌子说，“日他娘，夜儿黑儿要不是有暗哨，你我都得去见阎王。”

“赵石头，真他妈无孔不入。”

“赵石头。”王雨霖狠狠地攥住桌子上的报表，咬牙切齿地说：“我要把你撕成碎片！”说着，“嚓”、“嚓”一下一下地把报表撕个粉碎。

第二十三章

“老子死也不降！”赵石头大喝一声，一个鹞子翻身飞离崖头，跳下深渊。

王雨霖把还乡团全部集中到了乡公所所在地米河镇，大兴土木在米河镇周围修筑防御公事，各个制高点、要道口都设立了岗哨，明哨暗哨成套配置，特别是乡公所附近三步一岗、五步一哨，戒备森严。白天，还乡团浩浩荡荡地到各村耀武扬威；夜晚，龟缩在镇子里面寻欢作乐。王雨霖和常光耀为了自身安全，深居简出，只要出门，不是乔装打扮，就是有还乡团的乡丁前呼后拥，里三层外三层地保护。

赵石头又利用夜间几次到各个村庄张贴标语，撒发传单，但是没有什么收效。村里的堡垒户没有了，老百姓也被王雨霖折腾怕了，赵石头拍打了几十户人家的门都没有人开。人们对他敬而远之，就连亚沟村比较亲近的人也不与他照面，个个像躲瘟神似的，好点儿的也只是隔着门板说两句话。

“唉，镇些天没一点儿进展，连老娘的坟都没找到。”赵石头向火堆里扔了一根干柴，看着已经烘干的洞壁低沉地说。

“别着急，情况会好起来的。”刘红云看了看那熊熊燃烧的大火，咬了咬嘴唇，慢慢地说：“你想想，王雨霖对老百姓那么狠，连帮忙埋你娘的百姓都给杀了，谁还敢接近你呢？那不是明摆着招惹杀身之祸吗？八路军走了，老百姓一下子没了主心骨，任由还乡团欺侮宰割，他们是敢怒而不敢言。这些天，你贴了那么多标语，撒了那么多传单，还闯进乡公所杀了还乡团的人，已经造成很大影响了。”

“影响啥呀？王雨霖的防范更紧了，三步一岗五步一哨的，把整个米河围得水泄不通，我想进都进不去了。”赵石头重重地把手中的干柴扔进火里，愤愤地说。

“这说明王雨霖害怕了呀，他不害怕，能这么防范吗？”

“是啊，王雨霖害怕了，老百姓该高兴了吧？可是，他们还是跟躲瘟神似的躲着我。”赵石头把双手一摊伸向刘红云抖抖地说。

刘红云看着赵石头那激动的样子，慢慢地站起来，拖着腿走到赵石头身边，爱怜地抚摸着赵石头那硬茬茬的头发，轻轻地说：“这就是斗争的残酷性，不能怪老百姓。”刘红云的手滑向赵石头的脸庞，触到了赵石头的泪水，她默默地为赵石头擦干眼泪，深深地吸一口气，慢慢地说：“别难过。你应该比我更了解这里的百姓。老百姓讲的是实惠。他们虽然见了那么多标语、传单，但是他们没有见到八路军的身影，更别说是队伍，谁敢轻举妄动？”

“我就是八路，我不就是八路吗？！”赵石头抓起一根干柴狠狠地敲着面前的石地愤愤地说。

“你是八路，是八路。”刘红云把赵石头的头抱进怀里，喃喃地说：“你是八路，可在老百姓的眼里，你就是赵石头，就是他们的同乡。就像在娘的眼里，你就是她的儿子；在我眼里，你就是我的男人一样。老百姓希望看到八路军的队伍，他们只有见到八路军的队伍才会勇敢地站出来。”

“队伍，队伍，我还想找队伍哩！”赵石头愤愤地把手中的干柴扔进火堆，气哼哼地站了起来。

“好了，好了，别生气了。”刘红云轻轻地拍着赵石头的后背说，“我们在野战医院里常这么说，‘我们的条件会好起来的，一切都会好起来的’。”说着，她的脸上绽出了自然的微笑，满怀希望地说：“我们的条件会好起来的，八路军会很快回来的。走，陪我到外边晒晒太阳，我要让腿快快好起来，与俺男人并肩战斗。”说着，就拖着腿向洞外走去。

赵石头阴沉着脸不情愿地跟在刘红云的身后。刚走到洞口，刘红云突然停下来叫道：“看。”

赵石头向刘红云手指的地方看，什么也没看见，不高兴地随口问了一句：“啥？”

“蛤蟆，癞蛤蟆。”刘红云指着一块湿漉漉的石头说。

赵石头再仔细看，一块湿漉漉的土黄色石头旁趴着一只与石头一模一样色彩的大蛤蟆，不仔细看还真发现不了它。赵石头看了看那浑身鼓满刺包的癞蛤蟆，不屑一顾地说：“幺儿[①]蛤蟆，有啥好大惊小叫的？！”

“我给你做个实验。”刘红云展开双臂，瞪着大眼睛向四周搜寻着什么，那样子就像一个天真活泼的小女孩。她拖着腿蹦到一根干柴棍子前，捡起棍子，惊动了棍子旁边的一只青蛙。那青蛙一跃而起正碰在她拿起的棍子上，重重地摔在乱石间。

“青蛙！”刘红云惊叫一声，将棍子打下，那青蛙“腾”地一下又跃起跳到了另一个地方，紧接着连跳几下跳出了溶洞，“扑咚”一声扎进了鸭梨潭。

刘红云掂着小棍蹦到那只癞蛤蟆跟前，冲赵石头嫣然一笑，说：“你看。”就用棍子的

① 一个。

头捅了一下大蛤蟆。

蛤蟆蠕动了一下身体，翻了翻它那豌豆大的鼓包眼，幽怨地看了看刘红云，又懒洋洋地闭上了眼睛。

刘红云一边用小棍头轻轻地敲蛤蟆的背，一边笑着说："蛤蟆蛤蟆你别生气，气性大了你炸肚皮。蛤蟆蛤蟆你别生气，气性大了你炸肚皮。……"

蛤蟆刚开始还前后左右慢慢地乱爬一通，见无论怎么爬刘红云的棍子还是准确地打在背上，索性趴在地上一动不动地任刘红云敲打。

蛤蟆的气性真大。它趴在那块土黄色的石头下，头顶着湿漉漉的石头，随着刘红云的敲打念叨，肚子就慢慢地鼓了起来，越鼓越大，那肚皮胀得就像一张透明的土黄色的纸。

"好了，好了，别敲了。"赵石头一把将刘红云拉了起来，笑着说："再敲蛤蟆的肚子就炸了，津[①]溅到你身上，害疙瘩。"

刘红云依在赵石头的怀中里，扔掉手中的小棍，轻轻地摸着赵石头的肚子，柔柔地慢慢地带着调皮的口吻说："我是怕我们这肚肚气炸了。"

"我才没恁大的气性哩！"赵石头被刘红云做作的姿态逗笑了。

"就是，咱刘红云的男人是顶天立地的英雄汉，咋能像一只癞蛤蟆呢？！"刘红云拉着赵石头的左臂一边摇一边笑着说。

"小样儿。"赵石头微笑着抬起右手点了一下刘红云的鼻子。

刘红云达到了逗丈夫开心的目的，就因势利导地问赵石头说："哎，想想看，这只蛤蟆和那只跳进潭里的青蛙对我们有没有启发？"

赵石头想了想说："被动挨打，不是被打死，就是被气死。还有，打得赢就打，打不赢就跑。"

"对唠，就是这个理儿。我们八路军的作战方针就是'敌进我退，敌退我进，敌驻我扰，敌疲我追。'"刘红云抬起头，盯着赵石头的脸庞非常认真地说。

"敌退我进，敌进我退，敌驻我扰……"赵石头又陷入了沉思，一边思索一边念叨。

"好了，好了，别念叨了，晒太阳去。"刘红云伸出双手捧着赵石头的脸蛋晃了晃笑着说，"笑一笑。"

赵石头笑了，不自然地笑着说："晒啥太阳呀？阴天。"

"那也得出去透透气。"刘红云拉着赵石头向溶洞处边走，一边走一边问："哎，你刚才说什么溅在我身上，害什么疙瘩？什么叫疙瘩？"

"津，就是蛤蟆身体里的水，有毒，溅在人身上，人也会长出跟蛤蟆身上一样的烂疙瘩……"

"哎呀，别说了，恶心人，我都要吐了。"刘红云拉着赵石头的手摆了摆制止赵石

① 体液。这里指蛤蟆的体液。

头说。

赵石头不说话，像木头人似的被刘红云拉着走。

天阴沉沉灰蒙蒙的，就像一块半干不湿的抹布被四周的高山凸岭扯拉着，把小山低岭深谷给罩了起来，让赵石头感到非常压抑。

“不会吧？那蛤蟆的体液就是有毒也不可能在人身上长那烂疙瘩呀？”刘红云不让赵石头说，她自己却又回到这个话题上来了。

“那谁知道？我还是小时候听大人说的。”

“不可能。”刘红云自信地说，“蛤蟆和青蛙都是益虫，可能是人们不想让捕杀它们，故意这么说的。如果说有毒，那怎么还有人吃青蛙呢？”

“吃青蛙？”赵石头惊异地看了刘红云一眼，摆着手说：“别说了，真恶心。”

“到你饿肚子的时候你就不说恶心了。”刘红云白了赵石头一眼说。在白洋淀里，游击队员们没东西吃，就吃过青蛙。她也吃过，青蛙的肉很嫩，很香。如果在她第一次吃之前或正在吃的时候，有人告诉她说那是青蛙肉，她也会感到恶心。可是她吃了，感受到了青蛙肉的鲜美，别人告诉她，她也不觉得有什么，现在想起青蛙肉来还余香绕嘴呢。

“啾啾，啾啾。”一只披着栗褐色外衣圆头短尾的山雀，在小树林中的树杈间蹦跳着不停地鸣叫。刘红云看了看那只像自己拳头那么小巧的山雀，又看了看闷闷不乐的赵石头，笑着说：“你看那只小雀儿多漂亮，那么欢快地跳着叫着，你说是母雀儿捉到了虫子唤儿女们来吃呢，还公雀儿呼叫它的‘情人’到潭边来玩呢？”

“都不是，是在骂咱哩。”赵石头瞥了一眼那只小山雀艮艮地说。

刘红云本想调动一下外界因素逗赵石头高兴，没想到赵石头竟倔了她这么一句话，就顺着说：“那你说它骂的什么？”

“傻逑，傻逑。”赵石头艮艮地答道。

“哈哈哈……”刘红云听了赵石头的话先是一怔，接着拍着手笑起来。此时，一群花喜鹊拖着长长的尾巴“喳喳喳喳”地叫着掠过鸭梨潭，落在山头那棵大栎树上。这群喜鹊，全身大部为乌黑油亮的羽毛，只有脖子和腹部的羽毛为白色，就像是胸前戴着一个白肚兜。刘红云看着喜鹊顶风站在枝头冲他们“喳喳喳喳”地叫，就笑着指着大栎树说：“你说那喜鹊是不是也在骂你？”

赵石头想了想，又艮艮地说：“不光是骂我，也骂你，骂咱们俩哩。”

“那你说它们骂的什么？”刘红云笑着问。

“一对傻瓜，一对傻瓜。”赵石头说着嘴角也溢出了笑。

“哈哈哈……，亏，亏你能想得出来。”刘红云笑得上气不接下气地说，“不对，是骂你的——‘你是傻瓜，你是傻瓜。’”

“是啊，我是傻瓜。”赵石头收起了嘴角的笑，一脸严肃地感叹道。他想到了“山羊胡子”，想到了赵老二，想到了那个掷飞镖暗中搭救自己的恩人，他拍了拍自己的脑袋说：“我真是个傻瓜，我得出去一下。”

"上哪儿去？"刘红云吃惊地问。

"到张大爷家。"赵石头说，"我跟他约好了今天去，差点儿忘了。"

"哪个张大爷？"刘红云瞪着眼睛问。

"就是我给你说的那个留着"山羊胡子"，在千佛画像崖下我拿人家桶和盆的那位大爷。"

"你去他那里干什么？"

"你想，镇暂儿[①]肯见我的只有张大爷和俺二叔了。二叔在高庙，还乡团看得紧，我进不去。我想去求张大爷到高庙找俺二叔，一来了解情况，二来让他们帮咱发动群众。只要把群众发动起来，事儿就好办了。"赵石头说着兴奋起来，挥动着手臂，激昂地说："用毛主席的话说，这就叫'星星之火可以燎原'！"

"对，就这么办。我们党当初就是这样发动群众的。说不定我们还真能拉起一支队伍呢。"刘红云见赵石头不那么消沉了，而且讲得也很在理，就立即响应说。

"中，就这么干了！"赵石头把右臂向空中重重地一挥，接着把刘红云抱起来抛向空中，兴奋地叫道："我要拉队伍了！我要拉队伍了！我要拉队伍了！"

赵石头一边喊一边抛，一连抛了几下。刘红云被抛起落下，高兴地嘻笑着。赵石头抛累了，把刘红云揽在怀里倒在草地上亲吻起来。刘红云挣扎着把赵石头推开，用手摁着赵石头的嘴说："嘴真大，把我的下巴都咬进去了。"

"你的嘴也不小啊。"赵石头爱怜地把手伸过去摸刘红云的嘴唇。刘红云摆头躲闪，赵石头突然叫道："别动。"

刘红云不知道发生了什么事，瞪着水汪汪的眼睛看着赵石头。赵石头轻轻地将右手的食指放在刘红云的左唇上，轻轻地说："你这里有个白点。"他说着，用指甲扣了两下。

"什么白点儿？我怎么不知道？"刘红云看着赵石头问。

"跟高粱米那么大，比其他地方都白。"

刘红云伸出手指去扣。赵石头说："扣不着，它既不是疙瘩，也不是坑。一块皮，就那点儿白。"

"是美人记。"刘红云笑着说。

"屁，是狐狸精。"赵石头也笑着说，"你是不是狐狸变的？"

"你才是哩，黄鼠狼。"刘红云学着当地人叫狐狸的土语说赵石头。

"你才是黄鼠狼哩，要不然，咋会跟狼拉关系？"赵石头笑着说。

"你是黄鼠狼，你是黄鼠狼。"刘红云拍打着赵石头撒起娇来。

"好好好，我是黄鼠狼，我是黄鼠狼。"赵石头一把将刘红云搂进怀里笑着说，"我是黄鼠狼，你就是黄鼠狼的秀子[②]。"赵石头一边说一边抚摸刘红云。他在刘红云的内衣里

① 现在。
② 老婆。

摸到一卷东西，掏出来一看，是几块紫红色丝巾。他抖着丝巾说："嗬，缎子手巾。舍不得用，放到贴身处，软乎乎的，老舒服。"

"你知道啥？"刘红云一把夺过丝巾，向四周看了看，神秘地说："这可是金银财宝，价值连城的金银财宝！"

"啥？金银财宝？"赵石头瞪着疑惑的眼睛问。

"嗯。"刘红云坐起来，看了看四周，把丝巾打开，对赵石头慢慢地说："这四块合起来是一幅图，是太平军在浮戏山的藏宝图。老王临终前把它交给了李秀娟，让我们四个一定交给皮司令。皮司令带着部队走了，我们也不敢轻易交给你们区干队。所以，我们四个人商定送到延安，交给党中央。"

"你们就是因为这个上延安呀？"赵石头问。

"嗯。"刘红云冲赵石头轻轻地点了下头。就这轻微的应声和轻微的点头，一下子卸去了赵石头的心理负担，他一直为自己没有将她们四个送出浮戏山而陷入自责的痛苦之中。

"你怎么不早说呢？！"赵石头盯着刘红云问。

刘红云沉下了脸严肃地说："我一直在想，该不该告诉你？"

"什么意思？"

"这是党的秘密！"

"我不是党员？"

刘红云摇了摇头，没有正面回答，接着说："我们怕把图弄丢了，就一分四份，每人保存一份。"她一边说一边把四块丝巾又数了数，叹了口气，摸着丝巾轻轻地说："张淑珍牺牲前，把她保存的一块交给了我。李秀娟牺牲后，我从她身上找到了她保存的那块。我们上将军寨，我又将孟春桃保存的一块要了回来。现在，这四块丝巾都在这了。老王说，这藏宝图比我们四个的命都重要。我们已经牺牲两个人了，我能不细心保管吗？"

"是得细心保管。但是，细心保管，并不一定非得带在身上呀，万一弄丢了咋弄哩？"赵石头抓住藏宝图急切地说，"让我看看！"

"别弄坏了！"刘红云低叫一声，赵石头急忙松开了手。

刘红云又警惕地向四周看了看，然后把丝巾一块一块地拼起来，一幅完整的山水画呈现在赵石头面前。

赵石头仔细地把画看了一遍，指着画对刘红云说："画得是浮戏山。你看，这是金龟探月峰，峰下的寺庙就是玉仙圣母庙，这是黑龙潭、赵封山、箭穿山，这是五指峰，这是将军寨、凤屏寨、冷沟寨、鹿耳寨、穆家寨。可是，这金银财宝在哪儿藏哩？没标志啊。是藏宝图吗？"

"是。"刘红云坚定地说。这些天，她的眼前常常浮现交通员老王牺牲的情景，对这幅图的真实性坚信不疑。她看了看赵石头，又看了看图说："慢慢琢磨吧，藏宝的地方肯定隐含在画里。我们几个猜想，敌人不单单是追我们，很可能是为了图！"

“那它能藏哪儿呀？”

“你对这里地方熟，咱们慢慢找，找到了也是对革命的一大贡献！”刘红云满怀信心地说。

“好。”赵石头将四块藏宝图一一收起，交给刘红云说：“天快黑了，我得到张大爷家去一趟，你找一个地方把它藏好。”

“我怕潮坏了。”刘红云喃喃地说。

“我有防潮的办法。”赵石头爱怜地抚摸着刘红云的秀发说。

“还是带着吧，人在图在！”刘红云的声音很低，赵石头从中听出了这句话的分量。

浮戏山里天明得晚黑得却早，又赶上了阴天，往常还能清晰翘望的山峰，这时已经隐在灰蒙蒙的雾气里，千佛画像崖以其严肃的面孔注视着面前黑幽幽的峰岭峪沟，老庙村里除了几户看不太清的炊烟在无力地升腾外，一点生气都没有，“山羊胡子”的独家小院更是静得出奇。平日夜幕降临前，正是百鸟活跃欢叫的时候，今天却不见一只鸟的踪影。

赵石头来到“山羊胡子”的门前，敏锐地感觉到气氛不对。他轻轻地推了下大门，门虚掩着没有插栓。顺着门缝向里看，院子里空荡荡的一点动静也没有。他以一扇门板做掩体，慢慢地推开另一扇门，轻轻地喊了两声：“大爷，张大爷。”

窑洞的门开着，但是没有“山羊胡子”的回音。赵石头观察了一会儿，又加大了声音喊：“张大爷，张大爷。”

“唉，谁呀，进来吧。”窑洞里传来了“山羊胡子”那特有的质地浑厚的声音。

赵石头松了口气，闪身走进院子，一边把枪向腰间插，一边健步向窑洞里走。

“叭，叭。”靠着山脸的柴垛里突然响起了枪声，赵石头的左右两只胳膊几乎是同时震了一下，左手没插进腰间的枪应声落在了地上。与其同时，两个窑洞里突然暴出惊雷般的喊声：“赵石头，投降吧！”

“你被包围了！”

赵石头一惊，两步起跳一跃跳上了院墙，因两臂受伤掌握不好平衡，一栽楞顺势跳到了院外，腰间那把没有插好的手枪却落入了院内。

“叭叭叭叭。”埋伏在外边的人一齐向赵石头开火。

赵石头落地后又难站稳，踉跄几步蹦跳着跑进了坡跟的树林。

“别开枪，别开枪，抓活的，抓活的！”常光耀从院子里冲出来蹦着高儿大喊。

枪声停止了，王雨霖大摇大摆地走出院子，冲埋伏在院外的人喊：“跑哪儿了？”

“那边！”一个还乡团的乡丁指着赵石头跑进的树林说。

“追！”常光耀把手一挥，带着还乡团的人追了过去。他一边在前面跑一边喊：“赵石头的两只胳膊都伤了，没枪了，也扔不了飞镖了，抓活的呀！”

“抓活的！”

“抓活的！”

常光耀带领还乡团的乡丁冲进了树林中。王孬从“山羊胡子”家里艰难地搬出一把罗圈椅了放在王雨霖身边，陪着笑脸说：“乡长您坐。”

王雨霖坐下，把手冲身边的乡丁一伸说：“把广播筒给我拿来。”

“给——”一个乡丁急忙把手中的那个用铁皮卷的喇叭筒递向王雨霖。

王雨霖接过喇叭筒，咳了两声，冲着赵石头跑的方向喊了起来：“赵石头，你跑不了了！各个路口都有我的人，你的去路我早就给封死了。快投降吧！别再让我费劲儿了！要不然，我抓住你，扒你的皮，抽你的筋！”

赵石头听着王雨霖的叫喊，也不还口，心中只有一个念头：冲出险境，留得青山在，不怕没柴烧！

“站住！赵石头，我看你还往哪里跑！”赵石头正跑着，前面突然响起一声断喝，他打了一个激凌，急忙站稳脚跟，只见十几个还乡团乡丁“呼”地一下从路旁的树林里跳出来，举着手枪挡住了去路。原来，埋伏在这里的是还乡团的短枪队，新任队长张黑子端着两把手枪虎视眈眈地站在中间。

“上。”张黑子把右手的枪头朝赵石头一摆，还乡团的乡丁“哗”地一下把赵石头围了起来，扎着架式一步一步地向赵石头逼近。

正在这时，“山羊胡子”的门前又响起了王雨霖的喊声：“赵石头，你就别费力气了，老子今天是抓定你了！你不是会武功吗？老子今天就是要活捉你，把你的武功给废了！”

王雨霖的喊声通过铁皮喇叭筒，嗡声嗡气地在山谷里回荡。还乡团的乡丁本来就怵赵石头，不让他们开枪，心里就更没底了。尽管赵石头双臂都受了伤，但是，他们谁也不敢贸然冲到赵石头面前，只是围着赵石头一步一步地向前挪。赵石头看准机会，突然爆发，三脚两腿就踢出一个缺口，顺着山道向前跑去。

“追！”张黑子把手一挥，众乡丁立即追了上去。

“快追！”常光耀带的乡丁也追了上来。

几十个乡丁把赵石头逼到虎头崖上。赵石头背临深渊，瞪着虎目与敌人对峙。他已做了最坏的打算，不离崖沿，上来一个踢一个，把敌人踢下悬崖。实在不行，双腿夹着一个敌人跳崖，死，也要拉上一个！

常光耀好像看透了赵石头的心思，掏出小手枪冲赵石头晃着说：“赵石头，乖乖地过来受绑。不然，我先打断你的双腿！”

“对，先打断他的双腿！”刘麻子也附和着举起了双枪。

“老子死也不降！”赵石头大喝一声，一个鹞子翻身飞离崖头，跳下深渊。

众乡丁个个惊得目瞪口呆。常光耀和张黑子走到崖头，看看深不见底的山谷，啧啧嘴，摇摇头。

“咋弄哩[1]？”张黑子怯怯地问常光耀。

“找，下去找。”常光耀说着回转身冲众乡丁喊：“都下去找，我活要见人，死要见尸！”

“走。”

“走走走。”

还乡团的小头目们各自带领自己的部属或走大路，或上小道，或钻丛林，从不同方位向虎头崖下的山谷搜去。

王雨霖坐在“山羊胡子”门前喊了一会儿，突然听到山腰间有打斗声，急忙要来望远镜观看，他一直看着还乡团的乡丁们把赵石头逼到了虎头崖上，高兴地一下子站了起来，一边看一边奸笑着自言自语地说：“好，好，我看你还往哪里跑！”

天越来越黑，王雨霖有点看不清楚了，他把望远镜递给旁边的乡丁，然后一挥手高声喊道：“走，上虎头崖。”

王雨霖还没有走到虎头崖，就见常光耀带着几个人从崖头上边跑了下来。

“人哩？”王雨霖认为捉住了赵石头急切地问。

“跳下去了。”常光耀答。

“找啊！”

“已经下去找了。”常光耀走到王雨霖跟前，哈着腰说：“按您的意思，我让他们活要见人，死要见尸。”

王雨霖听了一怔，接着说：“我的意思，对。活要见人，死要见尸！”

“呜——欧——，呜——欧——”王雨霖的话音刚落，虎头崖下的山谷中就传来了两声悠长凄凉的狼嗥，那凄惶凄惨的颤音在山谷中回荡，让人听了不寒而栗。

“狼！”

“狼啊！”

“呜欧——呜欧——”

“快跑！”

“妈呀！”

“狼来了！”

“呜——欧——，呜欧——”

山谷中立刻乱了起来，“叭叭叭”有人冲着狼叫的方向开了枪。还没下到谷底的乡丁争先恐后地向回跑，跑到王雨霖的跟前也不停脚。

“停下！别跑！”王雨霖无论怎么喊也不管用，被乡丁们裹着往前跑。

王雨霖跟着跑了一阵儿就跑不动了，腿脚发软，气喘不匀，一口痰卡在喉咙里，怎

---

① 怎么办。

么吐也吐不净，憋得他直流眼泪。情急中，他拔出手枪，对着空中“啪啪”就是两枪。

常光耀见王雨霖开了枪，急忙收住脚，也对着空中“啪——啪——”打了两枪，并对已经停住脚步的乡丁们大喊：“别跑了！别跑了！谁再跑我就毙了谁！”

众人停下来一看，已经不知不觉地跑出了二里地。

天已经黑得看不清人脸了。王雨霖上气不接下气地说：“跑，跑，跑啥哩？我，我们有，有枪，还怕狼？”

“就是，我们有枪还怕狼？”常光耀在一旁跟着喊。

“乡长，您是不知道，是个狼窝啊！”张黑子凑到王雨霖跟前说。他害怕王雨霖怪罪他带头跑。

“真的，狼窝！”

“那儿狼忒多了！”

“几十条呀！”

王雨霖听了直打冷战，想到结巴一帮人被狼咬死的情景，起了一身鸡皮疙瘩，哆嗦着问常光耀说：“你，你看？”

常光耀本来就迷信浮戏山的神佛，也相信因果报应。结巴一帮人被狼咬死，他就私下里猜想那狼是神使佛差的，今天又亲耳听到狼嗥，亲眼看到乡丁们如洪水决堤一样的奔跑，心里早就在念“阿弥陀佛”了。他之所以跟着王雨霖向天上打枪，冲乡丁们狂喊，也是想在王雨霖面前表现表现。现在，听到王雨霖问他，就看看众乡丁，看看天，心想：“说回去继续找，乡丁们肯定不乐意，不说他们骂自己，万一那狼是神变佛化的，恐怕自己的小命也保不住了！而且今天天黑得这么早，说不定就是神佛安排的。”想到这，常光耀对王雨霖说：“赵石头的两只胳膊都被打伤了，又从那么高的悬崖上跳下去，恐怕早就摔成肉饼了。退一步讲，他就是摔不死，掉进了狼窝，还有他的活命吗？”

“就是，恐怕早就进狼肚子了。”张黑子也跟着附和着说。

“说不定那狼是怕咱抢了它们的食才叫哩。”

“咱可别回去喂狼了。”

“要回去我就不干了。”

“他要让回去，咱就跑。”

乡丁们在小声议论，几个要好的已经抱成团在商量对策。

王雨霖看了看闹哄哄的队伍，又看了看天，想想常光耀的话，一咬牙愤愤地说：“走，回家！他赵石头今儿个就是不被狼吃了，疼也把他疼死了，冻也把他冻死了。”

“乡长说的极是，乡长说的极是。”常光耀上前搀着王雨霖一边向前走，一边点头哈腰陪着笑脸说。

赵石头飞身跳下悬崖，被石壁上的小树接连挂了几下跌落在谷底的一个石庵前，吓得石庵旁灌木丛中的一只大黄狼“噌”地一下蹿了出来。

这只大黄狼个头很大，足有一米半长，土黄色的皮毛夹杂着黑灰色的狼豪。它的头顶长着一片核桃大小的白毛，俗称白顶门。它的脖子上也长着一圈白毛，就像是扎着一条白围巾。肚下是一片灰白的杂毛，活像一片轻飘的云。跑起来，真如腾云驾雾一般。起初，这只狼正在“山羊胡子”家下边的沟里游荡，突然听到枪声，认为是猎人发现了它，吓得一下子跑到了虎头崖下的河谷中。可是，它刚在河谷里稳下神来，就听到头顶传来了人们的吵杂声。它趴在灌木丛中，支楞着尖勺似的大耳朵倾听着崖上的动静，只听到头顶上“呼啦啦”一阵炸响，“扑”的一声落在身旁一个庞然大物，惊得它像一支离弦的箭，“噌”地一下跃出灌木丛，一口气跑到了河谷对面的山坡上。

大黄狼站在山坡上的树丛中，用它那锋利的目光注视了赵石头好一会儿，又看看虎头崖上，见没啥动静，就小心翼翼地走下了山坡。它“呜欧呜欧”低叫着试探性地向赵石头躺的地方蹦了几次，突然炸起毛发，伸出血红的舌头，像箭一样扑向赵石头，两只前爪一下子按住赵石头胸脯，把它那长满钢牙的血盆大口伸向赵石头的脖子。

就在大黄狼的嘴接近赵石头脖子的一刹那，它突然停住了，竖起尖勺状的耳朵四下听听，又上上下下、左左右右地把赵石头嗅了个遍，然后鼻头朝天发出两声撕心裂肺的嗥叫：“呜——欧——，呜——欧——”

还乡团的一队乡丁刚下到谷底，就听了大黄狼的嗥声，吓得毛骨悚然，乱作一团。与此同时，大黄狼也发现了远处有人向河谷移动，旋即又发出两声更加急促而凄厉的嗥叫：“呜欧——呜欧——”

大黄狼的嗥叫声引发了还乡团的枪声，也得到了同伴的回应；吓跑了还乡团的乡丁，唤来了自己的同伴。十几只成年狼犹如天兵天将，嗥叫着旋即飞跃到赵石头的身边。

刘红云呆坐在溶洞中，时不时地向火堆里扔进一根干柴。自从赵石头离开之后，她的心就一直没有平静下来，总有一种不祥之感，思维乱得像一团麻，怎么理也理不出一点头绪来。一会儿想李秀娟和张淑珍的惨死，一会儿想孟春桃丢失的情景，一会儿想赵石头在将军寨遭打的场面，一会儿想自己在银峒洞被抓的经历……，但是，无论想什么，都想到赵石头，赵石头时不时地就在她的思想中跳出来，浑身是血，又总是在冲她笑，弄得她坐卧不宁。躺下睡不着，坐着打瞌睡，估摸着已经大半夜了，赵石头还没有回来，她就越发地往坏处想起来，越想心里越发毛，越想越起急，索性揣上枪一瘸一拐地向溶洞外走去。

山野黑乎乎的，比进浮戏山那天夜里还要黑，只能隐隐约约地看见前面的路。

“噢啊，噢啊。”不知哪片山林里传来了猫头鹰那凄厉的叫声，在山野里久久地回荡，吓得刘红云打了一个哆嗦。

“嘎嘎嘎嘎嘎嘎嘎嘎嘎”被浮戏山人称为“土舅子”的夜莺也跟着猫头鹰一块起哄，发出了一阵清脆婉转类似狂人的冷笑，笑得刘红云的汗毛都竖了起来。

“赵石头就是一个人经常在这样的夜晚出去活动的，赵石头不害怕，我也不害怕。有什么好怕的，我有枪。说不定大青他们就在附近护着我呢。”刘红云在心里对自己说。她抖了抖身子，一瘸一拐地上了路。她要去找赵石头，她不知道赵石头去的那户人家在哪里，但她知道千佛画像崖在哪里。她想，就顺着往千佛画像崖那条路走，说不定到哪里就会迎上赵石头。赵石头见了她一定很吃惊，也一定很感动，会激动地把她抱起来，背着她回来。她越想越激动，越想越兴奋，越想越有劲，没有了害怕，没有了伤疼，只有爱，只有爱情。猫头鹰凄厉的叫声，成了鼓励她的赞扬声——“好啊，好啊”。“土舅子”的冷笑，也成了文人骚客颂扬的话语——“夜莺在歌唱”。

刘红云一边向山中山上爬，一边向周围看。这山里不只有她一个人，猫头鹰在看着她，夜莺在陪伴她，还有赵石头，还有大青那些异类朋友。都说狼最凶狠，也说狼比狗还通人性。她没有见到浮戏山的狼有多凶狠，却领略了它们通人性的一面。它们太神奇了，简直不可想象，莫不是浮戏山的神多佛多把狼点化了，让狼成为人的朋友，为人类造福。本来嘛，任何事物的存在都有它的合理性，狼的存在，也是生物链条的关键一环。她四处张望，想找到一双在黑夜里闪着绿幽幽冷光的眼。她终于找到了，前方闪着一双她熟悉的眼睛，那眼光像两支穿透力极强的箭，要不是朋友，在这漆黑的夜晚，在这寥天野地里，这两支箭能射得你七窍出魂。

刘红云太熟悉这种闪着绿幽幽冷光的眼睛了。她干咳了两声，权当是向对方发出了信号，同时也掏出了打开机头的手枪。她记着赵石头的话，狼是畜生，一定要防。

那双闪着绿光的眼睛警惕地向刘红云移动，刘红云又接连咳了几声。那双眼睛才慢慢地从树林中移到路上，向她快速跑来。刘红云清楚地知道，这是跑，不是扑，是自己的异类朋友。

大黄狼一边向刘红云跑一边轻轻地“呜欧呜欧”地叫，跑到刘红云跟前咬了咬刘红云的裤子，调头就向回走。

刘红云意识到，前面发生了什么事情，大黄狼是为她带路，让她去看的。她提着枪，警惕地看着四周，随着大黄狼向前走。

前面的路中央站着几只成年狼，用绿幽幽的眼光照着大黄狼和刘红云。刘红云走上前，只见几只狼中间躺着一个人。她一惊，低头一看，禁不住大声叫道：“石头，石头，赵石头。”

赵石头静静地躺着，任凭刘红云怎么叫也叫不醒。刘红云悲恸欲绝，伏在赵石头身上痛哭起来。远外的猫头鹰和“土舅子”也随之发出一阵凄厉忧伤的叫。

“别，别哭。”刘红云不知哭了多久，隐隐约约地听到赵石头在说话。那声音低得似天外来音。

“石头，石头。”刘红云急忙止住哭泣，抱住赵石头叫道，“你醒了，你醒了。”

“你，你咋来了？”赵石头轻轻地问。

“我来找你，找你来了。”刘红云悲喜交加说着又哭了起来。

“别，别哭。”赵石头侧头看了看周围，轻轻地问：“这，这是啥地方？”

“山中山，我们到溶洞前，休息的地方。”刘红云哽咽着不假思索地说。

“我咋到这儿了？”赵石头像是问刘红云又像是自言自语。

“你伤哪儿了？重不重？”刘红云急切地问。

“伤，胳膊。”赵石头想起他的两只胳膊受了枪伤，但不知跳崖摔着别的什么地方了没有。他动了动腿，很痛；晃了晃上身，也很痛。他咬了咬牙，慢慢地对刘红云说：“你，你扶我坐起来。”

刘红云扶着赵石头慢慢地坐起来。赵石头虽然感觉上身很痛，但是能够坐稳，他首先担心的脊椎骨摔断给排除了，只是两只胳膊痛得一点也抬不动。

赵石头背靠着刘红云坐了一会儿，又说：“你扶我，看我能不能站起来。”

刘红云抱住赵石头的腰，费了九牛二虎之力才帮赵石头站了起来。

赵石头感觉到，右腿很痛，但能够吃力，能支撑起身子，左腿一点力都不敢用，心想，可能左腿摔断了。他咬着牙，轻轻地对刘红云说：“扶着我的左边，我的左腿不敢用力。”

刘红云转过去扶住赵石头的左侧。

“走吧。”赵石头轻轻地说，但是他一步也迈不开。

“我背你。”刘红云说着就绕到了赵石头胸前。

“不中，你，背不动。”

“能，我能。”刘红云咬着牙硬要背赵石头。她的背刚触到赵石头的胸口，赵石头就痛得发出一声撕心裂肺的惨叫。

“怎，怎么了？”刘红云急切地问。

“没，没啥。”赵石头一边吸冷气一边说，“可能胸口也摔伤了。”

刘红云看了看赵石头，认为是赵石头不想让她背故意叫的，绷着脸问：“你骗我？”

“没，没有。”赵石头疼得还在吸冷气。他一边摇头，一边说：“给我擦擦汗。”

刘红云把手伸到赵石头的脸上，才发现赵石头出了一头大汗。

“眼睛，都进眼里了，杀得生疼。”赵石头给刘红云指示擦的位置。

刘红云从口袋里取出小手绢轻轻地为赵石头拭干汗水，说：“我，背你。”

“真，真不能背。”赵石头说，“你架着我的左肩窝。”

刘红云听了赵石头的话，就去拉赵石头的左臂往臂下钻，赵石头疼得又发出一声撕心裂肺的惨叫。他一边吸冷气一边对刘红云说：“你抱着我的腰，咱一步一步挪。”

刘红云从身后抱着赵石头的腰，按照赵石头的指示，一步一步地向山下挪。几只狼站在原地看了一会儿，慢慢地钻进树林消失在黑夜里。

赵石头的左小臂、右大臂被子弹各穿了个眼，左肩、胸夹骨和左大腿骨折，从头到脚身上被树枝、石块划得血痕累累，摔得青一块紫一块，只有躺下静养。好在刘红云在野战医院学了一段时间，懂得一些护理。

刘红云熬了一锅木瓜水为赵石头清洗完创伤，对能包扎的伤口进行了包扎，还用上了此前赵石头为她采的草药。

赵石头百思不得其解：他刚闯了乡公所，又撒那么多标语传单，吓得王雨霖把还乡团都缩到了镇里，怎么敢这么快就带人上山，又怎么会知道他要去找“山羊胡子”，而且埋伏围堵安排得那么周密。他为“山羊胡子”担心，不知道王雨霖会怎么处置“山羊胡子”。他非常懊悔，不但唯一能联系的人失去了，自己又弄成了这个样子。

赵石头也从内心里把狼当成了自己的朋友。他清楚地记得自己跳的是虎头崖，虎头崖在山那边呢，离山中山这么远，一定是那几只狼把他弄到山中山的。

刘红云记住了赵石头采的草药，瘸着腿在山里又采了不少，就是没有见到木瓜。赵石头笑着说：“木瓜就峡峪那一个地方产，你找不到。”

刘红云瘸着腿支撑起了一切。她赶在雪前打足了冬季马吃的草，也捡足了冬天烧的柴，柴草从他们住的地方几乎堆到了洞口。刘红云担心地说：“要是敌人来了，把柴草点着了怎么办？”

赵石头笑笑说：“咱不下山找他，他们是不会上山来找咱的。快下雪了，大雪一封山就没有人再来了。再说了，就是有人来，也没人敢深入这个狼窝。”

“真感谢这群狼，要不是它们隔三岔五地给送只兔子、山鸡什么的，咱的粮食早就吃完了。”刘红云看着面前的一只死兔说。

“我首先得感谢你啊，要不是你救了大青，就没有后边的故事了。”

“哎，你说，我们将来要是给别人讲狼和我们的故事，有人相信吗？”刘红云盯着赵石头问。

“信不信由他，反正我们是受这群狼的恩惠了。以后谁要让我打狼，我是不会干了。”

“还有点儿良心。”刘红云剜了一眼赵石头说。

第二十四章

牛半山正躺在床上看书，一听说赵石头来了，“呼”地一下从床上坐了起来，惊问道：“是不是活见鬼了？”

下雪了，大雪把山道封得严严实实。整个浮戏山成了皑皑雪原。

这一天，刘红云蓦然发现眼前的鸭梨潭向上冒着腾腾热气，就像大山张着小嘴不停地喘息。这一发现使她意识到，在这天寒地冻的冬季，山泉边的小水池都结上了厚厚的一层冰，而鸭梨潭居然没有结冰。

鸭梨潭为什么不会结冰？刘红云站在潭边看了一会儿，一边想一边向洞内走。她的伤痊愈了，走路轻盈地像只燕子。

“哎，我有一大发现，洞外的鸭梨潭冬天不结冰，向上腾腾地冒热气，你说奇怪不奇怪？”刘红云对躺在铺上的赵石头说。

“这有啥奇怪的，山那边的小龙池夏天水是冰凉的，可到冬天就变成温的了，也不结冰，还有人到池里洗澡哩。”赵石头不以为然地说。

“我是说它为什么不结冰？”刘红云若有所思地说。

“为啥？”赵石头看了一眼刘红云，想了想，慢慢地说：“小龙池的水是泉水，那么大的泉眼，整年‘咚咚’叫着向外流，一是活水，水大；二是刚从地里出来，带着地热哩，是温泉。”

“鸭梨潭可是死水啊。”刘红云说。

“不对，它也是活水。”赵石头说，“你没看见，山根儿个儿那个泉眼就是它的水源，那泉水都顺着地缝流到潭里去了。”

“说它是活水，它也没有溢出来啊，我们到这里这么长时间了，水还是那么高。况且，这个泉也不是温泉，它跟前的水池都结了厚厚一层冰。”

“我也在想，这股泉水到底流到哪儿去了？渗地下了，哪有那么寸，泉眼出多少水，它就渗多少水，是挺奇怪的啊。”赵石头一边想一边说。

“我想，鸭梨潭可能连着一条溶洞。这条溶洞里有条暗河，河床与鸭梨潭的水位一样高。”刘红云一边分析一边说，“而且这条河很大，并不只有潭边这一股小泉，甚至有很多泉眼。”

“有道理。”赵石头一边想一边说，“可那条溶洞在哪儿哩？我们这个洞比它就高那么一丁点儿，下边不会再有溶洞了，况且那边向下走地势比它低，不可能，不可能。”

“我想那条溶洞就在对面那座山里，只是没有发现出口而已。”

“没有出口，这附近没有。”赵石头说，“我几乎把那座山转遍了，根本没发现洞口。”

“没有洞口并不能说没有洞。”刘红云看着赵石头说，“这溶洞是地壳运动形成的，很容易形成地下暗河。”

“那你说洞口就在鸭梨潭里？”赵石头盯着刘红云问。

“不在潭里，但在这潭附近挖准能挖到洞口。”刘红云很自信地说。

“哎，前边有个偏洞，那偏洞会不会通向那条暗河？”赵石头突然想起顺着这条大洞向前走不远处有一个小洞口，洞的方向就是对面那座山。

“有可能。”刘红云一边想一边说，“回头我向前走走，考察一下，反正闲着也是闲着。”

“不中。”赵石头说，“要去，等我好了咱俩一块儿去。”他不想让刘红云一个人去，洞内黑灯瞎火的，不知道会遇到什么事。

“那我得等到什么时候呢？这么长时间，我没事儿干。”

“咋没事儿干？侍候我不是事儿？”赵石头笑着说。

“是。侍候你不但是我的工作，还是我的责任和义务，但是，这不是全部。”刘红云也笑着说，“我要抓紧时间，为人类多做一些事情。”

“我就是不想让你一个人去。”赵石头喃喃地说。

“这都是千年老洞，没什么可怕的东西，有的全是化石，你就放心吧。”刘红云笑着说。她知道赵石头是担心她有危险，不放心。

“还是等我好了一块儿去吧。”赵石头说，“两个人有个伴儿，遇见啥事儿有个照应，有了问题还能商量。”

“我先探个路，等你好了，我们再仔细考察。”刘红云理了下自己的头发笑了笑说。

“不中，你不能去！”

“为什么？”刘红云瞪大眼睛问。

“你不能把我一个人丢在这里。”

“你以前咋把我一个人丢在这里了？怎么轮到你了就不行了。”刘红云的脸一下子沉了下来，声音也高了许多。

“你不是能动，还能走嘛。”赵石头喃喃地说。其实，他内心里不是这样想的，他根本就没有想他自己，他就是担心刘红云的安危。

刘红云刚才觉得赵石头是无理取闹，听了赵石头的话又突然觉得自己对一个躺在铺上不能动弹的人这样说话不合适，就“扑哧”一笑说：“我又不去别的地方，就在这洞里，不会走远的。”

“那我也不让你去。”

“你就让我在这里守着你啊？”刘红云为赵石头掖了掖被子，笑着说。

“我就让你守着我。”

“你呀，就像个孩子。”刘红云伸出右手的食指轻轻地点了一下赵石头的脑门儿笑着说。

“孩子——”赵石头浓眉一挑，看着刘红云的脸拉着长腔笑着说：“在你肚子里呢。”他说完，突然止住笑，盯着刘红云的眼睛严肃地问：“哎，你怀上了没有？”

“哪有那么快？想当爸爸了？”刘红云又抬起右手用食指轻轻地点了一下赵石头的鼻子笑着说。

“嗯。”赵石头点了下头，拉着长腔一字一顿地说：“不是啊。我是想，如果你没怀上，我这块儿地就要荒几个月了。”赵石头说着抬起右手伸向刘红云的小腹。

“去你的，没正经。”刘红云一把推开了赵石头的胳膊。

“哎哟！”赵石头痛得高叫一声，直吸冷气。

刘红云先是一怔，接着惊讶地看着赵石头叫道：“你，你的胳膊能动了。”

赵石头听了刘红云的话，停止呻吟，轻轻地抬起右臂，很疼。又轻轻地抬起左臂，疼痛感小多了，遂笑着说：“真的，能动了。”

“能动了，能动了。”刘红云双手捧起赵石头的脸狂吻起来。

“别，别动。”赵石头摇着头挣扎着低叫一声。他看着怔在那里的刘红云，缓缓地抬起右手，笑着说：“让我摸摸。”

刘红云精心照料着赵石头。她总是在赵石头熟睡时，提着马灯从住的地方一点一点地向两端仔细考察，厚厚的本子记满了，她就用刀子在没有钟乳的石块上刻划。她不仅为后人留下了她考察的结果，还在溶洞里留下了她娟秀的石刻。

日子就这样一天天地过去了，刘红云突然感到自己有一种莫名其妙的恶心。她想呕吐，又吐不出什么东西，这使她意识到自己很长时间没有来红了。这年月，奔波，负伤，担惊受怕的，没有个正常生活，经期正常不正常她也不知道，是不是真的怀孕她更拿不准。她把这个猜测告诉了赵石头，可把赵石头乐坏了。

“我要当爹了！”赵石头一较劲儿，“腾”地一下坐了起来。

“你能坐起来了！”刘红云扶住赵石头兴奋地叫道。

“我还要站起来呢！”赵石头用双手撑着地，艰难地尝试了多次，出了一身汗，还是没有站起来。

“你，扶着我。”赵石头气喘吁吁地对刘红云说。

“你干吗呀你，非要站起来？”刘红云急得带着哭腔说。

“我不能让我儿子看到他老子是个残废！”赵石头依在刘红云怀里一边向上攀一边坚定地说。

“行了！离出生还早哩！”刘红云装出一副很生气的样子。

“那，那我也不能老躺着让你伺候！”赵石头斩钉截铁地说。

两个人掐着指头挨日子，想算算刘红云怀孕多少天了。可在这不分昼夜的溶洞里，怎么能算准日子呢？两个人抱着希望，抱着喜悦，盼着刘红云的肚子一天天地长大。

刘红云忍受着妊娠反应的煎熬，一边照料赵石头一边考察溶洞。而且，她始终没有忘记要找和鸭梨潭相通的溶洞。这一天，她趁赵石头睡觉儿的时候，提着马灯毅然摸进了赵石头所说的那个偏洞。

这个洞中洞斜刺着向前伸延二三百米，自然转弯成与他们住的溶洞大致平行走向，而且与他们住的溶洞宽高大致相同，她喜出望外，顾不上看周围钟乳形成的旖旎风景，数着步子一直向前走去。直觉告诉她，这正是通往鸭梨潭的方向，她想象中的地下暗河可能就在前面。

刘红云数到一百五十七步，眼前的景象惊得她目瞪口呆——洞顶一条巨蟒似从天而降，呼啸而下，翘起头，张着大口，冲着她吐出长长的毒舌。

刘红云怔怔地冲着那条巨蟒站了一会儿，然后举起马灯径直向它走去。她清楚地知道，在这古老的溶洞里，不会有什么蟒蛇，也不会有什么食肉动物，可以说就根本不会有对人类造成伤害的任何生物，它们在溶洞形成的时候就灭绝了，就像这条蟒一样定格在这里成了永恒。现在的猛兽选择的是进出方便的巢穴，即使光临过这条溶洞，也因为洞内没有食物而早已离去。但是，她刚才看到这庞然大物时，魂还是吓得飞出了七窍。

这是一块化石，一条蛇的化石，一个钟乳石包裹着的蛇的化石，比一般的钟乳石要贵重一百倍。刘红云仔仔细细地把那蟒型钟乳看了一遍，最终把它定性于蛇的化石。她长长地出一口气，把高高举起的马灯垂下，换到左手，想活动一下举得酸胀的右臂。就这么一换手，又使她大吃一惊，整个人都僵在了那里。只见脚下一洞清水闪着鳞光卷着雾气向前平铺而去，水色黛青，幽深莫测，她只要再向前一步就会掉进水里。

刘红云定下神来向前看，灯光所及远点，水雾连着洞顶没有一点缝隙。看着这洞清水，她的脑海里突然蹦出了要下水游泳的念头。按她数的步子算，离鸭梨潭还有二三十米远的距离。这条地下暗河究竟有多长，她想向前探探。她弯下腰用手撩了把手水试试，感到温乎乎，就放下马灯，缓缓地脱掉了衣服。

刘红云扶着洞壁慢慢地将身子沉进水里。她的脚踩到洞底了，水刚漫过肚皮，把她那对丰满的乳房浮在水面，就像水神专门要欣赏她那美丽的上身似的。她双手撩起水拍撒在两个肩膀上，又沾着水揉搓几下两个高耸的乳房，然后捧起水痛痛快快地洗了几把脸，一下一上地将上身在水里凿了几下。站起身，用双手将脸上的水珠擦下，用力甩了几下右手，感觉右手上的水甩掉了，就探身提过马灯，两只脚并在一起一点一点向前挪。水底很平，呈下斜趋势，大约挪了五六步远，水就漫过了她的下巴。她点着脚，把马灯放在洞壁的一块平石上，回转身，一只脚照着洞壁用力一蹬，身子一斜，像一只小青蛙似的向前游去。

刘红云自从离开白洋淀，这是第一次下水游泳。她感到惬意极了，虽然住在溶洞，床边就有小溪，洗擦方便，但是，哪有这么游泳有快感。她自由自在地游出三十来米，感觉到水有点儿变凉，心里一阵欢喜，断定自己所处的位置就是鸭梨潭了。她回头观望，马灯的红晕漂浮水平线上。她笑笑，攀着靠鸭梨潭一边的洞壁一点一点地向前寻找。她想在洞的上方看到通向鸭梨潭的光明，或在水的下面探到通向鸭梨潭的暗洞。她找啊找啊，摸到水又明显变暖的地方，什么也没有找到。她潜下水去，贴着洞壁触摸，摸了半天，什么也没有摸着，水的浮力太大，她已经没有力气了。她浮上水面，攀着洞壁上的突石休息一会儿，又向前游了一段，还是没到尽头。洞内太黑了，她的心里涌上些许恐惧，万一没有力气了，万一抽筋儿了，赵石头，肚里的孩子……，她越想越感到后怕，遂调转头，慢慢地向着马灯游去。

“我找到和鸭梨潭相通的暗河了。”刘红云回到住处，兴奋地对赵石头说。

“在哪儿？”赵石头看着洞顶问。

“就在鸭梨潭隔壁。”刘红云指着鸭梨潭的方向说。

“废话，和鸭梨潭相通的暗河不在鸭梨潭隔壁在哪儿？”赵石头不满地白了刘红云一眼说，“我是问通过哪儿找着的，是那条偏洞吗？”

“嗯。”刘红云冲赵石头点了下头，兴奋地说：“真是一条大河，跟咱这洞宽度差不多，深着呢，可以对划两条小船。”

“真的？”

“我骗你干啥！我都下去游了半天了，痛快极了！”刘红云说着飞快地摇了几下头，好像要摇下头上的水珠似的，兴致未尽地接着说：“有了这条河，我每天都可以游泳了。”

“可惜啊，我不能陪你去游。”赵石头叹口气说。

“就是，我一个人在那儿游，有点儿害怕。”

“害怕？你不是说这样的溶洞里没有伤人的动物吗！”

“是啊。”刘红云柳眉一挑，伸出食指点着赵石头的鼻尖说：“我怕抽筋儿。抽了筋儿没人救我，你就没有老婆和孩子了。”

“那我陪你去。”

“你能行吗？”刘红云白了一眼赵石头说。

“外伤全好了，说不定在水里游，内伤好得还快哩！”

“嗯。”刘红云一边点头一边沉思着说，“刚才要是你在，我们也许能找到河的尽头。”

“河的尽头？”赵石头笑着说，“河的尽头就是洞的尽头。你说有尽头吗？会不会没有尽头啊，这条洞我们走了多远了，还没走到头儿。这在地底下，是不是就没有头儿啊？”

刘红云又白了赵石头一眼说：“地球是圆的，是有边界的，再长的洞也会有头儿的。这条暗河肯定有头儿，而且不远，要不然，鸭梨潭的水不会就保持这个水平。”

“这么说，那条河真的和鸭梨潭通着？”

“嗯。”刘红云点了点头，一边回味一边说：“我刚才游到鸭梨潭的位置，感觉水明显变凉了。”

“瞎说。”赵石头笑了，他看着刘红云说：“你哄孩子去吧，既然是通的，水温就应该一样，怎么鸭梨潭跟前的水就凉了呢？”

“洞里暖和，外面冷，自然鸭梨潭附近的水凉了。”

“水是一个洞里的，又没人给它隔开，就该一个样儿。”

刘红云也不说话，拿过一根柴禾棍儿，冲赵石头比着说：“这是一根铁丝，你烧中间，能与两头的温度一样吗。”

“烧得时间长了就一样了。”赵石头看着刘红云手中的柴禾棍儿淡淡地说。

“你。”刘红云重重地把柴禾棍儿扔进火堆里，愤愤地说：“我不给你说了！”

赵石头一瘸一拐地跟在刘红云的身后来到暗河边。

刘红云指着那呼之欲出的蛇化石对赵石头说：“你看，那是什么？”

“龙。”赵石头一惊，脱口而出。

“是蛇化石。”刘红云笑着说，“是一条蛇的化石，后来又成了钟乳石。”

赵石头没有说话，当“龙”的概念涌进脑海后，那副“寨寺擎龙”的藏宝图也突然浮现在眼前。他一把抓住刘红云的胳膊，声音有点儿发颤地说：“注意，太平军的珍宝可能藏在这里！”

“藏在这里？”刘红云惊异地问道。

“嗯。”赵石头冲刘红云重重地点了下头，摇着她的胳膊激动地说：“你想想看，那藏宝图上的题字是什么？”

“寨寺擎龙。”刘红云答道。这段时间，他们可没少研究藏宝图，分析来分析去，就是看不出珍宝藏在什么地方。除此之外，别说是图上的题字了，就是图上的每一个线头结点刘红云都知道在什么位置。她跟着赵石头读图，早已把浮戏山熟记于心了。

“还有呢？”赵石头又重重地摇了一下刘红云的胳膊笑着问。

“落款，‘覃溪洞于咸丰三年’。”

“秘密就在这些字里。”赵石头松开紧抓着刘红云的手，握住拳头重重地在胸前抖动几下说："我一直琢磨藏宝的地儿应该隐含在这些字里，今天算是开窍了。"

赵石头见刘红云一头雾水，接着说："这'覃溪洞'不是人名，是藏宝的地点儿。"

"覃溪洞？浮戏山有这个地名？"

"没有。"赵石头冲刘红云摇了下头，笑着说："你把它倒过来念。"

"洞溪覃。"

"对，'洞溪覃'。就是洞中的小溪和潭。"赵石头再次握拳在胸前重重地一抖，然后前伸用手掌划了个弧说："这'洞'。"接着收回四指，用食指点着洞边的潺潺流水说："这'溪'。"又把食指伸向那一洞幽水说，"这'覃'。"然后，一瘸一拐地走到那蛇化石前，摸着那蛇化石说："这'龙'。合起来，就是'洞溪覃，龙——擎寺寨'"

"那'擎寺寨'呢？"

"找，肯定在这里边。"赵石头激动地说着，向四周张望。

"钟乳造型。"刘红云从蛇化石得到启发，恍然大悟地叫了一声。

"聪明。快，看看有没有像寺庙和寨子的。"

刘红云提着马灯在眼花缭乱的钟乳石间找了一会儿，发现了一片像房子、楼台、亭阁一样的钟乳石，举着马灯冲赵石头叫道："快，快看，这像不像一座寺庙。"

赵石头探过身子，冲那片钟乳石看了一会儿说："像，真像一座山寨围着一个小庙。"

"一座山寨围着一个小庙？"刘红云看着赵石头问。

"嗯。你看。"赵石头指着一座小房子似的钟乳石说，"这是座庙，这周围的是山寨。"

"那咱们找着宝藏了！"刘红云的心加速跳动起来，呼吸都急促了。

赵石头没有说话，从刘红云的手中接过马灯，在钟乳石间一边照一边摸。

"你在找机关？"刘红云问。

"嗯。那些珍宝藏在这里，肯定有机关什么的。"赵石头一边找一边说。

赵石头和刘红云把那片钟乳石及其周围摸了个遍，也没发现任何像似机关的东西。

"按理说，应该是这儿啊。"赵石头一边摸一边自言自语地说："覃、溪、洞、龙、寺、寨，都有了。"

"少了个'擎'字。"刘红云脱口而出。

"'擎'，'擎'，'擎'是什么意思？"赵石头一边沉思一边自言自语。

"'擎'是'举'，往上托的意思。"刘红云一边说一边双手举过头顶为赵石头做示范。

"'龙擎寺寨'，'寨寺擎龙'，看有没有这样造型的钟乳石。"赵石头一边说一边瘸着腿向那蛇化石走去。

他们找遍了大半个溶洞，像龙的地方没有寨寺，像寨寺的地方没有龙，两个人累得满身大汗，也没有找到一处"龙擎寺寨"或"寨寺擎龙"的钟乳石群。

"别找了。"刘红云像是突然想起了什么似的，直起腰，拢了一把额前的秀发，气喘吁吁对赵石头说："'洞溪覃，龙擎寺寨。'说明'龙擎寺寨'在'洞溪覃'里，在水里边。"她说着把手果断地向那洞幽水一挥。

“聪——明！”赵石头扶着一块钟乳石抬起头，长长地出一口气，咧着嘴笑着说：“我都高兴得迷糊儿了，白忙活了半天。”

“正好，出出汗，洗个澡。”刘红云笑着说。

“还洗澡哩，我恨不得现在就看到珍宝。”赵石头提着马灯一瘸一拐地向暗河一边走一边说。

“谁不想啊！我看没那么简单，这在水里更难找。”刘红云跟在赵石头的身后接着说。

“这你就说错了，要在这里就好找。”

“怎么好找？”

“要是珍宝真藏在这里，肯定没在水里。”赵石头回过头对刘红云认真地说。

“那在哪儿？”

“在洞壁，洞壁上的小洞里。”赵石头用右手的食指在刘红云的眼前画了圆，自信地说：“洞口或者机关不是‘龙擎寺寨’就是‘寨寺擎龙’。”

刘红云想了想，笑着说：“聪明。下水。”

赵石头和刘红云脱了衣服走进暗河。

“把灯给我，你的胳膊刚好，举痛了吧？”刘红云一手抓着洞壁上的凸石，另一只手伸向赵石头说。

“没事儿。你会踩水吗？”赵石头摇摇头，笑着问。

“踩水？怎么踩？”刘红云反问道。

“就这样。”赵石头一边说一边举着马灯向前走。水始终处于他的腋下，就像是洞里的水就那么深，他始终踩着硬地走似的那么轻松。

“怎么踩？我学学。”刘红云说着直起身，身子就像根铁柱子直往下沉，她飞快地甩动着腿和胳膊，才把头露出水面。

“中了，中了。”赵石头笑着说，“这可不是一会儿半会儿的功夫，找洞。”他说完举着灯踩着水顺着洞的一侧慢慢地向前搜寻，刘红云也攀着洞壁上的凸石跟着观察。

他们寻到水明显变凉的地方，刘红云说：“感觉到水凉了吧？这里就是鸭梨潭。”

赵石头冲刘红云点了下头，没有说话。一是他亲身体验了一洞幽水不同温度的感觉，二是他把‘鸭梨潭’很快与‘洞溪覃’联系了起来。他举着灯，看得更仔细了。

水又变温了，他们还是没有发现自己要找的东西。

“我昨天就是游到这里。”刘红云说。

赵石头还是不搭话，一门心思地向前寻找。

又走了一会儿，赵石头隐约听到前面传来一阵持续的轰鸣声，他停下来对刘红云说：“听，什么声音？”

刘红云静静地听了一会儿，兴奋地说：“水声，前面有瀑布。”

“洞中有瀑布？”

“对。就是这条暗河的头儿，一下子流到下面的洞里了。”

“什么暗河的头儿？流到下面不是河啊！”

刘红云盯了赵石头一眼，不知说什么好。

赵石头也不再说话，举着灯照着洞壁执着地观察，生怕漏过一块地方。水声越来越大，就像是前方涌来了千军万马。这万马奔腾似的轰鸣声，伴随着他们一点一点地接近刘红云所说的暗河尽头。

赵石头说得没有错，这不能说是暗河的尽头。暗河的河底到这里慢慢上仰，露出了一道清澈见底的河床。赵石头走上河床，河水淹没了他的脚踝，水流的很急，冲力推着他抬步。

“这么大水啊。”刘红云也走上河床，趔趔趄趄地踩着水一边玩一边叫。

“小心儿，别摔下去。”赵石头转过身抱住了刘红云。

“哪儿来这么大的水？”刘红云一边挣一边说。她那湿漉漉的裸体在赵石头湿漉漉的怀里就像条活鱼，光不溜湫地乱蹦。

“别动，摔下去就没命了。”赵石头一把抓住刘红云的胳膊说。

“啊！”刘红云探身向前一看，前边就是立刮陡沿深不见底的深沟，河水从这里一泻而下形成瀑布，发出了那万马奔腾的轰鸣声。

“这么大的水声都拦不住你啊。”赵石头爱惜地抱着刘红云埋怨说。

“听了那么久，早麻木了。”刘红云虽然惊魂未定，但嘴上还不服软，紧跟着又嘟囔一句：“又这么黑。”

“站着别动。”赵石头板着脸对刘红云说完，提着灯，运气于两脚，一步一步向前移，他想到河床的边沿看看瀑布下面。

“回来！”刘红云声嘶力竭地叫道：“别过去。”

赵石头见刘红云紧张地声音发抖，就停住脚，转了回来。为了缓和气氛，他笑着说：“我要是胆儿小，你那一嗓子，就把我吓摔下去了。”

刘红云也不搭话，见赵石头走过来，一把抓住赵石头，喘着气说：“我累了，坐会儿吧。”她确实感觉自己的两条腿发软。

赵石头扶着刘红云向回走，在一处水齐腿深的地方找到一块长石坎坐下来，把马灯放在洞壁的一块凸石上，一把将刘红云拥入怀中。

刘红云依在赵石头的怀里喃喃地说：“找了大半天，整条暗河的一面洞壁，没有一处相像‘龙擎寺寨’的地方。”她见赵石头半天没有回音，又喃喃地补了一句：“也没有一处像‘寨寺擎龙’的地方，珍宝，珍宝到底在哪儿呀？”

赵石头把刘红云扶正身子，跳入水中，正面看着刘红云一本正经地说：“我找到了。”

“找到了，在哪儿？”刘红云瞪大眼睛问。

“远在天边，近在眼前。”赵石头伸出的右手食指在自己眼前晃了晃说。

“在哪儿？”刘红云左顾右盼地看四周。

"在这里。"赵石头向下一蹲，双手捧住刘红云的两个肩膀说。

刘红云先是一怔，接着用脚在水中轻轻地踢赵石头的胸，撒娇说："没正经。"

"我说的是正经话。"赵石头站起身，一本正经地说："孩子都快生出来了，才见着你光溜溜的身子。"他说着欠下身，双手捧住刘红云的两个肩膀，盯着刘红云怔怔地说："真美！"

"你真壮。"刘红云一跃抱住了赵石头的脖子，两人沉在水中。

浮戏山的雪消了，冰化了，花开了，满目苍灰的山野又绿了。鸭梨潭畔，青草地上，常常出现赵石头一瘸一拐和刘红云腆着大肚子的身影。小雀在树林里啾啾，黄鹂在大栎树上歌唱，喜鹊落在泉边喝水，雄鹰在天空中翱翔，鸭梨潭简直就是一个世外桃源。

"寨寺擎龙，覃溪洞。"赵石头蹲在鸭梨潭边，一边用崍礓[1]在一块大青石上画一边唠叨："寨擎覃洞，寺龙溪。寨龙洞，寺擎覃溪。洞覃擎寨……"

"你整天琢磨这几个字，怎么不把'于咸丰三年'加上去？"站在一旁的刘红云抱着大肚子说。

"很明显，那就是时间。咸丰三年，就是太平军在巩县的时间。"赵石头仰起脸看了一眼刘红云，用崍礓点着大青石上的字说："谜底就在这七个字中。他用真实时间，掩盖这七个字的不真实。"

"那你掂来倒去的，既不成句，也没一点儿实在意思。"

"所以我说，谜底可能就是'洞溪覃，龙擎寺寨'。"赵石头盯着大青石语气坚定地说。

"那，我们把整个洞都找遍了，也没找着啊。"刘红云嘟囔着说。

"可能在别的洞里。"

"这山里有一百多个洞，他们藏在哪个洞里谁知道啊！"

赵石头站起来，向旁跨两步，依在一棵碗口粗的杨树上，看着刘红云说："这几天我想，太平军对浮戏山不熟，不会放着他们来路近的山洞不藏，跑到我们这里来藏。"

"他们是从哪里来的？"

"不知道。"赵石头摇了摇头说，"他们当时从洛口渡河。在洛口向这里来，浮戏山西面的所有路都可能走。"

"西面有多少条路？"刘红云瞪大眼睛问。

"我分析，他们走的也就四条路。我想出去，挨着那四条路附近的洞找找。"

"你腿还没有好利落呢。"

"没事儿。"赵石头甩了左腿满不在乎地说。

---

① 念 lái jiāng，黄土地里的一种不规则石头，色与土相同或比土略白，疙疙瘩瘩，千奇白怪，与普通石料一样坚硬，划在其他石块上与白粉笔效果相同。当地人常用小崍礓做笔在其他石头上画画、写字。

“不行，等腿好利落了再说。”

“我出去走走也是锻炼。”

“你说得轻巧，万一被敌人发现了咋办。”

“我躲着人走。”

“不行就是不行，你得对我和孩子负责。”刘红云的话不但语气很坚决，而且还给赵石头加了任务和责任。

“中中中，好了再去，好了再去，反正也不是要紧的事儿。”赵石头把手中的峡礓扔进鸭梨潭，看着刘红云笑着说：“我得对老婆和孩子负责呀。走，去躺着晒晒太阳。”说着上前搀扶住刘红云的胳膊。

刘红云看了看鸭梨潭边他们常躺的草垫子，把头依在赵石头的肩上，娇嗔地说：“这还差不多。”

太阳将金色的光芒撒向大地，浮戏山露出了万紫千红的笑脸。鸭梨潭畔，赵石头仰面朝天躺在他编的草垫子上晒太阳，刘红云挺着大肚子在一旁比划着打拳，小鸟儿在他们头顶欢叫着做滑翔游戏。

“咕咕咕咕，咕咕咕咕。”耐不住寂寞的布谷鸟高叫着寻觅自己的伴侣。那叫声浑厚激昂，缠绵悠长，高过一切鸟鸣，久久回荡在浮戏山上空。

“光棍儿[①]真苦，光棍儿真苦。”赵石头用胳膊作凉蓬遮挡住阳光，把布谷鸟的叫声翻译成了人话，然后拉着长腔冲着天空感叹道：“我比光棍儿还苦啊！”

“你咋比光棍儿苦了？”刘红云一边比画着打拳一边与赵石头搭讪。

“光棍儿没老婆，苦！我守着老婆当寡妇，更苦！”

“你当寡妇？”刘红云“扑哧”一声笑了，扎着歇步推掌的姿势笑着说：“你呀，那叫鳏夫。”

“观妇？不就是看媳妇儿嘛！”赵石头不屑一顾地说完，翻了个身，小声嘟囔道：“我就是整天看着你，心里抓挠儿啊。”

“你又 fū fù(夫妇)不分了，这个‘鳏夫’不是看媳妇儿的意思，是没媳妇儿的意思。”这段日子里刘红云经常给赵石头纠正字的发音，教赵石头说普通话，现在情不自禁地又给赵石头讲上了。

“没媳妇儿就是光棍儿，这鳏夫还不如光棍儿呢。”

“那你还当你的光棍儿吧。”刘红云沉下脸装作不高兴地说。

“再当光棍儿，更更苦唠！”赵石头又将身子翻过来拉着长腔对着天空叹道。

刘红云看了赵石头一眼，想着自己为了肚子里的孩子，不能满足赵石头的要求，心里也说不出是啥滋味儿，就不再搭话了。

---

① 没有老婆的成年男人。

赵石头翻来覆去地在草垫子上折腾了一阵子，看刘红云只顾练拳不搭理自己，就又学着布谷鸟“咕咕咕咕，咕咕咕咕”的叫声喊：“光棍儿背锄，光棍儿背锄。背您大[①]那蛋，俺那两块儿地都荒了，还背个屁锄哩！”

刘红云知道赵石头心烦。这段时间，赵石头闹着要下山，刘红云基于安全考虑，不让他去，一直缠着让他教打拳。现在，又听赵石头把布谷鸟的叫声译成了新话，就又搭讪着问：“你还有两块儿地呢？”

“是呀。”赵石头拉着长腔懒洋洋地说，“一块儿在山下，不能回，荒了！”他说完停了一会儿，侧过身，用眼睛斜着刘红云接着说：“一块儿在你这儿，不叫干，荒了！”

刘红云狠狠地瞪了赵石头一眼，抢白道：“你少干了！”

“少干多了。”赵石头又翻过身，仰面朝天，拉着长腔赖不拉几地说。

在这深山老林中，在那暗无天日的溶洞里，一对无助的患难夫妻，丈夫总是借助身边的事物，别出心裁地与妻子调侃，苦日子才一天天地在希望中过去。刘红云看着赵石头装腔作势的憨态，感到非常可爱，遂缓和了口气，娇柔地说：“跟你说多少次了，为了孩子，受点儿委屈吧。”

“整天没事儿干，就想它了。”赵石头说着又侧过身像小孩儿撒娇似的看着刘红云。

“快起来练功，那鸟是叫你练功呢。”刘红云说，“你听，它叫的是‘快点儿习武，快点儿习武’。”

赵石头听了刘红云的话，再听那布谷鸟的叫，那声音还真成了“快点儿习武，快点儿习武。”他白了刘红云一眼，不耐烦地说：“中了中了，你别把孩子打掉了。”

“你知道什么？多活动对孩子有好处。”刘红云仍旧一边说一边比画。

“哎，我可好利落了啊，得出去一下。这布谷鸟也叫了好几天了，它一叫我的心就发毛。”

“发什么毛？这说明你心浮气躁，需要修身养性。”

“都养大半年了，外面的情况一点儿也不知道。况且，咱的粮食和盐都没有了。”

“好，我跟你一块儿去。”刘红云收了拳，慢慢坐在赵石头身边，摸着赵石头的额头说：“是得出去一下，没有粮食可以凑合，这没有盐，煮出来的肉都难吃。”

“你不能去。”赵石头侧过身，将右手放在刘红云的肚子上说：“我都说多少回了，你镇暂儿不是一个人了，要特别注意。”他轻轻地抚摸着刘红云的肚子，一本正经地说：“他不单单是我赵石头的孩子，也不单单是你刘红云的孩子，他是革命的后代，革命的种子，咱得对革命负责。”

“我不想让你一个人下山。”刘红云也摸着自己的肚子喃喃地说。

“我想好了，不下山，去将军寨。一来看一看孟春桃，二来了解一下山下的形势，第三呢，向牛半山要点儿粮食和盐回来。”

---

① 念 dà，对父亲或父亲的兄弟称呼。如：俺大，二大。

“那我也去。”刘红云拉着赵石头兴奋地说，“我也想去看看孟春桃，看她怀上了没有。”

“不中，我说过了，在孩子生下来之前，你哪儿都不能去，万一有个闪失，你哭都来不及。”

“我去，去将军寨能有什么事儿？”刘红云噘起小嘴摇晃着身子撒娇说。

“谁知道呢？你上次还没挨够？让王老虎把衣服都给撕了。”赵石头说出口后又觉得不合适，赶紧将左胳膊绕到刘红云的背后揽住刘红云的腰，右手指轻轻地拍点着刘红云的肚子说：“乖，听话，为了孩子，为了革命的后代，你就委屈一下吧。我都答应你了，等你生了孩子，带你一块儿去寻宝。”

“没有我你就找不着。”刘红云噘着小嘴撒娇说。

“就是。”

牛半山正躺在床上看书，一听说赵石头来了，“呼”地一下从床上坐了起来，惊问道：“是不是活见鬼了？”

“不是，是大活人，真是赵石头，就在寨门口等着哩。”赵狮子一本正经地说。

“快，快，告诉夫人，赵石头没有死，赵石头来了。”牛半山一边披衣服一边趿拉着鞋向外走，远远地冲着赵石头就喊：“哎呀呀呀，我的兄弟啊！”

牛半山一边喊一边小跑着扑向赵石头，抱着赵石头挤出两行热泪：“听说你——，我那夫人哭得啊——，她就掂记着她那姐妹儿。哎，她呢？您秀子[1]哩？”牛半山松开赵石头向四周张望搜寻。

“啊，她，没来，没来。”赵石头谦恭地说，“谢谢您的挂念，您夫人可好。”

“好，好。我让狮子叫她去了，走，到万寿堂里坐。”牛半山冲赵石头把手一摆，做了一个“请”的姿势，把赵石头让到前面，一边走一边试探性地说：“听说你中了埋伏，受了伤，从那虎头崖上跳进了狼窝，我还真以为你——”他侧脸看了一眼赵石头，见赵石头没有反应，叹了口气，接着说：“唉，都是王雨霖、还乡团放出的风，况且，你这大半年也没一丁点儿消息。”

“我——”

“赵石头，赵石头。”赵石头刚要开口，就听到孟春桃带着哭腔的叫喊。只见孟春桃穿着一身青蓝色的碎花缎面旗袍，右手拿着一条白手娟，穿着一双圆高跟黑皮鞋，趺趺撞撞地向赵石头奔来。她抓住赵石头的双臂，一个劲地摇，张着嘴就是说不出话来，泪水像冲破地表的山泉一下子涌了出来，怎么收也收不住。

“好了，好了。夫人啊，见了娘家人也不至于激动成这样，快请赵队长进屋坐吧。”牛半山拍着孟春桃的肩膀笑着说。

① 老婆。

“红云呢？”孟春桃根本不理会牛半山的劝告，抓着赵石头的双臂摇晃着，终于说出了一句话。

“在，在家哩。没来，没来。”赵石头被孟春桃摇得不知所措，结结巴巴地说。

“你告诉我实话，她，到底怎么样？”孟春桃像发疯了似的摇着赵石头的双臂，哭着声嘶力竭地叫道。

“她，她，怀，怀孕了。”

“怀孕了？”孟春桃一愣，又重重地晃了赵石头两下，瞪着泪眼问：“真的怀孕了？”

“真的。挺着大肚子，不方便，就，就没来。”赵石头的话也终于说利索了。

“真的？”孟春桃破泣为笑，松开抓着赵石头的双手变成双拳，像敲鼓似的擂向赵石头的胸脯：“你行啊你。”

牛半山见状，脸上掠过一丝阴云。他不是看孟春桃与赵石头过于亲密心里吃醋，而是孟春桃的肚子至今还没有动静。他见孟春桃和赵石头相对无语僵在那里，就转为笑脸，拍拍孟春桃的肩膀笑着说：“好了，好了。夫人这下心里该踏实了吧，赵石头活生生地站在你面前，她媳妇儿又怀孕了。喜事儿，喜事儿啊。”

“是，喜事儿，喜事儿。”孟春桃用手娟拭干眼泪，又背过身重重地擤了几下鼻涕。牛半山趁机表示亲热地推了推赵石头说：“走，进屋再说，进屋再说。”

孟春桃擦干鼻涕追上来，拉着赵石头问：“怎么回事儿呀你？大半年了，一点儿消息都没有，都说你跳崖跳进了狼窝，传得可邪乎了。”

“啊，我是跳崖了。”赵石头停顿一下，他想说他是被狼救了，突然想起刘红云对他说的话——给别人讲他们与狼的故事，别人能相信吗？人家肯定认为你是瞎编的，故弄悬虚，神化自己。孟春桃可能相信，但绝非一会儿半会儿能讲清楚。想到这儿，赵石头叹口气，把手一摊说：“可是，天不绝我，我跳下去担在树上了。瞧。”赵石头捋起右胳膊让孟春桃和牛半山看看右大臂上的枪疤，又伸出左胳膊让他们看看左小臂上的伤疤说：“两只胳膊都被子弹穿了眼，胸夹骨和左腿摔断了，养了这大半年，让你们担心了。”

“你们住在哪里？红云好吗？”孟春桃关切地问。

“我们住——住在五指山那边。”赵石头话到嘴边说了个谎，他不想让人知道他们的住处，一是为了他和刘红云的安全，二是怕这帮土匪毁了溶洞里的景观。他瞥了一眼牛半山，接着说：“红云，她很好，就是行动不便。”

“好，回头儿我跟你去看她。”孟春桃真诚地说。

“啊，别，别去。”赵石头急忙摆手拒绝，又觉得不合适，红着脸说：“太远了，不方便。”

牛半山何等精明，一听就明白赵石头是不愿让别人知道自己的住处。他笑着打圆场说：“那是登封的地界，虽然不归王雨霖管，也不太平，等以后太平了再去看他们。”他冲孟春桃说完转向赵石头说："你也要跟我客气，不管缺啥少啥，尽管跟我说，只要我这里有，就少不了你的。"

"那是，那是。"赵石头堆起笑点着头说。

牛半山见平头把茶倒好了，就冲赵石头摆了下手说："喝茶，喝茶。"他说着也端起茶杯啜了一小口，然后见赵石头喝一口茶放下茶杯看他，就抬起右手向下压了压说："你住在登封的地界也好，先别回来。王雨霖镇暂儿[①]正得势哩，说是给国民党中央的谁当了干儿子，硬气得很！县里省里的人都怕他三分。五指岭那边是三不管地带，好隐居，只要不暴露，等共产党、八路军回来了再说。"

"这半年山下边有没有共产党活动？"赵石头关切地问。

"就你折腾那一阵子，再没听到啥消息。王雨霖在佛昌寺用铡刀一回就铡了19个农会干部，在汜水河边用刺刀一回捅了20个跟八路有关的人，把共产党留下的种子都刨了，连那帮给八路军唱过戏的戏子都抓起来投进了大狱。对了，草店街上那个赵旺，说是八路军的侦察员，他回来了，也让人给杀了。"牛半山把他了解的情况一古股儿地向赵石头抖露出来。

"我想下山折腾他一下，他不是说我死了嘛，我就叫他知道一下我赵石头还活着，让他不得安宁。"

"中了中了。我说你还是别乱动，镇暂儿的情况可比八路军来咱浮戏山之前复杂，说不准谁为得几块大洋，或者巴结王雨霖，就对你下手了。你们那个干部叫啥？啥林？"

"赵木林？"

"对，赵木林，就是赵木林。他就投靠王雨霖了。"

"他投靠王雨霖了？"赵石头惊讶地瞪大了眼睛。

"嗯。"牛半山冲赵石头重重地点了下头，接着说："我刚才说的那个赵旺，就是让赵木林几儿[②]人逮住，用石头活活砸死的。"

"赵木林。"赵石头低沉地从牙缝中挤出这三个字。

牛半山看了赵石头一眼，继续说："还有赵旺的叔伯哥赵旦哩，保长赵风信，赵风信的儿子，都参加了。"牛半山说完，看赵石头没有任何反应，就又盯了一句："你说，亲叔伯哥呀，把自家兄弟给砸死，一点儿人味儿都没了。"

赵石头陷入了沉思，他想一会儿问牛半山说："哎，那个张老道，就是我受埋伏的那一家，那个张大爷，知道他的情况吗？"赵石头想起了"山羊胡子"。在这大半年里，"山羊胡子"的身影时常在他脑海里浮现，他一直掂记着"山羊胡子"的安危，他认为是自己把王雨霖引到"山羊胡子"家的，他一直为这事而自责。

---

① 现在。

② 几个。

“啥张大爷啊？他是个国民党特务，就是他安排王雨霖抓你的！”牛半山愤愤地对赵石头说。

“他是国民党特务？”赵石头瞪大了眼睛问。说“山羊胡子”是国民党特务，一时让他难以接受。

“他把你卖了，你还念他好呢！”孟春桃抢过话说。

“不像吧？”牛半山接着说，“所以啊，我劝你别乱动，你还不着[①]谁是你的敌人谁是你的朋友哩。你两眼一摸黑儿，人家明里暗里都有人，能有你的好果子吃吗？”牛半山说到这，又端起茶杯呷了口茶，看看赵石头在想心事，就把茶咽了，接着对赵石头说：“我说呀，你就先收收心，回去带着秀子好好过日子，顺顺利利地把孩子生下来，养好了，等八路军回来了你再革命！留得青山在，不怕没柴烧。我看国民党这么弄，不得人心，长不了，你就耐心等吧。”

“我想让他们搬到寨子里来住。”孟春桃看了一眼牛半山说。

“我也想了。”牛半山又啜了一小口茶，抬起右手冲孟春桃向下压了压说：“不中啊，夫人。你是不知道，此一时彼一时啊。半年前，我敢叫他住到寨子里，镇暂儿[②]就不敢说了。凭王雨霖镇暂儿的势力，他要说灭了我这将军寨还是绰绰有余的。更别说，山里这十几个寨子，哪家再给他来个里应外合，顷刻间，这寨子就完了，你我的性命无关紧要，可这寨子里的几百号人咋整哩[③]，我不能不管他们的死活吧？”

“牛寨主，您别说了，俺不来寨子里住。”赵石头不好意思地说。

“你是不着啊贤弟，那王雨霖拉拢山寨可下本儿了，挨着个儿给寨子送银子跟[④]东西。不敢说这十几个寨子都被他收卖了，凤屏寨可是彻底被他拉了过去。对了，张三旺死了，你着不着[⑤]？王长贵当寨主了。”他说着看了赵石头一眼，见赵石头不动一点儿声色，便呷了口茶，叹口气，接着说：“你着张三旺咋死了？说是被石头绊了一下，板倒[⑥]了，一头栽下寨子，掉进了狼窝。哼，说得有鼻子有眼，悫[⑦]谁哩？板一跌[⑧]就掉沟了，还看蒙儿[⑨]掉进了狼窝？那是他的寨子，他不着下头[⑩]有狼窝？还到那上头[⑪]转悠？谁能信啊？”牛半山说得有些激动，他见赵石头仍无动于衷地看着他静静地听，便“啪”地拍了一下桌子站起来，挥着右手把声音提高了八度，大声叫道：“他们十几个寨主都不相信，可是

---

① 知道。
② 现在。
③ 怎么办。
④ 和。
⑤ 知道不知道。
⑥ 摔倒。
⑦ 念 què，哄；骗；诓。
⑧ 摔一跤。
⑨ 正好。
⑩ 下边。
⑪ 上边。

没有幺儿[1] 人说话！我说要追查，他们还都劝我别得罪了王长贵。什么意思？这不明摆着是王长贵嫌张三旺碍事儿，把张三旺害了吗？！”

赵石头真没想到，这短短的几个月，浮戏山竟发生了这么多事，局势变得太快了。他认为牛半山虽然是明哲保身，但也说得在理，留得青山在，何愁没柴烧。他已拿定主意，虽不会像牛半山说的那样静等八路军的大部队回来，但必须保护好自己，保证自己、老婆和孩子的安全。

① 一个。

第二十五章

牛半山看了看四周，见刚才贼头贼脑的几个人还躲在人群中向他们张望，压低声音说：“别见了，今天王雨霖安了好些眼线。”

山柿子红的季节，鸭梨潭传出了孩子的哭声。

“今天儿子满月，得起个大气一点儿的名字。”刘红云看着自己的杰作笑着对赵石头说。

“先起个小名，别叫宝儿了，起个硬实的，好养。”赵石头一边说一边跳起击打头顶上的柳枝。自从有了儿子，他高兴地就像个孩子，整天蹦蹦跳跳，乐得合不上嘴。

“叫小石头儿！他爹是大石头，他是小石头儿。”刘红云仰起脸，半开玩笑半是真地说。

“瞎说，哪有孩子重他爹名儿哩。”赵石头笑着白了刘红云一眼。

“叫铁蛋儿，比他爹还硬。”

“不行，铁柱哥的小名儿就叫铁蛋儿。”

“那就叫铁头儿！”

“这不还重我一个字嘛！”

“那你说叫啥？”刘红云反问赵石头说。

“叫狗蛋儿、狗屎？老辈人讲，小名儿起得越臭越恶心越好养。”

“不行，大青它们和狗是死对头儿，不能用狗。”刘红云一本正经地说。

“那也不能叫狼蛋儿、狼屎呀！”赵石头笑着说。

“哎，可以叫狼娃儿、小狼。”

“不中不中。人一提起狼就恨之入骨，他长大了咋往人堆里站呢？小孩子在一起耍，喊打狼，都打他。”赵石头的头摇得像个拨浪鼓。

“我早想好了。”刘红云冲赵石头嫣然一笑，自豪地说：“没生他的时候我就想好了。我们天天盼夜夜盼，就盼着八路军早点儿回来，无论生男生女，都叫盼盼，让他一生充满希望！”

赵石头听了刘红云的话，双手猛地一拍，兴奋地说：“这个名字好，你咋不早说哩！”

“测测你的智商。”刘红云高傲地向赵石头仰了仰下巴。

“好啊，盼盼，盼盼。”赵石头跑上前，用右手的食指轻轻地触摸着孩子的小脸蛋儿笑着叫。

“轻点儿。”刘红云把身子一扭，躲过赵石头的手指，用脸贴在孩子的小胸脯上轻轻地厮磨着说：“盼盼，盼盼，我们就叫盼盼了。”

“大名叫盼盼也中。”赵石头笑着又盯一句。

“不行。”刘红云抬起头说，“男孩子，叫两个重字，太小气。”

“我想了一个。”赵石头说，“他生在这里，也不知道是啥时间。”

“四六年啊。”刘红云打断了赵石头的话，接着喃喃地说：“就是不知道月日，看样子是秋天。”

“这时候，满山的柿子都红了，我想让他叫思红，思念的‘思’。一来取‘柿红’的谐音，记住他出生的时间；二来代表我们思念红色武装、红色政权。”

“思红。”刘红云嘴里念叨一声，想了想，摇摇头说：“不好，要是女孩儿还可以。再说，你们河南人 si shi[①] 不分，是‘shì 子’不是‘sì 子’，取谐音应为——哎，叫世红也行，世界的‘世’，赵世红，照得世界一片红。”

“好，大名就叫赵世红。”赵石头听了刘红云的话，又将双手一拍，笑着说：“我就感觉这个名字好。”

“还不是我起的。”刘红云又高傲地向赵石头仰了仰下巴。

“是我提的。”赵石头争辩说。

“我起的。”刘红云翘起下巴不依不饶地说，“你起的叫‘思红’，不好。”

“咋不好？！”

“呜欧——呜欧——”大灰狼不知什么时候来到了鸭梨潭边，低声“呜欧”着给他们打招呼。

刘红云见大灰狼带着几只小狼来到身边，先是一惊，本能地抱紧盼盼躲到了赵石头身后。稍顷，她从赵石头身后绕过身来，冲大灰狼说：“来，乖，来看看弟弟，你有小弟弟了。”

大灰狼像个懂事的孩子，用三条腿一蹦一颠地走到刘红云面前，用头抵着刘红云的两腿“呜欧呜欧”地低叫。

---

① 汉语拼音。

刘红云欠下身对大灰狼说：“乖，是看妈妈来了，还是看弟弟来了，这些天你们都上哪儿去了。”

“就在这一带。”赵石头对刘红云说，“你看，大栎树。”

刘红云向洞顶的大栎树看去，只见树下站着好几只大狼。再看四周，有许多狼影在树丛中晃动。

“它们——”刘红云张着大嘴说不出话，下意识地把盼盼往上送一下，搂得更紧了。

“哇啊哇……”盼盼发出了声嘶力竭的哭叫，大灰狼机警地一跳蹿出四五米远。

“噢……”刘红云抱着盼盼摇了起来。她见大灰狼吓得跑出老远，就一边摇盼盼一边冲大灰狼说：“乖，不怕，不怕，是弟弟跟你说话呢。”

刘红云冲大灰狼说完，又冲哭叫着的盼盼说：“噢……，盼盼不哭，盼盼不哭了，大青哥哥看你来了。”

大灰狼见自己没有受到任何威胁，又一蹦一颠地来到刘红云面前“呜欧呜欧”地低叫。

刘红云一边摇盼盼，一边用腿蹭大灰狼。大灰狼像得到了爱抚，“呜欧呜欧”地低叫个不停。

盼盼不哭了。

刘红云抱着盼盼欠下身，对着大灰狼的脑袋说：“看看，这就是弟弟，弟弟叫盼盼。”

大灰狼好像听懂了刘红云的话，用嘴去拱盼盼，嗅盼盼的气味，还不住地“呜欧呜欧”低叫着。

刘红云见状，冲着盼盼唠叨道：“看，哥哥亲你哩，哥哥叫大青，是不是？乖。”

大灰狼像是回应似的冲刘红云低叫两声。

赵石头一直站在旁边目不转睛地盯着大灰狼。他虽然早已把大灰狼它们当成了朋友，但是今天面对它们，他还是非常担心，就跟刘红云的下意识一样，唯恐它们对盼盼有所伤害。这时，他见刘红云把盼盼送到大灰狼的嘴边，心就悬到了嗓子眼上，急忙走过去，抚摸着大灰狼的头说：“乖，弟弟还小，不能跟你耍儿，走吧，追兔子去吧，跟妈妈抓只兔子，捉只山鸡下下奶。”

“去吧，乖，去吧。”刘红云也站起身用腿顶着大灰狼的身子说。

大灰狼见赵石头冲它直摆手，刘红云又用腿顶它哄它，很留恋地低叫着，一蹦一颠一回头地走了。它走几步，发现石头上凉晒的藉子[①]，嗅了嗅，叼了一块，“呜欧呜欧”地低叫几声，一只小狼就蹿上去叼着跑了。

赵石头有了儿子之后，对生活充满了激情，在无微不至地照顾刘红云母子的同时，

① 念 jiè 子，孩子的屎尿布。

抓紧时间采集山果野菜，储备过冬的物资。他把放蕻[1]好吃的火罐、磨磨柿子摆在溶洞口通风的地方放蕻柿，将其他柿子削去皮晒成柿饼；将一部分梨、花红、山楂等水果存放在溶洞里保鲜，把另一部分切成片晒干。人吃的菜，马吃的草，火烧的柴，常用的中草药，溶洞里成了山货站，足不出洞可以用上大半年。

“回来了。”刘红云见赵石头扛着一大捆柴禾进洞，急忙迎上前去扶住柴捆，高兴而又心疼地说：“够用了，别弄了。”

“不弄了，最后一捆。”赵石头把柴捆扔到柴堆上，两只手交替抚擦了几下，走到铺前，低头看了看熟睡的盼盼，转向刘红云笑着说：“睡了。”

刘红云深情地看着赵石头没有继续盼盼的话题，关切地问：“冷吧？”

“冷了，不出去了。”赵石头走到溪边，拍拍身上的灰，蹲下去洗手，又撩起水洗脸。

刘红云盛了一碗热气腾腾的红枣粥端到赵石头面前，柔柔地说：“先喝碗汤，暖暖身子。”

赵石头见状，急忙甩了甩手上的水，接过碗，低头抿了一口，弯腰放在小石桌上，转过身，一把将刘红云拥入怀中……

“哇啊哇……”不知是盼盼自己醒了，还是赵石头或刘红云无意间撞了他，他一边蹬着两条小腿儿一边声嘶力竭地哭叫。

刘红云急忙推开赵石头，抱住盼盼“噢……”地哄了起来。

“啊，该尿了，是尿憋的。”刘红云哄了一会儿，见盼盼还是一个劲儿地哭，急忙从铺上爬起来，抱着盼盼一边说一边走到小溪边。

“嘘[2]——”刘红云一边把着盼盼一边为他加油。盼盼的小鸡鸡慢慢地翘起来，将尿滋进小溪里。

赵石头躺在铺上欣赏着老婆把孩子的撒尿图，笑着说：“尻他娘，坏了老子的好事儿。”

“他和你有仇。”刘红云抱着盼盼一边向回走一边对赵石头笑着说。

“他和我有仇？”赵石头瞪大眼睛盯着刘红云问。

刘红云把盼盼放在铺上，一本正经地对赵石头说：“他睡觉儿你尻他娘，他醒了你还‘尻他娘’，他不恨你？！”

赵石头听了先是一怔，然后一下子把刘红云拉倒在铺上，笑着说：“我尻他娘是天经地义的事儿！”

“别闹了。”刘红云用力推开赵石头，见盼盼瞪着一双水汪汪的大眼睛看着他们，笑着说：“他心里透气。”

“他懂个屁。”赵石头又将刘红云摁在铺上。

---

① 念 hóng，水果熟过但没有变坏的松软形态。如：蕻柿，猕猴桃放蕻了。

② 念 shī，叹词，表示驱逐。

"不行，你先喝汤，汤都凉了。"刘红云推开赵石头说。

"掌[①]恁些枣儿，还得吐核儿[②]，麻烦。"赵石头没达到目的，懒洋洋地躺在铺上埋怨道。

"起来吧，我都把核儿扣出来了。"刘红云搁着赵石头说，"多吃枣儿补气。"

"我有气没地儿出啊！"赵石头不情愿地爬了起来，端起粥喝了一口，一边嚼枣儿一边说："一块儿吃吧。"

"你先吃，我不饿。"刘红云看着赵石头的吃相甜甜地笑着说。

"我也不饿。"

赵石头喝完粥，洗了碗，又掂出核桃坐在火堆边砸了起来。

刘红云见赵石头又干活，阻止说："歇会儿吧，都砸那么多了。"

"这又不死哩慌[③]。"赵石头左手捏核桃右手拿石块一边砸一边说。他就是这样，放下这个干那个，一刻也闲不住。刘红云非常喜欢赵石头这一点儿，庆幸自己找了个好男人。她一会儿看看赵石头，一会儿看看盼盼，沉浸在幸福之中。

赵石头砸上一堆核桃皮，就抓起来扔进火里。

篝火迎接着碎核桃皮，燃起多层火焰，噼噼啪啪地奏响。火光照着赵石头，照着刘红云，照着盼盼，照着他们原始而又甜密的幸福生活。如果刘红云不是八路军，如果赵石头不是区干队员，如果天下太平，他们愿一生一世地过这种无人打搅的原始生活。

赵石头将最后一把核桃皮扔进火里，看着跳跃闪烁的火苗，长长地叹一口气，拍搓着两手说："完了。"

"我看得有三四十斤。"刘红云抱着盼盼扫了一眼装核桃仁的布袋说。

赵石头站起来掂了掂笑着说："好眼力，三十七八斤。"

"这么多。"刘红云感叹道："活了二十多年，别说吃了，见都没见过这么多核桃仁儿。"

"这就叫靠山吃山。"赵石头自豪地把手一挥。

"吃核桃，长头发，我以后每天都吃一点儿。"

"你的头发够好了。"赵石头盯着刘红云的脸笑着说。一年来，刘红云的齐耳短发已经长过了肩，成了披肩发，不缠不盘，飘逸洒脱，赵石头非常喜欢。

"我吃了化成奶水喂儿子。"刘红云看着盼盼说完，抬起头问赵石头："哎，你头发那么黑那么硬，是不是小时候吃好多核桃啊？"

"屁，长这么大，吃的核桃也不过一把。"赵石头一边说一边伸出右手做捧物状。他说完，把手一甩，感叹道："是山里的东西养人啊。"

"我们太富有了，这么多水果，满洞清香，成活神仙了。"刘红云也感叹道。

---

① 念 zhǎng，加上，放入。如：掌点儿盐，往锅里掌点儿菜。

② 念 húr，同"核 hé"，多用于口语。如：枣核儿，梨核儿，煤核儿，冰核儿。

③ 累。

“我想下山一趟。”赵石头看着刘红云喃喃地说。

“去吧。”刘红云平静地看着赵石头说，“我知道你早晚会说这句话。咱不能在这儿静等，得出去了解情况，做一些迎接八路军回来的准备工作。”

“欸。”赵石头原以为刘红云会反对，谁知刘红云这么快就答应了，而且说出了他的心里话，他反而没话可说了。

“先睡一觉儿吧。睡醒了，吃点儿东西，天黑再去。”

“欸。”

阴霾的高庙小镇，天空没有月亮，也没有一颗星星，几户人家里透出的点点灯光，犹如茫茫黑夜中的萤火虫，想照亮大地却又力不从心。顺河风虽然不大，但冷得刺骨。被王雨霖折腾怕了的老百姓，一擦黑儿就关门闭户，钻进了被窝里。还乡团的岗哨，裹着棉大衣，戴着烧鸡帽，抱着长枪，缩着脖子，像木头人似的在哨位上转来转去。

赵石头绕过还乡团的岗哨，摸到保长赵老二家，翻墙入院，来到上首主窑前。他停了一会儿，看看周围和窑内都没动静，就推了下窑门。

“咕咚。”窑门发出一声闷响，然后又“呼哧”一声回归了原位。

从门的响声和动感看，门是用门闩插上的，只是窑内没有一点儿声音。赵石头又推了下门，门也跟着“咕咚”“呼哧”重复了一次。

赵石头接连推了四次，忽听窑内赵老二大喊：“谁呀？！”

“我，石头。”赵石头在门外压低声音回答。

赵老二听到门外来人说是“石头”，一怔，心想，本家侄子赵石头一年前就跳崖死了，自己再没有认识叫“石头”的人了。遂装作不耐烦的样子说：“什么蛛礓石头的，都睡了，有啥事儿明儿了[①]再说吧。”

赵石头听了赵老二的话，又压低声音冲窑里喊：“二叔，我是专门儿回来找您的。”

“尻您娘，俺这一辈子啥都怕，就是不怕鬼，你吓谁哩！”赵老二的老婆大声叫道。她和赵老二都还没有睡着，虽然赵石头进院子他们没有察觉，但是赵石头推第一下门，他们俩人都听见了。他们以为来了盗贼，闭着呼吸等到赵石头推第四下门时，赵老二才喊话。一听赵石头报出名字，她就想到了鬼，吓得她紧紧抓住赵老二的胳膊，故作胆大地冲门外骂。

“二婶儿，我真是石头。去年从家里拿一袋儿面走的，那黑儿俺叔还嚷[②]我了。”赵石头感觉对方不相信自己是赵石头，急忙解释说。

“你是人是鬼？！”老太太颤着喉咙喊了一声，把赵老二的胳膊抓得更紧了，让赵老二内心也生出了惧怕。

---

① 明天。

② 批评、数落。

“我没死。不信，您隔着门缝摸摸我。”赵石头突然想起牛半山和孟春桃说还乡团传言他死了，就急忙向赵老二夫妇解释。

“点着灯。”老太太推着老头儿哆哆嗦嗦地说。

“欸。”赵老二一边抖抖地点上油灯一边安慰老伴说：“是石头。”

灯亮了，二位老人的胆气也壮了。在他们的意识里，鬼是怕灯火怕亮光的。

“你真是石头？”老太太冲门外问。

“您来摸摸我的手。”赵石头说着把左手顺着门缝伸了进去。

老俩口摸了赵石头的手，急忙开了门。

赵石头闪身进窑，把门闩好，“扑通”一声就冲两位老人跪下了。他一边磕头一边说：“孩子不孝，吓着二老了。”

“快起来，快起来，你说啥哩，高兴死我了。”老太太一边拉赵石头一边哭了起来。

“婶儿，婶儿。”赵石头急忙站起来扶住老太太。

“她是高兴的，高兴的。”赵老二说着眼睛也湿了。

“都说你死了。”老太太哽咽着说。

“我这不是好好哩吗？”赵石头冲老人笑着说。

“好，好。”赵老二激动地说不出话来。

“坐，坐，快坐下。”老太太指着八仙桌旁的罗圈椅子说。

“欸，您二老都好吧？”赵石头一边坐一边礼节性地问。

“好，好。”赵老二坐在另一边的椅子上，一边应一边伸手抓桌子上的烟袋。

“你，到底是咋回事儿？跟婶儿说说。”老太太站在赵石头面前，盯着赵石头心疼地问。

“噢，是国民党特务向王雨霖告的密。要不，还乡团还能找着我？”赵石头故作轻松地对老人说。

“他们说你俩胳膊都打断了，跳了虎头崖，叫狼吃了。”赵老二拿着烟袋一边装烟一边说。

“我担到树蒲楞[①]上了。”赵石头轻描淡写地对自己的遭遇说了一句，接着问：“二叔，现在镇上的情况咋样？”

“你想干啥吧？”赵老二把装好烟的烟袋锅儿从烟袋儿里掏出来用左手拇指按住，看着赵石头说。

“不干啥。”赵石头看了看赵老二，轻轻地说：“我想摸摸情况，探探王雨霖的底细。”

“是不是八路要回来了？”赵老二探着身子压低声音问。

赵石头摇了摇头说：“我想快了。咱先把王雨霖的底细摸清，八路军回来就省事儿了。”

---

① 能长成树但没有长成树的灌木丛。

赵老二收回身，一副失落的样子。他松开按烟袋锅儿的左手，把煤油灯往近处拉了拉，把烟袋锅儿对上灯头，吸了一口，灯头一晃，烟袋锅儿里的烟就点燃了。他巴咂两口，呼地一下把烟袋锅里的红火团儿吹到地上，叹口气说："乡亲们都盼着八路军回来哩，这八路啥时候才能回来哩！"

"王雨霖这龟孙子可神气了！"老太太插嘴说，"听说他认谁当干爹了。"

"国民党中央的大官。"赵老二把烟袋锅儿往鞋底上敲两下，愤愤地说："县太爷还巴结他哩！"

"还乡团现在多少人？"赵石头问。

"有多少俺也不托底儿，反正，乡公所是里三层外三层，怪瘆人的。"赵老二甩着烟袋说。

"这就是我想干的事儿。"赵石头说，"咱在八路军回来前，把还乡团的兵力、部署、王雨霖的生活规律都弄清楚，八路军一回来，咱去接应，打他个措手不及。"

"那，你住哪儿？"

"住，就住在山里。"赵石头含糊地回答道。

"几儿[①]人？"赵老二瞟了赵石头一眼接着问。

"啊，仨儿。"

"都是咱这儿哩？"

赵石头摇摇头，他报的三个人，其实就是他自己、刘红云和盼盼。

"那可不中？"

"咋了？"

"太少了。"赵老二说，"这一年，王雨霖还在乡公所增设了调解委员会，把八路军在这里实行的全倒过来了，叫穷人分的地还给地主，还要赔他损失，说是调解民事纠纷，其实就是要报复八路军和农会干部的家哩人，欺压穷百姓。"他说到这儿，又装了一袋烟，抽了，磕下烟灰说："我说您仨先白[②]动，他们外乡人，一露面准被抓。你也少往我这儿跑，我替你摸情况，摸好了给你。"

"这——"

"就咤[③]吧。"赵老二很干脆地把烟袋一摆说。他看赵石头满脸茫然，咳一声，问道："哎，你着[④]流钱洞在哪儿不着？"

"着，玉仙圣母庙后头，我还去摸过钱哩。"赵石头说。

"玉仙圣母的洗脚池呢？"

"是不是戏楼的北边像月牙那个池子？"

---

① 念 jé，几个。

② 别。

③ 就这么，就这样。

④ 念 zháo，知道。

“嗯。”赵老二点了点头，把烟袋儿缠在烟袋杆儿上，冲赵石头说：“那就咤，我先了解情况，把它写下来。到庙会的时候，咱俩在流钱洞、洗脚池，还有龙头柏，你知道在哪儿吧？”他见赵石头冲他点了点头，接着说：“咱在这仨地儿找，能见面，我就交给你。见不了面，我就把它塞到支龙头柏那个砖柱的砖缝里，你自己去取。”

“庙会半个月哩，咱哪一天去？”赵石头问。

“三月十一儿吧。”赵老二将右手的烟袋合到左手里，双手握着胸有成竹地说。

“玉仙圣母生日那天？”

“嗯。”赵老二一边点头一边说，“那天最热闹，人多，有事儿好脱身。”

赵石头看着老人，诚恳地说：“您最好找几儿帮手。”

“欸。”

赵石头从赵老二那里核准了时间以后，每天将一根寸把长的小棍儿放进铺边的石坎儿里，用这种原始的方式记录他们枯燥而漫长的野人生活，盼望着农历三月初一开始那半月不散的浮戏山庙会。

时间对赵石头来说过得很慢，除夕的鞭炮声过去好久了，浮戏山上的迎春花才绽开笑脸。他从大年初一起，每积够三十根小棍儿换上一个石子，表示过完了一个月。现在已经换了三个石子又摆上十二根小棍儿了，浮戏山的庙会还没有开始。

“今年的庙会是不是又让王雨霖给取消了？”刘红云抱着盼盼在铺前转悠，见赵石头又在摆弄那记日子的小棍儿，就试探着问道。

“嗯。”赵石头将手中的小棍儿丢进石坎儿，有些不解地说，“就是取消了，二叔也该送个信儿来呀。”

“他是保长，没有庙会他要上山还不被王雨霖的人发现？”

“求神拜佛，祭奠祖宗，历朝历代，没有禁令。他王雨霖就是取消庙会，也不能不叫人到老庙烧香啊。”赵石头又将石坎里的小棍拿在手里，一脸迷惑，像是对刘红云又像是自言自语地说：“三月十一是玉仙圣母的生日，没有孩子的人都来进香祈子，圣母这个时候高兴，求子最灵了。”

刘红云看着赵石头喃喃地说：“都三月十二了，一点儿动静也没有。”

“肯定有问题。”赵石头说，“我想两天了，说什么也得下山看看。”

“不行。二叔不是不叫你乱动吗？”

“我是没乱动，照他说的去龙头柏下摸三回了，屁也没摸着。”赵石头艮艮地说。

“我也想了，二叔说不让咱下山，没说不让咱上山，咱可以上将军寨打听一下消息啊。我和春桃一年多没见面了。”

“我也想了。”赵石头低下头喃喃地说：“就是伲儿[1]春桃没怀上孩子，咱去伲儿眼前

① 念 niār，人家。

转，不得劲儿。”

“这话你说多少回了？有啥不得劲儿的，她现在没孩子，又不是一辈子没孩子，说不定啊，人家现在就怀上了。”

“嗯——，真没准儿？”赵石头重重地点点头，上前拍了拍刘红云怀中的盼盼说：“那咱就去婋[1]婋孩子？！”

“哎，我就是想让春桃看看盼盼。她要是没怀上啊，我就让盼盼认她当干娘。”刘红云说着把盼盼向上抱了抱。

赵石头伸出指头轻轻地点着盼盼的脑门笑着说：“妈妈就是去婋哩。婋婋我们盼盼，让他们看看，盼盼都半岁了。”

盼盼见赵石头逗他，扬起小手咿呀咿呀地拍打着笑着叫。

“让孩子认给我？好啊，我也有儿子了。”孟春桃听了刘红云的话，高兴地合不上嘴。她抱着盼盼一边摇一边冲盼盼唠叨：“儿子，儿子，我的儿子。过两天赶庙会，干娘去玉仙圣母那里给你求个弟弟回来，你们一起玩儿，好不好？中不中？”她笑着用自己的额头轻轻地抵盼盼的小脑门，盼盼咯咯咯地笑着，用小手抓孟春桃的头发。

“不敢，不敢，给干娘抓疼了。”刘红云急忙上前拉下盼盼的小手。盼盼见刘红云上来拉他，松开抓孟春桃的小手，挣着往刘红云身上扑。

“没事儿，孩子没使劲儿。”孟春桃见刘红云伸手接盼盼，一边说一边把盼盼交给刘红云。

刘红云接过盼盼，看着孟春桃的眼睛问：“你说过两天赶庙会，今年庙会时间改了？”

“没有啊。”孟春桃看着刘红云一困惑地答。

“那，今天都三月十二了……”

“三月十二？”孟春桃先是一怔，转而瞥了刘红云一眼，笑着说：“噢——，今年闰二月，今天是又一个二月十二。”

“噢——。”刘红云恍然大悟，笑着说：“我们不知道，闰二月啊。”

“对，闰二月。下个月庙会，咱们一起去。”孟春桃上前扶着刘红云的肩膀，看着盼盼说：“大当家的不让我问你们住哪儿，我也不问你，咱三月十一在圣母庙下的大石桥上见。”

“啊，我们——”刘红云听孟春桃说牛半山不让她问自己的住处，也想起赵石头的叮嘱，遂应付道：“我们住得远，能不能来得看他爸爸。再说，王雨霖已经知道了我们的关系，会不会派人盯梢你？”

“嗯，有可能。”孟春桃轻轻地点了下头。她听了刘红云的话，想起了牛半山对她说过还乡团在盯将军寨的梢，遂问道：“你们上来时，发现有人盯梢了？”

---

① 炫耀。

“没有。”刘红云下意识地抱紧了盼盼问：“怎么？真有人盯梢？”

“嗯。”孟春桃重重地点了下头说，“大当家的说，这一年多，老发现有人盯寨子的梢。其他寨子也说有人盯梢，他们抓了几次，都是还乡团的人，也没审出个啥。大当家的说，不像是找你们，他们早以为赵石头死了。我想，他们是不是在找藏宝图和藏宝的地方？”

“嘘。”刘红云冲孟春桃摇了摇头，下意识地向门外看了看。她想起了第一次到将军寨，王老虎就偷听了她们谈话。

“没事儿。放心吧，没人偷听。”孟春桃笑着说。她们现在谈话的地方，是她与牛半山住的大石窑，隔音特好，门口没有人，在窑里大喊也不会有人听见。

“你给牛半山说藏宝图了？”刘红云盯着孟春桃的眼睛问。

“你说什么呢？我能说吗？！”孟春桃的脸腾地红了，有些着急地反问道。

“没说就好。多一个人知道，就多一份危险。”

“这个我知道。”孟春桃向后捋了一下搭在额前的流海，接着问：“你们找到藏宝的地方了吗？”

“没有。”刘红云摇了摇头，岔开话题问：“他对你怎么样？”

“能怎么样？”孟春桃把头一扬，笑着说：“我嫁给他的目的，就是不让他与我们为敌，把他的人拉过来。至于别的嘛，就没有了！”她说着把头摇得像个拨浪鼓。

“你不喜欢他？”

“不喜欢能嫁给他。”孟春桃柳眉一挑，笑着说。

“笑得这么甜，他对你一定很好唠？”

“他敢不好吗？！”孟春桃沉浸在幸福里，笑着说：“他真是个好人，有学问……”

“土匪还有好人？！”刘红云故意板着脸打断了孟春桃话。

“他可有人情味儿了。”孟春桃知道刘红云在逗自己，自顾自地说：“跟他生活的时间长了，发现他有好多优点儿。”

“哎——”刘红云又一次打断孟春桃说，“别没把人家拉过来，让人家把你给变成土匪了。”

“去你的。”孟春桃笑着照刘红云的肩膀上打了一巴掌。盼盼见状，冲孟春桃“呀”地叫一声，本能地举起了右手。

“啊，不愿意了，要打干娘啊。”孟春桃笑着伸出右手的食指轻轻地点着盼盼的小脸说。

“就是，你当土匪孩子都不愿意。”刘红云笑着说。

“我现在就是土匪婆儿啊。”孟春桃笑着说。她的脸上写着内心的喜悦。

“哎，说正经的。你既然那么喜欢牛半山，快给人家生个孩子啊。”刘红云冲孟春桃说着向上抱了抱盼盼。

“不是等庙会时去求子嘛！”

一九四七年四月二十一日，农历三月初一，一年一度的浮戏山庙会开始了。一大早，男女老少就从四面八方汇成人流涌向玉仙圣母庙。人们先到玉仙圣母大殿焚香祷告，然后到会场搭台的搭台、支蓬的支蓬、摆摊的摆摊，不表演不售物的人们则根据自己的需求喜好，分别到周围的玉皇阁、火神殿、天师庙、王母行宫等处上香膜拜，浏览风景。浮戏山二百多座庙宇，要正儿八经地全拜一遍，确实得需要好几天时间。

孟春桃从三月初一起，天天在将军寨俯瞰山下庙会的盛况。浮戏山漫山遍野，人山人海，锣鼓喧天，万谷回声，真是“祠宇环玮，香火十万”。孟春桃看着山下如画的场面，听着山下升腾的鼓乐，嗅着山下飘浮的香味，就像身在天堂仙界一般。她按耐住自己激动的心情，盼着三月十一的到来。牛半山说，三月十一是玉仙圣母的生日，那一天圣母高兴，有求必应，选择那一天求子准成。所以，她也约刘红云那天到玉人仙圣母大殿前见面。

三月十一终于到了，牛半山带着孟春桃在几个保镖的簇拥下来到了庙会的主会场。主会场设在玉仙圣母庙对面，场地非常宽敞，搭台唱戏的、舞狮卖艺的、支篷设店的、扎炉卖饭的等大买卖有序地分布展开，依山势而转，连绵不断。做小买卖的就地摆摊，鳞次栉比，犹如五彩缤纷的地毯把沿途空地遮得严严实实。玉仙圣母庙周围最为热闹，熙熙攘攘，人头积攒，唱戏的、舞狮的、卖艺的锣鼓声此起彼伏。牛半山指着主会场对孟春桃说：“这会场在汉代是个跑马场。当时，王莽想篡位称帝，就把精兵强将屯积在浮戏山，整天在这里操练。”

“噢。”孟春桃一边点头一边想史书上的王莽。

牛半山见孟春桃一脸渺茫，就拉了她一把接着说：“哎，你抬头看看咱们将军寨。与寨子相连的山脉像不像一群翘着脑袋的龙。”

“嗯，像。”孟春桃仰起脸一边看一边答。

“所以，人们称我们这道山为龙山。你再看天堂寨这边。”牛半山又拉一把孟春桃，指着天堂寨说：“从这里看，它由两座山峰组成，前边这个小点儿的叫香炉峰，它上边有一个大石头，天生地跟香炉一模一样；后边那个大山头儿叫金龟探月峰。你看看，像不像一只大乌龟把头伸向了天。”

“嗯，像。”孟春桃高兴地跳起来，“跟真的似的。”

“你再看与它们相连的山头儿，个个都像老乌龟的头，所以，人们称这道山叫龟山。”

“嗯，太神奇了。”孟春桃情不自禁地赞叹道。她边看边回味，陶醉在这旖旎的风景中。

“神哩还在后头呢。”牛半山说着走向会场边通往玉仙圣母庙的路口。他见孟春桃还站在原地没动，就冲孟春桃招手叫道：“哎，你再来看看这下边。”

孟春桃跑了几步跑到牛半山跟前，看到会场下方三条河流汇聚一处，形成一个呈S状的池潭，六条山脉直吻潭水，左似三龙戏珠，右像三龟饮水，潭上一座白石桥通向对面的玉仙圣母庙。庙外矗立着十二棵巨大的柏树，枝叶繁茂，雄伟峭拔。庙宇在巨柏的掩映下，显得更加富丽堂皇、古朴庄严。牛半山指着那S状的池潭说："你看潭水，像不像八卦图上的阴阳鱼？"

"像，真像。"孟春桃看着那S状的池潭，想象着八卦图的模样，脱口而出："是人凿的吧？"

"鬼凿的。"牛半山笑着说，"你看这条玉仙河是谁凿的？它绕着玉仙圣母庙像个大阴阳鱼，把两岸分为阴阳两部分，一边是龟山，一边龙山，你看看，老庙这一片像不像天然的八卦图。"

"像，真像。"孟春桃一边看一边点头说。

"风水宝地啊。龙山属武，龟山属文，武为阳，文为阴，这叫文武掌道、龟蛇相锁、阴阳交错、天地融合。"

"还有这么多说道儿，太神奇了！`"孟春桃啧啧称赞。

"是啊。"牛半山一边往坡下走一边感叹说，"玉仙圣母占住了，建了天下第一庙；秦始皇认玉仙圣母做干娘，统一了中国；刘邦在庙台的柏树下避回雨，就灭了项羽；王莽在这里练练兵，篡夺了皇位；赵匡胤来这儿下盘儿棋，也做了皇帝。都是来这儿沾上仙气了呀！"

"你整天在这儿沾仙气儿，是不是尽做皇帝梦了？"孟春桃笑着讥讽牛半山说。

"我是占了它一条龙脉，所以，只能当个山大王。"牛半山笑着打了个响指感叹说。

"那，他们，黄嫂，还有我，我们几个，这么多人，怎么啥也没当啊？"孟春桃冲牛半山嗲声嗲气地笑着说。

"抬杠。"牛半山斜了孟春桃一眼笑着丢下两个字，径向大石桥走去。

牛半山不讲解了，孟春桃也没话说，几个保镖更是一言不发，一行人躲闪着路人走下山坡。孟春桃的侍婆黄嫂紧跑两步对牛半山笑着说："大当家的，我和夫人到下面洗把脸吧？"

牛半山瞥了黄嫂一眼，沉着脸轻轻地应了一声："嗯。"

孟春桃听了一怔，心想，下山的时候刚打扮过，还洗什么脸呢，遂惊异地问："洗脸？"

"嗯，到玉仙圣母的洗脸盆里洗把脸，丑婆娘也能变成仙。"黄嫂指着玉仙圣母庙前那潭清水说："看，多少人在那洗啊。"

孟春桃在会场边就看见那潭清水周围全是花枝招展的女人，或蹲或站，戏水嘻笑，不知道是怎么回事儿。现在黄嫂说了，才明白她们是个个想美若天仙。她本来就不相信这类传说，再看牛半山也不太支持，就打消了念头。她理了一下搭在额前的秀发，对黄嫂说："我不洗，连个雪花膏都没带。"

"我给您带着哩。"黄嫂笑着从她那大衿上衣口袋里掏出一瓶雪花膏冲孟春桃晃了晃。她想，孟春桃和牛半山肯定夸她心细，高兴地与她同去风洗。谁知孟春桃还是丢出三个字："我不洗。"

"不洗？"黄嫂先是一愣，接着堆起一脸笑说："就是，你看我，夫人本来就美哩跟仙女似的，哪还用洗，不洗，不洗了。"说着，笑吟吟地跑上大石桥。

大石桥另一端就是玉仙圣母庙的庙台，由一条五六米宽的石阶通达。庙台西侧，一棵水桶粗的大柏树，雄伟挺拔，人称"龙头柏"。它的一根碗口粗的支干横向空中，支干上的盘枝犹如龙头，传说汉高祖刘邦荥阳脱险后曾在这棵柏树下避过雨。人们为了保护这棵柏树，从地面砌起一个砖柱支着龙头。庙台上人山人海，有的进庙，有的出庙，有的面向戏楼看戏。戏楼前台西侧有一古柏，主干与"龙头柏"粗细相当，可其根部出奇的发达，自然突起，大如碾盘，几乎与戏台平高，一群孩童爬到上面一边看戏一边打闹嬉笑。孟春桃跟在牛半山身后一边看戏一边顺着人流向前走，走到山门前，一下子没了拥挤感，人们很自觉地排队进入山门。

玉仙圣母庙的山门名气很大，叫作中华门。传说，人类起源于浮戏山，玉仙圣母又在此植桑种麻、养蚕取丝、教化天下，使人类走向了穿衣戴帽的文明社会，把她老人家的道场大门叫作中华门，是不是寓意此门为中华民族之门？

中华门里塑着四大天王的神像，牛半山走上前，双手合十，逐个地拜上一拜。他见孟春桃没有拜，就笑着问："不拜拜？"

"有您大当家的拜了，四大天王就会保佑风调雨顺、国泰民安了。"孟春桃看着栩栩如生的塑像一本正经地为自己不拜找了个借口。

"它们啊，掌管不了民间任何事儿。"牛半山指着塑像说，"它们只是一个象征，代表一种寓意，立在这里起示教作用。你看，这东方持国天王，拿的是琵琶。啥意思呢？就是这弦松了弹不响，紧了一弹就断，只有调得适中，才能弹出好听的曲子来。它示教人们学习中道，待人接物要恰到好处，不能过分也不能不及。这老庙是道家圣地，不是佛教的寺院，讲的是道家的中道。"

"他们不是主宰风雨雷电的呀？"孟春桃盯着牛半山问。

"也可以这么说。"牛半山说，"但要知道它的真正含义。持国天王，这个持，就是保持，国就是国家。保持自己不败，保持自家不败，保持自国不败，才能保持天下太平。就是儒家讲的诚意、正心、修身、齐家、治国、平天下。"

孟春桃被牛半山的讲解慑服了，她本来就敬佩牛半山学识渊博，不落世俗，没想到牛半山竟对庙宇中的塑像也讲出了这么多的道理。这是她在北京城、在其他寺庙、包括在书本上都没有听到看到的见解，在一个深山沟中，从一个土匪头子嘴里讲了出来。

孟春桃瞪大眼睛看着牛半山，心想，这是我的男人吗？

牛半山见孟春桃用惊异的眼神看自己，就拍了拍孟春桃的肩膀说："你说，它有这么深的寓意，你见它一次，受一次教诲，是不是应该拜拜它？"

"应该，应该。"孟春桃应着双手合十冲东方持国天王拜了三拜，又移到南方增长天王前拜了拜。然后回过头问牛半山说："这南方增长天王怎么讲？"

“增长天王，手持宝剑，代表进步。用宝剑所向披靡，向前推进。就是道家讲的天天都有长进，是示教人们增长才智的。”牛半山指着南方增长天王的塑像说。

“这两位天王呢？”孟春桃双手合十向西方广目天王和北方多闻天王走去。

“广目天王是教人们多看多观察。你看，他一手握龙，一手握宝珠。龙代表多变，俗话说‘神龙见首不见尾’嘛；宝珠代表不变，是示教人们以不变应万变；多闻天王很明显就是叫人们多听。他拿的是伞，伞是挡雨、防晒的，他拿雨伞是告诉人们要抵御不好的东西。”牛半山见孟春桃拜完北方天王，扶着孟春桃的后背走出中华门，一边走一边说：“实际上，庙里供的都不是神，是前人教育后人的工具。”

出中华门进入庙院，迎面的月台前立着一座石碑，人们将它围得水泄不通，可是没有几个人关心碑上刻记的是什么，而是争着摸驮石碑的赑屃，一边摸一边喊：“摸摸赑屃头，啥事儿都不愁。”

“摸摸赑屃腚一年不生病。”

“摸摸……”

“去摸摸？”牛半山推了推孟春桃的背问。

孟春桃摇了摇头。她不是不想去摸，也不是嫌人多，而是不想离开牛半山，她也说不清自己对牛半山到底是敬重还是爱情？总之，这一年多她对牛半山越来越依恋。她侧过身，挎住牛半山的胳膊向前走。

牛半山看了看孟春桃，挺起胸脯，昂着头，直着腰板，洋溢着骄傲和自豪，径直向玉仙圣母殿走去。

这玉仙圣母殿号称天下独尊，除其有天下第一庙的称号外，它的庙墙也特别厚，有三米左右，整个大殿没用一根木头，所用砖石都有标号。大殿外部用砖是唐代标识，上部有宋代的砖和明代砖雕，顶上是元代的绿色琉璃瓦，可见玉仙圣母庙既有古老的历史，也有历代修缮的见证。三个殿门的门框、门槛、门楣，都是用整条青石磨制而成，并刻有吉祥图案。西殿门楣上刻有明正德元年字样，门框上书“藏风藏气龙盘地尊神先占，极幽极静凤飞岗圣母独居”，中殿门门框上刻“金像丰伟万载恩泽垂远地，玉烛辉煌千年灯火接长天”，而东殿门的青石门框上一个字也没有，泛着青冷的绿光，让人敬畏深思。殿内，玉仙圣母端坐在中央的红玉床上，头戴九层维冠，身穿彤云翠羽飞裙，佩戴十二流金钗铃，手持水晶定瓶，脚穿黑玉朝靴。素衣麻姑和青衣翠霞两位大仙分立两旁，更衬托出玉仙圣母的高贵与安详。

孟春桃一进门就死死地盯着玉仙圣母面前那五彩缤纷的小泥人和深红、浅红、粉红、紫红红得耀眼的小红鞋。黄嫂告诉她，拜过玉仙圣母后先偷个小泥人，然后再偷只小红鞋，回家后准生大胖小子。要是只偷一样，生男生女，就由玉仙圣母随意定了。这东西可不是随便偷的，回家后生了小孩儿，偷一必须还百。这“还”是有讲究的，不是自己捏一百个小人做一百只小鞋送来就行了，是向庙里求，说白了就是买，一般人偷多了还不起。

孟春桃非常虔诚地在玉仙圣母面前拜了三拜，起身时慌慌张张地抓起一个泥人掖到怀里就跑。黄嫂见孟春桃没偷小红鞋，伸手抓了一只追了出去。

“夫人，你跑什么呀？”黄嫂追上孟春桃埋怨说。

“哎呀，羞死人了，那么多人盯着你的脊梁，说你不会生孩子……”孟春桃上气不接下气地说。

“嗨，到这里来的，不都是——”黄嫂把后半句“不会生孩子的”的话咽了回去，哼哧了半天接着说：“都是来求子的，谁笑话谁呀！”

“咱来这么多人——”孟春桃看了看黄嫂和慢慢向这边走来的牛半山及那些保镖吞吞吐吐地说。

“给。”黄嫂将手中的小红鞋递给孟春桃说，“少偷一样吧？”

“生男生女叫玉仙圣母定呗。”孟春桃喃喃地说。

“黄嫂做得对。”牛半山走过来笑着对孟春桃也是对众人说：“咱们还得起，就得直接向玉仙圣母要儿子。”他说吧，取过孟春桃手中的小泥人和小红鞋，端详起来，就像是在看自己的儿子。

“就是，就是。”黄嫂冲牛半山笑着点头如鸡啄米。

牛半山把手中的小泥人和小红鞋向旁边一伸，一位保镖就急忙走上前接住。牛半山冲大家一扬手，笑着说：“求到子了，还想看啥？”

“咱先转转西边的火神庙、牛王庙、龙王庙啥的，再看东边的玉皇阁、玉后阁，……”

牛半山今天高兴，不等黄嫂说完，就挥着右手笑着说：“中，中，最后到圣母观花楼歇脚吃东西。”

“我跟刘红云约好了，今天在这里见面。”孟春桃喃喃地说。

牛半山看了看四周，见刚才贼头贼脑的几个人还躲在人群中向他们张望，压低声音说：“别见了，今天王雨霖安了好些眼线。”

第二十六章

赵石头见对方招招都想要他性命，不敢懈怠，急忙接招，挥镖而上，以镖为剑，转守为攻。

牛半山说得没错，那些贼头贼脑的人确实是王雨霖派出的眼线。这一年，王雨霖在常光耀的撺掇下拉拢了王长贵，争取到了凤屏寨，可是连一点藏宝图的信息都没有捕到。他曾派人盯梢浮戏山的寨子，可是什么也没有发现，盯梢的人还让人家抓住了几次。他想挖地三尺把宝藏找出来，可这么大的浮戏山，他从哪儿开始挖呢？恐怕挖到死也挖不出个所以然来。他平时把浮戏山盯得死死的，生怕哪个香客取走了藏宝图，或者是让哪个山寨起走了宝藏。

浮戏山一年有四次庙会，玉仙圣母庙会、天爷庙会、猴爷庙会和火神爷庙会，尤以玉仙圣母庙会为最大，历时半月，香客遍及全国各地，特别是农历三月十一，玉仙圣母生日那天，最为热闹。今年报名参加的社火特别多，王雨霖更不敢怠慢，万一哪道社火的人马起走了宝藏，他不是狗咬尿脬空欢喜一场。他与常光耀等人逐个审查了参加社火的组织，定了三百六十道社火，也没有发现任何蛛丝马迹。所以，他给还乡团做了动员，还让王长贵把凤屏寨的土匪也放了出来，宣称眼下时局动荡，要严防共产党闹事，特别是要关注每路社火。

赵石头经过一番乔装打扮，装扮成一位四十岁左右的富人，与刘红云一起抱着盼盼来赶庙会。他们走上玉仙圣母庙前的大石桥，赵石头把怀里的盼盼递给刘红云说："去吧，就说我没来。"

"他们肯定不信。"刘红云接过孩子说。

"牛半山会让他们信的。"赵石头一本正经地对刘红云说完，拍了拍盼盼的小肩膀，笑着说："听娘的话啊。"

盼盼忽闪着一双大眼茫然地看着赵石头，好像在问："娘是谁？"

赵石头看着盼盼两眼瞪得像两个大问号，自己先笑了。他们平时教盼盼的是"妈妈"不是"娘"，他是怕引起别人怀疑故意这么说的，没想到难为住了刚学会说话的孩子。他干笑一下，冲盼盼一边扬手一边说："去吧，听话，去吧。"

刘红云抱着盼盼走过白石桥，盼盼俯在她的肩头扬起小手指着桥上的赵石头奶声奶气地叨叨："爸爸，爸爸。"

盼盼的叫声召引来不少好奇的目光。刘红云知道盼盼的意思是告诉她赵石头没有跟上，所以她头也不回，边走边对盼盼说："爸爸有事儿，一会儿就来找咱们。"

赵石头倚着大桥的石护槛佯装看潭边的美女洗脸，眼睛的余光却瞟着刘红云和盼盼。他见刘红云抱着盼盼走上庙台，隐入人群，遂装作漫不经心的样子，左顾右盼地瞟着周围的美女走过大石桥。

赵石头来赶庙会的主要目的是和赵老二接头，所以，他在装着看美女时早已把周围的情况看了个透。他没有发现赵老二的身影，却发现了"山羊胡子"。

"山羊胡子"在大石桥头摆了个卦摊，面前铺着一块画着黑色八卦图的大白布，白布上放着两本书。一位身穿蓝布衫的男人正蹲在摊前抱着竹筒摇签，请"山羊胡子"算卦呢。

赵石头绕过"山羊胡子"的卦摊，抄小路向庙台西侧的龙头柏走去。他之所以先到龙头柏下，不是急于看情报在不在砖缝里，而是想到龙头柏下站一会儿。当年刘邦被项羽逼得走投无路，在龙头柏下避了会儿雨，就转了大运，灭了项羽做了皇帝。所以，人们也称龙头柏为"转运柏"。赵石头决定先到龙头柏下，一来他认为自己在过去的一年里很不顺，求个转运；二来，顺便看看情报在不在。情报在，就趁机取走；不在，赵老二看到他在龙头柏周围活动，就会出来接头。

赵石头走到龙头柏下，抬头看了会儿那横空出世的"龙头"，又装着好奇的样子，围着支撑龙头柏的砖柱看。他要看看赵老二是否在砖柱里放了情报。

"走，咱也到'转运柏'下站会儿，转转运！"

"就是，去年太晦气了！"

"转转运讨个好老婆！"

赵石头闻声望去，只见凤屏寨的二蛋领着几个小土匪向他这边走来，遂装作很虔诚的样子依依不舍地离开了龙头柏。

赵石头在龙头柏附近没有遇到赵老二，就转到玉仙圣母庙后。这里的人明显比庙前少了很多，主要是没有来过的人想亲眼看一看流钱洞是什么样子。传说，明朝以前，玉仙圣母庙全是木质结构。明正德年间，庙宇因年久失修行将倾塌，又逢荒旱，苦于没钱修缮。工匠程士谦在山门前遇到一位老太太，老太太告诉他庙后有一个流钱洞，可以用那钱修庙、周济百姓。程士谦到庙后一看，果真石壁上有一个洞穴在叮当叮当地向外流钱，于是就带领民众将庙宇修缮一新，并用这洞里流出的钱周济方圆百里的穷苦人。后来，流钱洞被一个贪心的财主破坏，再也不往外流钱了，空留下一个脸盆大小的洞穴，就像一个喇叭筒高悬在石壁上，时刻准备着向世人广播在这里发生的事情。

赵石头在流钱洞前看了一会儿，也学着别人好奇地爬上梯子在流钱洞里摸一摸。他之所以这么做，是他也发现了游人中有贼头贼脑的还乡团探子，他要给这些探子一个他是外地人的感觉。

赵石头在流钱洞附近也没有找到赵老二，就悻悻地向戏楼北边走去，那里是他与赵老二相约的第三个地点儿——玉仙圣母的洗脚池。他远远看见那月牙形的池子边坐着一群叽叽喳喳的妇女，将葱白似的秀脚伸进池子里戏水，只有一位五六十岁的男人孤零零地坐在月牙的一角，高高地挽起裤腿，把双脚放进池子里。这人正是赵老二。

赵石头走上前，笑着对赵老二说：“老哥，水凉吗？”

“不凉。”赵老二见有人跟他搭腔抬起头笑呵呵地答道。

“这就是玉仙圣母的洗脚盆吧？”赵石头又问。

“对，在这里洗脚，治脚气，祛风湿。”赵老二还是没有看出赵石头，以为他是个外乡人，乐呵呵地介绍说。

“治关节炎吗？”赵石头又问。

“阴天下雨疼？”赵老二问。

“嗯。”

“治。”赵老二爽朗地说，“那就是风湿。”

“那中。我这两腿关节不好，也泡泡。”赵石头说着就往赵老二身边坐。

“这——”赵老二一心想着跟赵石头接头，这身边坐个生人哪行，他急忙推赵石头说：“你没看，没男人洗。”

“那你——”

“我一个糟老头子，不讲究，不讲究。”赵老二一边说一边推赵石头。

“我，我也不讲究。”赵石头一屁股坐在赵老二身旁，一边脱鞋一边说：“我早听说了，今天来就想试一试。”

“你——”赵老二不好再说什么了，心想，你坐下了，我待会儿就走。

“我是石头。”赵石头小声地对赵老二说完，又高声说：“哎，鱼咬你的脚了。”

赵老二听来人说是“石头”先是一怔，立即从声音中辩出来身边的就是赵石头，遂朗声道：“这是神鱼，吃脚上的死皮，给人治病哩。”他说着一动脚，脚下的几条小鱼也惊地蹿出好远，待池水平静后，又游向赵老二的脚，用嘴啄赵老二。赵老二低头看着鱼小声说：“还乡团来好多人。”接着大声一语双关地说：“他们是闻着味儿来的，看，来这边的有二三百！”

赵石头脱了鞋袜，把脚放进池水中，一群小鱼立即向他的脚围了过来，小嘴啄得他的两脚痒痒的。他触景生情，也把小鱼想象成了还乡团，顺着赵老二一语双关地说：“还真不少哩，弄得咱很难受。”

赵老二看着赵石头的脚说：“看着，都放砖缝里了，别蹭破了。”

“哎哟，我让它们给啄得痒痒。”赵石头说着笑着抬下脚，脚周围的小鱼一轰而散。

赵老二接着大声说：“看来，他们还是有组织哩，三五成群的，一拨儿一拨儿的。”

“嗯。”赵石头听懂了赵老二的意思，故意笑着大声问：“听说，还有三只金蛤蟆常在这里游？”

“啊，那是玉仙圣母哩配药师。”赵老二也大声地答。

“就是它们配药给人治病哩呀？”赵石头问。

“话是那儿[1]说哩。”赵老二说，“它们才不管咱人哩事儿哩，是玉仙圣母叫它们弄啥它弄啥。”

“哎呀，水还是有点儿凉哩。”赵石头一边把两只脚放在一起相互搓一边像牙痛似地吸着冷气说。

“城里人吧？”赵老二问完，不等赵石头回答又钉一句说：“沾不得凉水。”

“老哥啊，我还真不如您哩。”赵石头圈起双腿把脚带离水面，两只脚在一起拍打着说。

赵老二听到赵石头又叫他“老哥”，鼻子都要气歪了。他干咳一声，斜了赵石头一眼，在心里骂道“没大没小，我是你亲叔哩，乱了辈分。”嘴上却说，“你呀，把脚放进去，一会儿就好了，外边比里边凉。”

“是吗？”赵石头又将脚放进了池水里。

赵老二又斜了赵石头一眼，心里骂“不吃洋面拉洋屎，啥‘十妈’，你咋不叫‘三姨夫’哩。”因想到是接头怕暴露，也就忍了，但嘴上还是骂赵石头一句：“你呀，还不如人家娘们儿。”

赵石头看了看那些一边说笑一边泡脚的女人，没有说什么，笑笑。心想，也就是在这地方，不仅能看见，而且还能和别的女人一块儿洗脚。

赵老二见赵石头盯着人家女人的大白脚傻笑更来气了，在心里骂一句“在山里待一年，没见过女哩。老子不陪你在这儿丢人现眼了！”想到这，他把脚带出水面，合在一起碰了几下，淋了淋水，拿起鞋一边穿一边说：“我不泡了，得走哩。”

赵石头见赵老二穿鞋要走，急忙说：“你这一走，就剩我——，再陪我一会儿吧。”

赵老二穿好第二只鞋，站起来说：“不泡了，得走哩。”

“这——”赵石头又看了一眼泡脚的女人，慌忙说：“你走，我也走。”说完，慌慌张张地把脚抬离水面，用袜子擦上几把，穿上鞋，掂着湿袜子就跑。赵老二远远看到赵石头那狼狈相，“扑哧”一下乐了，那些泡脚的女人们也冲赵石头的身影爆出一阵开心的笑。

---

① 那么。

赵石头跑到庙台西侧，抬头看见龙头柏，猛然一怔，方感到自己下意识里选择了这个方向，遂警惕地向四周观看，见周围有不少人看自己，就停下来，坐在一块朝阳的方条石上，把湿袜子搭在面前的一堆荆条上，一边晒太阳一边看周围的景致。

不知过了多长时间，赵石头摸了摸自己的袜子已经晒得半干，看了看周围没有人注意，龙头柏下也没有人了，就拿起袜子穿在脚上，向龙头柏走去。

赵石头第二次来到龙头柏下，很虔诚地双手合十放在胸前，闭着眼睛，认认真真地许了个愿。然后装着为砖柱除草，寻找赵老二藏的情报。

这根砖柱砌于什么年代无从考证，砖面部分已经风化变成凹形，裸露着针尖剟似的青蓝色砖肉。有的砖缝还长出了蒿草，长长的蒿子杆光秃秃地插在已经长成圆盘似的新草上，像一个个魔鬼向空中伸着张牙舞爪的手。

赵石头轻轻地抓住一棵蒿草，小心翼翼地把新长出的草盘拨掉，把蒿子杆从底部折断。当他抓住第五棵蒿草时，发现那棵蒿草像是人为放进去的。他轻轻地向外一拉，果真是棵假的。他心里一阵高兴，像折其他任何一棵蒿草一样，慢慢地将其蒿杆折断，只是在向回收时把折断的两部分都握在了手里。他用手中的一大把蒿草作掩护，装着从砖缝里扣青草的样子把赵老二放进去的纸卷儿握入手中，借扔手中杂草的机会把纸卷藏进了上衣兜内。他取到了情报，又坚持把砖柱上的草清除干净，煞有介事地走到潭边洗了洗手，架着胳膊，淋着手上的水，很绅士地向大石桥走去。

赵石头第一次从“山羊胡子”的卦摊前走过时就引起了“山羊胡子”的注意。这个老狐狸，对在他卦摊前做托儿算卦的“蓝布衫”耳语一阵，“蓝布衫”就隐在了人群里一直盯着赵石头。他看到赵石头从玉仙圣母的洗脚盆处狼狈离开，就急急忙忙地追上赵老二问：“赵保长，赵保长，刚才跟您一块儿泡脚的是谁呀？”

赵老二看了看“蓝布衫”，认出是还乡团的，就笑呵呵地说：“哎呀，是你啊。你也来了。”

“哦，哦。我问你——”

“噢，你问诺[①]泡脚哩呀。不认识，不认识。”

“我看你们又说又笑哩。”

“他呀，外地哩，专门来治病哩。”

“他得啥病？”

“啥病？缺心眼儿。”赵老二说着笑起来，“看他穿得人五人六的，简直是个二百五。”

“真哩？”

“你追上去跟他喷喷[②]不就知道了。”赵老二笑着一边说一边走。“蓝布衫”既没追赵老二也没追赵石头，而是去一五一拾地向“山羊胡子”做了汇报。他们说话的当口，又

---

① 那一个。

② 聊聊。

正好看见赵石头坐在庙台边上傻乎乎地等着晒袜子，就认定赵石头是个“缺心眼子”。

“哎，哎，哎，你别走，道长给你算一卦。”“山羊胡子”见赵石头走到卦摊前，“啪”地一下合上折扇，以扇当剑拦住赵石头说。

“俺不算。”赵石头装出一幅怕事的样子一边说一边躲开向前走。

“叫你算，你不算，你就是个倒霉蛋！”“山羊胡子”用扇子点着赵石头喊：“老道送你一卦，晦气全散。”他见赵石头不理不采，接着喊：“转运柏，运柏转，柏转运。你白转运了！”

赵石头闻听此言，停住脚，回头看“山羊胡子”。

“山羊胡子”用扇子一边敲打自己的手心一边冲赵石头说：“你两次到转运柏下，转好的运又转回去了。你白转了！”

赵石头听了“山羊胡子”的话，快步走到“山羊胡子”面前，怔怔地盯着“山羊胡子”说：“你再说一遍！”

赵石头的架式把“山羊胡子”吓得打了个哆嗦，以为赵石头要对他动粗。情不自禁地向后退了退，看“蓝布衫”几个还乡团的人都在，遂定了神，抖抖地伸出左手的拇指、食指和中指，用扇子压在拇指上，冲赵石头故作镇静地说：“你看。”他见赵石头的注意力转到了他的手指上，就从拇指开始，一边用扇子敲一边说：“转运柏，运柏转，柏转运。”他将三个指头代表“转运柏”三个字循环敲了一边，然后向赵石头一摊说：“你说，你是不是白转运了？来，我送你一卦，保你走好运！”

赵石头没有说话，眼睛直勾勾地地盯着“山羊胡子”。他走回来的目的就是要会会这个老狐狸。去年，他钻进这个老狐狸的圈套差一点丢了性命，今日相见分外眼红。

赵石头本来不想与“山羊胡子”纠缠，只想顺利地取走情报，带上老婆孩子离开，至于报仇雪恨，等待八路军回来。可是，“山羊胡子”一再挑衅，使他改变了自己原有的想法。他想，情报已经拿到手了，可王雨霖派到山上二三百人干什么还不知道，会会“山羊胡子”，一来能摸点情况，二来……

赵石头想杀“山羊胡子”，为自己报一箭之仇，给还乡团制造点麻烦。

“山羊胡子”拦赵石头的目的不为别的，就是想再深一点探探赵石头的底细。凭他的感觉，赵石头绝非那种“缺心眼子”。他在桥头蹲了大半天，什么也没有发现，好不容易碰到了个气感这么强的人，岂能放过。

“那您就跟俺算算吧。”赵石头说着又转回卦摊前。

“这就对了。”“山羊胡子”见赵石头没有对他动手的意思，很快恢复了镇静，笑着对赵石头说：“说一说你的生辰八字吧。”

“不知道。”赵石头摇头答道。他是想故意难为一下“山羊胡子”，看这个老狐狸要什么花招。

“山羊胡子”听了心想，连自己的生辰八字都不知道，想必真是个“缺心眼儿”。遂笑着说：“就说说你是哪一年，哪一月，哪一天，哪个时辰生的。”

“民国三年[①]，四月十六，晚上十一点半左右。”赵石头冲“山羊胡子”瞎报了一番。

“山羊胡子”煞有介事地掐着指头算了半天，嘴里还扑扑哧哧地念念有词，时不时地蹦出一句：“你是甲寅年生”、“乙巳月”、“丙申日”、“戊子时”、“哎呀，好命啊！”

“山羊胡子”拉住赵石头说：“你生在丙申日、戊子时，正应命理所说，天下没有穷戊子，世上未见苦丙申，戊子丙申喜相会，定是家资富裕人。好命，好命啊！”

“哦，好，好。”赵石头也附和着点点头。

“再看你生的年月日，占寅、巳、申。”“山羊胡子”掰着指头对赵石头说，“也正应命理所说，年月日会申巳寅，刑合之中才超群，若非政界展宏图，定在工商驰风云。好命啊，好命！”

“我命好。”赵石头又乐呵呵地附和一句。

“命为好命，可生于黑夜，鬼怪出没，易折福折寿！来，先摇个签，我给你看看再说。”“山羊胡子”看着赵石头一边说一边把装着竹签的竹筒塞给赵石头说，“平着摇，摇出三个签。”

赵石头接过签筒非常虔诚地摇着，只见几根竹签慢慢上升，其中一支升得最快超过了所有的签，最后越过筒沿掉在那块画着八卦图的白布上。接着，第二支、第三支相继摇出。

“山羊胡子”拿起签看了看说：“你有做官的命，但从签上看，你错过了当官的机会，我说的对吧？”

赵石头的出生时间是瞎编的，可“山羊胡子”说出的话可是有根据的。他想，你要是当官的，还能一个人出来？你要当官，还用爬那流钱洞？更别说在那场合泡脚、晒袜子、清杂草了。但从衣着打扮和举止上看，倒像个有钱家的人，就是不知道这钱是上辈留下的还是他自己挣来的，是家中有地还是有什么买卖。

“嗯。”赵石头冲“山羊胡子”点了点头。

“山羊胡子”见赵石头认同了他的话，遂得到了鼓励，接着说：“不管你是家中有地，还是外头有买卖；不管你是父辈就富余，还是这辈才挣钱，你不当官，就是个有钱人。挺[②]那睡觉，都有人给你送钱。”

赵石头听了，咧着嘴笑。心里却想，我看你还能说什么。

赵石头的笑更鼓励了“山羊胡子”神侃的勇气。他接着一本正经地说：“你一生得大财的机会很多，可你出生在深夜，正是鬼怪出没的时候，不是挡了你的财道，就是把事儿给你搅黄。你35岁之前，有许多大财虽然没拿到手，却也无关大碍，落个逍遥。可35岁之后，有宗大财，价值连城，富可敌国，如不合理取之，不单危及自个儿的性命，还将殃及家人和后代！”

---

① 1914年。

② 躺。

“真的？”赵石头佯装惊得目瞪口呆。

“道长讲话，岂能儿戏。”“山羊胡子”一本正经地说，“你再跟我说说家里还有什么人，我给你合合，帮你破解。”

“山羊胡子”的神侃，就是为引出这句话，为探赵石头的虚实作铺垫，没想到也就是这句话给赵石头一个编排他的机会。只见赵石头急忙站起，躬身拉住“山羊胡子”连声说：“神人，神人。请借一步说话。”

赵石头把“山羊胡子”拉到人稀处，俯在“山羊胡子”耳边小声说：“道长真是神人，可能您都算出来了。不瞒您说，这价值连城，富可敌国的东西，我已经快拿到了，您要不说，我可就真惹大祸了。”

“什么东西？看是我算的那宗儿吗？”“山羊胡子”眼珠一转狡猾地问。

赵石头又俯到“山羊胡子”耳边神秘地说：“是幅图，一幅藏宝图。”

“藏宝图？”“山羊胡子”一惊，痴痴地看着赵石头，旋即就压抑住了内心的激动，俯到赵石头耳边试探着问：“是不是太平军的？”

“山羊胡子”的声音很小，对赵石头来说真如晴天霹雳，他大吃一惊。怎么国民党特务也知道这东西！他本想借图一说，把“山羊胡子”引到僻静处，没想到“山羊胡子”说出了太平军的藏宝图。这更坚定了赵石头杀他的决心。

赵石头为掩饰自己的失态，又一下子拉住“山羊胡子”的手，把腰躬得更低了，一边点头一边奉承道：“神人，神人！正是，正是！您免了我的灾，我分您一半儿！”

“山羊胡子”又是一惊，心想，真是踏破铁鞋无觅处，得来好不费功夫啊！他抑制着自己的怦怦心跳，一边点头一边思索着说：“那，我得好好合合。”

“是得好好合合。”赵石头松开“山羊胡子”的手说，“我咋看那图，都看不揣①它藏在哪了！”

“拿来我看看。”“山羊胡子”压低声音说。

“这里不是说话的地方，您收了摊儿跟我走。”赵石头也压低声音说。

“你没带？”狡猾的“山羊胡子”又低声问了一句。

“我藏在——，走吧，跟我去看看！”赵石头佯装急切地说。

“山羊胡子”看图心切，冲赵石头一扬手说：“走。”

“您的摊儿——”

“我徒弟收。”

赵石头带着“山羊胡子”绕过张天师庙、猴王庙、走过升天洞前的独木桥，从祈祷台折转，向“山羊胡子”家走去。赵石头伤好后，曾到这里找“山羊胡子”算账，可早就人去窑空了。原来，“山羊胡子”让王雨霖围捕赵石头，把赵石头逼跳虎头崖后，他就搬到了王雨霖的乡公所。现在，家无人住，已是荒草凄凄，拦人腿脚了。

---

① 念chuái，出来。

一路上，赵石头对藏宝图的描述，使“山羊胡子”对图的真实存在确信无疑。当他看到赵石头向他家走时，惊得出了一身冷汗，瞑瞑之中有一种直觉，后悔没让还乡团的人跟着。

“藏哪儿了？”“山羊胡子”紧走几步追上赵石头问。

“里边。”赵石头指着“山羊胡子”家的院子说。

“哦哈呵，咱俩真是有缘啊。”“山羊胡子”故作镇静地说，“你着[①]不着？这是我的老家。”

“真哩？咋这么巧！”赵石头佯装惊讶地说。

“真哩。进吧。”“山羊胡子”摆出一幅主人的架式对赵石头说。

大门早就没了，二人从门洞进入院子。赵石头转过身盯着“山羊胡子”不紧不慢一语双关地说：“你算没算出我今天要送你回老家？”

“山羊胡子”还在心里嘀咕那藏宝图怎么会藏在自己家里，听了这话，下意识地说：“我，我没算。”

“那你算没算出我是谁？”赵石头见“山羊胡子”有点心不在焉，一把揪住他的衣领，把他抵在了院墙上。

“你是——”

“赵石头！”赵石头两眼冒火盯着“山羊胡子”一字一顿地说。

“山羊胡子”进院前就有一种不祥的预感，正神不守舍之时，被赵石头抓住衣领抵在墙上，吓得浑身筛糠。当他听说面前的人是赵石头时，一下子崩溃了，瘫软在地，哆哆嗦嗦地问：“你，是人是鬼？”

“你算算啊！”赵石头弯下腰不紧不慢地对“山羊胡子”说。

“没算揣吧？”赵石头不等“山羊胡子”搭话，就捏着嗓子阴阳怪气地说，“我是鬼，回来找你算账哩。”

“你，你……”“山羊胡子”哆嗦成了一团。

“装啥蒜！”赵石头踢了“山羊胡子”一脚，厉声喝道：“说，还乡团上山多少人？”

“哎呀！”“山羊胡子”惨叫了一声，哆嗦着说：“三，三百人。”

“来镇些[②]人弄啥哩？”

“就，就是，查，查，藏宝图。”

“还不老实！”赵石头又给“山羊胡子”一脚。

“真哩，真哩呀！”“山羊胡子”大声喊了起来。

“真哩？你是真哩想喊人救你！老子才不怕呢！喊吧！”赵石头一边踢“山羊胡子”一边说，“你去年喊恁些[③]人，抓住老子吗？！”

---

① 念 zhǎo，知道。
② 这么多。
③ 那么多。

“哎呀，别打了，赵爷爷，我不喊了，不喊了。”“山羊胡子”压低声音求饶道，“不是我喊哩，不是我喊哩人呀，是王雨霖——，你大人不记小人过，就饶了我吧。”

“那你说实话，还乡团上山镇些人到底弄啥哩？”

“查藏宝图，查太平军藏的宝。”“山羊胡子”带着哭腔说，“他们一直在查，一直在查呀。来人，是怕那家社火，把，把珍宝运走了。”

“他们咋着太平军在这儿藏哩有宝？”

“他们追，追女八路，就是追藏宝图哩。”

赵石头听“山羊胡子”说追女八路，刘红云她们姐妹四个的身影就浮在了眼前，想到张淑珍、李秀娟的惨死，新仇旧恨一起涌上心头，他大骂一声“追您妈那——”一拳打在“山羊胡子”的太阳穴处。“山羊胡子”应声狗吃屎似的一头扎进蒿草里，鼻口蹿血，连哼都没哼出一声。赵石头向前一步，双手搬着“山羊胡子”的脑袋猛地一扭，只听得“咯吧”一声，那血糊糊的脸就转了过来。

赵石头在“山羊胡子”的衣服上擦掉右手上的血，站起身，两手合着又拍了拍，好像拍掉了手上的污物，迈步走出小院。

两只乌鸦在荒芜的小院上空盘旋着，发出一声高过一声的嘶鸣，不知是在喧嚣它们看到了这历史的一幕，还是在呼叫同伴来分食罪大恶极的“山羊胡子”。但是，它们的叫声，回荡在赵石头的耳畔就是单调的四个字：“死了，好啊！”

“好啊，死了！”

庙会结束了，王雨霖派出三百余人，不但没有发现一个共产党、八路军，也没有找到一点关于宝藏的信息，还不明不白地折了“山羊胡子”，弄得他心神不定，防范更加严紧了。平常派到山上侦察情况的乡丁，谁也不敢单独行动，一上山就聚在一起打牌下棋聊天晒暖，别说盘查路人，看到个生人就绕道走，生怕引来杀身之祸。

还乡团对浮戏山监视的放松，为赵石头和刘红云寻找宝藏提供了方便。他们整天带着盼盼早出晚归，一边游览浮戏山的美景，一边排查太平军当年进山路线周围的溶洞。可是，他们把找到的溶洞都查遍了，也没有发现一点线索。

“我们还是要好好研究研究那图，这么漫无边际地找下去，很难找到。”刘红云看着躺在草铺上愁眉不展的赵石头说。

“是啊，咱不是天天看，夜夜想吗？！”赵石头翻过身，看着刘红云问：“这图不会是假的吧？”

“不会！”刘红云想了想坚定地说，“这是老王临终之托，说比我们的命都重要，不会有错。”

“那咱错到哪儿了？咋就看不出一点儿门道哩。”

“我以为，必须把图和字合起来看。”

“是呀，哪一回不是合起来看哩？！”赵石头嘟囔道，“隐得太深，我们也不是神仙，能掐会算。”

“碰见个能掐会算的，你给弄死了，那怨谁。”

“我跟你说了，那天我都走了，他硬给我——”赵石头说到这里突然停住了，他想起那天“山羊胡子”叫他回去的情景，“呼”地一下坐了起来，嘴里念叨着“转运柏，运柏转，柏转运。”

“怎么了？”刘红云看着赵石头惊异地问。

“走，出去说。”赵石头站起来，拿起藏宝图说：“我咋就没想到这么排哩？！”

“什么怎么排？”刘红云问。

“到外头亮地儿再说。”赵石头说着拿起藏宝图一蹦一跳地跑出了溶洞。

刘红云抱着盼盼走出溶洞，远远看到赵石头正聚精会神地盯着一块青石板看呢。她走上前，只见青石板上赵石头用峡礓[1]写着：

寨寺擎龙覃溪洞
寺擎龙覃溪洞寨
擎龙覃溪洞寨寺
龙覃溪洞寨寺擎
覃溪洞寨寺擎龙
溪洞寨寺擎龙覃
洞寨寺擎龙覃溪

原来，赵石头从“山羊胡子”念叨那“转运柏，运柏转，柏转运”受到启发，把藏宝图上那“寨寺擎龙覃溪洞”七个字依次打头排在了一起。

赵石头抬起头对刘红云说：“光对这七个字正念反念，拆拆合合的，就没想到把它这么排起来。”

刘红云没接话，把赵石头写的横向七句念了一遍。

“看出门道了没有？”赵石头盯着刘红云的脸问。

刘红云看着这似诗非诗不成句子的句子摇了摇头。

“你看。”赵石头指着青石板上那片字说，“横着，正念反念十四句儿；竖着，正念倒念十四句儿。这二十八句儿，没几句儿成话儿的，但是，它刻意突出一个字——洞。”赵石头说着，用峡礓从那片字的右上角向左下角画了一条斜线，把“洞”字连在了一起。

寨寺擎龙覃溪洞

① 念 lái jiāng，黄土地里的一种不规则石头，色与土相同或比土略白，划在其它石块上与白粉笔效果相同。

寺擎龙覃溪洞寨

擎龙覃溪洞寨寺

龙覃溪洞寨寺擎

覃溪洞寨寺擎龙

溪洞寨寺擎龙覃

洞寨寺擎龙覃溪

“这就是说宝在洞中。”赵石头抬起头看着刘红云的脸自豪地说，“在什么洞中呢？你看。”他又用峡礓点着青石板说，“横竖看，能成意思的就是‘溪洞’、‘覃溪洞’、‘龙覃溪洞’。”他说着又用峡礓画线将‘溪洞’、‘覃溪洞’、‘龙覃溪洞’连在了一起：“看，横竖各一个。”

寨寺擎龙覃溪洞

寺擎龙覃溪洞寨

擎龙覃溪洞寨寺

龙覃溪洞寨寺擎

覃溪洞寨寺擎龙

溪洞寨寺擎龙覃

洞寨寺擎龙覃溪

赵石头不等刘红云说话，抬起头兴奋地对刘红云说：“老婆子，咱分析的没错，是‘覃溪洞’，关键是咱没弄清是什么覃？！”

“龙覃？”刘红云看着那片字脱口而出。

“对，龙覃。”赵石头握着峡礓在胸前坚定地抖了两下。

“你是说珍宝藏在——”刘红云咽下后半句话，敏感地向四周张望，看有没有外人。呀呀学语的盼盼，听到妈妈和爸爸都说“龙覃”，遂奶声奶气地说：“龙覃。”

盼盼的话正好接上了刘红云的后半句，刘红云激动地亲着盼盼的脸小声地重复着：“龙覃，龙覃，龙覃。”

盼盼也跟着大声地叫了起来。

“龙覃，去黑龙潭！”赵石头将手中的峡礓狠狠地砸进鸭梨潭中。鸭梨潭“咚”地一声，溅起一丛水柱。

“去黑龙潭？”刘红云看着赵石头问。

“嗯，浮戏山有十几个潭，就有一个叫黑龙潭。”

“没这么简单吧？”刘红云看着青石板上密密麻麻的字有点犹豫地说。

“这就够复杂了。”赵石头上前又捡起块峡礓在那片字的正中间划了个十字，冲刘红云说："看，这两句儿一模一样，'龙覃溪洞寨寺擎'，横竖都在正中间，正反都成句儿。这两句儿还都有意思，你说这提字的人，良苦用心啊。"赵石头说着把头摇得像个拨浪鼓[1]，表示自愧不如。这还不够，他又用崃礓点着最中间的洞字说："瞧，这两条线，相交一个字——洞。提字的人——真聪明！"

寨寺擎龙覃溪洞
寺擎龙覃溪洞寨
擎龙覃溪洞寨寺
龙覃溪洞寨寺擎
覃溪洞寨寺擎龙
溪洞寨寺擎龙覃
洞寨寺擎龙覃溪

"'龙覃溪洞寨寺擎'，'擎寺寨洞溪覃龙'。"刘红云正着反着念了一遍正中间的句子，问赵石头说："都什么意思？"

"到那里看了我给你说。"赵石头扔下手中的崃礓，拍去手上的土，拖过盼盼说："咱去看看，那里的风景可好了，找不着也看看景致嘛！"

赵石头带着刘红云和盼盼，走出鸭梨潭，顺着月牙湖畔弯弯的小路向黑龙潭走。他们还没有走到山脚边，就听见哗哗啦啦的流水声了。转过山脚的小弯，放眼望去，一条泛着碎银子白光的小河像一条长长的丝带呈现在他们眼前。

"看，小河。叫不叫溪？"赵石头兴奋地问刘红云。这里的小河、龙潭、竹园、山寨，巨石、花树，一切的一切，赵石头都比较熟，他早就与藏宝图上的七个字相联系了，就是没有寺庙，缺少一个"寺"字。

"当然。"刘红云被面前万鸟峰那美丽的风光和悦耳的百鸟合唱所陶醉，听了赵石头的话，心不在焉地回答道。

"你再看黑龙潭。"赵石头指着前面说。

黑龙潭地势很低，在一块广袤的凹地里。无论是远望还是近看，黑绿色的深潭都像一条巨龙横卧在棋盘山和山中山之间。传说，远古有一条黑龙在此居住，两座山才没有融合。潭中央一块巨岩突起，犹如黑龙躬起的身躯，把潭水分成上下两半，上面的水漫过岩面，无依无靠，凌空而下，开成一道飞瀑，坦坦荡荡地注入下面的深潭。瀑布两边卷起缕缕烟雨，似云似雾般地笼罩在潭水的上空，在阳光照射下形成美丽的彩虹。岩上的潭大而宽，犹如龙的前身；岩下的潭小而窄，恰似龙的细尾；巨岩突立，酷像龙的中身，在迷漫的水雾中，就是一条活灵活现的巨龙。

① 手摇鼓，两面，两侧用绳拴球状物作鼓锤。

“怪不得叫黑龙潭呢，真像一条腾云驾雾的龙。”刘红云禁不住啧啧称赞道，“真美，真是一大奇观！”

“龙和潭都有了吧？”赵石头兴奋地看着刘红云说。

“嗯。”刘红云点了下头，想到刚才的“溪”，就张望着寻找寨、寺、洞。她看到这片三面环山的凹地里，龙潭幽幽，溪流淙淙，杨柳依依，竹园深深，既没有寨，也没有寺，心想寨都设在山上，可寺——。想到这，遂说道：“多好的地方啊，怎么不在这里建座寺庙。”

“咋不建？！”赵石头说，“当年，慈云寺的方丈就追风水追到这里，准备在这里建寺。只因钱款不够，一直没有动工。道家念是佛教先选的址，也不与之相争，所以搁置到现在。”

“真是块儿风水宝地。”刘红云发自内心地赞叹道。

“当然了。”赵石头指着东方说，“你看，东边那座山多像凤凰，它叫凤屏山，山顶就是凤屏寨；再看身后这座山，山峰像不像一只雄鹰，山顶的山寨就叫大鹰寨；南边，那座山头像个鹿头，看那山寨就像是建在鹿的耳朵上，所以叫鹿耳寨；北边这山，是黑龙潭的屏封，可以说是道石门，山上的寨子穆桂英曾带兵住过，所以都叫它穆家寨。”赵石头抑制不住激动的心情，看着刘红云的脸，眉飞色舞地说：“这黑龙潭，东有凤屏寨，西有大鹰寨，南有鹿耳寨，北有穆家寨，这四个山寨，可谓黑龙潭的四大门户。潭像巨龙，四寨擎龙！”

“四寨擎龙！”刘红云惊异地重复一句。

“可惜，不是寺院的寺。”赵石头像撒了气的皮球，少气无力地说。

“寺寨擎龙。”刘红云念念有词地重复着，“寺，四，寺就是四,四就是寺，是不是用的同音字？”

“只能这么想了。”赵石头冲刘红云点了点头说。

“那，就差洞了。”刘红云兴奋地说。

“洞，我们找洞。”赵石头嘴里念叨着将目光从黑龙潭移向靠潭的山体，从下向上，他看到约四、五十米高的绝壁上，几棵胳膊粗的黄叶树斜插在石缝中，倔强地傲视上方。上方壁崖边缘，各种灌木郁郁葱葱。整个山体犹如一只开屏的孔雀，昂首张望着不远处的小龙池。光彩的霓裳下，一瀑水流急泻而下，似脱缰野马，如银河飞落，迸珠溅玉，卷起缕缕烟雨。周围一片迷蒙，似云如雾向壁上升腾。这就是黑龙潭瀑布。

赵石头像发现什么似的对刘红云说：“看好孩子，我到那边看看。”说完，他挽起裤腿儿，脱下鞋子别在腰里，一提气，“噌噌噌”几下攀上潭边的石壁，“嗖”地一下跳到潭中那块巨石上，“叭叭叭”踩起几朵水花就到了对岸。

“慢点儿！”刘红云拉着盼盼冲赵石头大喊。

赵石头跳到一块大石头上，一边不停地踏步淋脚上的水一边嘻笑着冲刘红云喊：“没事儿，你领着孩子耍吧！”

赵石头把脚踏干后，穿上鞋，沿着对岸向黑龙潭瀑布方向一边走一边观察山体。他透过黑龙潭瀑布那蒙蒙薄雾，发现闪着磷光的石壁上有一大片黑乎乎的。走近仔细观察，禁不住为之一振，兴奋起来。原来，那黑乎乎的一片是一个洞口，黑龙潭瀑布后面藏着一个山洞，一个真真正正的水帘洞。

“找到洞了。”赵石头激动地连鞋都来不及脱，一蹦一跳地扑进水帘洞中。

这个水帘洞的水帘很厚，不仔细观察，不走到跟前，一般人还真发现不了。洞口被水冲刷得非常光滑，一簇簇不知名儿的水草相拥着挤向洞口，嫩绿光洁，晶莹剔透。洞顶倒挂的崖石像几个隐藏的哨兵，勾着头警惕地注视着洞里洞外。落进洞里的水，形成一条小溪向洞内流去。

“溪洞，潭溪洞。”赵石头按耐不住内心的激动，大步向洞内走去。刚走几步，只听“咔嚓”一声，“嗖，嗖，嗖”三支冷箭从三个不同方位向他射来。说时迟，那时快，他抡起胳膊“啪啪”打掉两支，抓住一支。

赵石头细看那箭，虽有斑痕锈点，但箭头锋利，箭身光滑，说明经常有人擦拭。

“洞里有人。”赵石头告诫自己，抓住箭警惕地注视着周围。

洞里静得瘆人，能听到洞顶水珠落下那脆灵灵的滴答声。赵石头不是怕死的人，不想遇阻就返，一边观察一边继续向前走。又走几步，头顶“呼”地声响，一块石板夹带疾风而下。赵石头一个箭步跳开，只见那石板“轰”地一声拍在地上，掀起的尘土扑面而来。他在心中叫到，好险，少跳一尺，准没性命。

赵石头返身跳上从洞顶掉下的那块石板，马步举箭，机警地注视着四周。他不知道下一个情况是什么，来自什么方向，但经验告诉他，这刚掉下的石板上面肯定不会再有危险了。他在石板上站了一会儿，见没有什么动静，遂丢下那箭，脱下外褂，做好打斗准备。直觉告诉他，洞里的人快现身了。

赵石头右手拿着外褂，又一步一步地缓慢前行。突然间，前方“咔嚓嚓”爆出几声脆响，足有十几支冷箭“嗖嗖嗖”一齐向他射来。

赵石头抡起褂子，就像在自己面前打起一道铜墙铁壁，“叭叭叭叭”将射来的箭全部挡落在地。他斜一眼地上的箭，不由得倒吸一口冷气，心想，多亏手中的褂子，要不然，还不被这批箭射成刺猬？！转而又想，这么密集的暗箭，一定是洞内最后一道机关。想到这，他大声喊道：“出来吧，我知道没机关了！”

赵石头的喊声碰在洞壁上产生的回音，久久不散。可是，洞内除了自己以外，没有任何动静。这使他对自己的判断产生了怀疑，退出去吧，他不甘心，他感到宝藏就在这个洞里，所以，他又小心翼翼地向前迈开了脚步。

“腾”地一闪，赵石头眼前一条黑影掠动，他以为是蛇，正辨蛇头，左脚踝处已被紧紧勒住。原来地下隐藏一根绳子，绳套套住了他的左脚。只见那绳子“腾”地一下绷直，把他拉了个趔趄。他就势一倒，右脚死死地蹬住了洞底的一块凸石，察看四周，没有一个人影，便运气曲身，抽出一个飞镖割断了绳子。那绳一端突然失去张力，就像一条巨蛇“腾”地一下躬身仰首缩了回去。与此同时，只见前面白光一闪，跳出一人。那人白衣白裤白头发，从上到下一袭白色，跳出的同时“嗖”地一声向赵石头掷出一支飞镖。

赵石头坐在地上，受绳子弹跳的干扰，当他发现飞镖为时已晚，刚一侧身，那镖就插入他的左臂。说时迟，那时快，赵石头冲白衣人扔出右手的飞镖，腾地一下站了起来。

那白衣人毫不躲闪，看着赵石头的飞镖就像是他训养的小鸟，抬臂一顺捏在手中，手腕一抖又飞向了赵石头。

赵石头见状，拔掉左臂上的飞镖，冲飞回的镖一磕，只听“当”的一声，那镖被磕落在地。与此同时，白衣人已飞身赶到。赵石头以镖当剑，两人对打起来。

“别打，别打了！”赵石头一边挥镖防守一边叫道，“你是谁？”

“你进了我的洞，还问我是谁？”白衣人招招紧逼，声如洪钟。

“对，对不起，我不知道，进来看看。”赵石头一边退守一边解释说。

“没那么简单！”那人声到拳到，直捣赵石头的胸窝。

赵石头躲闪不及被重重地击了一拳，身体腾空撞在洞壁上。那白衣人一闪，跳上前封住了洞口。

“不让看，放我走。”赵石头站稳马步与白衣人对峙。

“走？进来了，就别想活着出去！”白衣人毫不让步直取赵石头要害处。

赵石头见对方招招都想要他性命，不敢懈怠，急忙接招，挥镖而上，以镖为剑，转守为攻。他刺、划、劈、挑，左右开弓，上下翻飞，剑气如虹，快似闪电。那人不慌不忙，逐一化解，一边打一边感叹：“好身法！好身法！”

赵石头知道今天遇到了高人，必须认真对待，硬拼不行，要智取逃生。想到此，他用少林拳“刺”字决中的“滴水不漏”，接连快速地刺出数招，弄得白衣人眼花缭乱不敢轻易出手。然后，他大喊一声，左足一点，身子跃起，似泰山压顶照着白衣人当头劈下。

这一招要是躲不过去，赵石头手中的飞镖肯定插入白衣人的大脑；如果赵石头用的是剑，定能将白衣人劈成两半。白衣人真不愧为武林高手，只见他后退一步，不慌不忙抬臂去挡，没想到赵石头此为虚招，半路改刺直取他的心窝。

“好一个龙腾虎跃！”白衣人心中一颤，急忙侧身，伸手去抓赵石头的右臂，想用“四两拨千斤”化解赵石头的劲势。谁知赵石头这一刺还是虚引子，只见他突然将握镖右手收回，运气于左臂，照着白衣人的后背狠砸下去。白衣人身子一晃，向前跌去。赵石头趁机一跃，跳出洞外。

白衣人万万没有想到赵石头会用带伤的左臂来重击自己。赵石头也正是抓住他这一心理，才夺路逃出了水帘洞。

赵石头这一击，一般人不死也得吐血，可白衣人只是向前跌跑两步就站住了。不能说赵石头有伤没有用上十足的力气，只能说白衣人的武功高底子厚。赵石头为此也付出了沉痛代价，左臂震得失去了知觉，伤口的血像泉涌似的。

赵石头知道他那一击只能为了逃生，要取胜白衣人没有可能。所以，他没有选择顺河谷或上对面缓坡逃生，而是选择了无路可走的五十多米高的绝壁。只见他借助瀑布的外力返身贴上石壁，轻点滑湿的壁崖钻出瀑布，攀岩而上，欲用轻功攀越壁沿隐身棋盘山。但是，蹬下的渣石滚落而下发出“哗啦啦”的响声，他怕白衣人追出水帘洞发现，攀到距谷底约三十米左右的一棵黄叶树处停住。那黄叶树树干比胳膊略粗，斜插在石壁的岩缝中，树冠不大，能遮住两人。赵石头躲在那黄叶树的树冠后俯瞰水帘洞，只见那厚厚的水帘突得飞溅出无数银珠，一道白光随着水珠飘落在黑龙潭中的凸岩上，接着白光一闪，白衣人已站在对面的山坡上，像猎鹰似的探着头搜寻着河谷。

河谷中，刘红云带着盼盼正在黑龙潭下玩耍，忽然听见黑龙瀑布绝壁上响起一阵落石声，抬头一看，只见赵石头“噌噌噌”几下攀到了一棵黄叶树处，借助黄叶树的枝叶躲藏起来。

“爸爸！”盼盼看见了赵石头攀岩，高兴地指着赵石头的身影叫道。

刘红云心头一震，知道有人在追赵石头，一把拉过盼盼将身子背了过去，轻轻地对盼盼说：“别看！谁问也别说爸爸在哪里。”说话间，只听黑龙潭水“哗哗”一阵杂响，一白衣人从潭中飞出飘落在潭边山坡上。那阵式，就像深潭里跃出一条白龙，幻化成一个白头发、白胡子、白上衣、白裤子、白鞋的白神仙。

白衣人站在山坡上看了一会儿，没有发现赵石头的踪影。他根本没想到赵石头会选择绝壁逃生，他断定赵石头藏起来了，依他的身手和追出的时间，他坚信赵石头不会走远，遂捋了捋自己的长须，仔细地观察着四周。他一身通白，白须飘在胸前，带着仙气，透着威严。他看到了刘红云和盼盼，也猜想到她们可能与赵石头是同伙，但他没有上前盘问，他首先要找的是赵石头。

正当白衣人百思不得其解的时候，赵石头所攀的黄叶树不堪重负，插入石缝里的树根向下移位，撒下些许渣土。

“小毛贼，我看你往哪里跑！”白衣人看到了赵石头，大喊一声，飞身跃下山坡，跳过黑龙潭，就向赵石头所在的黄叶树攀蹬。

赵石头见状，抓起插在树旁的飞镖瞄向了白衣人。这支镖从上掷下，对攀岩人来讲是防不胜防，一镖不能毙命，也要造成重伤。可是，赵石头抓在手中猛然一怔，看着那镖不掷了。

原来，刚才在洞里，光线昏暗，只顾应战，赵石头没有细看那镖，现在抓到手中感觉眼熟，突然想起这把镖与前年救自己的那把镖一样，是用钢板纯手工磨制而成，只是大小有点差异。遂举着飞镖冲白衣人喊：“别动，我有话说。”

“找阎王说吧！”白衣人“噌噌”几下就攀到了赵石头跟前。

赵石头见状，像猿猴似的一跃跳到了另一棵黄叶树处。他伸左手抓树，感到一阵钻心的疼痛，急忙伸出右臂去扒树干。

“别开枪，别开枪！”赵石头右臂夹住树干，冲刘红云大喊。他在跳往这棵树时看到刘红云向白衣人举起了手枪。与此同时，白衣人也跳将过来，只见他脚点石壁一掌劈断了黄叶树，赵石头带着树向谷底坠去。树枝在石壁上挂了一下，赵石头借机脚点石壁，腰身一扭，松开那树，如燕子一般，轻盈地飞落在地。

白衣人一开始就猜想刘红云是赵石头的同伙，攀岩时就防着背后的黑枪。他看赵石头收起飞镖无伤他之意，正要追上问个究竟，忽然瞥见刘红云举着手枪向他瞄准，心想不能多面受敌，要想尽快解决赵石头，再战刘红云，遂纵身一掌向赵石头抱的黄叶树劈去。当他听到赵石头喊不让开枪时，掌已劈向树干不能收回。但他心里有了底数，跟着赵石头跳下了绝壁。他在内力的加持下，下落速度比赵石头快了两倍，提早跳在黑龙潭边堵住了赵石头的去路。

这样，白衣人前有赵石头，后有刘红云，成了腹背受敌的态势。但是，他毫无顾及，看都不看刘红云一眼，盯着赵石头厉声问道："说，为什么不让她开枪！"

"恩公，您救过我命呀！"赵石头陪着笑脸说。

"我救过你？"白衣人一脸迷茫地问。

"对，这镖，前年秋天，就在那儿。"赵石头摇了一下手中的飞镖，用镖指着石寨门前面的土坎说："我叫赵石头。"

"赵石头？"白衣人看了赵石头一眼，好像想起来了，笑了笑说："我说你在上面瞄准我了怎么不掷镖呢？！"

"我咋能伤恩公呢。"赵石头放下镖，左掌抱右拳冲白衣人道："恩公在上，受我一拜。"说着就要下跪。

白衣人急忙上前，扶着赵石头说："不必多礼。"

"恩公怎么住在洞里？"赵石头诚恳地问。

"你们不是也住在洞里吗？"白衣人反问道。

赵石头听了一惊，知道自己在白衣人面前已经没有了秘密，遂从身上取下自己保存的那支飞镖，递给白衣人，诚挚地说："我这条命就是恩公给的，如果恩公感到不应该留在世上，就请拿去！"

白衣人看了看赵石头，沉着脸说："你留着吧。不过，您得答应我，今天的事儿对谁也别说，以后也别来找我。"

"这个——"赵石头欲言又止。

"需要的时候我会找你，带着老婆孩子好好过日子。"

"我——"赵石头想说什么，被白衣人抬手止住。

白衣人从怀里掏出一包东西，递给赵石头说："你中了我的毒镖，这是解药，回去每天吃一粒。吃完了，漫山的金银花就解百毒，或当菜吃，或泡水喝，吃上一年准好。"

"一年才好？"赵石头瞪大眼睛问。他知道浮戏山的金银花能解百毒，乡亲们被蛇咬了，被蜂或蝎子蜇了，都吃金银花，喝金银花水，用金银花水洗，很快就好了，解这镖毒用一年时间也太长了。

白衣人点了点头，非常严肃地说："半年之内，不得运气。否则，有生命危险。"

“我刚才运气了。”赵石头喃喃地说。

“要不是你刚才运气，这包解药就够了。”白衣人认真地说。他眼前又浮现出赵石头运气于左臂照他背上重重一击那一幕，遂冲赵石头扬了扬手带着怜惜的口味说：“走吧。”

“红云，快，快带孩子来拜见恩公。”赵石头冲刘红云招手道。

“免了，以后拜也不迟。”白衣人也冲刘红云招手说。

“您真不让我找您？”赵石头又试探着问。

白衣人盯着赵石头看了一会儿，淡淡地说：“等你们的主义实现了，我没去找你，你再找我。”说完，“噌噌噌”跃过黑龙潭，隐在竹林里。

第二十七章

赵石头、李勇和刘七三人相继跳进凤屏寨，与反扑寨门的还乡团碰了个正着，六把手枪一齐喷火，打得还乡团的乡丁尖叫着转身就跑。

赵石头看着白衣人隐没在黑龙潭前的竹林中，也跳过黑龙潭，向刘红云和盼盼跑去。

“石头，你受伤了。”刘红云上前扶住赵石头关切地问。

“嗯，擦破点儿皮，没事儿。”赵石头冲刘红云笑笑说。

“还流血呢，我给你包一下。”刘红云从自己内衣上撕下一条布，一边为赵石头包扎一边问：“他是谁？”

“啊，救我诺[①]人。”赵石头说，“就是这把飞镖的主人。”他一边说一边将手中的飞镖冲刘红云晃了晃。

“噢——”刘红云看了看赵石头手中的飞镖，知道白衣人就是赵石头常提的那个隐士，遂关切地问道：“他在这儿隐居？”

赵石头冲刘红云点了点头说：“瀑布后面有个水帘洞。”

“潭溪洞。”刘红云脱口而出。她看看四周，压低声音问赵石头：“那宝藏就——”

“有可能！”赵石头重重地点了下头，一边想一边说，“七个字就差一个寺字。”

“会不会就是用的同音字？”

“这就是疑点儿。”赵石头若有所思地说。

“你发现什么没有？”

“进去就打了起来。”赵石头淡淡地说。他见刘红云为他包扎好了，就用右手推了一

---

① 那个，那一个。

下刘红云的后背说："走吧。"

刘红云上前抱起盼盼走了几步，忍不住又问赵石头："你认了他，他没说什么？"

"他说，不让咱来找他，他有事儿找咱们。"赵石头喃喃地说完，又盯了一句："他好像知道咱住的地方。"

"他是什么人？"刘红云一边思索一边说，"知道我们住的地方没有告密，不会是坏人。"

"嗯。"赵石头点了下头，放慢脚步与刘红云并着肩一起走。他压低声音对刘红云说："我在想，他会不会就是看宝的人？"

"不可能。"刘红云接着说，"你也不想想，太平军来这里是什么时候？都九十多年了，他一百多岁了？真成神仙了？"

"也许是他们的第二代，第三代人。"赵石头淡淡地说。

"也有可能。"

赵石头看刘红云点头认同他的看法，接着说："他还说，等我们的主义实现了，他没找咱，就让咱来找他。"

"看来他对咱还是比较了解的。"刘红云若有所思地说。

"我也这么想。"赵石头说，"八路军在这里待了一年，他可能有所了解。"

"对，他一直在观望。"

"要真是这样，他对咱们还是很有好感的。"赵石头说，"要不，他不会说等我们的主义实现了再来找他。"

"这话里有话。"刘红云说，"从这话里看，他还真像看宝的。"

"我就是这么想的。"

"那，我们怎么办？"刘红云盯着赵石头问。

"回去，等大部队回来再说。"

赵石头回到鸭梨潭的溶洞就发起高烧，一连烧了几天才清醒过来。他只感觉浑身发软，四肢无力。想一想，白衣人不会害他，要害他，凭白衣人的武功，那天他们一家三口都离不开黑龙潭。他按照白衣人的要求，一天吃一粒解药，又采来浮戏山的金银花，当菜吃，泡水喝，慢慢地，身体一天天硬朗起来。他挨着日子，半年过去了，浮戏山从秋走到了冬，又从冬走到了春，山里的土解冻了，草发芽了，他又能开始慢慢地运气练功了。他和刘红云虽然没有再去找白衣人，但是时刻关注着黑龙潭的动静，一心等待着八路军大部队回来。

浮戏山的迎春花开了，杏花开了，桃花开了，梨花开了，红的花，粉的花，黄的花，紫的花，白的花，各色各样的山花都开了，开满了山坡，开满了河谷，树木蒿草都披上了新装，把整个浮戏山装点得犹如仙界天堂。

鸭梨潭映着早晨的阳光，映着姹紫嫣红的浮戏山，映着赵石头和刘红云练功的身影。

赵石头收势后，笑眯眯地看着刘红云。刘红云刚打过一套太极拳，这时正练少林小红拳，刚做完“起势、海底捞月、鹰勾架、叉步冲拳、缠腕弹腿、撑补拳、铁匠三锤”几个动作，赵石头就拿出师父的架式喊了起来：

盘头花子裙拦式，提膝盖掌却地龙；
踩步撩阴分心掌，单片坐盘猴观境；
背剑地龙起抹手，拦门砍腿抱头挺；
震步打虎呈英豪，左右跨剑腿上功；
前扫背扫根子腿，背锤包脚里合成；
燕子打肋十大响，左右丁膀分七星。

刘红云跟着赵石头的口诀翩翩起舞，将小红拳的三十六个动作一气打完，如行云流水，似轻歌漫舞，真可谓夫唱妇随，珠联璧合。

“好。”赵石头看刘红云做完收势大叫一声，一边看着刘红云微笑一边鼓掌。

刘红云理了一下搭在眼前的秀发，抹把汗，冲赵石头歪着脑袋嫣然一笑撒娇道：“好什么呀？”

“好到了登峰造极，炉火纯青。”

“去你的。”刘红云爱怜地推了赵石头一把，接着问：“今天干什么呀？”

“今天，今天带你们去桃花峪。”赵石头说，“现在正是桃花盛开的时候，那里漫山遍野都是桃花，红的、粉的、白的，可美了。”

“真哩？”刘红云学着当地的口音笑着问。

“真哩，等孩子睡醒了——”

“叭叭叭”清脆的枪声划破了浮戏山的天空，打断了赵石头的话。枪声过后，便是密集的滚雷似的炮声，震得鸭梨潭水泛起层层涟漪，赵石头和刘红云急忙爬上山头朝响枪的方向张望。

“一定是八路军的大部队回来了。”赵石头看着远方的战火兴奋地说。他见刘红云瞪着迷茫的眼睛看自己，急忙解释说：“你想，凤屏寨和王雨霖勾结在一起，有人攻打凤屏寨，不是八路军还能是谁？！”

“那地方是凤屏寨啊？”刘红云看着硝烟升腾的地方问。

“嗯，就是凤屏寨。可能是王雨霖躲进凤屏寨了。”赵石头一边看着凤屏寨一边思索着说。

“有可能。”刘红云看着凤屏寨一边想一边点头赞同。突然，她脑海里浮现出赵石头曾给她说过的话：“牛半山不愿收留我们，他怕王雨霖灭了他们将军寨。”

“会不会是王雨霖在打凤屏寨？”刘红云迟疑地说。

“王雨霖和王长贵穿一条裤子，他咋会打凤屏寨哩？！”

"说不准，他们那些禽兽不如的东西，什么事儿做不出来？！"刘红云淡淡地说。

"也可能。"赵石头想到王雨霖与王长贵之间有夺妻之恨，点头赞同刘红云的想法。但是，第六感觉一直在告诉他，是八路军的大部队回来了。他望着凤屏寨的方向说："我去看看，我感觉是八路军的队伍。"

"我跟你一块儿去。"

"不行，你看孩子。"

"没事儿，他自个儿在洞里又不是第一次，有吃有喝的，他也不闹。"刘红云不以为然地说。盼盼已经会走路了，自己会拿着东西吃喝，两人干活、锻炼的时候经常把他一个人放在溶洞里。

"那好，我们快去快回。"

赵石头和刘红云来到凤屏寨下，这里的枪炮声早已停息，有许多老百姓在给军队送东西。那些军人穿的是一身黄军装，不是"八路灰"。原来，浮戏山迎来了人民解放军。

王雨霖接到他在国民党中央的干爹的指令，带着几个亲信悄悄地跑了，解放军根据赵老二等人提供的情报一举解放了崇仁乡，常光耀带着还乡团的残兵躲进了凤屏寨，依据天险与解放军对抗。

赵石头看着眼前的军队和老百姓，有点疑惑地对刘红云说："他们不是八路。"

"军装不像，看他们对老百姓的态度，倒像是八路。"刘红云一边想一边说，"我过去问问。我是女人，他们不会怀疑什么。"

"我去，有啥事儿，我比你利索，好脱身。"赵石头争辩说。

"能有啥事儿？你没看那当兵的和老百姓有说有笑的？瞧，还有个女的呢。"

赵石头朝刘红云手指的方向看去，看到一位当地妇女笑容可掬地把一碗水送到一个当兵的手里，就轻轻地说："注意安全。"

刘红云冲赵石头一笑，放下枪，慢慢地钻出树林，整整衣服，上了路，向前走去。

赵石头把双枪端在手里，时刻准备接应刘红云。他看着刘红云走过去，双方比比画画地说了一阵，刘红云就转过身来冲他喊："石头，快过来呀，是解放军，就是原来的八路。"

"石头，是赵石头吗？"一个高个子军官听到刘红云的叫声，急忙跑过来问。

没等刘红云回话，就看到赵石头腰扎双枪、手提双枪飞奔过来。

"是赵石头。"跟在高个子军官身后跑过来的赵老二看着赵石头说。

"石头。"高个子军官兴奋地一边叫着一边向赵石头跑去。

"队长。"赵石头认出了这个高个子军官就是李铁柱，大叫一声与李铁柱紧紧地拥抱在一起，激动地流下了热泪。哽咽着说："这么多年，你去哪儿了？"

“俺几儿[1]跑到了湖北，参加解放军了。”李铁柱淡淡地说一句自己，就拍着赵石头的肩膀深情地说：“你受苦了。”

“我，我没，没有完成任务。”赵石头说着低下了头。

“我听二叔说了，你做得很好，做得很好啊。”李铁柱拍着赵石头的左肩说。

“咱们收集的情报全用上了，全用上了。”赵老二向前跨一步拍着赵石头的右肩说。

“二虎和大奎哩？”赵石头抹了把泪眼急切地问。

“大奎当团长了，镇暂儿[2]嘛，可能在荥阳哩。二虎是连长，上凤屏寨谈判去了。”

李二虎从凤屏寨回来说，王长贵提出一个条件，他要求放凤屏寨两个人到将军寨见了盟主牛半山后再谈判。

解放军答应了王长贵的要求，二蛋带着还乡团的刘麻子骑马冲出了解放军的包围圈。

二蛋直奔将军寨，刘麻子却拐弯去了别的寨子。原来，这两年，王雨霖按照常光耀的建议，给每个寨子都送厚礼拉拢，虽然只买通了凤屏寨与他们合作，可其他寨子也没有同他们为敌。今天，解放军攻打凤屏寨，王长贵发出求援信号，众山寨早已做好了联合作战的准备，就等将军寨的一声号令。可牛半山接到探子报告，说是解放军把王雨霖打跑了，常光耀带人躲进了凤屏寨，所以，他一直按兵不动。二蛋上将军寨的目的很明确，一是求牛半山出面调停解放军的围剿，二是求牛半山下令各寨向解放军进攻。刘麻子出寨的任务是，不管牛半山支持不支持，都要说服几个平日对他们亲近的寨主发兵。

解放军早料到王长贵和常光耀要耍花招，半路抓住了刘麻子。

“放开我，放开我。两军交战，不斩来使。”刘麻子又臭又硬，高声叫道。

“你吆喝啥哩吆喝？你是来使？你来干啥哩？你是通风报信的探子！”李铁柱冲刘麻子大声喝斥道。他用一副地道的河南腔，就是让刘麻子知道他是当地人。

“跟您谈好哩，俺出来俩人，我就是幺儿[3]，不是来使是啥？”刘麻子梗着脖子说。

“没错，是答应叫你们出来俩人，可说好了是上将军寨，你上哪儿了？你去那儿弄啥哩？”李铁柱厉声喝道。

“我啥也不弄，看看风景，耍哩。”刘麻子赖不拉叽地说。他想，我什么也不说，你们没有任何证据，也奈何不了我，到谈判时还得放我。

“耍哩？刘麻子，你用烧红的钢锨把八路军的情报员活活烙死，给农会干部上抽筋凳、灌辣椒水，逼着赵石头跳下虎头崖，也是耍哩？！就凭这，我就能毙了你！”李铁柱虎目圆睁，瞪着刘麻子厉声喝道，吓得刘麻子直打哆嗦。接着，他放低了声调，掷地有声地说：“镇暂儿，是给你个立功赎罪的机会，你说不说，自己看着办吧。”

刘麻子闻听此言，“扑咚”一声跪在了地上，连声喊：“我说，我说。”他磕头如捣蒜，

---

① 念 jé，几个。

② 现在。

③ 一个。

心想，这解放军比八路还神，刚到这里就知道了我的名字，还知道我做的那些事儿，这当官的又是本地人，看来是啥也隐瞒不了。

“快说。”一旁做记录的解放军战士厉声喝道。

“那些事儿都是王雨霖叫干的，我是端人家饭碗的呀，我充其量也只是个从犯，是从犯啊，长官。”刘麻子一边磕头一边鼻子一把泪一把地说。

“白[①]哓喝[②]，说你出来弄啥哩[③]！”李铁柱又用当地的土话大喝一声。

刘麻子吓得一哆嗦，结结巴巴地说：“我是到山寨搬兵的。”

“都到哪个寨子？”李铁柱问。

“我想到——大鹰寨、二郎寨、八峰嶂寨，这几个山寨大，兵多。”

“你到这几个寨子搬兵，你们和这些寨子有盟约？”

“没，没有。这几个寨主都好说话，我挨着试呗，谁能出兵，就许谁金子。”刘麻子实话实说。

“哪几个寨子里有你们还乡团的人？”李铁柱引导刘麻子说。

“没有，都没有。”

“老实点儿。”记录的战士又厉声喝道。

“真的，长官，真的，只有凤屏寨有，其他寨子都没有。我不敢说瞎话，我们平时给他们送东西，他们都要，说放东西他们就不让了。只有凤屏寨，凤屏寨的王寨主是常队长的把兄弟，我们的金贵东西和枪支弹药、粮食都放到凤屏寨了。”

“凤屏寨有多少人？”

“一百多人吧？”刘麻子有点拿不准，瞪着眼睛看着记录员。

“你们两家就一百多人？”李铁柱盯着刘麻子问。

“二百多人，二百多人。”

“到底多少人？”李铁柱盯着刘麻子不紧不慢地问。

“三百,三百多？”刘麻子看着李铁柱一边想一边说。

“问你呢？”记录员冲刘麻子大声说，“说实话，所言不实，军法处置！”

李铁柱瞪了记录员一眼，记录员感到自己说话的语气特别是那句“军法处置”不妥，就缓和了口气，慢慢地对刘麻子说：“你好好想想，看到底多少人。”

“三百，顶多三百人。”

“粮食能吃多长时间？”李铁柱不动声色地问。

“一年，一年多。”刘麻子说，“王寨主跟常队长说的，我就在场。他说，寨里的粮食没有我们的人，他们能吃两年，有了我们，也就一年，顶多能坚持一年半。”

“枪弹呢？”

---

① 别。
② 喊叫。
③ 干什么。

“枪弹富余，枪弹富余。王寨主说，只要有粮食，寨里的枪弹守寨子用，十年二十年都用不完。”刘麻子说到这，冲李铁柱比画着说：“长官，您是不知道，别说您攻这座山费劲，就是攻上去也进不了寨子。那天桥，给我一把盒子，我就能守住。”

记录员狠狠地瞪了刘麻子一眼，李铁柱冲他使了个眼色，然后站起来说：“我还有事儿。刘麻子。”

“在。”刘麻子急忙答道。

李铁柱瞟了刘麻子一眼，接着说：“你说得不赖，有悔改的表现，还有啥情况，老老实实地给他说。”

“是，长官。是，长官。”

孟春桃得知解放军解放了崇仁乡，正在攻打凤屏寨，闹着要下山去见解放军。牛半山一脸凝重，背着手在孟春桃面前走来走去，沉思不语。

“你说话呀你！”孟春桃气得狠狠地推了牛半山一把说。

牛半山一下跳开。又突然转过身，用双手抓住孟春桃的双肩，激动地摇了摇，坚定地说：“好，我说，我陪你去。”

“真的？”孟春桃瞪大眼睛看着牛半山问。

“真的，咱帮解放军拿下凤屏寨，作为见面礼！”

“我真没有看错人！”孟春桃一下子抱住了牛半山，在他脸上深深地印上一吻。她为她的付出、她的努力、她的牺牲而自豪，而高兴，她兴奋得不能自已。

牛半山把赵狮子叫到面前，郑重其事地对赵狮子说：“我和夫人去趟凤屏寨，家里就交给你了。万一我回不来，你就——”

“寨主，您在家，俺去。您说咋弄哩[①]，俺去找王长贵，看他狗日的敢说个不字。”赵狮子不等牛半山说完抢着说。他向后搂了一把他那阴阳头，做出一副视死如归的样子。

“别争了，我去。”牛半山抬起右手向外一摆干脆地说。他盯着赵狮子，那双爬满皱纹的壳泡眼[②]一下子舒展了许多，瞪得滚圆，迸发出咄咄逼人的光，咬着牙狠狠地说：“今天，是该给王长贵算账的时候了！”他把右手一挥，大有杀一儆百之意：“日他姐，他害了张三旺，我担心他跟[③]还乡团合着害咱，没有收拾他。他却蹬鼻子上脸，领着头跟咱作对，咱这盟主都成了聋子的耳朵——摆设了！还有，我怀疑，文彬的死也与他有关！”

“寨主，我着[④]您的意思了。我去帮解放军把凤屏寨端了，提着王长贵的脑袋回来见您！”赵狮子冲牛半山单腿一跪抱拳道，真正一副视死如归的样子。

“起来。”牛半山又抬起右手冲赵狮子一扬，掷地有声地说：“这是我与王长贵的事儿，

---

① 怎么办。
② 眼皮比较厚的单眼皮眼睛，像甲壳虫的壳。
③ 和。
④ 知道。

也是咱将军寨与十几个山寨的事儿！万一我回不来，你就把这寨子交给解放军，给我坐稳这个盟主的位子！”

“寨主——”赵狮子张着嘴看着牛半山和孟春桃一句话也说不上来。

孟春桃冲赵狮子重重地点了下头。

“去吧，让老虎带着李勇、刘七跟我走。”牛半山冲赵狮子摆了下手说。他结婚那天看上了刘七，就把刘七调出了厨房。这刘七最大的特点就是老实、忠诚。半年来，刘七除了习武外，还练习枪法，使着两把快枪。

“多带几儿[1]人吧？”赵狮子怯怯地问。

“中了，加上夫人，我们九把枪足够了。”牛半山冲赵狮子又摆了下手，然后扶着孟春桃的肩膀笑着说：“准备一下，马上走。”

牛半山一行来到凤屏寨下，与解放军商议，由刘红云扮作孟春桃的内侍黄妈，赵石头扮作赵狮子，随牛半山一起上凤屏寨，并拟定了战斗方案。

解放军先放二蛋上山报信。二蛋一边顺着路往山上走一边喊：“我回来了！我回来了！”

躲在山上怪石后的土匪和还乡团的乡丁悄悄地把枪对准了山道，见只有二蛋一个人全泄了气，靠着石头打起盹儿了。

王长贵听说二蛋回来了，急忙走出聚义厅来到寨门口，二蛋一进寨门，就被他一把拉住，急切地问：“咋样？牛寨主咋说了？”

“牛寨主来了，说要与你面谈。”

“啥？牛半山来了？”常光耀瞪大眼睛惊异地问。

“嗯。”二蛋冲常光耀重重地点了下头。

“人哩？”王长贵焦急地问。

“在山下。”

“他们与解放军见面了？”常光耀急切地问。

“嗯。”二蛋又冲常光耀点了下头。

“完了，肯定被解放军收买了。”常光耀把右拳打在左手掌内烦躁地说。

“不会恁快吧？牛半山可是老油条了。”王长贵一边思索一边说，他把头转向二蛋问：“他都带谁了？”

“还是上回来那几儿。”二蛋掰着指头说，“牛寨主、夫人、王老虎、李勇、刘七。”

“就他们五个人？”常光耀又急忙插嘴问。

“嗯。”二蛋想了想又冲常光耀点了下头。

“那好，你下去把他们带上来。要——”

---

① 几个。

“你一定要认准了，不能让解放军把人换了。”常光耀不等王长贵说完急切地抢过话茬说。

“对，你挨个认准了，要有变化就别带他们上来。”王长贵对二蛋强调说。

“知道了。”二蛋点头应道。

“去吧。”王长贵冲二蛋摆了下手说。

二蛋本来就懒，刚爬了一趟又要下山还得再爬，他才不干呢。他摇摇晃晃刚走过当年拿望远镜追看女人的平台，就冲下边喊：“牛寨主，上来吧。”

牛半山也不回话。慢慢地从山腰的石庵下走出来，顺着山路向上走。他们已按解放军的部署，在二蛋上山之后，就顺着山路慢慢地向上走，解放军的突击队也随着他们到了石庵下。

“牛寨主，镇[①]快哩。”二蛋见牛半山等人不一会儿就上来了，站在路中央笑着说。

“啊，为了省时间，你头哩走，我就在后面慢慢跟了。”牛半山叹了口气，装着喘的样子说：“唉，老了，不抵你们年轻人啊。走吧。”他说着冲二蛋向前扬了下手。

“哎。”二蛋堆起笑脸点头哈腰地应承一下转身向山上走。刚走到那块平台前，突然想起了王长贵和常光耀的叮嘱，让他认清人头，就站在平台上向后看。

牛半山在前其他人在后，一条龙似地向上走。二蛋数了两遍都是七个人，他心里一惊，正好牛半山走到他面前，就怯怯地问：“寨主，咋多，多了俩人？”

“你没看见是赵二当家的和黄妈吗？！”王老虎瞪了一眼二蛋，推了一把二蛋的臂膀说：“走！”

二蛋叫“二蛋”，但是不傻，顺势向旁边一闪，向后退了两步让过了王老虎，王老虎也不好硬拉二蛋，只得跟在孟春桃的后边向前走。

二蛋认清了牛半山、孟春桃、王老虎、杨勇和刘七，盯着赵石头纳闷：赵二当家的咋不跟着大当家的走，却走在最后了？

赵石头临时理了个阴阳头，远处看挺像赵狮子，近处细瞧就不行了，一是头发没有赵狮子的长，二是脸型也不一样。

“赵石——”二蛋认出了赵石头惊得失声大叫，“赵石头”三个字还没叫全，就被赵石头点了穴，干张着嘴说不出话来。

“敢哓喝我杀了你！”赵石头虎目圆睁盯着二蛋说。

二蛋吓得哆嗦，但还是贼心不改，眼睛直勾勾地向刘红云身上斜。当他认出刘红云就是他亲过的女人时，急得摇头晃脑直摆双手，既而又冲赵石头鞠躬做揖。

赵石头朝二蛋背上推了一把，二蛋急忙紧跟两步靠近刘红云。

二蛋低着头盯着刘红云的屁股走，一边贪婪地嗅着刘红云身上散发的气味，一边想好事儿。他想，这次遇见刘红云也是天意，都说三回为定，他这是第三回见刘红云，肯

---

① 这么。

定刘红云就是他的女人了。他琢磨着，只要进了凤屏寨，就是他的天下了，这几个人反不了天，凤屏寨的人一人一口唾沫也把他们淹死了，那刘红云不就成了他的女人了。二蛋这么想着，心里就像喝了蜜一样，虽然被点了穴不能说话，但是他还是觉得舒服极了。

王长贵接到山头埋伏的哨兵报告，说山下上来七个人，就急忙下令做好战斗准备，并立即与常光耀商量对策。他站在寨门口，远远看到牛半山一行走到天桥对面，高声冲牛半山打招呼说："牛寨主，请留步。两军交战，我不能不小心，你们咋多了两个人呀？"

牛半山闻听此言，知道是二蛋已经给王长贵讲了他们共来五个人。但他还是沉着冷静，不以为然地说："王寨主，我就带这几儿人呀。我告诉你来几儿人了吗？"

"王长贵，快让我们过去，这几儿人你哪一个不认识？"王老虎大声冲王长贵喊道。喊完，他又情不自禁地转过头看了看赵石头和刘红云。

"二蛋，咋回事儿？"王长贵也不与牛半山搭话，更不理会王老虎的喊叫，大声冲天桥这边问道。

赵石头见状，捅了一下二蛋，压低声音喝道："说赵二当家的和黄妈不放心追来了。不然，我打死你！"

二蛋心里早打好了算盘，这时，他才不会给王长贵说实话呢。他被赵石头解了穴，结巴着冲王长贵喊："啊，是，是赵二当家的，怕，怕八路害牛寨主，追来了。"

"那个呢？"王长贵大声问。他认识赵狮子，也见过黄妈，只是他闹不明白黄妈一个半老婆子跑来干什么？

"啊，黄妈呀。"二蛋想起刘红云，他看了一眼刘红云，立马来了精神。他趁机拉了一把刘红云，笑着对王长贵说："黄妈是侍候夫人的，不放心，也跑来了。"说完，眼睛直勾勾地看着刘红云的脸，好像一个孩子在大人面前做了件好事等着表扬似的。

寨门口，常光耀急忙拉着王长贵说："不能让他们全过来，就让牛半山和他秀子[①]俩人过来。"

王长贵觉得常光耀说得在理，现在寨子里不能留太多外人，万一山头失守，外人多了，事不好办。让牛半山夫妇二人到寨子里来，还可以作人质，要各寨发兵师出有名，跟解放军谈判也多一个条件。想到这儿，王长贵用唾沫润了润喉咙，用平和的口气说："牛寨主，大敌当前，多有不便，小的只能请您和夫人进寨子。实在不好意思，得罪其他各位了。"王长贵说着，隔着天桥冲这边山头抱拳致礼。

"王长贵，老子到你门口你不让进，算啥东西哩？！"王老虎指着王长贵一边骂一边绕过孟春桃和牛半山走上天桥，"老子今儿个就非进你的寨子，看你能把老子咋样？！"

"老虎。"牛半山冲着王老虎大喝一声。

"我今儿个就要进他的寨子，有本事让他冲我开枪！"王老虎回过头冲牛半山说。他就一个心愿，一定要进凤屏寨，按解放军的安排，搅他个底儿朝天。

---

① 老婆。

“好了，好了。别伤了和气，你也一块儿过去，其余的人留下。”牛半山一边冲王老虎扬手一边对着王长贵大声说。

王长贵见牛半山答应只进寨三个人，也就妥协了，冲牛半山笑着抱拳道：“谢谢牛寨主理解，谢谢理解！”

牛半山三人刚走上天桥，二蛋就在后边冲王长贵喊上了：“当家的，也叫黄妈进去吧，他得侍候夫人哩！”他一边喊一边揽着刘红云的腰向天桥上推。他一心想把刘红云弄进寨子，也不等王长贵回话就把刘红云推上了天桥。刘红云正为不能进凤屏寨着急呢，没想到让二蛋这个色鬼帮了忙。但是，她灵激一动，装出一副很害怕走天桥的样子，向外一闪，急忙蹲下，双手摁着桥面哆嗦着不走了。

这下二蛋可乐了，他乘机把双手插进刘红云的腋窝将刘红云拉起来，紧贴着刘红云的身子笑着说：“别怕，别怕，我扶着你。”

王长贵看到二蛋从身后抱着刘红云一步一步向前挪，鼻子“哼”一下，嘴角笑了笑，没说话，默认了。

牛半山向后看了看，笑了，这态势和解放军商定的预案差不多。他们原定：赵石头和李勇上天桥时走在最后，两个人走得慢一点，等前边的人进寨门开枪后，立即返回打守在山头上的敌人。解放军突击队听到枪声立即向山顶冲锋，与山上的人前后夹击，夺取山头。进寨的人，把敌人部署打乱，掩护突击队穿过天桥。现在的态势和预案不同的是，对面山头上留了三个人，不但增强了力量，还免去了返回走天桥的危险。他们四个进寨子的人，也不必一过天桥就盲目开枪，可以见机行事。总之，事情进行得很顺利，比预想的有利，特别是比他在将军寨想的要好得多。想到这，他故意大声对孟春桃也是对大伙儿一语双关地喊：“慢点儿啊，沉住气，站稳脚再走第二步。”众人一听就明白了，商定的就是没有特殊情况牛半山打第一枪。

“眼朝前看，别看脚下，顺着中间的白道走。欸，走，就这样。欸，欸，欸。”二蛋几乎是抱着刘红云一步一步走过了天桥，心想这女人就是我的了，欣喜若狂地拉着刘红云跑进了寨门。门内，牛半山和王长贵、常光耀正在寒暄。

“大哥，大哥，赵，赵石头。”二蛋一手拉着刘红云一手指向寨门对面的山头喊。

王长贵刚听完“赵石头”三个字，早有准备的牛半山已挥起右臂砸在了他的脖颈上，他一点防备都没有，连叫都没叫出一声，就直挺挺地倒在了地上。与此同时，孟春桃的枪也响了。

孟春桃一进门就盯上了常光耀，她想，擒贼先擒王，牛半山肯定先对付王长贵，她就先干掉常光耀。谁知，牛半山挥臂击打王长贵时挡住了她，她向旁边一闪，开枪没有打中常光耀。常光耀像受惊的兔子，“噌”地一下就跑出了几米远。孟春桃又对着常光耀打了两枪，也没有打中，眼看着常光耀一拐两拐就跑到了房后。

王老虎进寨门就怒气冲冲，双手按着腰中瞪着鸡头的二十响，摆出一副要干仗的样子。众人都认为他是和王长贵生气，谁也不知他就是真来打仗的。他一进门，就观察王长贵对寨门和天桥的布防，见与往日没有两样，心里有了底儿。此时，孟春桃的枪响了，说时迟那时快，王老虎拔出双枪向寨门的守兵射去。

这枪声一响，二蛋可急了，他以为到了他们的寨子，打起来了吃亏的肯定是牛半山四人。他急忙转过身护住刘红云，发疯似的冲周围大喊："别打她，别打她，她是我的女人！"刘红云在二蛋的掩护下，举枪向敌人频频射击。

牛半山和孟春桃早已跑进寨子中央，依靠房屋掩护与敌人打起了巷战。牛半山一边打一边喊："占领寨门，接应解放军！"

刘红云听到牛半山的喊叫，甩开二蛋向寨门楼冲去。

寨外山顶上，赵石头、李勇、刘七三人听到寨内枪响，不约而同地拔出手枪，六把手枪一齐射向靠着石头打盹儿[①]的敌人。敌人刚调转屁股准备顽抗，解放军突击队员的子弹就从背后打了过来，同时传来惊天动地的喊声："冲啊！"

"冲啊！"

这帮守敌被前后夹击，顾头顾不了尾，顾尾顾不了头，一个接一个地成了枪下鬼。有的干脆把枪一扔，趴在大石头下边把身子蜷成一团，哭喊着："别打了，我投降，我投降！"

"我投降！"

"举起手来！"

"缴枪不杀！"

"缴枪不杀！"

山顶的怪石间不时传来解放军战士的喊声。

赵石头见解放军冲了上来，冲李勇和刘七喊："快进寨子。"喊完，便飞也似地跃上天桥。李勇和刘七听到喊声，紧随赵石头冲上天桥。

寨内，几十个还乡团乡丁在常光耀的指挥下，丧心病狂地向寨门口反扑过来。常光耀混在乡丁中间声嘶力竭地喊："占领寨门，守住天桥！守住天桥！"

王老虎在寨门里，敞面对着敌人没有掩体，与敌人对射一阵就倒在了血泊中。刘红云趴在寨门楼上，以女儿墙为掩体，不停地向敌人射击。但是，她一枪难阻群敌，敌人饿狼般地冲向寨门，她正要掏怀中的两颗手榴弹，赵石头、李勇和刘七三人相继跳进凤屏寨，与反扑寨门的还乡团碰了个正着，六把手枪一齐喷火，打得还乡团的乡丁尖叫着转身就跑。

这时，被牛半山打倒在地的王长贵醒了过来。他拔出手枪，对准赵石头的后背，"叭叭"就是两枪，赵石头身体一紧，重重地向前跌去。

"石头！"这一幕被刘红云看得真真切切，她大叫一声挺身把枪口对向了杀害丈夫的仇人。可是，她接连扣了几下板击，都没有射出子弹。气得她将没有子弹的手枪狠狠地

---

① 打瞌睡。

向王长贵砸去。

王长贵的枪响了，刘红云应声跌倒在门楼上，双手垂向寨门。

李勇和刘七听到背后枪响，就地一滚躲开了王长贵射向他们的子弹。二人见王长贵滚到了寨门中，就趴在地上向王长贵射击。

常光耀一看局势有变，指挥着还乡团又向寨门冲来。李勇、刘七腹背受敌急忙滚向两边的房屋，以房山墙为依托阻击敌人。

二蛋一直盯着刘红云，他看着刘红云爬上了门楼，本想追上去，忽见常光耀指挥着还乡团拼命向这边扑，子弹嗖嗖乱蹿，吓得他躲在了寨门口那棵大柏树后。当看到刘红云中弹倒在门楼上时，他不顾一切地冲出来，把枪指向王长贵，歇斯底里地喊道："你打死了我的女人！"

王长贵枪快，手起枪响，二蛋的喊声未落便一头栽倒在大柏树下。

牛半山和孟春桃见还乡团又冲向寨门，返身回来增援。他们从后边这么一打，还乡团又被夹在了中间，刚刚拢到一起的乡丁一下子又乱了起来。

常光耀听到背后响起了枪声，趁着混乱滚向一边的房屋。他躲在房山墙后，悄悄地将枪口对准了牛半山。孟春桃见状，大叫一声"躲开！"冲上前去一把推开了牛半山。

常光耀对着孟春桃开了一枪，又把枪口指向牛半山。

"春桃，春桃。"牛半山飞身抱住摇摇晃晃的孟春桃，抬起右手冲着常光耀"叭叭叭"就是几枪，常光耀身子一歪倒在墙角里。与此同时，一群乡丁的子弹也一齐射向了牛半山和孟春桃。

牛半山和孟春桃相拥着定格在那里，鲜血渗透了他们的衣服形成了一朵朵美丽的红花，他们在这红花的簇拥下慢慢地倒在地上。

"我尻您[①]娘！"刘七看在眼里，大叫一声，一跃而起，毫不躲闪地迎着还乡团的乡丁一边走一边举着双枪一枪一个地点射。本来就丢了魂的乡丁，见冒出个不要命的双枪神射手，吓得四处逃蹿。

凤屏寨的寨门，就像是一个大碉堡，王长贵在里边奔跳自如，一支枪封锁住了天桥。解放军战士一个个冲上天桥，又一个个被王长贵撂倒掉下深渊，

刘红云在寨门楼上慢慢地醒了过来。她看在眼里，急在心头，用尽全身力气向王长贵扔出一颗手榴弹。

手榴弹冒着黑烟"嗞嗞"叫着滚向了王长贵。只见王长贵飞起一脚，将手榴弹踢出三丈来远。手榴弹"轰"地一声爆炸了，王长贵却丝毫未伤。

王长贵也不找从哪里飞来的手榴弹，而是跳到寨门口哨兵的位置，从观察孔出枪封锁天桥。时间一秒一秒地向前蹦跳，解放军战士们一个一个地折下天桥。刘红云看着心都要碎了，她抓住手中仅有的一颗手榴弹，一寸一寸地爬到王长贵的正上方，"呼"地一

① 你，你们。当地人骂人惯用"您"。

下站立起来，冲着对面的山头大喊："同志们，冲啊！"喊罢，对准王长贵飞身跃下了寨门楼。

王长贵忽然听到寨门楼上一声大喊，抬头仰望，只见刘红云从天而降，带着呼啸向他的头顶直贯而下。他想躲闪，已经来不及了，被刘红云死死地抱住重重地扑倒。

"轰"地一声炸响，凤屏寨门里腾起一片硝烟。

解放军如旋风般飞越天桥，席卷凤屏寨。

安葬赵石头和刘红云那天，浮戏山地区的气氛异常凝重。苍天落泪，下着沥沥细雨；大地悲愤，喷吐阴霾嶂气；兀岩峻峰、茂林修竹把浓重的雨雾撕扯成厚厚的哀幛，高高擎起；亭台庙宇、古堡村寨浮现出深深的忧伤，沉闷肃穆；性情暴躁的瀑布号啕嘶叫，温柔委婉的河流呜咽长哭，就连平时干涩的陡崖也滚着伤心的泪珠。

雨雾中的浮戏山，愁云弥漫，天地浑然一体。

乡亲们按照巩县的风俗，将赵石头、刘红云和水仙葬在了一起。就在下葬的时候，半空中突然涌动出一团团一片片的莲蓬，忽高忽低，变幻万千，朦朦胧胧，沉沉浮浮，像鬼魂招领，似仙人下拜，如神佛超度，犹如仙境。

"看，赵石头和他秀子[①]的魂出来了，他们成仙了。"一位妇女指着半空中的莲蓬惊异地叫道。

"哎呀，是不是神仙来超度他们上天堂哩？！"

"是菩萨，看那云团多像菩萨坐的莲蓬。"

"看呀，那朵最大的莲蓬上站着观音菩萨！"

"浮戏山的神佛显灵了！"一个中年男子突然冲大伙喊道，"大家快拜呀！"他一边喊一边跪在泥地里连磕三个响头，额头上沾着一层厚厚的泥巴。乡亲们闻听此言，"扑扑咚咚"跪下一片。

"那是山中起的雾障。雾遮住了山就成这样子了，快点儿干活，别搞迷信了。"赵老二掂着锨冲大家喊，"大雨就要来了，快点儿干。"

几名解放军战士和几个壮实的乡亲在向墓坑里填土，众人静静地站着默默地注视着墓坑，以最朴素最崇敬的心情为人民的英雄送行。半空中那浓浓的雾障，随风涌动，如烟如潮，层层叠叠。随着时间的推进，云层开始慢慢地下落，露出了许多山头，却掩住了下边的山体，就像是专为英雄的葬礼拉起一块天幕。这块天幕把整个浮戏山遮得严严实实，给人以天黑下来的感觉。

人们圆好了坟堆，行完礼，刚走进村子，大雨就像瓢泼似的砸了下来。

"菩萨显灵了！"有人说，"要不，咋镇[②]寸哩，咱正好儿到家，天就下大了！"

① 老婆，或妻子。

② 这么。

“这是天神在哭哩！”

“赵石头一定是让老天爷请去当保镖了，他武功恁好，是打不死的。”

在一起避雨的人们带着对英雄的神化和美好的祝愿议论着。

一直在远处丛林中注视着墓地的大黄狼，看到人们隐没在亚沟村，冒雨冲到坟地，绕着坟头转了一圈，站在坟前，白顶门后仰，鼻头冲天，发出一声接一声凄凉悠长的嗥叫：“呜——欧——，呜——欧——，呜——欧——。”

大黄狼的长嗥犹如一位巨人悲痛欲绝的哭叫，穿透层层雨柱在浮戏山中回荡。旋即，浮戏山中不同方位响起了不同声调的狼嗥，风声雨声河流声瀑布声狼叫声汇聚在一起，演奏出一曲悲创的歌，曲调凄凉哀婉，跌宕起伏，如泣如诉，唱得人后背发冷，唱得人肝肠寸断，唱得人心碎骨寒。

天晴了，人们发现赵石头、刘红云和水仙的墓地里全是狼爪印，他们的墓前摆放着一只野兔和一只山鸡，野兔和山鸡的身上都有四个对称的黑洞。

“是狼的猎物。”赵老二看了看野兔和山鸡说。

“真是神了，连狼都来参拜了！”

“浮戏山的狼也是神。”

“最起码是被神佛点化了。”

人们纷纷议论着，传告着，议论着……

后记

盼盼是不是那个野人？白衣人究竟到哪里去了？藏宝图是不是在刘红云身上被炸飞了……？至今都是个谜。

“不到浮戏山白来中原走一圈儿。那山、那石、那峭壁，那藤、那树、那花木，那泉、那潭、那瀑布，那蛾、那鸟、那动物，那崖、那坑、那溶洞，那寺、那庵、那兵寨，那人、那事、那传说，真是妙不可言，穷其文字也难以形容啊。可以说，浮戏山是北方的小桂林、中原的九寨沟，只要你去看上一次，将终生难忘。更神奇的是浮戏山的狼不吃人，从新中国成立到现在，还没有听说过浮戏山有狼伤人的事件。只可惜呀，现在浮戏山没狼了，若在从前，说不定还能碰上狼为你保驾护航呢！”一位朋友对笔者如是说。

浮戏山的狼为什么不吃人？笔者走访了许多人，没有一个人能说得清。

“狼不吃好人！”浮戏山天井坑村的刘大爷挥动着他那老榆树皮似的手激动地说，“那年秋天，就是 1945 年天快冷的时候，王雨霖的还乡团抓八路军，在千佛画像崖下，几百只狼像一阵风似的从山上卷了下来，咬死咬伤还乡团好多人。我躲在牛角洞里亲眼看到了那一幕。那阵式，才叫‘势不可挡，惊心动魄’哩！”

刘大爷摸了摸自己那露着白发茬的光头，心有余悸地说：“镇暂儿[①]说起来，叫‘解气’，可那会儿，真给我吓恶[②]了。”他深深地吸一口气，把手中的烟袋摇了摇，感慨地说：“恶有恶报啊。还乡团的一个短枪队，十几儿[③]人都叫狼吃了。”

“噢，这不是传说吧？”笔者知道刘大爷说的就是自己书中记载的故事，只是千佛画

① 现在。
② 坏。
③ 几个。

像崖下狼的数字他夸张了一些，把狼咬死还乡团的一个小队，说成了吃掉还乡团十几个人。笔者明知刘大爷的话中有许多感情色彩，故作惊奇地问。

“真事儿，我亲眼看见哩。”刘大爷把手中的旱烟袋向空中一扬，瞪起他那双有点发锈的眼睛盯着笔者说。那架式，才真真是不容置疑的样子。

“狼帮八路打还乡团，太神奇了。”笔者点头感叹道。

刘大爷见笔者点头认可了他的话，仍心存不满地斜了笔者一眼，把烟锅插进烟袋儿里搅了搅，在烟袋儿外用力捏了两下，抽出点燃，吸了两口，说：“神，能不神吗？这浮戏山就是神山！”他又用力吸了两口，将烟锅在鞋底上敲了敲，敲掉了烟灰也敲掉了心中的怒气，缓和了口气说：“这山里神多佛多，狼被点化了，从不危害老百姓。凉水泉的刘洪，”他一边说一边用烟锅头指凉水泉的方向，“在要峪沟饿晕了，两只狼硬是把他叼着拖到小龙池。人家救他时，他身上一个狼牙印儿都没有。黑风洞李老黑儿的孩子在老庙上学，有一天回家晚了，一个人天黑害怕，吓得哭了。忽然跑来两只狗，一直把他送到村口。其实，那不是狗，是狼。”

“是吗？”笔者惊奇地问了一声。

“就是。”

“还有狼给麻六家送兔子过年哩？”

“这山里的狼是神，专门保护穷人哩。”

人们七嘴八舌地争相回答。

“那，现在怎么没狼了？”笔者问。

“走了，叫天神带走了。”刘大爷摆了摆他那老榆树皮似的手，痛苦地摇了摇头。

“不是叫天神带走了，是被野人带走了。”一个小孩抢过刘大爷的话茬说。

“野人？浮戏山有野人？”笔者激动地问。

“有，好些人都见了。”

“野人跟狼在一块儿，一会儿站起来，用两条腿走。一会儿趴下，用四条腿走。跑哩通[①]快哩，谁都追不上。”

“那回，石寨门的张毛都快追上了，一群狼扑过来，拦住了张毛，把野人救走了。”

“要不是张毛领着人打狼，狼也不会走。”

人们争相议论，喋喋不休。

笔者却想，那野人会不会就是赵石头和刘红云的儿子——盼盼。

盼盼是不是那个野人？白衣人究竟到哪里去了？藏宝图是不是在刘红云身上被炸飞了？若刘红云没带在身上，那把它藏在了哪里？太平军究竟在浮戏山藏没藏金银珠宝？藏在了哪里？藏了多少？至今都是个谜。

---

① 特别，或很，或非常。